新日檢絕

N1,N2,N3 N4,N5

n1
n2
n3
n4
n5

文法

比較大全

吉松由美・出中陽子・西村惠子・大山和佳子 合著

山田社
San Tian She

★ 新日檢N1,N2,N3,N4,N5文法考試，四個選項，

經常讓您「左右為難」、「難分難解」嗎？

★ 本書利用「**筆記術**」，提煉解題線索，充分比較，

再加上「**過五關斬六將**」，考試如線上遊戲，累積實力點數，

效果再升級「**生動漫畫**」，重點馬上看到

這樣做對、做全、做出實力，

就能**讓您一舉拿下高分**！

★ 日檢文法常覺得枯燥乏味而提不起勁嗎？

★ 書中N4,N5文法，有漫畫插圖生動幽默，重點一學就會，比較點過目不忘！

★ 「過五關斬六將」讓考試如線上遊戲，讓您贏在考場！

★ 爭取考試成績王道就要，精選好的試題，並加強演練，增加做題熟悉度和速度！

考文法最重要的是懂得分析句子的結構，只要將結構拆解成功，就算成功了。即使裡頭一堆生字，但只要掌握結構，一切很簡單：

1 獨門拆解句子結構技巧，是您考試必備利器

《新日檢 絕對合格 N1,N2,N3,N4,N5文法比較大全》為了解除您多年來的文法迷思，也讓您在速讀文章時不被文法架構綁住，除了精選好的試題之外，並告訴您如何拆解句子結構，反覆訓練您應考技巧。進而，在考場上繳出漂亮的成績單！

2 「生動漫畫」、「比一比」最容易混淆的文法盲點，一舉拿下高分

書中，N4, N5文法有漫畫插圖生動幽默，讓您重點一學就會，比較點過目不忘。不僅如此，還特別將難分難解刁鑽易混淆的文法項目，用「比一比」的方式進行整理、歸類，按目的、時間、原因、傳聞…等機能別的實際用法，並分析易混淆文法間的意義、用法、語感…等的微妙差異。讓您在考場中不必再「左右為難」「一知半解」，一看題目就能迅速找到答案，一舉拿下高分！

3 「過五關斬六將」考試如線上遊戲，讓您贏在考場

豐富的考題，以過五關斬六將的方式展現，讓您寫對一題，好像闖過一關，就能累積實力點數。沒過關還有文法博士，為您解說通關訣竅，點出考點為何，並將各選項逐一解說，讓您充分弄懂題意，絕對贏在考場！

4 利用筆記術，提煉解題線索，讓您做對、做全、得滿分

「過五關斬六將考試」的考題講解，還幫您做筆記，讓您看書就像在看自己上課的筆記一樣，親切好懂，買一本書就像帶了一個老師回家！同時學習做筆記的方法，一生受用無窮！其中，搭配文法提示、答案、解說及譯文，讓您可以即時演練、即時得知解題技巧，保證學習成效No. 1！也就是讓您做對、做全、得滿分。

Preface

Contents

文型接續解說

▽ 體言

　　體言包括「名詞」和「代名詞」。和用言不同，日文文法中的名詞和代名詞，本身不會因為文法因素而改變型態。這一點和英文文法也不一樣，例如英文文法中，名詞有單複數的型態之分（sport / sports）、代名詞有主格、所有格、受格（he / his / him）等之分。

▽ 用言

　　用言是指可以「活用」（詞形變化）的詞類。其種類包括動詞、形容詞、形容動詞等，也就是指這些會因文法因素，而型態上會產生變化的詞類。用言的活用方式，一般日語詞典都有記載，一般常見的型態有用言未然形、用言終止形、用言連體形、用言連用形、用言假定形……等。

▽ 動詞

　　動詞一般常見的型態，包含動詞辭書形、動詞連體形、動詞終止形、動詞性名詞＋の、動詞未然形、動詞意向形、動詞連用形……等。

用語1	後續	用語2	用例
未然形	ない、ぬ(ん)、まい	ない形	読まない、見まい
	せる、させる	使役形	読ませる、見させる
	れる、られる	受身形	読まれる、見られる
	れる、られる、可能動詞	可能形	見られる、書ける
	う、よう	意向形	読もう、見よう
連用形	連接用言		読み終わる
	用於中頓		新聞を読み、意見をまとめる
	用作名詞		読みに行く
	ます、た、たら、たい、そうだ（様態）	ます：ます形 た　：た形 たら：たら形	読みます、読んだ、読んだら
	て、ても、たり、ながら、つつ等	て　：て形 たり：たり形	見て、読んで、読んだり、見たり

終止形	用於結束句子		読む
	だ（だろう）、まい、らしい、そうだ（傳聞）		読むだろう、読むまい、読むらしい
	と、から、が、けれども、し、なり、や、か、な（禁止）、な（あ）、ぞ、さ、とも、よ等		読むと、読むから、読むけれども、読むな、読むぞ
連體形	連接體言或體言性質的詞語	普通形、基本形、辭書形	読む本
	助動詞：た、ようだ	同上	読んだ、読むように
	助詞：の（轉為形式體言）、より、のに、ので、ぐらい、ほど、ばかり、だけ、まで、きり等	同上	読むのが、読むのに、読むだけ
假定形	後續助詞ば(表示假定條件或其他意思)		読めば
命令形	表示命令的意思		読め

▽ 形容詞・形容動詞

　　　日本的文法中，形容詞又可分為「詞幹」和「詞尾」兩個部份。「詞幹」指的是形容詞、形容動詞中，不會產生變化的部份；「詞尾」指的是形容詞、形容動詞中，會產生變化的部份。

例如「面白い」：今日はとても面白かったです。

　　由上可知，「面白」是詞幹，「い」是詞尾。其用言除了沒有命令形之外，其他跟動詞一樣，也都有未然形、連用形、終止形、連體形、假定形。

　　形容詞一般常見的型態，包含形容詞・形容動詞連體形、形容詞・形容動詞連用形、形容詞・形容動詞詞幹……等。

形容詞的活用及接續方法:

用語	範例	詞尾變化	後續	用例
	高い 嬉しい			
	たか うれし			
		かろ	助動詞う	値段が高かろう
		から	助動詞ぬ*	高からず、低からず
		く	1 連接用言**	高くなってきた 高くない
			2 用於中頓	高く、險しい
			3 助詞て、は、 も、さえ	高くて、まずい／高くはない／ 高くてもいい／高くさえなければ
		かっ	助動詞た、 助詞たり	高かった 嬉しかったり、悲しかったり
		い	用於結束句子	椅子は高い
			助動詞そうだ （傳聞）、だ（だろ、 なら）、です、 らしい	高いそうだ 高いだろう 高いです 高いらしい
			助詞けれど（も）、 が、から、し、 ながら、か、な （あ）、ぞ、よ、 さ、とも等	高いが、美味しい 高いから 高いし 高いながら 高いなあ 高いよ
		い	連接體言	高い人、高いのがいい （の=形式體言）
			助動詞ようだ	高いようだ
			助詞ので、のに、 ばかり、ぐらい、 ほど等	高いので 高いのに 高いばかりで、力がない 高ければ、高いほど
		けれ	後續助詞ば	高ければ
		――――	――――	――――

* 「ぬ」的連用形是「ず」　** 做連用修飾語，或連接輔助形容詞ない

10

形容動詞的活用及接續方法：

用語	範例	詞尾變化	後續	用例
	静かだ 立派だ			
	しずか りっぱ			
		だろ	助動詞う	静かだろう
		で	1 連接用言 （ある、ない）	静かである、静かでない
			2 用於中頓	静かで、安全だ
			3 助詞は、も、 　さえ	静かではない、静かでも不安だ、 静かでさえあればいい
		だっ	助動詞た、 助詞たり	静かだった、静かだったり
		に	作連用修飾語	静かになる
		だ	用於結束句子	海は静かだ
			助動詞そうだ （傳聞）	静かだそうだ
			助詞と、けれど(も)、 が、から、し、 な(あ)、ぞ、 とも、よ、ね等	静かだと、勉強しやすい 静かだが 静かだから 静かだし 静かだなあ
		な	連接體言	静かな人
			助動詞ようだ	静かなようだ
			助詞ので、のに、 ばかり、ぐらい、 だけ、ほど、 まで等	静かなので 静かなのに 静かなだけ 静かなほど
		なら	後續助詞ば	静かなら（ば）
		─────	─────	─────

メモ

N5

Bunpoo Hikaku Jiten

助詞的使用（一）

- ☐ ～が（表對象）
- ☐ ～が（表主語）
- ☐ 〔場所〕＋に
- ☐ 〔場所〕＋で
- ☐ 〔通過・移動〕＋を＋自動詞
- ☐ 〔到達點〕＋に
- ☐ 〔場所・方向〕へ（に）
- ☐ 〔方法・手段〕＋で
- ☐ 〔材料〕＋で
- ☐ 〔場所〕へ／（に）〔目的〕に
- ☐ 〔狀態、情況〕＋で
- ☐ 〔引用內容〕と
- ☐ しか＋否定

1 ～が（表對象）

文法說明 「が」表示感情、希望及能力辦得到的對象；另外，前接動作實行的人，表示動作的主語，或表示眼前看到的現象的主語（請參見下一節）。

例句

○ アニメが好きです。

我喜歡看動畫。

比較

● 〔目的語〕＋を

文法說明 「を」接在他動詞的前面，表示動作的目的或對象。「を」前面的名詞，是動作所涉及的對象。「他動詞」主要是人為的，表示影響、作用直接涉及其他事物的動作。

例句

○ 私はチョコレートを食べます。

我吃巧克力。

2 ～が（表主語）

文法說明 「が」前接動作實行的人，表示動作的主語，這時暗示後面的敘述或動作，不是在說其他人事物，而是指「が」前面接的人事物，如例句；或表示眼前看到的現象的主語。另外，也可以接表示感情、希望及能力辦得到的對象（請參見上一節）。

例句

○ 私が行きます。
　我去。

比較
・ ～は

文法說明 「は」接在名詞的後面，可以表示這個名詞就是主題。主題就是後面要敘述或判斷的對象，而這個對象是說話者、聽話者都知道的人事物，用「は」提示出來當作談論的主題。請注意，「は」當助詞的時候，要唸作 [wa]，不是 [ha] 喔！

例句

○ 山田さんは本を読みます。
　山田小姐看書。

3 〔場所〕＋に

文法說明 「に」前接名詞，表示人事物存在的場所。當存在的主語是有生命體的人或動物時，後面動詞用「います」（有、在）；但是如果主語是植物或無生命體時，後面動詞用「あります」（有、在）。

○ 加藤さんは公園にいます。

加藤先生在公園裡。

比較

• 〔場所〕＋で

「在…」

文法說明　「で」前接場所，表示動作發生、進行的場所。

例句

○ カフェでコーヒーを飲みます。

在咖啡館喝咖啡。

4 〔場所〕＋で

「在…」

文法說明　「で」前接場所，表示動作發生、進行的場所。

例句

○ プールで泳ぎます。

在游泳池游泳。

比較

• 〔通過・移動〕＋を＋自動詞

文法說明　「を」可以表示經過或移動的場所，這時候「を」後面常接表示通過場所的自動詞。「自動詞」主要是沒有人為意圖，因為自然力量而發生的動作。

例句

○ 真由美は道を通ります。

真由美經過道路。

5 〔通過・移動〕＋を＋自動詞

文法說明 「を」可以表示經過或移動的場所，這時候「を」後面常接表示通過場所的自動詞。「自動詞」主要是沒有人為意圖，因為自然力量而發生的動作。

例句

○ 鳥が空を飛びます。
とり　そら　と

鳥飛過天空。

比較

● 〔到達點〕＋に

文法說明 「に」前面接場所，表示動作移動的到達點、目的地。

例句

○ 飛行機が空港に着きます。
ひこうき　くうこう　つ

飛機到達機場。

6 〔到達點〕＋に

文法說明 「に」前面接場所，表示動作移動的到達點、目的地。

例句

○ 太郎は家に帰ります。
たろう　いえ　かえ

太郎回家。

● 〔離開點〕＋を

> 文法說明 「を」可以表示動作離開的場所。例如，從家裡出來或從各種交通工具下來。

> 例句

○ 3時に家を出ます。
さんじ いえ で
3點時離開家裡。

---

7 〔場所・方向〕へ（に）
「往…」、「去…」

> 文法說明 「へ」前面接跟場所有關的名詞，表示移動的方向，也指動作的目的地。可以跟「に」互換。請注意，「へ」當助詞的時候，要唸作 [e]，不是 [he] 喔！

> 例句

○ 私は郵便局へ行きます。
わたし ゆうびんきょく い
我去郵局。

● 〔場所〕＋で

「在…」

> 文法說明 「で」前接場所，表示動作發生、進行的場所。

> 例句

○ 子どもたちが公園で遊びます。
こ こうえん あそ
孩子們在公園玩耍。

8 〔方法・手段〕＋で

「用…」；「乘坐…」

文法說明　「で」可以接表示動作的方法、手段，如例（1）；或是使用的交通工具，如例（2）。

例句

① 英語で日記を書きます。
用英語寫日記。

② 船で沖縄に行きます。
坐船去沖繩。

比較

● 〔對象（物・場所）〕＋に

「…到」、「對…」、「在…」、「給…」

文法說明　「に」的前面接物品或場所，表示施加動作的對象或地點。

例句

○ 壁に絵をはります。
在牆壁上貼畫。

9 〔材料〕＋で

「用…」

文法說明　「で」前接名詞，表示接製作東西所使用的材料。

例句

○ ガラスで靴を作ります。
用玻璃做鞋。

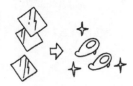

〔目的〕＋に

「去…」、「到…」

文法說明 「に」前面接動詞連用形或サ行變格動詞詞幹，表示動作的目的。

例句

○ ガラスの靴を買いに行きます。
去買玻璃鞋。

10 〔場所〕へ／（に）〔目的〕に

「到…（做某事）」

文法說明 表示移動的場所用助詞「へ」（に），表示移動的目的用助詞「に」。「に」的前面要用動詞連用形，如例（1）；遇到サ行變格動詞（如：洗濯します），除了用動詞連用形，也常把「します」拿掉，只用詞幹，如例（2）。

例句

① 渋谷へお酒を飲みに行きました。
到澀谷去喝酒。

② 彼女と日本へ旅行に行きます。
跟女朋友去日本旅行。

～ため（に）

「以…為目的，做…」、「為了…」

文法說明 「動詞連體形＋ため（に）」或「名詞＋の＋ため（に）」表示為了某個目的，而有後面積極努力的動作、行為。也就是說，前項是後項的目標。

○ 日本に留学するために、働いています。

我正在為去日本留學而工作。

---

11 〔狀態、情況〕＋で

「在…」、「以…」

文法說明 表示在某種狀態、情況下做後項的事情,如例(1);前面可以接人物相關的單字,如例(2)。

例句

① 裸で温泉に入ります。

裸體泡溫泉。

② 彼女は一人で暮らしています。

她一個人生活。

比較

• ～が (表主語)

文法說明 「が」前接動作實行的人,表示動作的主語,或表示眼前看到的現象的主詞;另外,也可以接表示感情·希望及能力辦得到的對象。

例句

○ 天気がいいです。

天氣很好。

---

12 〔引用內容〕と

文法說明 「と」接在某人說的話,或寫的事物後面,表示說了什麼、寫了什麼。

○ 友達は「コンサートはどうだった。」
と私に聞きました。

朋友問了我「演唱會怎麼樣？」

比較

• ～という〔名詞〕

「叫做…」

文法說明 用來提示事物、人或場所的名字。一般是說話人或聽話人一方，或者雙方都不熟悉的事物。

例句

○「鯛」という字は「たい」と読みます。

「鯛」這個字要念「tai」。

---

13 しか＋否定
「只」、「僅僅」

文法說明 表示限定。常帶有因不足而感到可惜、後悔或困擾的心情。

例句

○ お金は 1,000 円しかありません。

錢只有 1000 日圓。

比較

• だけ

「只」、「僅僅」

文法說明 表示只限於某範圍，除此以外沒有別的了。

例句

○ この本だけ読みました。

只有讀了這本書。

做對了，往走，做錯了往✗走。

次の文の＿＿＿には、どんな言葉が入りますか。1・2から最も適当なものを一つ選んでください。

實力測驗

Q 哪一個是正確的？

答案＞＞在下一頁

1
兄はバイク（　）好きです。
1. が
2. を

譯 哥哥喜歡機車。
1. が：X
2. を：X

解答》請看下一頁

2
変な人（　）、さっきからずっと私の方を見ています。
1. が　2. は

譯 有個可疑的人從剛剛開始就一直往我這裡看。
1. が：X
2. は：X

解答》請看下一頁

3
部屋（　）弟がいます。
1. に
2. で

譯 弟弟在房間裡。
1. に：X
2. で：在…

解答》請看下一頁

4
その角（　）左へ曲がります。
1. で
2. を

譯 在那個街角左轉。
1. で：在…
2. を：X

解答》請看下一頁

5
山本さんは、今トイレ（　）入っています。
1. を　2. に

譯 山本先生現在正在上廁所。
1. を：X
2. に：X

解答》請看下一頁

6
いつ家（　）着きますか。
1. に
2. を

譯 什麼時候到家呢？
1. に：X
2. を：X

解答》請看下一頁

7
休みの日は図書館や公園など（　）行きます。
1. で　2. へ

譯 假日會去圖書館或公園等等。
1. で：在…
2. へ：往…、去…

解答》請看下一頁

なるほどの解説を確認して、次の章へ進もう！

1 比較

當「が」表示對象時，後面常接「好き／すき」（喜歡）、「いい」（好）、「ほしい」（想要）、「上手／じょうず」（擅長）、「分かります／わかります」（理解）等詞；當「を」表示對象，後面會接作用力影響到前面對象的他動詞。

答案：1

2 比較

「が」表示主語時，暗示後面的敘述或動作，不是在說其他人事物，而是指「が」前面接的人事物；「は」表示前面接的名詞是主題，說話人將要談論關於這個主題的事。

答案：1

3 比較

「に」表示存在的場所，後面會接表示存在的動詞「います」（＜有生命體的人或動物＞有、在）或「あります」（＜無生命體或植物＞有、在）；「で」表示動作發生的場所，後面能接的動詞很多，只要是執行某個行為的動詞都可以，例如「食べます／たべます」（吃）、「飲みます／のみます」（喝）、「泳ぎます／およぎます」（游泳）、「買います／かいます」（購買）等。

答案：1

4 比較

「で」表示所有的動作都在那個場所進行，但「を」只表示動作所經過的場所，後面常接「渡ります／わたります」（越過）、「曲がります／まがります」（轉彎）、「歩きます／あるきます」（走路）、「走ります／はしります」（跑步）、「飛びます／とびます」（飛）等自動詞。

答案：2

5 比較

「を」表示通過的場所，不會停留在那個場所；「に」表示動作移動的到達點，所以會停留在那裡一段時間，後面常接「着きます／つきます」（到達）、「入ります／はいります」（進入）、「乗ります／のります」（搭乘）等動詞。

答案：2

6 比較

「に」表示動作移動的到達點；「を」用法相反，是表示動作的離開點，後面常接「出ます／でます」（出去；出來）、「降ります／おります」（下＜交通工具＞）等動詞。

答案：1

7 比較

「で」表示動作發生的場所；「へ（に）」表示動作的方向或目的地，後面常接「行きます／いきます」（去）、「来ます／きます」（來）等動詞。

答案：2

実力テスト

做對了，往😊走，做錯了往❌走。

次の文の＿＿には、どんな言葉が入りますか。1・2から最も適当なものを一つ選んでください。

實力測驗
Q 哪一個是正確的？
答案>>在下一頁

1 コップ（　）水を入れます。
1. で
2. に

譯 給杯子倒入水。
1. で：用…；乘坐…
2. に：在…、給…

解答》請看下一頁

2 紙（　）飛行機を折ります。
1. で
2. に

譯 用紙折飛機。
1. で：用…
2. に：去…、到…

解答》請看下一頁

3 お客さんが来るので、空港へ迎え（　）行きます。
1. に　2. ため

譯 因為有客人來，我到機場迎接。
1. に：到…
2. ため：為了…

解答》請看下一頁

4 今度の日曜日、家族（　）デパートに行きます。
1. で　2. が

譯 下個星期天，全家一起去百貨公司。
1. で：在…、以…
2. が：X

解答》請看下一頁

5 あれはフジ（　）花です。
1. と
2. という

譯 那是一種叫做「紫藤」的花。
1. と：X
2. という：叫做…

解答》請看下一頁

6 花子（　）が来ました。
1. しか
2. だけ

譯 只有花子來。
1. しか：（後接否定）只、僅僅
2. だけ：只、僅僅

解答》請看下一頁

なるほどの解説を確認して、次の章へ進もう！

1 比較

　　「で」表示動作的方法、手段；「に」則表示施加動作的對象或地點。雖然這兩個助詞用法很不同，但有時我們很容易用中文的方式去思考，所以很容易用錯助詞。譬如，想表達「用筆記本寫」日記，可能會說成「ノートで書きます」，但使用「で」是指手拿「ノート」寫日記，根本不合理。其實原本的意思是指將日記「寫在筆記本上」，所以應該要用「ノートに書きます」才對，要特別注意喔！

答案：2

2 比較

　　「で」表示製作東西所使用的材料；「に」表示動作的目的。請注意，「に」前面接的動詞連用形，只要將「動詞ます」的「ます」拿掉就是了。

答案：1

3 比較

　　兩個文法的「に」跟「ため（に）」前面都接目的，但「に」要接動詞ます形，「ため（に）」接動詞連體形或「名詞＋の」。另外，句型「〔場所〕へ／（に）〔目的〕に」表示移動的目的，所以後面常接「行きます／いきます」（去）、「来ます／きます」（來）等移動動詞；「ため（に）」後面主要接做某事。

答案：1

4 比較

　　「で」表示以某種狀態做某事，前面可以接人物相關的單字，例如「家族／かぞく」（家人）、「みんな」（大家）、「自分／じぶん」（自己）、「一人／ひとり」（一個人）時，意思是「…一起（做某事）」、「靠…（做某事）」；「が」前面接人時，是用來強調這個人是實行動作的主語。

答案：1

5 比較

　　「〔引用內容〕と」用在引用一段話或句子；「という」用在提示出某個名稱。

答案：2

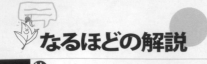

6 比較

　　両個文法意思都是「只有」，但「しか」後面一定要接否定形，「だけ」後面接肯定、否定都可以，而且不一定有像「しか＋否定」含有不滿、遺憾的心情。

答案：2

メモ

助詞的使用（二）

- □ 名詞＋と＋名詞
- □ 〔對象（人）〕＋に
- □ 〔離開點〕＋を
- □ 〔時間〕＋に＋〔次數〕
- □ ずつ
- □ 名詞＋の（名詞修飾主語）
- □ 〜には、へは、とは
- □ 〔對象〕と
- □ 〔句子〕＋ね
- □ 〔句子〕＋よ
- □ 〜から〜まで
- □ 〜も〜
- □ 〜か〜か〜（選擇）
- □ 〔句子〕＋か、〔句子〕＋か

---

1 名詞＋と＋名詞
「…和…」、「…與…」

文法說明 表示幾個事物的名詞的並列。將想要敘述的主要東西，全部列舉出來。

例句

○ ＣＤと本を買います。
買 CD 和書。

比較

● 〜や〜（並列）

「…和…」

文法說明 表示在幾個事物中，列舉出兩、三個來做為代表，其他的事物就被省略掉，沒有全部說完。

例句

○ パーティーには楊さんや山田さんが来ました。
派對裡來了楊小姐跟山田先生等。

2 〔對象（人）〕＋に
「給…」、「跟…」

文法說明　「に」的前面接人，表示動作、作用的對象，也就是動作的接受者。

例句

○ 友達に電話をかけます。
打電話給朋友。

比較
● 〔起點（人）〕から

「從…」、「由…」

文法說明　「から」的前面接人，表示從某對象借東西、從某對象聽來的消息，或從某對象得到東西等。

例句

○ 私は彼からバラの花をもらいました。
我從他那邊得到了玫瑰花。

3 〔離開點〕＋を

文法說明　「を」可以表示動作離開的場所。例如，從家裡出來或從各種交通工具下來。

例句

○ 教室を出ます。
走出教室。

• から（表示起點）

「從…」

文法說明 「から」表示起點。可以表示移動的出發點，如例（1）；也可以表示開始的時間，如例（2）。

例句

① 私は台湾から来ました。
　　我從台灣來。

② 9時から授業を始めます。
　　9點開始上課。

4　〔時間〕＋に＋〔次數〕

文法說明 表示某一範圍內的數量或次數，「に」前接某時間範圍，後面則為數量或次數。

例句

○ 1週間に1回ぐらいゴルフをします。
　　一星期大約打一次高爾夫球。

比較

• 〔數量〕＋で＋〔數量〕

「共…」

文法說明 「で」的前後可接數量、金額、時間單位等，表示總額的統計。

例句

○ このシャツは3枚で 4,000 円です。
　　這種襯衫 3 件 4000 日圓。

5 ずつ
「每」、「各」

文法說明 接在數量詞後面，表示平均分配的數量。

例句

○ バナナを一人1本ずつもらいます。
<ruby>一人<rt>ひとりいっぽん</rt></ruby>

一個人各拿1條香蕉。

比較

● **〜も〜（數量）**

「竟」、「也」

文法說明 「も」前面接數量詞，表示數量比一般想像的還多，有強調多的作用。含有意外的語意。

例句

○ 私は毎日 12時間も働きます。
<ruby>私<rt>わたし</rt></ruby><ruby>毎日<rt>まいにち</rt></ruby><ruby>12<rt>じゅうに</rt></ruby><ruby>時間<rt>じかん</rt></ruby><ruby>働<rt>はたら</rt></ruby>

我每天工作12小時之久。

6 名詞＋の（名詞修飾主語）
「…的」

文法說明 在「私（わたし）が 作（つく）った 歌（うた）」（我作的歌）這種修飾名詞（「歌」）句節裡，可以用「の」代替「が」，成為「私の 作った 歌」（我作的歌）。那是因為這種修飾名詞的句節中的「の」，跟「私の 歌」（我的歌）中的「の」有著類似的性質。

例句

○ これは田中さんの買った車です。
<ruby>田中<rt>たなか</rt></ruby><ruby>買<rt>か</rt></ruby><ruby>車<rt>くるま</rt></ruby>

這是田中先生買的車。

～は

文法說明 「は」接在名詞的後面，可以表示這個名詞就是主題。主題就是後面要敘述或判斷的對象，而這個對象是說話者、聽話者都知道的人事物，用「は」提示出來當作談論的主題。請注意，「は」當助詞的時候，要唸作 [wa]，不是 [ha] 喔！

例句

○ 私はドラマが好きです。
我喜歡看電視劇。

---

7 ～には、へは、とは

文法說明 格助詞「に、へ、と」後接「は」，有特別提出格助詞前面的名詞的作用。

例句

① 私のうちにはテレビがありません。
我家沒有電視。

② 北京へは行きました。上海へは行きませんでした。
去了北京，但是沒有去上海。

③ 僕は君とは考えが違います。
我有跟你不同的想法。

～にも、からも、でも

文法說明 格助詞「に、から、で」後接「も」，表示除了格助詞前面的名詞以外，還有其他的人事物。

例句

① 机の下にも本があります。

桌子底下也有書。

② あの国は冬でも暖かいです。

那個國家即使冬天也很暖和。

③ カナダからも留学生が来ました。

從加拿大也有留學生來。

---

8 〔對象〕と

「跟…一起」；「跟…」

文法說明　「と」前接人的時候，表示一起去做某動作的對象，如例（1）；或是互相進行某動作的對象，如戀愛、結婚、吵架等等，如例（2）。

例句

① 山田さんと旅行に行きます。

要和山田小姐去旅行。

② 彼と恋をしました。

和他戀愛了。

比較

● 〔對象（人）〕＋に

「給…」、「跟…」

文法說明　「に」的前面接人，表示動作、作用的對象，也就是動作的接受者。

例句

○ 私は妹に英語を教えます。

我教妹妹英語。

9 〔句子〕＋ね

文法說明 終助詞「ね」放在句子最後面，是種跟對方做確認的語氣，表示徵求對方的同意。基本上使用在說話人認為對方也知道的事物。

例句

○ これは梅の花ですね。

這是梅花吧。

比較
● 〔句子〕＋よ

「…喔」

文法說明 終助詞「よ」放在句子最後面，用在促使對方注意，或使對方接受自己的意見時。基本上使用在說話人認為對方不知道的事物。

例句

○ これは梅の花ですよ。

這是梅花喔！

10 〔句子〕＋よ

「…喔」

文法說明 終助詞「よ」放在句子最後面，用在促使對方注意，或使對方接受自己的意見時。基本上使用在說話人認為對方不知道的事物。

例句

○ その映画は面白いですよ。

那部電影很有趣喔！

〔句子〕＋か

「嗎」、「呢」

文法說明 終助詞「か」表示懷疑或不確定。用在問別人自己想知道的事。

例句

○ これは梅の花ですか。

這是梅花嗎？

11 ～から～まで

「從…到…」

文法說明 「から」表示範圍的起點。可以表示開始的時間；也可以表示開始的場所。「まで」表示範圍的終點。可以表示結束的時間；也可以表示結束的場所。兩個一起用，表示距離的範圍，如例（1）；或時間的範圍，如例（2）。

例句

① 桜の花が、公園から学校まで咲いています。

櫻花從公園到學校一路綻放著。

② アニメは10時から12時までです。

卡通片從 10 點播到 12 點。

～や～など

「…和…等」

文法說明 「など」通常和並列助詞「や」一起使用。當列舉出幾個項目，但是沒有全部説完，可以用「など」來強調這些沒有全部説完的部分。這個文法基本上意思跟「～や～」是一樣的。

例句

○ 私は野菜や果物などを買いました。

我買了蔬菜跟水果等等。

12 〜も〜
「…也…」、「都…」

文法說明 可用於再累加上同一 型的事物，如例（1）；表示累加、重複時，「も」除了接在名詞後面，也有接在「名詞＋助詞」之後的用法，如例（2）。

例句

① かばんには財布もかぎもあります。

包包裡有錢包也有鑰匙。

② 駅は公園に近いです。それから、
海にも近いです。

車站離公園很近，還有，離海也很近。

比較

● 〜か〜（選擇）

「或者…」

文法說明 表示在幾個當中，任選其中一個。

例句

○ 牛肉か魚が食べたいです。

想吃牛肉或魚。

13 ～か～か～（選擇）
「…或是…」

文法說明 「～か～か～」表示兩個意思對立的選項當中，任選其中一個，如例（1）；另外，「～か＋疑問詞＋か」表示從舉出的例子，或其他同類的人事物中，選出一個，如例（2）。「疑問詞＋か」用法請參考本書第四章。

例句

① イエスかノーか、まだ返事をもらっていません。
是要或是不要，你還沒回覆我。

② 田中さんか誰かに聞いてください。
麻煩去問田中先生或別人。

比較

● ～も～

「…也…」、「都…」

文法說明 可用於再累加上同一類型的事物，如例句；表示累加、重複時，「も」除了接在名詞後面，也有接在「名詞＋助詞」之後的用法。

例句

○ 姉も兄もいません。
沒有姊姊也沒有哥哥。

14 〔句子〕＋か、〔句子〕＋か
「是…，還是…」

文法說明 表示讓聽話人從不確定的兩個事物中，選出一樣來。

○ これは「B^{ビー}」ですか、「13^{じゅうさん}」ですか。

這是「B」呢？還是「13」呢？

比較

～とか～とか

「…啦…啦」、「…或…」、「及…」

文法説明　「とか」前接同類型事物的名詞，或用言基本形之後，表示從各種同類的人事物中選出幾個例子來説，或羅列一些事物，暗示還有其它，是口語的説法。

例句

○ 渋谷^{しぶや}で、マフラーとかくつとか買^かいました。

在澀谷買了圍巾啦，鞋子啦。

次の文の＿＿には、どんな言葉が入りますか。1・2から最も適当なものを一つ選んでください。

實力測驗

Q 哪一個是正確的？
答案＞＞在下一頁

---

1 手紙（　　）小包を送りました。
（只寄了信和包裹這兩件時）
1. と　2. や

譯 寄了信和包裹。
1. と：和
2. や：和

解答≫請看下一頁

---

2 今日、彼女（　　）手紙を出しました。
1. に　2. から

譯 今天寄了信給她。
1. に：給…、跟…
2. から：從…、由…

解答≫請看下一頁

---

3 学校（　　）家へ帰ります。
1. を
2. から

譯 從學校回家。
1. を：X
2. から：從…

解答≫請看下一頁

---

4 1日（　　）5回メールを見ます。
1. に
2. で

譯 一天查看5次的電子信箱。
1. に：X
2. で：共…

解答≫請看下一頁

---

5 このスマホは8億円（　　）します。
1. ずつ　2. も

譯 這台智慧型手機竟要價8億日圓。
1. ずつ：每、各
2. も：竟、也

解答≫請看下一頁

---

6 ここは私（　　）働いている会社です。
1. の　2. は

譯 這裡是我上班的公司。
1. の：的
2. は：X

解答≫請看下一頁

---

7 高橋さんとは会いましたが、山下さん（　　）会っていません。
1. とは　2. とも

譯 跟高橋小姐碰了面，但沒有跟山下小姐碰面。
1. とは：X
2. とも：X

解答≫請看下一頁

なるほどの解説を確認して、次の章へ進もう！

1 比較

　　兩個文法意思都是「…和…」，但「と」會舉出所有事物；「や」暗示除了舉出的兩、三個，還有其他的。

答案：1

2 比較

　　「に」前面是動作的接受者，也就是得到東西的人；「から」前面是動作的施予者，也就是給東西的人。但是，用句型「～をもらいます」（得到…）時，表示給東西的人，用「から」或「に」都可以，這時候「に」表示動作的來源，要特別記下來喔！

答案：1

3 比較

　　「を」表示離開某個具體的場所、交通工具，後面常接「出ます／でます」（出去；出來）、「降ります／おります」（下＜交通工具＞）等動詞；「から」則表示起點，強調從某個場所或時間點開始做某個動作。因為這題的「帰ります」比起「離開」，更著重在「到達」的概念，所以不能用「を」。

答案：2

4 比較

　　兩個文法的格助詞「に」跟「で」前後都會接數字，但「〔時間〕＋に＋〔次數〕」前面是某段時間，後面通常用「～回／かい」（…次）；「〔數量〕＋で＋〔數量〕」是表示總額的統計。

答案：1

5 比較

　　兩個文法都接在數量詞後面，但「ずつ」表示數量是平均分配的；「も」是強調數量比一般想像的還多。

答案：2

6 比較

　「の」可以表示修飾名詞句節的主語。譬如，如果將「これは歌です」（這是歌）跟「これは私が作りました」（這是我作的）兩句話合起來說，就是「これは私が作った歌です」（這是我作的歌）。其中的「は」點出句子的主題，而「が」表示後項敘述（修飾名詞句節）的主語，這時候可以用「の」來代替「が」。因為「は」表示整句話的主題，不能拿來表示修飾名詞句的主語。

答案：1

7 比較

　「は」前接格助詞時，是用在特別提出格助詞前面的名詞的時候；「も」前接格助詞時，表示除了格助詞前面的名詞以外，還有其他的人事物。

答案：1

実力テスト

做對了，往😊走，做錯了往❌走。

次の文の＿＿には、どんな言葉が入りますか。1・2から最も適当なものを一つ選んでください。

實力測驗

Q 哪一個是正確的？
答案>>在下一頁

1 子ども（　）あめを二つずつあげます。
1.に　2.と

譯 給孩子每人各兩顆糖。
1.に：給…、跟…
2.と：跟…（一起）

解答>>請看下一頁

2 あなたは料理が上手です（　）。
1.ね　2.よ

譯 你很會做菜呢。
1.ね：Ｘ
2.よ：喔

解答>>請看下一頁

3 今日は水曜日じゃありませんよ、木曜日です（　）。
1.よ　2.か

譯 今天不是星期三喔，是星期四喔！
1.よ：喔
2.か：嗎、呢

解答>>請看下一頁

4 8月1日（　）9月30日（　）夏休みです。
1.から～まで　2.や～など

譯 從8月1日到9月30日是暑假。
1.～から～まで：從…到…
2.～や～など：…和…等

解答>>請看下一頁

5 来週（　）再来週、お金を返すつもりです。
1.か　2.も

譯 預計下週或下下週還你錢。
1.か：或者
2.も：也、都

解答>>請看下一頁

6 韓国へ行きました。それから、日本へ（　）行きました。
1.か　2.も

譯 去了韓國，還有，也去了日本。
1.か：或是
2.も：也、都

解答>>請看下一頁

7 これは日本酒です（　）、焼酎です（　）。
1.か～か　2.とか～とか

譯 這是清酒呢？還是燒酒呢？
1.か～か：是…還是…
2.とか～とか：…啦…啦、…或…

解答>>請看下一頁

なるほどの解説を確認して、次の章へ進もう！

バンザーイ！！

1 比較

　前面接人的時候，「に」表示單方面對另一方實行某動作；「と」則表示雙方一起做某事。譬如，「会います」（見面）前面接「に」的話，表示單方面有事想見某人，或是和某人碰巧遇到，但如果接「と」的話，表示是在約定好，雙方都有準備要見面的情況下。

答案：1

2 比較

　終助詞「ね」主要是表示徵求對方的同意，也可以表示感動，而且使用在認為對方也知道的事物；終助詞「よ」則表示將自己的意見或心情傳達給對方，使用在認為對方不知道的事物。這一題的空格也有可能填入「よ」，但是在比較特殊的情況下，譬如，當有個女性哭著說，丈夫因為嫌棄自己作的菜，而怒罵她，就可以安慰她說「そんなことありません、あなたは料理が上手ですよ」（沒那回事，你很會做菜啊）。不過，通常一般人應該知道自己會不會做菜，所以這題比較適當的答案是「ね」。

答案：1

3 比較

　終助詞「よ」用在促使對方注意，或使對方接受自己的意見時；終助詞「か」用在問別人自己想知道的事。

答案：1

4 比較

　「～から～まで」表示距離、時間的起點與終點，是「從…到…」的意思；「～や～など」則是列舉出部分的項目，是「…和…等」的意思。

答案：1

5 比較

　「～か～」表示選擇，要在列舉的事物中，選出一個；但「～も～」表示並列，或累加、重複時，這些被舉出的事物，都符合後面的敘述。

答案：1

6 比較

　　「～か～」會接意思對立的兩個選項，表示從中選出一方；但「も」表示累加、重複，除了接在名詞後面，也有接在「名詞＋助詞」之後的用法。

答案：2

7 比較

　　「～か～か」會接句子，表示提供聽話人兩個方案，要他選出來；但「～とか～とか」接名詞、動詞基本形、形容詞或形容動詞，表示從眾多同類人事物中，舉出兩個來加以說明。

答案：1

メモ

指示詞的使用

☐ これ、それ、あれ、どれ
☐ ここ、そこ、あそこ、どこ

1 これ、それ、あれ、どれ

文法說明 這一組是指示事物給對方看的說法。「これ」（這）指說話者身邊的事物；「それ」（那）指聽話者身邊的事物；「あれ」（那）指雙方距離都遠的事物；「どれ」（哪）表示說話者不確定的事物，一般出現在疑問句中。但只用在指事物，不可以用在指人。

例句

① これは時計です。
　　這是時鐘。

② それは雑誌です。
　　那是雜誌。

③ あれは109です。
　　那是 109 百貨。

④ どれがあなたの本ですか。
　　哪一本是你的書呢？

● この、その、あの、どの

文法說明 這一組是指示連體詞，後面必須接名詞，不能單獨使用。除了指事物以外，也可以用在指人。「この」（這…）指説話者身邊的事物；「その」（那…）指聽話者身邊的事物；「あの」（那…）指雙方距離都遠的事物；「どの」（哪…）説話者不確定的事物，一般出現在疑問句中。

例句

① この本は村上春樹の小説です。
　これ本書是村上春樹的小說。

② その人は誰ですか。
　那個人是誰呢？

③ あの人は佐々木さんです。
　那個人是佐佐木小姐。

④ どの人が田中さんですか。
　哪一個人是田中先生呢？

2 ここ、そこ、あそこ、どこ

文法說明 這一組是指示地點的説法。「ここ」（這裡）指説話者身邊的場所；「そこ」（那裡）指聽話者身邊的場所；「あそこ」（那裡）指離雙方都較遠的場所；「どこ」（哪裡）表示説話者不確定的場所，一般出現在疑問句中。

① ここはコンピューターの教室です。

這裡是電腦教室。

② そこは会議室です。

那裡是會議室。

③ あそこはプールです。

那裡是游泳池。

④ トイレはどこですか。

洗手間在哪裡呢？

比較

こちら、そちら、あちら、どちら

文法説明 這一組是指示方向的説法。「こちら」（這邊）指離説話者近的方向；「そちら」（那邊）指離聽話者近的方向；「あちら」（那邊）指離説話者和聽話者都遠的方向；「どちら」（哪邊）表示説話者不確定的方向，一般出現在疑問句中。另外，也可以表示場所或人物，但説法比較委婉。

例句

① こちらは山田先生です。

這一位是山田老師。

② そちらは図書室です。

那邊是圖書室。

③ お手洗いはあちらです。

洗手間在那邊。

④ お国はどちらですか。

您的國家是哪裡呢？

実力テスト

做對了，往走，做錯了往走。

次の文の____には、どんな言葉が入りますか。1・2から最も適当なものを一つ選んでください。

實力測驗

Q 哪一個是正確的？

答案>>在下一頁

1 私が買ったのは（　　）です。
1. これ
2. この

譯 我買的是這個。
1. これ：這個
2. この：這

解答》請看下一頁

2 （　　）へどうぞ。
1. ここ
2. こちら

譯 這邊請。
1. ここ：這裡
2. こちら：這裡

解答》請看下一頁

なるほどの解説を確認して、
次の章へ進もう！

メモ

なるほどの解説

1. 比較

　「これ、それ、あれ、どれ」用來代替某個事物；「この、その、あの、どの」是指示連體詞，後面一定要接名詞，才能代替提到的人事物。

答案：1

2 比較

　「ここ、そこ、あそこ、どこ」跟「こちら、そちら、あちら、どちら」都可以用來指場所，但「こちら、そちら、あちら、どちら」的語氣比較委婉、謹慎。由於「どうぞ」是禮貌的說法，所以這題空格填入「こちら」比較適當。

　以上四組文法又稱作「こそあど系列」，其中「そ系列」跟「あ系列」最容易被搞混。基本上在對話中，如果Ａ談到了Ｂ不知道的內容，Ｂ就要用「そ系列」代替那個自己不知道的內容；但如果是ＡＢ雙方都知道的人事物地，會用「あ系列」。

答案：2

メモ

_____

_____

_____

_____

_____

_____

_____

_____

_____

_____

_____

_____

疑問詞的使用

- □ なに、なん
- □ だれ、どなた
- □ いつ
- □ どこ
- □ なに＋か
- □ だれ＋か
- □ いつ＋か
- □ どこ＋か
- □ いくつ（個數、年齢）
- □ いくら
- □ どう、いかが
- □ どうして

1 なに、なん
「什麼」

文法說明 「何（なに）/（なん）」代替名稱或情況不瞭解的事物，或用在詢問數字時，相當於英文的「what」。一般而言，表示「什麼東西」時，讀作「なに」；表示「多少」時，讀作「なん」。但是，「何だ（なんだ）」、「何の（なんの）」一般要讀作「なん」。

例句

① 明日、何をしますか。
明天要做什麼呢？

② それは何ですか。
那是什麼呢？

③ 今、何時ですか。
現在幾點呢？

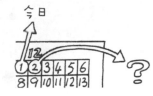

比較

● **なに＋か**

「什麼」、「某個東西」

文法說明 「か」的前面接疑問詞，表示不明確、不肯定，沒有辦法具體說清楚，或沒必要說明的事物。當「か」前面接「なに」的時候，表示不確定的某樣東西，或沒特別指定的隨便一樣東西。

○ おなかがすきましたね。
何か食べましょう。

肚子餓了吧！吃點東西吧。

2 だれ、どなた
「誰」、「哪位…」

文法説明 「だれ」是詢問不知道名字的人，或不知道是哪個人，相當於英文的「who」，如例（1）。「どなた」和「だれ」一樣用在詢問人物，但是比「だれ」説法還要客氣，如例（2）。

例句

① あの人は誰ですか。

那個人是誰呢？

② あなたはどなたですか。

您是哪位呢？

比較

● だれ＋か

「誰」、「某人」

文法説明 「か」的前面接疑問詞，表示不明確、不肯定，沒有辦法具體説清楚，或沒必要説明的事物。當「か」前面接「だれ」的時候，表示不確定是誰，或沒特別指定的隨便一個人。

例句

○ 部屋に誰かいますか。

房間裡有人嗎？

3 いつ
「什麼時候」

文法說明 「いつ」用來問不確定的時間點，相當於英文的「when」。

例句

○ いつ仕事が終わりますか。
工作什麼時候結束呢？

比較

● いつ＋か

「不知什麼時候」；「改天」、「總有一天」

文法說明 「か」的前面接疑問詞，表示不明確、不肯定，沒有辦法具體說清楚，或沒必要說明的事物。當「か」前面接「いつ」的時候，表示不確定的時間點，或未來某個時候。

例句

○ またいつか会いましょう。
哪天再見面吧！（後會有期。）

4 どこ
「哪裡」

文法說明 這是指示地點的說法。表示說話者不確定的場所，一般出現在疑問句中，相當於英文的「where」。

○ コンサートをする場所_{ばしょ}はどこですか。
舉辦音樂會的場地在哪裡呢？

比較
___

● **どこ＋か**

「什麼地方」、「某個地方」

文法說明　「か」的前面接疑問詞，表示不明確、不肯定，沒有辦法具體說清楚，或沒必要說明的事物。當「か」前面接「どこ」的時候，表示不確定在哪裡，或沒特別指出確切位置的場所。

例句

○ 今度_{こんど}の日曜日_{にちようび}、どこかへ行_いきましょう。
下次星期天到什麼地方去吧！

5　なに＋か

「什麼」、「某個東西」

文法說明　「か」的前面接疑問詞，表示不明確、不肯定，沒有辦法具體說清楚，或沒必要說明的事物。當「か」前面接「なに」的時候，表示不確定的某樣東西，或沒特別指定的隨便一樣東西。

例句

○ 何_{なに}かおやつを食_たべますか。
你要不要吃什麼點心？

比較
___

● **なに＋が（疑問詞主語）**

「什麼」

文法說明　當問句使用「なに」這個疑問詞作為主語時，主語後面會接「が」。

例句

○ 冷蔵庫に何がありますか。
れいぞうこ　なに

冰箱裡面有什麼呢？

---

6 だれ＋か

「誰」、「某人」

文法說明「か」的前面接疑問詞，表示不明確、不肯定，沒有辦法具體說清楚，或沒必要說明的事物。當「か」前面接「だれ」的時候，表示不確定是誰，或沒特別指定的隨便一個人。

例句

○ 誰か助けてください。
だれ　たす

誰來救救我啊！

比較

● だれ＋が（疑問詞主語）

文法說明當問句使用「だれ」這個疑問詞作為主語時，主語後面會接「が」。

例句

○ 歌手の中で誰がいちばんハンサムですか。
かしゅ　なか　だれ

歌手中誰最英俊？

---

7 いつ＋か

「不知什麼時候」；「改天」、「總有一天」

文法說明「か」的前面接疑問詞，表示不明確、不肯定，沒有辦法具體說清楚，或沒必要說明的事物。當「か」前面接「いつ」的時候，表示不確定的時間點，或未來某個時候。

○ いつか日本へ旅行に行きたいです。

期待有一天能去日本旅行。

• いつ＋が（疑問詞主語）

「什麼時候」

文法說明 當問句使用「いつ」這個疑問詞作為主語時，主語後面會接「が」。

例句

○ 来週、いつが空いていますか。

下禮拜什麼時候有空呢？

---

8 どこ＋か

「什麼地方」、「某個地方」

文法說明 「か」的前面接疑問詞，表示不明確、不肯定，沒有辦法具體說清楚，或沒必要說明的事物。當「か」前面接「どこ」的時候，表示不確定在哪裡，或沒特別指出確切位置的場所。

例句

○ 夏休みにどこかへ行きたいです。

暑假想去個什麼地方。

比較

• どこ＋が（疑問詞主語）

「什麼地方」

文法說明 當問句使用「どこ」這個疑問詞作為主語時，主語後面會接「が」。

○ これとそれは、どこが違うんですか。

這個跟那個，哪裡不一樣呢？

9 いくつ（個數、年齡）

「幾個」、「多少」；「幾歲」

文法說明 表示不確定的個數，如例（1）。也可以詢問年齡，這時候「いくつ」前面可以加敬語接頭詞「お」，如例（2）。

例句

① ボールはいくつありますか。

有幾顆球呢？

② 山田さんのお子さんはおいくつですか。

山田先生的小孩幾歲呢？

比較

• **いくら**

「多少（錢）」

文法說明 表示不明確的價格、工資、數量、時間、距離等。

例句

○ 本は3冊でいくらですか。

書3本多少錢？

10 いくら
「多少（錢）」

文法說明 表示不明確的數量，但通常用在問價錢。

例句

○ このシャツは1枚いくらですか。
いちまい
這件襯衫一件多少錢？

比較

• **どのぐらい、どれぐらい**

「多（久）…」

文法說明 用在問時間、金錢、距離、喜好等的程度，會依句子的內容，翻譯成「多久、多少錢、多遠、多少」等。「ぐらい」也可換成「くらい」。

例句

○ 太郎は身長がどれぐらいありますか。
たろう　しんちょう
太郎身高有多高？

11 どう、いかが
「如何」、「怎麼樣」；「要不要…」

文法說明 「どう」詢問對方的想法或狀況，還有不知道情況是如何或該怎麼做等，相當於英文的「how」，如例（1）。「いかが」跟「どう」一樣，只是説法更有禮貌。另外，「いかが」跟「どう」也可以用在勸誘對方做某事，如例（2）。

例句

① テストはどうでしたか。
考試考得怎麼樣呢？

② お茶はいかがですか。
ちゃ
要不要來杯茶呢？

比較

● どんな

「什麼樣的」

文法說明 「どんな」後面通常接名詞，用在詢問人的特質，或事物的種類、內容。

例句

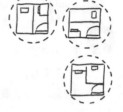

○ あなたの部屋はどんな部屋ですか。

你的房間是什麼樣的房間？

---

12 どうして

「為什麼」；「怎麼」、「如何」

文法說明 表示疑問、不清楚的疑問詞，相當於英文的「why」。可以用在書面，或是較慎重的口語說法。也有「怎麼」、「如何」的意思。

例句

○ どうしてご飯を食べないのですか。

為什麼不吃飯呢？

比較

● なぜ、なんで

「為什麼」

文法說明 「なぜ」跟「なんで」一樣，都是表示疑問、不清楚的疑問詞。但「なぜ」通常用在書面，「なんで」是較草率的口語說法。兩個都沒有「怎麼」、「如何」的意思。

例句

① なぜ日本語を勉強しているのですか。

為什麼要學習日語呢？

② なんであの人が嫌いなんですか。

為什麼會討厭那個人呢？

次の文の____には、どんな言葉が入りますか。1・2から最も適当なものを一つ選んでください。

實力測驗

Q哪一個是正確的？

答案>>在下一頁

---

1 明日は（　　）曜日ですか。

1．何

2．何か

譯 明天是星期幾呢？

1．何：什麼

2．何か：什麼、某個東西

解答》請看下一頁

---

2 嵐の中で（　　）が一番歌がうまいですか。

1．誰　　2．誰か

譯 「嵐」的成員中，誰最會唱歌？

1．誰：誰

2．誰か：誰、某人

解答》請看下一頁

---

3 （　　）から日本語を勉強していますか。

1．いつ　　2．いつか

譯 從什麼時候開始學日語呢？

1．いつ：什麼時候

2．いつか：不知什麼時候；改天、總有一天

解答》請看下一頁

---

4 あの人は（　　）から来ましたか。

1．どこ

2．どこか

譯 那個人是從哪裡來的呢？

1．どこ：哪裡

2．どこか：什麼地方、某個地方

解答》請看下一頁

---

5 あそこで（　　）光っています。

1．何か

2．何が

譯 那裡有某個東西在發光。

1．何か：什麼、某個東西

2．何が：什麼

解答》請看下一頁

---

6 この絵は（　　）描きましたか。

1．誰か

2．誰が

譯 這畫是誰畫的？

1．誰か：誰、某人

2．誰が：誰

解答》請看下一頁

なるほどの解説を確認して、次の章へ進もう！

1 比較

　「なに／なん」通常只出現在疑問句，用來詢問不清楚的事物；「なに＋か」則是代替某個不確定，或沒有明確說明的事物，而且不只能用在疑問句，也可能出現在肯定句等。

答案：1

2 比較

　「だれ」通常只出現在疑問句，用來詢問人物；「だれ＋か」則是代替某個不確定，或沒有特別指定的某人，而且不只能用在疑問句，也可能出現在肯定句等。

答案：1

3 比較

　「いつ」通常只出現在疑問句，用來詢問時間；「いつ＋か」則是代替過去或未來某個不確定的時間，而且不只能用在疑問句，也可能出現在肯定句等。

答案：1

4 比較

　「どこ」通常只出現在疑問句，用來詢問不確定的場所；「どこ＋か」則是代替某個不確定，或沒有指出確切位置的地方，而且不只能用在疑問句，也可能出現在肯定句等。

答案：1

5 比較

　「なに＋か」是代替某個不確定，或沒有明確說明的事物，而且不只能用在疑問句，也可能出現在肯定句等；「なに＋が」則出現在疑問句，用來詢問不明確的事物。

答案：1

6 比較

　「だれ＋か」是代替某個不確定，或沒有特別指定的某人，而且不只能用在疑問句，也可能出現在肯定句等；「だれ＋が」則出現在疑問句，用來詢問不確定的人物。

答案：2

実力テスト

做對了，往😊走，做錯了往❌走。

次の文の____には、どんな言葉が入りますか。１・２から最も適当なものを一つ選んでください。

實力測驗

Q哪一個是正確的？
答案＞＞在下一頁

1
野球の練習は（　　）いいですか。
1．いつか
2．いつが

譯 棒球練習什麼時候好呢？
1．いつか：不知什麼時候；改天、總有一天
2．いつが：什麼時候

解答≫請看下一頁

2
日本で（　　）一番にぎやかですか。
1．どこか　2．どこが

譯 日本哪裡最熱鬧？
1．どこか：什麼地方
2．どこが：什麼地方、某個地方

解答≫請看下一頁

3
このみかんは（　　）ですか。
1．いくつ
2．いくら

譯 這種橘子多少錢呢？
1．いくつ：幾個、多少；幾歲
2．いくら：多少（錢）

解答≫請看下一頁

4
大阪の人口は（　　）ですか。
1．いくら
2．どのぐらい

譯 大阪有多少人口呢？
1．いくら：多少（錢）
2．どのぐらい：多（久）…

解答≫請看下一頁

5
コーヒーは（　　）ですか。
1．どう
2．どんな

譯 要不要來杯咖啡呢？
1．どう：如何、怎麼樣；要不要…
2．どんな：什麼樣的

解答≫請看下一頁

6
今日は（　　）来ましたか。電車ですか、バスですか。
1．どうして　2．なぜ

譯 今天是怎麼來的？搭電車？還是公車？
1．どうして：為什麼；怎麼、如何
2．なぜ：為什麼

解答≫請看下一頁

なるほどの解説を確認して、
次の章へ進もう！

なるほどの解説

1 比較

「いつ＋か」是代替過去或未來某個不確定的時間，而且不只能用在疑問句，也可能出現在肯定句等；「いつ＋が」則出現在疑問句，用來詢問不確定的時間。

答案：2

2 比較

「どこ＋か」是代替某個不確定，或沒有指出確切位置的地方，而且不只能用在疑問句，也可能出現在肯定句等；「どこ＋が」則出現在疑問句，用來詢問不確定的地點。

答案：2

3 比較

兩個文法都用來問數字問題，「いくつ」用在問東西的個數，大概就是英文的「how many」，也能用在問人的年齡；「いくら」可以問價格、時間、距離等數量，大概就是英文的「how much」，但不能拿來問年齡。

答案：2

4 比較

「いくら」可以表示詢問各種不明確的數量，但絕大部份用在問價錢。如果問到「これはいくらですか」，意思在問「這個多少錢」，所以會回答「～円です」（…日圓）。問價錢沒有「これはどのぐらいですか」的說法，不過可以用「これの値段はどのぐらいですか」（這個的價錢大約多少呢），這時只要回答大概的金額就行了，所以常會回答「～円ぐらいです」（大約…日圓）。另外，「いくら」表示程度時，不會用在疑問句。譬如，想問對方「你有多喜歡我」，可以說「私のこと、どのぐらい好き？」，但沒有「私のこと、いくら好き？」的說法。

答案：2

5 比較

「どう、いかが」主要用在問對方的想法、狀況、事情「怎麼樣」，或是勸勉誘導對方做某事；「どんな」則是詢問人事物是屬於「什麼樣的」的特質或種類。

答案：1

6 比較

「どうして」用在書面或慎重的口語說法，除了「為什麼」的意思之外，也可以表示「怎麼」、「如何」；「なぜ」、「なんで」只有「為什麼」的意思。這題可以從「電車ですか、バスですか」，知道問的是交通手段，所以正確答案是有「如何」意思的「どうして」。

答案：1

5

★ ★ ★ ★ ★

名詞的表現

□ ～は～です
□ ～の（準體助詞）
□ たち、がた

1 ～は～です

「…是…」

 文法說明 名詞敬體的肯定句句型，表示某東西或某人，屬於「です」前面的名詞。用「です」表示對主題的斷定或是說明。

例句

○ 山田さんは学生です。
やまだ　　　　がくせい

山田小姐是學生。

比較

● ～は～ではありません／ではないです

「…不是…」

文法說明 名詞敬體的否定句句型，用在表示某東西或某人，不屬於什麼。這時候，肯定句的「です」要改成「ではありません」或「ではないです」。

例句

① これはカメラではありません。

這不是照相機。

② 山田さんは学生ではないです。
やまだ　　　　がくせい

山田小姐不是學生。

2 　〜の（準體助詞）
「…的」

文法説明　準體助詞「の」後面可省略前面出現過，或無須説明大家都能理解的名詞，不需要再重複，或替代該名詞。

例句

○ この曲は福山雅治のです。
きょく　ふくやままさはる

這首歌是福山雅治的。

比較

● 〜こと

文法説明　「こと」前接名詞修飾短句，使前面的短句名詞化。

例句

○ 自分に合った仕事を探すことが大切です。
じ ぶん　あ　　しごと　さが　　　　　たいせつ

找適合自己的工作很重要。

3 　たち、がた
「…們」

文法説明　接尾詞「たち」接在「私」、「あなた」等人稱代名詞，或「子ども（こども）」、「大人（おとな）」等名詞的後面，表示人的複數，如例（1）；接尾詞「方（がた）」也是表示人的複數的敬稱，説法更有禮貌，如例（2）、（3）；「方（かた）」是對「人」表示敬意的説法，如例（4）；「方々（かたがた）」是對「人たち」（人們）表示敬意的説法，如例（5）。

① 学生たちが広場に集まりました。

學生們聚集在廣場。

② あなた方はどなたですか。

您們是誰呢？

③ 私はけさ大学の先生方と会いました。

早上我跟大學的老師們碰了面。

④ あの方は日本語の先生です。

那位是日語老師。

⑤ ご来場の方々に申し上げます。

蒞臨的貴賓們請注意。

比較

● かた

「…法」、「…樣子」

文法說明 前面接動詞連用形，表示方法、手段、程度跟情況。

例句

○ 電話のかけ方を教えてください。

請告訴我怎麼打電話。

実力テスト

做對了，往😊走，做錯了往❌走。

次の文の＿＿には、どんな言葉が入りますか。１・２から最も適当なものを一つ選んでください。

實力測驗

Q 哪一個是正確的？
答案>>在下一頁

1 あれは自転車のかぎ（　　）ありません。
1．です　2．では

譯 那不是腳踏車的鑰匙。
1．です：✕
2．では：✕

解答》請看下一頁

2 その靴は私（　　）です。
1．の
2．こと

譯 那雙鞋是我的。
1．の：✕
2．こと：✕

解答》請看下一頁

3 私（　　）は駅までバスで行きましょう。
1．たち　2．かた

譯 我們坐巴士到車站吧！
1．たち：們
2．かた：…法

解答》請看下一頁

なるほどの解説を確認して、次の章へ進もう！

バンザーイ!!

メモ

1 比較

　　兩個文法「は」前面的名詞都是主題，但「～は～です」是肯定句，「～は～ではありません／ではないです」是否定句。

答案：2

2 比較

　　用「名詞＋の」的形式，可以省略原本後面會出現的名詞；「こと」前面要接短句。這題是將「この靴は私の靴です」中，第二次出現的「靴」省略掉。

答案：1

3 比較

　　「たち」、「がた」接人物，表示人物的複數；「かた」接動詞連用形，表示方法或情況等。另外，「がた」表示尊敬，所以「私」的後面只能接「たち」，而不能接「がた」。

答案：1

メモ

形容詞與形容動詞的表現

☐ 形容詞（現在肯定／現在否定）
☐ 形容詞（過去肯定／過去否定）
☐ 形容詞くて
☐ 形容詞く＋動詞
☐ 形容詞＋名詞
☐ 形容詞＋の

1 形容詞（現在肯定／現在否定）

 文法說明 形容詞述語句的常體是到詞尾「い」就結束，如例（1）。「い」前面不會變化的部分叫做詞幹。至於形容詞述語句的敬體，肯定敘述句用句型「名詞＋は＋形容詞辭書形＋です」，來表示事物目前性質、狀態等，如例（2）。請不要把「です」當做形容詞的詞尾喔！形容詞述語句的否定式，是將詞尾「い」轉變成「く」，然後再加上「ありません」或是「ないです」，如例（3）、（4）。

例句

① すしはおいしい。
壽司好吃。

② この指輪は安いです。
這只戒指很便宜。

③ この指輪は安くありません。
這只戒指不便宜。

④ この指輪は安くないです。
這只戒指不便宜。

● 形容動詞（現在肯定／現在否定）

文法說明 形容動詞述語句的常體是到詞尾「だ」就結束，如例（1）。「だ」前面不會變化的部分叫做詞幹。至於形容動詞的肯定敘述句，把詞尾「だ」換成「です」是敬體說法，如例（2）；形容動詞的否定式，是把詞尾「だ」變成「で」，然後中間插入「は」，最後加上「ありません」或「ないです」，如例（3）、（4）。

例句

① 星<ruby>星<rt>ほし</rt></ruby>がきれいだ。
　星星很美。

② <ruby>私<rt>わたし</rt></ruby>はあの<ruby>人<rt>ひと</rt></ruby>が<ruby>嫌<rt>きら</rt></ruby>いです。
　我討厭那個人。

③ <ruby>日本語<rt>にほんご</rt></ruby>は<ruby>上手<rt>じょうず</rt></ruby>ではありません。
　我的日文不好。

④ <ruby>日本語<rt>にほんご</rt></ruby>は<ruby>上手<rt>じょうず</rt></ruby>ではないです。
　我的日文不好。

2　形容詞（過去肯定／過去否定）

文法說明 形容詞的過去肯定，是將詞尾「い」改成「かっ」再加上「た」，用敬體時「かった」後面要再接「です」，如例（1）；形容詞的過去否定，是將詞尾「い」改成「く」，再加上「ありませんでした」，如例（2）；或將現在否定式的「ない」改成「なかっ」，然後加上「た」，用敬體時「なかった」後面要再接「です」，如例（3）。

① 昨日は暑かったです。
$\underset{きのう}{昨日}$は$\underset{あつ}{暑}$かったです。

昨天很熱。

② 昼ご飯は、おいしくありませんでした。
$\underset{ひる}{昼}$ご$\underset{はん}{飯}$は、おいしくありませんでした。

午餐不好吃。

③ 昨日は忙しくなかったです。
$\underset{きのう}{昨日}$は$\underset{いそが}{忙}$しくなかったです。

昨天很閒。

比較

● 形容動詞（過去肯定／過去否定）

文法說明 形容動詞的過去肯定，是將現在肯定詞尾「だ」變成「だっ」再加上「た」，敬體是將詞尾「だ」換成「でし」再加上「た」，如例（1）；形容動詞過去否定式，是將現在否定的「ではありません」後接「でした」，如例（2）；或將現在否定式的「ではない」改成「ではなかっ」，然後加上「た」，用敬體時「ではなかった」後面要再接「です」，如例（3）。

例句

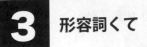

① 昨日は暇でした。
$\underset{きのう}{昨日}$は$\underset{ひま}{暇}$でした。

昨天很閒。

② この町はにぎやかではありませんでした。
この$\underset{まち}{町}$はにぎやかではありませんでした。

這個城鎮以前不熱鬧。

③ 母は元気ではなかったです。
$\underset{はは}{母}$は$\underset{げんき}{元気}$ではなかったです。

媽媽沒精神。

3　形容詞くて

文法說明 形容詞詞尾「い」改成「く」，再接上「て」，表示句子還沒說完到此暫時停頓或屬性的並列（連接形容詞或形容動詞時），如例（1）、（2）；也可表示理由、原因之意，但其因果關係比「～から」、「～ので」還弱，如例（3）。

① あの映画は長くてつまらないです。

那齣電影又冗長，又沒意思。

② あのホテルは大きくてきれいです。

那個飯店又寬敞又整潔。

③ 映画館は、人が多くて大変でした。

電影院人很多，真是受夠了。

比較

形容動詞で

文法說明 形容動詞詞尾「だ」改成「で」，表示句子還沒說完到此暫時停頓，或屬性的並列（連接形容詞或形容動詞時）之意，如例（1）；也有表示理由、原因之意，但其因果關係比「〜から」、「〜ので」還弱，如例（2）。

例句

① 彼はハンサムですてきな人です。

他是個英俊又出色的人。

② 花火大会はにぎやかで好きです。

煙火晚會很熱鬧，我很喜歡。

4 形容詞く＋動詞

文法說明 形容詞詞尾「い」改成「く」，可以修飾句子裡的動詞。

例句

○ そこはいつも風が強く吹いています。

那裡總是颳著很大的風。

● 形容動詞に＋動詞

形容動詞詞尾「だ」改成「に」，可以修飾句子裡的動詞。

文法說明 形容動詞詞尾「だ」改成「に」，可以修飾句子裡的動詞。

例句

○ ドアは静かに閉めてください。
　請輕輕地關門。

5　形容詞＋名詞

文法說明 形容詞要修飾名詞，就是把名詞直接放在形容詞辭書形後面，如例句。另外，連體詞是用來修飾名詞，沒有活用，數量不多。N5程度只要記住「この、その、あの、どの、大きな、小さな」這幾個字就可以了。

例句

① 原宿は面白い服の女の人が多いです。
　原宿有很多打扮吸引人的女人。

② 私は話が面白い人が好きです。
　我喜歡說話風趣的人。

比較

● 形容動詞な＋名詞

文法說明 形容動詞要後接名詞，得把詞尾「だ」改成「な」，才可以修飾後面的名詞。

例句

○ おばさんはきれいな人です。
　阿姨是漂亮的人。

6 形容詞＋の

文法說明 形容詞後面接的「の」是一個代替名詞，代替句中前面已出現過，或是無須解釋就明白的名詞。

例句

○ 私の傘はあの白いのです。

我的雨傘是那隻白色的。

比較
形容動詞な＋の

文法說明 形容動詞後面接代替句子的某個名詞「の」時，要將詞尾「だ」變成「な」。

例句

○ 一番静かなのはここです。

最安靜的是這裡。

実力テスト

做對了，往😊走，做錯了往✗走。

次の文の＿＿には、どんな言葉が入りますか。1・2から最も適当なものを一つ選んでください。

實力測驗

Q 哪一個是正確的？
答案>>在下一頁

1 このりんごは（　）です。
1. すっぱい
2. すっぱいな

譯 這顆蘋果很酸。
1. すっぱい：酸
2. すっぱいな：X
解答>>請看下一頁

2 今日は宿題が多くて（　）。
1. 大変かったです
2. 大変でした

譯 今天作業很多，真夠累的。
1. 大変かったです：X
2. 大変でした：累、辛苦
解答>>請看下一頁

3 山田さんの指は、（　）長いです。
1. 細くて　2. 細いで

譯 山田小姐的手指又細又長。
1. 細くて：細
2. 細いで：X
解答>>請看下一頁

4 （　）宿題を出してください。
1. 早く
2. 早いに

譯 請快點交作業。
1. 早く：快點
2. 早いに：X
解答>>請看下一頁

5 あの（　）建物は美術館です。
1. 古い　2. 古いな

譯 那棟老舊的建築是美術館。
1. 古い：老舊的
2. 古いな：X
解答>>請看下一頁

6 花子の財布はあの（　）のです。
1. まるい　2. まるいな

譯 花子的錢包是那個圓形的。
1. まるい：圓形的
2. まるいな：X
解答>>請看下一頁

なるほどの解説を確認して、
次の章へ進もう！

1 比較

　　形容詞跟形容動詞都用來表示人事物的性質、狀態，但活用變化不一樣。形容詞最大特徵就是詞尾「い」，而形容動詞的詞尾是「だ」。另外，用日語字典查形容詞的時候，查到的字詞包括詞幹跟詞尾。但是，查形容動詞時，查到的字詞大多只寫詞幹喔！請注意，「きれい」（漂亮）、「嫌い／きらい」（討厭）常被誤以為是形容詞，但其實是形容動詞。

答案：1

2 比較

　　形容詞與形容動詞的活用變化不一樣，剛開始可能沒辦法馬上將現在式轉變成過去式，但不用緊張，接下來再復習一下吧。形容詞的過去肯定＝「形容詞詞幹＋かった（です）」；形容動詞的過去肯定＝「形容動詞詞幹＋でした／だった」。形容詞的過去否定＝「形容詞詞幹＋くありませんでした／くなかった（です）」；形容動詞的過去否定＝「形容動詞詞幹＋ではありませんでした／ではなかった（です）」。

答案：2

3 比較

　　這兩個文法重點是在形容詞與形容動詞的活用變化。簡單整理一下，句子的中間停頓形式是「形容詞詞幹＋くて」、「形容動詞詞幹＋で」。請注意，「きれい」（漂亮）、「嫌い／きらい」（討厭）是形容動詞，所以中間停頓形式是「きれいで」、「嫌いで」喔！

答案：1

4 比較

　　形容詞與形容動詞要修飾動詞，不可以直接接在動詞前面，要注意活用變化喔！簡單整理一下，形容詞修飾動詞用「形容詞詞幹＋く＋動詞」；形容動詞修飾動詞用「形容動詞詞幹＋に＋動詞」。另外，這題題目是為了要結合「早く出して」（快點交）跟「宿題を出して」（交作業），所以將「宿題を」放在「早く」、「出して」兩個中間。

答案：1

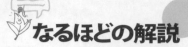 

5 比較

　形容詞要修飾名詞，直接將辭書形接在名詞前面就行了。請注意，形容詞跟名詞中間不需要加「の」喔！但形容動詞要修飾名詞的話，要用「形容動詞詞幹＋な＋名詞」的形式。

答案：1

6 比較

　這兩個文法重點還是在形容詞與形容動詞的活用變化。不過，因為後面接的「の」是代替某個名詞，接續變化會跟後接名詞時一樣。所以，形容詞用辭書形接「の」，形容動詞用「形容動詞詞幹＋な」才能接「の」。

答案：1

メモ

_____

_____

_____

_____

_____

_____

_____

_____

_____

_____

動詞的表現

- ☐ 動詞（現在肯定／現在否定）
- ☐ ～に～があります／います
- ☐ 動詞述語句（敬體）
- ☐ 動詞＋名詞
- ☐ 〔動詞＋ています〕（動作進行中）
- ☐ 〔動詞＋ています〕（結果或狀態的持續）
- ☐ 動詞（過去肯定／過去否定）

- ☐ 動詞（習慣行為）
- ☐ ～が＋自動詞
- ☐ 自動詞＋ています
- ☐ 動詞たり、動詞たりします
- ☐ ～をもらいます

1 動詞（現在肯定／現在否定）

文法說明 表示人或事物的存在、動作、行為和作用的詞叫動詞。動詞述語句現在肯定式敬體用「～ます」，如例（1）；否定式的話，就要把「ます」改成「～ません」，如例（2）；可以用在習慣行為，常會跟「毎日／まいにち」（每天）等單字一起使用，如例（3）；表示現在的狀態，用存在動詞「います」（用在有生命體的人或動物）或「あります」（用在植物或無生命物），如例（4）；或未來的計畫或打算，常搭配表示未來的時間，像是「明日／あした」（明天）、「来年／らいねん」（明年）等，如例（5）。

例句

① 花子は勉強します。
花子唸書。

② 雪が降りません。
不會下雪。

③ 毎日、学校へ行きます。
每天去學校。

④ 本屋の隣に花屋があります。
書店隔壁有花店。

⑤ 明日、山口さんが来ます。
明天山口小姐會來。

● 動詞（過去肯定／過去否定）

文法説明 動詞過去式表示人或事物過去的存在、動作、行為和作用。動詞述語句過去肯定式敬體用「〜ました」，如例（1）；動詞述語句過去否定式敬體的話，就要用「〜ませんでした」，如例（2）。

例句

① 昨日、日光に行きました。
昨天去了日光。

② 先週は雨が降りませんでした。
上個星期沒有下雨。

2 〜に〜があります／います
「某處有某物或人」

文法説明 表示某場所存在某種無生命物或植物，用「場所＋に＋物／植物＋が＋あります」這一句型，如例（1）；表示某場所存在某個有生命的動物或人，就用「場所＋に＋動物／人＋が＋います」這一句型，如例（2）。

例句

① 冷蔵庫にジュースがあります。
冰箱裡有果汁。

② ベッドに猫がいます。
床上有貓。

● 〜は〜にあります／います

「某物或人在某處」

文法説明 表示無生命物或植物存在某場所，用「物／植物＋は＋場所＋に＋あります」這一句型，如例（1）；表示有生命的動物或人存在某場所，就用「動物／人＋は＋場所＋に＋います」這一句型，如例（2）。

例句

① 100円ショップはどこにありますか。

百圓商店在哪裡？

② 私の犬は車の中にいます。

我家狗在車子裡。

3 動詞述語句（敬體）

文法說明 日語的敬體，也就是「です・ます」（丁寧語）的形式。敬體用在需要表示敬意的人，通常是自己的師長、公司上司、客戶，或是不熟的人。動詞述語句的現在肯定式敬體用「～ます」，如例（1）；否定式的話，就要把「ます」改成「ません」，如例（2）。

例句

① 私はご飯を食べます。

我吃飯。

② 私はご飯を食べません。

我不吃飯。

比較

● 動詞述語句（常體）

文法說明 相對於上面的敬體用法，動詞述語句的常體說法在口語上，顯得比較隨便，一般用在關係非常親密的親友之間，或者是長輩對晚輩說話的時候。不過，在新聞、論文等書面上，會用常體書寫。動詞述語句常體使用「基本形」（又稱作「辭書形」）。

例句

① 靴下をはく。
穿襪子。

② テレビを見る。
看電視。

③ 日本語を教える。
教日語。

④ 部屋を掃除する。
打掃房間。

⑤ バスが来る。
公車來。

4 動詞＋名詞

「…的…」

文法說明 動詞的普通形，可以直接修飾名詞。

例句

○ 料理を作る時間がありません。
沒有做菜的時間。

比較

● 名詞＋の＋名詞

「…的…」

文法說明 「の」在兩個名詞中間，讓前一個名詞，給後一個名詞增添了各種意思。如：所有者、內容說明、作成者、數量、同位語及位置基準等等。

例句

○ これは李さんの本です。
這是李先生的書。

5 〔動詞＋ています〕（動作進行中）

「正在…」

文法說明　「動詞て形＋います」表示動作或事情的持續，也就是動作或事情正在進行中。

例句

○ 母は台所でご飯を作っています。

はは　だいどころ　はん　つく

媽媽正在廚房裡做飯。

比較

● **ちゅう**

「…中」、「正在…」

文法說明　「ちゅう」是接尾詞，漢字寫成「中」，表示此時此刻正在做某件事情。前面通常要接名詞，也會搭配某幾個動詞，這時要接動詞連用形，譬如「考え中 / かんがえちゅう」（思考中）、「話し中 / はなしちゅう」（談話中）等。

例句

○ 試験中におなかが痛くなりました。

し　けんちゅう　いた

正在考試時，肚子痛了起來。

6 〔動詞＋ています〕（結果或狀態的持續）

文法說明 「動詞て形＋います」表示某一動作後的結果或狀態還持續到現在，也就是說話的當時，如例（1）。另外，也可以用來表示現在在做什麼職業，如例（2）。

例句

① 私はソウルに住んでいます。
我住在首爾。

② 姉は郵便局で働いています。
我姐姐在郵局上班。

比較

動詞（現在肯定／現在否定）

文法說明 表示人或事物的存在、動作、行為和作用的詞叫動詞，可以用在習慣行為。動詞述語句的現在肯定式敬體用「～ます」，如例（1）；否定式的話，就要把「ます」改成「～ません」，如例（2）。另外，也可以表示未來的計畫或打算。

例句

① 私はよく映画を見ます。
我常看電影。

② 太郎はいつも納豆を食べません。
太郎總是不吃納豆。

動詞（過去肯定／過去否定）

文法說明　動詞過去式表示人或事物過去的存在、動作、行為和作用。動詞述語句的過去肯定式敬體用「〜ました」，如例（1）；動詞述語句的過去否定式敬體，要用「〜ませんでした」，如例（2）。

例句

① トマトを二つ食べました。

吃了兩顆番茄。

② 山中さんは昨日は会社に行きませんでした。

山中先生昨天沒去上班。

比較

● 〔動詞＋ています〕（結果或狀態的持續）

文法說明　「動詞て形＋います」表示某一動作後的結果或狀態還持續到現在，也就是説話的當時。

例句

○ 山下さんはもう結婚しています。

山下先生已經結婚了。

8　**動詞（習慣行為）**

文法說明　動詞述語句的現在式可以表示習慣行為，如例句；也可以表示現在的狀態，用存在動詞「います」（用在有生命體的人或動物）或「あります」（用在植物或無生命物）；或未來的計畫或打算。

例句

○ **毎日、公園へ行きます。**

毎天去公園。

比較

●〔動詞＋ています〕（動作反覆進行）

文法說明 「動詞て形＋います」可以用在某一動作、行為反覆發生，常跟表示頻率的「毎日／まいにち」（每天）、「いつも」（總是）、「よく」（經常）、「時々／ときどき」（有時候）等單詞一起使用。

例句

○ **私は毎晩ワインを1杯飲んでいます。**

我每天都會喝一杯紅酒。

9 ～が＋自動詞

文法說明 自動詞一般用在自然等等的力量，沒有人為的意圖而發生的動作，但即使是人主動實行某行為，也常常有像這樣使用自動詞的表現方式。

例句

○ **ドアが閉まりました。**

門關了起來。

比較

● ～を＋他動詞

文法說明 有些動詞前面需要接「名詞＋を」，這樣的動詞叫「他動詞」。「を」前面的名詞是動作的目的語。「他動詞」主要是人為的，表示影響、作用直接涉及其他事物的動作。

① 山田さんがドアを閉めました。
山田先生把門關起來。

② 部屋の電気を付けたり消したりしないで
ください。
房間裡的電燈不要一下開，一下關的。

10 自動詞＋ています
「…著」、「已…了」

文法說明 表示跟目的、意圖無關的某個動作結果或狀態，還持續到現在。

例句

○ 雪が降っています。
正下著雪。

比較

● 他動詞＋てあります
「…著」、「已…了」

文法說明 表示抱著某個目的、有意圖地去執行，當動作結束之後，那一動作的結果還存在的狀態。

例句

○ 黒板に絵が描いてありました。
黑板畫著畫。

11 動詞たり、動詞たりします

「又是…，又是…」；「有時…，有時…」

文法說明 「動詞た形＋たり＋動詞た形＋たり＋する」表示動作並列，意指從幾個動作之中，例舉出兩、三個有代表性的，並暗示還有其他的，如例（1）、（2）；「動詞たり」有時只會出現一次，如例（3），但這不算是正式的用法，通常指出現在日常會話。

例句

① 子どもたちは、歌ったり踊ったりしています。
小孩們又在唱歌又在跳舞。

② パーティーで、食べたり飲んだりしました。
在派對裡，吃吃又喝喝的。

③ 日曜日は、掃除をしたりして、忙しいです。
星期日打掃什麼的，很忙的。

比較

動詞ながら

「一邊…一邊…」

文法說明 「動詞ます形＋ながら」表示同一主體同時進行兩個動作，此時後面的動作是主要的動作，前面的動作為伴隨的次要動作，如例句。

例句

○ コーラを飲みながら、NBAを見ます。
邊喝可樂，邊看 NBA。

12 〜をもらいます

「取得」、「要」、「得到」

文法說明 表示從某人那裡得到某物。「を」前面是指得到的東西。給的人一般用「から」或「に」表示。

例句

○ 母は小野さんに本をもらいました。

媽媽從小野小姐那裡得到了書。

比較

● 〜をあげます

「給予…」、「給…」

文法說明 表示給予某人某樣東西。「を」前面是指給予的東西。接收的人一般用「に」表示。

例句

○ 私は彼女にダイヤの指輪をあげます。

我送給女友鑽戒。

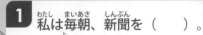

次の文の＿＿＿には、どんな言葉が入りますか。1・2から最も適当なものを一つ選んでください。

實力測驗

Q 哪一個是正確的？
答案>>在下一頁

1
私（わたし）は毎朝（まいあさ）、新聞（しんぶん）を（　　）。
1. 読（よ）みます
2. 読（よ）みました

譯
我每天早上看報紙。
1. みます：看
2. みました：看了

解答》請看下一頁

2
机（つくえ）の上（うえ）（　　）辞書（じしょ）（　　）。
1. に〜があります
2. は〜にあります

譯
桌子上面有字典。
1. 〜に〜があります…有…
2. 〜は〜にあります…在…

解答》請看下一頁

3
かばんに教科書（きょうかしょ）を（　　）。（用常體）
1. 入（い）れる　2. 入（い）れます

譯
在包包裡放教科書。
1. 入れる：放入
2. 入れます：放入

解答》請看下一頁

4
（　　）相手（あいて）はきれいです。
1. 結婚（けっこん）する
2. 結婚（けっこん）するの

譯
結婚對象很漂亮。
1. 結婚する：結婚
2. 結婚するの：X

解答》請看下一頁

5
授業（じゅぎょう）（　　）は、携帯（けいたい）の電源（でんげん）を切（き）ってください。
1. 中（ちゅう）　2. しています

譯
上課中，請關掉手機。
1. 中：…中、正在…
2. しています：正在…

解答》請看下一頁

6
あそこで犬（いぬ）が（　　）。
1. 死（し）にます
2. 死（し）んでいます

譯
有隻狗死在那裡。
1. 死にます：死亡
2. 死んでいます：死亡

解答》請看下一頁

なるほどの解説を確認して、
次の章へ進もう！

なるほどの解説

1 比較

　　動詞現在式表示現在的事，習慣行為或未來的計畫等；動詞過去式則是用在過去發生的事，經常和「昨日／きのう」（昨天）、「先週／せんしゅう」（上個星期）等表示過去的時間詞一起出現。

答案：1

2 比較

　　兩個都是表示存在的句型，「～に～があります／います」重點是某處「有什麼」，通常用在傳達新資訊給聽話者時，「が」前面的人事物是聽話者原本不知道的新資訊；「～は～にあります／います」則表示某個東西「在哪裡」，「は」前面的人事物是談話的主題，通常聽話者也知道的人事物，而「に」前面的場所則是聽話者原本不知道的新資訊。

答案：1

3 比較

　　一般來說，敬體用在老師、上司或客戶等對象；常體則用在家人、朋友、晚輩、同學，甚至寵物等。如果使用常體的時機不對，就會顯得不禮貌喔！在 N5 階段，考題形式主要是以敬體為主，其中一個原因，是希望外國人先養成用安全的說法表達日語，比較不會造成不必要誤會。

答案：1

4 比較

　　用動詞修飾名詞時，因為中文翻成「…的…」，所以很多台灣人常多加了一個「の」，但日語中，只有用名詞修飾名詞時，中間才會加「の」。即使日語學習已經進入中高階的人，在說話時也常多說了「の」，這點一定要多加注意喔！

答案：1

5 比較

　　兩個文法都表示正在進行某個動作，但「ています」前面要接動詞て形，「ちゅう」前面多半接名詞，接動詞的話要接連用形。

答案：1

6 比較

　「動詞現在式」表示習慣行為，或未來的計畫等。由於題目選項的「死にます」不可能是表示習慣行為，所以通常只用在表示未來的計畫（也就是暗示對方自己要去自殺的時候）。接著看題目句的「あそこで犬が～」（狗在那裡…），因為就常理來說，狗不太可能計畫去自殺，而且說話者不是那隻狗，所以「死にます」不適合當答案。

　而「動詞て形＋います」用在結果或狀態的持續。有些動詞述語句和中文的表達方式不一樣，比如「知っています／しっています」（知道）等動詞當述語時，常以「ています」的形式出現，表示動作、狀態在某段時間持續作用。

答案：2

メモ

_____

_____

_____

_____

_____

_____

_____

_____

_____

_____

_____

_____

_____

実力テスト

做對了，往😊走，做錯了往❌走。

次の文の＿＿には、どんな言葉が入りますか。１・２から最も適当なものを一つ選んでください。

實力測驗

Q 哪一個是正確的？
答案>>在下一頁

1 台風で橋が（　　）、もう直りました。
1. 壊れました　2. 壊れています

❌

譯 颱風造成了橋樑損壞，但已經修復了。
1. 壊れました：損壞了
2. 壊れています：損壞

解答>>請看下一頁

2 彼女は今年から、よく大阪へ（　　）。
1. 行きます　2. 行っています

❌

譯 她今年開始經常去大阪。
1. 行きます：去
2. 行っています：去

解答>>請看下一頁

3 庭の桜の花（　　）咲きました。
1. が
2. を

❌

譯 院子裡的櫻花綻放了。
1. が：X
2. を：X

解答>>請看下一頁

4 入り口に警官が（　　）。
1. 立っています
2. 立ってあります

❌

譯 入口有警官站著。
1. 立っています：站著
2. 立ってあります：X

解答>>請看下一頁

5 車を運転し（　　）、電話をしないでください。
1. たり　2. ながら

❌

譯 請不要邊開車邊講電話。
1. たり：又是…，又是…
2. ながら：一邊…一邊…

解答>>請看下一頁

6 私は長島さんから写真を（　　）。
1. もらいました　2. あげました

❌

譯 我從長島先生那裡得到了照片。
1. もらいました：得到
2. あげました：給予

解答>>請看下一頁

なるほどの解説を確認して、
次の章へ進もう！

1 比較

如果這題只寫「台風で、橋が（　　）。」的話，選項1跟2都可以。不過後面還有「～が、もう直りました」，可以知道損壞是過去的事，所以答案是1。

動詞過去式表示過去發生的動作，「動詞て形＋います」表示動作發生完的結果或狀態持續到現在。譬如，蘋果在眼前從樹上掉了下來，這時日語會說「りんごが落ちました」。但如果眼前所看到的蘋果已經是掉在地上的，就會說「りんごが落ちています」。

答案：1

2 比較

兩個文法都表示反覆做某動作、行為。「動詞現在式」會用在長期以來的習慣，但不清楚這個習慣是什麼時候開始的；「動詞て形＋います」表示開始養成某動作、行為習慣的時間可能是明確的，也可能是不明確的，也可以用在最近才養成的習慣。因為題目說是「今年から」，所以要選選項2。

答案：2

3 比較

「が＋自動詞」通常是指自然力量所產生的動作，譬如「ドアが閉まりました」（門關了起來）表示門可能因為風吹，而關了起來；「を＋他動詞」是指某人刻意做的動作，譬如「ドアを閉めました」（把門關起來）表示某人基於某個理由，而把門關起來。由於題目裡「花綻放」不是人為的，而是自然產生的，所以這題要用「が＋自動詞」。

答案：1

4 比較

兩個文法都表示動作所產生結果或狀態持續著，但是含意不同。「自動詞＋ています」主要是用在跟人為意圖無關的動作；「他動詞＋てあります」則是用在某人帶著某個意圖去做的動作。回到題目，雖然有可能是警官自己有意走到「入り口」那邊站著，但因為對於說話人來說，警官的意志不重要，所以這題使用「自動詞＋ています」。

另外，本來就沒有選項2「立ってあります」的說法。「てあります」前面要接他動詞，所以不接「立つ」，而會接「立てる」（立起、豎起），也就是「立ててあります」。但「立てる」大多用在倒下來的東西，不太會用在人身上。

答案：1

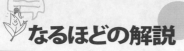 

なるほどの解説

5 比較

「～たり～たり」用在反覆做行為，譬如「歌ったり踊ったり」（又唱歌又跳舞）表示「唱歌→跳舞→唱歌→跳舞→…」，但如果用「動詞ながら」，表示兩個動作是同時進行的。雖然「たり」用在日常對話時，可能只用一次，不過，這題不能用「たり」，是因為並沒有規定不能輪流做「開車」跟「打電話」這兩個動作，但就常理來說，不能「邊開車邊打電話」，所以從題目的「しないでください」（請不要…），知道答案要選2。

答案：2

6 比較

「～から／に～をもらいます」表示從某人那得到某物；「～に～をあげます」表示給某人某物。所以如果題目是「～長島さんに～」的話，空格填選項1或2都可以，只不過兩個意思不同，東西移動的方向是相反的。但因為題目是「～長島さんから～」，所以答案只能選選項1。

答案：1

因果關係與接續用法

☐ ～から
☐ が（逆接）
☐ 〔理由〕＋で
☐ が（前置詞）
☐ 動詞ないで
☐ ～は～が、～は～

1 ～から
「因為…」

文法說明 表示原因、理由。一般用在說話人出於個人主觀理由，是種較強烈的意志性表達。

例句

○ 彼はビールが好きですから、毎晩飲みます。
　因為他喜歡啤酒，所以每天晚上都喝。

比較

● ～ので

「因為…」

文法說明 表示原因、理由。一般用在客觀的自然的因果關係，所以也容易推測出結果，如例（1）。前接名詞的時候，要用「名詞＋なので」的形式，如例（2）。

例句

① 暖かくなったので、桜が咲きました。
　因為天氣轉暖了，所以櫻花綻放。

② 明日はテストなので、今日は早く寝ます。
　因為明天有考試，所以今天要早睡。

2 が（逆接）
「但是」

文法說明 表示連接兩個對立的事物，前句跟後句內容是相對立的。

例句

○ 仕事は忙しいですが、楽しいです。
工作雖然很忙，但是很有趣。

比較

・〜から
「因為…」

文法說明 表示原因、理由。一般用在說話人出於個人主觀理由，是種較強烈的意志性表達。

例句

○ 暑いから、窓を開けてください。
因為很熱，請把窗戶打開。

3 〔理由〕＋で
「因為…」

文法說明 「で」前接面表示事情的名詞，用那個名詞來表示後項結果的原因、理由。

例句

○ 風邪で学校を休みました。
因為感冒所以沒去學校。

● 動詞＋て（原因）

文法説明 「動詞て形」可表示原因，但其因果關係比「～から」、「～ので」還弱，如例句。其他用法：單純連接前後短句成一個句子，表示並舉了幾個動作或狀態；另外，用於連接行為動作的短句時，表示這些行為動作一個接著一個，按照時間順序進行；也可表示行為的方法或手段；表示對比。

例句

○ 子<small>こ</small>どもが生<small>う</small>まれて、会社<small>かいしゃ</small>を辞<small>や</small>めました。

因為生孩子，所以跟公司辭職。

4 が（前置詞）

文法説明 當向對方詢問、請求、命令之前，可以用「が」來作為一種開場白使用。

例句

○ すみませんが、近<small>ちか</small>くに銀行<small>ぎんこう</small>はありませんか。

請問一下，附近有銀行嗎？

● ～けれど（も）、けど

「雖然」、「可是」、「但…」

文法説明 「用言終止形＋けれど（も）、けど」表示前項和後項的意思或內容是相反的、對比的，屬於逆接用法。是「が」的口語說法。「けど」語氣上會比「けれど（も）」還來的隨便。另外，跟「が」一樣，「けれど（も）、けど」除了逆接用法，也可以作前置詞來使用。

○ このかばんは丈夫だけど、重くて大変です。

這個包包雖然很堅固耐用，不過很重，拿起來很累。

---

5 動詞ないで

「沒…就…」；「沒…反而…」、「不做…，而做…」

文法說明 「動詞ない形＋ないで」表示附帶的狀況，也就是同一個動作主體「在不…的狀態下，做…」的意思，如例（1）；或表示兩件不能同時做的事，沒做前項的事，而做後項的事，如例（2）。

例句

① 宿題をしないで、ゲームをしている。

沒做作業，就在玩電玩。

② 和田さんとは結婚しないで、木村さんと
結婚します。

沒有跟和田先生結婚，而跟木村先生結婚。

比較

● 動詞なくて

「因為沒有…」、「不…所以…」

文法說明 「動詞ない形＋なくて」表示因果關係。由於無法達成、實現前項的動作，導致後項的發生。

例句

○ 話が分からなくて、大変でした。

不懂對方說的話，真是辛苦。

6 〜は〜が、〜は〜
「但是…」

文法説明 「は」除了提示主題以外，也可以用來區別、比較兩個對立的事物，也就是對照地提示兩種事物。

例句

① 外は寒いですが、部屋は暖かいです。
外面雖然很冷，但房間裡很暖和。

② 彼女は猫が好きですが、僕は犬が好きです。
她喜歡貓，但我喜歡狗。

比較

〜は〜で、〜です

文法説明 名詞句的順接。想連接兩個名詞句，要將前一句的「です」改成「で」，用「〜は〜で、〜です」的形式。

例句

○ 田中さんは高校生で、女優です。
田中小姐是高中生，也是演員。

実力テスト

做對了，往😄走，做錯了往❌走。

次の文の＿＿には、どんな言葉が入りますか。1・2から最も適当なものを一つ選んでください。

實力測驗

Q哪一個是正確的？
答案＞＞在下一頁

1
いちごをたくさんもらった
（　　）、半分ジャムにします。
1. から　2. なので

譯 因為收到了很多草莓，所以一半做成草莓醬。
1. から：因為　2. なので：因為

解答》請看下一頁

2
この車は、すてきです（　　）、あまり高くありません。
1. が　2. から

譯 這輛車很棒，但價錢卻不太貴。
1. が：但是
2. から：因為

解答》請看下一頁

3
地震（　　）電車が止まりました。
1. で
2. て

譯 因為地震所以電車停了下來。
1. で：因為
2. て：X

解答》請看下一頁

4
忙しい毎日でしょう（　　）、どうぞお体を大切にしてください。（致老師）
1. が　2. けど

譯 想必您每天都很忙碌，但請保重身體。
1. が：雖然、可是、但…
2. けど：雖然、可是、但…

解答》請看下一頁

5
かぎをかけ（　　）出かけました。
1. ないで　2. なくて

譯 沒有鎖門就出門了。
1. ないで：沒…就…；不做…，而做…
2. なくて：因為沒有…

解答》請看下一頁

6
野菜は嫌いです（　　）、肉は好きです。
1. が　2. で

譯 我討厭吃蔬菜，但喜歡吃肉。
1. が：但是
2. で：X

解答》請看下一頁

なるほどの解説を確認して、
次の章へ進もう！

1 比較

　　兩個文法都表示原因、理由。「から」傾向用在說話人出於個人主觀理由；「ので」傾向用在客觀的自然的因果關係。單就文法來說，「から」、「ので」經常能交替使用。但題目是「なので」，前面要接名詞，所以答案是1。

答案：1

2 比較

　　「が」的前、後項是對立關係，屬於逆接的用法；但「～から」表示因為前項而造成後項，前後是因果關係，屬於順接的用法。從題目的「すてきです」與「あまり高くありません」，知道這題用逆接比較合適。

答案：1

3 比較

　　兩個文法都可表示原因。「で」用在簡單明白地敘述原因，因果關係比較單純的情況，前面要接名詞，例如「風邪／かぜ」（感冒）、「地震／じしん」（地震）等；「動詞て形」可以用在因果關係比較複雜的情況，但意思比較曖昧，前後關聯性也不夠直接。

答案：1

4 比較

　　「が」與「けれど（も）、けど」在意思或接續上都通用。但「けど」是口語，特別是要寫給長輩的信，使用「が」比較適當。

答案：1

5 比較

　　兩個文法長得有點像，但意思不一樣喔！「動詞ないで」表示「在不…的狀態下，做…」；「動詞なくて」表示「因為不…所以…」。

答案：1

6 比較

　　「～は～が、～は～」用在比較兩件事物；但「～は～で、～です」是針對一個主題，將兩個敘述合在一起說。從意思來考慮，選項1、2都有可能是答案。但空格前面是「です」，所以不能選2。

答案：1

時間關係

- [ ] ～とき
- [ ] 動詞てから
- [ ] 動詞たあとで
- [ ] 動詞＋て（時間順序）
- [ ] 動詞まえに
- [ ] 名詞＋の＋まえに
- [ ] ごろ、ころ
- [ ] 〔時間〕＋に
- [ ] すぎ、まえ
- [ ] ～ちゅう
- [ ] もう＋肯定
- [ ] まだ＋肯定

---

1 ～とき
「…的時候」

文法説明 「動詞普通形＋とき」、「形容動詞＋な＋とき」、「形容詞＋とき」、「名詞＋の＋とき」表示在前項的狀態下，同時進行後項動作，如例（1）；「とき」前後的動詞時態也可能不同，「動詞過去式＋とき」後接現在式，表示實現前者後，後者才成立，如例（2）；「動詞現在式＋とき」後接過去式，表示後者比前者早發生，如例（3）。

例句

① 道を渡るときは、車に気をつけましょう。
過馬路的時候，要小心車子。

② 100点を取ったときは、うれしいです。
考 100 分的時候，很高興。

③ 日本へ行くとき、カメラを買いました。
要去日本的時候，買了照相機。

比較

● 動詞てから

「先做…，然後再做…」；「從…」

文法說明 用「動詞て形＋から」結合兩個句子，表示動作順序，強調先做前項的動作或成立後，再進行後句的動作，如例（1）；也可表示某動作、持續狀態的起點，如例（2）。

例句

① 兄は運動をしてからビールを飲みます。

哥哥先運動，然後再喝啤酒。

② 彼は、テレビに出てから有名になりました。

他自從在電視出現後，就開始有名氣了。

2 動詞てから

「先做…，然後再做…」；「從…」

文法說明 用「動詞て形＋から」結合兩個句子，表示動作順序，強調先做前項的動作或成立後，再進行後句的動作，如例句。請注意，「てから」在一個句子中，只能出現一次。也可表示某動作、持續狀態的起點。

例句

○ 映画を見てからフランス料理を食べに行きましょう。

先看電影，再去吃法國料理吧！

比較

● 動詞ながら

「一邊…一邊…」

文法說明 「動詞ます形＋ながら」表示同一主體同時進行兩個動作，此時後面的動作是主要的動作，前面的動作為伴隨的次要動作，如例句；也可使用於長時間狀態下，所同時進行的動作。

例句

○ MP3を聞きながら、勉強しています。

邊聽 MP3，邊看書。

3 動詞たあとで

「…以後…」

文法說明 「動詞た形＋あとで」表示前項的動作做完後，做後項的動作。是一種按照時間順序，客觀敘述事情發生經過的表現，而前後兩項動作相隔一定的時間發生。

例句

○ 授業が終わったあとで、友達とお
台場に行きます。

下課後，跟朋友去台場。

比較

● 動詞てから

「先做…，然後再做…」；「從…」

文法說明 用「動詞て形＋から」結合兩個句子，表示動作順序，強調先做前項的動作或成立後，再進行後句的動作，如例句。請注意，「てから」在一個句子中，只能出現一次。也可表示某動作、持續狀態的起點。

例句

○ 野菜を切ってから、肉を切ります。

先切蔬菜，再切肉。

4 動詞＋て（時間順序）

文法說明 「動詞て形」用於連接行為動作的短句時，表示這些行為動作一個接著一個，按照時間順序進行，可以連結兩個動作以上，如例句；或單純連接前後短句成一個句子，表示並舉了幾個動作或狀態；另外，可表示行為的方法或手段；或表示原因，但其因果關係比「～から」、「～ので」還弱；表示對比。

例句

○ 浴衣を着て、花火大会に行きます。

穿上浴衣去看煙火大會。

比較

● 動詞てから

「先做…，然後再做…」；「從…」

文法說明 用「動詞て形＋から」結合兩個句子，表示動作順序，強調先做前項的動作或成立後，再進行後句的動作，如例句。請注意，「てから」在一個句子中，只能出現一次。也可表示某動作、持續狀態的起點。

例句

○ 運動してからシャワーを浴びます。

先運動，再沖澡。

---

5 動詞まえに

「…之前，先…」

文法說明 「動詞連體形＋前に」表示動作的順序，也就是做前項動作之前，先做後項的動作，如例（1）；即使句尾動詞是過去式，「まえに」前面也必須接動詞連體形，如例（2）。

例句

① 学校に行く前に３０分ぐらいジョギングをします。

上課前，會先慢跑約 30 分鐘。

② 私は昨日、寝る前にビールを飲みました。

我昨天，睡覺前喝了啤酒。

• 動詞たあとで

「…以後…」

文法説明 「動詞た形＋あとで」表示前項的動作做完後，做後項的動作。是一種按照時間順序，客觀敘述事情發生經過的表現，而前後兩項動作相隔一定的時間發生。

例句

○ 晩ご飯を食べたあとで、散歩に
行きます。

吃完晚飯後，去散步。

---

6 名詞＋の＋まえに

「…前」

文法說明 以「名詞＋の＋前に」的形式，表示空間上的前面，如例（1）；或做某事之前先進行後項行為，如例（2）；時間名詞後面接「まえ（…前）」的時候，不會加「の」，如例（3）。

例句

① 駅の前に銀行があります。
車站前有銀行。

② ご飯の前には、「いただきます」と言います。
吃飯前，要說「我開動了」。

③ 彼は１年前にアメリカに行きました。
他１年前去了美國。

• 名詞＋の＋あとで

「…後」

文法說明 「名詞＋の＋あとで」表示完成前項事情之後，進行後項行為。

○ パーティーのあとで、デートに行_いきます。

派對結束後，去約會。

7 ごろ、ころ
「大約」、「左右」

文法說明 表示大概的時間點，一般只接在年、月、日，和鐘點等的詞後面。

例句

○ 彼_{かれ}は9時_{くじ}ごろ帰_{かえ}りました。

他9點左右回去。

比較

● ～ぐらい、くらい

「大約」、「左右」、「上下」；「和…一樣…」

文法說明 一般用在無法預估正確的數量，或是數量不明確的時候，如例（1）；或用於對某段時間長度的推測、估計，如例（2）；也可表示兩者的程度相同，常搭配「と同じ」，如例（3）。

例句

① 1週間_{いっしゅうかん}に2回_{にかい}ぐらいお酒_{さけ}を飲_のみに行_いきます。

我大約一星期去喝個2次酒。

② 風邪_{かぜ}で1週間_{いっしゅうかん}ぐらい学校_{がっこう}を休_{やす}みました。

因為感冒，跟學校大約請了一個星期的假。

③ 台北_{タイペイ}の冬_{ふゆ}は福建_{ふっけん}の冬_{ふゆ}と同_{おな}じぐらい寒_{さむ}いですか。

台北的冬天跟福建的冬天大約一樣冷嗎？

8 〔時間〕＋に

「在…」

文法說明 幾點啦！星期幾啦！幾月幾號做什麼事啦！表示動作、作用的時間就用「に」。

例句

○ 今日は 10 時に寝ます。

今天 10 點睡覺。

比較

● ～までに

「在…之前」、「到…為止」

文法說明 「名詞＋までに」前面接表示時間的名詞，表示動作或事情的截止日期或期限。

例句

○ 今月の末までに、新しい家を見つけたいです。

我想在月底以前，找到一間新房子。

9 すぎ、まえ

「過…」、「…多」；「差…」、「…前」

文法說明 接尾詞「すぎ」，接在表示時間名詞後面，表示比那時間稍後，如例（1）；接尾詞「まえ」，接在表示時間名詞後面，表示那段時間之前，如例（2）。

例句

① 今、9時すぎです。

現在 9 點多。

② 今日は 7時前に出かけました。

今天 7 點前出了門。

〔時間〕＋に

「在…」

文法說明 幾點啦！星期幾啦！幾月幾號做什麼事啦！表示動作、作用的時間就用「に」。

例句

○ 土曜日に友達と会います。

星期六要跟朋友見面。

---

10 〜ちゅう

「…中」、「正在…」

文法說明 「ちゅう」是接尾詞，漢字寫成「中」。表示此時此刻正在做某件事情，前面通常要接名詞；也會搭配某幾個動詞，這時要接動詞連用形，譬如「考え中／かんがえちゅう」（思考中）、「話し中／はなしちゅう」（談話中）等。

例句

○ 今、店は準備中です。

店裡現在準備中。

〜じゅう、ちゅう

「整個…」；「…內」

文法說明 「じゅう、ちゅう」是接尾詞，漢字寫成「中」。前面接時間，表示這整段時間；或指這段期間以內，如例（1）；前面接場所，表示在這整個範圍、空間裡，如例（2）。前面接時間名詞時，讀哪個音最容易被搞混，該讀哪個音，通常會看前接哪個單字的發音習慣來決定。基本上，在「一日中／いちにちじゅう」（一整天）、「一年中／いちねんじゅう」（一整年）、「今日中／きょうじゅう」（今天之內）時，「中」

都要讀作「じゅう」；「午前中」（上午期間）的「中」要讀作「ちゅう」；
另外，在「今週中 / こんしゅうちゅう、こんしゅうじゅう」（這週內）
時，「中」可以讀作「ちゅう」或「じゅう」。

例句

① 今年中に結婚するつもりです。
預計今年內結婚。

② 千葉さんは学校中の人気者です。
千葉同學是學校裡的紅人。

11 もう＋肯定

「已經…了」

文法說明 和動詞句一起使用，表示行為、事情到某個時間已經完了。
用在疑問句的時候，表示詢問完或沒完。

例句

① メールはもう書きました。
電子郵件已經寫好了。

② もう荷物を送りましたか。
貨物已經寄出去了嗎？

比較

● まだ＋否定

「還（沒有）…」

文法說明 表示預定的事情或狀態，到現在都還沒進行，或沒有完成。

例句

○ 昼ご飯はまだ食べていません。
還沒有吃午餐。

文法說明 表示同樣的狀態，從過去到現在一直持續著，如例（1）；也表示還留有某些時間或東西，如例（2）。

例句

① 4月になりましたが、まだ寒いです。

已經4月了，還很冷。

② 時間はまだあります。

還有時間。

比較

● **もう＋否定**

「已經不…了」

文法說明 後接否定的表達方式，表示不能繼續某種狀態了。一般多用於感情方面達到相當程度。

例句

○ もう時間がないから、早く行きましょう。

已經沒有時間了，快走吧！

次の文の＿＿には、どんな言葉が入りますか。１・２から最も適当なものを一つ選んでください。

實力測驗

Q哪一個是正確的？
答案》在下一頁

---

1 私がテレビを見ている（　　）、友達が来ました。
1．とき　2．てから

譯 我在看電視的時候，朋友來了。
1．とき：…的時候
2．てから：先做…，然後再做…；從…
解答》請看下一頁

---

2 写真を見（　　）返しました。
1．てから
2．ながら

譯 看完照片後歸還了。
1．てから：先做…，然後再做…；從…
2．ながら：一邊…一邊…
解答》請看下一頁

---

3 大学を（　　）、もう10年たちました。
1．出たあとで　2．出てから

譯 從大學畢業，已過了10年。
1．出たあとで：離開後…
2．出てから：先離開…，再…；從離開…
解答》請看下一頁

---

4 郵便局に（　　）、手紙を出します。
1．行って　2．行ってから

譯 去郵局寄信。
1．行って：去…
2．行ってから：先去…，再…
解答》請看下一頁

---

5 （　　）、歯を磨きます。
1．寝る前に
2．寝たあとで

譯 睡覺之前，會先刷牙。
1．寝る前に：睡覺之前…
2．寝たあとで：睡覺後…
解答》請看下一頁

---

6 会議（　　）、資料をコピーします。
1．のあとで　2．の前に

譯 開會前，先影印資料。
1．のあとで：之後…
2．の前に：之前…
解答》請看下一頁

なるほどの解説を確認して、
次の章へ進もう！

1 比較

両個文法都表示動作的時間,「とき」前接動詞時,要用動詞普通形,前、後項是同時發生的事,也可能前項比後項早發生或晚發生;但「動詞て形+から」一定是先做前項的動作,再做後句的動作。這題從意思跟接續來看,知道答案是 1。

答案:1

2 比較

両個文法都表示動作的時間,「てから」前面是動詞て形,表示先做前項的動作,再做後句的動作;但「ながら」前面接動詞ます形,前後的事態是同時發生。雖然「見る」接「てから」和「ながら」都是用「見〜」,但因為題目有「返しました」,所以不會用表示同時發生的「ながら」。

答案:1

3 比較

要表示某動作的起點時,只能用「てから」。另外,両個文法都可以表示動作的先後,但「たあとで」前面是動詞た形,單純強調時間的先後關係;「てから」前面則是動詞て形,而且前後両個動作的關連性比較強。

答案:2

4 比較

從意思來看,「手紙」本來就應該到「郵便局」寄,所以答案是 1。如果填「てから」的話,會有去「郵便局」之後,再到其他地方寄信的語感,所以不能選。

答案:1

5 比較

両個文法都表示動作的時間,「まえに」前面要接動詞連體形,表示做前項之前,先做後項;但「たあとで」前面要接動詞た形,表示先做前項,再做後項。從意思來看,知道答案是 1。

答案:1

6 比較

両個文法都表示事情的時間,「のあとで」表示先做前項,再做後項;但「のまえに」表示做前項之前,先做後項。因為影印資料應該是開會前的準備,所以答案選 2。

答案:2

14 実力テスト

做對了，往 😊 走，做錯了往 ✖ 走。

次の文の＿＿には、どんな言葉が入りますか。1・2から最も適当なものを一つ選んでください。

實力測驗

Q 哪一個是正確的？
答案>>在下一頁

1
昨日は 12 時（　　）寝ました。
1. ごろ
2. ぐらい

譯 昨晩 12 點左右睡覺。
1. ごろ：大約、左右
2. ぐらい：大約、左右；和…一樣…

解答》請看下一頁

2
3時ごろ友達が私の家へ遊びに来ました。そして5時（　　）帰りました。
1. に　2. までに

譯 3 點左右朋友來我家玩。然後 5 點時回去了。
1. に：在…
2. までに：到…為止

解答》請看下一頁

3
今、7時 10分（　　）です。
1. 前
2. に

譯 現在是 6 點 50 分。
1. 前：差…、…前
2. に：在…

解答》請看下一頁

4
午前（　　）、会議があります。
1. 中
2. 中

譯 上午有個會議。
1. 中（ちゅう）：正在…；整個…；…之內
2. 中（じゅう）：整個…；…之內

解答》請看下一頁

5
この雑誌は（　　）読みました。
1. もう
2. まだ

譯 這本雜誌已經看完了。
1. もう：已經…
2. まだ：還…

解答》請看下一頁

6
薬を飲みましたが、（　　）痛いです。
1. まだ　2. もう

譯 已經吃過藥了，還是很痛。
1. まだ：還…
2. もう：已經…

解答》請看下一頁

なるほどの解説を確認して、
次の章へ進もう！

1

表示時間的估計時，「ごろ、ころ」前面只能接某個特定的時間點；而「ぐらい、くらい」前面可以接一段時間，或是某個時間點。前接時間點時，「ごろ、ころ」後面的「に」可以省略，但「ぐらい、くらい」後面的「に」一定要留著，所以題目句也可以改說成「12時ぐらいに寝ました」。

答案：1

2

「〔時間〕＋に」表示某個時間點，而「までに」則表示期限，指的是「到某個時間點為止或在那之前」。如果題目空格填「までに」，就會變成「到5點為止或之前…」，一般不會這麼說，所以1是比較適當的答案。

答案：1

3

「すぎ、まえ」是名詞的接尾詞，表示在某個時間基準點的後或前；「〔時間〕＋に」的「に」是助詞，表示某個時間點。「7時10分」後面接選項1或2都有可能，但時間點跟「です」之間，不能放「に」，答案是1。

答案：1

4

「ちゅう」意思是「正在…」；「じゅう、ちゅう」意思是「整個…；…之內」。從意思來看，要選文法「じゅう、ちゅう」。另外，「午前中」的「中」一定要唸「ちゅう」。

答案：1

5

兩個文法意思是相反的。如果問句問「もう～ましたか」（已經…了嗎），肯定回答用「はい、もう～ました」（是的，已經…了）；否定回答用「いいえ、まだ～ていません」（不，還沒…）。雖然也有「まだ＋肯定」的用法，但「まだ読みました」意思不通。

答案：1

6

跟上一題的比較一樣，兩個文法意思是相反的。「もう」意思是「已經」，「まだ」意思是「還…」。如果用「もう」的話，整句話意思不通，所以不能選。

答案：1

變化的表現

☐ 名詞に＋なります
☐ 形容詞く＋なります
☐ 形容動詞に＋なります

1 名詞に＋なります

「變成…」

文法說明 「名詞に＋なります」表示在無意識中，事態本身產生的自然變化，這種變化並非人為有意圖性的，如例（1）；即使變化是人為造成的，若重點不在「誰改變的」，也可用此文法，如例（2）。

例句

① 今年、30歳になりました。
今年 30 歲了。

② 今日から部長になりました。
今天開始擔任部長了。

比較

● **名詞に＋します**

「讓…變成…」、「使其成為…」

文法說明 「名詞に＋します」表示人為有意圖性的施加作用，而產生變化。

例句

○ 髪を茶色にします。
把頭髮染成茶褐色。

2 形容詞く＋なります
「變…」

文法說明 形容詞後面接「なります」，要把詞尾的「い」變成「く」。表示事物本身產生的自然變化，這種變化並非人為意圖性的施加作用，如例（1）；即使變化是人為造成的，若重點不在「誰改變的」，也可用此文法，如例（2）。

例句

① 古くなった服をすてました。
把已經舊了的衣服丟掉。

② 成績がよくなりました。
成績變好了。

比較

● 形容詞く＋します

文法說明 形容詞後面接「します」，要把詞尾的「い」變成「く」。表示人為的有意圖性的施加作用，而產生變化。

例句

○ 部屋を明るくします。
把房間裡弄亮一點。

3 形容動詞に＋なります
「變…」

文法說明 形容詞後面接「なります」，要把語尾的「だ」變成「に」。表示事物的變化不是人為有意圖性的，是在無意識中物體本身產生的自然變化。

○ 子どもが元気になりました。

小孩恢復健康了。

● 形容動詞に＋します

文法說明 形容動詞後面接「します」，要把詞尾的「だ」變成「に」。表示人為的有意圖性的施加作用，而產生變化。

例句

○ 部屋をきれいにしました。

把房間打掃乾淨。

做對了，往 😊 走，做錯了往 ✕ 走。

次の文の＿＿には、どんな言葉が入りますか。１・２から最も適当なものを一つ選んでください。

實力測驗

Q 哪一個是正確的？
答案>>在下一頁

1 太郎は大学生（　　）。
1. になりました
2. にしました

譯 太郎成為大學生了。
1. になりました：成為…了
2. にしました：使…成為…了

解答>>請看下一頁

2 テレビの音を大き（　　）。
1. くなります
2. くします

譯 把電視的聲音開大一點。
1. くなります：變…
2. くします：把…弄…

解答>>請看下一頁

3 日本語が上手（　　）。
1. になりました
2. にしました

譯 日語變好了。
1. になりました：變…
2. にしました：把…弄…了

解答>>請看下一頁

なるほどの解説を確認して、次の章へ進もう！

バンザーイ!!

メモ

_____

_____

_____

_____

_____

_____

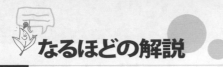

1 比較

　　兩個文法都表示變化，但「なります」焦點是事態本身產生的自然變化；而「します」的變化是某人有意圖性去造成的。

答案：1

2 比較

　　兩個文法都表示變化，但「なります」焦點是事態本身產生的自然變化；而「します」焦點在於變化是有人為意圖性所造成的。

答案：2

3 比較

　　兩個文法都表示變化，但「なります」焦點是事態本身產生的自然變化；而「します」焦點在於變化是有人為意圖性所造成的。

答案：1

11

★ ★ ★ ★ ★

希望、請求、打算的說法

- ☐ 動詞たい
- ☐ ～がほしい
- ☐ ～てください
- ☐ ～ないでください
- ☐ つもり

---

1 動詞たい

「想要…」

文法說明 「動詞ます形＋たい」表示説話人內心希望某一行為能實現，或是強烈的願望。使用他動詞時，常將原本搭配的助詞「を」，改成助詞「が」，如例（1）。用於疑問句時，表示聽話者的願望，如例（2）。

例句

① あの子とデートがしたいです。
想跟那個女孩約會。

② どんな映画が見たいですか。
你想看什麼樣的電影呢？

比較

● ～てほしい

「希望你…」

文法說明 「動詞て形＋ほしい」表示説話者希望對方能做某件事情，或是提出要求。

例句

○ 電話でピザを注文してほしいです。
我希望你打電話叫比薩。

2 ～がほしい
「…想要…」

文法說明 「名詞＋がほしい」表示説話人想要把什麼東西弄到手。「ほしい」是表示感情的形容詞。希望得到的東西，用「が」來表示，如例（1）。用在疑問句時，表示詢問聽話者的希望。用於否定句時，「が」會改成「は」，如例（2）。

例句

① 私はスマホがほしいです。
我想要智慧型手機。

② 今は子どもはほしくありません。
現在不想要小孩。

比較

● ～をください

「我要…」、「給我…」

文法說明 「名詞＋をください」表示買東西或點菜等時，想要什麼，跟某人要求某事物，如例（1）；要加上數量用「名詞＋を＋數量＋ください」的形式，外國人在語順上經常會説成「數量＋の＋名詞＋をください」，雖然不能説是錯的，但日本人一般不這麼説，如例（2）。

例句

① これをください。
請給我這個。

② コーラを二つください。
請給我兩杯可樂。

3 ～てください

「請…」

文法說明 「動詞て形＋ください」表示請求、指示或命令某人做某事。一般常用在老師對學生、上司對部屬、醫生對病人等指示、命令的時候。

例句

○ 名前を書いてください。
請寫名字。

比較
───────────────

● ～てくださいませんか

「能不能請您…」

文法說明 「動詞て形＋くださいませんか」表示請求。由於請求的內容給對方負擔較大，因此有婉轉地詢問對方是否願意的語氣。也使用於向長輩等上位者請託的時候。

例句

○ もう一度説明してくださいませんか。
能不能請您再說明一次呢？

4 ～ないでください

「請不要…」

文法說明 「動詞ない形＋ないでください」表示請求對方不要做某事，如例句。另外，還有更委婉的說法是「動詞ない形＋ないでくださいませんか」，表示婉轉請求對方不要做某事。

例句

○ 写真を撮らないでください。
請不要拍照。

～てください

「請…」

文法說明 「動詞て形＋ください」表示請求、指示或命令某人做某事。一般常用在老師對學生、上司對部屬、醫生對病人等指示、命令的時候。

例句

○ テープの会話を聞いてください。

請聽錄音帶的會話。

---

5 つもり

「打算」、「準備」

文法說明 「動詞連體形＋つもり」表示打算做某行為的意志。這是事前決定的，不是臨時決定的，而且想做的意志相當堅定，如例（1）。相反地，不打算的話用「動詞ない形＋ない＋つもり」的形式，如例（2）。

例句

① ボーナスで車を買うつもりです。

我打算用獎金來買車。

② 私は来年は試験を受けないつもりです。
我明年不打算去考試。

～（よ）うと思う

「我想…」、「我要…」

文法說明 「動詞意向形＋（よ）うと思う」表示說話人告訴聽話人，說話當時自己的想法、打算或意圖，只能用在第一人稱「我」。

例句

○ 今年、結婚しようと思います。

我今年想結婚。

実力テスト

做對了，往😊走，做錯了往❌走。

次の文の＿＿には、どんな言葉が入りますか。1・2から最も適当なものを一つ選んでください。

實力測驗

Q 哪一個是正確的？
答案>>在下一頁

1 私は京都へ（　　）です。
1. 行きたい
2. 行ってほしい

😄

譯 我想去京都。
1. 行きたい：想去
2. 行ってほしい：希望你去

解答》請看下一頁

2 かわいいハンカチ（　　）です。
1. がほしい
2. をください

😄

譯 我想要可愛的手帕。
1. がほしい：想要…
2. をください：給我…

解答》請看下一頁

3 この問題を教え（　　）か。
1. てください
2. てくださいません

😄

譯 這道問題能不能請您教我呢？
1. てください：請…
2. てくださいませんか：能不能請您…

解答》請看下一頁

4 ここでたばこを吸わ（　　）。
1. てください
2. ないでください

😄

譯 請不要在這裡抽煙。
1. てください：請…
2. ないでください：請不要…

解答》請看下一頁

5 来週台湾に（　　）です。
1. 帰るつもり
2. 帰ろうと思います

😄

なるほどの解説を確認して、
次の章へ進もう！

譯 我打算下週回台灣。
1. 帰るつもり：打算回去
2. 帰ろうと思います：我想回去

解答》請看下一頁

1 比較

　「動詞たい」用在說話人內心希望自己能實現某個行為；「～てほしい」用在希望別人達成某事，而不是自己。

答案：1

2 比較

　兩個文法前面都接名詞，「がほしい」表示說話人想要得到某物；「をください」是有禮貌地跟某人要求某樣東西。如果空格後面沒有「です」的話，選項1、2都可以。因為「をください」後面不能接「です」，所以1是正確答案。

答案：1

3 比較

　「てくださいませんか」表示婉轉地詢問對方是否願意做某事，是比「てください」更禮貌的請求說法。因為空格後面有「か」，所以答案選2。

答案：2

4 比較

　「てください」前面接動詞て形，是「請…」的意思；「ないでください」前面接動詞ない形，是「請不要…」的意思。因為空格前面是「吸わ」，所以要選選項2。

答案：2

5 比較

　兩個文法都表示打算做某事，大部份的情況可以通用。但「つもり」前面要接動詞連體形，而且是有具體計畫、帶有已經準備好的堅定決心，實現的可能性較高；「（よ）うと思う」前面要接動詞意向形，表示說話人當時的意志，但還沒做實際的準備。從接續來看，「台湾に」後面接選項1、2都可以，但因為「動詞ます形＋ます」後面不能接「です」，所以不能選2。

答案：1

建議、比較、程度的說法

- [ ] 〜ほうがいい
- [ ] 動詞ませんか
- [ ] 動詞ましょう
- [ ] 〜は〜より
- [ ] 名詞＋と＋おなじ
- [ ] あまり〜ない

---

1 〜ほうがいい

「最好…」、「還是…為好」

文法說明 「動詞た形＋ほうがいい」用在向對方提出建議、忠告，或陳述自己的意見、喜好的時候，如例（1）。否定形用「動詞ない形＋ないほうがいい」，如例（2）。

例句

① 寒いから、コートを着たほうがいいですよ。

因為很冷，還是把外套穿上吧。

② 頭が痛いんですか。アルバイトには行かないほうがいいですよ。

你頭痛嗎？那就別去打工了吧！

比較
● 〜てもいい

「…也行」、「可以…」

文法說明 「動詞て形＋もいい」表示許可或允許某一行為。如果說的是聽話人的行為，表示允許聽話人某一行為。

例句

○ 今トイレに行ってもいいですか。

現在可以去廁所了嗎？

2 動詞ませんか
「要不要…」

文法說明 表示提議或邀請對方做某事。用在不確定對方怎麼想的時候，這時一方面提出邀約，一方面將決定權交給對方。

例句

○ 今晩、一緒に野球中継を見ませんか。

今天晚上，要不要一起看棒球轉播？

比較

● **動詞ましょう（か）**

「我們…吧」、「我來…吧」

文法說明 「動詞ます形＋ましょう（か）」表示邀請或提議對方做某事。用在認為對方大概也希望這麼做的情況進行邀約。

例句

① 一緒にコンサートに行きましょうか。

我們一起去看演唱會吧。

② 荷物を持ちましょうか。

我來幫你拿行李吧。

3 動詞ましょう
「我們…吧」；「做…吧」

文法說明 「動詞ます形＋ましょう」表示勸誘對方跟自己一起做某事。一般用在做那一行為、動作，事先已經規定好，或已經成為習慣，又或是用在認為對方大概也希望這麼做的情況進行邀約，如例（1）；也用在回答時，如例（2）。另外，請注意例（3）實質上是在下命令，但以勸誘的方式，讓語感較為婉轉。不用在説話人身上。

① あした、一緒に食事に行きましょう。

明天一起去吃飯吧！

② いいですね、行きましょう。

好啊！一起去吧！

③ 字は丁寧に書きましょう。

把字寫工整吧！

比較

● ～でしょう

「也許…」、「可能…」、「大概…吧」；「…對吧」

文法說明　「動詞普通形＋でしょう」、「形容詞＋でしょう」、「名詞＋でしょう」。伴隨降調，表示說話者的推測，說話者不是很確定，不像「です」那麼肯定，如例（1）；常跟「たぶん」一起使用，如例（2）；也可表示向對方確認某件事情，或是徵詢對方的同意，如例（3）。

例句

① 明日もいい天気でしょう。

明天天氣也很好吧！

② 明日はたぶん雨が降るでしょう。

明天大概會下雨吧！

③ この仕事は３時間ぐらいかかるでしょう。

這份工作大約要花 3 小時。

4 ～は～より

「…比…」

文法說明　「名詞１＋は＋名詞２＋より」表示前者（名詞１）比後者（名詞２）還符合某種性質或狀態。而「より」後接的就是性質或狀態。一般而言，不會改成「～より～は」這樣的順序，因為「は」前面的名詞是句子的主題，放前面比較自然。

○ 新幹線（しんかんせん）は車（くるま）よりずっと速（はや）いです。

新幹線比汽車要快多了。

比較

● 〜より〜ほう

「比起…，更」、「跟…比起來，…比較…」

文法說明　表示對兩件事物進行比較後，選擇了「ほう」前面的事物，被選上的用「が」表示，如例（1）。另外，「より」跟「ほう」的順序可以調換，對兩件事物進行比較後，選擇前者，如例（2）。請注意，因為「ほう」是名詞，所以前接名詞時要加上「の」。

例句

① 紅茶（こうちゃ）よりコーヒーのほうが好（す）きです。

比起紅茶，我更喜歡咖啡。

② 今日（きょう）のほうが昨日（きのう）より暑（あつ）いです。

跟昨天比起來，今天比較熱。

5　名詞＋と＋おなじ

「跟…一樣」、「和…相同」

文法說明　表示後項和前項是同樣的人事物，如例句。也可以用「名詞＋と＋名詞＋は＋同じ」的形式。

例句

○ 八百屋（やおや）はスーパーと同（おな）じではありません。

蔬果店跟超市不一樣。

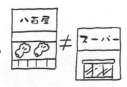

比較

● 名詞＋と＋ちがって

「與…不同…」

文法說明　表示把兩個性質不同的人事物拿來比較。

131

○ 私と違って、彼女はきれいです。

跟我不一樣，她長得很漂亮。

6 あまり～ない

「不太…」

文法説明 「あまり」後面接否定的形式，表示程度不特別高，數量不特別多，如例（1）；在口語中，常把「あまり」説成「あんまり」，如例（2）；若想表示全面否定可以用「全然（ぜんぜん）～ない」，是種否定意味較為強烈的用法，如例（3）。

例句

① このスープはあまり熱くないです。

這湯不怎麼熱。

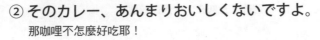

② そのカレー、あんまりおいしくないですよ。

那咖哩不怎麼好吃耶！

③ タバコは少し吸いますが、お酒は全然飲みません。

我會抽一點菸，但完全不喝酒。

比較

疑問詞＋も＋否定（完全否定）

「也（不）…」

文法説明 「も」上接疑問詞，下接否定語，表示全面的否定，如例（1）；若想表示全面肯定，則以「疑問詞＋も＋肯定」形式，為「無論…都…」之意，如例（2）。

例句

① 私は今朝何も食べませんでした。

我今天早上什麼都沒吃。

② 私は肉と魚どちらも好きです。

我無論是肉或魚都喜歡吃。

実力テスト

做對了，往😊走，做錯了往❌走。

次の文の＿＿には、どんな言葉が入りますか。1・2から最も適当なものを一つ選んでください。

實力測驗

Q 哪一個是正確的？
答案>>在下一頁

1
熱があるから、寝ていた（　　）ですよ。
1. ほうがいい　2. てもいい

譯
因為你發燒了，還是躺一下吧。
1. ほうがいい：最好…、還是…為好
2. てもいい：…也行、可以…
解答》請看下一頁

2
日曜日、うちに来（　　）。
1. ましょうか
2. ませんか

譯
星期天要不要來我家玩？
1. ましょうか：我們…吧；我來…吧
2. ませんか：要不要…
解答》請看下一頁

3
2時ごろ駅で会い（　　）。
1. ましょう
2. でしょう

譯
2點左右在車站碰面吧！
1. ましょう：我們…吧；做…吧
2. でしょう：大概…吧；…對吧
解答》請看下一頁

4
李さん（　　）森さん（　　）若いです。
1. 〜は〜より　2. 〜より〜ほう

譯
李小姐比森小姐年輕。
1. 〜は〜より：…比…
2. 〜より〜ほう：比起…，更…
解答》請看下一頁

5
妹が好きな歌手は、私（　　）です。
1. と同じ　2. と違って

譯
妹妹喜歡的歌手跟我一樣。
1. と同じ：跟…一樣、和…相同
2. と違って：與…不同…
解答》請看下一頁

6
今年の紅葉は、（　　）きれいではないです。
1. あまり　2. どれも

譯
今年的紅葉並不怎麼漂亮。
1. あまり〜ない：不太…
2. 疑問詞＋も＋否定：也（不）…
解答》請看下一頁

なるほどの解説を確認して、
次の章へ進もう！

1 比較

因為都有「いい」，乍看兩個文法或許有點像，不過針對對方的行為發表言論時，「ほうがいい」表示建議對方怎麼做，「てもいい」則是允許對方做某行為。這題從意思跟接續來看，不能選 2，所以答案是 1。

答案：1

2 比較

兩個文法都用在提議或邀請對方做某事，但「ましょう（か）」用在認為對方大概也希望這麼做的情況；「ませんか」則是在尊重對方抉擇的情況下，有禮貌地勸誘對方做某事，是比「ましょう（か）」更加客氣的說法。這題選 2「ませんか」，表示「来る人」（來的人）是聽話者；如果選 1「ましょうか」，則表示「来る人」（來的人）是說話者，或是說話者跟聽話者兩人，但日文裡，說話者到自己的家不會用「来る」（來），所以不能選。

答案：2

3 比較

兩個文法乍看有點像，「ましょう」前接動詞ます形，表示勸誘對方做某事；但「でしょう」前接動詞時，要用動詞普通形，表示說話者的推測，或是向對方確認某件事情。

答案：1

4 比較

「～は～より」表示前者比後者還符合某種性質或狀態；「～より～ほう」則表示比較兩件事物後，選擇了「ほう」前面的事物。這題如果要選選項 2，就必須多加「の」跟「が」，改說成「李さんより森さん<u>の</u>ほう<u>が</u>若いです」，但這時意思就跟題目原句相反，是「比起李小姐，森小姐更年輕」的意思。

答案：1

5 比較

雖然都用在比較兩個人事物，但意思是相反的。而且「～と同じ」在「同じ」就結束說明，但「～とちがって」會在「て」後面繼續說明。這題因為空格後面有「です。」，知道句子結束了，所以要選選項 1。如果「と同じ」後面有後續說明的話，要改「と同じで」；相反地，如果「と違って」後面沒有後續說明的話，要改「と違います」。

答案：1

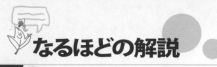 

なるほどの解説

6 比較

　　両個文法都搭配否定形式，但「あまり～ない」是「不太…」的意思；而「疑問詞＋も＋否定」則表示全面否定。再來看題目，如果要指一棵樹，可以用指示代名詞「これ」或「あれ」等，但紅葉是指現象的整體，所以不能用「これ」或「あれ」等字，選項２「どれも」不能選。

答案：1

メモ

メモ

N4

Bunpoo Hikaku Jiten

助詞的使用

☐ までに
☐ ばかり
☐ でも
☐ 疑問詞＋でも
☐ 疑問詞…か
☐ の（疑問）
☐ だい

1 までに
「在…之前」。

文法說明　「體言；動詞連體形＋までに」表示動作或事情的截止日期或期限。

例句

○ 7月14日までに、札幌に行く。

在 7 月 14 日之前，我會去札幌。

比較

● まで
「到…為止」、「直到」。

文法說明　「まで」表示範圍的終點。可以表示結束的場所；也可以表示結束的時間，這時候指某事件或動作，直在某時間點前都持續著。

例句

○ 7月14日まで、札幌に行く。

在 7 月 14 日之前，我會待在札幌。

▶ **到期限前做，還是做到期限為止？**

　　表示動作在期限之前的某時間點執行，用「までに」；表示動作會持續進行到某時間點，用「まで」。

---

2 ばかり

「淨…」、「光…」；「總是…」、「老是…」。

文法說明　　「體言＋ばかり」表示數量、次數非常多，如例（1）；「動詞て形＋ばかり」表示說話人對不斷重複一樣的事，或一直都是同樣的狀態，常有負面的評價，如例（2）。

例句

① 高田君は、授業中もスマホばかり見ています。
高田在上課時也只顧著玩手機。

② 寝てばかりいないで、手伝ってよ。
別老是睡懶覺，過來幫忙啦！

比較

● **だけ**

「只」、「僅僅」。

文法說明　　「體言＋だけ」表示只限於某範圍，除此以外沒有別的了。

例句

○ 半分だけ食べて、残りは妹にあげます。
只吃一半，剩下的給妹妹。

▶「ばかり」「總是」那樣，「だけ」「只有」這樣

　　　「ばかり」用在數量、次數多，或總是處於某狀態的時候；「だけ」用在限定的某範圍。

3 でも
「…之類的」；「就連…也」。

文法說明　「體言＋でも」用於舉例。表示雖然含有其他的選擇，但還是舉出一個具代表性的例子，如例（1）；另外，也可能先舉出一個極端的例子，再表示其他情況當然是一樣的，如例（2）。

例句

① 子どもにピアノでも習わせたい。
想讓孩子學個鋼琴之類的樂器。

② そのくらい、子どもでも分かる。
那麼簡單的事，連小孩都懂。

比較

● ても／でも

「即使…也」。

文法說明　「動詞て形＋も」、「形容詞く＋ても」、「體言；形容動詞詞幹＋でも」表示後項的成立，不受前項的約束，是一種假定逆接表現。後項常接各種意志表現的說法。表示假定的事情時，常跟「たとえ、どんなに、もし、万が一」等詞一起使用。

① 字が下手でも、丁寧に書くことが大切です。
就算字寫得差，重要的是一筆一劃仔細寫。

② 社会が厳しくても、私はがんばります。
即使社會嚴苛我也會努力。

③ たとえ失敗しても後悔はしません。
即使失敗也不後悔。

文法比較

▶ **怎麼表示「就連…也」跟「即使…也」？**

　　「でも」意思是「就連…也」，要用「體言＋でも」的形式；「ても／でも」意思是「即使…也」，要用「動詞て形＋も」、「形容詞く＋ても」或「體言；形容動詞詞幹＋でも」的形式。

4　疑問詞＋でも
「無論」、「不論」、「不拘」。

文法說明　「疑問詞＋でも」表示全面肯定或否定，也就是沒有例外，部都是。句尾常出現動詞可能形等。

例句

○ 日本では、どこでも水道の水が飲めます。
在日本，任何地方都可以直接生飲自來水。

比較

● **疑問詞＋も**

「無論…都…」。

文法說明　以「疑問詞＋も＋肯定」形式，表示全面肯定。

○ バーゲンなので、店中（みせじゅう）どこも人（ひと）でいっぱいです。

由於正逢大拍賣，店裡滿滿都是人。

文法比較

▶「全面肯定」不一樣的地方

「疑問詞＋でも」與「疑問詞＋も」都表示全面肯定，但「疑問詞＋でも」指「從所有當中，不管選哪一個都…」；「疑問詞＋も」指「把所有當成一體來説，都…」。

5　疑問詞…か

文法說明　當一個完整的句子中，出現「疑問詞…か」這樣的疑問句時，表示事態的不明確性。這時，疑問句在句中扮演著相當於名詞的角色，後面的助詞經常被省略。以下例句，是將「電車はいつ来ますか」取代掉「それは分かりません」的「それ」，成為名詞的角色，而後面的助詞「は」則被省略了。

例句

○ 電車（でんしゃ）がいつ来（く）るか分（わ）かりません。

我不知道電車什麼時候會來。

比較

● **かどうか**

「是否…」、「…與否」。

142

「用言終止形；體言＋かどうか」表示從相反的兩種情況或事物之中，選擇其中一種。其中，「～かどうか」前面的部分，是說話人不確定的事。以下例句，是將「それは分かりません」的「それ」，換成「電車が来るかどうか」，這時的「電車が来るかどうか」扮演著名詞的角色，而後面的助詞「は」經常被省略。

例句

○ 電車が来るかどうか分かりません。
我不知道電車會不會來。

文法比較

▶ 是不知道「什麼」，還是不知道「是否」？

用「疑問詞…か」，表示對「誰」、「什麼」、「哪裡」或「什麼時候」等感到不確定；而「かどうか」，用在不確定情況究竟是「是」還是「否」。

6 の（疑問）
「…嗎」、「…呢」。

文法說明 「の」前面接用言連體形，用在句尾，以升調表示發問。一般是用在對兒童，或關係比較親密的人，是男女通用的口語用法。

例句

○ にんじん、嫌いなの？（上昇調）
不喜歡紅蘿蔔嗎？（上升調）

比較
● の（斷定）

「用言連體形＋の」是在斷定自己的事情時使用。會比用「だ」的語氣還來得柔軟，大多是女性和小孩子使用。以下例句若換成男性來說的話，會變成「にんじん、嫌いなんだ（我討厭紅蘿蔔）」。現在幾乎都是連接常體。

例句

○ にんじん、嫌いなの。（下降調）

我討厭紅蘿蔔。（下降調）

文法比較

▶ 能表示「疑問」或「斷定」的「の」？

　　「の」用上昇語調唸，表示疑問；「の」用下降語調唸，表示斷定。

7 だい

文法說明 「だい」接在疑問詞，或含有疑問詞的句子後面，表示向對方詢問的語氣，有時也含有責備或責問的口氣。是口語用法，大多是年長男性使用。

例句

○ どうしたんだい？

怎麼啦？

比較

● かい

「…嗎」。

文法說明 「かい」放在句尾，親暱地表示疑問，或向對方確認事情。大多是年長男性使用，用在說話對象是同輩或晚輩時。

○ どうかしたのかい？

怎麼了嗎？

▶「疑問」哪裡不一樣？

　　「だい」表示疑問，前面常接疑問詞；「かい」用在表示疑問或確認。

実力テスト

做對了，往 😊 走，做錯了往 ✕ 走。

次の文の＿＿には、どんな言葉が入りますか。1・2から最も適当なものを一つ選んでください。

實力測驗

Q哪一個是正確的？
答案》在下一頁

1 クリスマス（　　）、彼に告白します。
1．までに　2．まで

譯 在聖誕節之前，我會向他告白。
1．までに：在…之前
2．まで：到…為止
解答》請看下一頁

2 おなかを壊したので、おかゆ（　　）食べます。
1．ばかり　2．だけ

譯 由於吃壞肚子了，所以只吃稀飯。
1．ばかり：光…
2．だけ：只
解答》請看下一頁

3 おまわりさん（　　）、悪いことをする人もいる。
1．でも　2．ても

譯 就算在警察先生當中，也會有做壞事的人。
1．でも：就連…也
2．ても：即使…也
解答》請看下一頁

4 誰（　　）できる簡単な仕事です。
1．でも
2．も

譯 這是任何人都能夠做的簡單工作。
1．でも：無論
2．も：無論…都…
解答》請看下一頁

5 坂本君に（　　）知りたいです。
1．誰が好きか
2．好きな人がいるかどうか

譯 我想知道坂本有沒有喜歡的人。
1．誰が好きか：喜歡誰
2．好きな人がいるかどうか：有沒有喜歡的人
解答》請看下一頁

6 その服、すてきね。どこで買った（　　）
1．の？（上昇調）　2．の。（下降調）

譯 那件衣服真漂亮呀！在哪裡買的呢？
1．の：呢、嗎
2．の：✕
解答》請看下一頁

7 そこに誰かいるの（　　）？
1．だい
2．かい

なるほどの解説を確認して、次の章へ進もう！

譯 有誰在那裡嗎？
1．だい：✕
2．かい：嗎
解答》請看下一頁

1 比較

「までに（…之前）」前面若加了時間點（不可加地點），就表示「那個時間點或更之前」的期限。這裡說的是告白的期限，所以正確答案是 1。「まで（到…為止）」加在時間點或地點之後，用來表示範圍的結束點，所以如果本文使用的是「まで」，文意就會變成持續不停告白一直到聖誕節為止。

答案：1

2 比較

要限定「もの」的時候，會使用「だけ」。含有「總是」、「反復好幾次」的意思時，會使用「ばかり」。這一題敘述的是因為某種原因，所以飲食只能限定為一種食物，因此正確答案是 2。此外，「だけ」和「ばかり」連接名詞的時候很單純，但是連接用言時會有不同的接法，需要注意。

答案：2

3 比較

連接名詞時不管哪邊的文法都是「でも（就算，即使）」，所以應該不會有所疑惑，但是要注意意思的不同之處。這題列舉的是「おまわりさん（警察）」這個極端的例子。正確答案是 1。

答案：1

4 比較

「疑問詞＋でも」是指「不管選擇哪一個都…」的意思。「疑問詞＋も」指的是將全體歸納在一起的意思。這題並不是指將很多人歸納在一起，而是指不管頭腦好的人、頭腦不好的人、力氣大的人、力氣小的人，無論哪種人都能做到的意思，正確答案是 1。

答案：1

5 比較

不管是哪個選項，都是將問句填入空格裡的文法。這題因為前面有「坂本君に」，所以正確答案是 2。如果想使用「誰が」的話，就要變成「坂本君は誰が好きなのか知りたいです（我想知道坂本喜歡的是誰）」。

答案：2

6 比較

因為是在稱讚對方的服裝，所以指的不是自己的事。此外，還有「どこ」這個疑問詞，所以這裡的「の」是表示疑問。正確答案是 1。

答案：1

7 比較

「誰か」乍看之下很像疑問詞，但其實是表示不特定的某個人，所以正確答案是 2。

答案：2

メモ

Chapter

2

★ ★ ★ ★ ★

指示詞、名詞化及縮約形的使用

☐ こんな
☐ そんな
☐ そう
☐ さ

☐ …の（は／が／を）
☐ ちゃ

---

1 **こんな**
「這樣的」、「這麼的」、「如此的」。

　間接地講人事物的狀態或程度，而這個事物是靠近説話人的，也可能是剛提及的話題，或剛發生的事。

例句

○ こんなひどい台風は、生まれてはじめてです。

これ麼嚴重的颱風，我還是有生以來頭一次遇到。

比較
- **こう**

「這樣」。

文法說明　指示眼前的物，或近處的事。

例句

○ 日本では、糸偏はこう書きます。

在日本，糸字旁是這樣寫的。

149

▶「こんな」、「こう」接續大不同

　　「こんな」意思是「這樣的」，後面一定要接名詞；「こう」
意思是「這樣」。

---

2 そんな
「那樣的」。

文法說明　間接地講人事物的狀態或程度，而這個事物是靠近聽話人的，或是聽話人之前說過的。有時也含有輕視和否定對方的意味。

例句

○ そんな難（むずか）しいことはできません。
那麼困難的事我辦不到。

比較

● あんな

「那樣的」。

文法說明　間接地講人事物的狀態或程度，而且指的是說話人和聽話人以外的事物，或是雙方都理解的事物。

例句

○ 私（わたし）もあんなかばんがほしいです。
我也想要那種提包。

文法比較

▶「そんな」、「あんな」，「那樣的」不同

　　「そんな」用在離聽話人較近，或聽話人之前說過的事物；
　　「あんな」用在離說話人、聽話人都很遠，或雙方都知道的事物。

3 そう

「那樣」。

文法說明 指示較靠近聽話人，或離雙方都有些距離的事物。另外，也用在假設的狀況。

例句

○ そうすれば、コーヒーがもっとおいしくなります。
這樣做的話，咖啡就會變得更香醇。

比較

● ああ

「那樣」。

文法說明 指示説話人和聽話人以外的事物，或是雙方都理解的事物。

例句

○ 天ぷらはああやって作るんですか。
天婦羅是那樣做的嗎？

文法比較

▶「そう」、「ああ」,「那樣」不一樣

　　「そう」用在離聽話人較近，或聽話人之前説過的事；「ああ」用在離説話人、聽話人都很遠，或雙方都知道的事。

4 さ

文法說明 以「形容詞・形容動詞詞幹＋さ」構成名詞，表示程度或狀態。是種客觀地説明事物程度的表現方式。

例句

○ このノートパソコンの厚さはわずか1cm
です。

這部筆記型電腦的厚度僅僅只有 1 公分。

比較

● み

「帶有…」、「…感」等。

文法說明 以「形容詞・形容動詞詞幹＋み」構成名詞，表示程度或狀態。是種主觀地説明事物程度的表現方式。

例句

○ この店のステーキは厚みがあります。

這家店的牛排相當厚。

文法比較

▶ 哪個是客觀的，哪個是主觀的？

「さ」用在客觀地表示性質或程度；「み」用在主觀地表示性質或程度。

5 …の（は／が／を）

「的是…」。

文法說明 以「短句＋のは」的形式表示強調。句子中，想強調部分會放在「のは」的後面，如例句。而「名詞修飾短句＋の（は／が／を）」是將短句名詞化。

例句

○ 雪を見るのは生まれて初めてです。

這是我有生以來第一次看到雪。

比較

• こと

文法說明 「名詞修飾短句＋こと」是形式名詞的用法。「こと」前接名詞修飾短句，使前面的短句名詞化。

例句

○ 日本に行って一番したいことはスキーです。

去日本我最想做的事是滑雪。

文法比較

▶ 都是名詞化，什麼時候不能互換？

只用「の」：基本上用來代替人或物，而非代替「事情」時，還有後接「見る」（看）、「聞く」（聽）等表示感受外界事物的動詞，或是「止める」（停止）、「手伝う」（幫忙）、「待つ」（等待）等時。

只用「こと」：後接「です、だ、である」，或是「～を約束する」（約定…）、「～が大切だ」（…很重要）、「～が必要だ」（…必須）等時。

6 ちゃ

文法說明 「ちゃ」是「ては」的縮略形式，也就是縮短音節的形式。一般來説，會用在跟自己比較親密的人輕鬆交談的時候，是口語用法。

例句

○ 今日中に宿題の作文を書かなくちゃいけない。
今天之內非得把作業的作文寫好才行。

比較

• じゃ

文法說明 「じゃ」是「では」的縮略形式，也就是縮短音節的形式，是口語用法。大多用在跟自己比較親密的人輕鬆交談的時候，如例（1）；「じゃ」「じゃあ」「では」在文章的開頭時（或逗號的後面），表示「それでは」（那麼，那就）的意思。用在承接對方説的話，自己也説了一些話，或表示告了一個段落，如例（2）。

例句

① 私は日本人じゃない。
我不是日本人。

② じゃ、これ、もらってもいいんですね。
這麼說，這個，我可以收下來吧？

文法比較

▶ 誰是誰的口語縮略形？

　　「ちゃ」是「ては」的縮略形式；「じゃ」是「では」的縮略形式。

2 | 実力テスト

做對了，往😊走，做錯了往❌走。

次の文の＿＿には、どんな言葉が入りますか。1・2から最も適当なものを一つ選んでください。

實力測驗

Q 哪一個是正確的？

答案>>在下一頁

---

1 （ ）すると顔（かお）が小（ちい）さく見（み）えます。

1. こんな　2. こう

譯 這樣做的話，臉看起來比較小。

1. こんな：這樣的

2. こう：這樣

解答》看下一頁

---

2 危（あぶ）ないよ。（ ）ことしちゃ、だめだよ。

1. そんな　2. あんな

譯 危險呀！不可以做那種事喔！

1. そんな：那樣的

2. あんな：那樣的

解答》請看下一頁

---

3 （テレビを見（み）ながら）私（わたし）も（ ）いう旅館（りょかん）に泊（と）まってみたい。

1. そう　2. ああ

譯 （邊看電視）我也想要住住看那樣的旅館。

1. そう：那樣　2. ああ：那樣

解答》請看下一頁

---

4 月（つき）では重（おも）（ ）が約（やく）6分（ぶん）の1になる。

1. さ　2. み

譯 在月球上的重量會變成大約6分之1。

1. さ：X

2. み：X

解答》看下一頁

---

5 趣味（しゅみ）は映画（えいが）を見（み）る（ ）です。

1. の

2. こと

譯 我的興趣是看電影。

1. の：X

2. こと：X

解答》請看下一頁

---

6 危（あぶ）ないから（ ）いけないよ。

1. 触（さわ）っちゃ

2. 触（さわ）っじゃ

譯 會有危險，所以不可以摸喔！

1. 触っちゃ：摸

2. 触っじゃ：摸

解答》請看下一頁

なるほどの解説（かいせつ）を確認（かくにん）して、

次（つぎ）の章（しょう）へ進（すす）もう！

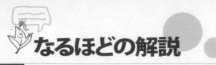

なるほどの解説

1 比較

　　從接續來看，知道正確答案是２。如果想使用「こんな」的話，可在後面補一個名詞，變成「こんな風に（這樣子）」的話就可以了。

答案：２

2 比較

　　從「危ないよ（危險呀）」的「よ」，可以知道正在做危險事情的人，是正在跟他說話的對象。所以，表示屬於聽話人的事物，或是離聽話人這邊較近的１才是正確答案。

答案：１

3 比較

　　從「そう」、「ああ」實際上的發音為「そー」、「あー」可以知道，它們也屬於「こそあど」這類的詞彙。因為有「テレビを見ながら（邊看電視）」，所以表示離說話人和聽話人都有距離的２是正確答案。

答案：２

4 比較

　　「さ」幾乎可以接在所有的形容詞、形容動詞後面，當作用來表現具有客觀性質、程度的名詞。可以接「み」的只有一部分的形容詞、形容動詞，當作用來表示主觀印象的名詞。「重い（重）」的詞幹可以接「さ」，也可以接「み」，而這裡所說的事情是物理現象，所以正確答案是１。

答案：１

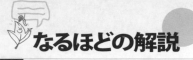 

なるほどの解説

5 比較

　　不管是哪個選項，都具有將前面部分名詞化的作用。像這題一樣放在「です」或「だ」前面，或是用在「ことができる」、「ことにする」等固定用法的時候，只能使用「こと」。正確答案是2。

答案：2

6 比較

　　空格裡，原本應該要填入的是「触っては」才對，所以使用了「ては」縮約形的1是正確答案。

答案：1

メモ

3

許可、禁止、命令、義務及不必要的說法

- ☐ てもいい
- ☐ てもかまわない
- ☐ てはいけない
- ☐ な（禁止）
- ☐ 命令形

- ☐ なければならない
- ☐ なくてはいけない
- ☐ なくてはならない
- ☐ なくてもかまわない

1 てもいい

「…也行」、「可以…」。

文法說明 「動詞て形＋もいい」表示許可或允許某一行為。如果説的是聽話人的行為，表示允許聽話人某一行為，如例（1）；如果用在疑問句，表示説話人請求聽話人允許自己做某事，如例（2）。

例句

① 早く仕事が終わったら先に帰ってもいいよ。

如果提早把工作做完了，可以先回去沒關係喔！

② ここでたばこを吸ってもいいですか。

可以在這裡抽煙嗎？

比較

● といい

「最好…」、「…為好」；「…就好了」。

文法說明 「用言終止形；體言だ＋といい」用在規勸對方進行某行為，如例（1），意思跟「～たらいい、～ばいい」相似；另外，也表示説話人希望事情能隨自己的心意發展，句尾出現「けど、のに、が」時，含有這個願望或許難以實現等不安的心情，如例（2）。

① 風邪のときは早く寝るといいですよ。
感冒時早點睡覺比較好喔！

② お母さんはもっとやさしいといいんだけど。
我媽媽要是能再溫柔一點就好了。

文法比較

▶ 哪個用在「允許」，哪個用在「勧誘」？

- -

「てもいい」用在允許做某事；「といい」用在勸對方怎麼做，
或希望某個願望能成真。

---

2 てもかまわない
「即使…也沒關係」、「…也行」。

文法說明　「動詞て形＋もかまわない」、「形容詞く＋てもかまわない」、「形容動詞詞幹；體言＋でもかまわない」表示允許對方做某事，如例（1）；用在疑問句，指說話人詢問對方，是否允許自己做某事，如例（2）；也可以用在讓步關係，表示就算不是最好或最滿意的，但妥協一下，這樣也可以，如例（3）。

例句

① 靴のまま入ってもかまいません。
直接穿鞋進來也沒關係。

② （食堂で）ここに座ってもかまいませんか。
（在餐館裡）請問我可以坐在這裡嗎？

③ 安いアパートなら、交通が不便でもかまいません。
只要是便宜的公寓，即使交通不便也沒關係。

● てはいけない

「不准…」、「不許…」、「不要…」。

文法說明 「動詞て形＋はいけない」表示禁止，基於某種理由、規則，要求對方不能做某事，由於說法直接，所以常用在上司對部下、長輩對晚輩，如例（1）；用在疑問句，指說話人詢問對方，是否允許自己做某事，如例（2）。

例句

① このボタンには、ぜったい触ってはいけない。
這個按鍵絕對不可觸摸。

② ここは写真を撮ってはいけませんか。
請問這裡不可以拍照嗎？

文法比較

▶ 哪個是「許可」，哪個是「禁止」？

「てもかまわない」表示許可，意思是「即使…也沒關係」；「てはいけない」表示禁止，意思是「不准…」。

3 てはいけない
「不准…」、「不許…」、「不要…」。

文法說明 「動詞て形＋はいけない」表示禁止，基於某種理由、規則，要求對方不能做某事，由於說法直接，所以常用在上司對部下、長輩對晚輩。

例句

○ そんな悪いことばを使ってはいけません。
不可以講那種難聽的話。

● な（禁止）

「不准…」、「不要…」。

文法說明　「動詞終止形＋な」表示禁止，命令對方不要做某事。説法比較粗魯，一般用在對孩子、兄弟姊妹或親友身上。也用在遇到緊急狀況或吵架的時候。

例句

○ 廊下を走るな。
不准在走廊上奔跑！

文法比較

▶ 都是「禁止」，但接續、語氣大不同

「てはいけない」、「な」都表示禁止，但「てはいけない」前面接動詞て形；「な」前面接動詞終止形，語氣比「てはいけない」強烈、粗魯、沒禮貌。

4　な（禁止）

「不准…」、「不要…」。

文法說明　「動詞終止形＋な」表示禁止，命令對方不要做某事。説法比較粗魯，一般用在對孩子、兄弟姊妹或親友身上。也用在遇到緊急狀況或吵架的時候。

例句

○ 食べ過ぎだよ。もう食べるな。
你吃太多了啦，別再吃了！

● な（感嘆）

「…啊」。

文法說明 「用言終止形；助動詞終止形；助詞＋な」用在表達讚嘆、願望、痛苦、憤怒等情感，或表示徵求對方同意時。「な」常常會拉長變成「なあ」。雖然和「ね」很像，不過「な」大多是男性使用，前面經常連接常體，也可能用在自言自語的時候。「ね」男女皆可用，常體、敬體兩者都可接，而且一定要在對著對方說話時使用。

例句

○ ギャル曽根はほんとによく食べるな。
辣妹曽根真是個大胃女王啊！

文法比較

▶ 能表示「禁止」或「感嘆」的「な」

「な」前接動詞時，有表示禁止，或感嘆（強調情感）這兩個用法。因為接續一樣，所以要從句子的情境、文脈及語調來判斷。用在表示感嘆時，也可以接動詞以外的詞性。

5 命令形

「給我…」、「不要…」。

文法說明 表示命令對方要怎麼做，說法比較粗魯，一般用在對孩子、兄弟姊妹或親友身上。另外，也可能用在遇到緊急狀況、吵架或交通號誌等的時候。

例句

○ 起きろ！火事だ！
醒一醒！失火了！

● なさい

「要…」、「請…」。

文法說明 「動詞ます形＋なさい」表示命令或指示。一般用在上級對下級、父母對小孩或老師對學生的情況。由於這是用在擁有權力或支配能力的人，對下面的人説話的情況，使用的場合有限。

例句

○ 学校に遅刻するよ。早く起きなさい。

你上學快遲到囉！快點起床！

文法比較

> ### 不同的「命令」語氣

「命令形」是帶有粗魯的語氣命令對方；「なさい」是語氣較緩和的命令，前面要接動詞ます形。

6 なければならない

「必須…」、「應該…」。

文法說明 「動詞ない形＋なければならない」表示無論是自己或對方，從社會常識或事情的性質來看，不那樣做就不合理，有義務要那樣做，如例（1）。「なければ」的口語縮約形是「なきゃ」，有時候會只説「なきゃ」，並將後面省略掉，如例（2）。

例句

① 学生は勉強しなければならない。

學生必須用功讀書才行。

② 寮には夜11時までに帰らなきゃ。

得在晚上 11 點以前回到宿舍才行！

● べきだ

「必須…」、「應該…」。

> 文法說明　「動詞終止形＋べき、べきだ」表示那樣做是應該的、正確的。常用在描述身為人類的義務和理想時，勸告、禁止或命令對方怎麼做。是一種比較客觀的判斷，書面跟口語都可以用。

> 例句

○ 弱い者をいじめるのは、やめるべきだ。
欺負弱小是不應該的行為。

> 文法比較

▶ 平平是「應該」，含意大不同

「なければならない」是指基於規則或當時的情況，而必須那樣做；「べきだ」則是指身為人應該遵守的原則，常用在勸告或命令對方有義務那樣做。

7　なくてはいけない

「必須…」。

> 文法說明　「動詞ない形；形容詞く＋なくてはいけない」、「體言；形容動詞詞幹＋でなくてはいけない」表示義務和責任。大多用在個別的人或事，口氣比較強硬，所以一般用在上對下，或同輩之間，如例（1）；也可表示社會上一般人普遍的想法，如例（2）；也可表達說話人自己的決心，如例（3）。

> 例句

① 子どもはもう寝なくてはいけません。
這時間小孩子再不睡就不行了。

② 約束は守らなくてはいけません。
  答應人家的事一定要遵守才行。

③ 今日は早く寝なくてはいけない。
  今天非得早一點睡覺不可。

比較

- ● **ないわけにはいかない**

「不能不…」、「必須…」等。

文法說明　「動詞ない形＋ないわけにはいかない」表示根據社會的理念、情理、一般常識，或自己過去的經驗，不能不做某事，有做某事的義務。含有說話人受外力逼迫，感到心不甘情不願的語感。

例句

○ 行かないわけにはいかない。
  不得不去。

文法比較

▶「必須」怎麼分？

　　「なくてはいけない」用在上對下，或說話人的決心，表示必須那樣做，說話人不一定有不情願的心情；「ないわけにはいかない」是根據社會情理或過去經驗，表示雖然不情願，但必須那樣做。

8　なくてはならない
「必須…」、「不得不…」。

文法說明　「動詞ない形＋なくてはならない」表示根據社會常理來看、受某種規範影響，或基於義務，必須去做某件事情，如例句；「なくては」的口語縮約形是「なくちゃ」，有時只說「なくちゃ」，並將後面省略掉（這時候，很難明確指出省略的是「いけない」還是「ならない」，但意思大致相同）。

○ うちの会社では、背広を着なくてはならない。

我們公司規定一定要穿西裝才可以。

なくてもいい

「不…也行」、「用不著…也可以」。

文法說明　「動詞ない形；形容詞く＋なくてもいい」、「體言；形容動詞詞幹＋でなくてもいい」表示説話人沒有必要，或沒有義務做某動作、行為，如例（1）。另外，「〜なくともよい」是比較文言的表達方式，如例（2）。

例句

① 会うのは友達だから、ネクタイはしなくてもいい。

既然要去見的是朋友，不打領帶也沒關係。

② 忙しい人は出席しなくともよい。

忙碌的人不出席亦無妨。

文法比較

▶ **哪個表示「不得不」，哪個表示「不必要」？**

- -

　　「なくてはならない」是根據社會常理或規範，不得不那樣做；「なくてもいい」表示不那樣做也可以。

9 なくてもかまわない

「不…也行」、「用不著…也沒關係」。

文法說明 「動詞ない形＋なくてかまわない」表示沒有必要做前面的動作，不做也沒關係，如例（1）；「かまわない」也可以換成「大丈夫」等表示沒關係的單字，如例（2）。

例句

① お金があれば愛がなくてもかまわない。
只要有錢，沒有愛情也無所謂。

② 都合が悪かったら、来なくても大丈夫。
不方便的話，用不著來也沒關係。

比較

● ないこともない

「並不是不…」、「不是不…」。

文法說明 「用言ない形＋ないこともない、ないことはない」使用雙重否定，表示雖然不是全面肯定，但也有那樣的可能性，是種有所保留的消極肯定說法。

例句

○ 一人暮らしが寂しいと思わないこともない。
一個人的生活也不是沒有感覺過寂寞。

文法比較

▶ 哪個表示「不必要」，哪個表示「不是不」？

「なくてもかまわない」表示不那樣做也沒關係；「ないこともない」意思是「並不是不…」。

做對了，往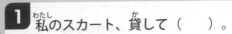走，做錯了往走。

次の文の＿＿には、どんな言葉が入りますか。1・2から最も適当なものを一つ選んでください。

實力測驗

Q哪一個是正確的？
答案＞＞在下一頁

---

1 私のスカート、貸して（　　）。
1. あげてもいいよ
2. あげるといいよ

譯 我的裙子，可以借給妳喔！
1. あげてもいいよ：可以…給妳喔
2. あげるといいよ：最好給他（她）喔

解答≫請看下一頁

---

2 安ければ、アパートにおふろが（　　）。
1. なくてもかまいません
2. なくてはいけません

譯 如果便宜的話，公寓裡沒有浴室也無所謂。
1. なくてもかまいません：即使沒有…也沒關係
2. なくてはいけません：不准…

解答≫請看下一頁

---

3 こっちへ来る（　　）。
1. てはいけない
2. な（禁止）

譯 不准過來這邊！
1. てはいけない：不准…
2. な（禁止）：不准…

解答≫請看下一頁

---

4 勉強もスポーツも、君はなんでもよくできる（　　）。
1. な（禁止）　2. な（詠嘆）

譯 讀書也好、運動也好，你真是十項全能啊！
1. な（禁止）：不准…
2. な（感嘆）：…啊

解答≫請看下一頁

---

5 《交通標識》スピード（　　）。
1. 落とせ
2. 落としなさい

譯 《交通號誌》減速慢行。
1. 落とせ：減
2. 落としなさい：請減

解答≫請看下一頁

なるほどの解説を確認して、
次の章へ進もう！

1 比較

　　因為談論的是有關「私のスカート（我的裙子）」的話題，所以借東西給對方的是說話人，用「貸してあげる（借給妳）」，因此正確答案是１。２是建議聽話人將擁有物借給第三者也無妨的說法。

答案：１

2 比較

　　從「安ければ（便宜的話）」這個條件來思考的話，句子意思通的是選項１。如果沒有「安ければ」，使用選項２的話，則會變成「アパートにおふろがなくてはいけません（公寓裡不行沒有浴室）」，或是「アパートはおふろがなくてはいけません（公寓不行沒有浴室）」。

答案：１

3 比較

　　每個選項都是表示禁止，不過這裡適合接的正確答案是２。

答案：２

4 比較

　　表示感嘆的時候，有時會接在「きれいだな（好漂亮呀）」這種動詞以外的語詞後面，但是接動詞時因為形式相同，所以只能從狀況、句子的脈絡、語調來判斷。這題使用的是２，感嘆的意思。「する（做）」可以用禁止，但是「できる（能夠）」不能使用禁止。

答案：２

5 比較

　　交通標誌使用的是，能夠強而簡潔有力表現的命令形。正確答案是１。命令形具有非常強烈的語氣，所以可以用在緊急狀況或是交通標幟上，但是在日常生活中不大使用。「なさい」不像命令形具有那麼強烈的語氣，不過仍是相當強勢的說法，所以除非是用在父母對孩子說話這類具有清楚上下關係的時候，否則不太會使用。

答案：１

4 実力テスト

做對了，往 😊 走，做錯了往 ❌ 走。

次の文の＿＿＿には、どんな言葉が入りますか。1・2から最も適当なものを一つ選んでください。

實力測驗

Q 哪一個是正確的？
答案≫在下一頁

1 明日（あした）は6時（じ）に（　）。
1. 起（お）きなければならない
2. 起（お）きるべきだ

😊 ❌

譯 明天非得在6點起床才可以。
1. 起きなければならない：必須起床
2. 起きるべきだ：必須起床

解答≫請看下一頁

2 この映画（えいが）を見（み）るには、18歳以上（さいいじょう）で（　）。
1. なくてはいけない
2. ないわけにはいかない

❌ 😊

譯 要看這部電影，必須要滿18歲以上否則不行。
1. なくてはいけない：必須…
2. ないわけにはいかない：不能不…

解答≫請看下一頁

3 赤信号（あかしんごう）では、止（と）まら（　）。
1. なくてはならない
2. なくてもいい

😊 ❌

譯 看到紅燈就必須要停下來才可以。
1. なくてはならない：必須…
2. なくてもいい：不…也行

解答≫請看下一頁

4 1日（にち）や2日（か）、お風呂（ふろ）に入（はい）ら（　）。
1. なくてもかまわない
2. ないこともない

❌ 😊

譯 就算一兩天不洗澡也沒有關係。
1. なくてもかまわない：不…也行
2. ないこともない：並不是不…

解答≫請看下一頁

なるほどの解説を確認して、
次の章へ進もう！

1 比較

因為有「明日は（明天）」，所以可以知道其他的日子不需要6點起床。還有，這裡說的不是身為人類的義務或理想，而是明天因為有某些事情的關係，所以必須這麼做。正確答案是1。

答案：1

2 比較

因為空格的前面是「名詞＋で」，所以正確答案是1。

答案：1

3 比較

如果從句子的意思來思考的話，屬於社會規定的選項1是正確答案。

答案：1

4 比較

句子意思通的只有選項1。選項2是指也會有這種情形的意思，所以會變成「１日や２日、おふろに入ることもある（有時會洗澡洗了１、２天）」，這樣一來會不清楚什麼意思。

答案：1

1 てみる
「試著（做）…」。

文法說明　「動詞て形＋みる」表示嘗試著做某事，是一種試探性的行為。請注意，「みる」是由「見る」延伸而來的抽象用法，常用平假名書寫。

例句

○ 新しい文法を使って文を作ってみた。

我嘗試了使用新學到的文法造句。

比較

● てみせる

「（做）給…看」。

文法說明　「動詞て形＋みせる」。表示為了讓別人能瞭解，做出實際的動作給別人看，如例（1）；也可用在表達自己的強烈決心，如例（2）。

例句

① 子どもに平仮名を書いてみせた。

我寫了平假名給小孩看。

② 今度は合格してみせる。

我這次絕對會通過測驗讓你看看的！

▶ 是「試著做看看」還是「做給別人看」？

　　「てみる」表示嘗試去做某事；「てみせる」表示做某事給某人看。

2　（よ）うと思う

「我想⋯」、「我要⋯」。

文法說明　以「動詞意向形＋（よ）うと思う」的形式，表示說話人告訴聽話人，說話當時自己的想法、打算或意圖，比起不管實現可能性是高或低都可使用的「〜たいと思う」，「（よ）うと思う」更具有採取某種行動的意志，且動作實現的可能性很高。主語通常是說話人，因此常省略，如例（1）；用「（よ）うと思っている」，表示說話人在某一段時間持有的打算，如例（2）；「（よ）うとは思わない」表示強烈否定，如例（3）。

例句

① 終電で帰ろうと思います。
　我打算搭最後一班電車回去。

② 柔道を習おうと思っている。
　我想學柔道。

③ 動詞の活用が難しいので、これ以上日本語を勉強しようとは思わない。
　動詞的運用非常困難，所以我不打算再繼續學日文了。

比較

 （よ）うとする

「想⋯」、「打算⋯」。

文法說明 「動詞意向形＋（よ）うとする」表示動作主體的意志、意圖。表示努力地去實行某動作，如例（1）；或用在嘗試做某事，但還沒達成的狀態，或某動作實現之前，如例（2）。主語不受人稱的限制。

例句

① 赤ん坊が歩こうとしている。
嬰兒正嘗試著走路。

② バスに乗ろうとしたとき、財布がないのに気付いた。
正準備要搭巴士時，才發現到沒有錢包。

文法比較

▶ **是哪一種「打算」？**

　　「（よ）うと思う」表示說話人打算那樣做；「（よ）うとする」表示某人正打算要那樣做。

3 （よ）う
「…吧」。

文法說明 「動詞意向形＋（よ）う」表示說話人的個人意志行為，準備做某件事情，如例（1）；或是用來提議、邀請別人一起做某件事情，如例（2）。比較有禮貌的說法用「ましょう」。

例句

① お茶でも飲もう。
我來喝杯茶吧。

② もう少しだから、がんばろう。
只剩一點點了，一起加油吧！

● つもりだ

「打算…」、「準備…」。

文法說明 「動詞連體形＋つもりだ」表示說話人的意志、預定、計畫等，也可以表示第三人稱的意志。有說話人的打算是從之前就有，且意志堅定的語氣，如例（1）；「～ないつもりだ」是否定形，如例（2）；「～つもりはない」是「不打算…」的意思，否定意味比「～ないつもりだ」還要強，如例（3）；「～つもりではない」是「並非有意要…」的意思，如例（4）。

例句

① ブログを始めるつもりだ。
我打算開始寫部落格。

② 両親は小さな店をやっているが、継がないつもりだ。
雖然我父母開了一家小商店，但我沒打算繼承家業。

③ あなたとお付き合いするつもりはありません。
我一點都不想和你交往。

④ 殺すつもりではなかったんです。
我原本沒打算殺他。

文法比較

▶「意志」的說法哪裡不同？

「（よ）う」表示說話人要做某事，也可用在邀請別人一起做某事；「つもりだ」表示某人打算做某事的計畫。主語除了說話人以外，也可用在第三人稱。請注意，如果是馬上要做的計畫，不能使用「つもりだ」。

4 にする

「決定…」、「叫…」。

文法說明 「體言；副助詞＋にする」常用於購物或點餐時，決定買某樣商品，如例（1）；表示抉擇，決定、選定某事物，如例（2）。

例句

① 私はうなぎにします。
わたし

我要吃鰻魚。

② 女の子が生まれたら、名前は桜子にしよう。
おんな こ う なまえ さくらこ

如果生的是女孩，名字就叫櫻子吧！

比較

● がする

「感到…」、「覺得…」、「有…味道」。

文法說明 「がする」前面接「かおり、におい、味、音、感じ、気、吐き気」等與氣味、味道、聲音、感覺相關的名詞，表示說話人透過感官感受到的感覺或知覺。

例句

○ うなぎのにおいがします。

我聞到鰻魚的味道。

文法比較

▶ 哪個是「決定」，哪個是「覺得」？

「にする」表示決定選擇某事物，常用在點餐等時候；「がする」表示感覺器官所受到的感覺。

5 ことにする
「決定…」。

文法說明　「動詞連體形＋ことにする」表示説話人以自己的意志，主觀地對將來的行為做出某種決定、決心，如例（1）；用過去式「ことにした」表示決定已經形成，大都用在跟對方報告自己決定的事，如例（2）；用「～ことにしている」的形式，則表示因某決定，而養成了習慣，或形成了規矩，如例（3）。

例句

① うん、そうすることにしよう。
嗯，就這麼做吧。

② 子どもができたので、結婚することにしました。
由於懷孕了，所以就決定結婚了。

③ 肉は食べないことにしています。
我現在都不吃肉了。

比較
● ことになる
「（被）決定…」；「也就是說…」。

文法說明　「動詞連體形（という）；體言という＋ことになる」表示決定。指説話人以外的人、團體或組織等，客觀地做出了某些安排或決定，如例（1）；也可能用在婉轉宣布自己決定的事，如例（2）；或指針對事情，換一種不同的角度、説法，來探討事情的真意或本質；以「～ことになっている」的形式，表示人們的行為會受法律、約定、紀律及生活慣例等約束，如例（3）。

① 駅にエスカレーターをつけることになりました。

車站決定設置自動手扶梯。

② このたび、結婚することになりました。

這回我們要結婚了。

③ 子どもはお酒を飲んではいけないことになっています。

依現行規定，兒童不得喝酒。

文法比較

> ▶ 怎麼「決定」差在哪？
>
> ----------
>
> 「ことにする」用在説話人以自己的意志，決定要那樣做；「ことになる」用在説話人以外的人或團體，所做出的決定，或是婉轉表達自己的決定。

---

6 **てほしい**

「希望…」、「想…」。

文法説明 「動詞て形＋ほしい」表示説話人希望對方能做某件事情，或是提出要求，如例（1）；「動詞ない形＋ないでほしい」表示否定，是「希望（對方）不要…」的意思，如例（2）。

例句

① 私だけを愛してほしいです。

希望你只愛我一個。

② 怒らないでほしい。

我希望你不要生氣。

• がほしい

「…想要…」。

文法說明 以「名詞＋が＋ほしい」的形式，表示說話人（第一人稱）想要把什麼東西弄到手，想要把什麼東西變成自己的，希望得到某物的句型。「ほしい」是表示感情的形容詞。希望得到的東西，用「が」來表示。疑問句時表示聽話者的希望。

例句

○ あなたの心がほしいです。

我想要你的心。

文法比較

▶「希望」大不同？

- -

「てほしい」用在希望對方能夠那樣做；「がほしい」用在説話人希望得到某個東西。

---

7 がる

「覺得…」等。

文法說明 「形容詞・形容動詞詞幹＋がる」表示某人說了什麼話，或做了什麼動作，而給說話人留下這種想法或感覺，「がる」的主體一般是第三人稱，如例（1）；當動詞是「ほしい」的時候，搭配助詞用「を」，而非「が」，如例（2）；表示現在的狀態用「～ている」形，也就是「がっている」，如例（3）。

例句

① 人がいやがることをしてはいけない。

不可以做討人厭的事。

② 妻がきれいなドレスをほしがっています。

妻子很想要一件漂亮的洋裝。

③ あなたが来ないので、みんな残念がっています。

因為你不來，大家都覺得非常可惜。

比較

● たがる

「想…」。

文法說明 「たがる」是「たい」的詞幹加「がる」來的。以「動詞ます形＋たがる」的形式，表示第三人稱顯露在外表的願望或希望，也就是從外觀就可看到某人的意願，如例（1）；「たがらない」表示否定，如例（2）；表示現在的狀態用「〜ている」形，也就是「たがっている」，如例（3）。

例句

① 母が、私と彼氏の進展度を知りたがって困ります。

媽媽很想知道我和男朋友進展到什麼程度了，真傷腦筋。

② 彼女は、理由を言いたがらない。

她不想說理由。

③ 夫は冷たいビールを飲みたがっています。

丈夫想喝冰啤酒。

文法比較

▶ 是「覺得」還是「想要」？

「がる」用於第三人稱的感覺、情緒等；「たがる」用於第三人稱想要達成某個願望。

次の文の＿＿＿には、どんな言葉が入りますか。１・２から最も適当なものを一つ選んでください。

實力測驗

Q 哪一個是正確的？

答案>>在下一頁

1 次のテストでは 100 点を取っ
　　（　　）。
　　1．てみる　2．てみせる

譯 下次考試一定考一百分給你瞧瞧！
　　1．てみる：試著做…
　　2．てみせる：做給…看
　　　　　　　　　　解答》請看下一頁

2 夏が来る前に、ダイエットしよう
　　と（　　）。
　　1．思う　2．する

譯 我打算在夏天來臨之前瘦身。
　　1．思う：想
　　2．する：做
　　　　　　　　　　解答》請看下一頁

3 疲れたから、少し（　　）。
　　1．休もう
　　2．休むつもりだ

譯 累了，休息一下吧。
　　1．休もう：休息吧
　　2．休むつもりだ：打算休息
　　　　　　　　　　解答》請看下一頁

4 これは豆で作ったものですが、肉
　　の味（　　）。
　　1．にします　2．がします

譯 這雖然是用黃豆製造的，但嘗起來有肉的滋味。
　　1．にします：決定…
　　2．がします：有…味道
　　　　　　　　　　解答》請看下一頁

5 健康のために、明日から酒はや
　　めることに（　　）。
　　1．した　2．なった

譯 為了健康，從明天起就戒酒。
　　1．した：Ｘ
　　2．なった：Ｘ
　　　　　　　　　　解答》請看下一頁

6 明日の朝 6 時に起こし（　　）。
　　1．てほしいです
　　2．がほしいです

譯 想要拜託你明天早上 6 點叫我起床。
　　1．てほしいです：想要拜託…
　　2．がほしいです：想要…
　　　　　　　　　　解答》請看下一頁

7 妹が、机の角に頭をぶつけて
　　（　　）います。
　　1．痛がって　2．痛たがって

譯 妹妹頭去撞到桌角，正在喊痛。
　　1．痛がって：痛
　　2．痛たがって：Ｘ
　　　　　　　　　　解答》請看下一頁

なるほどの解説を確認して、
次の章へ進もう！

1 比較

「てみる」是「試看看」的意思，原本「見る（看）」的意思大多已不存在。「てみせる」是表示「示範」給對方看的意思，或表明自己的強烈決心。這裡指的是表明自己的決心，所以正確答案是2。

答案：2

2 比較

省略主詞的理由是因為知道主詞是誰，所以這句話的主詞不可能是說話者本人以外的人。因為是說話者本人的打算，所以選項1才貼切。此外，即使主詞是第三者，也不能使用選項2，而必須用「ている」的組合，變成「〇〇は、夏が来る前に、ダイエットしようとしている（〇〇在夏天來臨之前，試圖要減重）」。

答案：1

3 比較

現在已經完全是「疲れた（疲累）」的狀態，所以有「休む（休息）」的想法。能表示這個意思的是1。選項2是表示「預定」，所以沒有「今すぐに休む（現在馬上休息）」的意思。如果是在某件事開始之前的發言時，說「（ずっと続けてやるのではなく、）疲れたら、少し休むつもりだ（＜不會一直持續做，＞如果疲累的話，打算稍微休息）」就可以。

答案：1

4 比較

因為無法從接續判斷出答案，所以要從文意思考。「にする」是用來表示作決定或選擇，還有在Ｎ5文法學過的，是用來表示因人為作用而引起變化。所以如果這題要表達現在開始以豆子為原料，來做成和肉相似的食物，或許就可以用「にする」，不過這題說的是已經做好的食品，所以這個答案不合。「がする」是用來表示感覺、知覺，所以可以用在「味（味道）」方面。正確答案是2。

答案：2

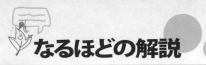 
5 比較

「～ために」已清楚地描述了目的，所以表示說話者決心的 1 是正確答案。

答案：1

6 比較

空格的前面是動詞連用形，所以答案選 1。

答案：1

7 比較

因為「痛い」是形容詞，所以要接「がる」，正確答案是 1。注意「痛い」的寫法，不要寫成「痛たい」。

答案：1

判斷及推測的說法

☐ だろう
☐ と思う
☐ かもしれない
☐ はずだ
☐ そう

☐ ようだ
☐ らしい

---

1 だろう
「…吧」。

文法説明 「動詞・形容詞終止形;體言;形容動詞詞幹＋だろう」使用降調，表示説話人對未來或不確定事物的推測，而且説話人對自己的推測有相當大的把握。常跟副詞「たぶん、きっと」等一起使用。口語時，女性多用「でしょう」。

例句

① 「今、何時？」「１時ごろだろう。」
「現在幾點？」「大概１點左右吧。」

② 試合はきっと面白いだろう。
比賽一定很有趣吧！

比較

● （だろう）と思う

「（我）想…」、「（我）認為…」。

文法説明 「動詞・形容詞終止形;體言;形容動詞詞幹＋（だろう）と思う」意思幾乎跟「だろう」相同，不同的是，「と思う」比「だろう」更清楚地説出推測的內容，但推測的內容只是説話人主觀的判斷。由於「だろうと思う」説法比較婉轉，所以讓人感到比較鄭重。

○ このお菓子は高かっただろうと思う。

我想這種糕餅應該很貴吧。

文法比較

▶ **自言自語的「推測」要用哪個？**

　　「だろう」可以用在把自己的推測跟對方説，或自言自語時；「（だろう）と思う」只能用在跟對方説自己的推測，而且也清楚表達這個推測是説話人個人的見解。

2　と思う

「覺得…」、「認為…」、「我想…」、「我記得…」。

文法説明　「動詞・形容詞普通形；體言＋だ；形容動詞詞幹だ＋と思う」表示説話人有某個想法、感受或意見。「と思う」只能用在第一人稱。前面接名詞或形容動詞時，要加上「だ」。

例句

○ 今日は傘を持っていったほうがいい
と思うよ。

我想今天還是帶傘出門比較好喔。

比較

● **と思っている**

文法説明　「動詞・形容詞普通形；體言＋だ；形容動詞詞幹だ＋と思っている」表示某人一直抱持的某個想法、感受或意見。請注意，主語不一定是説話人。

例句

○ お母さんは、私が嘘をついたと思っている。

媽媽認為我撒了謊。

▶「想法」哪裡不同？

「と思う」表示說話人當時的想法、意見等；「と思っている」表示想法從之前就有了，一直持續到現在。另外，「と思っている」的主語沒有限制一定是說話人。

3 かもしれない
「也許…」、「可能…」。

文法說明 「用言終止形；體言＋かもしれない」表示說話人不確切的推測。推測內容的正確性雖然不高，但是有可能發生。肯定跟否定都可以用。跟「～かもしれない」相比，「～と思います」、「～だろう」的說話人，對自己推測都有較大的把握。推測把握度依序是：と思います＞だろう＞かもしれない。

例句

○ 暗くなってきた。雨になるかもしれない。
天色暗下來了。或許會下雨。

比較
● はずだ

「（按理說）應該…」；「怪不得…」。

文法說明 以「用言連體形；體言の＋はずだ」的形式，表示說話人根據事實、理論或自己擁有的知識來推測出結果，是主觀色彩強，較有把握的推斷，如例（1）；也可以表示說話人對原本不可理解的事物，在得知其充分的理由後，而感到信服，如例（2）。

① 台湾のお正月は旧正月のはずだ。

台灣的新年應該是過舊曆年吧。

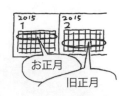

② 彼は弁護士だったのか。道理で法律に詳しいはずだ。

他是律師啊。怪不得很懂法律。

文法比較

▶ 是「也許」，還是「應該」？

「かもしれない」用在正確性較低的推測；「はずだ」是説話人根據事實或理論，做出有把握的推斷。

---

4 はずだ
「（按理說）應該…」；「怪不得…」。

文法說明 以「用言連體形；體言の＋はずだ」的形式，表示説話人根據事實、理論或自己擁有的知識來推測出結果，是主觀色彩強，較有把握的推斷，如例（1）；表示否定判斷時，通常不會用「はずではない」，而是用「ないはずだ」，如例（2）。當過去預設的判斷和現在情況不合的時候，則用「はずではなかった」。另外，也可以表示説話人對原本不可理解的事物，在得知其充分的理由後，而感到信服。

例句

① 金曜日の３時ですか。大丈夫なはずです。

星期五的３點嗎？應該沒問題。

② ７月に雪は降らないはずだ。

７月應該不會下雪。

• はずがない

「不可能…」、「不會…」、「沒有…的道理」。

文法說明 以「用言連體形＋はずが（は）ない」的形式，表示說話人根據事實、理論或自己擁有的知識，來推論某件事不可能實現，屬於主觀色彩強、較有把握的推斷，如例（1）；「はずない」是較口語的用法，如例（2）。

例句

① 7月に雪が降るはずがない。

7月絕不可能下雪。

② 花子が知らないはずない。

花子不可能不知道。

文法比較

▶ 哪個是「應該」，哪個是「不可能」？

　　「はずだ」是說話人根據事實或理論，做出有把握的推斷；「はずがない」是說話人推斷某事不可能發生。

5 そう

「好像…」、「似乎…」。

文法說明 「動詞連用形；形容詞・形容動詞詞幹＋そう」表示說話人根據自己的經驗，而做出判斷，如例（1）；形容詞「よい」、「ない」接「そう」，會變成「よさそう」、「なさそう」，如例（2）；當說話人是女性時，常將「そうだ」省略為「そう」，如例（3）。

① 空が暗くなってきた。雨になりそうだよ。

天空變暗了。看起來好像會下雨耶！

②「これでどうかな。」「よさそうだね。」

「你覺得這樣好不好呢？」「看起來不錯啊。」

③ どうしたの。気分が悪そうね。

怎麼了？你好像不太舒服耶！

比較

● そうだ

「聽說…」、「據說…」。

文法說明　「用言終止形＋そうだ」、「名詞＋だそうだ」表示傳聞。指消息不是自己直接獲得的，而是從別人那裡，或報章雜誌等地方得到的，如例（1）；表示信息來源的時候，常用「〜によると」（根據）或「○○の話では」（聽○○説…）等形式，如例（2）；説話人是女性時，有時會用「そうよ」，如例（3）。這個文法不能改成否定形或過去式。

例句

① 今日は、午後から雨になるそうだよ。

聽說今天下午會下雨喔。

② 先輩の話では、リーさんはテニスが上手だそうだ。

從學長姊那裡聽說，李小姐的網球打得很好。

③ 彼の話では、桜子さんは離婚したそうよ。

聽他說櫻子小姐離婚了。

文法比較

▶ 是「好像」，還是「聽說」？

　　「そう」前接動詞連用形或形容詞　形容動詞詞幹，意思是「好像」；「そうだ」前接用言終止形或「名詞＋だ」，意思是「聽説」。

6 ようだ

「像…一樣的」、「如…似的」;「好像…」。

文法說明 以「用言連體形;體言の+ようだ」的形式,表示把事物的狀態、形狀、性質及動作狀態,比喻成另一個不同的事物,如例(1);另外,也可用在說話人從各種情況,來推測人或事物是後項的情況,但這通常是說話人主觀、根據不足的推測,如例(2)。「ようだ」的活用跟形容動詞一樣。

例句

① あそこに羊のような形の雲があります。
那邊有一朵形狀像綿羊的雲。

② 公務員になるのは、難しいようです。
要成為公務員好像很難。

比較

● みたいだ

「好像…」。

文法說明 以「體言;動詞・形容詞連體形;形容動詞詞幹+みたい(だ)、みたいな」的形式,用在將某事物比喻成另一個不同的事物;也可表示不確定的推測或判斷;「みたいだ」的活用跟形容動詞一樣,後接名詞時,要用「みたいな+名詞」。

例句

○ あれ、髪に虫みたいなのがついているよ。
咦,你頭髮上黏著一個好像是蟲的東西耶!

▶「好像」但還是不一樣

　　「ようだ」跟「みたいだ」意思都是「好像」，但「ようだ」前接名詞時，用「Ｎ＋の＋ようだ」；「みたいだ」大多用在口語，前接名詞時，用「Ｎ＋みたいだ」。

7 らしい

「好像…」、「似乎…」；「說是…」、「好像…」；「像…樣子」、「有…風度」。

文法說明 以「動詞・形容詞終止形；形容動詞詞幹；體言＋らしい」的形式，表示從眼前可以觀察到狀況，來進行判斷，如例（1）；又指説話人根據外部聽來的內容，進行推測，含有推測、責任不在自己的語氣，如例（2）；也可表示充分反應出該事物的特徵或性質，如例（3）。

例句

① 王さんがせきをしている。風邪を引いているらしい。
王先生在咳嗽。他好像是感冒了。

② テレビで言っていたが、犯人はまだ
逃走中らしい。
我聽電視節目裡說了，嫌犯目前似乎仍在逃亡。

③ あの人は本当に男らしい。
那個人真有男子氣概。

比較

● ようだ

「好像…」；「像…一樣的」、「如…似的」。

以「用言連體形；體言の＋ようだ」的形式，表示説話人從各種情況，來推測人或事物是後項的情況，但這通常是説話人主觀、根據不足的推測，如例（1）；另外，也可用在把事物的狀態、形狀、性質及動作狀態，比喻成另一個不同的事物，如例（2）。「ようだ」的活用跟形容動詞一樣。

例句

① （Ｎ３の本を見て）私にはまだ難しいようです。

（看著Ｎ３級的書）這對我來說似乎還太難。

② ここから見ると、家も車もおもちゃのようです。

從這裡看下去，房子和車子都好像玩具一樣。

文法比較

▶ **不一樣的「推測」法**

「らしい」通常傾向根據傳聞或客觀的證據，做出推測；「ようだ」比較是以自己的想法或經驗，做出推測。

次の文の＿＿＿には、どんな言葉が入りますか。１・２から最も適当なものを一つ選んでください。

實力測驗

Q哪一個是正確的？

答案>>在下一頁

1 （天気予報）明日は曇り（　　）。
1. でしょう
2. だろうと思います

譯 （氣象預報）明天應該是陰天。
1. でしょう：…吧
2. だろうと思います：我想…

解答》請看下一頁

2 理恵ちゃんは、男は全部自分のものだ（　　）。
1. と思う　2. と思っている

譯 理恵覺得天底下的男人全都在她的手掌心裡。
1. と思う：覺得…
2. と思っている：覺得…

解答》請看下一頁

3 高かったんだから、きっとおいしい（　　）。
1. かもしれない　2. はずだ

譯 既然那麼貴，應該一定很好吃。
1. かもしれない：也許…
2. はずだ：應該

解答》請看下一頁

4 お金が空から降って（　　）。
1. こないはずだ
2. くるはずがない

譯 錢絕不可能從天上掉下來。
1. こないはずだ：應該不會來
2. くるはずがない：絕不可能來

解答》請看下一頁

5 水も食べ物もなくて、（　　）になりました。
1. 死にそう　2. 死ぬそう

譯 那時沒有水也沒有食物，好像要死掉了。
1. 死にそう：好像要死掉
2. 死ぬそう：聽說會死掉

解答》請看下一頁

6 足が大根の（　　）太くて、いやです。
1. ように　2. みたいに

譯 我的腿簡直就像白蘿蔔那般粗，討厭死了！
1. ように：好像
2. みたいに：好像

解答》請看下一頁

7 あそこの家、幽霊が出る（　　）よ。
1. らしい　2. ようだ

譯 那一間房屋，聽說鬧鬼喔。
1. らしい：聽說
2. ようだ：好像

解答》請看下一頁

なるほどの解説を確認して、**次の章へ進もう！** バンザーイ！

1 比較

「（だろう）と思う」是說話者闡述個人想法的時候使用。氣象預報並不是說話者闡述自己的推測，所以不能選 2。正確答案是 1。

答案：1

2 比較

判斷的人不是說話者，而是「理恵ちゃん」，所以正確答案是 2。

答案：2

3 比較

兩個選項都可接，不過從「高かった（價格高）」和「おいしい（好吃）」的關係，以及「きっと（一定）」所表現出的心情來思考的話，表現出自信的選項 2 會比表示推測的選項 1 更貼切。

答案：2

4 比較

一般來說，錢絕對不會從空中掉下來，所以選項 2 才正確。然而，假設是運鈔車在高速公路發生車禍，從下面的道路看，會看到眼前錢真的從空中掉下來的特殊情形，這個時候可以用「お金は空から降ってこないはずだ（錢應該不會從空中掉下來）」，但是不會說「お金が～」。

答案：2

5 比較

「水も食べ物もない（沒水也沒食物）」這件事和「死ぬ（死）」有因果關係，如果使用選項 1，表示「差點就要…」，整句話意思通順，所以可以選。2 的接續用連體形是「聽說」的意思，表示傳聞時，不會使用過去式，所以後面接「になりました」很奇怪。如果是「（○○さんは、）水も食べ物もなくて、死んだそうだ（聽說＜○○＞因為沒水喝也沒食物吃，所以死掉了。）」的話，就可以選 2。1 和 2 的意思並不像，但是形體很像，所以容易混淆。因為這兩個選項的接續不同，所以要多練習直到習慣為止。

答案：1

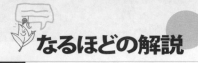 

6 比較

因為接續用「名詞＋の」，所以 1 是正確答案。此外，常用「大根（白蘿蔔）」來比喻腿粗。

答案：1

7 比較

從句子的意思來看，因為描述的事情是根據傳聞而來，所以選項 1 才合適。若是自己親眼看見幽靈的話，就不算是推測，而是要用「幽霊が出るんだよ（有幽靈出現喔）」這類的斷定語氣。還有，如果描述的是對於房子外觀的主觀印象，就要變成「幽霊が出そうだ（好像會出現幽靈）」這類的說法。

答案：1

可能、難易、過度、引用及對象的說法

- [ ] ことができる
- [ ] やすい
- [ ] すぎる
- [ ] そうだ
- [ ] という
- [ ] について

1 ことができる
「能…」、「會…」。

文法說明 以「動詞連體形＋ことができる」的形式，表示在外部的狀況、規定等客觀條件允許時可能辦到，如例（1）；或是技術上、身體的能力上，能夠做的，如例（2）。說法比「動詞可能形」還要書面語一些。

例句

① 私も会場に入ることができますか。
我也可以進會場嗎？

② 僕は100メートルを11秒で走ることができる。
我可以百公尺跑 11 秒。

比較

● （ら）れる

「會…」；「能…」。

文法說明 「一段動詞・カ變動詞未然形＋られる」、「五段動詞未然形；サ變動詞未然形さ＋れる」表示可能，跟「ことができる」意思幾乎一樣。只是「動詞可能形」比較口語。表示具有某種能力，如例（1）；日語中，他動詞的對象用「を」表示，但是在使用可能形的句子裡，「を」常會改成「が」，如例（2）；從周圍的客觀環境條件來看，有可能做某事。

例句

① 卓也君と俊君、どっちもすてきで選べない。

卓也和俊兩個人都很迷人，我沒辦法作選擇。

② マリさんはお箸が使えますか。

瑪麗小姐會用筷子嗎？

文法比較

▶「能力」的不同表現方式

　　「ことができる」跟「（ら）れる」都表示能做到某事，但接續不同，前者用「動詞連體形＋ことができる」；後者用「一段動詞・カ變動詞未然形＋られる」或「五段動詞未然形；サ變動詞未然形さ＋れる」。另外，「ことができる」是比較書面的用法。

2 やすい

「容易…」、「好…」。

文法說明　「動詞ます形＋やすい」表示某行為、動作很容易做，或某件事很容易發生、性質上很容易有那樣的傾向。「やすい」的活用變化跟「い形容詞」一樣。

例句

○ このスカートは、茶色なのでコーディネートしやすいです。

這件裙子是褐色的，所以很容易搭配。

比較

● にくい

「不容易…」、「難…」。

「動詞ます形＋にくい」表示某行為、動作不容易做，或某件事不太會發生、性質上不太會有那樣的傾向。「にくい」的活用跟「い形容詞」一樣。

例句

○ このペンは細くて持ちにくいです。

這枝筆太細了，不容易握。

文法比較

▶ 哪個是「容易」，哪個是「不容易」？

「やすい」和「にくい」意思相反，「やすい」表示某事很容易做；「にくい」表示某事做起來有難度。

---

3 すぎる

「太…」、「過於…」。

文法說明 以「形容詞・形容動詞詞幹；動詞ます形＋すぎる」的形式，表示程度超過限度或一般水平，達到過份的狀態，如例（1）；前接「ない」，要用「なさすぎる」的形式，如例（2）。另外，前接「良い（いい/よい）」，不會用「いすぎる」，必須用「よすぎる」。

例句

① おいしかったから、食べ過ぎた。

因為太好吃了，結果吃太多了。

② 君は自分に自信がなさすぎるよ。

你對自己太沒信心了啦！

比較

● すぎだ

「太…」

文法說明 以「形容詞・形容動詞詞幹；動詞連用形＋すぎだ」的形式，表示某個狀況或事態，程度超過一般水平。

例句

○ あの子はちょっと痩せ過ぎだ。

那個孩子有點太瘦了。

文法比較

▶「超過」怎麼分？

　　「すぎる」跟「すぎだ」都用在程度超過一般狀態，但「すぎる」結合另一個單字，作動詞使用；「すぎだ」的「すぎ」結合另一個單字，作名詞使用。

4 そうだ
「聽說…」、「據說…」。

文法說明 「用言終止形＋そうだ」、「名詞＋だそうだ」表示傳聞。指消息不是自己直接獲得的，而是從別人那裡，或報章雜誌等地方得到的，如例句；表示信息來源的時候，常用「～によると」（根據）或「○○の話では」（聽○○說…）等形式；說話人是女性時，有時會用「そうよ」。這個文法不能改成否定形或過去式。

例句

○ 魏さんは独身だそうだ。

聽說魏先生還是單身。

比較

● **ということだ**

「聽說…」、「據說…」。

文法説明 「簡體句＋ということだ」表示傳聞。用在傳達從別處聽來，而且內容非常具體、明確的訊息，或是説話人回想起之前聽到的消息。可以跟「とのことだ」替換。

例句

○ 魏さんは独身だということだったが、実は結婚していた。

原本以為魏先生還是單身，其實他已經結婚了。

文法比較

▶ 「傳聞」說法可不可以用過去形？

　　「そうだ」不能改成「そうだった」，不過「ということだ」可以改成「ということだった」。另外，當知道傳聞與事實不符，或傳聞內容是推測的時候，不用「そうだ」，而是用「ということだ」。

5 | という
「叫做…」。

文法説明 針對電話、通知、報章雜誌等訊息，或是規則、評價、事件等內容進行説明。後面要接名詞。

例句

○ 息子から金を送ってくれという電話が来た。

兒子打了電話來要錢。

比較
● と言う／書く／聞く

「說…（是）…」；「寫著…」；「聽說…」。

文法説明 「句子＋と言う／書く／聞く」表示引用。

○ 社長に「明日から来なくていい」と言われました。

我被董事長說「從明天起不必再來了」。

▶ 是「內容說明」，還是「引用」？

「という」針對電話等內容提出來作說明；「と言う / 書く / 聞く」表示引用某人説過、寫過，或是聽到的內容。

6 について
「有關…」、「就…」、「關於…」。

文法說明　以「體言＋について（は）、につき、についても、についての」的形式，表示前項先提出一個話題，後項再針對這個話題進行説明。

○ 日本のアニメについて研究しています。
我正在研究日本的卡通。

比較

● に対して

「向…」、「對（於）…」。

文法說明　「體言＋に対して（は）、に対し、に対する」的形式，表示動作、感情施予的對象，有時候可以置換成「に」。

○ 彼の考えに対して、私は反対意見を述べた。
對於他的想法，我陳述了反對的意見。

▶ 哪個是「關於」，哪個是「對於」？

「について」用來提示話題，再作説明；「に対して」表示
動作施予的對象。

次の文の＿＿には、どんな言葉が入りますか。1・2から最も適当なものを一つ選んでください。

實力測驗

Q 哪一個是正確的？

答案＞＞在下一頁

---

1 私^{わたし}はバイオリンが（　　）。

1. 弾^ひくことができます
2. 弾^ひけます

---

2 この本^{ほん}は字^じが大^{おお}きいので、お年寄^{としよ}りでも読^よみ（　　）です。

1. やすい　2. にくい

譯 我會拉小提琴。

1. 弾くことができます：會拉
2. 弾けます：會拉

解答》請看下一頁

譯 因為這本書的字體很大，所以上了年紀的讀起來也很輕鬆。

1. やすい：容易…
2. にくい：不容易…

解答》請看下一頁

---

3 飲^のみ（　　）よ。もうやめたらどう。

1. すぎた　2. すぎだ

---

4 週末^{しゅうまつ}はいい天気^{てんき}だろう（　　）。

1. そうだ
2. ということだ

譯 你酒喝得太多了啦！不要再喝了吧。

1. すぎた：太…
2. すぎだ：太…

解答》請看下一頁

譯 聽說週末應該是好天氣。

1. そうだ：聽說…
2. ということだ：聽說…

解答》請看下一頁

---

5 天気予報^{てんきよほう}では晴^はれ（　　）のに、雨^{あめ}が降^ふってきた。

1. という　2. と言^いった

---

6 彼女^{かのじょ}は、男性^{だんせい}（　　）は態度^{たいど}が違^{ちが}う。

1. について　2. に対^{たい}して

譯 氣象預報分明預測了是晴天，結果卻下起雨來了。

1. という：X
2. と言った：說…

解答》請看下一頁

譯 她對男性的態度就不一樣。

1. について：有關…
2. に対して：對於…

解答》請看下一頁

なるほどの解説を確認して、次の章へ進もう！

1 比較

因為題目句是「バイオリンが」,所以正確答案是2。如果要用「弾くことができます」的話,前面就必須用「バイオリンを」才行。

答案:2

2 比較

不管哪個選項都是用動詞ます形,不過意思剛好完全相反,所以只要了解文意,應該很容易就能選出正確答案。正確答案是1。此外,如果前項是「この本は字が小さいので(因為這本書的字體很小)」的話,那就該接「お年寄りには読みにくいです(對年長者來說不易閱讀)」。希望大家也能慢慢熟悉「でも」、「には」的用法。

答案:1

3 比較

從第二句話可以知道喝很多酒的不是說話人,而是聽話人,所以答案是2。這一題的「飲みすぎ(喝多了)」是名詞,「だ」是「です」的常體。如果選選項1,「飲みすぎた」的「た」表示過去,這種情形會變成喝很多酒的人是說話人,這樣就會和第二句的意思不合。

答案:2

4 比較

不管哪個選項都表示「聽說」。但是,這題因為有表示推測的「だろう」,所以正確答案是2。

答案:2

5 比較

說明內容的時候,在「という」的後面會接電話、信、意見等名詞。這題的空格後面沒有名詞,而且也不能解釋成用「の」替代名詞,所以填入的是引用「晴れ(晴天)」的說法,表示聽氣象預報說。另外,「晴れ」是過去聽到的,所以「と言う」要改成た形。正確答案是2。

答案:2

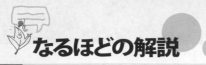 

因為「男性（男性）」是施予「態度（態度）」的對象，所以選 2。

答案：2

メモ

經驗、變化、比較及附帶狀況的說法

- ☐ たことがある
- ☐ ようにする
- ☐ ていく
- ☐ ほど…ない

- ☐ …と…と、どちら
- ☐ ず（に）

1 たことがある
「曾…」。

> **文法說明**　「動詞た形＋ことがある」表示過去的一般經驗。

例句

○ フカヒレを食べたことがある。
我曾經吃過魚翅。

比較

● **ことがある**

「有時…」、「偶爾…」。

> **文法說明**　「動詞連體形＋ことがある」表示有時或偶爾發生某事。常搭配「時々」（有時）、「たまに」（偶爾）等表示頻度的副詞一起使用。

例句

① フカヒレを食べることがある。
我偶爾會吃魚翅。

② たまに自転車で通勤することがあります。
有時會騎腳踏車上班。

▶ 是「過去經驗」還是「有時發生」?

　　「たことがある」用在過去的經驗;「ことがある」表示有時候會做某事。

---

2 ようにする
「設法做到…」、「設法使…」

文法說明 以「動詞連體形＋ようにする」的形式,表示某人將某個行為、狀況當作目標而努力,如例(1);如果要表示設法將某行為變成習慣,則用「ようにしている」的形式,如例(2);還可以表示對某人或事物,施予某動作,使其起作用,如例(3)。

例句

① これからは、朝ご飯はきちんと食べるよ
　うにします。
　從現在開始,我每天都要好好地吃早餐。

② 朝早く起きるようにしています。
　我努力習慣早起。

③ 棚を作って、本を置けるようにした。
　作了棚架以便放書。

比較

● ようになる
「(變得)…了」。

文法說明 「動詞連體形;動詞可能形＋ようになる」表示能力、狀態、行為等的變化。通常用在含有花費時間,才能養成的習慣或能力。動詞「なる」表示狀態的改變。

例句

○ うちの子は、やっと朝自分で起きるよう
になった。

我家小孩終於可以自己早上起床了。

文法比較

▶ 哪個是「設法」，哪個是「(變得)…了」？

「ようにする」指設法做到某件事；「ようになる」表示養
成了某種習慣、狀態或能力。

---

3 **ていく**
「…去」；「…下去」。

文法說明 「動詞て形＋いく」用在某動作由近而遠，如例（1）；表
示動作或狀態，越來越遠地移動或變化，或動作的繼續、順序，多指從
現在向將來，如例（2）。

例句

① 毎日、犬を散歩に連れて行きます。
每天都會帶狗去散步。

② 今後も、真面目に勉強していきます。
今後也會繼續用功讀書的。

比較

● **てくる**
「…來」；「…起來」、「…過來」；「去…」。

文法說明 「動詞て形＋くる」用在某動作由遠而近，如例（1）；表
示動作從過去到現在的變化、推移，或從過去一直繼續到現在，如例
（2）；也可表示在其他場所做了某事之後，又回到原來的場所，如例
（3）。

① 娘は8時ごろ帰ってくると思います。
我想女兒會在8點左右回來。

② お祭りの日が、近づいてきた。
慶典快到了。

③ 父がケーキを買ってきてくれました。
爸爸買了蛋糕回來給我們。

文法比較

▶ 是「…去」，還是「…來」？

「ていく」跟「てくる」意思相反，「ていく」表示某動作由近到遠，或是狀態由現在朝向未來發展；「てくる」表示某動作由遠到近，或是去某處做某事再回來。

---

4 ほど…ない
「不像…那麼…」、「沒那麼…」。

文法說明　以「動詞連體形；體言＋ほど～ない」的形式，表示兩者比較之下，前者沒有達到後者那種程度。這個句型是以後者為基準，進行比較的。

例句

○ 春奈ちゃんは瑠璃香ちゃんほどかわいくない。
春奈不如琉璃香那般可愛。

比較

● …くらい（ぐらい）／ほど…はない

「沒有什麼…比…」、「沒有…像…那麼…」、「沒有…比…的了」。

以「體言＋くらい（ぐらい）／ほど＋「體言」＋はない」
的形式，表示前項程度極高，別的東西都比不上，是「最…」的事物，
如例（1）；當前項主語是特定的個人時，後項不會使用「ない」，而是
用「いない」，如例（2）。

例句

① 渋谷くらい楽しい街はない。

　　沒有什麼街區是比澀谷還好玩的了。

② 瑠璃香ちゃんほどかわいい子はいない。

　　再也找不到比琉璃香更可愛的女孩了。

文法比較

▶ 是「不像…那麼…」，還是「沒有什麼…比…」？

　　「ほど…ない」表示前者比不上後者，其中的「ほど」不能
跟「くらい（ぐらい）」替換；「…くらい（ぐらい）／ほど…
はない」表示沒有任何人事物能比得上前者。

5 …と…と、どちら

「在…與…中，哪個…」。

文法說明 以「體言＋と＋體言＋と、どちら（のほう）が＋形容詞；
形容動詞」的形式，表示從兩個裡面選一個。也就是詢問兩個人或兩件
事，哪一個適合後項。在疑問句中，比較兩個人或兩件事，用「どちら」。
詢問東西、人物及場所等，都可以用「どちら」。

例句

○ 海と山と、どちらが好きですか。

　　海和山，你喜歡哪一種？

●…の中（なか）で／のうちで／で、…が一番（いちばん）

「…中，哪個最…」、「…中，誰最…」。

文法說明 表示從某個範圍中，選出一個最符合敘述的。

例句

○ 鏡（かがみ）よ鏡（かがみ）、世界（せかい）で一番（いちばん）美（うつく）しいのは誰（だれ）？

魔鏡啊魔鏡，誰是世界上最美麗的人呢？

文法比較

▶ 哪個是「二選一」，哪個是「多選一」？

「…と…と、どちら」用在從兩個項目之中，選出一項適合後面敘述的；「…の中で / のうちで / で、…が一番」用在從廣闊的範圍裡，選出最適合後面敘述的。

---

6 ず（に）

「不…地」、「沒…地」。

文法說明 「動詞未然形＋ず（に）」表示以否定的狀態或方式來做後項的動作，或產生後項的結果，語氣較生硬，相當於「～ない（で）」，如例（1）；當動詞是サ行變格動詞時，要用「せずに」，如例（2）。「ず」雖然是文言，但「ず（に）」現在使用得也很普遍。

例句

① 会社（かいしゃ）に行（い）かずに、毎日（まいにち）遊（あそ）んで暮（く）らしたい。

我希望過著不必去公司，天天吃喝玩樂的生活。

② 連絡（れんらく）せずに、仕事（しごと）を休（やす）みました。

沒有聯絡而曠職了。

まま

「…著」。

文法說明 「用言連體形；體言の＋まま」表示附帶狀況，指一個動作或作用的結果，在這個狀態還持續時，進行了後項的動作，或發生後項的事態。

例句

○ 玄関の鍵をかけないまま出かけてしまった。

沒有鎖上玄關的門鎖就出去了。

文法比較

▶ 到底是在什麼「狀態下」做某事？

「ず（に）」表示沒做前項動作的狀態下，做某事；「まま」表示維持前項的狀態下，做某事。

実力テスト

做對了，往😊走，做錯了往❌走。

次の文の＿＿には、どんな言葉が入りますか。1・2から最も適当なものを一つ選んでください。

實力測驗

Q 哪一個是正確的？

答案>>在下一頁

1 前に屋久島に（　）ことがある。
1. 行った
2. 行く

譯 我曾經去過屋久島。
1. 行った：去過
2. 行く：去

解答》請看下一頁

2 20歳になって、お酒が飲める（　）。
1. ようにした　2. ようになった

譯 到20歲，終於可以喝酒了。
1. ようにした：使其…了
2. ようになった：變得…了

解答》請看下一頁

3 雨が降っ（　）。
1. ていきました
2. てきました

譯 開始下起雨來了。
1. ていきました：…去了
2. てきました：…來了

解答》請看下一頁

4 納豆は臭豆腐ほど（　）。
1. 臭くない
2. 臭い食べ物はない

譯 納豆沒有臭豆腐那麼臭。
1. 臭くない：不臭
2. 臭い食べ物はない：沒有臭的食物

解答》請看下一頁

5 クラスで（　）がいちばん足が速いですか。
1. どちら　2. 誰

譯 班上誰跑得最快呢？
1. どちら：哪個
2. 誰：誰

解答》請看下一頁

6 歯を（　）寝てしまった。
1. 磨かずに
2. 磨いたまま

譯 沒有刷牙就睡著了。
1. 磨かずに：沒有刷
2. 磨いたまま：刷著

解答》請看下一頁

なるほどの解説を確認して、
次の章へ進もう！

1 比較

因為有「前に（之前）」，所以是過去的事，答案選 1，表示過去的經驗。

答案：1

2 比較

這一題的含意有未滿 20 歲不能喝酒的意思。因為要表示過了 20 歲就能喝酒的變化，所以選項 2 的答案才貼切。如果用選項 1「設法做到」或「使其…」的意思，那就和「20 歲になって（到了 20 歲）」不合。假設說話的人是政治家，那麼「法律を改正して、18 歲からお酒が飲めるようにした（修訂法律，使年滿 18 歲者可以喝酒了）」的說法就沒問題。

答案：2

3 比較

因為說的是從原本沒下雨的狀態，變成現在「下起雨來」的狀態，所以正確答案是 2。

答案：2

4 比較

因為是在比較納豆及臭豆腐這兩個東西，所以用「…ほど…ない」，答案是 1。

答案：1

5 比較

因為看到「クラスで」、「いちばん」，知道不是在比較兩者，而是從某個範圍當中選出一個的問題，所以答案是 2。

答案：1

6 比較

本來睡前刷牙就是普遍的觀念，但是題目句特別把這件事提出來說，一定是在「沒刷牙」的狀態下睡著了，所以正確答案是 1。如果另一個選項改成「磨かないまま」的話，放回句中意思也通順。

答案：1

Chapter

8

★★★★★

行為的進行狀況表現

- ☐ ておく
- ☐ はじめる
- ☐ ところだ
- ☐ たところだ
- ☐ てしまう
- ☐ つづける

---

1 ておく

「先…」、「暫且…」。

 文法說明 「動詞て形＋おく」表示為將來做準備，也就是為了以後的某一目的，事先採取某種行為；也表示考慮目前的情況，採取應變措施，將某種行為的結果保持下去。口語説法是簡略為「とく」。

例句

○ ビールを冷やしておく。
先把啤酒冰起來。

比較

● **てある**

「…著」、「已…了」。

文法說明 「動詞て形＋ある」表示抱著某個目的、有意圖地去執行，當動作結束之後，那一動作的結果還存在的狀態。

例句

○ ビールを冷やしてある。
已經冰了啤酒。

▶ 哪個是「事先」做，哪個「已經」做了？

　　「ておく」表示為了某目的，先做某動作；「てある」表示抱著某個目的做了某事，而且已完成動作的狀態持續到現在。

2　はじめる

「開始…」。

文法說明　以「動詞ます形＋はじめる」的形式，表示前接動詞的動作、作用的開始。前面可以接他動詞，也可以接自動詞。

例句

○ ごはんを食べ始めたとき、地震が来ました。
就在剛開動吃飯的時候，地震來了。

比較

• だす

「…起來」、「開始…」。

文法說明　以「動詞ます形＋だす」的形式，表示某動作、狀態的開始，但不用在表示說話人意志的句子。

例句

○ 先生が急に怒り出しました。
老師突然火冒三丈了。

文法比較

▶ 「開始」比一比

　　「はじめる」跟「だす」用法差不多，但表說話人意志的句子不用「～だす」。

3 ところだ

「剛要…」、「正要…」。

文法說明 以「動詞連體形＋ところだ」的形式，表示將要進行某動作，也就是動作、變化處於開始之前的階段。

例句

○ 今、夕食の準備をするところだ。
現在正要準備晚餐。

比較

● ているところだ

「正在…」。

文法說明 「動詞て形＋いるところだ」表示正在進行某動作，也就是動作、變化處於正在進行的階段。

例句

○ 今、夕食の準備をしているところだ。
現在正在準備晚餐。

文法比較

▶ 是「正要」，還是「正在」？

　　「ところだ」是指正開始要做某事；「ているところだ」是指正在做某事，也就是動作進行中。

4 たところだ

「剛⋯」。

文法說明 以「動詞た形＋ところだ」的形式，表示剛開始做動作沒多久，也就是在「⋯之後不久」的階段。多用在報告事情處理的階段。

例句

○ 父は今ちょうど出かけたところです。
爸爸剛剛出門了。

比較

● **たばかりだ**

「剛⋯」。

文法說明 以「動詞た形＋ばかりだ」的形式，表示心理上覺得某事件發生不久，但實際上那一事件不一定是剛剛發生的。

例句

○ このパソコンは先週買ったばかりです。
這部電腦是上星期才剛買的。

文法比較

▶「剛」「剛」語感大不同

　「たところだ」跟「たばかりだ」意思都是「剛⋯」，但「たところだ」只表示開始做某事的階段，「たばかりだ」則是一種從心理上感覺到事情發生後不久的語感。

5 てしまう

「…完」。

「動詞て形＋しまう」表示動作或狀態的完成，常接「すっかり、全部」等副詞、數量詞，如果是意志動詞，有時會表示積極地實行並完成其動作，如例（1）；也可表示出現了說話人不願意看到的結果，含有遺憾、惋惜、後悔等語氣，這時候一般接的是無意志動詞，如例（2）。若是口語縮約形的話，「てしまう」是「ちゃう」，「でしまう」是「じゃう」。

例句

① 小説を一晩で全部読んでしまった。

小說一個晚上就全看完了。

② 弟に風邪をうつされてしまった。

我被弟弟傳染到感冒了。

比較

● …終わる

「結束」、「完了」。

文法說明 「終わる」接在動詞連用形後面，表示前接動詞的結束、完了。

例句

○ 厚い本を1日で読み終わりました。

厚厚的書只花一天就讀完了。

文法比較

▶ 是帶有情緒的「完了」，還是單純敘述「完了」？

　　「てしまう」跟「終わる」都表示動作結束、完了，但「てしまう」用「動詞て形＋しまう」，常有說話人積極地實行，或感到遺憾、惋惜、後悔的語感；「終わる」用「動詞ます形＋終わる」，是單純的敘述。

6 つづける

「繼續…」、「持續…」。

文法說明 「動詞ます形＋続ける」表示某動作或事情還沒有結束，還繼續、不斷地處於同樣狀態。

例句

○ ゴッホは、売れなくても絵を描き続けました。

梵谷就算作品賣不出去，還是不停地作畫。

比較

● **つづけている**

「繼續…」、「持續…」。

文法說明 表示某動作或事情還沒有結束，而且直到現在也持續著。

例句

○ 15歳のときから、日記を書き続けています。

從 15 歲的時候起，我就一直寫日記。

文法比較

▶ **現在還「繼續」嗎？**

「つづける」跟「つづけている」都是指某動作處在「繼續」的狀態，但「つづけている」表示動作、習慣到現在仍持續著。

次の文の____には、どんな言葉が入りますか。1・2から最も適当なものを一つ選んでください。

實力測驗
Q哪一個是正確的？
答案>>在下一頁

1 ビールを冷やし（　　）。
1. ておきましょうか
2. てありましょうか

譯 要不要先把啤酒冰起來呢？
1. ておきましょうか：先…呢
2. てありましょうか：Ｘ
解答>>請看下一頁

2 ピアノを習い（　　）つもりだ。
1. はじめる
2. だす

譯 我打算開始學鋼琴。
1. はじめる：開始…
2. だす：…起來
解答>>請看下一頁

3 もうすぐ7時のニュースが（　　）。
1. 始まるところだ
2. 始まっているところだ

譯 再過不久就要開始播報7點的新聞。
1. 始まるところだ：就要開始
2. 始まっているところだ：正在開始
解答>>請看下一頁

4 先月結婚（　　）なのに、夫が死んでしまった。
1. したところ　2. したばかり

譯 上個月才剛剛結婚，沒想到丈夫竟然死了。
1. したところ：剛…
2. したばかり：剛…
解答>>請看下一頁

5 失恋し（　　）。
1. てしまいました
2. 終わりました

譯 我失戀了。
1. てしまいました：了
2. 終わりました：結束
解答>>請看下一頁

6 祭りの夜、人々は朝まで踊り（　　）。
1. 続けた　2. 続けていた

譯 在廟會那一晚，人們不停地跳舞直到天亮。
1. 続けた：繼續…
2. 続けていた：繼續…
解答>>請看下一頁

なるほどの解説を確認して、
次の章へ進もう！

なるほどの解説

1 比較

　　不管是哪個選項都是表示為了某事做準備，不過「ておく」是表示為了準備要去做某些事，而「てある」是表示已經準備好了。假如現在冰箱裡有冰啤酒的話，那麼「ビールを冷やしてある（已經冰了啤酒）」和「ビールを冷やしておいた（啤酒已事先冰過了）」都正確，但不能說「ビールを冷やしておく（先把啤酒冰起來）」。如果是現在才要將啤酒放進冰箱的話，「ビールを冷やしておく（先把啤酒冰起來）」才正確，不能說「ビールを冷やしてある（已經冰了啤酒）」。同樣，可以說「ビールを冷やしておこう（先把啤酒冰起來吧）」、「ビールを冷やしておきましょうか（要不要先把啤酒冰起來呢）」，可是「てある」不能和意志或提議的說法一起使用，所以正確答案是 1。

答案：1

2 比較

　　「～だす」跟「～はじめる」用法幾乎一樣，但「～だす」不會用在表示說話人意志的句子，因為題目句的「つもり（打算）」表示說話人意志，所以答案選 1。

答案：1

3 比較

　　「始まる（開始）」是一瞬間的事，所以不可能是進行中的事。再來，這句話當中的「もうすぐ（再過不久）」暗示是未來的事，所以正確答案是 1。如果是 7 點的新聞正在播出的狀況，則會變成用「7時のニュースをやっているところだ（正在播 7 點的新聞）」等說法。

答案：1

4 比較

　　並不是報告上個月結婚的事情，而是表示心理方面覺得婚姻生活的短暫，所以答案選 2。

答案：2

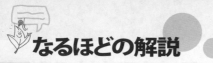 

5 比較

　表示動作結束的話，兩個文法都常常使用，不過，若是表示「積極進行」、「和預料、期待的結果不同」的心情，只能用「てしまう」。不管是誰，都不會期待「失恋（失戀）」，所以正確答案是1。

答案：1

6 比較

　跳舞不是現在正在進行中的事，而是過去某個晚上的事，所以選項1才貼切。

答案：1

メモ

223

理由、目的及並列的說法

- ☐ し
- ☐ ため（に）
- ☐ ように
- ☐ のに
- ☐ でも

1 し

「既…又…」、「不僅…而且…」等。

文法說明 「用言終止形＋し」用在並列陳述性質相同的複數事物，或說話人認為兩事物是有相關連的時候，如例（1）；暗示還有其他理由，是一種表示因果關係較委婉的說法，但前因後果的關係沒有「から」跟「ので」那麼明顯，如例（2）。

例句

① 三田村は、奥さんはきれいだし子どもも
よくできる。
三田村先生不但太太很漂亮，孩子也很成器。

② 勉強好きじゃないし、大学には行かない。
我又不喜歡讀書什麼的，所以不去上大學。

比較

● から

「因為…」。

文法說明 表示原因、理由。一般用於說話人出於個人主觀理由，進行請求、命令、希望、主張及推測，是種較強烈的意志性表達。

○ 勉強好きじゃないから、大学には行か
ない。

我不喜歡讀書，所以不去上大學。

▶「理由」有幾種？

「し」跟「から」都可表示理由，但「し」暗示還有其他理由，「から」則表示說話人的主觀理由，前後句的因果關係較明顯。

---

2 ため（に）

「因為…所以…」；「以…為目的，做…」、「為了…」。

文法說明 以「用言連體形；體言の＋ため（に）」的形式，表示由於前項的原因，引起後項的結果，如例句；另外，「動詞連體形；體言の＋ため（に）」表示為了某一目的，而有後面積極努力的動作、行為，前項是後項的目標，如果「ため（に）」前接人物或團體，就表示為其做有益的事。

例句

○ 寝坊したために、試験を受けられなかった。

就因為睡過頭，以致於沒辦法參加考試。

比較

● ので

「因為…」。

文法說明 表示原因、理由。前句是原因，後句是因此而發生的事。「～ので」一般用在客觀的自然的因果關係，所以也容易推測出結果。

○ 寝坊_{ねぼう}したので、学校_{がっこう}に遅_{おく}れた。

由於睡過頭了，所以上學遲到了。

文法比較

▶「因為」後面不一樣

　　「ため（に）」跟「ので」都可表示原因，但「ため（に）」後面會接一般不太發生，比較不尋常的結果，前接名詞時用「Ｎ＋のため（に）」；「ので」後面多半接自然會發生的結果，前接名詞時用「Ｎ＋なので」。

3 ように

「以便…」、「為了…」；「請…」、「希望…」。

文法說明　以「動詞連體形＋ように」的形式，表示為了實現「ように」前的某目的，而採取後面的行動或手段，以便達到目的，如例（1）；也可以表示祈求、願望、希望、勸告或輕微的命令等。有希望成為某狀態，或希望發生某事態，向神明祈求時，常用「動詞ます形＋ますように」，如例（2）；也用在老師提醒學生時，如例（3）。

例句

① 赤_{あか}ちゃんでも食_たべられるように、野菜_{やさい}を小_{ちい}さく切_きる。

把蔬菜切得細碎，以便讓嬰兒也能食用。

② どうか試験_{しけん}に合格_{ごうかく}しますように。

請神明保佑讓我考上！

③ 集合時間_{しゅうごうじかん}には遅_{おく}れないように。

集合時間不要遲到了。

• ため（に）

「以…為目的，做…」、「為了…」；「因為…所以…」。

文法說明 以「動詞連體形；體言の＋ため（に）」的形式，表示為了某一目的，而有後面積極努力的動作、行為，前項是後項的目標，如例（1）；如果「ため（に）」前接人物或團體，就表示為其做有益的事，如例（2）；另外，「用言連體形；體言の＋ため（に）」表示由於前項的原因，引起後項的結果。

例句

① いい<ruby>学校<rt>がっこう</rt></ruby>に<ruby>入<rt>はい</rt></ruby>るために、<ruby>今<rt>いま</rt></ruby>はがり<ruby>勉<rt>べん</rt></ruby>する。

為了上好學校，因此現在拚命 K 書。

② <ruby>私<rt>わたし</rt></ruby>は、<ruby>彼女<rt>かのじょ</rt></ruby>のためなら<ruby>何<rt>なん</rt></ruby>でもできます。

只要是為了她，我什麼都辦得到。

文法比較

▶「目的」怎麼分？

「ように」跟「ため（に）」都表示目的，但「ように」用在為了某個期待的結果發生，所以前面常接不含人為意志的動詞（自動詞或動詞可能形等）；「ため（に）」用在為了達成某目標，所以前面常接有人為意志的動詞。

4 のに

表示目的、用途。

文法說明 「のに」是表示將前項詞組名詞化的「の」，加上助詞「に」而來的。「動詞連體形＋のに」表示目的、用途，如例（1）；後接助詞「は」時，常會省略掉「の」，如例（2）。

急須

① お茶を入れるのに使う道具を、急須と言います。

沏茶所使用的器具，叫作「急須（茶壺）」。

② 部長を説得するには実績が必要です。

要說服部長就需要有實際的功績。

• ため（に）

「以…為目的，做…」、「為了…」；「因為…所以…」。

文法說明 以「動詞連體形；體言の＋ため（に）」的形式，表示為了某一目的，而有後面積極努力的動作、行為，前項是後項的目標，如例句；如果「ため（に）」前接人物或團體，就表示為其做有益的事；另外，「用言連體形；體言の＋ため（に）」表示由於前項的原因，引起後項的結果。

例句

○ お茶を入れるために、お湯を沸かした。

為了沏茶而燒了熱水。

文法比較

▶「目的」不一樣

「のに」跟「ため（に）」都表示目的，但「のに」後面要接「使う」（使用）、「必要だ」（必須）、「便利だ」（方便）、「かかる」（花＜時間、金錢＞）等詞，用法沒有像「ため（に）」自由。

---

5 でも

「…之類的」；「就連…也」。

文法說明 「體言＋でも」用於舉例。表示雖然含有其他的選擇，但還是舉出一個具代表性的例子；也可能先舉出一個極端的例子，再表示其他情況當然是一樣的。加入助詞時，用「名詞＋助詞＋でも」。

例句

○ 海にでも行きたい。

我想去一去海邊之類的。

比較

• とか

「…啦…啦」、「…或…」、「及…」。

文法說明 「體言；用言終止形＋とか＋體言；用言終止形＋とか」表示並列。「とか」上接同類型事物的名詞之後，表示從各種同類的人事物中選出幾個例子來說，或羅列一些事物，暗示還有其它，是口語的說法，如例（1）；有時「～とか」僅出現一次，如例（2）。加入助詞時，通常用「名詞＋とか＋名詞＋とか＋助詞」。另外，跟「～とか～とか」相比，「～や～（など）」為較正式的說法，但只能接體言。

例句

① 海とか山とかに行きたい。

我想去海邊或是山上。

② ときどき運動したほうがいいよ。テニスとか。

最好有時要運動比較好喔，比方打打網球什麼的。

文法比較

▶ 到底舉了幾個「例」？

　　「でも」跟「とか」都用在舉例，但「でも」只能提出一個例子，是委婉舉例的說法；「とか」通常會提出兩個例子，是口語用法。只出現一次時，大多是委婉舉例的說法，但並不是正規用法。

229

做對了，往😊走，做錯了往❌走。

次の文の＿＿＿には、どんな言葉が入りますか。1・2から最も適当なものを一つ選んでください。

實力測驗

Q哪一個是正確的？
答案>>在下一頁

1 のどが痛い（　）、鼻水も出る。
1. し
2. から

譯 不只喉嚨痛，還流鼻水。
1. し：不僅…而且…
2. から：因為…

解答》請看下一頁

2 地震（　）、電車が止まった。
1. のために
2. なので

譯 由於發生地震，導致電車停止行駛了。
1. のために：因為…
2. なので：因為…

解答》請看下一頁

3 風邪をひかない（　）、暖かくしたほうがいいよ。
1. ために　2. ように

譯 為了避免感冒，穿暖和一些比較好喔。
1. ために：為了…
2. ように：為了…

解答》請看下一頁

4 宿題をする（　）5時間もかかった。
1. のに　2. ために

譯 只不過寫個功課，居然花了5個小時！
1. のに：X
2. ために：為了…

解答》請看下一頁

5 宿題、お兄ちゃんに（　）教えてもらおう。
1. でも　2. とか

譯 我想作業還是向哥哥請教請教。
1. でも：X
2. とか：X

解答》請看下一頁

なるほどの**解説**を確認して、
次の章へ進もう！

1 比較

思考前句和後句的意思，可以知道它們是一起發生的事，而不是因果關係，所以1是正確答案。

答案：1

2 比較

「名詞＋なので」不會用在過去式。這題後面一句「止まった（停了）」用的是過去式，所以不可以選2。正確答案是1。要用「～ので、電車がとまった」的話，那麼前面也要使用過去式，比如接「地震があったので」這樣才行。

答案：1

3 比較

「風邪をひかない」，說是「應達成的目的」倒不如說是「期待的結果」，所以要選2。

答案：2

4 比較

「のに」的「の」，具有將前項名詞化的功能。這題有「宿題をするということに5時間もかかった（做一個作業竟然花了5小時）」的意思，所以正確答案是1。如果選2，那麼前面的部分會變成「宿題をするという目的で（因為要做作業這樣的目的）」的意思，那麼後面要接「図書館に行った（去了圖書館）」等的內容才適合。

答案：1

5 比較

因為空格前面有助詞，從接續來看，知道用「名詞＋助詞＋でも」，所以選項1是正確答案。

答案：1

條件、順接及逆接的說法

☐ と（繼起）
☐ ば
☐ …たら…た（確定條件）
☐ たところ
☐ ても／でも
☐ のに（逆接・對比）

1 と（繼起）
「一…就」。

文法說明 以「用言終止形；體言だ＋と」的形式，表示陳述人和事物的一般條件關係，常用在機械的使用方法、說明路線、自然的現象及反覆的習慣等情況，此時不能使用表示說話人的意志、請求、命令、許可等語句，如例（1）；「動詞辭書形；動詞て形＋いる＋と」表示在前項成立的情況下，就會發生後項的事情，或是說話人因此有了新的發現，如例（2）、（3）。

例句

① このボタンを押すと、切符が出てきます。
一按這個按鈕，票就出來了。

② 氷が溶けると水になる。
冰融化就會變成水。

③ 家に帰ると、電気がついていました。
回到家，發現電燈是開著的。

比較

● **たら**

「要是…」；「如果要是…了」、「…了的話」。

「用言連用形＋たら」表示假定條件，當實現前面的情況時，後面的情況就會實現，但前項會不會成立，實際上還不知道，如例（1）；表示確定條件，知道前項一定會成立，以前項為契機做後項，如例（2）。

例句

① 彼女に携帯を見られたら、困る。
要是手機被女友看到的話，就傷腦筋了。

② 大きくなったら、僕のお嫁さんになってくれる？
等妳長大以後，願意當我的新娘嗎？

文法比較

▶ 是一般條件，還是個別條件？

「と」通常用在一般事態的條件關係，後面不接表示意志、希望、命令及勸誘等詞；「たら」多用在單一狀況的條件關係，跟「と」相比，後項限制較少。

2 ば

「如果…的話」、「假如…」、「如果…就…」。

文法說明 「用言假定形＋ば」用在一般客觀事物的條件關係。如果前項成立，後項就一定會成立，如例（1）；後接意志或期望等詞，表示前項受到某種條件的限制，如例（2）；對特定的人或物，表示對未實現的事物，只要前項成立，後項也當然會成立。前項是焦點，敘述需要的是什麼，後項大多是被期待的事，如例（3）。

例句

① 早く医者に行けば良かったです。
如果早點去看醫生就好了。

② 時間が合えば、会いたいです。
如果時間允許，希望能見一面。

③ 安ければ、買います。

便宜的話我就買。

比較
• なら

「如果…的話」、「要是…的話」。

文法說明 以「動詞・形容詞終止形；形容動詞詞幹；體言＋なら」的形式，表示接收了對方所説的事情、狀態、情況後，説話人提出了意見、勸告、意志、請求等，如例（1）；也可用於舉出一個事物列為話題，再進行説明，如例（2）；以對方發話內容為前提進行發言時，常會在前面「なら」加「の」，「の」較草率、口語的説法為「ん」，如例（3）。如果發生的事情是理所當然，或是經過一段時間自然會發生的事情，就不可使用「なら」。

例句

① 私があなたなら、きっとそうする。

假如我是你的話，一定會那樣做。

② 中国語はできませんが、英語ならできます。

我雖然不會中文，倒是會英文。

③ そんなに痛いんなら、なんで今まで言わなかったの。

要是真的那麼痛，為什麼拖到現在才說呢？

文法比較

▶「如果」有差別

　　「ば」前接用言假定形，表示前項成立，後項就會成立；「なら」前接動詞・形容詞終止形、形容動詞詞幹或名詞，指説話人接收了對方説的話後，假設前項要發生，提出意見等。另外，「なら」前接名詞時，也可表示針對某人事物進行説明。

3 …たら…た（確定條件）

「原來…」、「發現…」、「才知道…」。

文法說明 以「動詞た形＋ら＋た形」的形式，表示說話人完成前項動作後，有了新發現，或是發生了後項的事情。

例句

○ トイレに入ったら、紙がなかった。

進到廁所後，才發現沒有衛生紙了。

○ 彼氏の携帯に電話したら、知らない女が出た。

撥了男友的電話，結果是個陌生女子接聽的。

比較

● と（繼起）

「一…就」。

文法說明 「動詞終止形＋と；動詞て形＋いる＋と」表示在前項成立的情況下，就會發生後項的事情，或是說話人因此有了新的發現，如例句；「用言終止形；體言だ＋と」表示陳述人和事物的一般條件關係，常用在機械的使用方法、說明路線、自然的現象及反覆的習慣等情況，此時不能使用表示說話人的意志、請求、命令、許可等語句。

例句

○ トイレに行くと、ゴキブリがいた。

去到廁所，發現了裡面有蟑螂。

▶ 前項成立後，哪裡不一樣？

「…たら…た」表示前項成立後，發生了某事，或說話人新發現了某件事，這時前、後項的主詞不會是同一個；「と」表示前項一成立，就緊接著做某事，或發現了某件事，前、後項的主詞有可能一樣。此外，「と」也可以用在表示一般條件，這時後項就不一定接た形。

---

4 たところ
「結果…」、「果然…」。

文法說明 以「動詞た形＋ところ」的形式，表示完成前項動作後，偶然得到後面的結果、消息，常含有說話人覺得訝異的語感。或是後項出現了預期中的好結果。前項和後項之間沒有絕對的因果關係。

例句

○ 斉藤さんのうちを訪ねたところ、引っ越した後だった。
去拜訪齊藤先生家的時候，才發現他已經搬走了。

比較

● …たら…た（確定條件）

「原來…」、「發現…」、「才知道…」。

文法說明 以「動詞た形＋ら＋た形」的形式，表示說話人完成前項動作後，有了新發現，或是發生了後項的事情。

例句

○ 臭豆腐を食べてみたら、意外とおいしかった。
嘗試吃了臭豆腐，居然挺好吃的。

▶ **前項成立後，然後呢？**

　　「たところ」後項是以前項為契機而成立，或是因為前項才發現的，後面不一定會接た形；「…たら…た」表示前項成立後，發生了某事，或說話人新發現了某件事，後面一定會接た形。

5 ても／でも

「即使…也」。

文法說明　「動詞て形＋も」、「形容詞く＋ても」或「體言；形容動詞詞幹＋でも」表示後項的成立，不受前項的約束，是一種假定逆接表現，後項常用各種意志表現的說法，如例句；表示假定的事情時，常跟「たとえ、どんなに、もし、万が一」等詞一起使用。

例句

○ さっちゃんは、たくさん食べても太らない。
　小幸就算吃很多也不會變胖。

比較

● **疑問詞＋ても／でも**

「不管（誰、什麼、哪兒）…」；「無論…」。

文法說明　「疑問詞＋動詞て形＋も」、「疑問詞＋形容詞く＋ても」或「疑問詞＋體言；形容動詞詞幹＋でも」表示不論什麼場合、什麼條件，都要進行後項，或是都會產生後項的結果，如例（1）；表示全面肯定或否定，也就是沒有例外，全部都是，如例（2）。

① いくら謝っても許してもらえない。

任憑我再怎麼道歉也沒能得到原諒。

② どちらが選ばれてもうれしいです。

不論哪一種被選上我都很開心。

文法比較

▶ 是「即使…也」，還是「不管…也」？

　　「ても／でも」表示即使前項成立，也不會影響到後項；「疑問詞＋ても／でも」表示不管前項是什麼情況，都會進行或產生後項。

6 のに（逆接・對比）

「明明…」、「卻…」、「但是…」。

文法說明　「動詞・形容詞普通形；體言＋な；形容動詞な＋のに」表示逆接，用於後項結果違反前項的期待，含有說話人驚訝、懷疑、不滿、惋惜等語氣，如例（1）；也可表示前項和後項呈現對比的關係，如例（2）。

例句

① クリスマスなのに、いっしょに過ごす人がいない。

現在可是耶誕節，身邊卻沒有能夠一起歡度佳節的人。

② この店は、おいしくないのに値段は高い。

這家店明明就不好吃卻很貴。

けれど（も）／けど

「雖然」、「可是」、「但…」。

文法說明　「用言終止形＋けれど（も）、けど」是逆接用法。表示前項和後項的意思或內容是相反的、對比的。是「が」的口語説法。「けど」語氣上會比「けれど（も）」還來得隨便。

例句

○ 彼はもてるけれども、女性には興味がない。
他雖然異性緣佳，卻對女人沒有興趣。

文法比較

▶ 「逆接」差在哪？

「のに」跟「けれど（も）／けど」都表示前、後項是相反的，但要表達結果不符合期待，説話人的不滿、惋惜等心情時，只有「のに」可以使用。

做對了，往😊走，做錯了往✕走。

次の文の＿＿には、どんな言葉が入りますか。１・２から最も適当なものを一つ選んでください。

實力測驗

Q 哪一個是正確的？
答案>>在下一頁

1 夏休みが（　　）、海に行きたい。
1. 来ると
2. 来たら

譯 等到放暑假，我想去海邊玩。
1. ると：一來…就…
2. たら：要是來…的話

解答>>請看下一頁

2 20歳に（　　）、お酒が飲める。
1. なれば
2. なるなら

譯 等到20歲的時候，就可以喝酒了。
1. なれば：如果成為…
2. なるなら：如果成為…

解答>>請看下一頁

3 疲れていたので、布団に（　　）すぐ寝てしまった。
1. 入ったら　2. 入ると

譯 由於很疲倦，一鑽進被窩裡就馬上睡著了。
1. 入ったら：要是鑽進…
2. 入ると：一鑽進…就…

解答>>請看下一頁

4 天気予報を（　　）、今日は降らないようだ。
1. 見たところ　2. 見たら

譯 看了氣象預報，今天似乎不會下雨。
1. 見たところ：看了…
2. 見たら：看了…

解答>>請看下一頁

5 （　　）、彼が好きなんです。
1. 夫がいても
2. 誰がいても

譯 即使我有丈夫，還是喜歡他。
1. 夫がいても：即使我有丈夫
2. 誰がいても：不管是誰

解答>>請看下一頁

6 高い店（　　）、どうしてこんなにまずいんだろう。
1. なのに　2. だけど

譯 明明是價格昂貴的店，為什麼會這麼難吃呢？
1. なのに：明明…
2. だけど：雖然…

解答>>請看下一頁

なるほどの解説を確認して、次の章へ進もう！

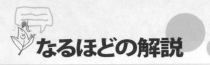

1 比較

後半部是敘述希望，所以不可選1。正確答案是2

答案：2

2 比較

日本的法律規定20歲之後可以喝酒，是理所當然的事，所以不能用「なら」。正確答案是1。

答案：1

3 比較

如果是以同一個人的過去行為，前面內容發生的動作當作一個契機，然後接著進行後面的動作的話，用「たら」會顯得不自然，應該要用「と」。正確答案是2。

答案：2

4 比較

因為後面沒有た形，所以選1，表示看了氣象預報，得知「今天似乎不下雨」的消息。

答案：1

5 比較

這題只能從句子的意思來思考。如果是1，就是「雖然有丈夫了，但卻喜歡上別的男性」的意思。正確答案是1。如果選2，會變成「雖然有配偶、朋友、同事等人在身邊，但是喜歡的是這些人以外的男性」的意思，不過有朋友和同事這些人的存在，也不致於構成「喜歡他」的障礙，所以意思不通，因此不可選2。但如果是「誰がなんと言っても、彼が好きなんです（不管別人說什麼，還是喜歡他）」的話就可以。

答案：1

6 比較

因為帶有不滿的語氣，所以正確答案是1。如果只是要連接「高い店」和「まずい」這兩個相反的事態，因為不帶情緒，所以選項1、2都可以。

答案：1

授受表現

1　あげる

「給予…」、「給…」。

文法說明 授受物品的表達方式。表示給予人（説話人或説話一方的親友等），給予接受人有利益的事物。句型是「給予人は（が）接受人に～をあげる」。給予人是主語，這時候接受人跟給予人大多是地位、年齡同等的同輩。

例句

○ 私は友達に誕生日プレゼントをあげました。

我送了朋友生日禮物。

比較

● **やる**

「給予…」、「給…」。

文法說明 授受物品的表達方式。表示給予同輩以下的人，或小孩、動植物有利益的事物。句型是「給予人は（が）接受人に～をやる」。這時候，接受人大多和給予人關係親密，且年齡、地位比給予人低。或接受人是動植物。

○ 私は息子に誕生日プレゼントをやりました。

我給了兒子生日禮物。

▶ 是誰「給」誰？

　　「あげる」跟「やる」都是「給予」的意思，「あげる」基本上用在給同輩東西；「やる」用在給晚輩、小孩或動植物東西。

---

2 てあげる

「（為他人）做…」。

文法說明　「動詞て形＋あげる」表示自己或站在說話人一方的人，為他人做前項利益的行為。基本句型是「給予人は（が）接受人に～を～てあげる」。這時候，接受人跟給予人大多是地位、年齡同等的同輩。是「～てやる」的客氣說法。

例句

○ 私は友達の宿題を手伝ってあげました。

我幫忙朋友一起寫了作業。

比較

● てやる

文法說明　「動詞て形＋やる」表示以施恩或給予利益的心情，為下級或晚輩（或動、植物）做有益的事，如例（1）；由於說話人的憤怒、憎恨或不服氣等心情，而做讓對方有些困擾的事，或說話人展現積極意志時使用，如例（2）。

① 私は息子の宿題を手伝ってやりました。

我幫兒子一起寫了作業。

② こんなブラック企業、いつでも辞めてやる。

這麼黑心的企業，我隨時都可以辭職走人！

文法比較

▶ 是誰「為」誰「做」什麼？

「てあげる」跟「てやる」都是「（為他人）做」的意思，「てあげる」基本上用在為同輩做某事；「てやる」用在為晚輩、小孩或動植物做某事。

---

3 さしあげる

「給予…」、「給…」。

文法說明 授受物品的表達方式。表示下面的人給上面的人物品。句型是「給予人は（が）接受人に〜をさしあげる」。給予人是主語，這時候接受人的地位、年齡、身份比給予人高。是一種謙虛的說法。

○ 今週中にご連絡を差し上げます。

本週之內會與您聯絡。

比較

● **いただく**

「承蒙…」、「拜領…」。

文法說明 表示從地位、年齡高的人那裡得到東西。是以說話人是接受人，或說話人站是在接受人的角度來表現，這時主語是接受人。句型是「接受人は（が）給予人に〜をいただく」。用在給予人身份、地位、年齡比接受人高的時候。比「もらう」說法更謙虛，是「もらう」的謙讓語。

例句

○ 佐伯先生に絵をいただきました。
さえきせんせい　え
收到了佐伯老師致贈的畫作。

文法比較

▶ 是「給予」還是「得到」？

　　「さしあげる」用在給地位、年齡、身份較高的對象東西;「いただく」用在説話人從地位、年齡、身份較高的對象那裡得到東西。

4　てさしあげる

「（為他人）做…」。

文法說明　「動詞て形＋さしあげる」表示自己或站在自己一方的人,為他人做前項有益的行為。基本句型是「給予人は（が）接受人に～を～てさしあげる」。這時候,給予人是主語,而接受人的地位、年齡、身份比給予人高。是「～てあげる」更謙虛的説法。由於有將善意行為強加於人的感覺,所以直接對上面的人説話時,最好改用「お～します」。

例句

○ 私は先生の資料を整理して差し上げました。
わたし　せんせい　しりょう　せいり　　　さ　あ
我協助整理了老師的資料。

比較

● ていただく

「承蒙…」。

文法說明　「動詞て形＋いただく」表示接受人從給予人某行為中得到好處,且對那一行為帶著感謝的心情。是以説話人站是在接受人的角度來表現。用在給予人身份、地位、年齡都比接受人高的時候。句型是「接受人は（が）給予人に（から）～を～ていただく」。這是「～てもらう」的自謙形式。

○ 私は先生によい参考書を教えていただきました。
<ruby>私<rt>わたし</rt></ruby>は<ruby>先生<rt>せんせい</rt></ruby>によい<ruby>参考書<rt>さんこうしょ</rt></ruby>を<ruby>教<rt>おし</rt></ruby>えていただきました。

承蒙老師告訴了我很有用的參考書。

文法比較

▶ 是「為他人做」，還是「他人為自己做」？

「てさしあげる」用在為地位、年齡、身份較高的對象做某事；「ていただく」用在他人替說話人做某事，而這個人的地位、年齡、身份比說話人還高。

---

5 もらう

「接受…」、「取得…」、「從…那兒得到…」。

文法說明 表示接受別人給的東西。是以說話人是接受人，或說話人站是在接受人的角度來表現，這時主語是接受人。句型是「接受人は（が）給予人に〜をもらう」。這時候接受人跟給予人大多是地位、年齡相當的同輩。給予人也可以是晚輩。

例句

○ 猿は桃太郎にきびだんごをもらいました。
<ruby>猿<rt>さる</rt></ruby>は<ruby>桃太郎<rt>ももたろう</rt></ruby>にきびだんごをもらいました。

猴子從桃太郎那裡得到了黍丸子。

比較

● **くれる**

「給…」。

文法說明 表示他人給說話人（或說話一方）物品。這時候接受人跟給予人大多是地位、年齡相當的同輩。句型是「給予人は（が）接受人に〜をくれる」。給予人是主語，而接受人是說話人，或說話人一方的人（家人）。給予人也可以是晚輩。

○ （猿の発言）桃太郎さんは私にき
びだんごをくれました。

（猴子說）桃太郎給了我黍丸子。

文法比較

▶ 是「受」還是「施」？

「もらう」用在從同輩、晚輩那裡得到東西；「くれる」用在同輩、晚輩給我（或我方）東西。

---

6 てもらう
「（我）請（某人為我做）…」。

文法說明 「動詞て形＋もらう」表示接受人從給予人某行為中得到好處，且對那一行為帶著感謝的心情。也就是接受人由於給予人的行為，得到恩惠、利益。一般是接受人請求給予人採取某種行為的。這時候接受人跟給予人大多是地位、年齡同等的同輩。句型是「接受人は（が）給予人に（から）～を～てもらう」。給予人也可以是晚輩。

例句

○ 友達に宿題をやってもらった。

讓朋友幫忙做了作業。

比較

• **てくれる**

「（為我）做…」等。

文法說明 「動詞て形＋くれる」表示他人為我，或為我方的人做前項有益的事，用在帶著感謝的心情，接受別人的行為，此時接受人跟給予人大多關係親密，或是地位、年齡同等的同輩，如例（1）；給予人也可

能是晚輩，如例（2）；常用「給予人是（が）接受人に～を～てくれる」之句型，此時給予人是主語，而接受人是說話人，或說話人一方的人，如例（3）。

例句

① お父さんが理科の問題を教えてくれた。
請爸爸教了我理科的題目。

② 子どもたちも、「お父さん、がんばって」と言ってくれました。
孩子們也對我說了：「爸爸，加油喔！」

③ 花子は私に傘を貸してくれました。
花子借傘給我。

文法比較

▶ 誰是「給予人」，誰是「接受人」？

　　「てもらう」用「接受人は（が）給予人に（から）～を～てもらう」句型，表示他人替接受人做某事，而這個人通常是接受人的同輩、晚輩或親密的人；「てくれる」用「給予人は（が）接受人に～を～てくれる」句型，表示同輩、晚輩或親密的人為我（或我方）做某事。

248

7 くださる

「給…」、「贈…」。

文法說明 對上級或長輩給自己（或自己一方）東西的恭敬說法。這時候給予人的身份、地位、年齡要比接受人高。句型是「給予人は（が）接受人に～をくださる」。給予人是主語，而接受人是說話人，或說話人一方的人（家人等）。

例句

○ 先生が果物をくださいました。
老師送了水果給我。

比較

● さしあげる

「給予…」、「給…」。

文法說明 授受物品的表達方式。表示下面的人給上面的人物品。句型是「給予人は（が）接受人に～をさしあげる」。給予人是主語，這時候接受人的地位、年齡、身份比給予人高。是一種謙虛的說法。

例句

○ 先生に果物を差し上げました。
我送了水果給老師。

文法比較

▶ 誰是「給予人」，誰是「接受人」？

「くださる」用「給予人は（が）接受人に～をくださる」句型，表示身份、地位、年齡較高的人給予我（或我方）東西；「さしあげる」用「給予人は（が）接受人に～をさしあげる」句型，表示給予身份、地位、年齡較高的對象東西。

8 てくださる

「（為我）做…」等。

文法說明　「動詞て形＋くださる」是「～てくれる」的尊敬説法。表示他人為我，或為我方的人做前項有益的事，用在帶著感謝的心情，接受別人的行為時，此時給予人的身份、地位、年齡要比接受人高，如例（1）；常用「給予人は（が）接受人に（を・の…）～を～てくださる」之句型，此時給予人是主語，而接受人是説話人，或説話人一方的人，如例（2）。

例句

① 部長、その資料を貸してくださいませんか。
部長，您方便借我那份資料嗎？

② 先生が私によい参考書を教えてくださいました。
承蒙老師告訴了我很有用的參考書。

比較

● てくれる

「（為我）做…」等。

文法說明　「動詞て形＋くれる」表示他人為我，或為我方的人做前項有益的事，用在帶著感謝的心情，接受別人的行為，此時接受人跟給予人大多是地位、年齡同等的同輩，如例句；給予人也可能是晚輩；常用「給予人は（が）接受人に～を～てくれる」之句型，此時給予人是主語，而接受人是説話人，或説話人一方的人。

例句

○ 友達が私によい参考書を教えてくれました。
朋友告訴了我很有用的參考書。

▶ 是誰「為我做」?

　　「てくださる」表示身份、地位、年齡較高的對象為我（或我方）做某事；「てくれる」表示同輩、晚輩為我（或我方）做某事。

次の文の____には、どんな言葉が入りますか。1・2から最も適当なものを一つ選んでください。

實力測驗

Q哪一個是正確的？
答案>>在下一頁

1 私はカレに手編みのマフラーを（　　）。
1.あげました　2.やりました

譯 我送了親手編織的圍巾給男友。
1.あげました：送了
2.やりました：給了

解答》請看下一頁

2 私はカレに肉じゃがを作っ（　　）。
1.てあげました
2.てやりました

譯 我為男友煮了馬鈴薯燉肉。
1.てあげました：為…做…
2.てやりました：為…做…

解答》請看下一頁

3 私は先生から、役に立ちそうな本を（　　）。
1.差し上げました
2.いただきました

譯 我從老師那裡收到了應該有所助益的書籍。
1.差し上げました：給了
2.いただきました：收到了

解答》請看下一頁

4 先生に分からない問題を教え（　　）。
1.て差し上げました
2.ていただきました

譯 承蒙老師教了我不懂的題目。
1.て差し上げました：為…做…
2.ていただきました：承蒙…了

解答》請看下一頁

なるほどの解説を確認して、
次の章へ進もう！

1 比較

　因為「私（我）」和「カレ（男朋友）」是同等關係，所以選項 1 較貼切。此外，當「彼」不代表「他」，而是代表「男朋友」的時候，常常會用片假名來表示。

答案：1

2 比較

　「私（我）」和「カレ（男朋友）」是同等關係，所以選項 1 較貼切。

答案：1

3 比較

　「差し上げる」的基本文型是「人＋に＋物＋を＋差し上げる」。「いただく」的基本文型是「人＋に／から＋物＋を＋いただく」。這題因為有「先生から（從老師）」，所以正確答案是 2。

答案：2

4 比較

　就算是「先生（老師）」，也不可能什麼都知道。依領域不同，有時也可能會有學生教老師的情形發生。不過，這裡指教過的內容有「分からない問題（不了解的問題）」，所以一般會想成是有關老師教導的學科問題，因此選項 2 較貼切。

答案：1

実力テスト

做對了，往 😊 走，做錯了往 ❌ 走。

次の文の＿＿＿には、どんな言葉が入りますか。１・２から最も適当なものを一つ選んでください。

實力測驗

Q 哪一個是正確的？
答案>>在下一頁

1 浦島太郎は乙姫様から玉手箱を（　　）。
 1. もらいました
 2. くれました

譯 浦島太郎從龍宮仙女那裡得到了玉匣。
 1. もらいました：得到了
 2. くれました：得到了

解答》請看下一頁

2 倉田さんが見舞いに（　　）。
 1. 来てもらった
 2. 来てくれた

譯 倉田先生特地來探了病。
 1. 来てもらった：（為某人）來…
 2. 来てくれた：（為我）來…

解答》請看下一頁

3 あなたにこれを（　　）。
 1. くださいましょう
 2. 差し上げましょう

譯 這個東西送給你吧！
 1. くださいましょう：X
 2. 差し上げましょう：送給…吧

解答》請看下一頁

4 この手袋は姉が買って（　　）。
 1. くださいました
 2. くれました

譯 這雙手套是姊姊買給了我的。
 1. くださいました：給了
 2. くれました：給了

解答》請看下一頁

なるほどの解説を確認して、
次の章へ進もう！

1 比較

　　因為有「乙姫様『から』（從龍宮仙女）」，所以正確答案是 1。就算不知道「乙姫様（龍宮仙女）」和「玉手箱（玉匣）」是什麼，也能解出這題。「浦島太郎」是在日本家喻戶曉的民間故事。

答案：1

2 比較

　　決定答案的關鍵在「倉田さん『が』」。如果選 1，那麼來探病的人是倉田以外的某個人，不過因為沒有寫是誰，所以資訊不足。選 2 的話，那麼來探病的人會是倉田小姐。還有依據「てくれた」，可以知道要探病的對象是說話的人。正確答案是 2。

答案：2

3 比較

　　因為有「あなた『に』（給你）」，所以答案是 2。

答案：2

4 比較

　　兄弟姐妹之間會因年齡而有上下關係的差別，不過不需要用到敬語的上下關係，所以使用普通的說話方式就可以。正確答案是 2。

答案：2

受身、使役、使役受身及敬語表現

□ （ら）れる（被動）
□ （さ）せる
□ （名詞）でございます
□ （ら）れる（尊敬）

□ お…する
□ お…ください
□ （さ）せてください

---

1 （ら）れる（被動）

「被…」。

文法説明 「一段動詞・力變動詞未然形＋られる」、「五段動詞未然形；サ變動詞未然形さ＋れる」表示某人直接承受到別人的動作，「被…」的意思，如例（1）；表示社會活動等普遍為大家知道的事，是種客觀的事實描述，如例（2）；由於某人的行為或天氣等自然現象的作用，而間接受到麻煩，如例（3）。

例句

① 道路にごみを捨てたところを、好きな人に見られた。

正在路上隨手丟垃圾的時候，被心儀的人看見了。

② 試験は2月に行われます。

考試將在2月舉行。

③ 学校に行く途中で、雨に降られました。

去學校途中，被雨淋濕了。

比較

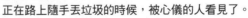

● （さ）せる

「讓…」、「叫…」等。

文法說明 以「一段動詞・力變動詞未然形；サ變動詞詞幹＋させる」、「五段動詞未然形＋せる」的形式，表示某人強迫他人做某事，由於具有強迫性，只適用於長輩對晚輩或同輩之間，如例句；另外，表示某人用言行促使他人自然地做某種行為，常搭配「泣く、笑う、怒る」等當事人難以控制的情緒動詞；以「～させておく」形式，表示允許或放任。

例句

○ 勉強の役に立つテレビ番組を子どもに
  見せた。
  讓小孩觀賞了有助於課業的電視節目。

文法比較

▶ 是「被動」，還是「使役」？

「（ら）れる」表示「被動」，指某人承受他人施加的動作，「被…」的意思；「（さ）せる」是「使役」用法，指某人強迫他人做某事，「讓…」的意思。

2 （さ）せる

「讓…」、「叫…」等。

文法說明 「一段動詞・力變動詞未然形；サ變動詞詞幹＋させる」、「五段動詞未然形＋せる」的形式，表示某人強迫他人做某事，由於具有強迫性，只適用於長輩對晚輩或同輩之間，如例（1）；另外，表示某人用言行促使他人自然地做某種行為，常搭配「泣く、笑う、怒る」等當事人難以控制的情緒動詞，如例（2）；以「～させておく」形式，表示允許或放任，如例（3）。

例句

① 子どもに家事の手伝いをさせた。
  要求小孩幫忙了家事。

② 聞いたよ。ほかの女と旅行して奥さんを泣かせたそうだね。

我聽說囉！你帶別的女人去旅行，把太太給氣哭了喔。

③ 奥さんを悲しませておいて、何をいうんだ。

你讓太太那麼傷心，還講這種話！

比較

• （さ）せられる

「被迫…」、「不得已…」。

文法說明　「動詞未然形＋（さ）せられる」表示被迫。被某人或某事物強迫做某動作，且不得不做。含有不情願、感到受害的心情。這是從使役句的「X が Y に N を V- させる」變成為「Y が X に N を V- させられる」來的，表示 Y 被 X 強迫做某動作。

例句

○ 親に家事の手伝いをさせられた。

被父母要求幫忙了家事。

文法比較

▶ 是「使役」，還是「使役被動」？

　　「（さ）せる」是「使役」用法，指某人強迫他人做某事，「讓…」的意思；「（さ）せられる」是「使役被動」用法，表示被某人強迫做某事，「被迫…」的意思。

---

3 （名詞）でございます

文法說明　「でございます」是比「です」更鄭重的表達方式。日語除了尊敬語跟謙讓語之外，還有一種叫鄭重語。鄭重語用於和長輩或不熟的對象交談時，也可用在車站、百貨公司等公共場合。相較於尊敬語用於對動作的行為者表示尊敬，鄭重語則是對聽話人表示尊敬。

○ 新田様は、あちらのお席でございます。

貴賓新田先生，您的座位在那邊。

比較

• です

文法説明 「です」是「だ」的鄭重語，用在句尾，表示對主題的斷定或説明。

例句

○ 新田さんは、あちらの席です。

新田先生，您坐那邊。

文法比較

▶ 哪個比較「鄭重」？

　　「でございます」是比「です」還鄭重的語詞，主要用在接待貴賓、公共廣播等狀況。如果只是跟長輩、公司同事有禮貌地對談，一般用「です」就行了。

4　（ら）れる（尊敬）

文法説明 以「一段動詞・力變動詞未然形＋られる」、「五段動詞未然形；サ變動詞未然形さ＋れる」的形式，表示對對方或話題人物的尊敬，就是在表敬意的對象的動作上，用尊敬助動詞。尊敬程度低於「お～になる」。

例句

○ 白井さんは、もう駅に向かわれました。

白井先生已經前往車站了。

● お…になる

文法說明 「お動詞ます形＋になる」是動詞尊敬語的形式，比「（ら）れる」的尊敬程度要高。表示對對方或話題中提到的人物的尊敬，這是為了表示敬意而抬高對方行為的表現方式，所以「お～になる」中間接的就是對方的動作，如例（1）；當動詞是サ行變格動詞時，用「ご～になる」，如例（2）。

例句

① 先生の奥さんがお倒れになったそうです。
聽說師母病倒了。

② 黒川さんは、もうご出発になりました。
黑川小姐已經出發了。

文法比較

▶ 哪個「尊敬語」尊敬程度較高？

「（ら）れる」跟「お…になる」都是尊敬語，用在抬高對方行為，以表示對他人的尊敬，但「お…になる」的尊敬程度比「（ら）れる」高。

5 お…する

文法說明 「お動詞ます形＋する」表示動詞的謙讓形式。對要表示尊敬的人，透過降低自己或自己這一邊的人，以提高對方地位，來向對方表示尊敬，如例（1）；當動詞是サ行變格動詞時，用「ご～する」，如例（2）。

① いいことをお教えしましょう。

我來告訴你一個好消息吧。

② それはこちらでご用意します。

那部分將由我們為您準備。

比較

● お…いたす

文法說明 「お動詞ます形＋いたす」是比「お〜する」語氣上更謙和的謙讓形式。對要表示尊敬的人，透過降低自己或自己這一邊的人的說法，以提高對方地位，來向對方表示尊敬，如例（1）；當動詞是サ行變格動詞時，用「ご〜いたす」，如例（2）。

例句

① 車でお送りいたしましょう。

搭我的車送你去吧。

② またメールでご連絡いたします。

容我之後再以電子郵件與您聯繫。

文法比較

▶ 哪個「謙讓語」謙讓程度較高？

「お…する」跟「お…いたす」都是謙讓語，用在降低我方地位，以對對方表示尊敬，但語氣上「お…いたす」是比「お…する」更謙和的表達方式。

6 お…ください

「請…」。

文法說明　「お動詞ます形＋ください」尊敬程度比「～てください」要高。「ください」是「くださる」的命令形「くだされ」演變而來的。用在對客人、屬下對上司的請求表示敬意，而抬高對方行為的表現方式，如例（1）；當動詞是サ行變格動詞時，用「ご～ください」，如例（2）。當遇到「する・来る」，以及詞幹和詞尾沒有分別（「る」的前面只有一個字）的一段動詞，沒辦法使用這個文法，而要用其他說法，如：「お見ください」是錯誤的用法，正確用法是「見てください」或「ご覧ください」。

例句

① こちらにおかけになってお待ちください。
　　請坐在這邊等候。

② どうぞご自由にご利用ください。
　　敬請隨意使用。

比較

● てください

「請…」。

文法說明　以「動詞て形＋ください」的形式，表示請求、指示或命令某人做某事。一般常用在老師對學生、上司對部屬、醫生對病人等指示、命令的時候。

例句

○ 住所を教えてください。
　　請告訴我住址。

▶ **哪個「請託」說法更尊敬？**

　　「お…ください」跟「てください」都表示請託或指示，但「お…ください」的說法比「てください」更尊敬，主要用在上司、客人身上；「てください」則是一般有禮貌的說法。

7　（さ）せてください
「請允許…」、「請讓…做…」。

文法說明　「動詞未然形;サ變動詞語幹＋（さ）せてください」的形式，表示「我請對方允許我做前項」的意思，是客氣地請求對方允許、承認的説法。用在當説話人想做某事，而那一動作一般跟對方有關的時候。

例句

○ お父さん。私をあの人と結婚させてください。

爸爸，請讓我和他結婚。

比較

● **てください**

「請…」。

文法說明　以「動詞て形＋ください」的形式，表示請求、指示或命令某人做某事。一般常用在老師對學生、上司對部屬、醫生對病人等指示、命令的時候。

例句

○ 「結婚してください。」「考えさせてください。」

「請和我結婚。」「請讓我考慮一下。」

▶ 是「請允許」，還是「請」？

　　「（さ）せてください」表示客氣地請對方允許自己做某事，所以「做」的人是說話人；「てください」表示請對方做某事，所以「做」的人是聽話人。

14 実力テスト

做對了，往走，做錯了往✕走。

次の文の____には、どんな言葉が入りますか。1・2から最も適当なものを一つ選んでください。

實力測驗

Q 哪一個是正確的？
答案>>在下一頁

1 財布を泥棒に（　）。
1. 盗まれた
2. 盗ませた

2 帽子が風に（　）。
1. 飛ばせた
2. 飛ばされた

譯 錢包被小偷給偷走了。
1. 盗まれた：被…偷走了
2. 盗ませた：讓…偷走了

解答>>請看下一頁

譯 帽子被風吹走了。
1. 飛ばせた：讓…吹走了
2. 飛ばされた：被…吹走了

解答>>請看下一頁

3 （同僚に）これ、今日の会議で使う資料（　）。
1. でございます　2. です

4 この問題、（　）。
1. できられますか
2. おできになりますか

譯 （對同事）這個是今天開會要用的資料。
1. でございます：X
2. です：X

解答>>請看下一頁

譯 這道問題您會做嗎？
1. できられますか：X
2. おできになりますか：您會做嗎

解答>>請看下一頁

5 明日、こちらから（　）。
1. ご電話します
2. お電話いたします

6 こちらに（　）ください。
1. お来て
2. 来て

譯 明天會主動致電。
1. ご電話します：X
2. お電話いたします：致電

解答>>請看下一頁

譯 請過來這邊。
1. お来て：X
2. 来て：來

解答>>請看下一頁

7 お父さん。結婚する相手は、自分で決め（　）。
1. させてください　2. てください

なるほどの解説を確認して、次の章へ進もう！

譯 爸爸，請讓我決定自己的結婚對象。
1. させてください：請讓我…
2. てください：請…

解答>>請看下一頁

265

1 比較

故意設局讓小偷偷走東西的事情也不是不可能發生，不過就一般狀況而言的話，答案會是表示「被動」的選項 1。

答案：1

2 比較

造成「帽子が飛んだ（帽子飛走了）」這件事的是風，所以必須要組合使役的「（さ）せる」和被動的「（ら）れる」。正確答案是 2。此外，題目句也可以改「帽子が風で飛ばされた（帽子被風吹走了）」。

答案：2

3 比較

意思都一樣，不過「でございます」是較客氣的說法。但是並非愈客氣就愈好，如果過於使用「でございます」的話，聽起來會很奇怪。如果是同事關係的話，通常會使用「です」。正確答案是 2。

答案：2

4 比較

「できる」不能接「られる」，可能是因為「られる」除了表示「尊敬」，還可以表示「可能」，所以和「できる」接在一起會有一種怪怪的感覺吧。要將「できる」用尊敬說法來表示的話，用「おできになります」，正確答案是 2。

答案：2

5 比較

用「お…いたす」是較謙遜的說法，不過並沒有「這種情形一定要使用這種說法才對」清楚分別的用法。這題重點在於接續「電話」的是「お」還是「ご」。原則上「お」會接和語（日文固有、用訓讀唸的語詞），「ご」會接漢語（由中文傳入、用音讀唸的語詞），不過後者也常有很多例外，所以需要記起來（前者很少有例外）。正確答案是 2。

答案：2

6 比較

　「お…ください」比「てください」的敬意更高，不過「来る」這個字不能使用前面的文法，所以正確答案是2。比「きてください」更具敬意的說法，會用「おいでください」、「お越しください」。

答案：1

7 比較

　這題說話人並非要命令、依賴「お父さん（父親）」決定事情，而是說話人本身要求想要自己決定，所以選1。

答案：1

メモ

_____

_____

_____

_____

_____

_____

_____

_____

_____

_____

_____

_____

_____

_____

メモ

N3

Bun Pou Hikaku Ji-Ten

時の表現

1 うちに、ないうちに

「趁…」、「在…之內…」

接續與說明 [A-い／Naな／NのNaな＋うちに]；[V-ない＋うちに]。表示在前面的環境、狀態持續的期間，做後面的動作。相當於「…（している）間に」。

例句

雷だ。降り出さないうちに、早く帰ろう。

打雷了。趁著還沒下雨，趕緊回家吧。

比較

● まえに

「…前」

接續與說明 是[V-る＋まえに]的形式。表示動作的順序，也就是做前項動作之前，先做後項的動作。句尾的動詞即使是過去式，「まえに」的動詞也要用辭書形。可譯作「…之前，先…」；「Nのまえに」的形式。表示空間上的前面，或是某一時間之前。

例句

テレビを見る前に、朝ご飯を食べました。

在看電視之前，先吃了早餐。

2 さい、さいは、さいに（は）

「…的時候」、「在…時」、「當…之際」

接續與說明 [V／Nの＋さい（に・は）]。表示動作、行為進行的時候。相當於「…ときに」。

例句

以前、東京でお会いした際、名刺をお渡ししたと思います。

我想之前在東京與您見面時，有遞過名片給您。

比較
- ## ところ（に・へ・で・を）

「…的時候」、「正在…時」

接續與說明 [V-ている／V-た＋ところに]。表示行為主體正在做某事的時候，發生了其他的事情。大多用在妨礙行為主體的進展的情況，有時也用在情況往好的方向變化的時候。相當於「ちょうど…しているときに」。

例句

出かけようとしたところに、電話が鳴った。

正要出門時，電話鈴就響了。

3 さいちゅうに、さいちゅうだ

「正在…」

接續與說明 [V-ている／Nの＋さいちゅう]。表示某一行為、動作正在進行中。常用在這一時刻，突然發生了什麼事的場合。相當於「…している途中に」。

例句

例の件については、今検討している最中だ。

那個案子，現在正在檢討中。

● うちに

「趁…」、「在…之內…」

接續與說明 [A-い／Naな／Nの／Naな＋うちに]；[V-ない＋うちに]。。表示在前面的環境、狀態持續的期間，做後面的動作。相當於「…（している）間に」。

例句

昼間は暑いから、朝のうちに散歩に行った。

白天很熱，所以趁早去散步。

4 とたん、とたんに

「剛…就…」、「剛一…，立刻…」、「剎那就…」

接續與說明 [V-た＋とたん（に）]。表示前項動作和變化完成的一瞬間，發生了後項的動作和變化。由於說話人當場看到後項的動作和變化，因此伴有意外的語感。相當於「…したら、その瞬間に」。

例句

歌手がステージに出てきたとたんに、地震が起きた。

歌手一上舞台，就發生地震了。

● とともに

「和…一起」、「與…同時，也…」

接續與說明 [V-る／N＋とともに]表示後項的動作或變化，跟著前項同時進行或發生。相當於「…といっしょに」、「…と同時に」。

例句

テレビの普及(ふきゅう)とともに、映画(えいが)は衰退(すいたい)した。
電視普及的同時，電影衰退了。

---

5 ていらい

「自從…以來，就一直…」、「…之後」

接續與說明 [V-て＋いらい]。表示自從過去發生某事以後，直到現在為止的整個階段。後項是一直持續的某動作或狀態。跟「…てから」相似，是書面語。

例句

手術(しゅじゅつ)をして以来(いらい)、ずっと調子(ちょうし)がいい。
手術完後，身體狀況一直很好。

比較

● たところ

「…，結果…」，或是不翻譯

接續與說明 [V-た＋ところ]。表示因某種目的去作某一動作，但在偶然的契機下得到後項的結果，順接或逆接均可。前後出現的事情，沒有直接的因果關係，後項經常是出乎意料之外的客觀事實。相當於「…した結果」。

例句

ホテルに問(と)い合(あ)わせたところ、その日(ひ)はまだ空(あ)き室(しつ)があるということだった。
詢問飯店的結果是，當天還有空房。

6 **ところ（に・へ・で・を）**
「…的時候」、「正在…時」

接續與說明 [V-ている／V-た＋ところに（へ・で・を）]。表示行為主體正在做某事的時候，發生了其他的事情。大多用在妨礙行為主體的進展的情況，有時也用在情況往好的方向變化的時候。相當於「ちょうど…しているときに」。

例句

出_でかけようとしたところに、電話_{でんわ}が鳴_なった。
正要出門時，電話鈴就響了。

比較

● **とたん、とたんに**

「剛…就…」、「剛一…，立刻…」、「剎那就…」

接續與說明 [V-た＋とたん（に）]。表示前項動作和變化完成的一瞬間，發生了後項的動作和變化。由於說話人當場看到後項的動作和變化，因此伴有意外的語感。相當於「…したら、その瞬間に」。

例句

歌手_{かしゅ}がステージに出_でてきたとたんに、地震_{じしん}が起_おきた。
歌手一上舞台，就發生地震了。

次の文の＿＿＿にはどんな言葉を入れたらよいか。1・2から最も適当なものをひとつ選びなさい。

實力測驗

Q哪一個是正確的？

答案>>在下一頁

1 赤ちゃんが寝ている（　　　）、洗濯しましょう。

　1.前に　2.うちに

譯
1.前に：在…前
2.うちに：趁…

解答》請看下一頁

2 故郷に帰った（　　　）、とても歓迎された。

　1.際に　2.ところに

譯
1.際に：…的時候
2.ところに：正在…時

解答》請看下一頁

3 大事な試験の（　　　）、急におなかが痛くなってきた。

　1.最中に　2.うちに

譯
1.最中に：正在…
2.うちに：趁…

解答》請看下一頁

4 窓を開けた（　　　）、ハエが飛び込んできた。

　1.とたん　2.とともに

譯
1.とたん：剛…就…
2.とともに：…的同時也…

解答》請看下一頁

5 彼女は嫁に（　　　）、一度も実家に帰っていない。

　1.来たところ　2.来て以来

譯
1.たところ：…，結果…
2.て以来：自從…以來

解答》請看下一頁

6 口紅を塗っている（　　　）、子どもが飛びついてきて、はみ出してしまった。

　1.ところに　2.とたんに

譯
1.ところに：正當…
2.とたんに：一…就…

解答》請看下一頁

なるほどの解説を確認して、次のページへ進もう！

1 比較

「Ａうちに」的意思是「趁…」，表示在Ａ狀態尚未結束前還是先做某個動作比較好。在這裡用「うちに」才能表達「趁嬰兒睡覺的時候洗衣服」的感覺。「Ａ前に」是用來客觀描述Ａ這個動作和後面事項的先後順序，在這裡不僅語意不符，而且動詞Ａ必須要用辭書形，所以前面不能接「寝ている」。

答案：2

2 比較

「際に」意思是「…時」，表示在做某個行為的時候。在此表示「回故鄉時，受到熱烈的歡迎」。「ところに」意思是「正當…」，表示在做某個動作的當下同時發生了其他事情。不過這裡如果用「ところに」會變成「正當回故鄉時，受到熱烈的歡迎」，不合邏輯。

答案：1

3 比較

「最中に」意思是「正在…」，表示正在做某件事情的時候突然發生了其他事情。在此表示「在重要的考試時，肚子突然痛起來」。「うちに」意思是「趁…」，表示利用前項狀態還持續的時候做後項行為。不過「おなかが痛くなってきた」不是人為意志動作，所以不適用。

答案：1

4 比較

「とたんに」意思是「一…就…」，表示前項動作完成的瞬間馬上又發生了後項的事情。在此表示「剛一打開窗戶，蒼蠅就飛進來了」。「とともに」意思是「…的同時也…」，表示隨著前項的進行，後項也同時進行或發生。如果前面接動詞，要用動詞終止形，在此語意不符，接續方式也有誤。

答案：1

5 比較

「て以来」意思是「自從…」，表示前項的行為或狀態發生至今，後項也一直持續著。在此表示「自從她嫁過來以後，就沒回過娘家」。【動詞過去形＋ところ】意思是「結果…」，表示做了前項動作後就發生了後項的事情。不過這題的「一度も…ない」（一次也沒有）暗示她嫁過來已經有好一段時間了，所以不適合用「ところ」。

答案：2

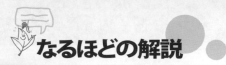

6 比較

　「ところに」意思是「正當…」，表示在做某個動作的當下同時發生了其他事情。在此表示「正在畫口紅時，小孩突然跑過來，口紅就畫歪了」。「とたんに」意思是「一…就…」，表示前項動作完成的瞬間馬上又發生了後項的事情，前面接續要用動詞過去式，所以在這邊接續方式有誤。

答案：1

原因・理由

1 おかげで、おかげだ
2 せいか
3 につき
4 によって、により
5 ものだから

6 もので

1 おかげで、おかげだ

「多虧…」、「託您的福」、「因為…」；「由於…的緣故」

接續與說明 [Nの＋おかげで]；[Naな／Naだった＋おかげで]；[A＋お
かげで]；[V-た＋おかげて]。表示原因。由於受到某種恩惠，導致後面
好的結果。常帶有感謝的語氣。與「から」、「ので」作用相似，但感
情色彩更濃。後句如果是消極的結果時，一般帶有諷刺、抱怨的意味。
相當於「…せいで」。

例句

それもこれも、先生のおかげです。

這個也好那個也好，全都是託老師的福。

比較

● によっては、により

「根據…」、「按照…」；「由於…」、「因為…」

接續與說明 [N＋によって]；[N＋により]。（1）表示所依據的方法、
方式、手段。（2）表示句子的因果關係。後項的結果是因為前項的行
為、動作而造成、成立的。「…により」大多用於書面。

例句

実例によって、やりかたを示す。

以實際的例子，來出示操作的方法。

2 せいか

「可能是（因為）…」、「或許是（由於）…的緣故吧」

接續與說明 [Nの＋せいか]；[Naな＋せいか]；[A／V＋せいか]。一般來說表示原因或理由。表示發生壞事或不利的原因，但這一原因也説不清，不很明確。相當於「…ためか」。

例句

<ruby>物価<rt>ぶっか</rt></ruby>が<ruby>上<rt>あ</rt></ruby>がったせいか、<ruby>生活<rt>せいかつ</rt></ruby>が<ruby>苦<rt>くる</rt></ruby>しいです。

也許是因為物價上漲，生活才會這麼困苦。

比較

● おかげで

「多虧…」、「託您的福」、「因為…」；「由於…的緣故」

接續與說明 [Nの＋おかげで]；[Naな／Naだった＋おかげで]；[A＋おかげで]；[V-た＋おかげて]。表示原因。由於受到某種恩惠，導致後面好的結果。常帶有感謝的語氣。與「から」、「ので」作用相似，但感情色彩更濃。後句如果是消極的結果時，一般帶有諷刺、抱怨的意味。相當於「…のせいで」。

例句

<ruby>手伝<rt>てつだ</rt></ruby>ってもらったおかげで、<ruby>思<rt>おも</rt></ruby>ったより<ruby>早<rt>はや</rt></ruby>く<ruby>終<rt>お</rt></ruby>わりました。

多虧請別人幫忙，比我想像中的還快完成。

3 につき

「因…」、「因為…」

接續與說明 [N＋につき]。接在名詞後面，表示其原因、理由。一般用在書信中比較鄭重的表現方法。相當於「…のため、…という理由で」。

例句

5時以降は不在につき、4時半くらいまでにお越しください。

因為5點以後不在，所以請在4點半之前過來。

比較

● によって（は）、により、による

「根據…」、「按照…」；「由於…」、「因為…」

接續與說明 [N＋によって]；[N＋により]；[N＋による]。（1）表示所依據的方法、方式、手段。（2）表示句子的因果關係。後項的結果是因為前項的行為、動作而造成、成立的。「…により」大多用於書面。相當於「…が原因で」。

例句

人民の人民による人民のための政治。

民有、民治、民享之政治。

---

4 によって（は）、により、による

「根據…」、「按照…」；「由於…」、「因為…」

接續與說明 [N＋によって]；[N＋により]；[N＋による]。（1）表示所依據的方法、方式、手段。（2）表示句子的因果關係。後項的結果是因為前項的行為、動作而造成、成立的。「…により」大多用於書面。相當於「…が原因で」。

例句

実例によって、やりかたを示す。

以實際的例子，來出示操作的方法。

比較

● に基づいて

「根據…」、「按照…」、「基於…」

[N＋にもとづいて]；[N＋にもとづいたN]；[N＋にも
とづいてのN]。表示以某事物為根據或基礎。相當於「…をもとにし
て」。

違反者は法律に基づいて処罰されます。
違者依法究辦。

5 ものだから
「就是因為…，所以…」

[N／Naな＋ものだから]；[A＋ものだから]；[V＋ものだ
から]。表示原因、理由。常用在因為事態的程度很厲害，因此做了某
事。含有對事出意料之外、不是自己願意等的理由，進行辯白。結果是
消極的。後面不能接意志表現或命令句。相當於「…から、…ので」。

足が痺れたものだから、立てませんでした。
因為腳麻，所以站不起來。

比較
● せいか
「可能是（因為）…」、「或許是（由於）…的緣故吧」

[Nの＋せいか]；[Naな＋せいか]；[A／V＋せいか]。表示
原因或理由。表示發生壞事或不利的原因，但這一原因也說不清，不很
明確；也可以表示積極的原因。相當於「…ためか」。

物価が上がったせいか、生活が苦しいです。
也許是因為物價上漲，生活才會這麼困苦。

6 もので

「因為…」、「由於…」

接續與說明 [N／Ｎａな＋もので]；[A／Ｖ＋もので]。意思跟「ので」基本相同，但強調原因跟理由的語氣比較強。前項的原因大多為意料之外或不是自己的意願，後項為此進行解釋、辯白。結果是消極的。意思跟「ものだから」一樣。後項不能用命令、勸誘、禁止等表現方式。口語可以用「もんで」。

例句

東京は家賃が高いもので、生活が大変です。
由於東京的房租很貴，所以生活很不容易。

比較

● おかげで、おかげだ

「多虧…」、「記您的福」、「因為…」；「由於…的緣故」

接續與說明 [Ｎの＋おかげで]；[Ｎａな／Ｎａだった＋おかげで]；[A＋おかげで]；[Ｖ-た＋おかげて]。表示原因。由於受到某種恩惠，導致後面好的結果。常帶有感謝的語氣。與「から」、「ので」作用相似，但感情色彩更濃。後句如果是消極的結果時，一般帶有諷刺、抱怨的意味。相當於「…のせいで」。

例句

それもこれも、先生のおかげです。
這個也好那個也好，全都是託老師的福。

次の文の＿＿＿＿＿にはどんな言葉を入れたらよいか。1・2から最も適当なものをひとつ選びなさい。

實力測驗

Q 哪一個是正確的?

答案>>在下一頁

1 今年の冬は、暖かかった（　　）過ごしやすかった。

1.おかげで　2.によって

譯 1.おかげで：多虧…
2.によって：根據…

解答》請看下一頁

2 年の（　　　）、体の調子が悪い。

1.おかげで　2.せいか

譯 1.おかげで：多虧…
2.せいか：可能是（因為）…

解答》請看下一頁

3 この商品はセット販売（　　）、一つではお売りできません。

1.につき　2.により

譯 1.につき：由於…
2.により：因為…

解答》請看下一頁

4 その村は、主に漁業（　　　）生活しています。

1.に基づいて　2.によって

譯 1.に基づいて：根據…
2.によって：以…

解答》請看下一頁

5 隣のテレビがやかましかった（　　）、文句をつけに行った。

1.ものだから　2.せいか

譯 1.ものだから：就是因為…
2.せいか：或許是因為…

解答》請看下一頁

6 道が混んでいた（　　　）、遅れてしまいました。

1.もので　2.おかげで

譯 1.もので：因為…
2.おかげで：託…之福

解答》請看下一頁

なるほどの解説を確認して、次のページへ進もう！

1 比較

「おかげで」意思是「託…之福」，表示因為前項而產生後項好的結果，帶有感謝的語氣。在這邊表示「多虧今年冬天很溫暖，才過得很舒服」。「によって」則是表示前項造成後項的結果，雖然在這邊意思可以通，但前面應該要接名詞才對。

答案：1

2 比較

「せいか」意思是「或許是因為…」，表示發生了不好的事態，但是說話者自己也不太清楚原因出在哪裡，只能做個大概的猜測。在此表示「也許是年紀大了，身體的情況不太好」。「おかげで」意思是「託…之福」，通常表示因為前項而產生後項好的結果，帶有感謝的語氣。雖然有些時候也能表示消極的結果，但是「体の調子が悪い」沒有諷刺或責怪的意思，所以這邊用「せいか」比較合適。

答案：2

3 比較

「につき」意思是「由於…」，是書面用語，用來說明事物或狀態的理由。在此表示「由於這商品是賣一整套的，所以沒辦法零售」。「により」表示原因，可以翻譯成「因為…」，表示前項造成後項的結果，著重於前項和後項的因果關係。不過原句是用來解釋無法零售的理由，而不是強調「賣一整套所以導致無法零售」，所以應該選擇「につき」。

答案：1

4 比較

「によって」意思是「以…」，表示做後項事情的方法、手段。在此表示「那個村莊，以漁業為生」。「に基づいて」意思是「根據…」，表示以前項為依據或基礎，進行後項的動作。故在此語意不符。

答案：2

5 比較

「ものだから」意思是「就是因為…」，用來解釋理由，通常用在情況嚴重時，表示出乎意料或身不由己。在此表示「因為隔壁的電視太吵了，所以跑去抱怨」。「せいか」意思是「或許是因為…」，表示發生了不好的事態，但是說話者自己也不太清楚原因出在哪裡，只能做個大概的猜測。在此語意不符。

答案：1

6 比較

「もので」意思是「因為…」，用來解釋原因、理由，帶有辯駁的感覺，後項通常是由前項自然導出的客觀結果。在此表示「因為交通壅塞，於是遲到了」。「おかげで」意思是「託…之福」，表示因為前項而產生後項好的結果，帶有感謝的語氣。雖然也有諷刺用法，但從「遅れてしまいました」可以看出等待說話者的應該是長輩或是地位較高的人，所以不是諷刺用法。這題應該選「もので」。

答案：1

判断・推量・可能性

おそれがある
「有…的危險」、「恐怕會…」、「搞不好會…」

接續與說明 [Nの＋おそれがある]；[V-る＋おそれがある]。表示有發生某種消極事件的可能性。只限於用在不利的事件。常用在新聞或報導中。相當於「…心配がある」。

例句

それを燃やすと、悪いガスが出るおそれがある。

那個一燃燒，恐怕會產生不好的氣體。

比較

● ないこともない、ないことはない

「並不是不…」、「不是不…」

接續與說明 [V-ない＋こともない]；[V-ない＋ことはない]。使用雙重否定，表示雖然不是全面肯定，但也有那樣的可能性，是一種有所保留的消極肯定說法。相當於「…することはする」。

例句

彼女は病気がちだが、出かけられないこともない。

她雖然多病，但並不是不能出門的。

2 ないこともない、ないことはない

「並不是不…」、「不是不…」

接續與說明 [V-ない＋こともない]；[V-ない＋ことはない]。使用雙重否定，表示雖然不是全面肯定，但也有那樣的可能性，是一種有所保留的消極肯定説法。相當於「…することはする」。

例句

彼女(かのじょ)は病気(びょうき)がちだが、出(で)かけられないこともない。

她雖然多病，但並不是不能出門的。

比較

● ことは（も）ない

「不要…」、「用不著…」

接續與說明 [V-る＋ことは（も）ない]。表示鼓勵或勸告別人，沒有做某一行為的必要。相當於「…する必要はない」。

例句

日本(にほん)でも勉強(べんきょう)できるのに、アメリカまで行(い)くことはないでしょう。

在日本明明也可以學，不必遠赴美國吧！

3 にきまっている

「肯定是…」、「一定是…」

接續與說明 [N／A／V＋にきまっている]。表示説話人根據事物的規律，覺得一定是這樣，不會例外，充滿自信的推測。相當於「きっと…だ」。

例句

私(わたし)だって、結婚(けっこん)したいに決(き)まっているじゃありませんか。ただ、相手(あいて)がいないだけです。

我也是想結婚的不是嗎？只是沒有對象呀。

● より（ほか）ない、よりしかたがない

「只有…」、「除了…之外沒有…」

接續與說明 [V-る＋より（ほか）ない]；[V-る＋よりしかたがない]。
後面伴隨著否定，表示這是唯一解決問題的辦法。

例句

こうなったら一生懸命やるよりない。

事到如今，只能拚命去做了。

4 にちがいない

「一定是…」、「准是…」

接續與說明 [N／Na（である）＋にちがいない]；[A／V＋にちがいな
い]。表示說話人根據經驗或直覺，做出非常肯定的判斷。常用在自言自
語的時候。相當於「…きっと…だ」。

例句

この写真は、ハワイで撮影されたに違いない。

這張照片，肯定是在夏威夷拍的。

● ほかない、ほかはない

「只有…」、「只好…」、「只得…」

接續與說明 [V-る＋ほか（は）ない]。表示雖然心裡不願意，但又沒有
其他方法，只有這唯一的選擇，別無它法。相當於「…以外にない」、
「…より仕方がない」等。

例句

誰<ruby>だれ</ruby>も助<ruby>たす</ruby>けてくれないので、自分<ruby>じぶん</ruby>で何<ruby>なん</ruby>とかするほかない。

因為沒有人可以伸出援手，只好自己想辦法了。

5 （の）ではないだろうか、ないかとおもう

「我認為不是…嗎」、「我想…吧」

接續與說明 [N／Na（なの）＋ではないだろうか]；[A／V＋のでは
ないだろうか]；[N／Na＋ではないか]；[A-く＋ないか]；[V-＋ない
か]。表示意見跟主張。是對某事能否發生的一種預測，有一定的肯定意
味。意思是：「不就…嗎」等；「（の）ではないかと思う」表示說話
人對某事物的判斷。

例句

彼<ruby>かれ</ruby>は誰<ruby>だれ</ruby>よりも君<ruby>きみ</ruby>を愛<ruby>あい</ruby>していたのではないかと思<ruby>おも</ruby>う。

我覺得他應該比任何人都還要愛妳吧。

比較

● ないこともない、ないことはない

「並不是不…」、「不是不…」

接續與說明 [V-ない＋こともない]；[V-ない＋ことはない]。使用雙重
否定，表示雖然不是全面肯定，但也有那樣的可能性，是一種有所保留
的消極肯定說法。相當於「…することはする」。

例句

彼女<ruby>かのじょ</ruby>は病気<ruby>びょうき</ruby>がちだが、出<ruby>で</ruby>かけられないこともない。

她雖然多病，但並不是不能出門的。

6　はずだ

「（按理說）應該…」；「怪不得…」

接續與說明 [Nの＋はず]；[Naな＋はず]；[A／V＋はず]。表示説話人根據自己擁有的知識、知道的事實或理論來推測出結果。主觀色彩強，是較有把握的推斷。也用在説話人對原本感到不可理解的事物，在得知其充分的理由後，而感到信服時。

例句

彼はイスラム教徒だから、豚肉は食べないはずです。

他是伊斯蘭教的，應該不吃豬肉。

比較

● **わけだ**

「當然…」、「怪不得…」

接續與說明 [Nの／Nである＋わけだ]；[Naな／Naである＋わけだ]；[A／V＋わけだ]。表示按事物的發展，事實、狀況合乎邏輯地必然導致這樣的結果。跟著重結果的必然性的「…はずだ」相比較，「…わけだ」側著重理由或根據。

例句

あ、賞味期限が切れている。おいしくないわけだ。

原來過了保存期限了，難怪不好吃！

3 実力テスト

做對了，往😊走，做錯了往❌走。

次の文の_____にはどんな言葉を入れたらよいか。1・2から最も適当なものをひとつ選びなさい。

實力測驗

Q哪一個是正確的?

答案>>在下一頁

1 台風のため、午後から高潮（　　）。

1.のおそれがあります

2.ないこともない

譯
1.おそれがある：有…的危險
2.ないこともない：並不是不…

解答》請看下一頁

2 理由があるなら、外出を許可（　　）。

1.しないこともない

2.することはない

譯
1.ないこともない：也不是不…
2.ことはない：用不著…

解答》請看下一頁

3 彼女は、わざと意地悪をしている（　　）。

1.よりしかたがない

2.に決まっている

譯
1.よりしかたがない：除了…之外沒有…
2.に決まっている：一定是…

解答》請看下一頁

4 このダイヤモンドは高い（　　）。

1. ほかない　2.に違いない

譯
1.ほかない：只好…
2.に違いない：肯定…

解答》請看下一頁

5 もしかして、知らなかったのは私だけ（　　）。

1.ではないだろうか

2.ないこともない

譯
1.ではないだろうか：我認為不是…嗎
2.ないこともない：不是不…

解答》請看下一頁

6 高橋さんは必ず来ると言っていたから、来る（　　）。

1.はずだ　2.わけだ

譯
1.はずだ：應該…
2.わけだ：怪不得…

解答》請看下一頁

なるほどの解説を確認して、次のページへ進もう！

1 比較

　「おそれがある」意思是「有…的疑慮」，表示說話者擔心有可能會發生不好的事情。在此表示「因為颱風，從下午開始恐怕會有大浪」。「ないこともない」意思是「也不是不…」，利用雙重否定來表達有採取某種行為、發生某種事態的可能性，不過「高潮」不是人為行為，「也不是不…」的語意不符。再加上「ないこともない」前面必須接用言未然形，不能直接接名詞，所以在這邊不適用。

答案：1

2 比較

　「ないこともない」意思是「也不是不…」，利用雙重否定來表達有採取某種行為的可能性。在此表示「如果有理由，並不是不允許外出的」。「ことはない」意思是「用不著…」，表示沒有必要做某件事情。在此語意不符。

答案：1

3 比較

　「に決まっている」意思是「肯定是…」，表示說話者很有把握的推測，覺得事情一定是如此。在此表示「她一定是故意捉弄人的」。「よりしかたがない」意思是「只有…」，表示沒有其他的辦法了，只能採取前項行為。在此語意不符。

答案：2

4 比較

　「に違いない」意思是「肯定…」，表示說話者憑藉著某種依據，十分確信，做出肯定的判斷，語氣強烈。在此表示「這顆鑽石一定很貴」。「ほかない」前面接動詞連體形，意思是「只好…」，表示沒有其他的辦法，只能硬著頭皮去做某件事情。在此接續方式和語意都有誤。

答案：2

5 比較

　「ではないだろうか」意思是「不就…嗎」，利用反詰語氣帶出說話者的想法、主張。在此表示「該不會是只有我一個人不知道吧」。「ないこともない」意思是「也不是不能…」，前面接用言未然形，利用雙重否定來表達有採取某種行為的可能性。在此語意不符，接續方式也有誤。

答案：1

6 比較

　「はずだ」意思是「應該…」，表示說話者憑據事實或知識，進行主觀的推斷，有「理應如此」的感覺。在此表示「高橋先生說他會來，就應該會來」。「わけだ」意思是「難怪…」，表示依照眼前的事實或情況，合理地、有邏輯性地推斷出原因，著重於推斷依據的部分。在此語意不符。

答案：1

7 みたいだ
「好像…」

接續與說明 [N／Na／A／V ＋みたいだ]。不是很確定的推測或判斷。

例句

体_{からだ}がだるいなあ。風邪_{かぜ}をひいたみたいだ。

我感覺全身倦怠，似乎著涼了。

比較
● らしい

「似乎…」、「像…樣子」、「有…風度」

接續與說明 （1）[N／Na／V ＋らしい]。推量用法。說話者不是憑空想像，而是根據所見所聞來做出判斷。（2）[N ＋らしい]。表示具有該事物或範疇典型的性質。

例句

地面_{じめん}が濡_ぬれている。夜中_{よなか}に雨_{あめ}が降_ふったらしい。

地面是濕的。晚上好像有下雨的樣子。

8 らしい

「似乎…」「像…樣子」、「有…風度」

接續與說明 （1）[N／Na＋らしい]。推量用法。說話者不是憑空想像，而是根據所見所聞來做出判斷。（2）[N ＋らしい]。表示具有該事物或範疇典型的性質。

今度の試験はとても難しいらしいです。

這次的考試好像會很難的樣子。

比較

● **はずだ**

「（按理說）應該…」；「怪不得…」

接續與說明 [Nの＋はず]；[Naな＋はず]；[A／V＋はず]。表示說話人根據自己擁有的知識、知道的事實或理論來推測出結果。主觀色彩強，是較有把握的推斷。也用在說話人對原本感到不可理解的事物，在得知其充分的理由後，而感到信服時。

例句

彼はイスラム教徒だから、豚肉は食べないはずです。

他是伊斯蘭教的，應該不吃豬肉。

---

9 わけがない、わけはない
「不會…」、「不可能…」

接續與說明 [Nの／Nである＋わけがない]；[Naな／Naである＋わけがない]；[A／V＋わけがない]。表示從道理上而言，強烈地主張不可能或沒有理由成立。相當於「…はずがない」。口語常說成「わけない」。

例句

こんな簡単なことをできないわけがない。

這麼簡單的事情，不可能辦不到。

● わけではない、わけでもない

「並不是…」、「並非…」

接續與說明 [A／V＋わけでは（も）ない]；[Naな＋わけでは（も）な
い]。表示不能簡單地對現在的狀況下某種結論，也有其它情況。常表示
部分否定或委婉的否定。

例句

けんかばかりしていても、互いに嫌っているわけでもない。

老是吵架，也並不代表彼此互相討厭。

---

10 わけではない、わけでもない

「並不是…」、「並非…」

接續與說明 [A／V＋わけでは（も）ない]；[Naな＋わけでは（も）な
い]。表示不能簡單地對現在的狀況下某種結論，也有其它情況。常表示
部分否定或委婉的否定。

例句

けんかばかりしていても、互いに嫌っているわけでもない。

老是吵架，也並不代表彼此互相討厭。

● わけにはいかない、わけにもいかない

「不能…」、「不可…」

接續與說明 [V-る＋わけに（は）いかない]。表示由於一般常識、社會
道德或過去經驗等約束，那樣做是不可能的、不能做的、不單純的。相
當於「…することはできない」。

例句

友達を裏切るわけにはいかない。

友情是不能背叛的。

11 んじゃない、んじゃないかとおもう
「不…嗎」、「莫非是…」

接續與說明 [N／Na＋（なん）じゃない]；[A／V＋んじゃない]。是「のではないだろうか」的口語形。表示意見跟主張。

例句

花子？もう帰ったんじゃない。

花子？她應該已經回去了吧。

比較
● にちがいない

「一定是…」、「准是…」

接續與說明 [N／Na（である）＋にちがいない]；[A／V＋にちがいない]。表示說話人根據經驗或直覺，做出非常肯定的判斷。常用在自言自語的時候。相當於「…きっと…だ」。

例句

この写真は、ハワイで撮影されたに違いない。

這張照片，肯定是在夏威夷拍的。

4 実力テスト

做對了，往 😊 走，做錯了往 ✗ 走。

次の文の＿＿＿＿にはどんな言葉を入れたらよいか。1・2から最も適当なものをひとつ選びなさい。

實力測驗

Q 哪一個是正確的？

答案》在下一頁

---

7 （靴を買う前に試しに履いてみて）ちょっと大きすぎる（　　）。

1.みたいだ　2.らしい

譯

1.みたいだ：好像…

2.らしい：似乎…

解答》請看下一頁

---

8 王さんがせきをしている。風邪を引いた（　　　）。

1.らしい　2.はずだ

譯

1.らしい：有…的樣子

2.はずだ：應該…

解答》請看下一頁

---

9 人形が勝手に動く（　　　）。

1.わけではない

2.わけがない

譯

1.わけではない：並不一定…

2.わけがない：不可能…

解答》請看下一頁

---

10 体育の授業で一番だったとしても、スポーツ選手になれる（　）。

1.わけではない　2.わけにはいかない

譯

1.わけではない：並不一定…

2.わけにはいかない：不能…

解答》請看下一頁

---

11 たぶん、そこまでする必要ない（　　　）。

1.に違いない

2.んじゃないかと思う

譯

1.に違いない：肯定…

2.んじゃないかと思う：我想…吧

解答》請看下一頁

なるほどの解説を確認して、次のページへ進もう！

7 比較

　「みたいだ」和「らしい」都可以表示推測。「みたいだ」意思是「好像…」，除了可以表示說話者不是很確切的推斷。在此表示「（買鞋前試穿）好像有點太大了」，是比喻用法。「らしい」意思是「有…的樣子」、「似乎」，表示充分具有該事物應有的性質或樣貌，或是說話者依據外界情報來進行推測。本句沒有外界情報，而是依照自己的感覺，所以用「らしい」比較不恰當。

答案：1

8 比較

　「らしい」意思是「有…的樣子」、「似乎」，表示充分具有該事物應有的性質或樣貌，或是說話者根據眼前的事物或聽到的事物進行客觀的推測。在此是推測用法，表示「王先生在咳嗽。他好像是感冒了」，也就是說，說話者聽說王先生感冒了，再加上看到王先生在咳嗽的樣子，因而推測他應該是感冒了。「はずだ」意思是「應該…」，表示說話者憑據事實或知識，進行主觀的推斷，有「理應如此」的感覺。咳嗽不一定是得了感冒，所以在這邊應該選「らしい」。

答案：1

9 比較

　「わけがない」意思是「不可能…」，表示沒有某種可能性，是很強烈的否定。在此表示「洋娃娃不可能自己會動」。「わけではない」意思是「並不一定…」，表示依照狀況看來不能百分之百地導出前項的結果，有其他可能性或是例外，是一種委婉、部分的否定用法。在此語意不符。

答案：2

10 比較

　「わけではない」意思是「並不一定…」，表示依照狀況看來不能百分之百地導出前項的結果，有其他可能性或是例外，是一種委婉、部分的否定用法。在此表示「即使體育課成績拿第一，也並不一定能當上運動員」。「わけにはいかない」意思是「不能…」，表示受限於常識或規範，不可以做前項這個行為。此外「わけにはいかない」前面只能接動詞辭書形，所以在此語意不符，接續方式也有誤。

答案：1

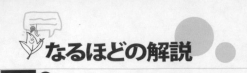なるほどの解説

11 比較

　「んじゃないかと思う」意思是「我想…吧」，表示說話者個人的想法、意見。在此表示「我想也許沒有必要做到那個程度吧」。「に違いない」意思是「肯定…」，表示說話者憑藉著某種依據，十分確信，做出肯定的判斷，語氣強烈。這一句有個「たぶん」，語氣不是很確定，所以用有十足把握的「に違いない」就顯得矛盾了。

答案：2

様態・傾向

1 かけた、かけの、かける
「剛…」、「開始…」、「正…」

接續與説明 [R-＋かけた]；[R-＋かけの]；[R-＋かける]。表示動作，行為已開始，正在進行中，但還沒結束。相當於「…している途中」。

例句

メールを書きかけたとき、電話が鳴った。
才剛寫電子郵件，電話鈴聲就響了。

比較

● だす
「…起來」

接續與説明 [R-＋だす]。跟「はじめる」幾乎一樣。表示某動作、狀態的開始。

例句

靴もはかないまま、走りだした。
沒穿鞋就這樣跑起來了。

2 がちだ、がちの
「容易…」、「往往會…」、「比較多」

接續與說明 [N＋がちだ]；[R-＋がちだ]。表示即使是無意的，也容易出現某種傾向，或是常會這樣做。一般多用在負面評價的動作。相當於「…の傾向がある」。

例句

子どもは、ゲームに熱中しがちです。

小孩子容易對電玩一頭熱。

比較
● ぎみ
「有點…」、「稍微…」、「…趨勢」

接續與說明 [N＋ぎみ]；[R-＋ぎみ]。漢字是「気味」。表示身心、情況等有這種樣子，有這種傾向。多用在消極或不好的場合。相當於「…の傾向がある」。

例句

ちょっと風邪ぎみで、微熱がある。

有點感冒，微微地發燒。

3 ぎみ
「有點…」、「稍微…」、「…趨勢」

接續與說明 [N＋ぎみ]；[R-＋ぎみ]。漢字是「気味」。表示身心、情況等有這種樣子，有這種傾向，用在主觀的判斷。多用在消極或不好的場合。相當於「…の傾向がある」。

例句

疲れぎみなので、もう寝ます。

有點累，我要去睡了。

● っぽい

「看起來好像…」、「感覺像…」

接續與說明 ［N＋っぽい］；［R＋っぽい］。接在名詞跟動詞連用形後面作形容詞，表示有這種感覺或有這種傾向。語氣帶有否定評價的意味。與「っぽい」相比，「らしい」語氣具肯定的評價。

例句

その本の内容は、子どもっぽすぎる。

這本書的內容太幼稚了。

4 だらけ

「全是…」、「滿是…」、「到處是…」

接續與說明 ［N＋だらけ］。表示數量過多，到處都是的樣子。常伴有「骯髒」、「不好」等貶意，是說話人給予負面的評價。相當於「…がいっぱい」。

例句

あの人は借金だらけだ。

那個人欠了一屁股債。

● ばかり

「淨…」、「光…」、「老…」

接續與說明 ［N（＋助詞）＋ばかり］。表示範圍的限定；［V-て＋ばかりいる］。表示不斷重複一樣的事，或一直都是同樣的狀態。相當於「だけ」。

例句

毎日暑いので、コーラばかり飲んでいます。

每天天氣都很熱，所以一直喝可樂。

5 実力テスト

做對了，往走，做錯了往走。

次の文の_____にはどんな言葉を入れたらよいか。1・2から最も適当なものをひとつ選びなさい。

實力測驗

Q 哪一個是正確的?
答案>>在下一頁

1 それは（　　　）マフラーです。
1.編み出す
2.編みかけの

譯
1.だす：…起來
2.かけ：正…

解答》請看下一頁

2 私の母はいつも病気（　　　）です。
1.がち　2.ぎみ

譯
1.がちだ：容易…
2.ぎみ：有點…

解答》請看下一頁

3 どうも学生の学力が下がり（　　　）です。
1.ぎみ　2.っぽい

譯
1.ぎみ：有點…
2.っぽい：感覺像…

解答》請看下一頁

4 子どもは泥（　　　）になるまで遊んでいた。
1.だらけ　2.ばかり

譯
1.だらけ：滿是…
2.ばかり：淨是…

解答》請看下一頁

なるほどの解説を確認して、次のページへ進もう！

1 比較

　「編みかけの」意思是「織到一半」，「動詞連用形＋かけ」表示正在做某件事情的途中，還沒做完。在此表示「那是我還沒編織完的圍巾」。「編み出す」則是表示「開始織起」，說話者的重點是擺在剛開始的部分，不過既然已經開始織起，那形式應該要用過去式「編み出した」才正確，所以在此不能用原形「編み出す」。

答案：2

2 比較

　「がちだ」意思是「容易…」，表示容易出現某種負面傾向，不過當下並沒有這種負面的狀態。在這邊是指「我的母親老是生病」，也就是說話者的母親很常會有生病的情形。「ぎみだ」則是用來表示說話者在身心方面感覺到有稍微這樣的傾向或樣子，是此時此刻的狀態，帶有說話者的不滿或是負面評價，在此不適用。

答案：1

3 比較

　「ぎみだ」意思是「稍微…」。則是用來表示說話者在身心方面感覺到有稍微這樣的傾向或樣子，帶有說話者的不滿或是負面評價。在此表示「總覺得學生的學力有些下降」。「っぽい」表示帶有某種性質，不過「学力が下がる」指的是「變低」這種變化，所以用性質來解釋說不通。

答案：1

4 比較

　「だらけ」意思是「滿是…」，表示數量很多、到處都是，多半用在負面事物。「泥だらけ」指的是皮膚或衣服上沾滿了泥巴，句子可以翻譯成「孩子們玩到全身都是泥巴」。「ばかり」意思是「淨是…」，用來表示只有前項。「泥ばかり」比較像是玩到一半時衣服脫落，穿著泥巴，這不合邏輯，所以這邊應該選「だらけ」才對。

答案：1

5 いっぽうだ

「一直…」、「不斷地…」、「越來越…」

接續與說明 [V-る+いっぽうだ]。表示某狀況一直朝著一個方向不斷發展，沒有停止。多用於消極的、不利的傾向。意思近於「…ばかりだ」。

例句

都市の環境は悪くなる一方だ。

都市的環境越來越差。

比較

● ばかり

「淨…」、「光…」、「老…」

接續與說明 [N（＋助詞）＋ばかり]。表示數量、次數非常的多，而且說話人對這件事有負面評價；[V-て＋ばかりいる]。表示前項的行為或狀態頻率很高，不斷重複。

例句

アルバイトばかりしていないで、勉強もしなさい。

別光打工，也要唸書。

6 っぽい

「看起來好像…」、「感覺像…」

接續與說明 [N＋っぽい]；[R-＋っぽい]。接在名詞跟動詞連用形後面作形容詞，表示有這種感覺或有這種傾向。語氣帶有否定評價的意味。與「っぽい」相比，「らしい」語氣具肯定的評價。

例句

これは壊れやすい品物なので、荒っぽく扱わないでください。

這是很容易損壞的物品，請不要粗魯地對待它。

● らしい

「似乎…」「像…樣子」、「有…風度」

接續與說明 （1）[N／Na／V＋らしい]。推量用法。說話者不是憑空想像，而是根據所見所聞來做出判斷。（2）[N＋らしい]。表示具有該事物或範疇典型的性質。

例句

地面が濡れている。夜中に雨が降ったらしい。

地面是濕的。晚上好像有下雨的樣子。

---

7 むきの、むきに、むきだ

「朝…」；「合於…」、「適合…」

接續與說明 [N＋むき（の、に、だ）]。（1）接在方向及前後、左右等方位名詞之後，表示正面朝著那一方向。（2）表示為適合前面所接的名詞，而做的事物。相當於「…に適している」。

例句

南向きの部屋は暖かくて明るいです。

朝南的房子不僅暖和，採光也好。

比較

● むけの、むけに、むけだ

「適合於…」；「面向…」、「對…」

接續與說明 [N＋むけのN]；[N＋むけに（だ）]。表示以前項為對象，而做後項的事物。也就是適合於某一個方面的意思。相當於「…を対象にして」。也有面朝某一個方向的意思。

例句

若者向けの商品が、ますます増えている。

針對年輕人的商品越來越多。

8 むけの、むけに、むけだ
「適合於…」;「面向…」、「對…」

接續與說明 [N＋むけのN];[N＋むけに（だ）]。表示以前項為對象，而做後項的事物。也就是適合於某一個方面的意思。相當於「…を対象にして」。也有面朝某一個方向的意思。

例句

小説家ですが、たまに子ども向けの童話も書きます。

雖然是小說家，偶爾也會撰寫針對小孩的童書。

比較
● っぽい
「看起來好像…」、「感覺像…」

接續與說明 [N＋っぽい];[R＋っぽい]。接在名詞跟動詞連用形後面作形容詞，表示有這種感覺或有這種傾向。語氣帶有否定評價的意味。與「っぽい」相比，「らしい」語氣具肯定的評價。

例句

その本の内容は、子どもっぽすぎる。

這本書的內容太幼稚了。

次の文の＿＿＿＿＿＿にはどんな言葉を入れたらよいか。1・2から最も適当なものをひとつ選びなさい。

實力測驗

Q 哪一個是正確的？
答案＞＞在下一頁

5 （　　　）と太^{ふと}りますよ。
1.寝てばかりいる
2.寝る一方だ

6 あの人は忘れ（　　　）困^{こま}る。
1.らしくて
2.っぽくて

譯 1.ばかり：光…
2.いっぽうだ：一直…

解答》請看下一頁

譯 1.らしい：像…様子
2.っぽい：感覺像…

解答》請看下一頁

7 この仕事^{しごと}は明^{あか}るくて社交的^{しゃこうてき}な人^{ひと}
（　　　）です。
1.向き　2.向け

8 初心者^{しょしんしゃ}（　　　）パソコンは、たちまち売^うれてしまった。
1.向けの　2.っぽい

譯 1.向き：適合…
2.向け：針對…

解答》請看下一頁

譯 1.向け：針對…
2.っぽい：感覺像…

解答》請看下一頁

なるほどの解説を確認して、
次のページへ進もう！

5 比較

　「一方だ」和「てばかり」通常都是用在不好的事情上。不過「一方だ」是指前項這個事態一直往某個方面發展。「てばかり」則是用在頻繁地做某件事情，而這個反覆的行為讓人有負面的觀感。「寝る」（睡覺）是指一個行為，不是負面狀況。所以這個句子應該要用「寝てばかりいる」，表示「一直睡覺的話會變胖喔」。

答案：1

6 比較

　「っぽい」是接尾詞，直接接在名詞後面，意思是「感覺像⋯」，表示帶有前項的感覺或傾向，常帶有負面語感。在此表示「那個人老忘東忘西的，真是傷腦筋」。「らしい」意思是「有⋯的樣子」，前面接動詞普通形表示說話者根據所見所聞的推測。在這邊應該選「っぽい」，而「忘れっぽい」也是「健忘」的固定講法之一。

答案：2

7 比較

　「向き」意思是「適合⋯」，表示後項對前項的人事物來說是適合的。在此表示「這份工作適合開朗又具有社交能力的人」。「向け」意思是「針對⋯」，表示限定對象或族群。在這邊應該用「向き」會比「向け」還來得適當。

答案：1

8 比較

　「向けの」後面接名詞，意思是「針對⋯」，表示限定對象或族群。在此表示「針對電腦初學者的電腦，馬上就賣光了」。「っぽい」是接尾詞，直接接在名詞後面，意思是「感覺像⋯」，表示帶有前項的感覺或傾向，常帶有負面語感。在此語意不符。

答案：1

程度

1 くらい（だ）、ぐらい（だ）
2 ば…ほど
3 ほど
4 ほど…ない

1 くらい（だ）、ぐらい（だ）

「幾乎…」、「簡直…」、「甚至…」；「像…那樣」

接續與說明 （1）[V ＋くらい（だ）]。表示極端的程度。用在為了進一步說明前句的動作或狀態的程度，舉出具體事例來。相當於「…ほど」。（2）[N ＋くらい（だ）]。用來指出事情沒什麼大不了的。

例句

女房と一緒になったときは、嬉しくて涙が出るくらいでした。
跟老婆結成褳褵時，高興得眼淚幾乎要掉下來。

比較

● ほど

「越…越…」；「…得」、「…得令人」

接續與說明 [N ／ Na ＋ほど]；[A-い＋ほど]；[V-る＋ほど]。（1）表示後項隨著前項的變化，而產生變化；（2）[N ＋ほど]；[A-い＋ほど]；[V-るほど]。用在比喻或舉出具體的例子，來表示動作或狀態處於某種程度。

2 ば…ほど

「越…越…」

接續與說明 [N／Na＋であればあるほど]；[A-けれ＋ば＋A-い＋ほど]；[V-ば＋V-る＋ほど]。同一單詞重複使用，表示隨著前項事物的變化，後項也隨之相應地發生變化。

例句

字は、練習すれば練習するほど、きれいに書けるようになります。

字會越練越漂亮。

比較

• につれて

「伴隨…」、「隨著…」、「越…越…」

接續與說明 [N＋につれて]；[V-る＋につれて]。表示隨著前項的進展，同時後項也隨之發生相應的進展。與「…にしたがって」等相同。

例句

一緒に活動するにつれて、みんな仲良くなりました。

隨著共同參與活動，大家感情變得很融洽。

---

3 ほど

「越…越…」；「…得」、「…得令人」

接續與說明 [N／Na＋ほど]；[A-い＋ほど]。（1）表示後項隨著前項的變化，而產生變化；（2）[N＋ほど]；[A-い＋ほど]；[V-る＋ほど]。用在比喻或舉出具體的例子，來表示動作或狀態處於某種程度。

成績がいい学生ほど机に向かっている時間が長いとは限らない。

成績越好的學生待在書桌前的時間不一定就越長。

比較

● **わりに（は）**

「（比較起來）雖然…但是…」、「但是相對之下還算…」、「可是…」

接續與說明 [Nの＋わりに]；[Naな＋わりに]；[A-い＋わりに]；[V＋わりに]。表示結果跟前項條件不成比例、有出入，或不相稱，結果劣於或好於應有程度。相當於「…のに、…にしては」。

例句

この国は、熱帯のわりには過ごしやすい。

這個國家雖處熱帶，但住起來算是舒適的。

---

4 ほど…ない
「不像…那麼…」、「沒那麼…」

接續與說明 [N＋ほど…ない]；[V＋ほど…ない]。表示兩者比較之下，前者沒有達到後者那種程度。這個句型是以後者為基準，進行比較的。

例句

田中は中山ほど真面目ではない。

田中不像中山那麼認真。

● より…ほうが

「…比…」、「比起…，更」

接續與說明 [N＋より＋N＋のほうが]。表示對兩件事物進行比較後，選擇後者。「ほう」是方面之意，在對兩件事物進行比較後，選擇了「こっちのほう」（這一方）的意思。被選上的用「が」表示。

例句

大阪より東京の方が大きいです。

比起大阪，東京比較大。

7 実力テスト 做對了，往😊走，做錯了往❌走。

次の文の_____にはどんな言葉を入れたらよいか。1・2から最も適当なものをひとつ選びなさい。

實力測驗

Q 哪一個是正確的？

答案>>在下一頁

1
それ（　　　）、できるよ。
1. ぐらい
2. ほど

譯
1. ぐらい：幾乎…
2. ほど：…得

解答》請看下一頁

2
宝石は、高価であればある（　　　）、買いたくなる。
1. ほど　2. につれて

譯
1. ば…ほど：越…越…
2. につれて：隨著…

解答》請看下一頁

3
お腹が死ぬ（　　　）痛い。
1. わりに
2. ほど

譯
1. わりに：但是相對之下還算…
2. ほど：…得令人

解答》請看下一頁

4
大きい船は、小さい船（　　　）揺れ（　　　）。
1. ほど…ない　2. より…ほうだ

譯
1. ほど…ない：不像…那麼…
2. より…ほうが：…比…

解答》請看下一頁

なるほどの解説を確認して、次のページへ進もう！

なるほどの解説

1 比較 「ぐらい」用法有二，一個是程度，一個是帶有輕視語氣，表示事物很簡單。在這邊的用法是後者，意思是「像…那樣的小事」。在此表示「那點小事，我辦得到喔」。「ほど」可以用來表示後項隨著前項而變化（越…越…），或是舉出具體的例子來表示動作或狀態處於某種程度（…得），這兩種意思套用到句子裡面都不成立。

答案：1

2 比較 「…ば…ほど」意思是「越…越…」，表示前項一改變，後項也會跟著改變。在此表示「寶石越昂貴越想買」。「につれて」意思是「隨著…」，表示後項隨著前項一起發生變化，這個變化是自然的、長期的、持續的。不過在這邊並沒有強調這種過程性的變化，再加上「につれて」不與「ば」共用，所以在這邊要選「ほど」。

答案：1

3 比較 「ほど」可以用來表示後項隨著前項而變化，或是舉出具體的例子來表示動作或狀態處於某種程度。在此表示「肚子痛死了」，是舉例的用法。「わりに」意思是「但…還算…」，表示某事物不如前項這個一般基準一般好或壞。在此語意不符。

答案：2

4 比較 「ほど…ない」意思是「沒那麼…」，表示程度比不上「ほど」前面的事物。在此表示「大船不像小船那麼會搖」。「より…ほう」意思是「比起…更…」，表示兩者經過比較，選擇後項。這一句如果要用這個句型，可以說「小さい船より大きい船の方が揺れない」。

答案：1

状況の一致と変化

1 とおり、とおりに

「按照…」、「按照…那様」

接續與說明 ［V-る／V-た＋とおり（に）］。表示按照前項的方式或要求，進行後項的行為、動作。

例句

先生に習ったとおりに、送り仮名をつけた。

按照老師所教，寫送假名。

比較

● まま

「…著」

接續與說明 ［Nの＋まま（で）］；［Naな＋まま（で）］；［A-い＋まま（で）］；［V-た＋まま（で）］。表示附帶狀況。表示一個動作或作用的結果，在這個狀態還持續時，進行了後項的動作，或發生了後項的事態。後項大多是不尋常的動作。動詞多接過去式。

例句

テレビをつけたまま寝てしまった。

開著電視就睡著了。

2 どおり、どおりに

「按照」、「正如…那樣」、「像…那樣」

接續與說明 [N＋どおり（に）]；[R-＋どおり（に）]。「どおり」是接尾詞。表示按照前項的方式或要求，進行後項的行為、動作。

例句

結果は、予想どおりだった。

結果和預想的一樣。

比較

● をもとに、をもとにして

「以…為根據」、「以…為參考」、「在…基礎上」

接續與說明 [N＋をもとに（して）]。表示將某事物做為啟示、根據、材料、基礎等。後項的行為、動作是根據或參考前項來進行的。相當於「…に基づいて」、「…を根拠にして」。

例句

彼女のデザインをもとに、青いワンピースを作った。

以她的設計為基礎，裁製了藍色的連身裙。

3 にしたがって、にしたがい

「伴隨…」、「隨著…」；「依照…」、「遵循…」

接續與說明 [V-る＋にしたがって]；[N＋にしたがい]；[V-る＋にしたがい]。（1）表示隨著前項的動作或作用的變化，後項也跟著發生相應的變化。相當於「…につれて」、「…にともなって」、「…に応じて」、「…とともに」等。（2）[N＋にしたがって]；[N＋にしたがい]；[V-る＋にしたがい]。表示動作的基準或規範。

例句

医学が進歩するにしたがって、平均寿命も延びてきた。

隨著醫學的進步，平均壽命也延長了。

● にともなって

「伴隨著…」、「隨著…」

接續與說明 [N＋にともなって]；[V＋のにともなって]。表示隨著前項事物的變化而進展。相當於「…とともに、…につれて」。

例句

この物質は、温度の変化に伴って色が変わります。

這物質的顏色，會隨著溫度的變化而改變。

---

4 につれて、につれ

「伴隨…」、「隨著…」、「越…越…」

接續與說明 [N＋につれて]；[V-る＋につれて]；[N＋につれ]；[V-る＋につれ]。表示隨著前項的進展，同時後項也隨之發生相應的進展。與「…にしたがって」等相同。

例句

勉強するにつれて、化学のおもしろさがわかってきた。

隨著學習，越來越能了解化學有趣之處了。

比較

● にしたがって

「伴隨…」、「隨著…」；「依照…」、「遵循…」

接續與說明 [V-る＋にしたがって]。（1）表示隨著前項的動作或作用的變化，後項也跟著發生相應的變化。相當於「…につれて」、「…にともなって」、「…に応じて」、「…とともに」等。（2）表示動作的基準或規範。

課税率が高くなるにしたがって、国民の不満が高まった。

隨著課稅比重的提升，國民的不滿的情緒也更加高漲。

5 にともなって、にともない、にともなう

「伴隨著…」、「隨著…」

接續與說明 [N＋にともなって]；[V＋のにともなって]；[N＋にともない]；[V＋のにともない]。表示隨著前項事物的變化而進展。相當於「…とともに、…につれて」。

例句

この物質は、温度の変化に伴って色が変わります。

這物質的顏色，會隨著溫度的變化而改變。

比較

● につれて、につれ

「伴隨…」、「隨著…」、「越…越…」

接續與說明 [N＋につれて]；[V-る＋につれて]；[N＋につれ]；[V-る＋につれ]。表示隨著前項的進展，同時後項也隨之發生相應的進展。與「…にしたがって」等相同。

例句

一緒に活動するにつれて、みんな仲良くなりました。

隨著共同參與活動，大家感情變得很融洽。

8 実力テスト

做對了，往😊走，做錯了往❌走。

次の文の_____にはどんな言葉を入れたらよいか。1・2から最も適当なものをひとつ選びなさい。

實力測驗

Q哪一個是正確的？

答案>>在下一頁

1 言_いわれた（　　　）、規則_{きそく}を守_{まも}ってください。

1.とおりに　2.まま

譯 1.とおりに：按照…

2.まま：…著

解答》請看下一頁

---

2 荷物_{にもつ}を、指示_{しじ}（　　　）運搬_{うんぱん}した。

1.をもとに　2.どおりに

譯 1.をもとに：以…為根據

2.どおりに：按照…

解答》請看下一頁

---

3 父_{ちち}の転勤_{てんきん}（　　　）、転校_{てんこう}することになった。

1.に伴って　2.にしたがって

譯 1.に伴って：隨著…

2.にしたがって：隨著…

解答》請看下一頁

---

4 指示_{しじ}（　　　）行動_{こうどう}する。

1.につれて

2.にしたがって

譯 1.につれて：隨著…

2.にしたがって：依照…

解答》請看下一頁

---

5 世_よの中_{なか}の動_{うご}き（　　　）、考_{かんが}え方_{かた}を変_かえなければならない。

1.に伴って　2.につれて

譯 1.に伴って：隨著…

2.につれて：隨著…

解答》請看下一頁

なるほどの解説を確認して、次のページへ進もう！

1 比較

「とおりに」意思是「照著…」，表示依照前項來做後項的事情。在此表示「請按照所說的那樣，遵守規則」。「まま」意思是「…著」，表示在前項還持續的時候，發生了後項事情，或是做了後項動作。在此語意不符。

答案：1

2 比較

「どおりに」意思是「照著…」，表示遵循前項的指令或方法來進行後項的動作。在此表示「行李依照指示搬運」。「をもとに」意思是「以…為基礎」，表示以前項為參考、材料、基礎等，來進行後項的行為。這裡的前項是「指示」（指示），所以用「どおりに」比較恰當。

答案：2

3 比較

「に伴って」意思是「隨著…」，表示隨著前項的進行，後項也有所進展或產生變化。在此表示「隨著父親的調職，我也要跟著轉學了」。「にしたがって」意思是「隨著…」，表示後項隨著前項發生變化。在這邊之所以不能用「にしたがって」，是因為「にしたがって」只能用在持續性的事物，不過「転勤」是短時間內就能完成的事物，所以不適用。

答案：1

4 比較

「にしたがって」意思是有兩種，一個是「隨著…」，表示後項隨著前項發生變化；另一個是「依照…」，表示動作的基準、規範。在此是第二種意思，表示「遵照指示行動」。「につれて」意思是「隨著…」，表示後項隨著前項一起發生變化。故語意不符。

答案：2

5 比較

「に伴って」意思是「隨著…」，表示隨著前項的進行，後項也有所進展或產生變化。在此表示「隨著社會的變化，想法也得要改變」。「につれて」意思是「隨著…」，表示後項隨著前項一起發生變化。兩個句型不同之處在於「に伴って」是隨之而起的變化，不過「につれて」是自然、長期的、持續的變化，這個變化是有過程的。所以在這邊用「に伴って」會比較恰當。

答案：1

立場・状況・関連

1 からいうと、からいえば、からいって
2 からには、からは
3 として、としては
4 において、においては、においても、
　における
5 に関して（は）、に関しても、に関する
6 に対して（は）、に対し、に対する
7 にとって（は）、にとっても、にとっての

1 からいうと、からいえば、からいって

「從…來說」、「從…來看」、「就…而言」

接續與説明 [N＋からいうと]；[N＋からいえば]；[N＋からいって]。表示判斷的依據及角度。表示站在某一立場上來進行判斷。相當於「…から考えると」。

例句

環境破壊という点からいうと、リゾートなどを作るべきではない。

從環境破壞的觀點來看，不應該蓋渡假村之類的。

比較

● として、としては

「以…身份」、「作為…」等，或不翻譯；「如果是…的話」、「對…來說」

接續與説明 [N＋として]；[N＋としては]。「として」接在名詞後面，表示身份、地位、資格、立場、種類、名目、作用等。有格助詞作用。

例句

責任者として、状況を説明してください。

請以負責人的身份，說明一下狀況。

2 からには、からは

「既然…」、「既然…，就…」

接續與說明 [V＋から（に）は]。表示既然到了這種情況，後面就要「貫徹到底」的說法。因此，後句中表示說話人的判斷、決心、命令、勸誘及意志等。一般用於書面上。相當於「…のなら、…以上は」。

例句

コンクールに出るからには、毎日練習しなければだめですよ。

既然要參加競演會，不每天練習是不行的。

比較

● とすれば、としたら、とする

「如果…」、「如果…的話」、「假如…的話」

接續與說明 [N／Naだ＋とすれば]；[A／V＋とすれば]；[N／Naだ＋としたら]；[A／V＋としたら]；[N／Naだ＋とすると]；[A／V＋とすると]。表示順接的假定條件。在認清現況或得來的信息的前提條件下，據此條件進行判斷。後項是說話人判斷的表達方式。相當於「…と仮定したら」。

例句

資格を取るとしたら、看護士の免許をとりたい。

要拿執照的話，我想拿看護執照。

3 として、としては

「以…身份」、「作為…」等，或不翻譯；「如果是…的話」、「對…來說」

接續與說明 [N＋として]；[N＋としては]。「として」接在名詞後面，表示身份、地位、資格、立場、種類、名目、作用等。有格助詞作用。

子を持つ母として、一言意見を述べたいと思います。

我想以有小孩的母親的身份，說一下我的意見。

• とすれば、としたら、とする

「如果…」、「如果…的話」、「假如…的話」

接續與說明 [N／Naだ＋とすれば]；[A／V＋とすれば]；[N／Naだ＋としたら]；[A／V＋としたら]；[N／Naだ＋とすると]；[A／V＋とすると]。表示順接的假定條件。在認清現況或得來的信息的前提條件下，據此條件進行判斷。後項是説話人判斷的表達方式。相當於「…と仮定したら」。

例句

この制度を実施するとすれば、財源をどうするか考えなければならない。

這個制度如果要實施，一定要思考財源該怎麽辦。

において、においては、においても、における

「在…」、「在…時候」、「在…方面」

接續與說明 [N＋において]；[N＋におけるN]。表示動作或作用的時間、地點、範圍、狀況等。是書面語。口語一般用「で」表示。

例句

我が社においては、有能な社員はどんどん昇進できます。

在本公司，有才能的職員都會順利升遷的。

• に関して

「關於…」、「關於…的…」

接續與說明 [N＋にかんして]。表示就前項有關的問題，做出「解決問題」性質的後項行為。有關後項多用「言う」（説）、「考える」（思考）、「研究する」（研究）、「討論する」（討論）等動詞。多用於書面。

例句

昨日のゼミでは、アジアの経済に関して、討論した。

在昨天的研究會上討論關於亞洲的經濟。

5 にかんして（は）、にかんしても、にかんする
「關於…」、「關於…的…」

接續與說明 [N＋にかんして]；[N＋にかんするN]。表示就前項有關的問題，做出「解決問題」性質的後項行為。有關後項多用「言う」（説）、「考える」（思考）、「研究する」（研究）、「討論する」（討論）等動詞。多用於書面。

例句

経済に関する本をたくさん読んでいます。

看了很多關於經濟的書。

比較

に対して
「向…」、「對（於）…」

接續與說明 [N＋にたいして]；[Naな＋のにたいして]；[A-い＋のにたいして]；[V＋のにたいして]。表示動作、感情施予的對象。可以置換成「に」。

例句

この問題に対して、ご意見を聞かせてください。

針對這問題請讓我聽聽您的意見。

6 にたいして（は）、にたいし、にたいする
「向…」、「對（於）…」

接續與說明 [N＋にたいして]；[Naな＋のにたいして]；[A-い＋のにたいして]；[V＋のにたいして]；[N＋にたいするN]。表示動作、感情施予的對象。可以置換成「に」。

例句

この問題に対して、ご意見を聞かせてください。

針對這問題請讓我聽聽您的意見。

比較

● について（は）、につき、についても、についての

「有關…」、「就…」、「關於…」

接續與說明 [N＋について]；[N＋につき]；[N＋についてのN]。表示前項先提出一個話題，後項就針對這個話題進行說明。相當於「…に関して、に対して」。

例句

中国の文学について勉強しています。

我在學中國文學。

7 にとって（は）、にとっても、にとっての
「對於…來說」

接續與說明 [N＋にとって]。表示站在前面接的那個詞的立場，來進行後面的判斷或評價。相當於「…の立場から見て」。

例句

この事件は、彼女にとってショックだったに違いない。

這個事件，對她肯定打擊很大。

● において、においては、においても、における

「在…」、「在…時候」、「在…方面」

接續與說明 [N＋において]；[N＋におけるN]。表示動作或作用的時間、地點、範圍、狀況等。是書面語。口語一般用「で」表示。

例句

我が社においては、有能な社員はどんどん昇進できます。

在本公司，有才能的職員都會順利升遷的。

次の文の_____にはどんな言葉を入れたらよいか。1・2から最も適当なものをひとつ選びなさい。

實力測驗

Q 哪一個是正確的？

答案≫≫在下一頁

1 私の経験（　），そういうときは早く謝ってしまった方がいいよ。

1. として　2. からいうと

訳 1. として：作為…
2. からいうと：從…來說

解答≫請看下一頁

2 信じると決めた（　），最後まで味方しよう。

1. とする　2. からには

訳 1. する：如果…的話
2. とからには：既然…就…

解答≫請看下一頁

3 責任者（　），状況を説明してください。

1. として　2. とすれば

訳 1. として：作為…
2. とすれば：如果…

解答≫請看下一頁

4 聴解試験はこの教室（　）行われます。

1. において　2. に関して

訳 1. において：在…
2. に関して：關於…

解答≫請看下一頁

5 フランスの絵画（　），研究しようと思います。

1. に関して　2. に対して

訳 1. に関して：關於…
2. に対して：對（於）…

解答≫請看下一頁

6 兄は由紀（　），いつも優しかった。

1. について　2. に対して

訳 1. について：針對…
2. に対して：對於…

解答≫請看下一頁

7 たった千円でも、子ども（　）大金です。

1. にとっては　2. においては

訳 1. にとっては：對…來說
2. においては：在…

解答≫請看下一頁

なるほどの解説を確認して、次のページへ進もう！

1 比較

「からいうと」意思是「從…來看」，表示做出判斷的立場，站在前項的角度來闡述意見。在這邊表示「從我的經驗來看，這種時候還是快點道歉比較好喔」。「として」意思是「作為…」，表示以某種身分、資格、地位來做後項的動作，「私の経験」並不是身分，所以「として」在此不適用。

答案：2

2 比較

「からには」可以翻譯成「既然…」。在此是「既然決定要相信對方，那就到最後一刻都站在他那邊」的意思。表示事情演變至此，就要順應這件事情抱持某種決心或意志，正好呼應到「最後まで」這部分，以及和「（よ）う」這個表達意志的助動詞。「とする」是假定用法，表示前項如果成立，說話者就依照前項這個條件來進行判斷。此外，「とする」後面的標點符號基本上應該是「。」，而不是「、」。

答案：2

3 比較

「として」意思是「作為…」，表示以某種身分、資格、地位來做後項的動作。在此表示「請以負責人的身份，說明一下狀況」。「とすれば」意思是「如果…」，是假定用法，表示前項如果成立，說話者就依照前項這個條件來進行判斷。前面如果接名詞，要以「Ｎ＋だ＋とすれば」的形式接續，故在此語意和接續方式都有誤。

答案：1

4 比較

「において」意思是「在…」，相當於「で」。在此表示「聽力考試在這間教室進行」，是動作地點的用法。「に関して」意思是「關於…」，表示針對和前項相關的事物，進行討論、思考、敘述、研究、發問、調查等動作。在此語意不符。

答案：1

5 比較

「に関して」意思是「關於…」，表示針對和前項相關的事物，進行討論、思考、敘述、研究、發問、調查等動作。在此表示「我想研究法國繪畫」。「に対して」意思是「對於…」，表示對象，後項多是針對這個對象而有的態度、行為或作用等，帶給這個對象一些影響。在此語意不符。

答案：1

6 比較

「に対して」意思是「對於…」，表示對象，後項多是針對這個對象而有的態度、行為或作用等，帶給這個對象一些影響。在此表示「哥哥對由紀向來都很溫柔」。「について」意思是「針對…」，表示以前項為主題，進行書寫、討論、發表、提問、說明等動作。在此語意不符。

答案：2

7 比較

「にとっては」意思是「對…來說」，前面通常會接人或是團體、單位，表示站在前項人物的立場來看某事物。在此表示「雖然只有一千日圓，但對孩子而言可是個大數字呢」。「においては」意思是「在…」，是書面用語，相當於「で」。在此語意不符。

答案：1

Chapter 8

★★★★★

素材・判断材料・手段・媒介・代替

1 に基づいて、に基づき、に基づく、に基づいた
2 をもとに、をもとにして
3 を中心に（して）、を中心として
4 をつうじて、をつうして
5 かわりに

---

1 ## にもとづいて、にもとづき、にもとづく、にもとづいた
「根據…」、「按照…」、「基於…」

接續與說明 [N＋にもとづいて]；[N＋にもとづいたN]；[N＋にもと
づいてのN]。以某事物為根據或基礎。相當於「…をもとにして」。

例句
違反者は法律に基づいて処罰されます。
違者依法究辦。

比較
● にしたがって、にしたがい

「伴隨…」、「隨著…」；「依照…」、「遵循…」

接續與說明 [V-る＋にしたがって]；[N＋にしたがい]；[V-る＋にし
たがい]。（1）隨著前項的動作或作用的變化，後項也跟著發生相應的
變化。只能用在持續性的事物。相當於「…につれて」、「…にともな
って」、「…に応じて」、「…とともに」等。（2）[N＋にしたがっ
て]；[N＋にしたがい]；[V-る＋にしたがい]。動作的基準或規範。

例句
課税率が高くなるにしたがって、国民の不満が高まった。
隨著課稅比重的提升，國民的不滿的情緒也更加高漲。

2 をもとに、をもとにして

「以…為根據」、「以…為參考」、「在…基礎上」

接續與說明 [N＋をもとに（して）]。表示將某事物做為啟示、根據、材料、基礎等。後項的行為、動作是根據或參考前項來進行的。相當於「…に基づいて」、「…を根拠にして」。

例句

彼女のデザインをもとに、青いワンピースを作った。

以她的設計為基礎，裁製了藍色的連身裙。

比較

● にもとづいて

「根據…」、「按照…」、「基於…」

接續與說明 [N＋にもとづいて]；[N＋にもとづいたN]；[N＋にもとづいてのN]。以某事物為根據或基礎。相當於「…をもとにして」。

例句

違反者は法律に基づいて処罰されます。

違者依法究辦。

3 をちゅうしんに（して）、をちゅうしんとして

「以…為重點」、「以…為中心」、「圍繞著…」

接續與說明 [N＋をちゅうしんにV]。表示前項是後項行為、狀態的中心。

例句

かいようかいはつ ちゅうしん とうろん すす
海洋開発を中心に、討論を進めました。

以海洋開發為中心進行討論。

比較

● をもとに、をもとにして

「以…為根據」、「以…為參考」、「在…基礎上」

接續與說明 [N＋をもとに（して）]。表示將某事物做為啟示、根據、材料、基礎等。後項的行為、動作是根據或參考前項來進行的。相當於「…に基づいて」、「…を根拠にして」。

例句

きょう か しょ ず か
教科書をもとに、図を描いてみてください。

請參考課本畫畫看。

4 をつうじて、をとおして
「透過…」、「通過…」；「在整個期間…」、「在整個範圍…」

接續與說明 [N＋をつうじて V]；[N＋をとおして]；[V-る＋ことをとおして]。表示利用某種媒介（如人物、交易、物品等），來達到某目的（如物品、利益、事項等）。相當於「…によって」；又後接表示期間、範圍的詞，表示在整個期間或整個範圍內。相當於「…のうち（いつでも／どこでも）」。

例句

彼女を通じて、間接的に彼の話を聞いた。
透過她，間接地知道他所說的。

比較

● どおり、どおりに

「按照」、「正如…那樣」、「像…那樣」

接續與說明 [N＋どおり（に）]；[R-＋どおり（に）]。「どおり」是接尾詞。表示按照前項的方式或要求，進行後項的行為、動作。

例句

結果は予想どおりだった。
結果就如預想的一樣。

5 かわりに

「雖然…但是…」；「代替…」

接續與說明 （1）[Nの＋かわりに]。表示由另外的人或物來代替。意含「本來是前項，但因某種原因由後項代替」。相當於「…の代理で」、「…とひきかえに」。（2）[V＋かわりに]。表示一件事同時具有兩個相互對立的側面，一般重點在後項。相當於「…一方で」。

例句

正月は、海外旅行に行くかわりに近くの温泉に行った。
過年不去國外旅行，改到附近洗溫泉。

比較

● ついで（に）

「順便…」、「順手…」、「就便…」

接續與說明 [Nの＋ついで（に）]；[V＋ついで（に）]。表示做某一主要的事情的同時，再追加順便做其他件事情。相當於「…の機会を利用して、…をする」。

例句

先生の見舞いのついでに、デパートで買い物をした。
到醫院去探望老師，順便到百貨公司買東西。

次の文の_____にはどんな言葉を入れたらよいか。1・2から最も適当なものをひとつ選びなさい。

實力測驗

Q哪一個是正確的?
答案>>在下一頁

1 写真（　　）、年齢を推定しました。
1. にしたがって　2. に基づいて

譯
1. にしたがって：隨著…
2. に基づいて：根據…

解答》請看下一頁

2 『金瓶梅』は、『水滸伝』（　　）書かれた小説である。
1. をもとにして　2. に基づいて

譯
1. をもとにして：以…為基礎
2. に基づいて：根據…

解答》請看下一頁

3 点A（　　）、円を描いてください。
1. を中心に　2. をもとに

譯
1. を中心に：以…為中心
2. をもとに：以…為根據

解答》請看下一頁

4 台湾は1年（　　）雨が多い。
1. を通して
2. どおりに

譯
1. を通して：在…期間
2. どおりに：照著…

解答》請看下一頁

5 社長の（　　）、奥様がいらっしゃいました。
1. ついでに　2. かわりに

譯
1. ついでに：順便…
2. かわりに：代替…

解答》請看下一頁

なるほどの解説を確認して、次のページへ進もう！

1 比較

　　「に基づいて」意思是「根據…」，表示以前項為依據或基礎，進行後項的動作。在此表示「根據照片推測年齡」。「にしたがって」意思是「隨著…」，表示後項隨著前項發生變化。在此語意不符。

答案：2

2 比較

　　「をもとにして」意思是「以…為基礎」，表示以前項為參考、材料、基礎等，來進行後項的行為。在此表示「『金瓶梅』是根據『水滸傳』而撰寫的小說」。「に基づいて」意思是「根據…」，表示以前項為依據或基礎，進行後項的動作。在這邊用「をもとにして」是因為『金瓶梅』是以『水滸傳』為基礎的創作，內容方面有著很大的不同，『水滸傳』只是寫作中的一個材料而已。如果要使用「に基づいて」，則必須是如實按照前項來進行寫作，像是「実際にあったことに基づいて小説を書いた」（根據真實事件寫小說），這句話用「に基づいて」就很恰當。

答案：1

3 比較

　　「を中心に」意思是「以…為中心」，表示前項是某事物、狀態、現象、行為範圍的中心點。在此表示「請以Ａ點為中心，畫一個圓圈」。「をもとに」意思是「以…為基礎」，表示以前項為參考、材料、基礎等，來進行後項的行為。在此語意不符。

答案：1

4 比較

　　「を通して」意思是「在…期間」，如果前面接的是和時間有關的語詞，則表示在這段期間內一直持續後項的狀態。在此前接「１年」，和時間相關，表示「台灣一整年雨量都很充沛」。「どおりに」意思是「照著…」，表示遵循前項的指令或方法來進行後項的動作。在此語意不符。

答案：1

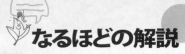

5 比較

　　「かわりに」意思是「代替…」，表示由其他的人事物來取代原本的。在此表示「社長夫人代替社長蒞臨」。「ついでに」意思是「順便」，表示在做某件事的同時，剛好利用這個機會做了其他事情。而前項的事情是主要的。在此語意不符。

答案：2

希望・願望・意志・決定・感情表現

1 たい

「想…」、「想要…」

接續與說明 [R-＋たい]。表示說話人（第一人稱）的內心願望。疑問句則是聽話人內心的願望。想要的事物用「が」表示。詞尾變化跟形容詞一樣。比較婉轉的表現是的「たいと思う」。

例句

しゃかいじん
社会人になったら一人暮らしをしたいと思います。
我希望在進入社會工作以後，能夠自己一個人住。

比較

● ほしい

「…想要…」

接續與說明 是[N＋がほしい]。的形式。表示說話人（第一人稱）想要把什麼東西弄到手，想要把什麼東西變成自己的，希望得到某物的句型。「ほしい」是表示感情的形容詞。希望得到的東西，用「が」來表示。疑問句時表示聽話者的希望。

例句

あたら   ようふく
新しい洋服がほしいです。
我想要新的洋裝。

2 つもりだ
「打算…」、「準備…」

接續與說明 [V-る／V-ない＋つもりだ]。表示意志、意圖。既可以表示
説話人的意志、預定、計畫等。也可以表示第三人稱的意志。有説話人
的打算是從之前就有，且意志堅定的語氣。

例句

しばらく会社を休むつもりです。
打算暫時向公司請假。

比較
● たい

「想…」、「想要…」

接續與說明 [R-＋たい]。表示説話人（第一人稱）的內心願望。疑問句
則是聽話人內心的願望。想要的事物通常用「を」表示，不過「たい」
的前面也可以接「が」。詞尾變化跟形容詞一樣。比較婉轉的表現是的
「たいと思う」。

例句

生まれ変わったら、ビル・ゲイツになりたい。
希望我的下輩子會是比爾・蓋茲。

3 ように
「為了…」

接續與說明 [V-る＋よう（に）]；[V-ない＋よう（に）]。表示行為主
體的希望、願望。

例句

首が楽なように枕を低くした。

為了讓脖子輕鬆點，將枕頭位置調低。

比較

● ために

「以…為目的，做…」；「為了…」

接續與說明 [Nの＋ために]；[V-る＋ために]。表示為了某一目的，而有後面積極努力的動作、行為。前項是後項的目標。又「ため（に）」如果接人物或團體，就表示為其做有益的事。

例句

パソコンを買うためにアルバイトをしています。

為了買電腦而打工。

4 てみせる

「一定要…」

接續與說明 [V-て＋みせる]。（1）表示為了讓別人能瞭解，做出實際的動作給別人看。意思是：「做給…看」等；（2）表示說話人強烈的意志跟決心，含有顯示自己的力量、能力的語氣。

例句

接客の模範実演を新入社員にやってみせた。

示範接待客人的標準方式給新人看。

比較

● てみる

「試著（做）…」

接續與說明 [V-て＋みる]表示嘗試著做前接的事項，由於不知道好不好、對不對，所以嘗試做做看。是一種試探性的行為或動作，一般是肯定的說法。其中的「みる」是抽象的用法，所以用平假名書寫。

例句

一度富士山に登ってみたいです。

我想爬一次富士山看看。

次の文の＿＿＿＿にはどんな言葉を入れたらよいか。1・2から最も適当なものをひとつ選びなさい。

實力測驗

Q 哪一個是正確的？
答案>>在下一頁

1 冷たいビールが飲み（　　　）なあ。
　　1.たい　2.ほしい

譯
1.たい：想…
2.ほしい：想要…

解答>>請看下一頁

2 国に帰ったら、父の会社を手伝う（　　　）です。
　　1.つもり　2.たい

譯
1.つもりだ：打算…
2.たい：想…

解答>>請看下一頁

3 ほこりがたまらない（　　　）、毎日掃除をしましょう。
　　1.ために　2.ように

譯
1.ために：為了…
2.ように：為了…

解答>>請看下一頁

4 警察なんかに捕まるものか。必ず逃げ（　　　）。
　　1.切ってみせる　2.切ってみる

譯
1.てみせる：一定要…
2.てみる：試著（做）…

解答>>請看下一頁

なるほどの解説を確認して、次のページへ進もう！

1 比較

「たい」前面接動詞連用形,意思是「想要…」,表示第一人稱想做某件事情。在此表示「真希望喝杯冰涼的啤酒呀」。「ほしい」前面接「名詞+が」,意思是「想要…」,表示第一人稱想要某個東西。在此「ほしい」的接續方式不對。

答案:1

2 比較

「つもり」意思是「打算…」,前面接動詞連體形,表示說話者有決心且有計劃地去做某件事情。在此表示「要是回國的話,打算去父親的公司幫忙」。「たい」前面接動詞連用形,意思是「想要…」,表示第一人稱想做某件事情,在此接續方式有誤。

答案:1

3 比較

「ように」和「ために」都可以翻譯成「為了…」,表示行為的目的。兩者最大的不同在於「ように」前面接無意志動詞,像是可能動詞或是自動詞;前後主語可以不一致。不過「ために」前面接的是意志動詞(他動詞),表示為了某種目標積極地去採取行動;前後主語必須是同一個。「たまらない」是自動詞「たまる」的否定形,是無意志動詞,所以這題應該選「ように」,表示「為了不要積灰塵,每天都來打掃吧」。

答案:2

4 比較

「てみせる」意思是「…給你們看」,表示說話者做某件事的強烈意志。在此表示「我才不會被那些警察抓到呢!我一定會順利脫逃的,你們等著瞧吧」。「てみる」意思是「…試試看」,表示不知道、沒試過,所以嘗試著去做某個行為。這一題的「必ず」(一定)帶出了說話者決心的感覺,所以應該用「てみせる」才符合題意。

答案:1

5 ものか

「哪能…」、「怎麼會…呢」、「決不…」、「才不…呢」

接續與說明 [Ｎaな＋ものか]；[A-い＋ものか]；[Ｖ-る＋ものか]。句尾聲調下降。表示強烈的否定情緒。或是說話人絕不做某事的決心，或是強烈否定對方的意見。比較隨便的說法是「…もんか」。一般男性用「ものか」，女性用「ものですか」。

例句

勝敗なんか、気にするものか。
我才不在乎勝敗呢！

比較
_____

● **もの、もん**

「因為…嘛」

接續與說明 [Ｎ／Ｎaだ＋もの]；[A／Ｖ＋（んだ）もの]。助詞「もの（もん）」接在句尾，多用在會話中。表示說話人很堅持自己的正當性，而對理由進行辯解。敘述中語氣帶有不滿、反抗的情緒。跟「だって」使用時，就有撒嬌的語感。更隨便的說法是：「もん」。多用於年輕女性或小孩子。

例句

運動はできないよ。退院した直後だもん。
人家不能運動，因為剛出院嘛！

6 **て（で）たまらない**
「非常…」、「…得受不了」、「…得不行」、「十分…」

接續與說明 [Naで＋たまらない]；[A-くて＋たまらない]。前接表示感覺、感情的詞，表示說話人強烈的感情、感覺、慾望等。也就是說話人心情或身體，處於難以抑制，不能忍受的狀態。相當於「…て仕方がない、非常に…」。

例句

婚約<ruby>こんやく</ruby>したので、嬉<ruby>うれ</ruby>しくてたまらない。
訂了婚，所以高興得不得了。

比較
● **ほかない、ほかはない**

「只有…」、「只好…」、「只得…」

接續與說明 [V-る＋ほか（は）ない]。表示雖然心裡不願意，但又沒有其他方法，只有這唯一的選擇，別無它法。相當於「…以外にない」、「…より仕方がない」等。

例句

家<ruby>いえ</ruby>が貧<ruby>まず</ruby>しかったので、中学<ruby>ちゅうがく</ruby>を出<ruby>で</ruby>たらすぐ就職<ruby>しゅうしょく</ruby>するほかなかった。
我家很窮，所以中學畢業後只好馬上去工作。

7 **て（で）ならない**
「…得厲害」、「…得受不了」、「非常…」

接續與說明 [Naで＋ならない]；[A-くて＋ならない]；[V-て＋ならない]。表示因某種感情、感受十分強烈，達到沒辦法控制的程度。跟「…てしょうがない」、「…てたまらない」意思相同。常和表示自發的語詞（如：思える）共用，表示負面的心情。

彼女のことが気になってならない。

十分在意她。

● て（で）たまらない

「非常…」、「…得受不了」、「…得不行」、「十分…」

接續與說明 [Ｎａで＋たまらない]；[A-くて＋たまらない]。前接表示感覺、感情的詞，表示說話人強烈的感情、感覺、慾望等。也就是說話人心情或身體，處於難以抑制，不能忍受的狀態。相當於「…て仕方がない、非常に…」。不能和表示自發的語詞（如：思える）共用。

例句

名作だと言うから読んでみたら、退屈でたまらなかった。

說是名作，看了之後，覺得無聊透頂了。

8 をこめて
「集中…」、「傾注…」

接續與說明 [Ｎ＋をこめて]。表示對某事傾注思念或愛等的感情。常用「心を込めて」、「力を込めて」、「愛を込めて」等用法。

例句

みんなの幸せのために、願いをこめて鐘を鳴らした。

為了大家的幸福，以虔誠的心鳴鐘祈禱。

比較

● をつうじて、をとおして

「透過…」、「通過…」；「在整個期間…」、「在整個範圍…」

［N＋をつうじて＋V］；［N＋をとおして］；［V-る＋ことを
とおして］。表示利用某種媒介（如人物、交易、物品等），來達到某目
的（如物品、利益、事項等）。相當於「…によって」；又後接表示期
間、範圍的詞，表示在整個期間或整個範圍內。相當於「…のうち（い
つでも／どこでも）」。

例句

彼女を通じて、間接的に彼の話を聞いた。
透過她，間接地知道他所說的。

9 実力テスト

做對了，往走，做錯了往✗走。

次の文の＿＿＿＿＿にはどんな言葉を入れたらよいか。1・2から最も適当なものをひとつ選びなさい。

實力測驗

Q哪一個是正確的？
答案》在下一頁

5 彼の味方になんか、なる（
）。
1.もの　2.ものか

譯
1.もの：…嘛
2.ものか：才不…呢

解答》請看下一頁

6 勉強が辛くて（　　　）。
1.たまらない
2.ほかない

譯
1.たまらない：非常…
2.ほかない：只好…

解答》請看下一頁

7 昔のことが懐かしく思い出されて（　　　）。
1.ならない　2.たまらない

譯
1.てならない：…得厲害
2.たまらない：非常…

解答》請看下一頁

8 感謝（　　　）、ブローチを贈りました。
1.をこめて　2.をつうじて

譯
1.をこめて：傾注…
2.をつうじて：通過…

解答》請看下一頁

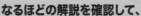

なるほどの解説を確認して、
次のページへ進もう！

5 比較

　「ものか」意思是「才不…呢」，表示強烈的否定，帶有輕視或意志堅定的語感。在此表示「我才不跟他一個鼻子出氣呢」。「もの」意思是「…嘛」，帶有撒嬌、任性、不滿的語氣，多為女性或小孩使用，用在說話者針對理由進行辯解。在這邊由於有個「なんか」，帶出瞧不起人的感覺，所以用「ものか」才正確。

答案：2

6 比較

　「てたまらない」意思是「…不得了」，表示某種強烈的情緒、感覺、慾望。在此表示「書唸得痛苦不堪」。「ほかない」前面接動詞連體形，意思是「只好…」，表示沒有其他的辦法，只能硬著頭皮去做某件事情。在此接續方式和語意都有誤。

答案：1

7 比較

　「てならない」意思是「忍不住…」，表示某種情感強烈而無法控制。在此表示「往事令人懷念，不禁一直想起」。「てたまらない」意思是「…不得了」，表示某種情緒、感覺、慾望到了難以忍受的地步。前面必須接表示感覺或感情的語詞，而「思い出される」是和思考有關的動詞，所以不恰當。

答案：1

8 比較

　「をこめて」意思是「傾注…」，前面通常接「願い」、「愛」、「心」、「思い」等和心情相關的字詞，表示抱持著某種心情做後項的動作。在此表示「以真摯的感謝之情送她別針」。「をつうじて」意思是「透過…」，表示經由前項來達到情報的傳遞。如果前面接的是和時間有關的語詞，則表示在這段期間內一直持續後項的狀態。在此語意不符。

答案：1

義務・不必要

1 ないわけに（は）いかない
2 ほかない、ほかはない
3 わけにはいかない、わけにもいかない
4 より（ほか）ない、ほかしかたがない

1 ないわけに（は）いかない

「不能不…」、「必須…」

接續與說明 [V-ない＋わけに（は）いかない]。表示根據社會的理念、情理、一般常識或自己過去的經驗，不能不做某事，有做某事的義務。

例句

ネクタイは嫌いだけれど、弟の結婚式だから、締めないわけにはいかない。

雖然我討厭領帶，但畢竟是弟弟的婚禮，總不能不繫。

比較

● にきまっている

「肯定是…」、「一定是…」

接續與說明 [N／A／V＋にきまっている]。表示說話人根據事物的規律，覺得一定是這樣，不會例外，充滿自信的推測。相當於「きっと…だ」。

例句

私だって、結婚したいに決まっているじゃありませんか。ただ、相手がいないだけです。

我也是想結婚的不是嗎？只是沒有對象呀。

2 ほかない、ほかはない
「只有…」、「只好…」、「只得…」

接續與說明 [V-る＋ほかはない]。表示雖然心裡不願意，但又沒有其他方法，只有這唯一的選擇，別無它法。相當於「…以外にない」、「…より仕方がない」等。

例句

こうなったら、徹夜してでもやるほかない。

這樣的話，只好熬夜了。

比較

● ようがない、ようもない

「沒辦法」、「無法…」

接續與說明 [R-よう＋が（も）ない]。表示不管用什麼方法都不可能，已經沒有其他方法了。相當於「…ことができない」。「…よう」是接尾詞，表示方法。

例句

パソコンが壊れたので、メールのチェックのしようがない。

電腦壞掉了，所以沒辦法收電子郵件。

3 わけにはいかない、わけにもいかない
「不能…」、「不可…」

接續與說明 [V-る＋わけに（は）いかない]。表示由於一般常識、社會道德或過去經驗等約束，那樣做是不可能的、不能做的、不單純的。相當於「…することはできない」。

例句

友達を裏切るわけにはいかない。

友情是不能背叛的。

比較

● **わけがない**

「不會…」、「不可能…」

接續與說明 [Nの／Nである＋わけがない]；[Naな／Naである＋わけがない]；[A ／ V ＋わけがない]。。表示從道理上而言，強烈地主張不可能或沒有理由成立。相當於「…はずがない」。口語常説成「わけない」。

例句

こんな簡単なことをできないわけがない。

這麼簡單的事情，不可能辦不到。

4 **より（ほか）ない、よりしかたがない**
「只有…」、「除了…之外沒有…」

接續與說明 [V-る＋より（ほか）ない]；[V-る＋よりしかたがない]。後面伴隨著否定，表示這是唯一解決問題的辦法。

例句

こうなったら一生懸命やるよりない。

事到如今，只能拚命去做了。

比較

● **ないわけに（は）いかない**

「不能不…」、「必須…」

接續與說明 [V-ない＋わけに（は）いかない]。表示根據社會的理念、情理、一般常識或自己過去的經驗，不能不做某事，有做某事的義務。

例句

どんなに嫌でも、税金を納めないわけにはいかない。

任憑百般不願，也非得繳納税金不可。

MEMO

做對了，往 😊 走，做錯了往 ❌ 走。

次の文の_____にはどんな言葉を入れたらよいか。1・2から最も適当なものをひとつ選びなさい。

實力測驗

Q 哪一個是正確的？

答案>>在下一頁

1 明日、試験があるので、今夜は勉強（　　　）。

1. しないわけにはいかない
2. に決まっている

譯
1. ないわけにはいかない：必須…
2. に決まっている：肯定是…

解答》請看下一頁

2 誰も助けてくれないので、自分で何とかする（　　　）。

1. ほかない　2. ようがない

譯
1. ほかない：只好…
2. ようがない：沒辦法

解答》請看下一頁

3 あのおじさん苦手だけれど、正月なのに親戚に挨拶に行かない（　　　）。

1. わけがない　2. わけにもいかない

譯
1. わけがない：不可能…
2. わけにもいかない：也不行不…

解答》請看下一頁

4 終電が出てしまったので、タクシーで（　　　）。

1. 帰らないわけにはいかない
2. 帰るよりほかない

譯
1. ないわけにはいかない：必須…
2. よりほかない：只有…

解答》請看下一頁

なるほどの解説を確認して、次のページへ進もう！

1 比較

「ないわけにはいかない」意思是「必須…」，前面接動詞未然形，表示基於常識或受限於某種規範，不這樣做不行。在此表示「由於明天要考試，今晚不得不用功念書」。「に決まっている」意思是「肯定是…」，表示說話者很有把握的推測，覺得事情一定是如此。在此語意不符。

答案：1

2 比較

「ほかない」意思是「只好…」，表示沒有其他的辦法，只能硬著頭皮去做某件事情。在此表示「因為沒有人可以伸出援手，只好自己想辦法了」。「ようがない」前面接動詞連用形，意思是「無法…」，表示束手無策，一點辦法也沒有。在此語意和接續方式都有誤。

答案：1

3 比較

「わけにもいかない」意思是「也不行不…」，表示基於義務、常識或規範，某件事情也同樣是被禁止的。在此表示「雖然我很不擅長應付那位叔叔，但是大過年的也不行不去跟親戚打招呼」。「わけがない」意思是「不可能…」，表示沒有某種可能性，是很強烈的否定。在此語意不符。

答案：2

4 比較

「よりほかない」意思是「只有…」，表示沒有其他的辦法了，只能採取前項行為。在此表示「由於最後一班電車已經開走了，只能搭計程車回家了」。「ないわけにはいかない」意思是「不能不…」，表示受限於某種社會上、常識上的規範、義務，必須採取前項行為。在這邊「搭計程車回家」不是義務，所以「ないわけにはいかない」不適用。

答案：2

条件・仮定

---

1 さえ…ば、さえ…たら

「只要…（就）…」

接續與說明 [N＋さえ…たら／…ば]；[R-＋さえしたら／すれば]；[V-て＋さえ…たら／…ば]；[疑問詞＋かさえ…たら／…ば]。表示只要某事能夠實現就足夠了。其他的都是小問題。強調只需要某個最低，或唯一的條件，後項就可以成立了。相當於「…その条件だけあれば」。

例句

やる気さえあれば、年齢や経験など一切は問いません。

只要會打電腦，年齡或經驗都沒有要求。

比較

● こそ

「正是…」、「才（是）…」；「正（因為）…才…」

接續與說明 [N＋こそ]。（1）表示特別強調某事物。（2）表示強調充分的理由。前面常接「から」或「ば」。相當於「…ばこそ」。

例句

私の方こそ、お世話になりました。

我才是受您照顧了呢。

2 たとえ…ても

「即使…也…」、「無論…也…」

接續與說明 ［たとえ＋Ｎ／Ｎa＋でも］；［たとえ＋A-くて＋も］；［たとえ＋V-て＋も］。讓步關係，即使在前項極端的條件下，後項結果仍然成立。「たとえ」有時説成「たとい」。相當於「もし…だとしても」。

例句

たとえ費用が高くてもかまいません。
即使費用高也沒關係。

比較

● たら

「要是…」；「如果要是…了」、「…了的話」

接續與說明 ［Ｎ／Ｎaだった＋ら］；［A-かった＋ら］；［V-た＋ら］。表示條件或契機。（1）表示假定條件。當實現前面的情況時，後面的情況就會實現。但前項會不會成立實際上還不知道。「要是…」的意思；（2）表示確定條件。也就是知道前項一定會成立，以其為契機，做後項。相當於「當作了某個動作時，那之後…」。

例句

雨が降ったら、行きません。
要是下雨的話就不去。

3 たら

「要是…」；「如果要是…了」、「…了的話」

接續與說明 ［Ｎ／Ｎaだった＋ら］；［A-かった＋ら］；［V-た＋ら］。表示條件或契機。（1）表示假定條件。當實現前面的情況時，後面的情況就會實現。但前項會不會成立實際上還不知道。「要是…」的意思；（2）表示確定條件。也就是知道前項一定會成立，以其為契機，做後項。相當於「當作了某個動作時，那之後…」。

値段が安かったら、買います。
ねだん　やす　　　　　　か

要是便宜的話就買。

比較

- と

「一…就」

接續與說明 [N／Naだ＋と]；[A-い＋と]；[V-る＋と]。陳述人和事物的一般條件關係。常用在機械的使用方法、說明路線、自然的現象及一直有的習慣等情況。在表示自然現象跟反覆的習慣時，不能使用表示說話人的意志、請求、命令、許可等語句。「と」前面要接現在普通形。

例句

このボタンを押すと、切符が出てきます。
　　　　　　　お　　　きっぷ　で

一按這個按鈕，票就出來了。

---

4 てからでないと、てからでなければ
「不…就不能…」、「不等…之後，不能…」、「…之前，不…」

接續與說明 [V-て＋からでないと]；[V-て＋からでなければ]。表示如果不先做前項，就不能做後項。相當於「…した後でなければ」。

例句

ファイルを保存してからでないと、パソコンの電源を切って
　　　　　　ほぞん　　　　　　　　　　　　　でんげん　き
はだめです。

不先儲存資料，是不能關掉電腦電源。

比較

- からには、からは

「既然…」、「既然…，就…」

接續與說明 [V＋から（に）は]。表示既然到了這種情況，後面就要「貫徹到底」的說法。因此，後句中表示說話人的判斷、決心、命令、勸誘及意志等。一般用於書面上。相當於「…のなら、…以上は」。

引き受けたからには、必ずやり遂げて見せます。

既然已經接下任務了，我就一定會完成給你看。

5 とすれば、としたら、とする

「如果…」、「如果…的話」、「假如…的話」

接續與說明 [N／Naだ＋とすれば]；[A／V＋とすれば]；[N／Naだ＋としたら]；[A／V＋としたら]；[N／Naだ＋とすると]；[A／V＋とすると]。表示順接的假定條件。在認清現況或得來的信息的前提條件下，據此條件進行判斷。後項是説話人判斷的表達方式。相當於「…と仮定したら」。

例句

この中から選ぶとしたら、赤いのがいいです。

假如要從這當中挑選一個的話，我選紅色的。

比較

● たら

「要是…」；「如果要是…了」、「…了的話」

接續與說明 [N／Naだった＋ら]；[A-かった＋ら]；[V-た＋ら]。表示條件或契機。（1）表示假定條件。當實現前面的情況時，後面的情況就會實現。但前項會不會成立實際上還不知道。「要是…」的意思；（2）表示確定條件。也就是知道前項一定會成立，以其為契機，做後項。相當於「當作了某個動作時，那之後…」。

例句

値段が安かったら、買います。

要是便宜的話就買。

6 ば(條件)
「假如…」;「如果…的話」;「如果…就」

接續與說明 […ば＋Ｎ／Ｎaだ];[…ば＋A-い];[…ば＋Ｖ-る]。（１）後接意志或期望等詞,表示前項受到某種條件限制;（２）敘述一般客觀事物的條件關係。如果前項成立,後項就一定會成立;（３）對特定的人或物,表示對未實現的事物,只要前項成立,後項也當然會成立。前項是焦點,敘述需要的是什麼,後項大多是被期待的事。

例句

成績がいい学生ほど机に向かっている時間が長いとは限らない。

成績越好的學生待在書桌前的時間不一定就越長。

比較
• と(條件)
「一…就」

接續與說明 [Ｎ／Ｎaだ＋と];[A-い＋と];[Ｖ-る＋と]。陳述人和事物的一般條件關係。常用在機械的使用方法、說明路線、自然的現象及一直有的習慣等情況。在表示自然現象跟反覆的習慣時,不能使用表示說話人的意志、請求、命令、許可等語句。「と」前面要接現在普通形。

例句

このボタンを押すと、切符が出てきます。

一按這個按鈕,票就出來了。

7 ば…よかった

「如果…的話就好了」

接續與說明 [V-ば…＋よかった]。表示自己沒有做前項的事而感到後悔。說話人覺得要是做了就好了，帶有後悔的心情。

例句

もう売り切れだ！もっと早く買っておけばよかった。

已經賣完了！早知道就快點來買。

比較
● **つもりだ**

「打算…」、「準備…」

接續與說明 [V-る／V-ない＋つもりだ]。表示意志、意圖。既可以表示說話人的意志、預定、計畫等。也可以表示第三人稱的意志。有說話人的打算是從之前就有，且意志堅定的語氣。

例句

後で説明するつもりです。

打算稍後再說明。

做對了，往😊走，做錯了往❌走。

次の文の_____にはどんな言葉を入れたらよいか。1・2から最も適当なものをひとつ選びなさい。

實力測驗

Q 哪一個是正確的？
答案>>在下一頁

1 手続き（　　　）、誰でも入学できます。
1.さえすれば　2.こそ

譯 1.さえ…ば：只要…（就）…
2.こそ：正是…

解答》請看下一頁

2 （　　　）、私は平気だ。
1.たとえ何を言われても
2.何を言われたら

譯 1.たとえ…ても：即使…也…
2.たら：要是…

解答》請看下一頁

3 席が（　　　）、座ってください。
1.空いたら　2.空くと

譯 1.たら：要是…
2.と：一…就…

解答》請看下一頁

4 準備体操を（　　　）、プールには入れません。
1.してからでないと
2.したからには

譯 1.てからでないと：不…就不能…
2.からには：既然…

解答》請看下一頁

5 資格を（　　　）、看護士の免許がいい。
1.取ったら　2.取るとしたら

譯 1.たら：要是…
2.ととしたら：如果…

解答》請看下一頁

6 眼鏡をかけれ（　　　）、見えます。
1.と　2.ば

譯 1.と：一…就
2.ば：假如…

解答》請看下一頁

7 雨だ、傘を持って（　　　）。
1.くればよかった
2.くるつもりだ

譯 1.ば…よかった：如果…的話就好了
2.つもりだ：打算…

解答》請看下一頁

なるほどの解説を確認して、次のページへ進もう！

1 比較

「さえ…ば」意思是「只要…就…」，表示滿足條件的最低限度，前項一成立，就能得到後項的結果。在此表示「只要辦手續，任何人都能入學」。「こそ」意思是「才是…」，用來特別強調前項。在此語意不符。

答案：1

2 比較

「たとえ…ても」意思是「不管…都…」，表示即使前項發生、屬實，後項還是會成立，是一種讓步條件，表示說話者的肯定語氣或是決心。在此表示「不管人家怎麼說我，我都不在乎」。「たら」意思是「要是…就…」，表示前項實現後，後項也會跟著成立。在此語意不符。

答案：1

3 比較

「たら」意思是「如果…」，在這邊表示假如前項有成立，就以它為一個契機去做後項的行為。在此表示「如果有空位請坐下」。「と」意思是「一…就…」，後面不能接請求或命令句等，所以這題不適用。

答案：1

4 比較

「てからでないと」前面接動詞連用形，意思是「不先…就不能…」，表示必須先做前項動作，才能接著做後項動作。在此表示「不先做暖身運動，就不能進游泳池」。「からには」可以翻譯成「既然…」，表示事情演變至此，就要順應這件事情抱持某種決心或意志。在此語意不符。

答案：1

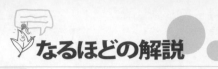

5 比較

　「としたら」意思是「如果…」，是假定用法，表示前項如果成立，說話者就依照前項這個條件來進行判斷。在此表示「要拿執照的話，我覺得拿看護執照比較好」。「たら」意思是「要是…」，表示如果前項成真，後項也會跟著實現。不過在這邊後項是說話者個人的評價，不是動作或情況，所以語意不符。

答案：2

---

6 比較

　「ば」意思是「…的話」，前面接動詞假定形，表示一般條件，一般而言前項成立的話，後項也會成立。在此表示「戴上眼鏡的話就看得見」。「と」意思是「一…就…」，前面接動詞辭書形，表示前項發生的話，後項也就會自然地發生。在此接續方式有誤。

答案：2

---

7 比較

　「ば…よかった」意思是「如果…就好了」，表示說話者對於沒做某件事而悔不當初。在此表示「下雨了！早知道就帶傘來了」。「つもりだ」意思是「打算…」，前面接動詞連體形，表示說話者有計劃性地預定做某件事情，且意志堅定。在此語意和接續方式都有誤。

答案：1

規定・慣例・習慣・方法

1 ことにしている
2 ことになっている、こととなっている
3 ようになる、ようになっている
4 ようがない、ようもない

1 ことにしている

「都…」、「向來…」

接續與說明 [V＋ことにしている]。表示個人根據某種決心，而形成的某種習慣、方針或規矩。翻譯上可以比較靈活。

例句

まいばん じ ね
毎晩12時に寝ることにしている。
我每天都會到晚上十二點才睡覺。

比較

● ことになる

「決定…」

接續與說明 [N＋ということになる]；[V-る＋（という）ことになる]；[V-ない＋（という）ことになる]。表示決定。由於「なる」是自動詞，所以知道決定的不是說話人自己，而是說話人以外的人、團體或組織等，客觀地做出了某些安排或決定。「（被）決定…」的意思。不過，如果想要委婉地表達自己的決定，也可以用「ことになる」這個句型。

例句

えき
駅にエスカレーターをつけることになりました。
車站決定設置自動手扶梯。

2 ことになっている、こととなっている

「按規定…」、「預定…」、「將…」

接續與說明 [N＋ということになっている]；[V-る＋（という）ことになっている]；[V-ない＋（という）ことになっている]。表示客觀做出某種安排。表示約定或約束人們生活行為的各種規定、法律以及一些慣例。「ている」表示結果或定論等的存續。

例句

夏休みのあいだ、家事は子供たちがすることになっている。
暑假期間，說好家事是小孩們要做的。

比較

● ことにしている

「都…」、「向來…」

接續與說明 [V＋ことにしている]。表示個人根據某種決心，而形成的某種習慣、方針或規矩。翻譯上可以比較靈活。

例句

自分は毎日12時間、働くことにしている。
我每天都會工作十二個小時。

3 ようになる、ようになっている

「可以…」、「會…」、「變得…」

接續與說明 [V-る＋ようになる]；[V-る＋ようになっている]。（1）表示未來的某行為是可能的；（2）表示確信度高的某預定；（3）表示某習慣以前沒有但現在有了，或能力的變化，以前不能，但現在有能力了。

この大学の寮は全室インターネットを使えるようになっている。

這所大學的宿舍，每一間寢室都可以使用網路了。

● **ようにする**

　　「爭取做到⋯」、「設法使⋯」；「使其⋯」

接續與說明 [V-る／V-ない＋ようにする]。表示說話人自己將前項的行為，或狀況當作目標，而努力。如果要表示把某行為變成習慣，則用「ようにしている」的形式。又表示對某人或事物，施予某動作，使其起作用。

例句

朝早くおきるようにしています。

我早上習慣早起。

4 **ようがない、ようもない**

「沒辦法」、「無法⋯」

接續與說明 [R-＋ようが（も）ない]。表示不管用什麼方法都不可能，已經沒有其他方法了。相當於「⋯ことができない」。「⋯よう」是接尾詞，表示方法。

例句

道に人が溢れているので、通り抜けようがない。

路上到處都是人，沒辦法通行。

● **より（ほか）ない、よりしかたがない**

　　「只有⋯」、「除了⋯之外沒有⋯」

接續與說明 ［V-る＋より（ほか）ない］；［V-る＋よりしかたがない］。
後面伴隨著否定，表示這是唯一解決問題的辦法。

例句

こうなったら一生懸命やるよりない。

事到如今，只能拚命去做了。

次の文の＿＿＿＿＿にはどんな言葉を入れたらよいか。1・2から最も適当なものをひとつ選びなさい。

實力測驗

Q哪一個是正確的？
答案＞＞在下一頁

1 仕事が忙しいときも、休日は家でゆったりと過ごす（　　　　）。
1.ことにしている
2.ことになる

譯
1.ことにしている：向來…
2.ことになる：決定…

解答》請看下一頁

2 書類には、生年月日を書く（　　）。
1.ことにしていた
2.ことになっていた

譯
1.ことにしている：向來…
2.ことになっている：按規定…

解答》請看下一頁

3 彼も来日十年、今では寿司も食べられる（　　　　）。
1.ようになった
2.ようにした

譯
1.ようがない：無法…
2.よりしかたがない：只有…

解答》請看下一頁

譯
1.ようになる：已經變得…
2.ようにする：設法…

解答》請看下一頁

4 コンセントがないから、ＣＤを聞き（　　　　）。
1.ようがない　2.よりしかたがない

譯
1.ようがない：無法…
2.よりしかたがない：只有…

解答》請看下一頁

なるほどの解説を確認して、次のページへ進もう！

1 比較

「ことにしている」表示說話者刻意地去養成某種習慣、規矩。在此表示「工作忙碌時，假日我也是在家悠閒度過」，也就是說「假日悠閒地待在家」這個習慣是說話者自己的決定。「ことになる」表示一個安排或決定，而這件事一般來說不是說話者負責、主導的。在這邊由於句子有「でも」，表示一種假定，和「ことにしている」表示決心的語感呼應，所以應該用「ことにしている」。

答案：1

2 比較

「ことになっている」用來表示日常生活中或社會上普遍的慣例、既有的規定或法條。在此表示「資料按規定要填上出生年月日」。「ことにしている」表示說話者刻意地去養成某種習慣、規矩。這個句子如果套進「ことにしていた」，就變成「我要自己在資料上都要填上出生年月日」，相較之下還是「ことになっている」這個句型比較合乎邏輯。

答案：2

3 比較

「ようになった」意思是「已經變得…」，表示過去沒有的能力、狀態、行為，現在已經有了。在此表示「他也來日本十年了，現在也敢吃壽司了」。「ようにする」意思是「設法…」，表示為了某個目的努力地採取某種行為。「今では」的「は」暗示了這個人現在和過去有所不同，再加上前後語意，這題選表示變化的「ようになった」才正確。

答案：1

4 比較

「ようがない」前面接動詞連用形，意思是「無法…」，表示束手無策，一點辦法也沒有。在此表示「沒有插座，所以沒辦法聽ＣＤ」。「よりしかたがない」前接動詞連體形，意思是「只有…」，表示沒有其他的辦法了，只能採取前項行為。在此語意不符，接續方式也有誤。

答案：1

並立・添加・列挙

1 ついで（に）
2 とか
3 とともに
4 に加えて、に加え
5 ばかりか、ばかりでなく

6 はもちろん、はもとより
7 をはじめ、をはじめとする
8 ような

1 ついで（に）
「順便…」、「順手…」、「就便…」

接續與說明 [Nの＋ついで（に）]；[V＋ついで（に）]。表示做某一主要的事情的同時，再追加順便做其他件事情。相當於「…の機会を利用して、…をする」。

例句

ごみを出しに行くついでに新聞を取ってきた。
去倒垃圾時順便拿報紙回來。

比較

● にくわえて、にくわえ
「而且…」、「加上…」、「添加…」

接續與說明 [N＋にくわえて]；[N＋にくわえ]。表示在現有前項的事物上，再加上後項類似的別的事物。相當於「…だけでなく…も」。

例句

能力に加えて、人柄も重視されます。
重視能力以外，也重視人品。

2 **とか**

「好像…」、「聽說…」

接續與說明 [N／引用句＋とか]。是「…とかいっていた」、「…とかいうことだ」的省略形式，用在句尾，表示不確切的傳聞。比表示傳聞的「…そうだ」、「…ということだ」更加不確定，或是迴避明確說出。相當於「…と聞いているが」。

例句

当時はまだ新幹線がなかったとか。
聽說當時還沒有新幹線。

比較

● **っけ**

「是不是…來著」、「是不是…呢」

接續與說明 [N／Naだ（った）＋っけ]；[A-かった＋っけ]；[V-た＋っけ]；[…んだ（った）＋っけ]。用在想確認自己記不清，或已忘掉的事物時。「っけ」是終助詞，接在句尾。也可以用在一個人自言自語，自我確認的時候。是對平輩或晚輩使用的口語說法，對長輩最好不要用。

例句

君は今どこに勤めているんだっけ。
您現在是在哪裡高就來著？

3 **とともに**

「和…一起」、「與…同時，也…」

接續與說明 [N＋とともに]；[V-る＋とともに]。表示後項的動作或變化，跟著前項同時進行或發生。相當於「…といっしょに」、「…と同時に」。

仕事すると、お金とともに、たくさんの知識や経験が得られる。

工作得到報酬的同時，也得到很多知識和經驗。

● にともなって

「伴隨著…」、「隨著…」

接續與說明 [N＋にともなって]；[V＋のにともなって]。表示隨著前項事物的變化而進展。相當於「…とともに、…につれて」。

例句

この物質は、温度の変化に伴って色が変わります。

這物質的顏色，會隨著溫度的變化而改變。

4 にくわえて、にくわえ
「而且…」、「加上…」、「添加…」

接續與說明 [N＋にくわえて]；[N＋にくわえ]。表示在現有前項的事物上，再加上後項類似的別的事物。相當於「…だけでなく…も」。

例句

書道に加えて、華道も習っている。

學習書法以外，也學習插花。

● にくらべて、にくらべ

「與…相比」、「跟…比較起來」、「比較…」

接續與說明 [N＋にくらべて]；[V＋のにくらべて]。表示比較、對照。相當於「…に比較して」。

例句

平野に比べて、盆地は夏暑いです。

跟平原比起來，盆地的夏天熱多了。

做對了，往走，做錯了往✗走。

次の文の＿＿＿にはどんな言葉を入れたらよいか。1・2から最も適当なものをひとつ選びなさい。

實力測驗

Q 哪一個是正確的？

答案>>在下一頁

1 知人を訪ねて京都に行った（
）、観光をしました。
1.ついでに　2.に加えて

譯
1.ついでに：順便…
2.に加えて：加上…

解答》請看下一頁

2 申し込みは5時で締め切られる
（　　　）。
1.つけ　2.とか

譯
1.つけ：是不是…來著
2.とか：聽說…

解答》請看下一頁

3 行動科学専攻では、社会科学（
）、自然科学も学ぶことができる。
1.とともに　2.に伴って

譯
1.とともに：…的同時也…
2.に伴って：隨著…

解答》請看下一頁

4 賞金（　　　）、ハワイ旅行もプレゼントされた。
1.に加えて　2.に比べて

譯
1.に加えて：加上…
2.に比べて：與…相比…

解答》請看下一頁

なるほどの解説を確認して、
次のページへ進もう！

なるほどの解説

1 比較

「ついでに」意思是「順便」，表示在做某件事的同時，因為天時地利人和，剛好做了其他事情。在此表示「到京都拜訪朋友，順便觀光了一下」。「にくわえて」意思是「加上…」，表示不只是前面的事物，再加上後面的事物。「にくわえて」前面必須接名詞，在此接續方式有誤。

答案：1

2 比較

「とか」意思是「聽說…」，表示傳聞，說話者的語氣不是很肯定。在此表示「聽說申請到 5 點截止」。「っけ」意思是「…來著」，用在說話者印象模糊、記憶不清時進行確認，或是自言自語時。「っけ」前面如果接的是動詞，要用過去式，所以在此接續方式有誤。

答案：2

3 比較

「とともに」意思是「…的同時也…」，表示隨著前項的進行，後項也同時進行或發生。在此表示「主修行動科學，在學習社會科學的同時，也能學自然科學」。「に伴って」意思是「隨著…」，表示隨著前項的進行，後項也有所進展或產生變化。在此後項不是表示變化的語句，所以語意不符。

答案：1

4 比較

「に加えて」意思是「加上…」，表示除了前項，再加上後項。在此表示「贈送獎金以外，還贈送了夏威夷旅遊」。「に比べて」意思是「與…相比…」，前項是比較的基準。這一句由於後項的「も」（也是）暗示了說話者不僅有獎金也有夏威夷旅遊，所以要用表示添加的「に加えて」。「に比べて」語意不符。

答案：1

5 ばかりか、ばかりでなく

「豈止…，連…也…」、「不僅…而且…」

接續與說明 [N＋ばかりか…も／…まで]；[Na な＋ばかりか…も／…まで]；[A／V＋ばかりか…も／…まで]。表示除前項的情況之外，還有後項程度更甚的情況。後項的程度超過前項。語意跟「…だけでなく…も…」相同。

例句

彼は、勉強ばかりでなく、スポーツも得意だ。

他不光只會唸書，就連運動也很行。

比較

● ついで（に）

「順便…」、「順手…」、「就便…」

接續與說明 [Nの＋ついで（に）]；[V＋ついで（に）]。表示做某一主要的事情的同時，再追加順便做其他件事情。相當於「…の機会を利用して、…をする」。

例句

知人を訪ねて京都に行ったついでに、観光をしました。

到京都拜訪朋友，順便觀光了一下。

6 はもちろん、はもとより

「不僅…而且…」、「…不用說」、「…自不待說，…也…」

接續與說明 [N＋はもちろん]；[N＋はもとより]。表示一般程度的前項自然不用説，就連程度較高的後項也不例外。相當於「…は言うまでもなく…（も）」。

居間はもちろん、トイレも台所も全部掃除しました。

不用說是客廳，就連廁所跟廚房也都清掃乾淨了。

比較

● にくわえて、にくわえ

「而且…」、「加上…」、「添加…」

接續與說明 [N＋にくわえて]；[N＋にくわえ]。表示在現有前項的事物上，再加上後項類似的別的事物。相當於「…だけでなく…も」。

例句

書道に加えて、華道も習っている。

學習書法以外，也學習插花。

---

7 をはじめ、をはじめとする

「以…為首」

接續與說明 [N＋をはじめ（として）]。表示由核心的人或物擴展到很廣的範圍。「を」前面是最具代表性的、核心的人或物。

例句

試合には、校長先生をはじめ、たくさんの先生方も応援に来てくれた。

比賽中，校長以及多位老師都前來加油了。

● をちゅうしんに

「以…為重點」、「以…為中心」、「圍繞著…」

接續與說明 [N＋をちゅうしんにV]。表示前項是後項行為、狀態的中心。

例句

海洋開発を中心に、討論を進めました。
以海洋開發為中心進行討論。

---

8 ような

「像…樣的」、「宛如…一樣的…」

接續與說明 [Nの＋ような]；[A／V＋ような]。表示列舉、比喻。為了說明後項的名詞，而在前項具體的舉出例子。「ような気がする」表示說話人的感覺或主觀的判斷。

例句

お寿司や天ぷらのような和食が好きです。
我喜歡吃像壽司或是天婦羅那樣的日式料理。

比較

● らしい

「似乎…」「像…樣子」、「有…風度」

接續與說明 （1）[N／Na／V＋らしい]。推量用法。說話者不是憑空想像，而是根據所見所聞來做出判斷。（2）[N＋らしい]。表示具有該事物或範疇典型的性質。

例句

地面が濡れている。夜中に雨が降ったらしい。
地面是濕的。晚上好像有下雨的樣子。

MEMO

次の文の_____にはどんな言葉を入れたらよいか。1・2から最も適当なものをひとつ選びなさい。

實力測驗

Q哪一個是正確的？
答案>>在下一頁

5 彼は、失恋した（　　　）、会社も首になってしまいました。
　　1. ついでに　2. ばかりか

譯
1. ついでに：順便…
2. ばかりか：豈止…

解答》請看下一頁

6 私はイタリア人ですが、すきやき、てんぷら（　　　）、納豆も大好きです。
　　1. はもちろん　2. に加えて

譯
1. はもちろん：不僅…而且…
2. に加えて：而且…

解答》請看下一頁

7 日本の近代には、夏目漱石（　　　）、いろいろな作家がいます。
　　1. をはじめ　2. を中心に

譯
1. をはじめ：以…為首
2. を中心に：以…為中心

解答》請看下一頁

8 安室奈美恵（　　　）小顔になりたいです。
　　1. のような　2. らしい

譯
1. ような：像…
2. らしい：有…的樣子

解答》請看下一頁

なるほどの解説を確認して、次のページへ進もう！

5 比較

「ばかりか」意思是「不僅…連…」，表示不光是前項，連後項也是，而後項的程度比前項來得高。在此表示「他不僅剛失戀，連工作也丟了」。「ついでに」意思是「順便」，表示在做某件事的同時，剛好利用這個機會做了其他事情。不過被開除並不是這句話主角採取的行為，故「ついでに」在此語意不符。

答案：2

6 比較

「はもちろん」意思是「…就不用說了…」，表示例舉，前項是一般程度的，後項程度略高，不管是前項還是後項通通包含在內。在此表示「我雖是義大利人，但是壽喜燒、天婦羅就不用說了，連納豆我都很喜歡」。「に加えて」意思是「加上…」，表示除了前項，再加上後項，兩項的地位相等。不過納豆不像壽喜燒或天婦羅是一般人都能接受的東西，所以要選「はもちろん」。

答案：1

7 比較

「をはじめ」意思是「以…為首」，用來列舉，並先舉出一個最具代表性的。在此表示「日本近代，以夏目漱石為首，還有其他許許多多的作家。」。「を中心に」意思是「以…為中心」，表示前項是某事物、狀態、現象、行為範圍的中心點。在此語意不符。

答案：1

8 比較

「ような」前面接名詞時的接續方式是「Ｎ＋の＋ような＋Ｎ」，意思是「像…」，用來比喻或舉例。在此表示「我希望有張像安室奈美惠那樣的小臉蛋」。「らしい」意思是「有…的樣子」、「似乎」，表示充分具有該事物應有的性質或樣貌，或是說話者根據眼前的事物進行客觀的推測。不過安室奈美惠不是小臉蛋原有的性質，也不是它該有的樣子，所以這邊不能選擇「らしい」。

答案：1

比較・対比・逆接

1 くせに
「雖然…，可是…」、「…，卻…」

接續與說明 [Nの＋くせに]；[Naな＋くせに]；[A／V＋くせに]。表示逆態接續。用來表示根據前項的條件，出現後項讓人覺得可笑的、不相稱的情況。全句帶有譴責、抱怨、反駁、不滿、輕蔑的語氣。批評的語氣比「のに」更重，較為口語。

例句

彼女が好きなくせに、嫌いだと言い張っている。
明明喜歡她，卻硬說討厭她。

比較

● のに

「雖然…卻…」、「明明…」、「卻…」

接續與說明 [N／Naな＋のに]；[A-い／A-かった＋のに]；[V-る／V-た＋のに]。表示既定的逆接條件，往往帶有意外、埋怨、不滿等語氣。

例句

頑張ったのに、うまくいかなかった。
雖然努力過了，事情卻不順利。

2 くらいなら、ぐらいなら

「與其…不如…」、「要是…還不如…」

接續與說明 ［V＋くらいなら］。表示與其選前者，不如選後者，是一種對前者表示否定、厭惡的説法。常跟「ましだ」相呼應，「ましだ」表示兩方都不理想，但比較起來，還是某一方好一點。

例句

こんなひどい首に杂うぐらいなら、むしろ死んだほうがいい。

假如要受那種對待，還不如一死百了！

比較
● **からには、からは**

「既然…」、「既然…，就…」

接續與說明 ［V＋から（に）は］。表示既然到了這種情況，後面就要「貫徹到底」的説法。因此，後句中表示説話人的判斷、決心、命令、勸誘及意志等。一般用於書面上。相當於「…のなら、…以上は」。

例句

教師になったからには、生徒一人一人をしっかり育てたい。

既然當了老師，當然就想要把學生一個個都確實教好。

3 としても

「即使…，也…」、「就算…，也…」

接續與說明 ［N／Na（だ）＋としても］；［A／V＋としても］。表示假設前項是事實或成立，後項也不會起有效的作用，或者後項的結果，與前項的預期相反。相當於「その場合でも」。

例句

これが本物の宝石だとしても、私は買いません。

即使這是真的寶石，我也不會買的。

• くらいなら、ぐらいなら

「與其…不如…」、「要是…還不如…」

接續與說明 [V＋くらいなら]。表示與其選前者，不如選後者，是一種對前者表示否定、厭惡的説法。常跟「ましだ」相呼應，「ましだ」表示兩方都不理想，但比較起來，還是某一方好一點。

例句

これ以上あんな上司の下で働くぐらいなら、いっそやめてやる。
如果還要在這種主管底下做事，乾脆別幹了。

4 にくらべて、にくらべ

「與…相比」、「跟…比較起來」、「比較…」

接續與說明 [N＋にくらべて]；[V＋のにくらべて]。表示比較、對照。相當於「…に比較して」。

例句

平野に比べて、盆地は夏暑いです。
跟平原比起來，盆地的夏天熱多了。

• に対して

「向…」、「對（於）…」

接續與說明 [N＋にたいして]；[Naなの＋にたいして]；[A-い＋のにたいして]；[V＋のにたいして]。表示動作、感情施予的對象。可以置換成「に」。

例句

みなさんに対して、お詫びをしなければならない。
我得向大家致歉。

実力テスト

做對了，往 走，做錯了往 ✗ 走。

次の文の_____にはどんな言葉を入れたらよいか。1・2から最も適当なものをひとつ選びなさい。

實力測驗

Q哪一個是正確的？
答案＞＞在下一頁

1
彼は准教授の（　　　）、教授になったと嘘をついた。
　1.くせに　2.のに

譯
1.くせに：…，卻…
2.のに：明明…

解答》請看下一頁

2
あんな男と結婚する（　　　）、一生 独身の方がましだ。
1.ぐらいなら　2.からには

譯
1.ぐらいなら：與其…不如…
2.からには：既然…

解答》請看下一頁

3
体が丈夫（　　　）、インフルエンザには注意しなければならない。
　1.くらいなら　2.だとしても

譯
1.くらいなら：與其…不如…
2.としても：即使…，也…

解答》請看下一頁

4
今年は去年（　　　）、雨の量が多い。
　1.に比べ　2.に対して

譯
1.に比べ：與…相比
2.に対して：對（於）…

解答》請看下一頁

なるほどの解説を確認して、
次のページへ進もう！

1 比較

「くせに」意思是「明明…」，表示後項結果和前項的條件不符，帶有說話者不屑、不滿、責備等負面語氣。一般而言「くせに」的前後主體要一致。在此表示「他明明是副教授，卻謊稱自己當上教授」。「のに」也有「明明…」的意思，前後主體不一樣也沒關係。不過，前面如果接的是名詞，要用「體言＋なのに」的方式來接續。

答案：1

2 比較

「ぐらいなら」意思是「與其…」，表示說話者寧可選擇後項也不要前項，表現出厭惡的感覺。在此表示「與其要和那種男人結婚的話，不如一輩子單身比較好」。「からには」意思是「既然…」，表示事情演變至此，就要順應這件事情抱持某種決心或意志。不過這個句子裡的「ましだ」表示「倒不如…」，表示說話者沒有接受前項事實，這邊用「からには」就顯得矛盾了。

答案：1

3 比較

「としても」意思是「即使…，也…」，表示就算前項成立，也不能替後項帶來什麼影響。在此表示「就算身體硬朗，也應該要提防流行性感冒」。「くらいなら」意思是「與其…」，前面接動詞辭書形，表示說話者寧可選擇後項也不要前項，表現出厭惡的感覺。在此語意不符，接續方式也有誤。

答案：2

4 比較

「に比べ」意思是「與…相比…」，前項是比較的基準。在此表示「今年比去年雨量豐沛」。「に対して」意思是「對於…」，表示對象，後項多是針對這個對象而有的態度、行為或作用等，帶給這個對象一些影響。在此語意不符。

答案：1

にはんして、にはんし、にはんする、にはんした
「與…相反…」

接續與說明 [N＋にはんして]；[N＋にはんし]。接「期待」、「予想」
等詞後面，表示後項的結果，跟前項所預料的相反，形成對比的關係。
相當於「て…とは反対に」、「…に背いて」。

例句

期待に反して、収穫量は少なかった。
與預期的相反，收穫量少很多。

比較

● にくらべて、にくらべ

「與…相比」、「跟…比較起來」、「比較…」

接續與說明 [N＋にくらべて]；[V＋のにくらべて]。表示比較、對照。
相當於「…に比較して」。

例句

平野に比べて、盆地は夏暑いです。
跟平原比起來，盆地的夏天熱多了。

のに
「雖然…卻…」、「明明…」、「卻…」

接續與說明 [N／Naな＋のに]；[A-い／A-かった＋のに]；[V-る／V-
た＋のに]。表示既定的逆接條件，往往帶有意外、埋怨、不滿等語氣。

例句

もう２時間も待っているのに、彼はまだ来ない。
已經等了２個小時，他卻還沒來。

● としても

「即使…，也…」、「就算…，也…」

接續與說明 [N／Na（だ）＋としても]；[A／V＋としても]。表示假設前項是事實或成立，後項也不會起有效的作用，或者後項的結果，與前項的預期相反。相當於「その場合でも」。

例句

みんなで力を合わせたとしても、彼に勝つことはできない。

就算大家聯手，也沒辦法贏他。

---

7 はんめん

「另一面…」、「另一方面…」

接續與說明 [Nである＋はんめん]；[Naな／Naである＋はんめん]；[A-い＋はんめん]；[V-る＋はんめん]。表示同一種事物，同時兼具兩種不同性格的兩個方面。除了前項的一個事項外，還有後項的相反的一個事項。相當於「…である一方」。

例句

あの会社は、給料がいい反面、仕事がきつい。

那家公司雖然薪資好，但另一方面工作也吃力。

比較

● かわりに

「雖然…但是…」；「代替…」

接續與說明 （1）[Nの＋かわりに]。表示由另外的人或物來代替。意含「本來是前項，但因某種原因由後項代替」。相當於「…の代理で」、相當於「…とひきかえに」。（2）[V＋かわりに]。表示一件事同時具有兩個相互對立的側面，一般重點在後項。相當於「…一方で」。

例句

過去のことを言うかわりに、未来のことを考えましょう。

大家想想未來的事，來代替說過去的事吧！

---

8 わりに（は）

「（比較起來）雖然…但是…」、「但是相對之下還算…」、「可是…」

接續與說明 [Nの＋わりに]；[Naな＋わりに]；[A-い＋わりに]；[V＋わりに]。表示結果跟前項條件不成比例、有出入，或不相稱，結果劣於或好於應有程度。相當於「…のに、…にしては」。

例句

面積が広いわりに、人口が少ない。

面積雖然大，但人口相對地很少。

比較

• として、としては

「以…身份」、「作為…」等，或不翻譯；「如果是…的話」、「對…來說」

接續與說明 [N＋として]；[N＋としては]。「として」接在名詞後面，表示身份、地位、資格、立場、種類、名目、作用等。有格助詞作用。

例句

責任者として、状況を説明してください。

請以負責人的身份，說明一下狀況。

18 実力テスト

做對了，往走，做錯了往走。

次の文の＿＿＿＿にはどんな言葉を入れたらよいか。1・2から最も適当なものをひとつ選びなさい。

實力測驗

Q哪一個是正確的？
答案>>在下一頁

5 法律（　　　）行為をしたら処罰されます。
1.に反する　2.に比べて

譯
1.に反した：與…相反
2.に比べて：與…相比…

解答》請看下一頁

6 テストで100点をとった（　　　）、母はほめてくれなかった。
1.のに　2.としても

譯
1.のに：明明…
2.としても：即使…，也…

解答》請看下一頁

7 上司にはへつらう（　　　）、部下にはいばり散らす。
1.かわりに　2.反面

譯
1.かわりに：代替…
2.反面：另一方面…

解答》請看下一頁

8 物理の点が悪かった（　　　）、化学はまあまあだった。
1.わりには　2.として

譯
1.わりには：但是相對之下還算…
2.として：作為…

解答》請看下一頁

なるほどの解説を確認して、次のページへ進もう！

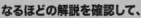

392

5 比較

　「に反する」後接名詞，意思是「與…相反」，表示和前項相違、相對。在此表示「要是違法的話，是會被處罰的」。「に比べて」意思是「與…相比…」，前項是比較的基準。故語意不符。

答案：1

6 比較

　「のに」意思是「卻…」，表示事實和說話者期待的有所不同，或是從前項照理來講可以推出後項，但是後項卻不成立；帶有不滿、惋惜、訝異的情緒。在此表示「雖然我拿了100分，但媽媽卻沒有稱讚我」。「としても」意思是「即使…，也…」，表示就算前項成立，也不能替後項帶來什麼影響。由於後項「ほめてくれなかった」是動詞過去式，不是指一般的情形，所以在這邊「としても」不適用。

答案：1

7 比較

　「反面」意思是「另一方面…」，表示在同一個人事物中，有前項和後項這兩個相反的情況。在此表示「對上司阿諛奉承，另一方面卻對屬下作威作福」。「かわりに」意思是「代替…」，表示由其他的人事物來取代原本的。在此語意不符。

答案：2

8 比較

　「わりには」意思是「比起…雖然…，但…還算…」，表示某事物不如前項這個一般基準一般好或壞。在此表示「比較起來物理分數雖然差，但是化學還算好」，從物理分數一般可以推想化學分數應該也好不到哪裡去，不過結果卻令人意外地沒那麼差。「として」前接名詞，意思是「作為…」，表示以某種身分、資格、地位來做後項的動作。在此語意不符，接續方式也有誤。

答案：1

限定・強調

1 しかない
2 だけ
3 こそ
4 など…ものか

5 などと（なんて）言う、
　　などと（なんて）思う
6 なんか、なんて

しかない

「只能…」、「只好…」、「只有…」

接續與說明 [Nで＋しかない]；[V-る＋しかない]。表示只有這唯一可行的，沒有別的選擇，或沒有其它的可能性。相當於「…だけだ」。

例句

国会議員になるには、選挙で勝つしかない。

要當國會議員，就只有打贏選戰了。

比較

● ないわけに（は）いかない

「不能不…」、「必須…」

接續與說明 [V-ない＋わけに（は）いかない]。表示根據社會的理念、情理、一般常識或自己過去的經驗，不能不做某事，有做某事的義務。

例句

どんなに嫌でも、税金を納めないわけにはいかない。

任憑百般不願，也非得繳納稅金不可。

2 だけ
「只」、「僅僅」

接續與說明 [N（＋助詞）＋だけ]；[N／Naな＋だけ]；[A／V＋だけ]。表示只限於某範圍，除此以外沒有別的了。

例句

テレビは一時間だけ見てもいいです。
只看一小時的電視也行。

比較
• しか

「只」、「僅僅」

接續與說明 [N（＋助詞）＋しか…ない]。下接否定，表示限定。一般帶有因不足而感到可惜、後悔或困擾的心情。

例句

5000円しかありません。
僅有5000日圓。

3 こそ
「正是…」、「才（是）…」；「正（因為）…才…」

接續與說明 [N＋こそ]。（1）表示特別強調某事物。（2）表示強調充分的理由。前面常接「から」或「ば」。相當於「…ばこそ」。

例句

こちらこそよろしくお願いします。
彼此彼此，請多多關照。

• だけ

「只」、「僅僅」

接續與說明 [N（＋助詞）＋だけ]；[N／Naな＋だけ]；[A／V＋だけ]。表示只限於某範圍，除此以外沒有別的了。

例句

小川さんはお酒だけ飲みます。

小川先生只喝酒。

4　など…ものか、など…もんか

「怎麼會…」、「オ（不）…」

接續與說明 [など…V-る＋ものか]。表示加強否定的語氣。通過「など」對提示的事物，表示不值得一提、無聊、不屑等輕視的心情。

例句

そんな馬鹿なことなど、信じるもんか。

我才不相信那麼扯的事呢！

• ほど

「越…越…」；「…得」、「…得令人」

接續與說明 [N／Na＋ほど]；[A-い＋ほど]。（1）表示後項隨著前項的變化，而產生變化；（2）[N＋ほど]；[A-い＋ほど]；[V-る＋ほど]。用在比喻或舉出具體的例子，來表示動作或狀態處於某種程度。

例句

もしそれが本当ならば、彼はどうしてあんなことを言ったのだろう。

如果那是真的，那他為什麼要說那種話呢？

5 などと（なんて）いう、などと（なんて）おもう

「多麼…呀」；「…之類的…」

接續與說明 N／Na（だ）＋なんて]；[A／V＋なんて]。（1）表示前面的事，好得讓人感到驚訝，含有讚嘆的語氣。（2）表示輕視、鄙視的語氣。

例句

いやだなんて言わないで、お願いします。

請別說不願意，請你做吧。

比較

● なんか

「連…都…（不）…」；「…等等」、「…那一類的」、「…什麼的」；「真是太…」、「…之類的」

接續與說明 [N／A／V＋かなんか]；[（Nや）N＋なんか]。（1）表示從各種事物中例舉其一。是比「など」還隨便的說法。（2）如果後接否定句，表示對所提到的事物，帶有輕視的態度。

例句

「お昼、何食べる？」「ラーメンなんか、どう？」

「中午吃什麼？」「拉麵之類的，如何？」

6 なんか、なんて

「連…都…（不）…」；「…等等」、「…那一類的」、「…什麼的」；「真是太…」、「…之類的」

接續與說明 [N／Na（だ）＋なんか、なんて]；[A／V＋なんか、なんて]。（1）前接名詞，表示用輕視的語氣，談論主題。口語用法。（2）表示前面的事是出乎意料的，後面多接驚訝或是輕視的評價口語用法。

庭<ruby>に<rt>にわ</rt></ruby>、芝生<ruby>なんか<rt>しばふ</rt></ruby>あるといいですね。

如果庭院有個草坪之類的東西就好了。

● ばかり

「淨…」、「光…」、「老…」

接續與說明 [N（＋助詞）＋ばかり]。表示數量、次數非常的多，而且說話人對這件事有負面評價；[V-て＋ばかりいる]。表示說話人對不斷重複一樣的事，或一直都是同樣的狀態，有負面的評價。

例句

漫画<ruby>ばかり<rt>まんが</rt></ruby>で、そのほかの本<ruby>はぜんぜん読<rt>ほん</rt></ruby>みません。

光看漫畫，完全不看其他書。

実力テスト

做對了，往😊走，做錯了往❌走。

次の文の_____にはどんな言葉を入れたらよいか。1・2から最も適当なものをひとつ選びなさい。

實力測驗

Q 哪一個是正確的？
答案>>在下一頁

1

転勤が嫌なら、（　　　）。

1.やめるしかない
2.やめないわけにはいかない

❌

譯

1.しかない：只有…
2.ないわけにはいかない：必須…

解答>>請看下一頁

2

お茶は二つ買いますが、お弁当は一つ（　　）買います。

1.しか　2.だけ

❌

譯

1.しか：僅僅
2.だけ：只

解答>>請看下一頁

3

誤りを認めて（　　　）、立派な指導者と言える

1.こそ　2.だけ

❌

譯

1.こそ：正是…
2.だけ：只…

解答>>請看下一頁

4

あんなやつを、助けて（　　　）やるもんか。

1.など　2.ほど

❌

譯

1.など…ものか：才…
2.ほど：越…越…

解答>>請看下一頁

5

こんな日が来る（　　　）、夢にも思わなかった。

1.なんか　2.なんて

❌

譯

1.なんか：…之類的
2.なんて：多麼…呀

解答>>請看下一頁

6

時間がないから、旅行（　　　）めったにできない。

1.なんか　2.ばかり

❌

譯

1.なんか：…之類的
2.ばかり：淨是…

解答>>請看下一頁

なるほどの解説を確認して、
次のページへ進もう！

1 比較

「しかない」意思是「只好…」，前面接動詞連體形，表示只剩下這個方法而已，只能採取這個行動。在此表示「如果不想調職，只能辭職了」。「ないわけにはいかない」意思是「必須…」，前面接動詞未然形，表示基於常識或受限於某種社會的理念，不這樣做不行。在此語意不符。

答案：1

2 比較

「だけ」意思是「只…」，表示某個範圍內就只有這樣而已。在此表示「茶買兩罐，不過便當只要買一個就好了」。「しか」意思是「僅僅」，也是用來表示在某個範圍只這樣而已，但通常帶有懊惱、可惜等語氣，後面一定要接否定形，在此接續方式有誤。

答案：2

3 比較

「こそ」意思是「才是…」，用來特別強調前項。在此表示「唯有承認自己的錯，才叫了不起的領導者」。「だけ」意思是「只有…」，表示在某個範圍內僅僅如此而已。此外，「だけ」如果是當的接續方式是「體言＋だけ」，所以前面接「て」是不對的。

答案：1

4 比較

「など…ものか」意思是「才…」，是一種不屑的語氣，表示強烈的否定。在此表示「我才不去幫那種傢伙呢」。「ほど」意思是「越…越…」，可以用來表示後項隨著前項而變化，或是舉出具體的例子來表示動作或狀態處於某種程度，如果前面接的是動詞，要用動詞連體形。在此語意和接續方式都有誤。

答案：1

5 比較

　　「なんて」意思是「多麼地…」，可以表示讚嘆的語氣，或是說話者輕蔑的態度。在此表示「真的連做夢都沒有想到過，竟然會有這一天的到來」，表示發生了好事，讓說話者覺得很驚喜；或是落寞地感嘆。「なんか」意思是「…之類的」，可以表示口氣輕鬆隨便的舉例，或是帶出說話者輕視的語氣。在此語意不符。

答案：2

6 比較

　　「なんか」意思是「連…都…」，可以帶出說話者輕視的語氣或是表示口氣輕鬆隨便的舉例，。在此表示「沒什麼時間，連旅遊什麼的也很少去」，是一種例舉用法。「ばかり」意思是「淨是…」，用來表示數量非常多。在此語意不符。

答案：1

許可・勧告・受身・敬語・伝聞

1 てほしい
「希望…」、「想要…」；「想請你…」

接續與說明 [V-て＋ほしい]。表示對他人的某種要求或希望。否定的說法有：「ないでほしい」跟「てほしくない」兩種。

例句

がくえんさい
学園祭には、たくさんの人に来てほしいですね。
真希望會有很多人來校慶參觀呀。

比較

● てもらう
「（我）請（某人為我做）…」

接續與說明 [V-て＋もらう]。表示請求別人做某行為，且對那一行為帶著感謝的心情。也就是接受人由於給予人的行為，而得到恩惠、利益。一般是接受人請求給予人採取某種行為的。這時候接受人跟給予人大多是地位、年齡同等的同輩。句型是「接受人は（が）給予人に（から）…を動詞てもらう」。或給予人也可以是晚輩。

例句

せんぱい
先輩にごちそうしてもらいました。
學長請我吃飯。

2 ことはない

「不要…」、「用不著…」

接續與說明 [V-る＋ことはない]。表示鼓勵或勸告別人，沒有做某一行為的必要。相當於「…する必要はない」。

例句

部長の評価なんて、気にすることはありません。

用不著去在意部長的評價。

比較

● ほかない、ほかはない

「只有…」、「只好…」、「只得…」

接續與說明 [V-る＋ほか（は）ない]。表示雖然心裡不願意，但又沒有其他方法，只有這唯一的選擇，別無它法。相當於「…以外にない」、「…より仕方がない」等。

例句

犯人が見つからないので、捜査の範囲を広げるほかはない。

因為抓不到犯人，只好擴大搜索範圍了。

3 （さ）せる

「讓…」、「叫…」

接續與說明 [V-させる]。表示使役。使役形的用法有：（1）某人強迫他人做某事，由於具有強迫性，只適用於長輩對晚輩或同輩之間。這時候如果是他動詞，用「ＸがＹにＮをＶ-（さ）せる」。如果是自動詞用「ＸがＹを／にＶ-（さ）せる」；（2）某人用言行促使他人（用を表示）自然地做某種動作；（3）允許或放任不管。

子供に部屋を掃除させた。

我叫小孩打掃房間。

● （さ）せられる

「被迫…」、「不得已…」

接續與說明 [V-させられる]。表示被迫。被某人或某事物強迫做某動作，且不得不做。含有不情願、感到受害的心情。這是從使役句的「ＸがＹにＮをV-(さ)せる」變成為「ＹがＸにＮをV-(さ)せられる」來的，表示Ｙ被Ｘ強迫做某動作。

例句

彼と食事すると、いつも僕がお金を払わせられる。

每次要跟他吃飯，都是我付錢。

---

4 使役形＋もらう

「請允許我…」、「請讓我…」

接續與說明 [V-させてもらう]。使役形跟表示請求的「もらえませんか、いただけませんか、いただけますか、ください」等搭配起來，表示請求允許的意思；如果使役形跟「もらう、くれる、いただく」等搭配，就表示由於對方的允許，讓自己得到恩惠的意思。

例句

明日ちょっと早く帰らせていただきたいのですが。

希望您明天能讓我早些回去。

比較

● （さ）せる

「讓…」、「叫…」

[接續與說明] [V-させる]。表示使役。使役形的用法有：（1）某人強迫他人做某事，由於具有強迫性，只適用於長輩對晚輩或同輩之間。這時候如果是他動詞，用「ＸがＹにＮをV-させる」。如果是自動詞用「ＸがＹを／にV-させる」；（2）某人用言行促使他人（用を表示）自然地做某種動作；（3）允許或放任不管。

[例句]

今日は生徒に少し難しい問題を解かせました。
今天我讓學生去解稍微難一點的題目。

5 って

「他說…」；「聽說…」、「據說…」

[接續與說明] [引語＋って]。表示引用自己聽到的話，相當於表示引用句的「と」，重點在引用；另外也可以跟表示說明的「んだ」搭配成「んだって」表示從別人那裡聽說了某信息。

[例句]

北海道では、もう初雪が降ったって。
聽說北海道已經下了今年第一場雪了。

[比較]

● そうだ

「聽說…」、「據說…」

[接續與說明] [Ｎ／Ｎａだ＋そうだ]；[Ａ／Ｖ＋そうだ]。表示不是自己直接獲得的，而是從別人那裡、報章雜誌或信上等，得到該信息的。表示信息來源的時候，常用「…によると」（根據）或「…の話では」（說是）等形式。

[例句]

新聞によると、今度の台風はとても大きいそうだ。
報上說這次的颱風會很強大。

6 ということだ

「…也就是說…」、「這就是…」

接續與說明 [簡體句＋ということだ]。表示根據前項的情報、狀態得到某種結論。

例句

やきもちを焼くということは、彼女は君に気があるということだ。

吃醋就表示她有對你有意思。

比較

● わけだ

「當然…」、「怪不得…」

接續與說明 [Nの／Nである＋わけだ]；[Naな／Naである＋わけだ]；[A／V＋わけだ]。表示按事物的發展，事實、狀況合乎邏輯地必然導致這樣的結果。跟著重結果的必然性的「…はずだ」相比較，「…わけだ」側著重理由或根據。

例句

もう12時か。どうりで眠いわけだ。

已經12點了啊？怪不得這麼想睡。

406

次の文の＿＿＿＿＿＿にはどんな言葉を入れたらよいか。1・2から最も適当なものをひとつ選びなさい。

實力測驗

Q 哪一個是正確的？
答案＞＞在下一頁

1
思いやりのある子に（　　　）。
1.育ってもらう
2.育ってほしい

譯
1.てもらう：（我）請（某人為我做）…
2.てほしい：希望…

解答》請看下一頁

2
時間は十分あるから急ぐ（　　　）。
1.ことはない　2.ほかはない

譯
1.ことはない：用不著…
2.ほかはない：只好…

解答》請看下一頁

3
姉は父にプレゼントをして（　　　）。
1.喜ばせた　2.喜ばせられた

譯
1.（さ）せる：叫…
2.（さ）せられる：被迫…

解答》請看下一頁

4
ここ1週間くらい（　　　）お陰で、体がだいぶ良くなった。
1.休ませた　2.休ませてもらった

譯
1.（さ）せる：叫…
2.使役形＋もらう：請允許我…

解答》請看下一頁

5
田中君、急に用事を思い出したもんだから、少し時間に遅れる（　　　）。
1.って　2.そうだ

譯
1.って：聽說…
2.そうだ：據說…

解答》請看下一頁

6
ご意見がないということは、皆さん、賛成（　　　）ね。
1.ということです　2.わけです

譯
1.ということだ：也就是說…
2.わけだ：怪不得…

解答》請看下一頁

なるほどの解説を確認して、
次のページへ進もう！

1 比較

　「てほしい」意思是「希望…」，表示說話者的希望。在此表示「我希望能將他培育成善解人意的孩子」。「てもらう」意思是「要…」，表示要別人替自己做某件事情。不過這句話只是表示說話者的心願，希望小孩長大後能善解人意，所以不能用「てもらう」這種斷定的說法。

答案：2

2 比較

　「ことはない」意思是「用不著…」，表示沒有必要做某件事情。在此表示「時間還很充裕所以不用著急」。「ほかはない」意思是「只好…」，表示沒有其他的辦法，只能硬著頭皮去做某件事情。這個句子如果套進「ほかはない」，就會變成「時間還很充裕所以只好著急了」，語意顯然是前後矛盾，所以在這邊應該選「ことはない」才對。

答案：1

3 比較

　「喜ばせる」是「喜ぶ」的使役形，意思是「讓…高興」。利用「ＸはＹに…（さ）せる」的句型來表達Ｘ讓Ｙ做出某個行為，或是有某種情緒。在此表示「姊姊送父親禮物，讓他很高興」。「喜ばせられる」是「喜ぶ」的使役被動形。利用「ＹはＸに…（さ）せられる」來表達Ｙ被Ｘ強迫做某件事情。如果選「喜ばせられた」，那高興的人會是姊姊，所以在此語意不符。

答案：1

4 比較

　「使役形＋もらう」用來請求獲得對方的允許。「休ませてもらう」意思是「讓我休息」。在此表示「多虧你讓我休息一個禮拜左右，我的身體狀況好轉了許多」。「休ませた」是「休む」的使役形，意思是「讓…休息」。這個句子有「お陰で」（多虧…）表示說話者承蒙他人恩惠，所以用「休ませてもらった」才符合題意。

答案：2

5 比較

　　「って」和「そうだ」的意思都是「聽說…」，表示消息的引用。兩者不同的地方在於前者是口語說法，語氣較輕鬆隨便，而後者相較之下較為正式。從表示理由的「もんだから」可以看出這個句子是口語句（原形應為「ものだから」），所以要選擇同樣是口語表現的「って」才有一致的感覺。在此表示「田中說突然想起有急事待辦，所以會晚點到」。

答案：1

6 比較

　　「ということだ」意思是「就表示…」，用在說話者根據前面事項導出結論。在此表示「沒有意見的話，就表示大家都贊成了吧」。「わけだ」前面接用言連體形，意思是「難怪…」，表示依照前面的事項，勢必會導出後項的結果。在此接續方式有誤。

答案：1

授受表現

1 (授受關係)あげる

「給予…」、「給…」

接續與說明 授受物品的表達方式。表示給予人（說話人或說話一方的親友等），給予接受人有利益的事物。句型是「給予人は（が）接受人に…をあげます」。給予人是主語，這時候接受人跟給予人大多是地位、年齡同等的同輩。

例句

私は李さんにＣＤをあげた。

我送了ＣＤ給李小姐。

比較

● くれる

「給…」

接續與說明 表示他人給說話人（或說話一方）物品。這時候接受人跟給予人大多是地位、年齡相當的同輩。句型是「給予人は（が）接受人に…をくれる」。給予人是主語，而接受人是說話人，或說話人一方的人（家人）。給予人也可以是晚輩。

例句

李さんは私にチョコをくれました。

李小姐給了我巧克力。

2 (授受關係)くださる

「給…」、「贈…」

接續與說明 對上級或長輩給自己（或自己一方）東西的恭敬説法。這時候給予人的身份、地位、年齡要比接受人高。句型是「給予人は（が）接受人に　…をくださる」。給予人是主語，而接受人是説話人，或説話人一方的人（家人）。

例句

先生は私にご著書をくださいました。
老師送我他的大作。

比較

● いただく

「承蒙…」、「拜領…」

接續與說明 表示從地位、年齡高的人那裡得到東西。這是以説話人是接受人，且接受人是主語的形式，或説話人站是在接受人的角度來表現。句型是「接受人は（が）給予人に…をいただく」。用在給予人身份、地位、年齡都比接受人高的時候。比「もらう」説法更謙虛，是「もらう」的謙讓語。

例句

鈴木先生にいただいた皿が、割れてしまいました。
鈴木老師送給我的盤子碎掉了。

3 (授受關係)さしあげる

「給予…」、「給…」

接續與說明 授受物品的表達方式。表示下面的人給上面的人物品。句型是「給予人は（が）接受人に…をさしあげる」。給予人是主語，這時候接受人的地位、年齡、身份比給予人高。是一種謙虛的説法。

例句

私_{わたし}たちは先生_{せんせい}にお土産_{みやげ}をさしあげました。

我送老師當地的特產。

比較

● **あげる**

「給予…」、「給…」

接續與說明 授受物品的表達方式。表示給予人（說話人或說話一方的親友等），給予接受人有利益的事物。句型是「給予人は（が）接受人に…をあげます」。給予人是主語，這時候接受人跟給予人大多是地位、年齡同等的同輩。

例句

彼女_{かのじょ}の誕生日_{たんじょうび}に、絹_{きぬ}のスカーフをあげました。

她生日，我送了絲巾給她。

---

4 (授受關係)てあげる

「（為他人）做…」

接續與說明 [V-て＋あげる]。表示自己或站在自己一方的人，為他人做前項有益的行為。基本句型是「給予人は（が）接受人に（を・の…）…を動詞てあげる」。這時候接受人跟給予人大多是地位、年齡同等的同輩。是「てやる」的客氣說法。

例句

私_{わたし}は友達_{ともだち}に本_{ほん}を貸_かしてあげました。

我借給了朋友一本書。

比較

● **てくれる**

「（為我）做…」

接續與說明 [V-て＋くれる]。表示他人為我，或為我方的人做前項有益的事。用在帶著感謝的心情，接受別人的行為時。這時候接受人跟給予人大多是地位、年齡同等的同輩。句型是「給予人は（が）接受人に（を・の…）…を動詞てくれる」。給予人是主語，而接受人是説話人，或説話人一方的人。給予人也可以是晚輩。

例句
花子は私に傘を貸してくれました。
花子借傘給我。

5 (授受關係)てくださる
「（為我）做…」

接續與說明 [V-て＋くださる]。表示他人為我，或為我方的人做前項有益的事。用在帶著感謝的心情，接受別人的行為時。這時候給予人的身份、地位、年齡要比接受人高。句型是「給予人は（が）接受人に（を・の…）…を動詞てくださる」。給予人是主語，而接受人是説話人，或説話人一方的人。是「…てくれる」的尊敬説法。

例句
先生は30分も私を待ってくださいました。
老師竟等了我30分鐘。

比較
● ていただく
「承蒙…」

接續與說明 [V-て＋いただく]。表示接受人請求給予人做某行為，且對那一行為帶著感謝的心情。用在給予人身份、地位、年齡都比接受人高的時候。句型是「接受人は（が）給予人に（から）…動詞ていただく」。這是「…てもらう」的自謙形式。

例句
先生に推薦状を書いていただきました。
我請老師寫了推薦函。

21 **実力テスト** 做對了，往走，做錯了往✗走。

次の文の＿＿＿＿＿にはどんな言葉を入れたらよいか。1・2から最も適当なものをひとつ選びなさい。

實力測驗

Q 哪一個是正確的?

答案>>在下一頁

---

1 私は中山君にチョコを（

　　）。

　1．くれた　2．あげた

---

2 先生が私に時計を（　　　）。

　1．いただきました

　2．くださいました

譯

1．くれる：給…

2．あげる：給予…

解答>>請看下一頁

譯

1．いただく：拜領…

2．くださる：贈…

解答>>請看下一頁

3 私はお客様に資料を（　　　）。

　1．さしあげました

　2．あげました

---

4 私は中山君にノートを（　　　）。

　1．見せてあげた

　2．見せてくれた

譯

1．さしあげる：給予…

2．あげる：給予…

解答>>請看下一頁

譯

1．てあげる：（為他人）做…

2．てくれる：（為我）做…

解答>>請看下一頁

5 先生は、間違えたところを（　）。

　1．直してくださいました

　2．直していただきました

**なるほどの解説を確認して、
次のページへ進もう！**

譯

1．てくださる：（為我）做…

2．ていただく：承蒙…

解答>>請看下一頁

414

なるほどの解説

1 比較

　　「あげる」意思是「給予…」，句型「ＡはＢにＸをあげる」表示Ａ給Ｂ「Ｘ」這個東西。在此表示「我給了中山同學巧克力」。「くれる」意思是「給」，句型「ＡはＢにＸをくれる」同樣表示Ａ給Ｂ「Ｘ」這個東西，不過這個Ｂ一定是己方，表示收到他人的東西，有領受的感謝之意。在這邊給予東西的是「私」，所以要用「あげた」。

答案：2

2 比較

　　「くださる」是尊敬語，用在上位者給自己東西，句子的主語是上位者，目的語是下位者。句型「ＡはＢにＸをくださる」，表示Ａ給Ｂ Ｘ這個東西。另一方面，「いただく」，是謙讓語，也用在上位者給自己東西，不過領受東西的主語是下位者。句型「ＡはＢにＸをいただく」，表示Ｂ給Ａ「Ｘ」這個東西。這一題用「先生が」來表示主語在老師身上，所以用「くださる」才正確。在此表示「老師送給我手錶」。

答案：2

3 比較

　　「さしあげる」和「あげる」的意思都是「給予」，不過前者的敬意比後者高，用在下位者給上位者東西，所以可以翻譯為「呈遞」、「敬贈」。由於「お客様」地位比自己來得高，所以這題要用敬語「さしあげる」比較恰當，在此表示「我呈上資料給客戶」。值得一提的是，「あげる」原本也有表示敬意，只是隨著時代的變遷，近幾年敬意越來越薄弱，現在下位者給上位者東西時不能使用。

答案：1

4 比較

　　「てあげる」前面接動詞て形，意思是「為…做…」，句型「ＡはＢにＶてあげる」表示Ａ為了Ｂ做某件事。在此表示「我讓中山同學看了筆記本」。「てくれる」前面接動詞て形，意思是「幫我做…」，句型「ＡはＢにＶてくれる」表示Ａ為了Ｂ做某件事，而這個Ｂ是指己方，也就是說別人為自己做了某件事。這題做事情的人是「私」，所以要用「見せてあげた」。

答案：1

5 比較

　　「てくださる」前面接動詞て形，是一種敬意的表現。句型「ＡはＢにＶてくださる」，表示Ａ（上位者）幫Ｂ做事，句子的主語是上位者。另一方面，「ていただく」前面接動詞て形，也用在上位者替自己做某件事情，不過接受幫助的主語是下位者。句型「ＡはＢにＶていただく」，表示Ｂ（上位者）幫Ａ做事。這一題用「先生は」來表示主語在老師身上，所以用「てくださる」才正確。在此表示「老師幫我修正了錯的地方」。

答案：1

6 (授受關係)てさしあげる

「（為他人）做…」

接續與說明 [V-て＋さしあげる]。表示自己或站在自己一方的人，為他人做前項有益的行為。基本句型是「給予人は（が）接受人に（を・の…）…を動詞てさしあげる」。給予人是主語。這時候接受人的地位、年齡、身份比給予人高。是「てあげる」更謙虛的說法。由於有將善意行為強加於人的感覺，所以直接對上面的人說話時，最好改用「お…します」。但不是直接當面說就沒關係。

例句

私は部長を空港まで送ってさしあげました。

我送部長到機場。

比較

● **てあげる**

「（為他人）做…」

接續與說明 [V-て＋あげる]。表示自己或站在自己一方的人，為他人做前項有益的行為。基本句型是「給予人は（が）接受人に（を・の…）…を動詞てあげる」。這時候接受人跟給予人大多是地位、年齡同等的同輩。是「てやる」的客氣說法。

例句

私は夫にネクタイを一本買ってあげた。

我給丈夫買了一條領帶。

7 (授受關係)てもらう

「（我）請（某人為我做）…」

接續與說明 [V-て＋もらう]。表示請求別人做某行為，且對那一行為帶著感謝的心情。也就是接受人由於給予人的行為，而得到恩惠、利益。

一般是接受人請求給予人採取某種行為的。這時候接受人跟給予人大多是地位、年齡同等的同輩。句型是「接受人は（が）給予人に（から）…動詞てくださる」。或給予人也可以是晚輩。

例句

田中<ruby>た<rt>た</rt></ruby>なかさんに日本人の友達を紹介してもらった。

我請田中小姐為我介紹日本的朋友。

比較

● てやる

「給…（做…）」

接續與說明 [V-て＋やる]。表示以施恩或給予利益的心情，為下級或晚輩（或動、植物）做有益的事。基本句型是「給予人は（が）接受人に（を・の…）…を動詞てやる」。又表示因為憤怒或憎恨，而做讓對方不利的事「給…（做…）」的意思。

例句

（私は）弟と遊んでやったら、とても喜びました。

我陪弟弟玩，他非常高興。

8 (授受關係)てやる

「給…（做…）」

接續與說明 [V-て＋やる]。表示以施恩或給予利益的心情，為下級或晚輩（或動、植物）做有益的事。基本句型是「給予人は（が）接受人に（を・の…）…を動詞てやる」。又表示因為憤怒或憎恨，而做讓對方不利的事。

例句

自転車を直してやるから、持ってきなさい。

我幫你修腳踏車，去騎過來吧。

418

● てくれる

「（為我）做…」

接續與說明 [V-て＋くれる]。表示他人為我，或為我方的人做前項有益的事。用在帶著感謝的心情，接受別人的行為時。這時候接受人跟給予人大多是地位、年齡同等的同輩。句型是「給予人は（が）接受人に（を・の…）…を動詞てくれる」。給予人是主語，而接受人是説話人，或説話人一方的人。給予人也可以是晩輩。

例句

田中さんが仕事を手伝ってくれました。
田中先生幫我做事。

---

9 (授受關係)もらう

「接受…」、「取得…」、「從…那兒得到…」

接續與說明 表示接受別人給的東西。這是以説話人是接受人，且接受人是主語的形式，或説話人站是在接受人的角度來表現。句型是「接受人は（が）給予人に…をもらう」。這時候接受人跟給予人大多是地位、年齡相當的同輩。或給予人也可以是晩輩。

例句

私は友達に木綿の靴下をもらいました。
朋友給了我棉襪。

● やる

「給予…」、「給…」

接續與說明 授受物品的表達方式。表示給予同輩以下的人，或小孩、動植物有利益的事物。句型是「給予人は（が）接受人に…をやる」。這時候接受人大多為關係親密，且年齡、地位比給予人低。或接受人是動植物。

例句

私は子供にお菓子をやった。
わたし　こども　　　　かし

我給了孩子點心。

10 (授受關係)やる

「給予…」、「給…」

接續與說明 接受物品的表達方式。表示給予同輩以下的人，或小孩、動植物有利益的事物。句型是「給予人は（が）接受人に…をやる」。這時候接受人大多為關係親密，且年齡、地位比給予人低。或接受人是動植物。

例句

高校生の息子に、英語の辞書をやった。
こうこうせい　むすこ　　　えいご　じしょ

我送就讀高中的兒子英文字典。

比較

● くれる

「給…」

接續與說明 表示他人給説話人（或説話一方）物品。這時候接受人跟給予人大多是地位、年齢相當的同輩。句型是「給予人は（が）接受人に…をくれる」。給予人是主語，而接受人是説話人，或説話人一方的人（家人）。給予人也可以是晚輩。

例句

友達が私におもしろい本をくれました。
ともだち　わたし　　　　　　　　　ほん

朋友給了我一本有趣的書。

実力テスト

做對了，往走，做錯了往✖走。

次の文の_____にはどんな言葉を入れたらよいか。1・2から最も適当なものをひとつ選びなさい。

實力測驗

Q哪一個是正確的？
答案>>在下一頁

6 私は先生の車を車庫に（　　）。
1. 入れてあげました
2. 入れてさしあげました

7 李さんは読めない漢字があったので、花子さんに（　　）。
1. 教えてもらいました
2. 教えてやりました

✖

譯
1. てあげる：（為他人）做…
2. てさしあげる：（為他人）做…

解答》請看下一頁

✖

譯
1. てもらう：（我）請（某人為我做）…
2. てやる：給…（做…）

解答》請看下一頁

8 私は犬に薬を付けて（　　）。
1. やりました
2. くれました

✖

9 その犬は、骨を（　　）うれしそうに尻尾を振りました。
1. もらうと　2. やると

✖

譯
1. てやる：給…（做…）
2. てくれる：（為我）做…

解答》請看下一頁

✖

譯
1. もらう：接受…
2. やる：給予…

解答》請看下一頁

10 応接間の花に水を（　　）ください。
1. くれて　2. やって

なるほどの解説を確認して、
次のページへ進もう！

✖

譯
1. くれる：給…
2. やる：給予…

解答》請看下一頁

6 比較

「てさしあげる」和「てあげる」前面接動詞て形，意思都是「為了…做…」，表示己方或是某人替對方做某件事情，不過「てさしあげる」敬意比「てあげる」還高。這一題由於「先生」是上位者，所以用「入れてさしあげました」比較能表示敬意，在此表示「我幫老師把車停進了車庫」。

答案：2

7 比較

「てもらう」意思是「請…幫…」，句型「ＡはＢにＶてもらう」表示Ａ請求Ｂ幫己方做某件事情。「てやる」前面接動詞て形，用在己方幫對方做事情。這一題有個前提是「李小姐有不會唸的漢字」，題意應該是她想請別人教她，而不是她要教別人漢字的唸法。所以應該要用「てもらう」，表示「她請花子小姐教她」。

答案：1

8 比較

「てやる」前面接動詞て形，用在己方幫對方做事情。在此表示「我幫狗塗了藥」。「てくれる」前面接動詞連用形，用在對方幫己方做事情，帶有感謝的意思。故語意不符。

答案：1

9 比較

「もらう」意思是「得到」，主語從別人那裡收到東西。「やる」意思是「給」，主語給別人東西。這一題應該要用「もらうと」才符合題意，表示「那隻小狗一得到骨頭，就會搖尾巴，看起來很高興」。

答案：1

10 比較

如果授受動詞「給予」的對象是植物（例如「花」），動詞就要用「やる」。在此表示「把會客室的花澆一下」。「花に水をやる」是「澆花」的固定說法。「くれる」意思雖然也是「給」，但這是表示對方給予己方東西，不是說話者給予別人東西。故語意不符。

答案：2

その他

1 から…にかけて
「從…到…」

接續與說明 [N＋から＋N＋にかけて]。表示兩個地點、時間之間一直連續發生某事或某狀態的意思。跟「…から…まで」相比，「…から…まで」著重在動作的起點與終點，「…から…にかけて」只是籠統地表示跨越兩個領域的時間或空間。

例句

この辺（あた）りからあの辺（あた）りにかけては、畑（はたけ）が多（おお）いです。

這頭到那頭，有很多田地。

比較

● …から…まで
「從…到…」

接續與說明 [N＋から＋N＋まで]。表示地點的起點和終點，也就是範圍。「から」前面的名詞是開始的地點、時間，「まで」前面的名詞是結束的地點、時間。

例句

会社（かいしゃ）は月曜日（げつようび）から金曜日（きんようび）までです。

公司上班是從週一到週五。

2 きる、きれる、きれない

「…完」;「充分」、「完全」、「到極限」;「…不了…」、「不能完全…」

接續與說明 [R-＋きる];[R-＋きれる];[R-＋きれない]。有接尾詞作用。接意志動詞的後面，表示行為、動作做到完結、竭盡、堅持到最後。相當於「終わりまで…する」。接在無意志動詞的後面，表示程度達到極限。相當於「十分に…する」。

例句

三日間も寝ないで仕事をして、疲れきってしまった。

工作三天沒睡覺，累得精疲力竭。

比較

● かけた、かけの、かける

「剛…」、「開始…」

接續與說明 [R-＋かけた];[R-＋かけの];[R-＋かける]。表示動作、行為已開始，正在進行中，但還沒結束。相當於「…している途中」。

例句

今ちょうどデータの処理をやりかけたところです。

現在正開始處理資料。

3 こと

做各種形式名詞用法

接續與說明 [Nの＋こと];[Naな＋こと];[A／V＋こと]。做各種形式名詞用法。前接名詞修飾短句，使其名詞化，成為後面的句子的主語或目的語。「こと」跟「の」有時可以互換。但只能用「こと」的有：表達「話す、伝える、命ずる、要求する」等動詞的內容，後接的是「です、だ、である」、固定的表達方式「ことができる」等。

趣味は詩を読んだり書いたりすることです。

我的興趣是讀詩和寫詩。

● **たところ**

「…，結果…」，或是不翻譯

接續與說明 [V-た＋ところ]。這是一種順接的用法。表示因某種目的去作某一動作，但在偶然的契機下得到後項的結果。前後出現的事情，沒有直接的因果關係，後項有時是出乎意料之外的客觀事實。相當於「…した結果」。

事件に関する記事を載せたところ、たいへんな反響がありました。

去刊登事件相關的報導，結果得到熱烈的回響。

4 自動詞

動詞本身就可以完整表示主語的某個動作

接續與說明 「自動詞」沒有受詞，動詞本身就可以完整表示主語的某個動作。自動詞是某物因為自然的力量而發生，或施加了某動作後的狀態變化。重點在某物動作後的狀態變化。也表示某物的性質。

最近は水がよく売れているんですよ。

最近水的銷路很好喔。

● **他動詞**

表有人為意圖發生的動作

接續與說明 跟「自動詞」相對的，有動作的涉及對象，用「…を…ます」這種形式，名詞後面接「を」來表示動作的目的語，這樣的動詞叫「他動詞」。「他動詞」是人為的，有人抱著某個目的有意識地作某一動作。

例句

私はドアを開けました。

我開了門。

5 たところ
「…，結果…」，或是不翻譯

接續與說明 [V-た＋ところ]。這是一種順接的用法。表示因某種目的去作某一動作，但在偶然的契機下得到後項的結果。前後出現的事情，沒有直接的因果關係，後項有時是出乎意料之外的客觀事實。相當於「…した結果」。

例句

新しい雑誌を創刊したところ、とてもよく売れている。

發行新的雜誌，結果銷路很好。

比較

● せいか

「可能是（因為）…」、「或許是（由於）…的緣故吧」

接續與說明 [Nの＋せいか]；[Naな＋せいか]；[A／V＋せいか]。表示原因或理由。表示發生壞事或不利的原因，但這一原因也說不清，不很明確。相當於「…ためか」。

例句

物価が上がったせいか、生活が苦しいです。

也許是因為物價上漲，生活才會這麼困苦。

6 たび、たびに

「每次…」、「每當…就…」、「每逢…就…」

接續與說明 [Nの＋たびに]；[V-る＋たびに]。表示前項的動作、行為都伴隨後項。相當於「…するときはいつも」。

例句

試合のたびに、彼女がお弁当を作ってくれる。

每次比賽時，女朋友都會幫我做便當。

比較

• につき

「因…」、「因為…」

接續與說明 [N＋につき]。接在名詞後面，表其原因、理由。一般用在書信中比較鄭重的表現方法。相當於「…のため、…という理由で」。

例句

5時以降は不在につき、4時半くらいまでにお越しください。

因為5點以後不在，所以請在4點半之前過來。

7 っけ

「是不是…來著」、「是不是…呢」

接續與說明 [N／Naだ（った）＋っけ]；[A-かった＋っけ]；[V-た＋っけ]；[…んだ（った）＋っけ]。用在想確認自己記不清，或已忘掉的事物時。「っけ」是終助詞，接在句尾。也可以用在一個人自言自語，自我確認的時候。是對平輩或晚輩使用的口語說法，對長輩最好不要用。

例句

このニュース、彼女に知らせたっけ。

這個消息，有跟她講嗎？

● って

「他說⋯」；「聽說⋯」、「據說⋯」

接續與說明 [引語＋って]。表示引用自己聽到的話或是報導等等，相當於表示引用句的「と」，重點在引用；另外也可以跟表示說明的「んだ」搭配成「んだって」表示從別人那裡聽說了某信息。

例句

駅の近くにおいしいラーメン屋があるって。
據說在車站附近有家美味的拉麵店。

次の文の_____にはどんな言葉を入れたらよいか。1・2から最も適当なものをひとつ選びなさい。

實力測驗

Q 哪一個是正確的？
答案>>在下一頁

1
恵比寿から代官山（　　　）は、おしゃれなショップが多いです。
1.にかけて　2.まで

譯
1.にかけて：從…到…
2.まで：從…到…

解答》請看下一頁

2
マラソンのコースを全部走り（　　　）。
1.きりました　2.かけました

譯
1.きる：…完
2.かける：開始…

解答》請看下一頁

3
（　　　）は本当にすばらしいです。
1.生きること　2.生きたところ

譯
1.こと：這件事
2.たところ：…，結果…

解答》請看下一頁

4
すみません、カードがたくさん（　　　）財布がほしいのですが。
1.入れる　2.入る

譯
1.他動詞：有人為意圖發生的動作
2.自動詞：完整表示主語的某個動作

解答》請看下一頁

5
A社にお願いした（　　　）、早速引き受けてくれた。
1.ところ　2.せいか

譯
1.たところ：…，結果…
2.せいか：可能是（因為）…

解答》請看下一頁

6
あいつは、会う（　　　）皮肉を言う。
1.につき　2.たびに

譯
1.につき：因…
2.たびに：每次…

解答》請看下一頁

7
天気予報では、午後から涼しくなる（　　　）。
1.って　2.っけ

譯
1.って：聽說…
2.っけ：是不是…來著

解答》請看下一頁

なるほどの解説を確認して、次のページへ進もう！

1 比較

「から…にかけて」涵蓋的區域較廣，只能大略地指出範圍。「から…まで」則是明確地指出範圍的起點和終點。這一句應該要用「から…にかけて」才能表達「從惠比壽到代官山一帶有很多時髦的店」。如果是用「から…まで」限定範圍，就會帶有「從惠比壽到代官山之間有很多時髦的店，但是只有惠比壽到代官山這中間而已，再過去就沒了」的感覺，所以語意不太符合。

答案：1

2 比較

「きる」前面接動詞連用形，表示徹底完成一個動作。「走りきりました」意思是「跑完」。在此表示「馬拉松全程都跑完了」。「かける」前接動詞連用形，表示做某個動作做到一半。不過句子中有出現「全部」，表示全程，所以用「走りかけました」（跑到一半）是不正確的。

答案：1

3 比較

形式名詞「こと」接在短句後面，作用是把前面所說的變成名詞。在此表示「人活著這件事真是太好了」。【 V-たところ】意思是「…結果」，表示做了前項動作後發生了後項的事情，在此由於後項是個人評價，故語意不符。

答案：1

4 比較

自動詞「入る」和格助詞「が」一起使用，原本的意思是「進入」，此外也有「容納」的語意。在此表示「不好意思，我想想要買個可以放很多張卡的錢包」。他動詞「入れる」意思是「把…放進…」，和格助詞「を」合用。由於前面的格助詞是用「が」而不是「を」，所以這題要選自動詞「入る」才正確。

答案：2

5 比較

　【動詞過去形＋ところ】意思是「結果…」，表示做了前項動作後就發生了後項的事情。在此表示「去拜託Ａ公司，結果對方馬上就答應了」。「せいか」意思是「或許是因為…」，基本上是表示發生了不好的事態，但是說話者自己也不太清楚原因出在哪裡，只能做個大概的猜測。不過這個句子是正面的好事，而且前項和後項不是因果關係，所以不適合用「せいか」。

答案：1

6 比較

　「たびに」意思是「每當…」，表示在做前項動作時都會發生後項的事情。在此表示「每次跟那傢伙碰面，他就冷嘲熱諷的」。「につき」意思是「由於」，說明事情的理由，是書面正式用語，前面要接名詞，故在此接續方式及語意都不正確。

答案：2

7 比較

　「って」意思是「聽說…」，表示消息的引用。在此表示「聽氣象預報說，下午以後天氣會轉涼」。「っけ」意思是「…來著」，用在說話者印象模糊、記憶不清時進行確認，或是自言自語時。在此接續方式有誤。

答案：1

8 **ところだった**
「（差一點兒）就要…了」、「險些…了」；「差一點就…可是…」

接續與說明 [V-る＋ところだった]；[V-て＋いたところだった]。
（1）表示差一點就造成某種後果，或達到某種程度是對已發生的事情的回憶或回想。

例句

もう少しで車にはねられるところだった。
差點就被車子撞到了。

比較

• **ところだ**

「剛要…」、「正要…」

接續與說明 [V-る＋ところだ]。表示將要進行某動作，也就是動作、變化處於開始之前的階段。

例句

今から寝るところだ。
現在正要就寢。

9 **について（は）、につき、についても、についての**
「有關…」、「就…」、「關於…」

接續與說明 [N＋について]；[N＋につき]；[N＋についてのN]。表示前項先提出一個話題，後項就針對這個話題進行說明。相當於「…に関して、に対して」。

例句

中国の文学について勉強しています。
我在學中國文學。

比較

• において、においては、においても、における

「在…」、「在…時候」、「在…方面」

接續與說明 [N＋において]；[N＋におけるN]。表示動作或作用的時間、地點、範圍、狀況等。是書面語。口語一般用「で」表示。

例句

我が社においては、有能な社員はどんどん昇進できます。

在本公司，有才能的職員都會順利升遷的。

10 にわたって、にわたる、にわたり、にわたった

「經歷…」、「各個…」、「一直…」、「持續…」。或不翻譯。

接續與說明 [N＋にわたって]；[N＋にわたり]。前接時間、次數及場所的範圍等詞。表動作、行為涉及到的時間範圍，或空間範圍非常之大。

例句

わが社の製品は、50年にわたる長い間、人々に愛用されてきました。

本公司的產品，長達50年間深受大家的喜愛。

比較

• をつうじて

「透過…」、「通過…」；「在整個期間…」、「在整個範圍…」

接續與說明 [N＋をつうじてV]；[N＋をつうじて]。表示利用某種媒介（如人物、交易、物品等），來達到某目的（如物品、利益、事項等）。相當於「…によって」；又後接表示期間、範圍的詞，表示在整個期間或整個範圍內。相當於「…のうち（いつでも/どこでも）」。

例句

彼女を通じて、間接的に彼の話を聞いた。

透過她，間接地知道他所說的。

11 み
「帶有…」、「…感」

接續與說明 [A-＋み]；[Na-＋み]。「み」是接尾詞，前接形容詞或形容動詞詞幹，表示該形容詞的這種狀態，或在某種程度上感覺到這種狀態。形容詞跟形容動詞轉為名詞的用法。

例句

この包丁は厚みのある肉もよく切れる。
這把菜刀可以俐落地切割有厚度的肉。

比較
● さ

表示程度或狀態

接續與說明 [A-＋さ]；[Na-＋さ]。接在形容詞、形容動詞的詞幹後面等構成名詞，表示程度或狀態。也接跟尺度有關的如「長さ、深さ、高さ」等，這時候一般是跟長度、形狀等大小有關的形容詞。

例句

健康の大切さが分かりました。
了解了健康的重要性。

12 もの、もん

「因為…嘛」

接續與說明 [N／Naだ＋もの]；[A／V（んだ）＋もの]。助詞「もの（もん）」接在句尾，多用在會話中。表示說話人很堅持自己的正當性，而對理由進行辯解。敘述中語氣帶有不滿、反抗的情緒。跟「だって」使用時，就有撒嬌的語感。更隨便的說法是：「もん」。多用於年輕女性或小孩子。

例句

哲学の本なんて読みたくないよ。難しすぎるもん。

人家看不懂哲學書，因為太難了嘛！

比較

● ものだから

「就是因為…，所以…」

接續與說明 [N／Naな＋ものだから]；[A＋ものだから]；[V＋ものだから]。表示原因、理由。常用在因為事態的程度很厲害，因此做了某事。含有對事出意料之外、不是自己願意等的理由，進行辯白。結果是消極的。相當於「…から、…ので」。比較隨便的說法是「もんだから」。

例句

足が痺れたものだから、立てませんでした。

因為腳麻，所以站不起來。

13 わけだ
「當然…」、「怪不得…」

接續與說明 [Nの／Nである＋わけだ]；[Naな／Naである＋わけだ]；
[A／V＋わけだ]。表示按事物的發展，事實、狀況合乎邏輯地必然導
致這樣的結果。跟著重結果的必然性的「…はずだ」相比較，「…わけ
だ」側著重理由或根據。

例句

彼はうちの中にばかりいるから、顔色が青白いわけだ。
因為他老待在家，難怪臉色蒼白。

比較

● にちがいない

「一定是…」、「准是…」

接續與說明 [N／Na（である）＋にちがいない]；[A／V＋にちがいな
い]。表示說話人根據經驗或直覺，做出非常肯定的判斷。相當於「…き
っと…だ」。

例句

あの煙は、仲間からの合図に違いない。
那道煙霧，肯定是朋友發出的暗號。

做對了，往😊走，做錯了往❌走。

次の文の_____にはどんな言葉を入れたらよいか。1・2から最も適当なものをひとつ選びなさい。

實力測驗

Q 哪一個是正確的?

答案>>在下一頁

---

8 彼女は危うく連れて行かれる（ ）。

1.ところだ　2.ところだった

譯
1.ところだ：剛要…
2.ところだった：（差一點兒）就要…了

解答》請看下一頁

---

9 論文のテーマ（ ）、説明してください。

1.について　2.において

譯
1.について：針對…
2.において：在…

解答》請看下一頁

---

10 10年（ ）苦心の末、新製品が完成した。

1.をつうじて　2.にわたる

譯
1.をつうじて：在整個期間…
2.にわたる：經歷…

解答》請看下一頁

---

11 多くの困難を乗り越えてきた彼の言葉には、実に重（ ）がある。

1.み　2.さ

譯
1.み：帶有…
2.さ：表示程度或狀態

解答》請看下一頁

---

12 運動はできないよ。退院した直後（ ）。

1.だもの　2.ものだから

譯
1.もの：…嘛
2.ものだから：就是因為…，所以…

解答》請看下一頁

---

13 3年間留学していたのか。どうりで英語がペラペラ（ ）。

1.なわけだ　2.に違いない

譯
1.わけだ：難怪…
2.に違いない：肯定…

解答》請看下一頁

なるほどの解説を確認して、
次のページへ進もう！

8 比較

　「ところだった」意思是「差點就…」，表示驚險的事態，只差一點就要發生不好的事情。在此表示「她差點就被人擄走了」。「ところだ」意思是「剛要…」，表示主語即將採取某種行動，或是即將發生某個事情。從「危うく」可以得知她被擄走是實際上沒有發生的事情，所以不能選「ところだ」。

答案：2

9 比較

　「について」意思是「針對…」，表示以前項為主題，進行書寫、討論、發表、提問、說明等動作。在此表示「請說明論文的主題」。「において」意思是「在…」，是書面用語，相當於「で」。在此語意不符。

答案：1

10 比較

　「にわたる」後面接名詞，表示大規模的時間、空間範圍。在此表示「嘔心瀝血長達十年，最後終於完成了新產品」。「をつうじて」意思是「透過…」，表示經由前項來達到情報的傳遞。如果前面接的是和時間有關的語詞，則表示在這段期間內一直持續後項的狀態，後面應該接的是動詞句或是形容詞句，在此接續方式有誤。

答案：2

11 比較

　「み」和「さ」都可以接在形容詞、形容動詞語幹後面，將形容詞或形容動詞給名詞化。兩者的差別在於「み」表示帶有這種狀態，和感覺、情感有關，偏向主觀。「さ」是偏向客觀的，表示帶有這種性質，或表示程度，和事物本身的屬性有關。「重み」比「重さ」還更有說話者對於「重い」這種感覺而感嘆的語氣，在這裡是「重要性」的意思。在這邊表示「他克服過許多困難，所說的話頗有份量」。

答案：1

12 比較

　　「もの」意思是「…嘛」，帶有撒嬌、任性、不滿的語氣，多為女性或小孩使用，用在說話者針對理由進行辯解。前接名詞時的接續方式是「Ｎ＋だ＋もの」。在此表示「人家不能運動，因為剛出院嘛」。「ものだから」意思是「就是因為…」，用來解釋理由，通常用在情況嚴重時，表示出乎意料或身不由己。前面不接名詞，故在此接續方式有誤。

答案：1

13 比較

　　「わけだ」意思是「難怪…」，表示說話者本來覺得很不可思議，但知道事物背後的原因後便能理解認同。在此表示「到國外留學了3年啊。難怪英文那麼流利」。「に違いない」意思是「肯定…」，表示說話者的推測，語氣十分確信肯定。從句子中的「どうりで」（怪不得）可以知道說話者知道這個人英文流利的事實，所以表示推測的「に違いない」在這邊就不適當。

答案：1

MEMO

格助詞 (関連・素材・対応・情報源・判断材料)

1 をめぐって、をめぐる
2 をもとに、をもとにして
3 に応じて
4 にかけては、にかけても
5 にこたえて、にこたえ、にこたえる

6 に沿って、に沿い、に沿う、に沿った
7 によると、によれば
8 からして
9 からすれば、からすると
10 から見ると、から見れば、から見て（も）

---

1 をめぐって、をめぐる

「圍繞著…」、「環繞著…」

 [N＋をめぐって、をめぐる]。表示後項的行為動作，是針對前項的某一事情、問題進行的。相當於「について、…に関する」。

例文

町の再開発をめぐって、問題が起こった。

對於城鎮重新開發的一事上，發生了問題。

比較

● について

「有關…」、「就…」、「關於…」

接續與說明 [N＋について]。表示前項先提出一個話題，後項就針對這個話題進行說明。相當於「に関して」。

例文

アジアの国々につい、よく知っている日本人は少ないです。

十分瞭解亞洲各國的日本人並不多。

2 **を基に（して）**

もと

「以…為根據」、「以…為參考」、「在…基礎上」

接續與說明 [N＋を基に（して）]。表示將某事物做為啟示、根據、材料、基礎、土台等。後項的行為、動作是根據或參考前項來自行發展的。相當於「に基づいて」、「を根拠にして」。

例文

私は日本での経験を基に、帰国後は両国のために働きたい。

わたし　 にほん　　　　　　 けいけん　もと　　　　 きこくご　 りょうこく　　　　　　　 はたら

我要以在日本學得的經驗，回國後為兩國做出貢獻。

比較

• **に基づいて**

もと

「根據…」、「按照…」、「基於…」

接續與說明 [N＋に基づいて]。表示以某事物為根據或基礎。在不離開前項的情況下，進行後項的。相當於「を基にして」。

例文

計画に基づいて、新しい街づくりが始まりました。

けいかく　もと　　　　　　あたら　　　 まち　　　　　　 はじ

根據計畫，開始進行新市街的改建。

3 **に応じて**

おう

「根據…」、「按照…」、「順應…」

接續與說明 [N＋に応じて]。表示按照、根據。前項作為依據，後項根據前項的情況而發生變化。意思類似於「に基づいて」。

例文

働きに応じて、報酬をプラスしてあげよう。

はたら　　 おう　　　　　 ほうしゅう

依工作的情況來加薪！

• によって

(1)「根據…」、「按照…」；(2)「由於…」、「因為…」

接續與說明 [N＋によって]。(1)表示所依據的方法、方式、手段。(2)表示句子的因果關係。後項的結果是因為前項的行為、動作而造成、成立的。「により」大多用於書面。相當於「が原因で」。

例文

① その<ruby>村<rt>むら</rt></ruby>は、<ruby>漁業<rt>ぎょぎょう</rt></ruby>によって<ruby>生活<rt>せいかつ</rt></ruby>しています。

那個村莊，以漁業為生。

② この<ruby>地域<rt>ちいき</rt></ruby>は<ruby>台風<rt>たいふう</rt></ruby>により、<ruby>大<rt>おお</rt></ruby>きな<ruby>被害<rt>ひがい</rt></ruby>を<ruby>受<rt>う</rt></ruby>けました。

這區域因颱風，遭到極大的災害。

---

4 にかけては、にかけても
「在…方面」、「關於…」、「在…這一點上」

接續與說明 [N＋にかけては、にかけても]。表示「其它姑且不論，僅就那一件方面、領域來說」的意思。用來誇耀自己的能力或讚美某人的能力。後項多接對技術或能力讚賞。

例文

パソコンの<ruby>調整<rt>ちょうせい</rt></ruby>にかけては、<ruby>自信<rt>じしん</rt></ruby>があります。

在修理電腦這方面，我很有信心。

• に<ruby>関<rt>かん</rt></ruby>して

「關於…」、「關於…的…」

接續與說明 [N＋に関して]。表示就前項有關的問題，做出「後項行為。有關後項多用「言う」（說）、「考える」（思考）、「研究する」（研究）、「討論する」（討論）等動詞。多用於書面。

フランスの絵画に関して、研究しようと思います。

我想研究法國畫。

5 に応えて、に応え、に応える

「應…」、「響應…」、「回答」、「回應」

接續與說明 [N＋に応えて、に応え、に応える]。接「期待」、「要求」、「意見」、「好意」等名詞後面，表示為了使前項能**夠**實現，後項是為此而採取行動或措施。相當於「に応じて」。

例文

農村の人々の期待に応えて、選挙に出馬した。

為了回應農村的鄉親們的期待而出來參選。

比較

に沿って、に沿い、に沿う

「沿著…」、「順著…」、「按照…」

接續與說明 [N＋に沿って、に沿い、に沿う]。接在河川或道路等長長延續的東西，或操作流程等名詞後，表示沿著河流、街道，或按照某程序、方針。前項給出一個基準性的意見或計畫，表示「為了適合…、為了不違背…」的意思。相當於「に合わせて、…にしたがって」。

例文

川に沿って、桜の木が植えられている。

沿著河川，種植櫻花。

実力テスト

做對了，往走，做錯了往走。

次の文の＿＿＿＿にはどんな言葉を入れたらよいか。1・2から最も適当なものをひとつ選びなさい。

實力測驗

Q 哪一個是正確的？
答案》在下一頁

1 遺産相続（　　）、兄弟が激しく争った。
1.をめぐって　　2.について

譯
1.をめぐって：圍繞著…
2.について：針對…
解答》請看下一頁

2 写真に（　　）、年齢を推定しました。
1.に基づいて
2.を基にして

譯
1.に基づいて：基於…
2.を基にして：以…為依據
解答》請看下一頁

3 客の注文（　　）、カクテルを作る。
1.に応じて　　2.によって

譯
1.に応じて：按照…
2.によって：由於…
解答》請看下一頁

4 幼児の扱い（　　）、彼女はプロ中のプロですよ。
1.にかけては　　2.に関して

譯
1.にかけては：在…可是…
2.に関して：關於…
解答》請看下一頁

5 彼はアンコール（　　）、「故郷の民謡」を歌った。
1.にそって　　2.にこたえて

譯
1.にそって：按照…
2.にこたえて：回應…
解答》請看下一頁

なるほどの解説を確認して、次のページへ進もう！

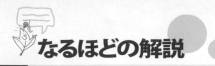 

なるほどの解説

1 比較

比較：「をめぐって」意為「圍繞著…」，表示環繞著前項事物做出討論、辯論、爭執等動作，在此表示「圍繞著遺產繼承問題，兄弟鬩牆」；「について」意為「針對…」，表示就某前項事物來提出說明、撰寫、思考、發表、調查等動作，故語意以「をめぐって」為恰當，正確答案為1。

答案：1

2 比較

正確答案為1「に基づいて」。「を基にして」意為「以…為依據」，表示以前項為依據，離開前項來自行發展後項的動作，；「に基づいて」意為「基於…」，表示基於前項，在不離前項的原則下，進行後項的動作。這句話意思是「根據照片推測年齡」。由於推測年齡，無法離開照片來進行，所以正確答案是「に基づいて」。

答案：1

3 比較

「に応じて」意為「按照…」，表示隨著前項的情況，後項也會隨之改變，在此表示「因應顧客的需求，製作雞尾酒」；「によって」意為「根據」，表示所依據的方法、方式、手段等。又有「由於」之意，表示帶有因果關係，表示因為前項，後項才得以成立，在此兩者語意都不符，故正確答案為1。

答案：1

4 比較

「にかけては」意為「在…可是…」，表示前項為某人的拿手事物，後項對這一事物表示讚賞。在此表示「在幼保方面，她可是專家中的專家」；「に関して」意為「關於…」，前接問題、議題等，後項則接針對前項做出的行動，故語意不符，答案應選1。

答案：1

5 比較

正確答案為2「にこたえて」。「にこたえて」意為「回應…」，表示因應前項，而有了後項動作，在此表示「為了回應安可聲，他唱了故鄉的民謠」；「にそって」意為「按照…」，多接在表期待、方針、使用說明等語詞後面，來當作一個基準性的意見或計畫的，而這句話的前項看不到這樣的語詞。故語意不符。

答案：2

6 に沿って、に沿い、に沿う
「沿著…」、「順著…」、「按照…」

接續與說明 [N＋に沿って、に沿い、に沿う]。接在河川或道路等長長延續的東西，或操作流程等名詞後，表示沿著河流、街道，或按照某程序、方針。相當於「に合わせて、…にしたがって」。

例文

目的にそって、資金を運用する。
按照目的，使用資金。

比較

● をめぐって、をめぐる
「圍繞著…」、「環繞著…」

接續與說明 [N＋をめぐって、をめぐる]。表示後項的行為動作，如討論、爭論、對立等，是針對前項的某一事情、問題進行的。前項多是爭論或爭議的中心主題、追究的對象。相當於「について、…に関する」。

例文

彼の理事長への就任をめぐって、問題が起こった。
針對他就任理事長一事，產生了問題。

7 によると、によれば
「據…」、「據…說」、「根據…報導…」

接續與說明 [N＋によると、によれば]。表示消息、信息的來源，或推測的依據。前項常接判斷的依據，例如「判斷、經驗、記憶、想法、見解」等內容語詞。後面常跟著表示傳聞的「そうだ、らしい、ということだ、とのことだ、んだって」之類的詞相呼應。

例文

天気予報によると、明日は雨が降るそうです。

根據氣象預報，明天會下雨。

比較

● に基づいて

「根據…」、「按照…」、「基於…」

接續與說明 [N＋に基づいて]。表示以某事物為根據或基礎。相當於「をもとにして」。

例文

違反者は法律に基づいて処罰されます。

違者依法究辦。

---

8 からして

「從…來看…」

接續與說明 [N＋からして]。表示判斷的依據。後項大多是跟判斷、評價、推測相關的表達方式。

例文

①今までの確率からして、宝くじに当たるのは難しそうです。

從至今的機率來看，要中彩券似乎是很難的。

②この手紙は、筆跡からして太郎が書いたものに違いない。

從信中的筆跡來看，是太郎寫的沒錯。

比較

● からといって

（1）「雖說…可是…」、「即使…，也不能…」等；（2）「說是（因為）…」

[N／Naだ＋からといって]；[A／V＋からといって]。

（1）表示不能僅僅因為前面這一點理由，就做後面的動作。大多是對對方的批評或規勸，也用在對事實關係上的注意或訂正。

後面接否定的表達方法，如「わけではない、とはかぎらない、とはいえない、てはいけません」。相當於「という理由があっても」。

（2）表示引用別人陳述的理由。（1）跟（2）口語中都常說成「からって」。

例文

① 嫌いだからといって、野菜を食べないと体に悪いよ。

雖說討厭，但不吃蔬菜對身體是不好的喔！

② 田中さんなら具合が悪いからって、先に帰っちゃったよ。

田中先生的話，他說是身體不舒服，就先回去了。

---

9 からすれば、からすると

(1)「從…來看」；(2)「從…立場…來說」

接續與說明 [N＋からすれば、からすると]。(1)表示判斷的依據。後項的判斷是根據前項的材料。後項大多是跟判斷、評價、推測相關的表達方式。相當於「から考えると」。(2)表示從前項的觀點跟立場，來判斷後項。

例文

① あの口ぶりからすると、彼はもうその話を知っているようだ。

從他的口氣來看，他好像已經知道那件事了。

② わが国の立場からすると、この協定は不公平と言わざるを得ない。

從我國的立場來看，這協定是不公平的。

比較

● によると、によれば

「據…」、「據…說」、「根據…報導…」

接續與說明 [N＋によると、によれば]。表示消息、信息的來源，或推測的依據。前項常接判斷的依據，例如「判斷、經驗、記憶、想法、見解」等內容語詞。後面常跟著表示傳聞的「そうだ、らしい、ということだ、とのことだ、んだって」之類的詞相呼應。

例文

アメリカの文献によると、この薬は心臓病に効くそうだ。

根據美國的文獻，這種藥物對心臟病有效。

10 から見ると、から見れば、から見て

「從…來看」；「從…來說」；「根據…來看…的話」；「就算從…來看」

接續與說明 [N＋から見ると、から見れば、から見て]。表示判斷的依據、角度。也就是客觀地「從某一立場、觀點來判斷的話」或「從某一個基準、材料來考量的話」之意。後項多接判斷、推測、意見相關的內容。相當於「からすると」。

例文

雲の様子から見ると、日中は雨が降りそうです。

從雲朵的樣子來看，白天好像會下雨。

比較

• によると、によれば

「據…」、「據…說」、「根據…報導…」

接續與說明 [N＋によると、によれば]。表示消息、信息的來源，或推測的依據。前項常接判斷的依據，例如「判斷、經驗、記憶、想法、見解」等內容語詞。後面常跟著表示傳聞的「そうだ、らしい、ということだ、とのことだ、んだって」之類的詞相呼應。

例文

みんなの話によると、窓からボールが飛び込んできたそうだ。

據大家所說，球是從窗戶飛進來的。

2 実力テスト

做對了，往走，做錯了往❌走。

次の文の_____にはどんな言葉を入れたらよいか。1・2から最も適当なものをひとつ選びなさい。

實力測驗
Q 哪一個是正確的?
答案>>在下一頁

6
説明書の手順（　　）、操作する。
1.に沿って　　2.をめぐって

譯
1.に沿って：按照…
2.をめぐって：圍繞著…

解答》請看下一頁

7
警察の説明（　　）、犯人はまだこの付近にいるそうです。
1.によると　　2.に基づいて

譯
1.によると：根據…
2.に基づいて：依據…

解答》請看下一頁

8
彼は、アクセント（　　　）、東北出身だろう。
1.からといって　2.からして

譯
1.からといって：雖說…可是…
2.からして：從…來看…

解答》請看下一頁

9
あの人の成績（　　　）、大学合格はとても無理だろう。
1.によれば　　2.からすれば

譯
1.によれば：據…
2.からすれば：從…來看

解答》請看下一頁

10
営業の成績（　　）、彼はとても優秀なセールスマンだ。
1.から見ると　　2.によると

譯
1.から見ると：從…來看
2.によると：據…

解答》請看下一頁

なるほどの解説を確認して、次のページへ進もう！

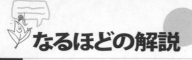 

6 比較

　　「に沿って」意為「按照⋯」，多接在表期待、方針、使用說明等語詞後面，在此表示「按照說名書的操作步驟，來操作」；「をめぐって」意為「圍繞著⋯」，表示以前項為中心，圍繞著此事項發生了各種討論、爭議、對立等。故語意不符，正確答案為1。

答案：1

7 比較

　　「によると」意為「根據⋯」，表示傳聞，前項為消息來源，在此表示「根據警察的說法指出，犯人似乎還在這附近」；「に基づいて」表示「依據⋯」，以前項為基礎，執行後項，故語意不符，正確答案為1。

答案：1

8 比較

　　正確答案是2的「からして」。「からして」從前項來推測出後項。這句話知道也是表示判斷的依據。句中「從他的口音〈來看〉」「可能是東北人」。「からといって」意為「（不能）僅因⋯就⋯」，表示「即使有某理由或情況，也⋯」的意思。對於「因為前項所以後項」的簡單推論或行為持否定的意見，用在對對方的批評或意見。後項多為否定的表現，語意不符。

答案：2

9 比較

　　正確答案是2「からすれば」。「からすれば」表示判斷的依據。後項的判斷是根據前項的材料。；「によれば」表示消息、信息的來源，或推測的依據。這句話前項「〈從〉他的成績〈來看〉」，知道是判斷的材料，進而有後項的推測「考上大學很困難了」。所以這句要選的是判斷的依據「からすれば」，而不是「消息、信息的來源」。

答案：2

10 比較

「から見ると」表示從前項客觀的材料（某一立場、觀點），來進行後項的判斷，而且一般這一判斷的根據是親眼看到，可以確認的；「によると」表示前項是後項的消息、根據的來源。這一句前項的「營業成績」是客觀的判斷材料，而且是親眼看到的，因此，有後項的「他是很優秀的銷售員」的判斷。由此來看，並不是表示「によると」的消息來源。正確答案是1。

答案：1

接続助詞（時の表現）

1 うえで

2 にあたって、にあたり

3 に際して、に際し、に際しての

4 に先立ち、に先立つ、に先立って

5 ないうちに

6 あげく（に）

7 末（に、の）

8 か…ない（かの）うちに

9 次第

10 たびに

1

上（で）

「在…之後」、「以後…」、「之後（再）…」

接續與說明 [Nの＋上（で）]；[V-た＋上（で）]。表示兩動作間時間上的先後關係。表示先進行前一動作，後面再根據前面的結果，採取下一個動作。前項大多為「確認或手續」相關的語詞。不僅單純表示先做前項再做後項，還強調以前項為條件，才能進行後項的語意。相當於「てから」。

例文

上司と話し合った上で、結論を出したいと思います。

我想先跟上司商量之後，再提出結論。

比較

末（に）

「經過…最後」、「結果…」、「結局最後…」

接續與說明 [Nの＋末（に）]；[V-た＋末（に）]。表示花了很長的時間，有了最後的結果，或做最後的決定、判定。是動作、行為等的結果。意味著「某一期間的結束」。書面語。反映出說話人的心情跟印象。後句中常用副詞「結局、ついに、やっと」等。

例文

工事は、長時間の作業のすえ、やっと完了しました。

工程經過很長的作業時間，最後終於完成了。

に当たって、に当たり
「在…的時候」、「當…之時」、「當…之際」

接續與說明 [N／V-る＋に当たって、に当たり]。表示做某重要行動之前，要進行後項。也就是某一行動，已經到了事情重要的階段。可用在新事態的開始或結束的情況。前項一般接「入学、卒業、受験、結婚、就職、入院、退院…」等名詞或相應的動詞。一般用在致詞或感謝致意的書信中。相當於「に際して、…をするときに」。

例文

このおめでたいときにあたって、一言お祝いを申し上げたい。
在這可喜可賀的時候，我想說幾句祝福的話。

比較

● において
「在…」、「在…時候」、「在…方面」

接續與說明 [N＋において]。表示某事情（主要是抽象的事情或是特別的活動）成立的時間、地點、範圍、狀況、領域、場面等。是書面語。口語一般用「で」表示。

例文

我が社においては、有能な社員はどんどん出世することができます。
在本公司，有才能的職員都會順利升遷的。

に際し（て）
「在…之際」、「當…的時候」

接續與說明 [N／V-る＋に際し（て）]。表示以某事為契機，也就是動作的時間或場合。可以用在新事態要開始，也可以用在某種事態要結束的情況，重點強調狀態。意思是「在（事情）之前」，跟「…にあたって」近似。有複合詞的作用。是書面語。

チームに加入するに際して、自己紹介をお願いします。

入隊時請您先自我介紹。

比較

• **につけ（て）**

「每當…就…」、「一…就…」

接續與說明 [V-る＋につけ（て）]。前接「見る、聞く、考える」等動詞，表示前項是後項的感覺、情緒等的產生條件或起因，後項敘述的是自然產生的事態或感情。所以後項多為「思い出される、感じられる」為等自發性的動作，不接表示意志的詞，如「見る、聞く、行く」

例文

彼の家を訪問するにつけ、昔のことを思い出されます。

每當到他家去拜訪，就想起以前的事。

---

4 **に先立ち、に先立つ、に先立って**
「在…之前，先…」、「預先…」、「事先…」

接續與說明 [N／V-る＋に先立ち、に先立つ、に先立って]。一般用在敘述仕進入主要事情之前，要進行某一附加程序。也就是用在述說做某一動作前應做的事情，後項是做前項之前，所做的準備或預告，重點強調順序。相當於「（の）前に」。

例文

契約に先立ち、十分に話し合った。

在締結合同之前，要先充分商量好。

比較

• **に際し（て）**

「在…之際」、「當…的時候」

接續與說明 [N／V-る＋に際し（て）]。表示以某事為契機，也就是動作的時間或場合。可以用在新事態要開始，也可以用在某種事態要結束的情況，重點強調狀態。意思是「在（事情）之前」，跟「…にあたって」近似。有複合詞的作用。是書面語。

例文

このイベントを開催するに際して皆様には多大なるご協力をいただきました。

在舉辦這次的比賽時，得到大家的鼎力相助。

5 ないうちに
「在未…之前，…」、「趁沒…」

接續與說明 [V＋ないうちに]。表示在前面的被預測不好的環境、狀態還沒有產生變化的情況下，做後面的動作。含有不知道什麼時候會發生，但從狀況來看，有可能發生前項，所以在前項發生之前，先做後項之意。相當於「…前に」。

例文

雨が降らないうちに、帰りましょう。

趁還沒有下雨，回家吧！

比較

に先立ち、に先立つ、に先立って
「在…之前，先…」、「預先…」、「事先…」

接續與說明 [N／V-る＋に先立ち、に先立つ、に先立って]。一般用在敘述在進入主要事情之前，要進行某一附加程序。也就是用在述說做某一動作前應做的事情，後項是做前項之前，所做的準備或預告，重點強調順序。相當於「（の）前に」。

例文

新しい機器を導入するに先立って、説明会が開かれた。

在引進新機器之前，先開說明會。

次の文の＿＿＿＿にはどんな言葉を入れたらよいか。1・2から最も適当なものをひとつ選びなさい。

實力測驗

Q哪一個是正確的？
答案>>在下一頁

1 ご予約（　　）、ご来店ください。

1.の上で　　　2.の末に

2 結婚を決める（　　）、重要なことが一つあります。

1.にあたって　2.において

譯

1.の上で：在…之後
2.の末に：經過…最後

解答》請看下一頁

譯

1.にあたって：在…之時
2.において：在…方面

解答》看下一頁

3 出発（　　）、一言ごあいさつを申し上げます。

1.につけ　　　2.に際して

4 新幹線の開通（　　）、何度も試験運行を行いました。

1.に先立ち　　2.に際して

譯

1.につけ：每當…就…
2.に際して：在…之際

解答》請看下一頁

譯

1.に先立ち：預先…
2.に際して：在…之際

解答》請看下一頁

5 道路が混雑し（　　）、出発したほうがいい。

1.に先立ち　　2.ないうちに

なるほどの解説を確認して、
次のページへ進もう！

譯

1.に先立ち：事先…
2.ないうちに：在還沒有之前先…

解答》請看下一頁

1 比較

　　這裡的「の上で」表示先確實做好前項「先預約」這一手續，以此為條件，才能再進行後項「蒞臨本店」這一動作；「の末に」強調「花了很長的時間，有了最後的結果」，暗示在過程中「遇到了各種困難，各種錯誤的嘗試」等。「先預約」並沒有「遇到了各種困難」的語意。所以答案是1。

答案：1

2 比較

　　「にあたって」意為「在…之時」，表示在做前項某件特別、重要的事情之前，要進行後項，在此表示「決定結婚之際，有一件事情十分重要」。「結婚」符合特別、重要的事情；「において」意為「在…方面」，使用於時間、地點、狀況，表示一個範圍，所以用在這裡不恰當，正確答案為1。

答案：1

3 比較

　　正確答案為2「に際して」。「に際して」意為「在…之際」，用於開始做某件特別事，或是表示該事情正在進行中，在此表示「在出發時，請允許我講幾句話」；「につけ」意為「每當…就…」，表示每當看到或想到，就聯想起的意思，後接「思い出、後悔」等跟感情或思考有關的內容。故語意不符。

答案：2

4 比較

　　「に先立ち」意為「預先…」，表示在做前項之前，先做後項的事前工作，在此表示「在新幹線開通之前，事先試行了好幾次」；「に際して」意為「在…之際」，表示眼前在前項這樣的場合、機會，進行後項的動作。這裡需要一個進入主要事情之前，要進行某一附加程序的「に先立ち」。故正確答案為1。

答案：1

5 比較

　　正確答案為2「ないうちに」。「ないうちに」意為「在還沒有之前先…」，表示趁著某種情況發生前做某件事，在此表示「趁著路上還沒塞車時出發比較好」；「に先立ち」意為「事先…」，表示在做某件大事之前應該要先把預備動作做好，若前接動詞，則要改成動詞連體形，故接續方式有誤，語意也不符。

答案：2

6 あげく（に）

「到最後」、「，結果…」

接續與說明 [Nの＋あげく（に）]；[V-た＋あげく（に）]。表示事物最終的結果。也就是經過前面一番波折達到的最後結果。前句大都是因為前句，而造成精神上的負擔或是帶來一些麻煩。多用在消極的場合。常跟「いろいろ、さんざん」一起使用。相當於「結果」。接前後兩個句子，有接續助詞作用。

例文

さんざん手間をかけて準備したあげく、失敗してしまいました。

花費多年準備，結果卻失敗了。

比較

• うちに

「在…之內」、「趁…時」

接續與說明 [Nの／Naな／A-い／V-る／V-ない＋うちに]。表示在前面的環境、狀態持續的期間，做後面的動作。跟時間相比，比較著重在狀態的變化。

例文

両親が元気なうちに親孝行しましょう。

趁父母還健在時，要好好孝順。

7 末（に、の）

「經過…最後」、「結果…」、「結局最後…」

接續與說明 [Nの＋末（に、の）]；[V-た＋末（に、の）]。表示「經過一段時間，最後…」之意，是動作、行為等的結果。花了很長的時間，有了最後的結果，或做最後的決定、判定。意味著「某一期間的結束」。較不含感情色彩。書面語。

彼は、長い裁判の末に無罪になった。
他經過長期的訴訟，最後被判無罪。

比較

● あげく（に）

「到最後」、「，結果…」

接續與說明 [Nの＋あげく（に）]；[V-た＋あげく（に）]。表示事物最終的結果。也就是經過前面一番波折達到的最後結果。前句大都是因為前句，而造成精神上的負擔或是帶來一些麻煩。多用在消極的場合。常跟「いろいろ、さんざん」一起使用。相當於「結果」。接前後兩個句子，有接續助詞作用。

例文

彼は、せっかく大学に入ったのに遊びほうけたあげく、とうとう退学させられた。
他好不容易才考上大學，卻玩過頭，最後遭退學了。

8 か…ない（かの）うちに

「剛剛…就…」、「一…（馬上）就…」、「還沒…就…」

接續與說明 [V-る／V-た＋か＋V-ない＋（かの）うちに]。表示前一個動作才剛開始，在似完非完之間，第二個動作緊接著又開始了。或者兩動作幾乎同時發生。相當於「すると、同時に」。

例文

電車が止まるか止まらないかのうちに、ホームから歓呼の声が上がった。
沒等電車停穩，月台上就爆發出歡呼聲。

• とたん（に）

「剛…就…」、「剛一…，立刻…」、「…那就…」

接續與說明 [V-た＋とたん（に）]。表示前項動作和變化完成的一瞬間，發生了後項的動作和變化。由於說話人當場看到後項的動作和變化，因此伴有意外的語感。相當於「したら、その瞬間に」。

例文

歌手がステージに出てきたとたんに、みんな拍手を始めた。

歌手一上舞台，大家就拍起手來了。

---

9 次第

「馬上…」、「一…立即」、「後立即…」

接續與說明 [R-＋次第]。表示某動作剛一做完，就立即採取下一步的行動。或前項必須先完成，後項才能夠成立。後項不用過去式。跟「するとすぐ」意思相同。

例文

バリ島に着き次第、電話をします。

一到巴里島，馬上打電話給你。

• とたん（に）

「剛…就…」、「剛一…，立刻…」、「…那就…」

接續與說明 [V-た＋とたん（に）]。表示前項動作和變化完成的一瞬間，發生了後項的動作和變化。由於說話人當場看到後項的動作和變化，因此伴有意外的語感。前面要接動詞過去式。後項也大多用過去式。相當於「したら、その瞬間に」。

例文

窓を開けたとたん、ハエが飛び込んできた。

剛一打開窗戶，蒼蠅就飛進來了。

10 たびに
「每次…」、「每當…就…」、「每逢…就…」

接續與說明 [Nの／V-る＋たびに]。表示前項的動作、行為都伴隨後項。也就是一件事如果發生，當時總是會有相同的另一件事發生的意思。相當於「するときはいつも」。

例文

あいつは、会うたびに皮肉を言う。
每次跟那傢伙碰面，他就冷嘲熱諷的。

比較

● につけ（て）
「一…就…」、「每當…就…」

接續與說明 [V-る＋につけ（て）]。前接「見る、聞く、話す、行く」等表示每當看到或想到什麼就聯想到什麼的意思。後項一般是跟感覺、情緒及思考等有關的內容，後項多接「思い出される、感じられる」等。

例文

ヨーロッパの映画を見るにつけて、現地に行ってみたくなります。
每當看到歐洲的電影，就想去當地看看。

4 実力テスト

做對了，往😊走，做錯了往❌走。

次の文の＿＿＿＿にはどんな言葉を入れたらよいか。1・2から最も適当なものをひとつ選びなさい。

實力測驗
Q 哪一個是正確的？
答案≫≫在下一頁

---

6 親の反対を押し切って結婚した（　　　）、2ヶ月で離婚した。
1.あげくに　　2.うちに

譯 1.あげくに：到最後
2.うちに：趁…時

解答≫請看下一頁

---

7 あきらめずに実験を続けた（　　　）、とうとう開発に成功した。
1.末に　　2.あげくに

譯 1.末に：結果…
2.あげくに：到最後

解答≫請看下一頁

---

8 「おやすみなさい」と言ったか言わない（　　　）、もう眠ってしまった。
1.かのうちに　2.とたんに

譯 1.かのうちに：剛剛…就…
2.とたんに：剛…就…

解答≫請看下一頁

---

9 契約を結び（　　　）、工事を開始します。
1.とたんに　　2.次第

譯 1.とたんに：在…同時…
2.次第：一…立即

解答≫請看下一頁

---

10 百点を取る（　　　）、お母さんが必ずごほうびをくれる。
1.たびに　　　　2.につけ

譯 1.たびに：毎逢…就…
2.につけ：毎當…就會…

解答≫請看下一頁

なるほどの解説を確認して、次のページへ進もう！

6 比較

　　這裡的「あげくに」表示前項經過了不顧父母的反對，花了那麼大的代價，最後卻是後項的兩個月就離婚了。含有在精神上已經受到了一番波折之後，又遭受到更重的打擊的語意；「うちに」表示在某一狀態持續的期間，進行某種行為或動作。有「等到發生變化就晚了，趁現在…」的含意。由於「結婚した」是動詞夕形，所以接續不對，語意也不符。正確答案是1。

　　　　　　　　　　　　　　　　　　　　　　　　　　　　　　答案：1

7 比較

　　「末に」表示花了前項很長的時間，有了後項最後的結果，後項可以是積極的，也可以是消極的。較不含感情的說法。「あげくに」表示經過前面一番波折達到的最後結果，後項是消極的結果。含有不滿的語氣。

　　　　　　　　　　　　　　　　　　　　　　　　　　　　　　答案：1

8 比較

　　「か…ないかのうちに」表示前項動作才剛開始，後項動作就緊接著開始，或前後項動作幾乎同時發生；「とたんに」表示前項動作完全結束後，馬上發生後項的動作。由於「か…ない（かの）うちに」接續方法是重複兩個動詞「【動詞辭書形／動詞夕形】＋か＋【同一動詞否定形】＋（かの）うちに」，看到這句話前項有兩個動詞「言ったか言わない」（才說就…），而「とたんに」前面接的是動詞夕形。因此答案是1。

　　　　　　　　　　　　　　　　　　　　　　　　　　　　　　答案：1

9 比較

　　正確答案是2「次第」。「次第」意為「一…立即」表示「一旦實現了某事，就立刻…」前項是說話跟聽話人都期待的事情。前面要接動詞連用形，後項不用過去式，在此表示「契約一簽，就立即開工」；「とたんに」意為「剛一…就…」，表示前項動作完成瞬間，幾乎同時發生了後項的動作。兩件事之間基本上沒有時間間隔。而「簽契約」跟「開工」之間基本上無法在瞬間完成，再加上前面要接動詞過去式，後項也大多用過去式。因此，正確答案是2

　　　　　　　　　　　　　　　　　　　　　　　　　　　　　　答案：2

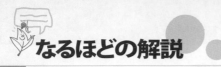

10 ^{比較}

　「たびに」意為「每逢…就…」，表示「每當前項發生，那後項勢必跟著發生」。在此表示「每次考一百分，媽媽就一定會給我獎勵」；「につけ」意為「每當…就會…」，表示每當處於某種事態下，心理就自然會產生某種狀態。而「媽媽就一定會給我獎勵」並不是自然而起的心理狀態。所以正確答案是1的「たびに」。

答案：1

接続助詞（原因・理由の表現）

以上（は）
（1）「既然…」；（2）「既然…，就…」

接續與說明 [V＋以上（は）]；[N＋である以上（は）]；[Na＋である以上（は）]。(1)前句表示某種決心或責任，後句是根據前面而相對應的決心、義務或奉勸的表達方式；(2)在前句的狀態、身份、立場的情況下，理所當然會有後句的情況。有接續助詞作用。相當於「からは」、「からには」。後面多接「なければならない、てはいけない、べきだ、当然だ、当たり前だ」或是「つもりだ、ようと思う」

例文

① 両親から独立した以上は、仕事を探さなければならない。
既然離開父母自立更生，就得找工作才行。

② 夫婦である以上、お互いに助け合うべきだ。
既然結為夫婦，就應該要互相幫助。

比較

● かぎり（では）

「在…的範圍內」、「就…來說」、「據…調…」

接續與說明 [Nの＋かぎり（では）]；[V-る／V-ている／V-た＋かぎり（では）]。接認知行為動詞如「知る（知道）、見る（看見）、調べる（調查）、聞く（聽說）」等後面，表示憑著自己的知識、經驗等有限的範圍做出判斷，或提出看法。文末多接「ようだ、そうだ、はずだ」等表示推測或判斷的表達方式。相當於「…の範囲内では」。

例文

私の知るかぎりでは、彼はまだ独身のはずです。

據我所知，他應該還是單身的。

2 上は

「既然…」、「既然…就…」

接續與說明 [V-る／V-た＋上は]。前接表示某種決心、責任等行為的詞，後續表示必須採取跟前面相對應的動作。後句是說話人的判斷、決定或勸告。含有「被逼到絕境，沒有逃避的場所了，除了這個方法，沒有別的方法了」的覺悟。後面大多接「なければならない、てはいけない、はずだ、つもりだ」等表達方式。有接續助詞作用。相當於「以上（は）」、「からには」。

例文

秘密を知った上は、生かしてはおけない。

既然秘密被知道了，就無法留活口了。

比較

上（に）

「而且…」、「不僅…，而且…」、「在…之上，又…」

接續與說明 [Nの／Nである＋上（に）]；[Naな＋上（に）]；[A／V＋上（に）]。表示追加、補充同類的內容。也就是前項本來就很充分了，後面還有比前項更甚的情況。用在消極跟積極的評價上。相當於「だけでなく」。

例文

先生にしかられた上に、トイレ掃除までさせられた。

不僅被老師罵，還被罰掃廁所。

3 ことだから

「因為是…，所以…」

接續與說明 [Nの＋ことだから]。表示自己判斷的依據。主要接表示人物或組織相關的詞後面，前項是根據說話雙方都熟知的人物或組織的性格、行為習慣等，做出後項相應的判斷。句尾常用「だろう、に違いない」等推測的表達方式。

例文

せきにんかん　つよ　かれ　　　　　　　　　　　　やくめ　　　　　　　は
責任感の強い彼のことだから、役目をしっかり果たすだろう。
因為是責任感強的他，所以一定能完成使命吧！

比較

● **ものだから**

「就是因為…，所以…」

接續與說明 [N／Naな／A／V＋ものだから]。表示原因、理由。常用在因為事態的程度很厲害，因此做了某事。含有對事出意料之外、不是自己願意（沒辦法，自然而然變這樣）等的理由，進行辯白。結果是消極的。相當於「から、…ので」。如果關係親密，口語可以說成「もんで、もんだから」。

例文

　　　　　　　　　　　　　　　　　　　　　　た　す
このケーキはおいしいものだから、つい食べ過ぎてしまう。
因為蛋糕實在是太好吃了，不小心就吃多了。

4 あまり（に）

(1)「由於過度…」、「因過於…」、「過度…」；(2)「太過於」

接續與說明 (1)[Nの＋あまり（に）]；(2)[V-る／V-た＋あまり（に）]。(2)表示由於前句某種感情、感覺的程度過甚，而有後句的狀

態。(2)前項程度太超過了，而導致後項不好的結果。前句表示原因，後句的結果一般是消極的。

一般前接表示感情或狀態的名詞，如「心配、悲しみ、驚き、忙しさ」，如果前接單純表示動作的動詞時，多接「すぎる」，句末不接「意志、希望、推測」等表現。相當於「あまりに…ので」。

例文

① 葬式で、悲しみのあまり、わあわあ泣いてしまった。
葬禮時，由於過度悲傷，而哇哇大哭起來。

② お酒を飲みすぎたあまりに、動けなくなってしまった。
由於飲酒過度，身體無法動彈。

比較

● だけに

(1)「到底是…」、「正因為…」；(2)「正是因為…所以更加…」、「由於…，所以特別…」

接續與說明 [N／A／V＋だけに]；[Naな＋だけに]。表示原因。(1)表示由於前項的情況，理所當然產生後項相應的結果。也就是「～ので、それにふさわしく」，後項會有「当然～だ」這樣的推測的結果。著重在強調前面的原因。(2)正因為前項，理所當然地才有比一般程度更深的後項的狀況。相當於「だから」。

例文

① 彼は役者としての経験が長いだけに、演技がとてもうまい。
正因為有長期的演員經驗，所以演技棒極了！

② 信じていただけに、裏切られたときはショックだった。
正因為太相信了，所以被他背叛時特別震驚。

5 実力テスト

做對了，往😊走，做錯了往❌走。

次の文の＿＿＿＿にはどんな言葉を入れたらよいか。1・2から最も適当なものをひとつ選びなさい。

實力測驗

Q哪一個是正確的？

答案≫在下一頁

1
留学する（　　）、言葉だけでなくその国の文化も学ぶつもりだ。
1.かぎり　　　2.以上は

　❌

譯
1.かぎり：在…的範圍內
2.以上は：既然…

解答≫請看下一頁

2
大損になってしまった。こうなった（　　）首も覚悟している。
1.上は　　　　2.上に

❌　

譯
1.上は：既然…
2.上に：不僅…，而且…

解答≫請看下一頁

3
実力のある彼の（　　　）、きっと予選を勝ち抜くだろう。
1.ことだから　2.ものだから

　❌

譯
1.ことだから：因為是…，所以…
2.ものだから：就是因為…，所以…

解答≫請看下一頁

4
驚きの（　　　）、腰が抜けてしまった。
1.だけに　　　2.あまり

❌　

譯
1.だけに：正因為…
2.あまり：由於過度…

解答≫請看下一頁

なるほどの解説を確認して、次のページへ進もう！

バンザーイ!!

Gusun...

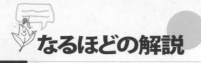 

1 比較

　正確答案是2「以上は」。「以上は」在這裡表示既然有某種決心「出國留學」，就要有相對應的做後項的決心「不僅是學語言，也要學習該國文化」。

　「かぎり」考題的前項是「留學」，並沒有提到憑著個人有限的根據，而且後項的「不僅是學語言，也要學習該國文化」是決心，不是做出判斷或提出看法。語意不符。

答案：2

2 比較

　「上は」意為「既然…」，含有「由於遇到某種立場跟狀況，所以當然要…」之意。在此，「上は」表示在前項遇到很糟糕的情況下「損失這麼大」，而有了後項被逼迫或不得已的「要有被革職的覺悟」；「上に」意為「不僅…，而且…」，表示追加、補充同類的內容，先舉一個事例之後，再進一步舉出另一個事例。語意不符。正確答案為1的「上は」。

答案：1

3 比較

　這句話中譯是「有實力的他」、「預選一定能通過」。看到「彼」的後面有「の」，後面有推測的表達方式「だろう」，知道要用前接與人物相關的詞，透過所提到的人「有實力」，來進行後項的判斷的「ことだから」；至於「ものだから」是把前項當理由，說明自己為什麼做了後項，把自己的行為正當化之意。語意不符。

答案：1

4 比較

　正確答案是2「あまり」。這裡的「あまり」表示由於前項的某種感情的過度，也就是過度驚嚇，而有後項手腳發軟這一狀況；如果用「だけに」的第一個意思「正因為…」的話，受到驚嚇，不一定理所當然會有「手腳發軟」的結果。如果用第二個意思「正是因為…所以更加…」的話，意思變成「由於受到驚嚇，所以特別手腳發軟」，後項的「手腳發軟」沒有比一般程度更深的狀況。所以語意不符。而且「だけに」前面要直接接體言，不需多接「の」，接續也不對。

答案：2

5 ことから

(1)「從…來看」; (2)「因為…」、「因此…」

接續與說明 [Nである／Naな／Naである／A／V＋ことから]。 (1) 表示判斷的理由。根據前項的情況，來判斷出後面的結果或結論。是說明事情的經過跟理由的句型。 (2) 由於前項的起因跟由來，而有後項的狀態。 (1) (2) 都相當於「ので」。

例文

① ガラスが割れていることから、泥棒が入ったと分かった。
從玻璃碎了一地來看，知道遭小偷闖空門了。

② この池は亀が多くいることから、「亀の池」とよばれている。
因為這池子有許多烏龜，所以被稱為「龜池」。

比較
- ## ことだから

「因為是…，所以…」

接續與說明 [Nの＋ことだから]。表示自己判斷的依據。主要接表示人物或組織相關的詞後面，前項是根據說話雙方都熟知的人物或組織的性格、行為習慣等，做出後項相應的判斷。句尾常用「だろう、に違いない」等推測的表達方式。

例文

主人のことだから、また釣りに行っているのだと思います。
我想我老公一定又去釣魚吧！

6 せいで、せいだ

「由於…」、「因為…的緣故」、「都怪…」

接續與說明 [Nの＋せいで、せいだ]；[Naな＋せいで、せいだ]；[A／V＋せいで、せいだ]。表示原因。表示發生壞事或會導致某種不利的情況

的原因，還有責任的所在。含有責備對方的語意。「せいで」是「せいだ」的中頓形式。相當於「が原因だ、…ため」。

例文

あなたのせいで、ひどい目に遭いました。

都怪你，我才會這麼倒霉。

比較
────────────────────────────

● **おかげで**

「由於…」、「多虧…」、「托…的福」

接續與說明 [Nの／A＋おかげで]；[Naな／だった＋おかげで]；[V-た＋おかげで]。

表示因為某種原因、理由，而導致良好的結果。但是有時也有嘲諷、諷刺的意思。一般如果是導致不良的結果，就用「せいで」的形式。

例文

① 薬のおかげで、傷はすぐ治りました。

多虧藥效良好，才能馬上治好傷勢。

② バスにが路上で故障したおかげで、遅刻してしまった。

因為公車在半途中故障，所以遲到了。

7　だけに
「到底是…」、「正因為…，所以更加…」、「由於…，所以特別…」

接續與說明 [N／A／Vだけに]；[Naなだけに]。表示原因。表示正因為前項，理所當然地才有比一般程度更深的後項的狀況。相當於「だからなおのこと」。

例文

彼は政治家としては優秀なだけに、今回の汚職は大変残念です。

正因為他是一名優秀的政治人物，所以這次的貪污事件更加令人遺憾。

• だけあって

「不愧是…」、「到底是…」、「無怪乎…」

接續與說明 [N（である）／Naな／Na（である）／A／V＋だけあって]。表示名實相符，後項結果跟自己所期待或預料的一樣，因而心生欽佩。一般用在積極讚美的時候。副詞「だけ」在這裡表示與之名實相符。前項表示地位、職業之外，也可以表示評價或特徵。相當於「にふさわしく」。

例文

こくさいこうりゅう さか だいがく がいこくじん おお
国際交流が盛んなだけあって、この大学には外国人が多い。
不愧是積極於國際交流，這所大學外國人特別多。

---

8 ばかりに

「就因為…」、「都是因為…，結果…」

接續與說明 [Naな／Naである／Nである＋ばかりに]；[V／A＋ばかりに]。表示就是因為某事的緣故，造成後項不良結果或發生不好的事情。說話人含有後悔或遺憾的心情。相當於「が原因で、（悪い状態になった）」。

例文

だいがく ごうかく もんだいようし ぬす
大学に合格したいばかりに、問題用紙を盗んだらしい。
聽說他因為太想考上大學了，結果偷了考卷。

• だけに

(1)「到底是…」、「正因為…」；(2)「正是因為…所以更加…」、「由於…，所以特別…」

接續與說明 [Naな／Naである／N／Nである＋だけに]；[V／A＋だけに]。表示原因。(1)表示由於前項的情況，理所當然產生後項相應的結果。也就是「～ので、それにふさわしく」，後項會有「当然～だ」這樣的推測的結果。著重在強調前面的原因。(2)正因為前項，理所當然地才有比一般程度更深的後項的狀況。相當於「だから」。

例文

① この問題は難しいだけに、正解率が低い。
這問題到底是太難了，所以答對率很低。

② 苦労しただけに、今回の受賞はうれしい。
正因為辛苦付出了，所以對這次的得獎就更加高興。

6 実力テスト

做對了，往😀走，做錯了往❌走。

次の文の_____にはどんな言葉を入れたらよいか。1・2から最も適当なものをひとつ選びなさい。

實力測驗

Q 哪一個是正確的？

答案>>在下一頁

5 些細な（　）、けんかが始まった。

1.ことだから　2.ことから

譯

1.ことだから：因為是…，所以…

2.ことから：從…來看

解答》請看下一頁

6 政府の無策の（　）、景気がずっと良くならなかった。

1.おかげで　　2.せいで

譯

1.おかげで：多虧…

2.せいで：都怪…

解答》請看下一頁

7 信じていた（　）、裏切られたときはショックだった。

1.だけに　　　2.だけあって

譯

1.だけに：正因為…

2.だけあって：不愧是…

解答》請看下一頁

8 保険金を手に入れたい（　）、夫を殺してしまった。

1.ばかりに　2.だけに

譯

1.ばかりに：就因為…

2.だけに：正因為…

解答》請看下一頁

なるほどの解説を確認して、次のページへ進もう！

478

5 比較

正確答案是2「ことから」。這句話看到「雞毛蒜皮的事情」跟「吵架」，判斷前項是事情的起因，而有後項的狀況，符合的是「ことから」。至於表示說話人到目前為止的經驗，來推測前項，大致確實會有後項的意思的「ことだから」前面接的名詞一般為人或組織，而接中間要接「の」。正確答案是2。

答案：2

6 比較

正確答案是2「せいで」。「せいで」意為「都怪…」，表示「之所以造成這樣不好的情況，都是因為…」之意。含有指責對方的語氣。在此表示「都怪政府束手無策，景氣一直好不起來」；「おかげで」意為「多虧…」，表示原因或理由，「因為有…的幫助或恩惠，所以得到了好結果」。

答案：2

7 比較

「だけに」意為「正因為…」表示正因為前項，理所當然地才有比一般程度更深的後項的狀況。後項不管是正面或負面的評價都可以。這裡是「正因為太相信了，被背叛時，更感到震驚不已」；「だけあって」意為「不愧是…」，表示後項是根據前項合理推斷出的結果，後項是正面的評價。「だけに」也用在跟預料、期待相反的結果；「だけあって」用在結果是跟自己預料的一樣。這句話的後項，是跟期待相反的，所以正確答案是1的「だけに」。

答案：1

8 比較

「ばかりに」意為「就因為…」，表示就是因為前項的緣故，導致後項壞的結果或狀態，後項是一般不可能做的行為，在此表示「我就是想拿到保險理賠，才謀殺親夫」；「だけに」意為「正因為…」，表示正因為前項，理所當然地導致後來的狀況，或因為前項，理所當然地才有比一般程度更深的後項。語意不符，正確答案為1。

答案：1

接続助詞（条件の表現）

1 といえば

「談到…」、「提到…就…」、「說起…」等，或不翻譯

接續與說明 [N／Na（だ）＋といえば]；[A／V＋といえば]。用在承接某個話題，從這個話題引起自己的聯想，或對這個話題進行說明。也可以說「というと」（提到）。

例文

日本の映画監督といえば、やっぱり黒澤明が有名ですね。
にほん　えいが かんとく　　　　　　　　　　くろさわあきら　ゆうめい

說到日本電影的導演，還是黑澤明有名吧。

比較

● とすれば

「假設…的話…」、「如果…的話…」

接續與說明 [N／Naだ＋とすれば]；[A／V＋とすれば]。表示順接的假定條件。後項中多包含表示判斷、推測和疑問的表達方式。比「とすると」更為主觀的判斷或評價。後項表示意志、請求的語詞時，只能用「としたら」。

例文

この中から一つ選択するとすれば、私は赤いのを選びます。
なか　　　ひと せんたく　　　　　　　わたし あか　　えら

如果要我從中選一個的話，我會選紅色的。

2 ときたら

(1)「提到…」、「說起…」；(2)「說到…」、「要說…」

接續與說明 [N＋ときたら]。(1)表示提起一個話題，後項對這一話題的敘述或評價。這話題對說話人來說，是身邊的。後項多帶有不滿、責備、自嘲等負面評價；(2)前項提出一個極端事例，後項是與其相適應的措施。也就是在這種場合和狀況下，還是這樣為好。

例文

① 二階の学生ときたら、毎日夜遅くまで騒いで。困ったものです。

說到二樓的學生，每天晚上都要吵到三更半夜。真叫人頭痛。

② 魚料理ときたら、やっぱり白ワインでなくちゃ。

說到魚料理，還是得配白酒喝。

比較

● といえば

「談到…」、「提到…就…」、「說起…」等，或不翻譯

接續與說明 [N／Na（だ）＋といえば]；[A／V＋といえば]。用在承接某個話題，從這個話題引起自己的聯想，或對這個話題進行說明。也可以說「というと」（提到）。

例文

富士山といえば、なんといっても桜だ。

說到富士山，就想到櫻花。

3 （か）と思うと、（か）と思ったら

「剛一…就…」、「剛…馬上就…」

接續與說明 [V-た＋（か）と思うと、（か）と思ったら]。表示前後兩個對比的事情，在短時間內相繼發生，後面接的大多是說話人意外和驚訝的表達。相當於「した後すぐに」。

さっきまで泣いていたかと思ったら、もう笑っている。

剛剛才在哭，這會兒又笑了。

比較

● とたん（に）

「剛…就…」、「剛一…，立刻…」、「…那就…」

接續與說明 [V-た＋とたん（に）]。表示前項動作和變化完成的一瞬間，發生了後項的動作和變化。由於說話人當場看到後項的動作和變化，因此伴有意外的語感。相當於「したら、その瞬間に」。

例文

疲れていたので、ベットに入ったとたんに、眠ってしまった。

因為太累了，一上床就立刻睡著了。

4 ものなら

「如果能…的話」、「要是能…就…吧」

接續與說明 [V-る＋ものなら]。(1)前接包含可能意義的動詞，表示對辦不到的事的假定。如果前項可能的話，就進行後項。說話人認為前項是不可能的，但卻期待這前項的事物。(2)用「…ものなら、…てみろ（てみなさい）」的形式，說話人認為對方絕對辦不到，帶著向對方挑戰，且僥倖期待的心情，放任對方去做。口語中常說成「もんなら…」

例文

① 昔に戻れるものなら戻りたい。

如果能回到過去，真想回去。

② トップの成績になれるものなら、なってみろよ。

成績能考第一的話，你就考考看啊！

比較

● ものだから

「就是因為…，所以…」

[N／Naな／A／V＋ものだから]。表示原因、理由。常用在因為事態的程度很屬害，因此做了某事。含有對事出意料之外，不是自己願意等的理由，進行辯白。結果是消極的。相當於「から、…ので」。

例文

足がしびれたものだから、立てなかった。

因為腳麻，所以站不起來。

---

5 ない限り

「除非…，否則就…」、「只要不…，就…」

接續與說明 [V＋ない限り]。表示只要某狀態不發生變化，結果就不會有變化。含有如果那樣做了，就會有好結果的語氣。後項多跟「できない、わけがない、無理だ」等表示否定、不可能、困難的表達方式。經常以「よほどのことがない限り」等慣用的形式使用。相當於「…ないなら、…なければ」。

例文

犯人が逮捕されない限り、私たちは安心できない。

只要沒有逮捕到犯人，我們就無法安心。

比較

● ないうちに

「在未…之前，…」、「趁沒…」

接續與說明 [V＋ないうちに]。表示在前面的被預測不好的環境、狀態還沒有產生變化的情況下，做後面的動作。含有不知道什麼時候會發生，但從狀況來看，有可能發生前項，所以在前項發生之前，先做後項之意。相當於「…前に」。

例文

値が上がらないうちに、マンションを買った。

乘還沒有漲價之前，趕快買房子。

次の文の＿＿＿＿＿にはどんな言葉を入れたらよいか。1・2から最も適当なものをひとつ選びなさい。

實力測驗

Q哪一個是正確的?

答案＞＞在下一頁

1
北海道（　　）、函館の夜景が有名ですね。

1.といえば　　2.とすれば

譯
1.といえば：說到…
2.とすれば：如果…

解答》請看下一頁

2
ワイン（　　）、私に任せてよ。

1.といえば　2.ときたら

譯
1.といったら：提起…
2.ときたら：要說

解答》請看下一頁

3
息子は、さっき学校から帰った（　）、もう遊びに出かけていった。

1.かと思うと　2.とたんに

譯
1.かと思うと：剛一…就…
2.とたんに：剛…就…

解答》請看下一頁

4
面と向かって言える（　　）、言ってみなさい。

1.ものなら　2.ものだから

譯
1.ものなら：如果能…就…
2.ものだから：都是因為…

解答》請看下一頁

5
きちんと謝罪し（　　）、君を許さない。

1.ないかぎり　2.ないうちに

譯
1.ないかぎり：如果不…
2.ないうちに：趁沒…

解答》請看下一頁

なるほどの解説を確認して、
次のページへ進もう！

1 比較

「といえば」意為「說到…」，用於提出某個之前提到的話題，在此表示「說到北海道，函館的夜景十分有名呢」；「とすれば」意為「如果…」，為假設表現，帶有邏輯性，表示如果假定前項為如此，即可導出後項的結果，故語意不符，正確答案為1。

答案：1

2 比較

正確答案為2「ときたら」。「ときたら」意為「說到」，有說話人對前項的話題一直等待機會向別人說，而終於等到機會說出後項的意思。在此表示「說到葡萄酒，就看我的吧！」；而「といえば」並沒有這層意思。所以，這裡以「ときたら」為適當。

答案：2

3 比較

「（か）と思うと」表示前後性質不同或是對比的事物，在短時間內相繼發生。因此，前後動詞常用「泣く→笑う、決まる→変更する、帰る→出かける…」等對比的表達方式；「とたんに」單純的表示某事情結束了，幾乎同時發生了不同的事情，沒有對比的意味。這句話看到前項的「兒子從學校回來」，跟後項的「已經出去玩了」，從「帰る→出かける」知道是對比的事物，答案是1。

答案：1

4 比較

「ものなら」意為「如果能…就…」，常用於挑釁對方，前接包含可能意義的動詞，通常後接表示希望或命令的語句，在此表示「如果能當面說出口的話你就說說看啊」；「ものだから」意為「都是因為…」，常用於為自己找藉口，意為「就是因為…才…」，故語意不符，正確答案為1。

答案：1

5 比較

　　「ないかぎり」意為「如果不…」表示只要某狀態不發生變化，結果就不會有變化。在這裡表示「如果不好好謝罪，就不原諒你」，而且「就不原諒你」，含有表示否定、不可能、困難的語意；而「ないうちに」意為「趁沒…」表示在前面的狀態還沒有產生變化，做後面的動作。語意不符。正確答案為1。

答案：1

ないことには

「要是不…」;「如果不…的話,就…」

接續與說明 [V-ない＋ことには]。（1）表示如果不實現前項, 也就不能實現後項。要實現後項, 前項是第一必要的條件。含有, 前項不成立的話, 後項就沒辦法開始, 或沒有辦法進行下一階段的語意。句尾接否定的形式。常接「～てみる」的形式。

（2）表示, 沒有變成前項的狀態, 就會變成後項的狀態。後項一般是消極的、否定的結果。相當於「なければ」、「ないと」。

例文

① 自分でやってみないことには、何ともいえない。

如果自己不先做做看，是無法下定論的。

② はやく保護しないことには、この動物は絶滅してしまいます。

如果盡快不加以保護，這種動物將瀕臨絕種。

比較

● からといって

（1）「（不能）僅因…就…」、「即使…, 也不能…」等;（2）「說是（因為）…」

接續與說明 [N／Naだ＋からといって];[A／V＋からといって]。（1）表示不能僅僅因為前面這一點理由, 就做後面的動作。大多是對對方的批評或規勸, 也用在對事實關係上的注意或訂正。後面接否定的表達方法, 如「わけではない、とはかぎらない、とはいえない、てはいけません」。相當於「という理由があっても」。（2）表示引用別人陳述的理由。（1）跟（2）口語中都常說成「からって」）

例文

① 誰も見ていないからといって、勝手に持っていってはだめですよ。

即使沒人看到，也不能高興就拿走啊！

② 用事があるからといって、彼女は早々に退社した。

說是有事，她早早就下班了。

7 は抜きにして

「除去…」、「免去…」

接續與說明 [N＋は抜きにして]。「抜き」是「抜く」的名詞形。表示去掉某一事項，做後面的動作。

例文

挨拶は抜きにして、本題に入りましょう。
不用客套了，就直接進入主題吧！

比較

● **はもとより**

「不用說…就連…也」

接續與說明 [N＋はもとより]。表示前項自不用說，後項也不例外。相當於「はもちろん」的意思。

例文

本人はもとより、家族にとっても迷惑な話だ。
不用說本人，就連家人也會感到困擾的。

8 抜きで、抜きに、抜きの、抜きには、抜きでは

「省去…」、「沒有…」；「如果沒有…」、「沒有…的話」

接續與說明 [N＋抜きで、抜きに、抜きの、抜きには、抜きでは]。「抜きで、抜きに」表示除去或省略一般應該有的部分。把原本裡面有的東西取出來，沒有放入本來裡面有的東西。用在強調這種特殊的場合。相當於「なしで、なしに」；「抜きには、抜きでは」表示「如果沒有…，就做不到…」。相當於「なしでは、なしには」。

例文

前置きは抜きで、ただちに本題に入りましょう。

我們省去開場白，立即進入主題吧！

比較

• に先立ち、に先立つ、に先立って

「在…之前，先…」、「預先…」、「事先…」

接續與說明 [N／V-る＋に先立ち、に先立つ、に先立って]。一般用在敘述在進入主要事情之前，要進行某一附加程序。也就是用在述說做某一動作前應做的事情，後項是做前項之前，所做的準備或預告，重點強調順序。相當於「（の）前に」。

例文

面接に先立ち、会社説明会が行われた。

面試前，先舉行公司說明會。

---

9 をきっかけに（して）、をきっかけとして

「以…為契機」、「自從…之後」、「以…為開端」

接續與說明 [N＋をきっかけに（して）、をきっかけとして]。表示某事產生的原因、機會、動機等。相當於「を契機に」。

例文

2月の下旬に再会したのをきっかけにして、二人は交際を始めた。

自從2月下旬再度重逢之後，兩人便開始交往。

比較

• をもとに（して）

「以…為根據」、「以…為參考」、「在…基礎上」

接續與說明 [N＋をもとに（して）]。表示將某事物做為啟示、根據、材料、基礎等。後項的行為、動作是根據或參考前項來進行的。相當於「に基づいて」、「を根拠にして」。

彼女のデザインをもとに、青いワンピースを作った。

以她的設計為基礎，裁製了藍色的連身裙。

10 を契機に（して）、を契機として

「趁著…」、「自從…之後」、「以…為動機」

接續與說明 [N＋を契機に（して）、を契機として]。表示某事產生或發生的原因、動機、機會、轉折點。相當於「をきっかけに」。

例文

子どもが誕生したのを契機として、煙草をやめた。

自從生完小孩，就戒了煙。

比較

• にあたって、にあたり

「在…的時候」、「當…之時」、「當…之際」

接續與說明 [N／V-る＋にあたって、にあたり]。表示做某重要行動之前或同時，要進行後項。也就是某一行動，已經到了事情重要的階段。可用在新事態的開始或結束的情況。前項一般接「入学、卒業、受験、結婚、就職、入院、退院…」等名詞或相應的動詞。一般用在致詞或感謝致意的書信中。相當於「に際して、…をするときに」。

例文

社長を説得するにあたって、慎重に言葉を選んだ。

說服社長的時候，措辭要很謹慎。

次の文の_____にはどんな言葉を入れたらよいか。1・2から最も適当なものをひとつ選びなさい。

實力測驗

Q 哪一個是正確的？

答案>>在下一頁

6 まず付き合ってみ（　　）、どんな人か分かりません。

1.からといって　2.ないことには

譯
1.からといって：即使…也不能…
2.ないことには：如果不…就…

解答》請看下一頁

7 細かい問題（　　）、双方は概ね合意に達しました。

1.はもとより　2.を抜きにして

譯
1.はもとより：不用說…
2.を抜きにして：除掉…

解答》請看下一頁

8 おすしは、わさび（　　）お願いします。

1.抜きで　2.に先立ち

譯
1.抜きで：省略…
2.に先立ち：事先…

解答》請看下一頁

9 病気になったの（　　）、人生を振り返った。

1.をきっかけに　2.をもとにして

譯
1.をきっかけに：以…為契機
2.をもとにして：依據…

解答》請看下一頁

10 政権交代（　　）、さまざまな改革が進められている。

1.を契機に　2.にあたって

譯
1.を契機に：以…為契機
2.にあたって：在…之時

解答》請看下一頁

なるほどの解説を確認して、次のページへ進もう！

6 比較

正確答案為2「ないことには」。「ないことには」意為「如果不…就…」，在此表示若不交往看看，就不會知道對方是怎樣的人，看到前面的「～てみる」的形式，再加上後面的「分かりません」的否定表現，知道答案是1；「からといって」意為「即使…也不能…」，表示「不能只因為前面這一點理由，就做後面的動作」，所以語意不符。又由於「付き合ってみ」後面無法接「から」，所以接續方式也不對。

答案：2

7 比較

正確答案為2「を抜きにして」。「を抜きにして」意為「除掉…」，表示將前項排除在外，在此表示「撇開小問題不談，雙方已大致達成共識」；「はもとより」意為「不用說」，表示前後兩項都不例外，故語意不符。

答案：2

8 比較

「抜きで」意為「省略…」，指把原本有的東西拿掉，在此表示「麻煩你壽司不要加芥末」；「に先立ち」意為「事先…」，表示在做前項之前，先做後項的事前工作，故語意不符，正確答案為1。

答案：1

9 比較

「をきっかけに」意為「以…為契機」，表示前項觸發了後項行動的開端；「をもとに」意為「依據…」，表示以前項為素材，進行後項的動作，在此表示「自從生病之後，重新審視自己的人生」，故正確答案為1。

答案：1

10 比較

「を契機に」意為「以…為契機」，表示某事物正好是個機會，借以進行後項動作，在此表示「以政權輪替為契機，進行各式各樣的改革」；「にあたって」意為「在…之時」，表示在做前項某件特別、重要的事情之前或同時，要進行後項，故語意不符，正確答案為1。

答案：1

接続助詞（逆接の表現）

1 といっても　　　　　　　6 にしろ
2 ながら（に・も）　　　　7 にせよ、にもせよ
3 ものの　　　　　　　　　8 にしては
4 からといって　　　　　　9 にもかかわらず
5 にしても

1 といっても
「雖說…，但…」、「雖說…，也並不是很…」

接續與說明 ［N／Na／A／V＋といっても］。表示實際上並不像聽話人所想的那樣。承認前項的說法，但同時在後項做部分的修正，或限制的內容，說明實際上程度沒有那麼嚴重。後項多是說話者的判斷。

例文

ダイエットといっても、ただ食べないだけじゃないです。

雖說是減重，但也不是什麼都不吃。

比較

にしても

(1)「就算…，也…」；(2)「即使…，也…」

接續與說明 (1)［N＋にしても］；(2)［N（である）／A／V＋にしても］。(1)前接人物名詞的時候，表示站在別人的立場推測別人的想法。(2)表示表示即使假設承認前項的事態，並在後項中敘述的事情與預料的不同。相當於「も、…としても」。

例文

① 彼にしても、ここまで腐ってるとは思わないでしょう。

就算是他，也沒想到腐敗到這種程度吧。

② お互い立場はちがうにしても、助け合うことはできます。

各自的立場即使不同，也能互助合作。

2 ながら（に／も）

「雖然…，但是…」、「儘管…」、「明明…卻…」

接續與說明 [N／Na＋ながら]；[A-い＋ながら]；[R-＋ながら]。連接兩個矛盾的事物。表示後項與前項所預想的不同。一般如果是前項的話，不應該有後項，但是確有後項。相當於「（な）のに」。

例文

子どもながらも、なかなかよく考えている。

雖然是個小孩，但是想的卻很周到。

比較

● どころか

「…裡還…」、「非但…」、「簡直…」

接續與說明 [N／Na（な）＋どころか]；[A-い＋どころか]；[V-る＋どころか]。（1）表示程度的對比，從根本上推翻前項，並且在後項提出跟前項程度相差很遠，或內容相反的事實。用在當事實跟期待、預料或印象完全不同的時候，強調程度的對比、反差。（2）也用在當期待或預料以否定的形式出現的時候。這時，為了強調後項，而舉出具對比的前項，甚至程度低的前項，並進行否定。

例文

① 食事どころか、休憩する暇もない。

別說吃飯了，就連休息時間都沒有。

② あの人は貧乏どころか、大金持ちですよ。

那人哪裡窮，簡直是大富翁呢！

3 ものの

「雖然…但是…」

接續與說明 [Nの／Nな／Nである／Naな／Nである／A／V+ものの]。表示姑且承認前項，但由此引出的後項的結果卻難以如願或出現相反的情況。有時後項一般是對於自己所做、所說或某種狀態沒有信心，很難實現等的說法。相當於「けれども、…が」。

例文

自分の間違いに気付いたものの、なかなか謝ることができない。

雖然發現自己不對，但一直沒辦法道歉。

比較

● とはいえ

「雖然…但是…」

接續與說明 [N／Na（だ）＋とはいえ]；[A／V+とはいえ]。表示逆接轉折。表示先肯定那事雖然是那樣，但是實際上卻是後項的結果。也就是後項的說明，是對前項既定事實的否定或是矛盾。後項一般為說話人的意見、判斷的內容。書面用語。

例文

暦の上では春とはいえ、まだまだ寒い日が続く。

雖然日曆上已進入春天，但是寒冷的天氣依舊。

4 からといって

(1)「(不能)僅因…就…」、「即使…,也不能…」等;(2)「說是(因為)…」

接續與說明 [N／Naだ＋からといって];[A／V＋からといって]。
(1) 表示不能僅僅因為前面這一點理由,就做後面的動作。大多是對對方的批評或規勸,也用在對事實關係上的注意或訂正。
後面接否定的表達方法,如「わけではない、とはかぎらない、とはいえない、てはいけません」。相當於「という理由があっても」。(2) 表示引用別人陳述的理由。(1)(2)口語中都常說成「からって」。

例文

① 本が好きだからといって、一日中読んでいたら体に悪いよ。
即使愛看書,但整天抱著書看對身體也不好呀!

② 仕事があるからといって、彼は途中で帰った。
說是有工作,他中途就回去了。

比較

● といっても

「雖說…,但…」、「雖說…,也並不是很…」

接續與說明 [N／Na／A／V＋といっても]。表示承認前項的說法,但同時在後項做部分的修正,或限制的內容,說明實際上程度沒有那麼嚴重。後項多是說話者的判斷。

例文

ベストセラーといっても、面白いかどうか分かりません。
雖說是暢銷書,但不知道是否有趣。

5 にしても
(1)「即使…，也…」、「就算…，也…」；(2)「即使…，也…」

接續與說明 (1)[N＋にしても]；(2)[N（である）／A／V＋にしても]。(1)前接人物名詞的時候，表示站在別人的立場推測別人的想法。(2)表示表示即使假設承認前項的事態，並在後項中敘述的事情與預料的不同。相當於「も、…としても」。

例文

① 彼にしても、まさかうまくいくとは思っていなかっただろう。
即使是他，也沒想到竟然會如此順利吧。

② 明後日は期末試験ですが、テストの直前にしても、ぜんぜん休まないのは体に悪いと思います。
後天就是期末考了，就算是考試當前，完全不休息對身體是不好的。

比較

• としても

「即使…，也…」、「就算…，也…」

接續與說明 [N／Na＋（だ）としても]；[A／V＋としても]。表示假設前項是事實或成立，後項也不會起有效的作用，後項立場及情況也不會有所改變，或者後項的結果，與前項的預期相反。相當於「その場合でも」。

例文

みんなで力を合わせたとしても、彼に勝つことはできない。
就算大家聯手，也沒辦法贏他。

9 実力テスト

做對了，往😊走，做錯了往❌走。

次の文の＿＿＿＿にはどんな言葉を入れたらよいか。1・2から最も適当なものをひとつ選びなさい。

實力測驗

Q 哪一個是正確的？

答案》在下一頁

1
会社（　　）、社員は私と妻の二人だけです。

1.にしても　　2.といっても

譯
1.にしても：就算…也…
2.といっても：雖說…實際上是…

解答》請看下一頁

2
最近の財布は、小さい（　　）抜群の収納力があります。

1.ながらも　　2.どころか

譯
1.ながらも：雖然…但是…
2.どころか：何止…

解答》請看下一頁

3
祖父は体は丈夫な（　　）、最近目が悪くなってきた。

1.とはいえ　　2.ものの

譯
1.とはいえ：雖說…
2.ものの：雖然…可是…

解答》請看下一頁

4
一度や二度失敗した（　　）、自分の夢を諦めてはいけません。

1.からといって　　2.といっても

譯
1.からといって：（不能）僅因…就…
2.といっても：雖說…，但…

解答》請看下一頁

5
退職まで残りわずか三ヶ月となりましたが、もうすぐ退職する（　　）、最後の日まできちんと働きます。

1.にしても　　2.としても

譯
1.にしても：就算…也…
2.としても：就算…

解答》請看下一頁

なるほどの解説を確認して、次のページへ進もう！

1 比較

正確答案為2「といっても」。「といっても」意為「雖說⋯實際上是⋯」，表示後項的實際狀況與前項的合理推測結果不同，在此表示「雖說是間公司，但員工也只有我和妻子兩人」；「にしても」意為「就算⋯也⋯」，帶有讓步的語氣，前項與後項為矛盾關係，後項多為意見、批判、評價等表現，由於前項的「　社」並不符「讓步的語氣」，故正確答案為「といっても」。

答案：2

2 比較

「ながら」意為「雖然⋯但是⋯」，表示一般如果是前項的話，不應該有後項，但是確有後項的矛盾關係，在此表示「最近的皮夾小歸小，卻能放進很多東西」；「どころか」意為「何止⋯」，表示程度的對比，比起前項，後項更為如何。又表示為了強調後項，而舉出具對比的前項，並進行否定。在此應選1才符合語意。

答案：1

3 比較

正確答案為2「ものの」。「ものの」意為「雖然⋯可是⋯」，在此表示「雖然祖父身體很好，但是最近眼睛越來越差了」；「とはいえ」意為「雖說⋯」，用於否定前項的既有印象，通常後接說話者的意見或評斷，在這裡兩者語意上都可以，但是「とはいえ」在接續上不對。

答案：2

4 比較

正確答案為1「からといって」。「からといって」在這裡表示不能僅僅因為「一次或兩次的失敗」這樣的理由，就有後面的否定說法「（不能）放棄了自己的夢想」；「といっても」是「雖然⋯，但實際上⋯」的意思，實際上並沒有聽話人所想的那麼多，程度那麼高。前項不是理由。語意不符。

答案：1

5 比較

　　正確答案為1「にしても」。「にしても」意為「即使…也…」，帶有讓步的語氣，表示即使承認前項，後項的事情跟預料是不同的。在此意思是「雖然離退休只剩三個月了，即使再過不久就要退休，也要認真工作直到最後一天」，有說明自己的決心的含意；「としても」意為「就算…」，帶有假定的語氣，表示假設前項是事實，後項立場及情況也不會有所改變。正確答案以1為恰當。

答案：1

6 にしろ

「無論…都…」、「就算…，也…」、「即使…，也…」

接續與說明 [N（である）／Na（である）／A／V＋にしろ]。表示退一步承認前項，並在後項中提出跟前面相反或相矛盾的意見。是「にしても」的鄭重的書面語言。也可以說「にせよ」。相當於「かりに…だとしても」。常跟「いくら、どんな（に）」等疑問詞一起使用。

例文

体調は幾分よくなってきたにしろ、まだ出勤はできません。

即使身體好了些，也還沒辦法去上班。

比較

● にかかわらず

(1)「不管…都…」、「儘管…也…」；(2)「無論…與否…」

接續與說明 (1)[N＋にかかわらず]；(2)[V-る、V-ない／A-い、A-くない＋にかかわらず]。（1）表示「與這些差異無關，不因這些差異，而有任何影響」的意思。前面多接「年齡、天氣、性別、能力」等含有差異性的名詞；(2)接兩個表示對立的事物，表示跟這些無關，都不是問題，不受影響。說話者要說的是後項。前接的詞多為意義相反的二字熟語，或同一用言的肯定與否定形式。

例文

①人は貧富にかかわらず、すべて平等であるべきだ。

人不分貧富，都應該一律平等。

②見る、見ないにかかわらず、ＮＨＫの受信料は払わなければならない。

不管看或不看都得要支付NKH的收視費。

7 にせよ、にもせよ

「無論…都…」、「就算…，也…」、「即使…，也…」、「也好…也好…」

接續與說明 [N（である）／Na（である）／A／V＋にせよ、にもせよ]。表示退一步承認前項，並在後項中提出跟前面相反或相矛盾的意見。是「にしても」的鄭重的書面語言。也可以說「にしろ」。相當於「かりに…だとしても」。

例文

困難^{こんなん}があるにせよ、引^ひき受^うけた仕事^{しごと}はやりとげるべきだ。
即使有困難，一旦接下來的工作就得完成。

比較

● にしては

「照…來說…」、「就…而言算是…」、「從…這一點來說，算是…的」、「作為…，相對來說…」

接續與說明 [N（である）／Na（である）／V＋にしては]。表示「按其比例」的意思。也就是跟前項提的標準相差很大，後項結果跟前項預想的相反或出入很大。含有疑問、諷刺、責難及意外的語氣。通常前項是具體性的語詞。相當於「の割には」。

例文

社長^{しゃちょう}の代理^{だいり}にしては、頼^{たよ}りない人^{ひと}ですね。
做為代理社長來講，他不怎麼可靠呢。

8 にしては

「照…來說…」、「就…而言算是…」、「從…這一點來說，算是…的」、「作為…，相對來說…」

接續與說明 [N（である）／Na（である）／V＋にしては]。表示「按其比例」的意思。也就是跟前項提的標準相差很大，後項結果跟前項預想的相反或出入很大。含有疑問、諷刺、責難及意外的語氣。通常前項是具體性的語詞。相當於「の割には」。大多可以跟「（な）のに」互換，但是「（な）のに」的前項是既定的事實，而「にしては」沒有這樣的意思。

この字<ruby>字<rt>じ</rt></ruby>は、子<ruby>子<rt>こ</rt></ruby>どもが書<ruby>書<rt>か</rt></ruby>いたにしては上手<ruby>上手<rt>じょうず</rt></ruby>です。

這字出自孩子之手，算是不錯的。

比較

● だけあって

「**不愧是…**」、「**到底是…**」、「**無怪乎…**」

接續與說明 [N（である）／Naな／Na（である）／A／V＋だけあって]。表示名實相符，後項結果跟自己所期待或預料的一樣，因而心生欽佩。一般用在積極讚美的時候。副詞「だけ」在這裡表示與之名實相符。前項表示地位、職業之外，也可以表示評價或特徵。相當於「にふさわしく」。

例文

さすが作家<ruby>作家<rt>さっか</rt></ruby>だけあって、文章<ruby>文章<rt>ぶんしょう</rt></ruby>がうまい。

不愧是作家，文筆真好。

9 にもかかわらず
「**雖然…，但是…**」、「**儘管…，卻…**」、「**雖然…，卻…**」

接續與說明 [N／A／V＋にもかかわらず]；[Naである＋にもかかわらず]。表示逆接。後項事情常是跟前項相反或相矛盾的事態。表示很吃驚地認為本來應該是相反的結果或判斷，但卻沒有那樣。也可以做接續詞使用。作用與「（な）のに」近似。

例文

彼<ruby>彼<rt>かれ</rt></ruby>は収入<ruby>収入<rt>しゅうにゅう</rt></ruby>がないにもかかわらず、ぜいたくな生活<ruby>生活<rt>せいかつ</rt></ruby>をしている。

他雖然沒有收入，生活卻很奢侈。

● もかまわず

「（連…都）不顧…」、「不理睬…」、「不介意…」

接續與說明 [N（に）＋もかまわず]；[Vの（に）＋もかまわず]。表示對某事不介意，不放在心上。也就是不用顧慮前項事物的現況，以後項為優先的意思。常用在不理睬旁人的感受、眼光等。相當於「も気にしないで…」。

例文

相手の迷惑もかまわず、電車の中で隣の人にもたれて寝ている。
也不管會造成人家的困擾，在電車上睡倒在鄰座的人身上。

做對了，往走，做錯了往走。

次の文の_____にはどんな言葉を入れたらよいか。1・2から最も適当なものをひとつ選びなさい。

實力測驗

Q哪一個是正確的？
答案>>在下一頁

6 どんな小さな虫（　　）、命を持っているんだよ。

1.にかかわらず　　2.にしろ

譯
1.にかかわらず：無論…
2.にしろ：即使…也…

解答》請看下一頁

7 いかなる理由がある（　　）、ミスはミスです。
1.にせよ　2.にしては

譯
1.にせよ：即使是…
2.にしては：雖說…卻…

解答》請看下一頁

8 彼はプロのバスケットボール選手（　　）、小柄だ。

1.だけあって　　2.にしては

譯
1.だけあって：不愧是…
2.にしては：就…而言…

解答》請看下一頁

9 速達で送った（　　）、到着までに2週間もかかりました。
1.にもかかわらず　　2.もかまわず

譯
1.にもかかわらず：雖然…但是…
2.もかまわず：也不管…

解答》請看下一頁

なるほどの解説を確認して、次のページへ進もう！

6 比較

正確答案為2「にしろ」。「にしろ」意為「即使…也…」，為一種假定表現，後項多為說話者的主張、判斷、評價、批判等，在此表示「不管是多小的蟲子，都是一個生命」；「にかかわらず」意為「無論…」，帶有「不論是哪一個」、「不論如何」的意思，故語意不符。

答案：2

7 比較

「にせよ」意為「即使是…」，表示即使假設承認前項所說的事態，後面所說的事態與前項相反或矛盾的。在此表示「縱使有再多的理由，犯錯就是犯錯」；「にしては」意為「雖說…卻…」，表示從前項來判斷，後項應該如何，但事實卻不是如此，故語意不符，正確答案為1。

答案：1

8 比較

正確答案為2「にしては」。「にしては」意為「就…而言…」，用於評論人或事情，有「依照前項來判斷，後項應該…但卻…」的語感，在此表示「身為一個職籃選手，他的個子算矮」；「だけあって」意為「不愧是…」，表示後項是根據前項合理推斷出的結果。所以，如果這句話是「職籃選手的話，應該是個頭高大的」，但問題句不是這個意思。答案是2。

答案：2

9 比較

「にもかかわらず」意為「雖然…但是…」，表示由前項可推斷出後項，但後項事實卻與之相反，在此表示「雖然寄快捷，但花了兩週東西才送到」；「もかまわず」意為「也不管…」，表示通常會注意前項，卻毫不在意，故語意不符，正確答案為1。

答案：1

接続助詞（状態・変化の表現）

1 ことなく
2 きり
3 きり…ない
4 一方（で）
5 つつ、つつも

6 にともなって
7 ほど

ことなく
「不…」、「不…（就）…」、「不…地…」

接續與說明 [V-る＋ことなく]。表示沒有進行前項被期待的動作，就開始了後項的動作。含有原來有做前項的可能性，但並沒有那樣做的意思。

例文

彼は一度も日本の土を踏むことなく、この世を去った。
他一次也沒踏上日本國土，就撒手人寰了。

比較

抜きで、抜きに、抜きの、抜きには、抜きでは
「省去…」、「沒有…」；「如果沒有…」、「沒有…的話」

接續與說明 [N＋抜きで、抜きに、抜きの、抜きには、抜きでは]。「抜きで、抜きに」表示除去或省略一般應該有的部分。把原本裡面有的東西取出來，沒有放入本來裡面有的東西。用在強調這種特殊的場合。相當於「なしで、なしに」；「抜きには、抜きでは」表示「如果沒有…，就做不到…」。相當於「なしでは、なしには」。

例文

妹は今朝は朝食抜きで学校に行った。
妹妹今天沒吃早餐就去學校了。

2 きり、つきり

(1)「只有…」；(2)「一直…」、「全心全意地…」

接續與說明 (1)[N＋きり、つきり]；(2)[R-＋きり、つきり]。接在「一度、一人」等名詞後面，表限定。也就是只有這些的範圍，除此之外沒有其他。與「だけ」意思相同。(2)表示不做別的事，一直做這一件事。

例文

① 今度は二人きりで、会いましょう。
下次就我們兩人出來見面吧！

② 病気の子どもを一ヶ月間つきっきりで看病していました。
一直守護在生病的孩子身邊一個月，照顧他。

比較

• しか

「只有…」、「僅有…」

接續與說明 [N＋しか]。表示限定。後接否定，用以提示一件事物而排斥其他事物。有消極的語感。

例文

お弁当は一つしか買いませんでした。
只買一個便當。

3 きり…ない

「之後，再也沒有…」、「之後就…」

接續與說明 [V-た＋きり…ない]。表示前項動作完成之後就結束了，預料中應該發生的後項，沒有發生。含有意外的語感。也可以說「これっきり、それっきり、あれっきり」。

例文

兄は出かけたきり、もう5年も帰ってこない。
哥哥離家之後，已經五年沒回來了。

● まま

(1)「…著」、「（原封不動）就」；(2)「隨意…」、「任憑…那樣」

接續與說明 [Nの／Naな／A-い／V-た＋まま（で）]；[V-る＋まま（に）]。(1)「まま（で）」表示附帶狀況。表示在前項狀態還持續時，進行了後項的動作，或發生了後項的事態。某狀態沒有變化，一直持續著。動詞多接過去式。(2)「まま（に）」表示按前接詞的內容行事。

例文

テレビをつけたまま寝てしまった。

開著電視就睡著了。

---

4 一方（で）

「在～的同時，還～」、「一方面～，一方面～」

接續與說明 [V-る＋一方（で）]。(1)表示同一個主語，在做某事的同時，又做另一件事，前項跟後項的行為、狀態是並列成立的。(2)表示兩個完全對立的事物，前項跟後項的行為、狀態是互為矛盾、相反的。

例文

① 自分の仕事をこなす一方で、部下の面倒も見なければならない。

一方面要做好自己的工作，另一方面還要照顧部屬。

② この薬はよく効く一方で、副作用が強い。

這個藥很有效，另一方面副作用也很大。

● 反面

「另一面」、「相反」

接續與說明 [Nである＋反面]；[Naな／Naである＋反面]；[A-い＋反面]；[V-る＋反面]。表示同一種事物，同時兼具兩種不同性格的兩個方面。除了前項的一個事項外，還有後項的相反的一個事項。相當於「である一方」。

例文

商社は、給料がいい反面、仕事がきつい。

貿易公司雖然薪資好，但另一方面工作也吃力。

5 つつ、つつも

(1)「一邊…一邊…」、「…的同時…」；(2)「儘管…」、「雖然…」

接續與說明 [R-＋つつ、つつも]。(1)「つつ」是表示同一主體，在進行某一動作的同時，也進行另一個動作；(2)跟「も」連在一起，表示連接兩個相反的事物。相當於表示逆接的「のに」、「にもかかわらず」、「ながらも」。

例文

① 景色を楽しみつつ、ゆっくり山を登った。

一邊欣賞風景，一邊慢慢爬山。

② 彼女は道を間違えたと思いつつも、引き返せないでいた。

她心裡明明知道走錯路了，卻無法再走回頭路。

比較

● とともに

「和…一起」、「…的同時…」、「隨著…」

接續與說明 [N／V-る＋とともに]。表示後項的動作或變化隨著前項同時進行或發生。接在表示動作、變化的動詞原形或名詞後面。

例文

ビルの建設が進むとともに町の風景も変化した。

隨著高樓大廈的建設發展，街道的景觀也跟著有所改變。

6 にともなって

「伴隨著…」、「隨著…」、「和…一起…」

接續與說明 [N／V-る＋（の）にともなって]。表示隨著事物的變化而有後項的變化。前項跟表示程度變化或事物進展的詞，表示自然的變化。前項跟事物的進展、變更、開始的詞語，表示附隨著某件事情發生的事。前項跟後項有時間差。此變化可增可減，沒有一定的方向。

例文

世の中の動きに伴って、考え方を変えなければならない。
隨著社會的變化，想法也得要改變。

比較

● とともに

「和…一起」、「…的同時…」「隨著…」

接續與說明 [N／V-る＋とともに]。表示後項的動作或變化隨著前項馬上進行或發生。「とともに」的變化是有一定的方向的。接在表示動作、變化的動詞原形或名詞後面。

例文

スタートの銃声とともに、選手たちは一斉に走り出した。
槍聲一響，選手們一起拔腿往前跑。

7 ほど

(1)「越…越…」；(2)「得」、「得令人」

接續與說明 (1)[N／Naな／A-い／V-る＋ほど]；(2)[N／A-い／V-る＋ほど]。(1)表示後項隨著前項的變化，而產生程度的變化；(2)用在比喻或舉出具體的例子，來表示動作或狀態處於某種程度。

例文

① 年をとるほど、物覚えが悪くなります。
年紀越大，記憶力越差。

② お腹が死ぬほど痛い。
肚子痛死了。

比較

に従って、従い

「伴隨…」、「隨著…」

接續與說明 [N／V-る＋に従って、に従い]。(1)表示隨著前項的動作或作用的變化，後項也跟著發生相應的變化。(2)前項提出根據或基準，敘述(自己的)意志，或忠告對方。也表示接受指示、命令、規劃，按照其吩咐去做。相當於「につれて」、「にともなって」、「に応じて」、「とともに」等。

例文

① 薬品を加熱するに従って、色が変わってきた。
隨著溫度的提升，藥品的顏色也起了變化。
② 係員の誘導に従って、避難してください。
請依照工作人員的指示，進行避難。

11 実力テスト

做對了，往😊走，做錯了往❌走。

次の文の＿＿＿＿にはどんな言葉を入れたらよいか。1・2から最も適当なものをひとつ選びなさい。

實力測驗

Q哪一個是正確的？
答案>>在下一頁

1
親に報告する（　）、二人は結婚届（こんとどけ）を出してしまった。
1.ことなく　　2.抜きで

譯
1.ことなく：不…（就）…
2.抜きで：省去…

解答》請看下一頁

2
人生は一度（　）だから楽しまなきゃ損ですよ。
1.しか　　2.きり

譯
1.しか：只有…
2.きり：只有…

解答》請看下一頁

3
彼女とは一度会った（　）、その後会っていない。
1.きり　　2.まま

譯
1.きり（ない）：之後，再也沒有…
2.まま：…著

解答》請看下一頁

4
子供が川に落ちたのを見て、警察に連絡する（　）、救助に向かった。
1.反面　　2.一方

譯
1.反面：另一面
2.一方：在…的同時，還…

解答》請看下一頁

5
人間は小さな失敗を重ね（　）、成長していくものだ。
1.とともに　　2.つつ

譯
1.とともに：…的同時…
2.つつ：…的同時…

解答》請看下一頁

6
株価の変動（　）、配当金も増減する。
1.にともなって　　2.とともに

譯
1.にともなって：隨著…
2.とともに：和…一起

解答》請看下一頁

7
実力がない人（　）、自慢したがるものだ。
1.ほど　　2.に従って

譯
1.ほど：越是…就…
2.に従って：隨著

なるほどの解説を確認して、次のページへ進もう！

1 比較

這句話表示在沒有「告知父母」的情況下,「兩人就去登記結婚了」,知道要用沒有進行前項被期待的動作,就開始了後項的動作的「ことなく」(不…(就)…);至於「抜きで」意為「省去…」,表示把原本裡面有的東西取出來,沒有放入本來裡面有的東西。前面要接「體言」,接續不對。正確答案是1的「ことなく」。

答案:1

2 比較

正確答案是2「きり」。「きり」跟「しか」都表示限定,但是「しか」後面要接否定的表達方式,而且有消極的語感。而這一句話後項,並沒有跟否定相呼應,也沒有消極的語感。正確答案是2。

答案:2

3 比較

「きり」在這裡後接否定,表示前項的的動作完成之後「跟她曾經見過一面」,預料應該要發生的後項,卻沒有發生「之後沒再見面」;「まま」是「在前項狀態還持續時,進行了後項的動作」,而這一句後項的動作,是沒有發生的「之後沒再見面」。語意不符。正確答案是1的。

答案:1

4 比較

正確答案是2「一方」。「一方」表示看到小孩掉落河中,一方面聯絡警察,一方面進行救援。前項及後項兩個動作是並行的,不一定相反的,這裡用的是表示並列的意思;「反面」表示同一種事物,兼具兩種相反性質。而「聯絡警察跟進行救援」並不是相反性質的事物,所以不符文意。

答案:2

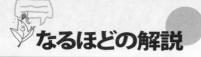 
5 比較

　　正確答案是2的「つつ」。「つつ」意為「…的同時…」。表示兩種動作同時進行，也就是前項的主要動作進行的同時，還進行後項動作。只能接動詞連用形，不能接在名詞和形容詞後面。在此意為「人在不斷犯小錯的同時，也跟著成長」；「とともに」也意為「…的同時…」。但是接在表示動作、變化的動詞原形或名詞後面，表示前項跟後項同時進行的狀態。「とともに」接續不對，再加上「重ね」也不是動作、變化的動詞，

答案：2

6 比較

　　「にともなって」意為「隨著…」，前項跟事物的進展、變更、開始的詞語，表示附隨著某件事情發生的事。在此是「隨著股價的變化，股息也跟著增減」；「とともに」意為「和…一起」，接在表示動作、變化的動詞原形或名詞後面，表示前項和後項馬上進行的狀態。「とともに」的變化是有一定的方向，而「にともなって」的變化，可以增也可以減，可以多也可以少，並不是一定的方向。所以正確答案為1的「にともなって」。

答案：1

7 比較

　　「ほど」意為「越是…就…」，「に従って」意為「伴隨著…」，兩者都是隨著前項的變化，後項也產生變化。其中，「に従って」是隨著前項的動作或作用而產生變化。但是，「実力がない人」表示有那一狀態的人物，並不是動作或作用，所以正確答案為1「ほど」。

答案：1

副助詞 （並立・添加・程度・強調・対比の表現）

1 やら…やら	7 のみならず
2 上（に）	8 さえ（も）
3 も…ば…も、も…なら…も	9 ほど、ほどだ
4 ばかりか、ばかりでなく	10 というより
5 かぎり（では）	11 どころか
6 に限って、に限り	

1 やら…やら

「啦…啦」、「又…又…」

接續與説明 [N／A-い／V-る]＋やら＋[N／A-い／V-る]＋やら。表示從一些同類事項中，列舉出幾項。大多用在有這樣，又有那樣，有時候還真受不了的情況。多有心情不快的語感。

例文

近所に工場ができて、騒音やら煙やらで、悩まされているんですよ。
附近開了家工廠，又是噪音啦，又是黑煙啦，真傷腦筋！

比較

● **とか…とか**

(1)「啦…啦」、「…或…」

接續與説明 (1)[N]＋とか＋[N]＋とか；(2)[V-る]＋とか＋[V-る]＋とか。「とか」上接人或物相關的名詞之後，表示從各種同類的人事物中選出一、兩個例子來說，或羅列一些事物。暗示還有其它。是口語的說法。

例文

赤とか青とか、いろいろな色を塗りました。
或紅或藍，塗上了各種的顏色。

2 上（に）

「而且…」、「不僅…，而且…」、「在…之上，又…」

接續與說明 [Nの＋上（に）]；[Nである＋上（に）]；[Ｎaな＋上（に）]；[A／V＋上（に）]。表示追加、補充同類的內容。也就是前項本來就很充分了，後面還有比前項更甚的情況。用在消極跟積極的評價上。

例文

主婦は、家事の上に育児もしなければなりません。

家庭主婦不僅要做家事，而且還要帶孩子。

比較

● にくわえ（て）

「而且…」、「加上…」、「添加…」

接續與說明 [N＋にくわえ（て）]。表示在現有前項的事物上，再加上後項類似的別的事物。某件事到此並沒有結束，再加上別的事物。稍有書面語的感覺。

例文

賞金にくわえて、ハワイ旅行もプレゼントされた。

贈送獎金以外，還贈送了夏威夷旅遊。

3 も…ば…も、も…なら…も

「既…又…」、「也…也…」

接續與說明 [N]＋も＋[Vば／A-ければ／Naならば／Nならば]＋ば、[N]＋も；[N]＋も（が）＋[Vば／A-ければ／Naならば／Nならば]＋なら、[N]＋も。(1)把類似的事物並列起來，用意在強調。(2)並列對照性的事物，表示還有很多情況。

① あのレストランは値段も手頃なら、料理もおいしい。

那家餐廳價錢公道，菜也好吃。

② 人生、喜びもあれば苦しみもある。

人生有樂也有苦。

比較

● やら…やら

「啦…啦」、「又…又…」

接續與說明 [N／A-い／V-る]＋やら＋[N／A-い／V-る]＋やら。表示從一些同類事項中，列舉出幾項。大多用在有這樣，又有那樣，真受不了的情況。多有心情不快的語感。

例文

先月は、家が泥棒に入られるやら、電車で財布をすられるやら、さんざんだった。

上個月家裡不僅遭小偷，錢包也在電車上被偷，真是悽慘到底！

---

4 ばかりか…も、ばかりでなく…も
「豈止…，連…也…」、「不僅…而且…」

接續與說明 [N／Naな／A／V＋ばかりか、ばかりでなく]。表示除前項的情況之外，還有後項程度更甚的情況。後項的程度超過前項。「ばかりか」主要表示說話人感嘆或吃驚等的心情或感情。「ばかりでなく…も」還有表示建議、忠告、委託的用法，意思是「只有前項的還不夠，也需要後項」。

例文

① あの店は、子どもばかりか、私たち大人にまでお菓子をくれた。

那家店不僅是小孩，甚至連我們大人都給糖果。

② 人の批判ばかりでなく、自分の意見も言うようにしてください。

不要老是批評，也請說說自己的意見。

● どころか

「哪裡還…」、「非但…」、「簡直…」

接續與說明 [N／Na（な）＋どころか]；[A-い＋どころか]；[V-る＋どころか]。（1）表示程度的對比，從根本上推翻前項，並且在後項提出跟前項程度相差很遠，或內容相反的事實。用在當事實跟期待、預料或印象完全不同的時候，強調程度的對比、反差。（2）也用在當期待或預料以否定的形式出現的時候。這時，為了強調後項，而舉出具對比的前項，甚至程度低的前項，並進行否定。

例文

① 貯金どころか、借金ばかりの生活です。
每天都得靠借錢過活，哪裡還能存錢！

② 「企画どうだった？何か問題なかった？」「問題ないどころか、大成功だよ」。
「企畫進行得如何？有問題嗎？」「何止沒問題，簡直是大成功了」。

5 かぎり（では）
「在…的範圍內」、「就…來說」、「據…調查」

接續與說明 [V-る／V-ている／V-た＋かぎり（では）]。接認知行為動詞如「知る、読む、見る、調べる、聞く」等後面，表示憑著自己的知識、經驗等有限的範圍做出判斷，或提出看法。相當於「…の範囲内では」。句尾常接「ようだ、そうだ、はずだ」等推測或判斷的表達方式。

例文

私の知るかぎりでは、彼は最も信頼できる人間です。
據我所知，他是最值得信賴的人。

• に限って、に限り

「只有…」、「唯獨…是…的」、「獨獨…」

接續與說明 [N＋に限って、に限り]。表示特殊限定的事物或範圍。說明唯獨某事物特別不一樣。是說話人的想法。相當於「だけは、…の場合だけは」。

例文

忙しいときに限って、このパソコンは調子が悪くなる。

獨獨在忙的時候，這台電腦就老出問題。

次の文の_____にはどんな言葉を入れたらよいか。1・2から最も適当なものをひとつ選びなさい。

實力測驗

Q 哪一個是正確的?

答案>>在下一頁

1

彼は酒癖が悪くて、酒を飲んだら泣く（　）わめく（　）大変だ。

1.やら…やら　2.とか…とか

譯

1.やら…やら：…啦…啦
2.とか…とか：…啦…啦

解答》請看下一頁

2

ただいま、一日コース（　　）、半日コースも参加者募集中です。

1.の上に　　2.にくわえて

譯

1.の上に：不僅…，而且…
2.にくわえて：而且…

解答》請看下一頁

3

旅行したいが、金（　）暇（　）ない。

1.もなければ…も　　2.やら…やら

譯

1.もなければ…も：既…又…
2.やら…やら：…啦…啦

解答》請看下一頁

4

朝ご飯はご飯（　　　　）、パンも食べます。

1.ばかりでなく　　2.どころか

譯

1.ばかりでなく：不僅…而且…
2.どころか：哪裡還…

解答》請看下一頁

5

私が読んだ（　）、書類に誤りはないようですが。

1.かぎりでは　　2.にかぎって

譯

1.かぎりでは：在…的範圍內
2.にかぎって：只有…

解答》請看下一頁

なるほどの解説を確認して、次のページへ進もう！

なるほどの解説

1 比較

「やら…やら」意為「…啦…啦」，為列舉用法，說話者大多抱持不滿的心情，從這些事項當中舉出幾個當例子，在此表示「他的酒癖真差，一喝酒又是哭又是叫的，真是傷透腦筋」；「とか…とか」也表示列舉，但是只是單純的例舉。所以這句話以含有討厭、麻煩語意的1「やら…やら」為正確。

答案：1

2 比較

正確答案是2「にくわえて」。「にくわえて」表示在原本「招募一日遊的參加者」的事情上，再添加上「招募半日遊的參加者」，前項因為有後項的加入，而產生招募內容更豐富的結果。

「上に」表示「前項本來就很充分了，後面還有比前項更甚的情況」之意。但是這一句後項的「招募半日遊的參加者」並沒有比前項的「招募一日遊的參加者」有更甚，所以意思不符。

答案：2

3 比較

「も…ば…も」意為「既…又…」，為並列關係，在前項加上同類的後項，在此表示「雖然想旅行，但既沒有錢又沒有時間」；「やら…やら」意為「…啦…啦」，為列舉用法，說話者大多抱持不滿的心情，從這些事項當中舉出幾個當例子，故正確答案為1較為恰當。

答案：1

4 比較

「ばかりでなく」意為「不僅…而且…」表示「本來光前項就夠了，可是還有後項」，含有前項跟後項都…的意思，強調後項的意思。好壞事都可以用。在此意為「早上不僅吃飯，還吃麵包」；「どころか」意為「哪裡還…」表示「並不是如此，而是」後項是跟預料相反的，令人驚訝的內容。這句話的後項「還吃麵包」，並沒有此意。正確答案是1的「ばかりでなく」。

答案：1

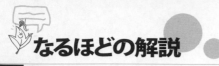

なるほどの解説

5 比較

　　這句話看到前項是憑著說話人「我閱讀」這一經驗，判斷後項的「資料似乎沒有錯誤」，後項中又看到推測的表達方式「ようだ」（似乎）知道答案是1；「にかぎって」表示唯獨在前項的情況，發生後項的事情，不僅語意不符，前面也要接體言，當然不正確了。

答案：1

6 に限って、に限り

「只有…」、「唯獨…是…的」、「獨獨…」

接續與說明 [N＋に限って、に限り]。表示特殊限定的事物或範圍。說明唯獨某事物特別不一樣。後項多為表示不愉快的內容。相當於「だけは、…の場合だけは」。

例文

時間に空きがあるときに限って、誰も誘ってくれない。

獨獨在空閒的時候，沒有一個人來約我。

比較

● につけ（て）

「每當…就…」、「一…就…」

接續與說明 [V-る＋につけ（て）]。前接「見る、聞く、考える」等動詞，表示前項是後項的感覺、情緒等的產生條件或起因，後項敘述的是自然產生的事態或感情。所以後項多為「思い出される、感じられる」為等自發性的動作，不接表示意志的詞，如「見る、聞く、行く」。

例文

この音楽を聞くにつけ、楽しかった月日を思い出されます。

每當聽到這個音樂，就會回想起過去美好的時光。

7 のみならず

「不僅…，也…」、「不僅…，而且…」、「非但…，尚且…」

接續與說明 [N＋のみならず]；[Nである／Naである＋のみならず]；[V／A＋のみならず]。表示添加。用在不僅限於前接詞的範圍，還有後項進一層的情況。相當於「…ばかりでなく、…も…」。

例文

この薬は、風邪のみならず、肩こりにも効力がある。

這帖藥不僅對感冒有效，對肩膀酸痛也很有效。

• にかかわらず

(1)「不管…都…」、「儘管…也…」；(2)「無論…與否…」

接續與說明 (1)[N＋にかかわらず]；(2)[V-る、V-ない／A-い、A-くない＋にかかわらず]。(1) 表示「與這些差異無關，不因這些差異，而有任何影響」的意思。前面多接「年齡、天氣、性別、能力」等含有差異性的名詞；(2)接兩個表示對立的事物，表示跟這些無關，都不是問題，不受影響。前接的詞多為意義相反的二字熟語，或同一用言的肯定與否定形式。

例文

きんがく   たしょう   きふ   だいかんげい
金額の多少にかかわらず、寄付は大歓迎です。

無論金額的多寡，都很歡迎樂捐。

---

8 さえ（も）

「連…」、「甚至…」

接續與說明 [N（＋助詞）＋さえ（も）]；[疑問詞…か＋さえ（も）]。「も」的意思，用在理所當然的事（前項）都不能了，其他的事（後項）就更不用說了。列出前項程度低的極端例子，後項大多用否定的形式。含有吃驚或詫異的心情。相當於「すら」。

例文

らいしゅうしゅっちょう   しゅくはく てはい
来週出張だけど、まだ宿泊の手配さえしていません。

下週就要出差了，竟然連住宿都還沒安排好。

• にしろ

「無論…都…」、「就算…，也…」、「即使…，也…」

接續與說明 [Nである／Na／A-い／V-る＋にしろ]。表示退一步承認前項，並在後項中提出跟前面相反或相矛盾的意見。是「にしても」的鄭重的書面語言。也可以說「にせよ」。相當於「仮に…だとしても」。

例文

仕事中<ruby>仕事中<rt>し ごとちゅう</rt></ruby>にしろ、電話<ruby>電話<rt>でん わ</rt></ruby>ぐらい取<ruby>取<rt>と</rt></ruby>りなさいよ。

就算在工作中，也要接一下電話啊！

9 ほど、ほどだ
(1) 「左右」、「上下」； **(2)** 「甚至能…」、「甚至達到…程度」

接續與說明 (1) [數量詞＋ほど]； (2) [Na／A／V＋ほどだ]。 (1) 接在數量詞的後面，表示大致的數量。； (2) 為了說明前項達到什麼程度，在後項舉出具體的事例來。

例文

① 終<ruby>終<rt>お</rt></ruby>わるまでに、一週間<ruby>一週間<rt>いっしゅうかん</rt></ruby>ほどかかります。

到完成，得花一個星期左右。

② 今朝<ruby>今朝<rt>け さ</rt></ruby>は寒<ruby>寒<rt>さむ</rt></ruby>くて、池<ruby>池<rt>いけ</rt></ruby>に氷<ruby>氷<rt>こおり</rt></ruby>が張<ruby>張<rt>は</rt></ruby>るほどだった。

今天早上冷到池塘的水面上結了一層冰。

比較

● ばかり

(1) 「左右」、「上下」； **(2)** 「只」、「淨」、「光」

接續與說明 (1) [數量詞＋ばかり]； (2) [N＋助詞＋ばかり]。 (1) 接在數量詞的後面，表示大致的數量。 (2) 表示只有這個沒有別的，相同行為或狀態反覆的樣子。

例文

① 三日<ruby>三日<rt>みっか</rt></ruby>ばかり待<ruby>待<rt>ま</rt></ruby>ってください。

請等我三天左右。

② 彼<ruby>彼<rt>かれ</rt></ruby>はいつも文句<ruby>文句<rt>もんく</rt></ruby>ばかり言<ruby>言<rt>い</rt></ruby>って、ちっとも動<ruby>動<rt>うご</rt></ruby>かない。

他老愛抱怨，都不動手做。

10 というより

「與其說…，倒不如說…」

接續與說明 [N／Na／A／V＋というより]。表示在相比較的情況下，後項的說法比前項更恰當。後項是對前項的修正、補充。

例文

彼女は女優というより、モデルという感じですね。

與其說她是女演員，倒不如說她感覺像個模特兒。

比較

にしては

「照…來說…」、「就…而言算是…」

接續與說明 [N／Na／V＋にしては]。表示「按其比例」的意思。也就是跟前項提的標準相差很大，後項結果跟前項預想的相反或出入很大。含有疑問、諷刺、責難及意外的語氣。通常前項是具體性的語詞。相當於「の割には」。大多可以跟「（な）のに」互換，但是「（な）のに」的前項是既定的事實，而「にしては」沒有這樣的意思。

例文

この成績は、初心者にしては上等だ。

這樣的成績就初學者而言算是很好的。

11 どころか

「哪裡還…」、「非但…」、「簡直…」

接續與說明 [N／Na（な）＋どころか]；[A-い＋どころか]；[V-る＋どころか]。（1）表示程度的對比，從根本上推翻前項，並且在後項提出跟前項程度相差很遠，或內容相反的事實。用在當事實跟期待、預料或印象完全不同的時候，強調程度的對比、反差。（2）也用在當期待或預料以否定的形式出現的時候。這時，為了強調後項，而舉出具對比的前

項，甚至程度低的前項，並進行否定。

例文

① 祖父は元気どころか、ずっと入院しています。
祖父哪裡健康，一直住院呢！

② お金が足りないどころか、財布は空っぽだよ。
哪裡是不夠錢，錢包裡連一毛錢也沒有。

比較

• ことから

「從…來看」、「因為…」、「因此…」

接續與說明 [Nである／Naな／Naである／A／V＋ことから]。（1）表示判斷的理由。根據前項的情況，來判斷出後面的結果或結論。是說明事情的經過跟理由的句型。（2）由於前項的起因跟由來，而有後項的狀態。（1）（2）都相當於「ので」。

例文

指紋が一致したことから、犯人は田中に特定された。
從指紋一致來看，犯人被鎖定為田中。

次の文の_____にはどんな言葉を入れたらよいか。1・2から最も適当なものをひとつ選びなさい。

實力測驗

Q 哪一個是正確的?
答案>>在下一頁

6

忙しいとき（　　）、次から次に問い合わせの電話が来ます。

1.につけ　　2.に限って

譯

1.につけ：每當…就會…
2.に限って：獨獨…

解答》請看下一頁

7

あのバンドはアジア（　　　）ヨーロッパでも人気があります。

1.のみならず　　2.にかかわらず

譯

1.のみならず：不只…
2.にかかわらず：不管…都…

解答》請看下一頁

8

最近は忙しくて、子どもと話す時間（　　）ない。

1.にしろ　　2.さえ

譯

1.にしろ：就算…，也…
2.さえ：連…

解答》請看下一頁

9

40度（　　）熱が出た。

1.ほど　　　2.ばかり

譯

1.ほどだ：…左右
2.ばかり：…左右

解答》請看下一頁

10

あの人は、厳しい（　　　）怖い。

1.というより　2.にしては

譯

1.というより：與其說…倒不如說是…
2.にしては：就…而言…

解答》請看下一頁

11

給食はうまい（　　）、まるで豚の餌だ。

1.ことから　　2.どころか

譯

1.ことから：由於…
2.どころか：非但…

解答》請看下一頁

なるほどの解説を確認して、
次のページへ進もう!

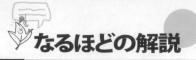

6 比較

　　正確答案為2「に限って」。「に限って」意為「獨獨…」，表示在某種情況下時偏偏就會發生後項事件，多表示不愉快的內容，在此表示「唯獨在很忙的時候，詢問的電話就會接二連三地打來」；「につけ」意為「每當…就會…」，「来ます」也不是自發性的動作。所以，正確答案為2。

答案：2

7 比較

　　「のみならず」意為「不只…」，帶有「範圍擴大到…」的語意，在此表示「該樂團不只在亞洲，連在歐洲都很受歡迎」；「にかかわらず」意為「不管…都…」，帶有「不論如何」的語意，故語意不符，正確答案為1。

答案：1

8 比較

　　正確答案為2「さえ」。「さえ」意為「連…」前項列出程度低的極端例子，意思是「連這個都這樣」其他更別說了。後項多為否定性的內容。在此表示「最近太忙了，連跟小孩說話的時間都沒有」；「にしろ」意為「就算…，也…」，表示退一步承認前項，並在後項中提出跟前面相反的意見。語意不符。而且「にしろ」後面也不能接「ない」。

答案：2

9 比較

　　「數詞+ほど」跟「數詞+ばかり」都意為「…左右」。兩者接在數量詞的後面，都表示大致的數量。但是「數詞+ばかり」有少的語意，但「數詞+ほど」並沒有這個含意，所以正確答案為「ほど」。

答案：1

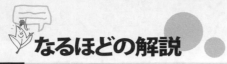

なるほどの解説

10 比較

　「というより」意為「與其說…倒不如說…」，在此表示「那個人與其說是嚴厲，不如說是可怕」；「にしては」意為「就…而言…」，用於評論他人或事情，有「依照前項來判斷，後項應該…但卻…」的語感，故語意不符，正確答案為1。

答案：1

11 比較

　正確答案為2「どころか」。「どころか」意為「非但…」，表示實際狀況與預想情況恰恰相反，在此表示「營養午餐哪裡好吃了，簡直就是餵豬的餿水」；「ことから」意為「由於…」，表示依據前項來判斷出後項的結果，而後項的「簡直就是餵豬的餿水」是與前面相反的事實，不是經過判斷後的結果。故語意不符。

答案：2

その他の助詞表現
（無関係・保留・代替・範囲・根拠）

1 にかかわらず   6 のもとで、のもとに
2 もかまわず   7 ことに（は）
3 を問わず、は問わず   8 上で（は）
4 はともかく（として）
5 にかわって、にかわり

1　にかかわらず
(1)「不管…都…」、「儘管…也…」；(2)「無論…與否…」

接續與說明 (1)[N＋にかかわらず]；(2)[V-る、V-ない／A-い、A-くない＋にかかわらず]。(1) 表示「與這些差異無關，不因這些差異，而有任何影響」的意思。前面多接「年齡、天氣、性別、能力」等含有差異性的名詞；(2)接兩個表示對立的事物，表示跟這些無關，都不是問題，不受影響。前接的詞多為意義相反的二字熟語，或同一用言的肯定與否定形式。

例文

①晴雨にかかわらず、試合は行われる。
比賽不拘晴雨，照常舉行。

②お酒を飲む飲まないにかかわらず、一人当たり２千円を払っていただきます。
不管有沒有喝酒，每人都要付兩千日圓。

比較

● にもかかわらず

「雖然…，但是…」、「儘管…，卻…」、「雖然…，卻…」

接續與說明 [N／A／V＋にもかかわらず]；[Naである＋にもかかわらず]。表示逆接。後項事情常是跟前項相反或相矛盾的事態。表示很吃驚地認為本來應該是相反的結果或判斷，但卻沒有那樣。也可以做接續詞使用。作用與「（な）のに」近似。

例文

彼は70歳という高齢にもかかわらず、子どもをもうけた。

他儘管已70高齡了，還能生孩子。

2 もかまわず

「（連…都）不顧…」、「不理睬…」、「不介意…」

接續與說明 [N（に）＋もかまわず]；[Vの（に）＋もかまわず]。表示對某事不介意，不放在心上。也就是不用顧慮前項事物的現況，以後項為優先的意思。常用在不理睬旁人的感受、眼光等。相當於「も気にしないで…」。

例文

警官の注意もかまわず、赤信号で道を横断した。

不理會警察的警告，照樣闖紅燈。

比較

● はともかく（として）

「姑且不管…」、「先不管它」

接續與說明 [N+はともかく（として）]。表示提出兩個事項，前項暫且不作為議論的對象，先談後項。暗示後項是更重要的。相當於「はさておき」。

例文

結果はともかく、よくがんばったね。

不管結果如何，你已經很努力了。

3 を問わず、は問わず

「無論…」、「不分…」、「不管…，都…」、「不管…，也不管…，都…」

接續與說明 [N＋を問わず、は問わず]。表示沒有把前接的詞當作問題、跟前接的詞沒有關係。多接在「男女」、「昼夜」這種對義的單字後面。相當於「…に関係なく」。

男女を問わず、10歳未満の子どもは誰でも入れます。

無論是男是女，未滿十歲的小孩都能進去。

● のみならず

「不僅…，也…」、「不僅…，而且…」、「非但…，尚且…」

接續與說明 [N／V＋のみならず]；[Naである＋のみならず]；[A-い＋のみならず]。表示添加。用在不僅限於前接詞的範圍，還有後項進一層的情況。相當於「…ばかりでなく、…も…」。

例文

資料を分析するのみならず、あらゆる角度から検討すべきだ。

不僅要分析資料，而且也應該從各個角度來進行檢討。

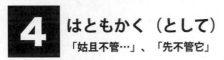

4 はともかく（として）

「姑且不管…」、「先不管它」

接續與說明 [N＋はともかく（として）]。表示提出兩個事項，前項暫且不作為議論的對象，先談後項。暗示後項是更重要的，以後項為談論的中心內容的。相當於「はさておき」。

例文

味はともかく、見た目にはとてもうまそうだ。

先不提味道，看起來好像挺好吃的。

● に代わって、に代わり

「替…」、「代替…」、「代表…」

接續與說明 [N＋に代わって、に代わり]。表示應該由某人做的事，改由其他的人來做。是前後兩項的替代關係。相當於「の代理で」。

例文

病気の父に代わって、息子が式典に参列した。

兒子代替生病的父親，出席參加典禮。

次の文の_____にはどんな言葉を入れたらよいか。1・2から最も適当なものをひとつ選びなさい。

實力測驗
Q 哪一個是正確的？
答案>>在下一頁

1 能力（　　　）、初任給は16万円です。
1.にかかわらず　2.にもかかわらず

譯
1.にかかわらず：不管…都…
2.にもかかわらず：雖然…，但是…
解答》請看下一頁

2 他人の迷惑（　　）、高校生たちが車内で騒いでいる。
1.もかまわず　2.はともかく

譯
1.もかまわず：也不管…
2.はともかく：姑且不論…
解答》請看下一頁

3 この果物は季節（　　）一年中楽しむことができます。
1.を問わず　　2.のみならず

譯
1.を問わず：不論…
2.のみならず：不光是…
解答》請看下一頁

4 理由（　　　）、暴力はいけない。
1.にかわって　2.はともかく

譯
1.にかわって：代替…
2.はともかく：先不論…
解答》請看下一頁

なるほどの解説を確認して、次のページへ進もう！

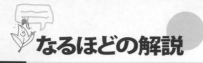

なるほどの解説

1 比較

　「にかかわらず」意為「不管…都…」。表示與這些差異無關，不因這些差異，而有任何影響的意思。在這裡表示「不管能力如何，起薪都是16萬日圓」；「にもかかわらず」意為「雖然…，但是…」。表示前項跟後項是相反的兩個事態。但「能力」跟「起薪16萬日圓」並不是相反的結果，所以正確答案是1「にかかわらず」。

答案：1

2 比較

　「もかまわず」意為「也不管…」表示通常會注意前項，卻毫不在意，在此表示「一群高中生也不管會不會造成他人的困擾，在車內吵鬧著」；「はともかく」意為「姑且不論…」，用於比較前後事項，而後項又比前項還重要，故語意不符，正確答案為1。

答案：1

3 比較

　「を問わず」意為「不論…」，表示前項不管怎樣、不管為何，後項都能因應成立，在此表示「這水果不分季節，一年四季都能享用」；「のみならず」意為「不光是…」，表示不只前項事物，連後項都是如此，故語意不符，正確答案為1。

答案：1

4 比較

　正確答案為2「はともかく」。「はともかく」意為「先不論…」，用於比較前項與後項，有「前項雖然也是不得不考慮的，但是後項更重要」的語感，在此表示「先不管理由為何，暴力就是不應該的」；「にかわって」意為「代替…」，意為代替前項做某件事，故語意不符。

答案：2

に代わって、に代わり
「替⋯」、「代替⋯」、「代表⋯」

接續與說明 [N＋に代わって、に代わり]。表示應該由某人做的事，改由其他的人來做。是前後兩項的替代關係。相當於「の代理で」。

例文

社長に代わって、副社長が挨拶をした。
副社長代表社長致詞。

比較
● 抜きで、抜きに、抜きの、抜きには、抜きでは

「省去⋯」、「沒有⋯」；「如果沒有⋯」、「沒有⋯的話」

接續與說明 [N＋抜きで、抜きに、抜きの、抜きには、抜きでは]。「抜きで、抜きに」表示除去或省略一般應該有的部分，相當於「なしで、なしに」；「抜きには、抜きでは」表示「如果沒有⋯，就做不到⋯」。相當於「なしでは、なしには」。

例文

この商談は、社長抜きにはできないよ。
這樁買賣，沒有社長是沒辦法談成的。

6

のもとで、のもとに
(1)「在⋯之下（範圍）」：(2)「在⋯下」

接續與說明 [N＋のもとで、のもとに]。「のもとで」表示在受到某影響的範圍內，而有後項的情況；「のもとに」又表示在某人的影響範圍下，或在某條件的制約下做某事。

例文

太陽の光のもとで、稲が豊かに実っています。
稻子在太陽光之下，結實纍纍。

● をもとに

「以…為根據」、「以…為參考」、「在…基礎上」

接續與說明 [N＋をもとに]。表示將某事物做為啟示、根據、材料、基礎等。後項的行為、動作是根據或參考前項來進行的。相當於「に基づいて」、「を根拠にして」。

例文

いままでに習った文型をもとに、文を作ってください。

請參考至今所學的文型造句。

---

7 ことに（は）

「…的是」、「非常…（的是）」

接續與說明 [Naな／A-い／V-た＋ことに（は）]。表示說話人在敘述實際發現的某事之前的心情。說話人先表達出驚訝或某種感情之後，接下來敘述具體的事情。前接表示瞬間感情活動的詞。

例文

残念なことに、この区域では携帯電話が使えない。

可惜的是，這地區無法使用手機。

● ことから

「從…來看」、「因為…」、「因此…」

接續與說明 [Nである／Naな／Naである／A／V＋ことから]。（1）表示判斷的理由。根據前項的情況，來判斷出後面的結果或結論。是說明事情的經過跟理由的句型。（2）由於前項的起因跟由來，而有後項的狀態。（1）（2）都相當於「ので」。

例文

顔がそっくりなことから、双子であることを知った。

因為長得很像，所以知道是雙胞胎。

8 上では

「從…來看」、「在…上」、「鑑於…上」

接續與說明 [Nの＋上では]。表示「根據這一信息來看」的意思。前面接表示數據、地圖等。

例文

暦の上ではもう春なのに、まだまだ寒い日が続いている。

從日曆上看，已經是春天了，但是每天還是很冷。

比較

● 上で

「在…之後」、「以後…」、「之後（再）…」

接續與說明 [V-た＋上で]。表示兩動作間時間上的先後關係。表示先進行前一動作，後面再根據前面的結果，採取下一個動作。前項常用「確認、手続き、結論」等詞語。相當於「てから」。

例文

話し合って結論を出した上で、みんなに説明します。

討論出結論後，再跟大家說明。

次の文の_____にはどんな言葉を入れたらよいか。1・2から最も適当なものをひとつ選びなさい。

實力測驗

Q 哪一個是正確的？

答案>>在下一頁

5 出生率の低迷が続く日本では、人間（　　）ロボットが働く時代が到来するだろう！

1.抜きでは　　2.にかわって

譯

1.抜きでは：沒有…

2.にかわって：代替…

解答》請看下一頁

6 彼女は、厳しい父母（　　）育った。

1.のもとで　2.をもとに

譯

1.のもとで：在…之下

2.をもとに：以…為依據

解答》請看下一頁

7 驚いた（　　）、犯人は教師だった。

1.ことには　　2.ことから

譯

1.ことには：…的是

2.ことから：從…來看

解答》請看下一頁

8 数字の（　　）同じ1敗だが、同じ負けでも内容は大きく異なる。

1.上で　　　2.上では

譯

1.上で：在…之後

2.上では：從…來看

解答》請看下一頁

なるほどの解説を確認して、次のページへ進もう！

5 比較

　故正確答案為2「にかわって」。「にかわって」意為「代替…」，意為代替前項做某件事，在此表示「在出生率持續低迷的日本，機器人代替人類做事的時代即將來臨」；「抜きでは」意為「沒有…」，表示若沒有前項，後項本來期待的或預期的事也無法成立，語意不符。

答案：2

6 比較

　「のもとで」意為「在…之下」，有「受到…的影響」之意，在此表示「她在嚴格的父母親的管教下成長」；「をもとに」意為「以…為依據」，表示以前項為參考來做後項的動作，故語意不符，正確答案為1。

答案：1

7 比較

　「ことには」（…的是）前接瞬間感情活動的詞，表示說話人先表達出驚訝後，接下來敘述具體的事情。這句話是「令人吃驚的是，犯人竟然是教師」；「ことから」（因為）表示根據前項的情況，來判斷出後面的結果，這句話需要的是表示「非常…（的事）」的句型，不是判斷的理由，所以正確答案是1「ことには」。

答案：1

8 比較

　正確答案是2「上では」。表前提的「上では」意為「從…來看」，前面接數據、地圖等相關詞語，表示「根據這一信息來看」的意思。在此表示「從數字來看，同樣是1敗，但是一樣是失敗，內容卻大異其趣」；表示目的的「上で」意為「在…之後」，表示「首先，做好某事之後，再…」表達在前項成立的基礎上，才會有後項，也就是「前項→後項」的順序。語意不符。

答案：2

助動詞（意志・義務・許可・禁止・提案の表現）

1 まい
2 べき（だ）
3 というものではない、というも
　のでもない

4 ようではないか
5 ことだ

---

1 **まい**
(1)「不…」、「不打算…」；(2)「不會…吧」、「也許不…吧」

接續與說明 [V-＋まい]。(1)表示說話的人不做某事的意志或決心。」常跟「絶対、決して、二度と、もう」一起使用。相當於「ないつもりだ」。但是「まい」意志較強。書面語；(2)表示否定的推測，說話人推測、想像，「大概不會…」之意。相當於「ないだろう」。

例文

① 絶対タバコは吸うまいと、決心した。
我決定絕不抽煙。

② こんな話をしても誰も信じてはくれまい。
這種話沒有人會相信的。

比較

● **ものか**

「哪能…」、「怎麼會…呢」、「決不…」、「才不…呢」

接續與說明 [Naな／A-い／V-る＋ものか]。表示強烈的否定情緒。或是說話人絕不做某事的決心，或是強烈否定對方的意見。句尾聲調下降。比較隨便的說法是「もんか」。一般男性用「ものか」，女性用「ものですか」。常跟「なんか、など」一起使用。

例文

彼の味方になんか、なるものか。
我才不跟他一個鼻孔出氣呢！

2 べき（だ）
「必須…」、「應當…」

接續與說明 [N／Naである＋べき（だ）]；[A-くある＋べき（だ）]；[V-る＋べき（だ）]。表示那樣做是應該的、正確的。常用在勸告、禁止及命令的場合。是說話人的意見，表示「做…是正確的」。書面跟口語雙方都可以用。相當於「するのが当然だ」。

例文

人間はみな平等であるべきだ。
人人應該平等。

比較

• ものだ

「就是…」、「本來就是…」、「應該…」

接續與說明 [Naな／A-い／V＋ものだ]。表示常識性、普遍的事物的必然的結果。也就是一般論的，事物本來的性質。

例文

①どんなにがんばっても、うまくいかないときがあるものだ。
有時候無論怎樣努力，還是無法順利的。

②若い人はお年寄りに席を譲るものだ
年輕人應該讓座位給年紀大的人。

3 というものでは（も）ない
「可不是…」、「並不是…」、「並非…」

接續與說明 [N（だ）／Nではない／V／A／Na（だ）／Naではない／＋というものでは（も）ない]。表示對某想法或主張，覺得不是非常恰當。由於內心其實是反對的，因此做出委婉的否定。相當於「というわけでは（も）ない」。

例文

才能があれば成功するというものではない。

（さいのう）（せいこう）

有才能並非就能成功。

比較
● というしまつだ

「（結果）竟然…」

接續與說明 [V-る＋というしまつだ]。表示「經過了…的過程，最後變成…」，前項是敘述事態的情況，後項是敘述結果竟然如此（不良的結果）。

例文

彼女は甘やかすとわがままを言い、厳しくすると泣き出すというしまつだ。

（かのじょ）（あま）（い）（きび）（な）（だ）

她只要一寵就任性，一嚴格就哭了。

4 （よ）うではないか
「讓…吧」、「我們（一起）…吧」

接續與說明 [V（よ）う＋ではないか]。表示說話人以堅定的語氣（讓對方沒有拒絕的餘地）進行提案，或帶頭提議對方跟自己共同做某事，或是一種委婉的命令。也用在自己決定要做某事的意志表現。口語常說成「（よ）うじゃないか」。不用在對長輩上。一般男性使用。男女共用的話多說「（よ）うではありませんか」。

みなで一致団結して、困難を乗り越えようではないか。

讓我們同心協力共度難關吧！

比較

● ませんか

「要不要…吧」

接續與說明 [R-＋ませんか]。表示行為、動作是否要做，在尊敬對方抉擇的情況下，有禮貌地勸誘對方做某事。

例文

明日、いっしょに映画を見ませんか。

明天要不要一起去看電影？

5 ことだ
「就得…」、「要…」、「應當…」、「最好…」

接續與說明 [V-る／V-ない＋ことだ]。表示一種間接的忠告或命令。說話人忠告對方，某行為是正確的或應當的，或某情況下將更加理想。口語中多用在上司、長輩對部屬、晚輩或用在同輩之間。相當於「したほうがよい」。

例文

大会に出たければ、がんばって練習することだ。

如果想出賽，就要努力練習。

比較

● ものだ

(1)「真是…」、「居然…」；(2)「就該…」、「應該…」。(3)（感慨地回憶過去）

（1,2）[Naな／A-い／V＋ものだ]；（3）[V-た＋ものだ]。
(1)表示說話人對某一事件或事物的情況感到吃驚或感嘆。常跟「よく
（も）」一起使用。(2)表示提醒或忠告。在社會上前項是常識、理所當
然，理應如此。有對某一價值觀強加於別人的語意，常轉為間接的命令
或禁止。 （3）表示回憶或懷念過去，經常經歷的事情。含有過去常做，
現在已經不做了的感慨語氣。由於敘述的是習慣性的事情，所以常跟副
詞「よく」一起使用。口語常用「もんだ」。

例文

①こんな重いものをよく一人で持てるものだ。
那麼重的東西，竟然一個人就拿起來了。
②人の家に行く時は、手土産の一つも提げていくものだ。
到別人家拜訪作客，就該帶個見面禮。
③若い頃はよくこの小道を歩いたものだ。
年輕時，經常走這條小路呢！

16 実力テスト

做對了，往走，做錯了往 ✗ 走。

次の文の＿＿＿＿にはどんな言葉を入れたらよいか。1・2から最も適当なものをひとつ選びなさい。

實力測驗

Q 哪一個是正確的？
答案>>在下一頁

1
今年の冬は、あまり雪は降る（　　）。
1.まい　　　2.ものか

譯
1.まい：不會…
2.ものか：才不要…

解答》請看下一頁

2
困難でも、武力に頼らず、話し合いで解決する（　　）。
1.べきだ　2.ものだ

譯
1.べきだ：應當…
2.ものだ：本來就該…

解答》請看下一頁

3
金さえあれば、幸せ（　　　）。
1.というものでもない
2.というしまつだ

譯
1.というものでもない：並非如此
2.というしまつだ：竟然…

解答》請看下一頁

4
今諦めるのはまだ早い。もう一度頑張ってみ（　　　）。
1.ようじゃないか　2.ませんか

譯
1.ようじゃないか：我們（一起）…吧
2.ませんか：要不要…吧

解答》請看下一頁

5
どんなに苦しくても、ここは一つ待つ（　　）な。
1.ものだ　2.ことだ

譯
1.ものだ：應該…
2.ことだ：最好…

解答》請看下一頁

**なるほどの解説を確認して、
次のページへ進もう！**

なるほどの解説

1 比較

「まい」意為「不會…」，是否定的推測表達方法。在此表示「今年的冬天，大概不怎麼下雪吧」；「ものか」意為「才不要…」，表示說話者帶著感情色彩，強烈的否定語氣，為反詰用法，故語意不符，正確答案為1。

答案：1

2 比較

「べきだ」意為「應當…」，是說話人意見，表示「做…是正確的」。；「ものだ」意為「本來就該…」，是一般論的，事物本來的性質的。這句話是「不管多難，都應該不用武力，好好協商」。也就是說，實際上，無法良好協商，只能用武力來強行，所以不是「本來的性質」，不能用「ものだ」。要用表示「做…是正確的」說話人的意見「べきだ」。正確答案是1。

答案：1

3 比較

「というものでもない」意為「並非如此」，用於委婉地表達某件事不一定正確，在此表示「並不是說有了錢就一定會幸福」；「というしまつだ」意為「（結果）竟然…」，表示因某人的行為而使自己很不好做事，並感到麻煩。語意不符。正確答案為1。

答案：1

4 比較

「ようじゃないか」以堅定的語氣（讓對方沒有拒絕的餘地），帶頭提議對方跟自己一起做某事；「ませんか」有禮貌地勸誘對方做某事。一般用在對個人或少數人的勸誘上。因此，看到這句話前面的「現在放棄還太早」，透露出說話人意志相當堅定，所以後面必需選擇「ようじゃないか」，才能表現出，帶頭提議對方跟自己「讓我們再加油一次吧」這種委婉而堅定的意思來。答案是1。

答案：1

5 比較

正確是2「ことだ」。這句話是「不管多苦，現在暫且等待」，知道是說話人在忠告某人，現在暫且等待會時機比較好，知道答案是「ことだ」（最好…）；至於「ものだ」（應該）雖也有忠告的意思，但「現在暫且等待」並不是一般的常識、理所當然要這樣做的意思。而且這句話也沒有硬要別人接受說話人的價值觀之意。

答案：2

549

助動詞 （判断・推量・可能性・難易の表現

1 を…とする
「把…視為…（的）」、「把…當做…（的）」

接續與說明 [N]+を+[N]+とする。表示把一種事物當做或設定為另一種事物，或表示決定、認定的內容。「とする」的前面接表示地位、資格、名分、種類或目的的詞。

例文

この競技では、最後まで残った人を優勝とする。

這個比賽，是以最後留下的人獲勝。

比較

• について
「有關…」、「就…」、「關於…」

接續與說明 [N+について]。表示前項先提出一個話題，後項就針對這個話題進行說明。相當於「に関して」。

例文

江戸時代の商人について物語を書きました。

撰寫了一個有關江戶時期商人的故事。

2 に相違ない

「一定是…」、「肯定是…」

接續與說明 [Na（である）／N（である）／A／V＋に相違ない]。表示說話人根據經驗或直覺或推論，冷靜、理性地做出非常肯定的判斷。跟「だろう」相比，確定的程度更強。跟「に違いない」意思相同，只是「に相違ない」比較書面語。

例文

犯人は、窓から侵入したに相違ありません。
犯人肯定是從窗戶進來的。

比較

● **にほかならない**

「完全是…」、「不外乎是…」、「其實是…」、「無非是…」

接續與說明 [N＋にほかならない]。表示斷定的說事情發生的理由跟原因，就是「それ以外のなにものでもない」（不是別的，就是這個）的意思。是一種對事物的原因、結果的斷定語氣。強調說話人的判斷或解釋。

例文

女性の給料が低いのは、差別にほかならない。
女性的薪資低，其實就是男女差別待遇。

3 にほかならない

「完全是…」、「不外乎是…」、「其實是…」、「無非是…」

接續與說明 [N＋にほかならない]；[句子から／句子ため＋にほかならない]。表示斷定的說事情發生的理由跟原因，就是「それ以外のなにも

のでもない」（不是別的，就是這個）的意思。是一種對事物的原因、結果的斷定語氣。強調說話人的判斷或解釋。

例文

合格<ruby>格<rt>ごうかく</rt></ruby>できたのは、努力<ruby>力<rt>どりょく</rt></ruby>の結果<ruby>果<rt>けっか</rt></ruby>にほかならない。

能考上，無非是努力的結果。

比較
___

• というものでは（も）ない

「可不是…」、「並不是…」、「並非…」

接續與說明 [N（だ）／Nではない／V／A／Na（だ）／Naではない／＋というものでは（も）ない]。表示對某想法或主張，覺得不是非常恰當。由於內心其實是反對的，因此做出委婉的否定。相當於「というわけでは（も）ない」。

例文

上司<ruby>司<rt>じょうし</rt></ruby>の言<ruby>言<rt>い</rt></ruby>うことを全部<ruby>部<rt>ぜんぶ</rt></ruby>肯定<ruby>定<rt>こうてい</rt></ruby>すればいいというものではない。

可不是認同上司說的每一句話就好。

4 ざるを得<ruby>得<rt>え</rt></ruby>ない

「不得不…」、「只好…」、「被迫…」

接續與說明 [V-＋ざるを得ない]。表示除此之外，沒有其他的選擇。含有說話人雖然不想這樣，但無可奈何這樣的心情。是一種深思熟慮後的行為結果。有時也表示迫於某壓力或情況，而不情願地做某事。「ざる」是「ず」的連體形。「得ない」是「得る」的否定形。相當於「しなければならない」。

例文

上司<ruby>司<rt>じょうし</rt></ruby>の命令<ruby>令<rt>めいれい</rt></ruby>だから、やらざるを得<ruby>得<rt>え</rt></ruby>ない。

由於是上司的命令，也只好做了。

● ずにはいられない

「不得不…」、「不由得…」、「禁不住…」

接續與說明 [V-＋ずにはいられない]。表示自己的意志無法克制，情不自禁地做某事。有主動的，積極的語感。相當於「ないでは我慢できない」。

例文

すばらしい風景（ふうけい）を見（み）ると、写真（しゃしん）を撮（と）らずにはいられません。
一看到美麗的風景，就禁不住拍下照片。

---

5 よりほかない、よりほかはない
「只有…」、「只好…」、「只能…」

接續與說明 [V-る＋よりほか（は）ない]。表示問題處於某種狀態，只有一種辦法，沒有其他解決的方法。因此，要轉變態度積極地面對這種狀態。相當於相當於口語常說的「しかない」，但語氣上沒有「しかない」柔和。

例文

分（わ）からないことは、一（ひと）つ一（ひと）つ先輩（せんぱい）に聞（き）くよりほかはない。
不懂的事，只好一一請教學長了。

● …ざるを得（え）ない

「不得不…」、「只好…」、「被迫…」

接續與說明 [V-＋ざるを得ない]。表示除此之外，沒有其他的選擇。有時也表示迫於某壓力或情況，而違背良心地做某事。「ざる」是「ず」的連體形。「得ない」是「得る」的否定形。相當於「しなければならない」。

例文

これだけ証拠（しょうこ）があっては、罪（つみ）を認（みと）めざるを得（え）ません。
都有這麼多證據了，就只能認罪了。

做對了，往走，做錯了往✗走。

次の文の_____にはどんな言葉を入れたらよいか。1・2から最も適当なものをひとつ選びなさい。

實力測驗

Q哪一個是正確的?
答案>>在下一頁

1 これを一つの区切り（　　）、これまでの成果を広く知ってもらおうと思います。
1.について　　2.として

譯
1.について：針對…
2.として：把…當作

解答》請看下一頁

2 これだけの人材がそろえば、わが社は大きく飛躍できる（　　）。
1.に相違ない　2.にほかならない

譯
1.に相違ない：肯定是…
2.にほかならない：全靠…

解答》請看下一頁

3 実験が成功したのは、あなたのがんばりがあったから（　　）。ありがとう。
1.にほかならない　2.というものではない

譯
1.にほかならない：不是別的，正是…
2.というものではない：並非…

解答》請看下一頁

4 天気が悪いので、今日の山登りは中止にせ（　　）。
1.ずにはいられない　2.ざるを得ない

譯
1.ずにはいられない：禁不住…
2.ざるを得ない：只好…

解答》請看下一頁

5 落ち込んでも仕方ないので、前向きに生きていく（　　）。
1.よりほかない　2.ざるを得ない

譯
1.よりほかない：只好…
2.ざるを得ない：不得不…

解答》請看下一頁

なるほどの解説を確認して、次のページへ進もう！

1 比較

　　正確答案為2「として」。「を…として」意為「把…當作」，表示視前項為某種事物進而採取後項行動，在此表示「我想把這個當作是一個分界點，將至今的成果廣為宣傳」；「について」意為「有關…」，表示就前項事物來進行說明、思考、調查、詢問、撰寫等動作，故語意不符。文法上也不符。

答案：2

2 比較

　　「に相違ない」意為「肯定是…」，表示說話者自己冷靜、理性的推測，且語氣強烈，在此表示「如果能聚集這樣的好人才，我社一定能有蓬勃的發展」；「にほかならない」意為「全靠…」，帶有「只有這個」「正因為…」的語氣，多用於對事物的原因、結果的斷定。故語意不符，正確答案為1。

答案：1

3 比較

　　「にほかならない」意為「不是別的，正是…」，帶有「只有這個」「正因為…」的語氣，多用於表示贊成與肯定，在此表示「實驗之所以成功，全是因為你的努力」；「というものではない」意為「並非…」，用於表示對某想法，心理覺得不恰當，而給予否定。正確答案為1。

答案：1

4 比較

　　正確答案是2「ざるを得ない」。「ざるを得ない」意為「只好…」，表示因某種原因，說話人雖然不想這樣，但無可奈何去做某事，是非自願的行為，在此表示「因為天氣不好，今天的登山活動不得不中止」；「ずにはいられない」意為「禁不住…」，帶有一種情不自禁地做某事之意。「登山活動中止」是非自願的行為，不是一種自然衝動的反應。所以正確答案是2。

答案：2

5 比較

　　「よりほかない」意為「只好⋯」跟「ざるをえない」意為「只能⋯」，都表示除此之外沒有其他辦法，這句話中譯是「一直意志消沉也無濟於事，只好積極地活下去了」。這句話需要的是，「よりほかない」有要轉變態度積極面對的心態的語意，而「ざるをえない」有「如果可以其實不想⋯但又只能⋯」的無奈語感，所以「よりほかない」符合語意。另外「ざるをえない」接續方式也錯誤，正確答案為1。

答案：1

6 得る、得る
「可能」、「能」、「會」

接續與說明 [R-＋得る]。表示根據情況，判斷是否可以採取這一動作，或是否有發生這種事情的可能性。如果是否定形，就表示不能採取這一動作，沒有發生這種事情的可能性。但不用在人的能力的有無上。接「ある」「起こる」「できる」等無意志的自動詞後面，只表示有…的可能，也就是「…できる、…の可能性がある」。「あり得ない」也常出現在口語。

例文

コンピューターを使えば、大量のデータを計算し得る。
利用電腦，就能統計大量的資料。

比較

• かねる
「難以…」、「不能…」、「不便…」

接續與說明 [R-＋かねる]。表示由於主觀上的原因，如某種心理上的排斥感，或客觀上原因，如道義上的責任等，而難以做到某事。含有「即使想做，即使努力了，也不可能的意思」的含意。語氣較婉轉，常用於婉言謝絕或不好意思等場合。只能接在意志動詞後面。慣用句有「決めるに決めかねる」（難以決定）、「見るに見かねる」（不忍目睹）相當於「ちょっと…できない、…しにくい」。

例文

その案には、賛成しかねます。
那個案子我無法贊成。

7 かねない

「很可能…」、「也許會…」、「說不定將會…」

接續與說明 [R-＋かねない]。「かねない」本來是「かねる」的相反意思。表示有可能出現不希望發生的某種事態。有時用在主體道德意識薄弱，或自我克制能力差等原因，而有可能做出異於常人的某種事情。含有說話人的擔心、不安跟警戒的心情。一般用在負面的評價。

如果是人物或組織多用「なら…かねない」的句型，含有從過去的言行舉止，判斷有可能發生不好的事情的含意。一般不用在自己身上，但自己無法控制的事情可以使用。相當於「する可能性がある、…するかもしれない」。

例文

あいつなら、お金のためには人を殺しかねない。

那傢伙的話，為了錢甚至很可能會殺人。

比較

● かねる

「難以…」、「不能…」、「不便…」

接續與說明 [R-＋かねる]。表示由於主觀上的原因，如某種心理上的排斥感，或客觀上原因，如道義上的責任等，而難以做到某事。含有「即使想做，即使努力了，也不可能的意思」的含意。

例文

このような仕事はお引き受けしかねます。

這樣的工作，我無法承接。

8 っこない

「不可能…」、「決不…」

接續與說明 [R-＋っこない]。表示強烈否定，某事發生的可能性。與「なんか、なんて」「こんな、そんな、あんな（に）」相呼應。相當

於「わけはない」、「はずがない」。一般用於口語。用在關係比較親近的人之間。相當於「絶対に…ない」。

こんな長い文章は、すぐには暗記できっこないです。

這麼長的文章，我不可能馬上背得起來的。

比較

● かねない

「很可能…」、「也許會…」、「說不定將會…」

接續與說明 [R-＋かねない]。「かねない」本來是「かねる」的相反意思。表示有可能出現不希望發生的某種事態。有時用在主體道德意識薄弱，或自我克制能力差等原因，而有可能做出異於常人的某種事情。含有說話人的擔心、不安跟警戒的心情。一般用在負面的評價。如果是人物或組織多用「なら…かねない」的句型，含有從過去的言行舉止，判斷有可能發生不好的事情的含意。一般不用在自己身上，但自己無法控制的事情可以使用。相當於「する可能性がある、…するかもしれない」。

例文

手帳に日時をメモしておかないと、うっかり忘れかねない。

不把日期寫在筆記本，很可能一不小心就給忘了。

9 がたい

「難以…」、「很難…」、「不能…」

接續與說明 [R-＋がたい]。表示做該動作難度非常高，或幾乎是不可能。即使想這樣做也難以實現。為書面用語。不能用在表示能力不足時。相當於「するのが難しい」。前面多接「信じる、理解する、認める、許す、言う」等跟認知、發言有關的意志動詞。「得がたい」（難得）等慣用表現也不少。

例文

彼女との思い出は忘れがたい。

很難忘記跟她在一起時的回憶。

• にくい

「不容易…」、「難…」

接續與說明 [R-＋にくい]。表示該行為、動作不容易做，該事情不容易發生，或不容易發生某種變化。還有性質上很不容易有那樣的傾向。主要指因物理上、技術上的因素，而沒辦法把某動作做好。沒與「…やすい」相對。意志跟非意志動詞都可以接。

例文

この道はハイヒールでは歩きにくい。

這條路穿高跟鞋不好走。

10 かねる

「難以…」、「不能…」、「不便…」

接續與說明 [R-＋かねる]。表示由於主觀上的原因，如某種心理上的排斥感，或客觀上原因，如道義上的責任等，而難以做到某事。含有「即使想做，即使努力了，也不可能的意思」的含意。語氣較婉轉，常用於婉言謝絕或不好意思等場合。只能接在意志動詞後面。慣用句有「決めるに決めかねる」（難以決定）、「見るに見かねる」（不忍目睹）相當於「ちょっと…できない、…しにくい」。

例文

ただいまのご質問は、ちょっとお答え申し上げかねます。

您現在的問題，恕我無法回答。

• がたい

「難以…」、「很難…」、「不能…」

[R-＋がたい]。表示做該動作難度非常高，或幾乎是不可能。即使想這樣做也難以實現。為書面用語。不能用在表示能力不足時。相當於「するのが難しい」。前面多接「信じる、理解する、認める、許す、言う」等跟認知、發言有關的意志動詞。「得がたい」（難得）等慣用表現也不少。

例文

あのまじめな彼が犯人だなんて、信じがたいことだ。

做事那麼認真的他，竟然是犯人，真叫人不敢相信。

做對了，往😄走，做錯了往❌走。

次の文の_____にはどんな言葉を入れたらよいか。1・2から最も適当なものをひとつ選びなさい。

實力測驗

Q 哪一個是正確的？

答案>>在下一頁

6

この問題は、あなたの周りでも十分起こり（　　）ことなのです。

1.うる　　　2.かねる

譯

1.うる：可能
2.かねる：難以…

解答》請看下一頁

7

無責任な彼のことだから、約束しても忘れ（　　　）よ。

1.かねる　　2.かねない

譯

1.かねる：難以…
2.かねない：很可能…

解答》請看下一頁

8

一億円もするマイホームなんて、私に買え（　　）。

1.っこない　　2.かねない

譯

1.っこない：不可能…
2.かねない：很可能…

解答》請看下一頁

9

弱い者をいじめるなど、許し（　　）行為だ。

1.がたい　　　2.にくい

譯

1.がたい：難以…
2.にくい：不容易…

解答》請看下一頁

10

ご使用後の商品の返品はお受けけ致し（　　　）。

1.がたいです　　　2.かねます

譯

1.がたいです：難以…
2.かねます：難以…

解答》請看下一頁

なるほどの解説を確認して、次のページへ進もう！

6 比較

　　「うる」（可能）表示根據情況有發生這種事情的可能性；「かねる」（難以）用在說話人難以做到某事。看到這句話「這個問題，在你周遭也非常…發生」知道是根據情況，在判斷問題有可能在你的周遭發生，知道要選擇的是「うる」（可能）。而跟「かねる」說話人不能做到某事是沒有關係的，所以答案是1。

答案：1

7 比較

　　答案是2「かねない」。「かねない」（很可能）表示有可能出現不希望發生的某種事態，只能用在說話人對某事物的負面評價；「かねる」（難以）表示由於主觀的心理排斥因素，或客觀道義等因素，難以做到某事。這句話是「因為是沒責任感的他，所以很可能忘了約會」，知道後項是不希望發生的事態，而且含有負面的評價。知道答案是2的「かねない」，而1的「かねる」語意不符。

答案：2

8 比較

　　答案是1「っこない」。「っこない」意為「不可能…」，接在動詞連用形後面，表示強烈的否定「絕對不會…」的意思，這句話前面跟「なんて」相呼應，意為「要價到一億日圓的房子，我不可能買得起」；「かねない」意為「很可能…」表示所提到的事物的狀態、性質等，可能導致不好的結果，含有說話人的擔心、不安和警戒的心情。這句話需要的是一個強烈的否定，而不是導致不好的結果。

答案：1

9 比較

　　「がたい」主要是由於心理因素，而沒有辦法做該動作；「にくい」主要是指由於物理上的或技術上的因素，而沒有辦法把某動作做好，或難以進行某動作。看到這一句，首先看到對於「霸凌弱者」這樣的「行為」，知道是心理上的因素，而不是物理或技術因素。又看到認識動詞「許し」就可以馬上選擇「がたい」，來表示「難以原諒」這一動作了。所以答案是1。

答案：1

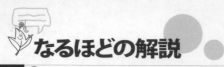

10 比較

　　正確答案是2「かねます」。「かねる」表示主觀如心理上的排斥感，或客觀如某種規定、道義上的責任等，而難以做到某事，常用在婉轉的謝絕時；「がたい」表示心理上或認知上很難，幾乎不可能實現某事。這句話看到「被用過的商品的退還」這件事，知道是店家於客觀上的規定，而無法讓客人「退貨」，所以婉轉謝絕。正確答案是2「かねます」。

答案：2

助動詞（様態・傾向・限定・程度の表現）

1 かのようだ
2 げ
3 つつある
4 にすぎない
5 てしょうがない

6 抜く
7 だけのこと（は、が）ある

1 かのようだ

「像…一樣的」、「似乎…」

接續與説明 [V／A／Naである／Naだった／N／Nである／Nだった＋かのようだ]。由終助詞「か」後接「のようだ」而成。經常以「かのような」、「かのように」的形式出現。表示不確定的比喻或判斷。實際上不是那樣，可是感覺的或做的卻像是那樣的狀態。多用來說明跟實際互相矛盾或假想的事物。相當於「まるで…ようだ」。常跟「まるで、あたかも、いかにも、さも」等比喻相關的副詞一起使用。

例文

先生（せんせい）は、まるで実物（じつぶつ）を見（み）たことがあるかのように話（はな）します。
老師像是看過實物般地敘述著。

比較

• ようだ

「像…似的」、「宛如…一樣」、「似乎…」

接續與説明 [Nの＋ようだ]；[V-る／V-た＋ようだ]。表示比喻、例舉，是委婉的、不確切的判斷或推測。是說話人對事物的外表，或自己的感覺（視覺、聽覺、味覺等），來進行推測性的判斷。詞尾變化跟形容動詞相同。

例文

電車（でんしゃ）が遅（おく）れているところを見（み）ると、何（なに）か事故（じこ）があったようだ。
從電車誤點來看，似乎發生了什麼事故。

2 げ

「…的感覺」、「好像…的樣子」

接續與說明 [Na／A-／R-＋げ]。表示帶有某種樣子、傾向、心情及感覺。書寫語氣息較濃。相當於「そう」。

例文

可愛げのない女の人は嫌いです。

我討厭一點都不可愛的女人。

比較
● っぽい

「…的傾向」

接續與說明 [N／R＋っぽい]。表示前接詞的某種傾向或特點比較明顯，有時候會帶有否定評價的語氣。跟「っぽい」比起來，「らしい」具有肯定評價的語氣。

例文

彼女は子どもっぽい性格だ。

她個性像個小孩。

3 つつある

「正在…」

接續與說明 [R-＋つつある]。接繼續動詞後面，表示某一動作或作用正向著某一方向持續發展。表示動作、狀況、狀態的變化，按一定的方向持續著。經常和「だんだん、次第に、徐々に、少しずつ、ほぼ、ようやく」等副詞一起使用。有時候相當於「ている」，是書面語。

例文

昔の良き伝統がどんどん失われつつある。

過去的優良傳統，正逐漸消失中。

• （よ）うとしている

「即將要…」

接續與說明 [V（よ）う＋としている]。表示某動作或變化，再過不久就要開始或是結束。一般多使用「始まる、終わる」等跟人的意向沒有關係的無意向動詞。

例文

会議が始まろうとしているとき、携帯に電話がかかってきた。

會議正要開始時，手機響了。

4　にすぎない

「只是…」、「只不過…」、「不過是…而已」、「僅僅是…」

接續與說明 [V／A＋にすぎない]；[Naである／Naだった＋にすぎない]；[N（である）／Nだった＋にすぎない]。表示程度有限。總是帶有這並不重要的「不足以…，沒有什麼大不了的」的消極評價及輕蔑語氣。相當於「ただ…であるだけだ」。

例文

これは少年犯罪の一例にすぎない。

這只不過是青少年犯案中的一個案例而已。

• にほかならない

「完全是…」、「不外乎是…」、「其實是…」、「無非是…」

接續與說明 [N＋にほかならない]。表示斷定的說事情發生的理由跟原因，就是「それ以外のなにものでもない」（不是別的，就是這個）的意思。是一種對事物的原因、結果的斷定語氣。強調說話人的判斷或解釋。

例文

肌がきれいになったのは、化粧品の美容効果にほかならない。

肌膚會這麼漂亮，其實是因為化妝品的美容效果。

5 てしょうがない
「得不得了」、「非常⋯」、「得沒辦法」

接續與說明 [A-くて＋しょうがない]；[V-て＋しょうがない]；[Naで＋しょうがない]。前接表示心情或身體狀態的詞，表示心情或身體，處於難以抑制，不能忍受的狀態。是「てしようがない」的簡約形式，是「てしかたがない」口語表達方式。相當於「非常に」。

例文

彼女のことが好きで好きでしょうがない。
我喜歡她，喜歡得不得了。

比較

● てたまらない

「非常⋯」、「得受不了」、「得不行」、「十分⋯」

接續與說明 [A-くて＋たまらない]；[Naで＋たまらない]。前接表示感覺、感情的詞，表示說話人強烈的感情、感覺、慾望等。也就是說話人心情或身體，處於難以抑制，不能忍受的狀態。相當於「非常に」。

例文

名作だと言うから読んでみたら、退屈でたまらなかった。
說是名作，看了之後卻覺得無聊透頂。

6 抜く
「做到底」

接續與說明 [R-＋抜く]。表示把必須做的事，徹底做到最後，含有經過痛苦而完成的意思。相當於「最後まで⋯する」。

例文

苦しかったが、ゴールまで走り抜きました。
雖然很苦，但還是跑完全程。

• 切^きる

「…完」；「充分」、「完全」、「到極限」；「不了…」、「不能完全…」

接續與說明 [R-＋切る]。有接尾詞作用。接意志動詞的後面，表示行為、動作做到完結、竭盡、堅持到最後。相當於「終わりまで…する」。接在無意志動詞的後面，表示程度達到極限，如「疲れきる」。相當於「十分に…する」。

例文

砂糖^{さとう}を使^{つか}い切^きりました。

砂糖用完了。

---

7 だけのこと（は、が）ある
「到底沒白白…」、「值得…」、「不愧是…」、「也難怪…」

接續與說明 [N／Na／V＋だけのこと（は、が）ある]。表示與其做的努力、所處的地位、所經歷的事情等名實相符，對其後項的結果、能力等給予高度的讚美。前項表示地位、職位之外，也可表示評價或特徵。後項多為正面的評價。

例文

彼^{かれ}の研究成果^{けんきゅうせいか}はすばらしく、さすが出版^{しゅっぱん}されるだけのことはある。

他的研究成果太傑出了，的確是有出版的價值。

• どころではない

「哪有…」、「不是…的時候」、「哪裡還…」

[N／V-ている／A-い＋どころではない]。表示遠遠達不到某種程度，或大大超出某種程度。前面要接想像或期待的行為、動作。後項正負面評價皆可。

例文

怖いどころではなく、恐怖のあまり涙が出てきました。

何止是害怕，根本被嚇得飆淚了。

次の文の＿＿＿にはどんな言葉を入れたらよいか。1・2から最も適当なものをひとつ選びなさい。

實力測驗

Q 哪一個是正確的？

答案>>在下一頁

1

喧嘩した翌日、妻はまるで何事もなかった（　　）振舞っていた。

1. かのように　　2. ように

譯

1. かのように：像…一樣的
2. ように：像…似的

解答》請看下一頁

2

こんなことで一々怒るなんて、あなたも大人（　　）ないですね。

1. っぽい　　　　2. げ

譯

1. っぽい：…的傾向
2. げ：…的感覺

解答》請看下一頁

3

地球は次第に温暖化し（　　）。

1. つつある　　2. ようとしている

譯

1. つつある：正在…
2. ようとしている：即將要…

解答》請看下一頁

4

君の話は、単なる言い訳に（　　）。

1. にすぎない　　2. にほかならない

譯

1. にすぎない：只不過是
2. にほかならない：全靠…

解答》請看下一頁

5

赤ん坊をお風呂に入れると、気持ちよくて（　　）という顔をしていた。

1. しょうがない　　2. たまらない

譯

1. しょうがない：…得不得了
2. たまらない：非常…

解答》請看下一頁

6

どんなことがあっても、生き（　　）んだよ。

1. きる　　　　2. 抜く

譯

1. きる：…完
2. 抜く：做到底…

解答》請看下一頁

7

きれい！さすが人気モデル（　　）。

1. だけのことはある
2. どころではない

譯

1. だけのことはある：不愧是…
2. どころではない：哪有…

解答》請看下一頁

なるほどの解説を確認して、次のページへ進もう！

1 比較

「かのようだ」實際上不是那樣，可是感覺卻像是那樣；「ように」根據自己的感覺，或所看到的事物，來進行判斷。這句話看到「吵架的第二天，妻子〈好像〉什麼事情都沒發生一樣，泰然自若」中，「吵架」跟「泰然自若」是兩個矛盾的事物，符合「かのようだ」的「實際上不是那樣，可感覺卻像是那樣」的語意，知道答案是1。

答案：1

2 比較

正確答案是2的「げ」。「げ」意為「…的感覺」。是接尾詞，表示外觀上給人的感覺「好像…的樣子」。在這裡表示，對於看到前項的「為了這種事就發脾氣」的樣子，而有感覺「你也太不像個大人了吧」之意；「っぽい」意為「…的傾向」。是針對某個事物的狀態或性質，表示有某種傾向，某種要素強之意，含有跟實際情況不同之意。這句話後面接「一種感覺」較為恰當。再加上「っぽい」後面不能直接接「ない」。所以正確答案是2。

答案：2

3 比較

「つつある」意為「現在在進行中」，接在動詞詞幹後面，強調某件事情或某個狀態正朝著一定的方向，一點一點在變化中，也就是變化在進行中，在此表示「地球正逐漸溫暖化」；「ようとしている」意為「即將要…」，表示某狀態、狀況就要開始或是結束。「地球逐漸溫暖化」是「一點一點往一定的方向，在變化中」之意，而不是「某狀態要開始或結束」，所以正確答案為1的「つつある」。

答案：1

4 比較

「にすぎない」意為「只不過是」，表示帶輕蔑語氣說程度不過如此而已，在此表示「你說的只不過是藉口罷了」；「にほかならない」意為「全靠…」，帶有「只有這個」「正因為…」的語氣，多用於表示贊成與肯定，故語意不符，正確答案為1。

答案：1

5 比較

「てしょうがない」意為「…得不得了」，表示身體的某種感覺非常強烈，或是情緒到了一種無法抑制的地步，為一種持續性的感覺；「てたまらない」意為「非常…」，表示某種身體感覺或情緒十分強烈，特別是用在生理方面，強調當下的感覺。在此表示「嬰兒被放入澡盆，就一副非常舒服的表情」。這是一種當下的生理感覺，而不是持續的感覺。所以正確是2「たまらない」。另外，「てたまらない」有「最棒」的意思，「てしょうがない」沒有這層意思。

答案：2

6 比較

正確答案為2的「抜く」。「抜く」意為「做到底…」，表示跨越重重困難，堅持一件事到底，在此表示「不管發生什麼事，都要活下去」；「きる」意為「完全，到最後」之意。表示沒有殘留部分，完全徹底執行某事的樣子。過程中沒有含痛苦跟困難。而「抜く」表示即使困難，也要努力從困境走出來的意思。正確答案為2。

答案：2

7 比較

「だけのことはある」意為「不愧是…」，表示「的確是名副其實的」。含有「不愧是、的確、原來如此」等佩服、理解的心情。在此前接職業，表示「真美！不愧是超人氣的模特兒」；「どころではない」對於期待或設想的事情，表示「根本不具備做那種事的條件」強調處於困難、緊張的狀態。語意不符。正確答案是1的「だけのことはある」。

答案：1

助動詞（感情・意外・常識・事情の表現）

1 ことか

「得多麼…啊」、「啊」、「呀」

接續與說明 [疑問詞＋Naな＋ことか]；[疑問詞＋A／V＋ことか]。表示該事物的程度如此之大，大到沒辦法特定。含有非常感慨的心情。常跟「どんなに、どれだけ、何度、なんと」等副詞，或「いくら、何人」等疑問詞一起使用。也常說成「ことだろう、ことでしょう」。意思相當於「非常に…だ」。

例文

それを聞いたら、お母さんがどんなに悲しむことか。

聽了那個以後，母親會多傷心啊！

比較

● ことだ

「就得…」、「要…」、「應當…」、「最好…」

接續與說明 [V-る／V-ない＋ことだ]。表示一種間接的忠告或命令。說話人忠告對方，某行為是正確的或應當的，或某情況下將更加理想。口語中多用在上司、長輩對部屬、晚輩或用在同輩之間。意思相當於「したほうがよい」。

例文

不平があるなら、はっきり言うことだ。

如果有什麼不滿，最好要說清楚。

2 ずにはいられない

「不得不…」、「不由得…」、「禁不住…」

接續與說明 [V-＋ずにはいられない]。表示自己的意志無法克制，情不自禁地做某事。有主動的，積極的語感。相當於「ないでは我慢できない」。

例文

かわいいらしい食器を見つけたので、買わずにはいられなかった。
看到可愛的碗盤，不禁就想買。

比較

● よりほか（は）ない

「只有…」、「只好…」、「只能…」

接續與說明 [V-る＋よりほか（は）ない]。表示問題處於某種狀態，只有一種辦法，沒有其他解決的方法。因此，要轉變態度積極地面對這種狀態。相當於口語常說的「しかない」，但語氣上沒有「しかない」柔和。

例文

売り上げをアップさせるには、笑顔でサービスするよりほかはない。
想提高銷售額，只有面帶微笑服務顧客一途了。

3 ないではいられない

「不能不…」、「忍不住要…」、「不禁要…」、「不…不行」、「不由自主地…」

接續與說明 [V-ない＋ではいられない]。表示意志力無法控制，自然而然地內心衝動想做某事。相當於「ないでは我慢できない」。

例文

紅葉がとてもきれいで、歓声を上げないではいられなかった。
楓葉真是太美了，不禁歡呼了起來。

- ## ざるを得^えない

「不得不…」、「只好…」、「被迫…」

接續與說明 [V-＋ざるを得ない]。表示除此之外，沒有其他的選擇。含有說話人雖然不想這樣，但無可奈何這樣的心情。是一種深思熟慮後的行為結果。有時也表示迫於某壓力或情況，而不情願地做某事。「ざる」是「ず」的連體形。「得ない」是「得る」的否定形。相當於「しなければならない」。

例文

上司^{じょうし}の命令^{めいれい}だから、やらざるを得^えない。

因為是上司的命令，不得不做。

4 ものがある

「有價值」、「確實有…的一面」、「非常…」

接續與說明 [Naな／A-い／V-る＋ものがある]。表示強烈斷定。由於說話人看到或聽到了某些特徵，而發自內心的肯定。

例文

あのお坊^{ぼう}さんの話^{はなし}には、聞^きくべきものがある。

那和尚說的話，確實有一聽的價值。

- ## ことがある

「有時…」、「偶爾…」

接續與說明 [V-る／V-ない＋ことがある]。表示有時或偶爾發生某事。有時跟「ときどき」（有時）、「たまに」（偶爾）等，表示頻度的副詞一起使用。由於發生頻率不高，所以不能跟頻度高的副詞如「いつも」（常常）、「たいてい」（一般）等使用。

友人とお酒を飲みに行くことがあります。

我有跟朋友去喝酒過。

5 どころではない

「哪有…」、「不是…的時候」、「哪裡還…」

接續與說明 [N／V-ている／A-い＋どころではない]。表示遠遠達不到某種程度，或大大超出某種程度。前面要接想像或期待的行為、動作。後項正負面評價皆可。

例文

資金が足りなくて、計画を実行するどころではない。

資金不夠，計畫哪有辦法進行啊。

比較

● よりほか（は）ない

「只有…」、「只好…」、「只能…」

接續與說明 [V-る＋よりほか（は）ない]。表示問題處於某種狀態，只有一種辦法，沒有其他解決的方法。因此，要轉變態度積極地面對這種狀態。相當於相當於口語常說的「しかない」，但語氣上沒有「しかない」柔和。

例文

努力するよりほかに成功する道はない。

努力是唯一的成功之路。

6 というものだ
「也就是…」、「就是…」

接續與說明 [N／V-る＋というものだ]。表示對某事物提出自己的感想或判斷。前項是某事物，後項是針對前項提出感想或判斷。有時可以用在充滿感慨之情。

例文

真冬の運河に飛び込むとは、無茶というものだ。

寒冬跳入運河，是件荒唐的事。

比較

● ということだ

(1)「也就是…」、「這就是…」；(2)「聽說…」、「據說…」

接續與說明 [N／V／A／Na／文句＋ということだ]。(1)表示結論或總結說話的內容。表示說話人根據前項的情報或狀態得到某種結論，或對前面的內容加以解釋。有時候是在聽了對方的話後，向對方確認。(2)表示傳聞。可以使用直接或間接的形式，而且可以跟各種時態的動詞連用。

例文

①ご意見がないということは、皆さん、賛成ということですね。

沒有意見的話，就是大家都贊成的意思了。

②天気予報によると、今度の台風は大型だということです。

據氣象報告說，這一次是超大型的颱風。

7 次第だ
「全憑…」、「要看…而定」、「決定於…」

接續與說明 [N＋次第だ]。表示行為動作要實現，全憑「次第だ」前面的名詞的情況而定。也就是「によって決まる」。

計画がうまくいくかどうかは、君たちの働き次第だ。

計畫能否順利進行，全看你們怎麼做了。

● に基づいて

「根據…」、「按照…」、「基於…」

接續與說明 [N＋に基づいて]。表示以某事物為根據或基礎。相當於「を基にして」。

違反者は法律に基づいて処罰されます。

依法處罰違反者。

次の文の_____にはどんな言葉を入れたらよいか。1・2から最も適当なものをひとつ選びなさい。

實力測驗

Q哪一個是正確的？
答案>>在下一頁

1

これまで何度彼と別れようと思った（　　）。

1.ことだ　　2.ことか

譯

1.ことだ：最好…
2.ことか：得多麼…啊

解答》請看下一頁

2

こんな嫌なことがあった日は、酒でも飲ま（　　　　）。

1.ずにはいられない　2.よりほかない

譯

1.ずにはいられない：禁不住…
2.よりほかない：只有…

解答》請看下一頁

3

あまりに痛かったので、叫ば（　　　）。

1.ざるをえなかった
2.ないではいられなかった

譯

1.ざるをえなかった：只得…
2.ないではいられなかった：忍不住要…

解答》請看下一頁

4

彼女の演技には人をひきつける（　　）。

1.ものがある　2.ことがある

譯

1.ものがある：很…
2.ことがある：有時

解答》請看下一頁

5

センター試験が目前ですから、正月休み（　　　　）んですよ。

1.どころではない　2.よりほかない

譯

1.どころではない：實在不能…
2.よりほかない：只好

解答》請看下一頁

6

温泉に入って、酒を飲む。これぞ極楽（　　　）。

1.ということだ　2.というものだ

譯

1.ということだ：這就是…
2.というものだ：實在是…

解答》請看下一頁

7

世の中は、万事金（　　）。

1.次第だ　2.に基づく

譯

1.次第だ：要看…而定
2.に基づく：根據…

解答》請看下一頁

なるほどの解説を確認して、次のページへ進もう！

1 比較

　　答案是2「ことか」。這句話的意思是「到目前為止，有好幾次想跟他分手」。這裡要來的是一個以感嘆的語氣，來表示程度很高，也就是「好幾次都多想…」的意思，知道答案是「ことか」。再加上看到句子前面有疑問詞「何度」，就更確定了；而「ことだ」（最好…）的間接的忠告或命令，在語意上不符。

答案：2

2 比較

　　「ずにはいられない」意為「禁不住…」，表示自己無法克制，情不自禁地做某事之意。在此表示「遇到厭煩事的日子，只好借酒澆愁了」；「よりほかない」意為「只有…」，表示問題處於某種狀態，只有一種辦法，沒有其他解決的方法，要積極地面對這樣的狀態。「借酒澆愁」並沒有積極面對問題，而是不自禁的動作，所以正確答案是1的「ずにはいられない」。

答案：1

3 比較

　　正確答案是2「ないではいられなかった」。「ないではいられない」意為「忍不住要…」，帶有一種忍不住想去做某件事的情緒或衝動，在此表示「由於太痛了，所以不禁叫了出來」；「ざるをえない」意為「只得…」，表示不得不去做某件事，是深思熟慮後的行為。「痛得叫出來」為一種個人自然的衝動反應，不是深思熟慮後去做某行為。

答案：2

4 比較

　　「ものがある」意為「很…」，用於表達說話者見物思情，有所感觸，在此表示「她的演技非常吸引人」；「ことがある」意為「有時」，用於表示事物發生的頻率不是很高，故除了語意不符之外，在文法上助詞的「には」也不能接「ことがある」。正確答案為1。

答案：1

なるほどの解説

5 比較

　　「どころではない」意為「哪裡還…」，在此強調沒有餘力或錢財去做，遠遠達不到某程度。在此表示「大考將至，過年實在是沒有時間休息」；「よりほかない」意為「只好」，表示除此之外沒有其他辦法，故語意不符，正確答案為1。

答案：1

6 比較

　　正確答案為2「というものだ」。「というものだ」意為「實在是…」，表示說話者針對某個行為提出自己的感想或評論，在此表示「泡溫泉，喝酒。真是一大享受」；「ということだ」意為「這就是…」，為說話人根據前項的情報或狀態得到某種結論或總結說話內容。這句話的「泡溫泉，喝酒」符合「というものだ」的前項「針對某個行為」，而提出後項的感想「一大享受」，而不是「ということだ」的結論或傳聞的意思。

答案：2

7 比較

　　「次第だ」意為「要看…而定」，前項的事物是決定事情的要素，由此而發生各種變化，在此表示「這個世界，萬事都取決於金錢。」；「に基づく」意為「根據…」，前項多接「考え方、計画、資料、経験」之類的詞語，表示以前項為根據或基礎。這句話的前項是決定事情的要素「金錢」，知道正確答案為1的「次第だ」。

答案：1

助詞文型（一）

Bun Pou Hikaku Ji-Ten

格助詞（手段・基準・限定）

1 にて、でもって（手段）
2 をもって（手段）
3 （の）如何で、（の）如何によって
4 に即して、に即したN
5 に至るまで
6 を限りに
7 を皮切りに（して）、を皮切りとして
8 にあって（は・も）
9 にして
10 をもってすれば、をもってしても

にて、でもって
以…、用…；因…；…為止

接續與說明 [N＋にて]；[N＋でもって]。「にて」表示時間、年齡跟地點，相當於「で」。也可接手段、方法、原因、限度、資格或指示詞，後接所要做的事情或是突發事件，屬於客觀的說法，宣佈、告知的語氣強；「でもって」是由格助詞「で」跟「もって」所構成，用來加強「で」的詞意。表示方法、手段跟原因。〈日文意思〉～で、～の時に、～において、～によって。

例文

もう時間なので本日はこれにて失礼致します。
時間已經很晚了，所以我就此告辭了。

比較

にて

表示限定時，後接所要做的事情「告辭了」。常用「これにて」（就此）的慣用方式，「にて」後發音變化成「で」，所以相當於「これで」的意思。

にあって

「處於…狀況之下」之意。前接時間、地點及狀況等詞，表示處於前面這一特別的事態、狀況之中，所以有後面的事情。順接、逆接都可以。屬於主觀的說法。

2　をもって
以此…、用以…；至…為止

接續與說明 [N＋をもって]。表示行為的手段、方法、材料、根據、中介物等；另外，表示限度或界線，接在「以上、本日、今回」之後，用來宣布一直持續的事物，到那一期限結束了。常見於會議、演講等場合或正式的文件上。〈日文意思〉で（手段／終点・界）。

例文

ゆきぐに　きび　　　　み　　　　　　　　　たいけん
雪国の厳しさを身をもって、体験した。
親身體驗了雪國生活的嚴峻。

比較

をもって

　前接「體言」。助詞要用「を」。表示使用「親身」這一手段、方法或材料，來達成後面的「體驗雪國生活的嚴峻」這一目的。

にあって

　「處於…狀況之下」「在…之中」的意思。助詞要用「に」。前面接場合、地點、立場、狀況或階段，表示因為有了前項這一重要的階段的成立，才會有後項所敘述事件的成立。順接、逆接都可以用這個句型。

3　（の）如何で、（の）如何によって
　　　いかん　　　　　　いかん
根據…、要看…如何、取決於…

接續與說明 [N（の）＋如何で]；[N（の）＋如何によって]。表示依據。也就是根據前面的狀況如何，來進行後面。後面會如何變化，那就要看前面的情況、內容來決定了。「いかん」是「如何」之意，「で」是格助詞。〈日文意思〉～がどうかで（決まる）。

例文

せいせき　いかん　　　　　　　こんご　しんろ　き
成績の如何によって、今後の進路が決まる。
依照成績優劣決定往後的人生前程。

（の）如何（いかん）によって

表示決定結果的條件。注意前面可加「の」。表示根據前項「成績」的優劣，決定後項的「未來的方向」。

次第（しだい）

「要看…如何」。表示事情能否實現，是根據「次第」前面的情況如何而定的，是被它所左右的。前面不需要加「の」，後面也不接「によって」。

---

4 に即（そく）して、に即（そく）したN
依…、根據…、依照…、基於…

接續與說明　[N＋に即して]；[N＋に即したN]。以某項規定、規則來進行處理。常接表示事實、體驗、規範等名詞後面，表示以之為基準，來進行後項。如果後面出現名詞，一般用「に即したN」的形式。〈日文意思〉～に従って、に基づいて。

例文

現状（げんじょう）に即（そく）して、計画（けいかく）を立（た）ててください。
請提出符合現狀的計畫。

比較

に即（そく）して

注意助詞用「に」，表示就某規定、事實或經驗來進行處理。也就是根據現狀，把現狀也考量進去，來進行後項的擬訂計畫。也常用「～に即していうと」的形式。

を踏（ふ）まえて

「根據、在…基礎上」之意。表示將某事作為判斷的根據、加入考量，或作為前提，來進行後項。後面常跟「～（考え直す）必要がある」相呼應。注意助詞用「を」。

5　に至るまで
…至…、直到…

接續與說明 [N＋に至るまで]。表示事物的範圍已經達到了極端程度。由於強調的是上限，所以接在表示極端之意的詞後面。〈日文意思〉～に達するまで／～から～まで全部。

例文

あの店は、自慢のソースはもちろん、パイ生地やドレッシングに至るまで、すべて手作りしています。
那家店不只是值得自豪的醬汁，甚至連麵包的麵糰與調味料，全部都由廚師親手製作的。

比較

に至るまで

句型是「に至るまで」，表示限定的範圍。用在說明每個小細節、每個角落的範圍，也就是不只是自豪的醬汁，甚至連麵包的麵糰與調味料每個小細節，都包括在裡面的意思。除了地點之外，還可以接人事物。常與「から」相呼應。這是正解。

…から…にかけて

「從…到…」「自…至…」之意。籠統地表示，跨越兩個領域的時間或空間。由於是強調兩個地點、時間之間，一直連續發生某事或某狀態的意思，所以不接時間或是空間以外的詞。

6　を限りに
從…之後就不（沒）…、以…為分界

接續與說明 [N＋を限りに]。前接某契機、時間點，表示在此之前一直持續的事，從此以後不再繼續下去。多含有從說話的時候開始算起，結束某行為之意。後接表示結束的詞常有「やめる、別れる、引退する」等。正、負面的評價皆可使用。另有表示竭盡所能的「…の限度まで…する」的用法。〈日文意思〉～を最後に／～の限界まで。

私は今日を限りに、タバコをやめる決意をした。

我決定了從今天開始戒菸。

比較

を限りに

　　強調「結尾」的概念。這裡是從前接的時間點「今天」開始，結束之前都一直持續的抽煙的行為。

を皮切りに

　　「從…開始」「以…為開端」的意思。強調「起點」的概念，以前接的時間點為開端，發展後面一連串興盛發展的事物。後面常接「地點+を回る」。

---

7 を皮切りに（して）、を皮切りとして
以…為開端開始…、從…開始

接續與說明 [N＋を皮切りに（して）]；[N＋を皮切りとして]。前接某個時間點，表示以這為起點，開始了一連串同類型的動作。後項一般是繁榮飛躍、事業興隆等內容。〈日文意思〉～を（一連の物事の）始めにして。

例文

当劇団は評判がよく、明日の公演を皮切りに、今年は10都市をまわる予定である。

該劇團廣受好評，並以明日的公演揭開序幕，今年預定至十個城市巡迴表演。

比較

を皮切りに

　　助詞要用「を」。強調「起點」的概念。以前面所接的時間點「明天的公演」為開端，發展後面一連串興盛發展的事物，也就是「今年預定至十個城市巡迴表演」。

（が）あっての

　　表示「有了…之後…才能…」的意思。強調一種「必要條件」的概念。表示因為有前項的條件，後項才能夠存在。含有如果沒有前面的條件，就沒有後面的結果了。注意助詞要用「が」。

8　にあって（は・も）
在…之下、處於…情況下；即使身處…的情況下

　接續與說明　[N＋にあって（は／も）]。前接場合、地點、立場、狀況或階段，表示因為處於前面這一特別的事態、狀況之中，所以有後面的事情，這時候是順接。另外，使用「あっても」則表示，雖然身處某一狀況之中，卻有後面的跟所預測不同的事情，這時候是逆接。接續關係比較隨意。屬於主觀的說法。說話者處在當下，描述感受的語氣強。書面用語。〈日文意思〉〜に／〜で（時、場所、狀況）。

　例文

どんな困難な状況にあっても、必ず解決策はある。
こんなん　じょうきょう　　　　　　　　かなら　かいけつさく
無論遇到多麼困難的狀況，都必定會有解決之策。

　比較

にあっても

　　「即使身處…的情況下」。前接名詞「狀況」，表示雖然身處困難的狀況之中，還是會有像後面這樣跟預料不同的「解決之策」。這裡需要逆接的表達方式。

にして

　　「直到…才…」之意。強調「階段」的概念。表示到了前項那一個階段，才產生後項。前面常接「〜才、〜回目、〜年目」等，後面常接難得可貴的事項。

9 にして
雖然…但是…；在…時才（階段）

接續與說明 [N＋にして]。有兩種用法。（一）表示兼具兩種性質和屬性。可以是並列，也可以是逆接，也就是「是…而且也…」之意；（二）前接時間、次數等，則表示到了某階段才初次發生某事，也就是「直到…才…」之意。常用「Nにしてようやく」、「Nにして初めて」的形式。〈日文意思〉～で。

例文

結婚７年目にして、ようやく子供ができた。
結婚第七年，終於有了孩子了。

比較 _____

にして

　　句型「にして」，強調「階段」的概念。表示到了前項這個階段「結婚第七年」，才初次產生後項，難得可貴、期盼已久的事「終於有了孩子」。可以是並列，也可以是逆接。

に応じて

　　「根據…」之意。強調「根據某變化來做處理」的概念。表示以前項為依據，後項隨著前項而發生相對應的變化。後面常接相應變化的動詞，如「変える／加減する」。修飾後面的名詞時用「～に応じた～」。

10 をもってすれば、をもってしても
只要用…；即使以…也…

接續與說明 [N＋をもってすれば]；[N＋をもってしても]。原本「をもって」表示行為的手段、工具或方法、原因和理由；限度和界限等意思。「をもってすれば」後為順接，從「行為的手段、工具或方法」衍生為「只要用…」的意思；「をもってしても」後為逆接，從「限度和界限」成為「即使以…也…」的意思。〈日文意思〉用いれば／用いても。

あの子の実力<ruby>こ<rt>じつりょく</rt></ruby>をもってすれば、全国制覇<ruby>ぜんこくせいは<rt>まちが</rt></ruby>は間違いない。

他只要充分展現實力，必定能稱霸全國。

をもってすれば

強調「只要是（有／用）～的話就～」，表示只要有前項「充分展現他的實力」的話，就能達到後項「必定能稱霸全國」的目的。屬於順接，所以後面常接正面積極的句子。

をもってしても

強調「即使是（有／用）～但也～」，屬於逆接，所以後面常接事情卻不如意的句子。

実力テスト

做對了，往走，做錯了往走。

次の文の_____にはどんな言葉を入れたらよいか。1・2から最も適当なものをひとつ選びなさい。

實力測驗

Q 哪一個是正確的？

答案＞＞在右頁

→

1

書面_____ご対応させていただく場合の手続きは、次の通りです。

　　　1 にあって　　2 にて

譯
1 にあって：…處於…狀況之下
2 にて：以…

解答》請看右頁

2

略儀ながら書中_____ごあいさつ申し上げます。

　　　1 にあって　　2 をもって

譯
1 にあって：處於…狀況之下
2 をもって：以此…

解答》請看右頁

3

睡眠の_____によって、体調の善し悪しも違います。

　　　1 しだい　　　2 いかん

譯
1 しだい：要看…如何
2 いかん：「いかんによって」根據…

解答》請看右頁

4

子供のレベルに_____授業をしなければ、意味がありません。

　　　1 即した　　　2 踏まえた

譯
1 即した：「に即した」根據…（的）
2 踏まえた：「を踏まえて」在…基礎上

解答》請看右頁

5

彼はテレビからパソコンに_____、すべて最新のものをそろえている。

　　　1 かけて　　　2 いたるまで

譯
1 かけて：「〜から〜にかけて」從…到…
2 いたるまで：「に至るまで」…至…

解答》請看右頁

なるほどの解説を確認して、
次のページへ進もう！

なるほどの解説

1

書面にてご対応させていただく場合の手続きは、次の通り
です。　→ 實行後項時所用的方法　　　　→ 要做的事情，客觀且告知的語氣強

以書面回覆之相關手續如下所述。　　　　　　　　　答案　2

2

體言

略儀ながら書中をもってごあいさつ申し上げます。
　　　　　　→ 手段、方法　　　　　　→ 達成目的或行為

請容許以簡略書信問候。　　　　　　　　　　　　答案　2

3

體言，可加の

睡眠のいかんによって、体調の善し悪しも違います。
　　→ 決定結果的根據　　　　　　　　　　→ 受根據所影響的結果

身體狀況的好壞視睡眠品質如何而定。　　　　　　答案　2

4

體言

子供のレベルに即した授業をしなければ、意味がありませ
ん。　→ 以事實作為基準　　　　　　→ 進行處理的事項

授課內容若未配合孩子的程度就沒有意義。　　　　答案　1

5

體言

彼はテレビからパソコンにいたるまで、すべて最新のもの
をそろえている。　→ 從理所當然，到每個細節的事物
　　→ 全部概括毫不例外

他擁有從電視到電腦的各式最新設備。　　　　　　答案　2

實力測驗

Q 哪一個是正確的？

答案>>在右頁

6

今年１２月を_____、退職すること
にしました。

　　　1 限りに　　　2 皮切りに

譯 1 限りに：「を限りに」從…之後就不
　　（沒）…
　　2 皮切りに：「を皮切りに」從…開始

解答》請看右頁

7

彼女は１年間休養していたが、３月に行う
コンサートを_____芸能界に復帰します。

　　　1 あっての　　2 皮切りに

譯 1 あっての：「（が）あっての」有了…之
　　後…才能…
　　2 皮切りに：「を皮切りに」從…開始

解答》請看右頁

8

いかなる厳しい状況_____、冷静さ
を失ってはならない。

　　　1 にあっても　2 にして

譯 1 にあっても：即使處於…情況下
　　2 にして：直到…才…

解答》請看右頁

9

アメリカは44代目に_____はじめて
黒人大統領が誕生した。

　　　1 して　　　　2 おうじて

譯 1 して：「にして」直到…才…
　　2 おうじて：「におうじて」根據…

解答》請看右頁

10

現代の科学をもって_____、証明
できないとも限らない。

　　　1 しても　　　2 すれば

**なるほどの解説を確認して、
次のページへ進もう！**

譯 1 しても：「をもってしても」即使是（有
　　／用）…但也…
　　2 すれば：「をもってすれば」只要是（有
　　／用）…的話就…

解答》請看右頁

なるほどの解説

6

> 體言

今年１２月を限りに、退職することにしました。

→ 以此時間點，做為結束 後項的分界點

→ 從今以後不再持續的事物， 正負面評價皆可使用

決定於今年十二月要離職了。

答案 1

7

> 體言

彼女は１年間休養していたが、３月に行うコンサートを

→ 以此時間點為開端

皮切りに芸能界に復帰します。

→ 開始一連串同類型的動作，通常是事業興隆等內容

她雖靜養了一整年，但即將以三月份舉行的演唱會作為重返演藝圈的序幕。 答案 2

8

> 體言

いかなる厳しい状況にあっても、冷静さを失っては

ならない。

→ 多接狀況、立場、 階段的名詞

→ 雖身處前項，卻有跟 預測不同的後項

無論遇上什麼樣的嚴苛狀況，都必須保持冷靜。

答案 1

9

> 體言

アメリカは44代目にしてはじめて黒人大統領が誕生した。

→ 時間、人生階段

→ 難得可貴、期盼已久的事。 常和「初めて」相呼應

美國到了第44屆，初次誕生了黑人總統。

答案 1

10

> 體言

現代の科学をもってすれば、証明できないとも限らない。

→ 行為的手段、 工具或方法

→ 只要用前項，後項就有機會 成立，常接正面積極的句子

只要運用現代科技，或許能夠加以證明。

答案 2

副助詞（主題・例示）

1 すら、ですら
就連…都；甚至連…都

接續與說明 [N＋すら／ですら]。舉出一個極端的例子，表示連他（它）都這樣了，別的就更不用提了。有導致消極結果的傾向。和「さえ」用法相同，但因為含有輕視的語氣，所以只能用在負面的評價。如果接在主格後面，多為「ですら」的形式。用「すら…ない」（連…都不）是舉出一個極端的例子，來強調不能…的意思。〈日文意思〉～さえ。

例文

貧<ruby>まず</ruby>しすぎて、学費<ruby>がくひ</ruby>すら支払<ruby>しはら</ruby>えない。

貧窮得連學費都無法繳納。

比較

すら

有強調主題的作用。舉出前項「學費」當作一個極端的例子，強調就連前項都不能的意思。後面跟否定相呼應「支払えない」。有導致消極結果的傾向。後只接負面評價。

さえ

「只要（就）…」之意。強調「只要有前項最基本的條件，就能實現後項」。跟假設條件的「ば、たら、なら」前後相呼應。表示只要有某事，就夠了，其餘都是小問題的意思。後可接正、負面評價。

2 だに
一…就…；連…也（不）…

接續與說明　[V-る／R-／N＋だに]。前接名詞時，舉一個極端的例子，表示「就連…也（不）…」的意思。後常和否定形相呼應；前接「考える、想像する、思う、聞く、思い出す」等心態動詞時，則表示光只是做一下前面的心裡活動，就會出現後面的狀態了，如果真的實現，就更是後面的狀態了。有時表示消極的感情，這時後面多為「怖い、つらい」等表示消極的感情詞。

例文

地震のことなど想像するだに恐ろしい。
只要一想像發生地震的慘狀就令人不寒而慄。

比較

だに

前接「想像する」表示心態動詞，表示光只是做一下前面「想像」的心裡活動，就會出現後面的「不寒而慄」狀態了，如果真的實現，就更是後面的狀態了。

すら

「就連…都」之意。舉出一個極端的例子，表示連他（它）都這樣了，別的就更不用提了，後接否定。有導致消極結果的傾向。和「さえ」用法相同，因為含有輕視的語氣，所以只能用在負面評價。

3 たる（者）
作為…的…

接續與說明　[N＋たる（者）]。「たる」是由「であり」演變而來的。前接高評價的事物、高地位的人、國家或社會組織，表示照社會上的常識、認知來看，應該會有合乎這種身分的影響或做法，所以後常和表示義務的「べきだ、なければならない」等相呼應。「たる」給人有莊

嚴、慎重、誇張的印象。書面用語。〈日文意思〉〜の立場にある者。

例文

親たる者、夢を追う我が子の背中を黙って見守るべきである。

身為父母者，應該默默地守護著追逐夢想的兒女背影。

比較

たる（者）

　　強調「價值跟資格」的概念。前接一定評價跟高地位的人「父母」，表示照社會上的常識、認知來看，為人父母的應該「默默地守護著追逐夢想的兒女背影」。

なる

　　「變成」之意。強調「變化」的概念，表示事物的變化。是一種無意圖，物體本身的自然變化。

4　ときたら
說到…來、提起…來

接續與說明　[N＋ときたら]。表示提起話題，說話人帶著譴責和不滿的情緒，對話題中的人或事進行批評。批評對象一般是說話人身邊，關係較密切的人物或事。用於口語。有時也用在自嘲的時候。〈日文意思〉〜は〜。

例文

あの連中ときたら、いつも騒いでばかりいる。

說起那群傢伙呀，總是吵鬧不休。

比較

ときたら

　　強調「帶著負面的心情提起話題」的概念。消極地承接某人提出的話題，而對話題中的人或事「那群傢伙呀」帶著譴責和不滿的情緒進行批評。比「といえば」還要負面、被動。

といえば

「說到…」之意。強調「提起話題」的概念，表示在某一場合下，某人積極地提出某話題，或以自己心裡想到的事情為話題，後項是對有關此事的敘述，或又聯想到另一件事。也用「というと」的說法。

---

5 とは
連…也、沒想到…、…這…、竟然會…

接續與說明 [N／引用語・句＋とは]。表示對看到或聽到的事實（意料之外的），感到吃驚或感慨的心情。前項是已知的事實，後項是表示吃驚的句子。有時候會省略後半段，單純表現出吃驚的語氣。口語用「なんて」的形式。可以跟「というのは」相替換；〈日文意思〉～というのは／～は。

例文

こんなところで会(あ)うとは思(おも)わなかったね。
沒想到我們竟會在這裡相遇哪！

比較

とは

強調「感嘆或驚嘆」的概念。對意料之外看到或遇到的事實「竟會在這裡相遇」，感到吃驚。後項是表示吃驚的句子「沒想到」。

ときたら

「提起…來」之意。強調「帶著負面的心情提起話題」的概念。消極地承接某人提出的話題，而後項是對話題中的人或事進行批評。含有說話人帶著譴責和不滿的情緒。注意「ときたら」前面只接體言。

6 ともあろう者が
身為…卻…、堂堂…竟然…、名為…還…

接續與說明 [N＋ともあろうものが]。表示具有聲望、職責、能力的人或機構，其所作所為，就常識而言是與身份不符的。後項帶有驚訝、憤怒、不信及批評的語氣。前接表示社會地位、身份、職責、團體等名詞，後接表示人、團體等名詞，如「者、人、機関」。〈日文意思〉～それほどの人物が。

例文

日本のトップともあろう者がどうしていいのか分からないなんて、情けないものだ。
連日本的領導人竟然都會茫然不知所措，實在太窩囊了。

比較

ともあろう者が

前接表示具有社會地位「日本的領導人」，後接「者」。表示具有聲望、職責、能力的「日本的領導人」，「竟然都會茫然不知所措」，這怎麼能叫做「日本的領導人」呢。後項帶不信及批評的語氣。

たる（者）

「作為…的人…」之意。強調「立場」的概念。前接高評價的事物、高地位的人、國家或社會組織，表示照社會上的常識、認知來看，應該會有像後項那樣合乎這種身分的影響或做法。「たる」給人有莊嚴、慎重、誇張的印象。

7 には、におかれましては

在…來說

接續與說明 [N+には]；[N+におかれましては]。前接地位、身份比自己高的人，表示對該人的尊敬。語含最高的敬意，用於鄭重的書信。「におかれましては」是更鄭重的表現方法。〈日文意思〉～は（敬意の対象を表す）。

例文

あじさいの<ruby>花<rt>はな</rt></ruby>が<ruby>美<rt>うつく</rt></ruby>しい<ruby>季節<rt>きせつ</rt></ruby>となりましたが、<ruby>皆様方<rt>みなさまがた</rt></ruby>におかれましてはいかがお<ruby>過<rt>す</rt></ruby>ごしでしょうか。

時值繡球花開始展露嬌姿之季節，敬祝各位平安祥樂。

比較

におかれましては

前接地位、身份比自己高的人「各位」，表示對該尊敬的「各位」，進行後項的問候近況或對方的健康等。語含最高的敬意。

にて

「以…、用…；因…；…為止」之意。表示時間、年齡跟地點，相當於「で」；也表示手段、方法、原因或限度，後接所要做的事情或是突發事件。屬於客觀的說法，宣佈、告知的語氣強。

8 といったN

…等的…、…這樣的…

接續與說明 [N、N+といったN]。表示列舉。一般舉出兩項以上相似的事物，表示所列舉的這些不是全部，還有其他。〈日文意思〉～のような／～などの（例示する意を表す）。

私は寿司、カツどんといった和食が好きだ。

我很喜歡吃壽司與豬排飯這類的日式食物。

といった

　　表示列舉。一般舉出兩項相似的事物「壽司與豬排飯」，表示所列舉的這些不是全部，還有其他喜歡的日式食物。

といって

　　【これ・疑問詞】＋といって，表示「沒有特別的」之意。前接「これ、なに、どこ」等詞，後面要接否定，表示沒有特別值得舉出，沒有特別好提出的東西之意。

9　といって、といったN…ない
　　沒有特別的…、沒有值得一提的…

接續與說明 [N＋といって]；[N＋といったN…ない]。前接「これ、なに、どこ」等詞，後接否定，表示沒有特別值得一提的東西之意。〈日文意思〉～に取り上げるような～はない。

例文

私はこれといった趣味もありません。

我沒有任何嗜好。

比較

といった…ない

　　前接「これ、なに、どこ」等詞，接名詞，後面跟否定相呼應，表示沒有特別值得舉出的「嗜好」之意。

といえば

　　「說到…」之意。強調「提起話題」的概念，表示在某一場合下，某人積極地提出某話題，或以自己心裡想到的事情為話題，後項是對有關此事的敘述，或又聯想到另一件事。也用「というと」的說法。

3 実力テスト

做對了，往走，做錯了往走。

次の文の_____にはどんな言葉を入れたらよいか。1・2から最も適当なものをひとつ選びなさい。

實力測驗

Q 哪一個是正確的？

答案>>在右頁

1

自分で歩くこと_____できないのに、マラソンなんてとんでもない。

1 さえ　　　　2 すら

譯 1 さえ：只要（就）…
　　2 すら：就連…都…

解答》請看右頁

2

彼の名前を耳にする_____、身震いがする。

1 だに　　　2 すら

譯 1 だに：一…就…
　　2 すら：就連…都…

解答》請看右頁

3

彼はリーダー_____者に求められる素質を具えている。

1 なる　　　　2 たる

譯 1 なる：成為
　　2 たる：「たる（者）」作為…的…

解答》請看右頁

4

近頃の若者_____、わがままといったらない。

1 といえば　　2 ときたら

譯 1 といえば：說到…
　　2 ときたら：提起…來

解答》請看右頁

5

彼女がこんなに綺麗になる_____、想像もしなかった。

1 とは　　　　2 ときたら

譯 1 とは：沒想到…
　　2 ときたら：提起…來

解答》請看右頁

なるほどの解説を確認して、次のページへ進もう！

1

別的就更不用提了，後只接負面評價

體言

自分で歩くことすらできないのに、マラソンなんてとんでもない。

極端的例子

接否定時，強調「就連…都不能…」

連自己都沒辦法走路了，怎麼可能去參加馬拉松賽跑呢！　　　　　答案　2

2

動詞連體形

彼の名前を耳にするだに、身震いがする。

影響後項的事件

受影響而引起的消極感情

一聽到他的名字，就覺得渾身不舒服。　　　　　答案　1

3

體言

彼はリーダーたる者に求められる素質を具えている。

高地位，主格是人物，常接者（もの）

與地位相當，該有的素質

他擁有身為領導者應當具備的特質。　　　　　答案　2

4

體言

近頃の若者ときたら、わがままといったらない。

以不滿的情緒進行批評的對象

對話題中的人進行譴責或批評

說到最近的年輕人，都很任性放肆。　　　　　答案　2

5

用言終止形

彼女がこんなに綺麗になるとは、想像もしなかった。

意想不到的事項

常接吃驚，且表示思考、心理運作的句子

做夢都想像不到她竟然會變得如此美麗。　　　　　答案　1

4 実力テスト

做對了，往 😊 走，做錯了往 ❌ 走。

次の文の_____にはどんな言葉を入れたらよいか。1・2から最も適当なものをひとつ選びなさい。

實力測驗

Q 哪一個是正確的？

答案>>在右頁

6

首相_____者が、あんな暴言を吐くなんて。

1 たる　　　　2 ともあろう

譯 1 たる：「たる（者）」作為…的…
2 ともあろう：「ともあろう者が」堂堂…竟然…

解答>>請看右頁

7

貴社_____、所要の対応を行うようお願い申し上げます。

1 におかれましては　2 にて

譯 1 におかれましては：在…來說
2 にて：以…

解答>>請看右頁

8

上野動物園ではパンダやラマと_____珍しい動物も見られますよ。

1 いって　　　2 いった

譯 1 いって：「といって」沒有特別的…
2 いった：「といった」…等的…

解答>>請看右頁

9

特にこれ_____好きなお酒もありません。

1 といって　　2 といえば

譯 1 といって：沒有特別的…
2 といえば：說到…

解答>>請看右頁

なるほどの解説を確認して、次のページへ進もう！

6

> 體言

首相ともあろう**者**が、**あんな暴言を吐く**なんて。

↳ 具有聲望、身份的人

↳ 所作所為與身份不符，驚訝及批評的語氣

沒有想到他貴為首相竟然口吐粗言。　　　　　　　答案　2

7

> 體言

↗ 地位、身份比自己高的人，表尊敬

貴社におかれましては、**所要の対応を行う**ようお願い申し上げます。

↳ 後接為請求或詢問健康、近況、祝賀等的問候語

敬祈貴公司能惠予善加處理本件。（在這句中不翻譯）　　答案　1

8

> 體言

上野動物園ではパンダやラマといった**珍しい動物**も見られますよ。

↳ 舉出兩個相同類型的事例

↳ 前面兩個事例都屬於這範圍，暗示還有其他一樣的例子

在上野動物園裡可以看到貓熊以及駝馬等各類珍禽異獸喔！　答案　2

9

> これ或疑問詞

特にこれといって好きな**お酒**もありません。

↳ 後接否定，常接も相呼應，表示沒有特別值得一提的東西

也沒有什麼特別喜好的酒類。　　　　　　　　　　答案　1

副助詞（程度・強調・列舉・反覆）

1 からある
足有…之多…、…値…以上

接續與說明 [N（數量詞）＋からある]。前面接表示數量的詞，強調數量之多。一般重量、長度跟大小用「からある」，價錢用「からする」。〈日文意思〉～（數量）を越える。

例文

120キロからある大物のマグロを釣った。
おおもの　　　　　　　　　　　つ

釣到一尾重達一百二十公斤的大鮪魚。

比較

からある

前面接表示數量的詞，強調數量之多。一般重量、長度跟大小用「からある」，價錢用「からする」。

だけある

前接「體言」。接「書面／身／誠意／実力」時，表示手段、方法，用這個做某事。但一般不能用在使用身邊具體的工具上，而達成後面的目的或完成後面的動作。

2 てまで、までして
甚至…、即使…也要、甚至於到…地步

接續與說明 [V-て＋まで]；[N＋までして]。表示為了達到某個目的，而採取極端的行動。前項接一個極端的事情，後項多為表示人的意志、判斷、評價、主張的句子。含有說話人批評「為某事而那樣做是不好的、要是自己是不願意這麼做」的語氣。大多用在負面的意思上。〈日文意思〉～それほどをして。

例文

家族の幸せを犠牲にしてまで、仕事をしたいのか。
難道不惜犧牲家人的幸福也要拚命工作嗎？

比較

てまで

　　表示為了達到某個目的，而採取極端的行動「不惜犧牲家人的幸福」。後項多為表示人的意志「要拚命工作」等句子。大多用在負面的意思上。

さえ

　　「只要（就）…」之意。強調「只要有前項最基本的條件，就能實現後項」。跟假設條件的「ば、たら、なら」前後相呼應。表示只要有某事，就夠了，其餘都是小問題的意思。

3 といったら
說了…就，說到…就

接續與說明 [N＋といったら]。有兩種用法。（一）表示無論誰說什麼，都絕對要進行後項的動作。是一種強調的說法，通常這時候「といったら」前後會是同一個動詞；（二）先提出一個討論的對象，後接對此產生的感嘆、吃驚、失望等感情表現。〈日文意思〉誰がなんと言っても～。

やるといったら絶対にやる。死んでもやる。

一旦決定了要做就絕對要做到底，即使必須拚死一搏也在所不辭。

といったら

　　前後使用同一個動詞「やる」，表示無論誰說什麼，都絕對要進行後項的「絕對要做到底」這一動作。是一種強調的說法。

という

　　「叫做…的…」之意。表示人或物的稱謂；也可像【「石の上にも三年」という諺語】一樣，表示後一體言的具體內容；又前接數量詞時，表示強調數量之多或少。

---

4 …であれ…であれ
即使是…也…、無論…都…

[N＋であれ…N＋であれ]。表示不管前項是什麼情況，後項的事態都還是一樣。後項多為說話人主觀的判斷或推測的內容。前面有時接「たとえ」。另外，前面也可接雖處在某逆境，後接滿足的表現，表示雖然不盡完美卻甘之如飴的意思，用於較正式的書面或較拘謹的口語中。〈日文意思〉～でも～でも。

幹部であれ、普通の職員であれ、責任は同じだ。

無論身為幹部或是一般職員，都必須要肩負同樣的責任使命。

…であれ…であれ

　　表示舉幾個例子，所有都適用的意思。也就是前項的情況「無論身為幹部或是一般職員」，後項的事態都還是一樣「都必須要肩負同樣的責任使命」。後項是說話人主觀的判斷。

…にしても…にしても

「ＡであれＢであれ」句型中，Ａ跟Ｂ都要用名詞，如果是動詞，就要用「…にしても…にしても」的句型。表示同一種類或相對的兩項事物，都可以說明後述的內容，或兩項事物無一例外。「無論是 還是 」之意。

5 といい…といい
不論…還是、…也好…也好

接續與說明 [Ｎ＋といい…Ｎ＋といい]。表示列舉。為了作為例子而舉出兩項，後項是對此做出的評價。含有不只是所舉的這二個例子，還有其他也如此之意。用在批評和評價的場合，帶有吃驚、灰心、欽佩等語氣。〈日文意思〉～も～も、どちらも。

例文

この村は、気候といい、食べ物といい、生活するには、最高のところだ。

這個村子，無論是氣候還是食物，都是最好的生活居所。

比較

…といい…といい

表示列舉。為了用作例子而舉出兩項「無論是氣候或食物」，後項是對此做出「最佳的居住處所」評價。帶有欽佩等語氣。

…だの…だの

「…啦…啦」。表示單純的列舉。是對具體事項一個個的列舉。內容多為負面的。

6 といわず…といわず
無論是…還是…、…也好…也好…

接續與說明 [N+といわず…N+といわず]。表示所舉的兩個相關或相對的事例都不例外。也就是「といわず」前所舉的兩個事例，都不例外會是後項的情況，強調「全部都…」的概念。〈日文意思〉～ばかりか、全て／～も～も区別なく。

例文

ひる よる しゃっきん と た でんわ あいつ
昼といわず、夜といわず、借金を取り立てる電話が相次いでかかってくる。
討債電話不分白天或是夜晚連番打來。

比較

…といわず…といわず

「不論…還是…」。表示列舉。表示前面所舉的兩個相關或相對的事例，都不例外地發生後項的情況。隱含不僅只所舉的，其他幾乎全部都是。

…といい…といい

「AといわずBといわず」句型中，表示不僅是A跟B「全部都 」的狀態。「AといいBといい」中的A跟B是從全體來看的一個側面。表示列舉的兩個事例都不例外，後項是對此做出的評價。「 也好 也好」之意。

7 つ…つ
一邊…一邊…、時而…時而…

接續與說明 [R-+つ…R-+つ]。可用同一動詞的主動態跟被動態，如「刺激する、刺激される」這種重複的形式，表示兩方相互之間的動作。也可以用「浮く（漂浮）、沈む（下沈）」兩個意思對立的動詞，表示兩種動作的交替進行。書面用語。多作為慣用句來使用。〈日文意思〉～たり～たり。

なんだかんだ言っても、肉親は持ちつ持たれつの関係にある。

雖然嘴裡嫌東嫌西的，畢竟血濃於水還是相互扶持的血親關係。

…つ…つ

　　用同一動詞的主動態跟被動態，如「持つ─持たれる」這種重複的形式，表示兩方相互之間的動作，也就是直系血親的「互相扶持」的意思。書面用語。多作為慣用句來使用。

…なり…なり

　　「或是…或是」之意。表示從列舉的同類或相反的事物中，選其中一個。暗示列舉之外，還有其他更好的選擇。後項大多是命令、建議等句子。一般不用在過去的事物。

5 実力テスト

做對了，往走，做錯了往走。

次の文の_____にはどんな言葉を入れたらよいか。1・2から最も適当なものをひとつ選びなさい。

實力測驗

Q 哪一個是正確的？

答案>>在右頁

1

父が2メートル_____クリスマスツリーを買ってきた。
　　　　1 からある　　2 だけある

譯 1 からある：足有…之多…
　　　2 だけある：「だけあって」不愧是…

解答》請看右頁

2

薬を飲んで_____して痩せたいのですか。
　　　1 まで　　　　2 さえ

 譯 1 まで：「てまで」即使…也要…
　　　2 さえ：只要（就）…

解答》請看右頁

3

あきらめない_____、何が何でもあきらめません。
　　　　1 という　　　2 といったら

譯 1 という：叫做…的
　　　2 といったら：說到…就…

解答》請看右頁

4

コップ_____、グラス_____、飲めればそれでいいよ。
　　　1 として／として2 であれ／であれ

 譯 1 として／として：沒有此用法。
　　　2 であれ／であれ：「であれ…であれ」即使是…也…

解答》請看右頁

5

話し方_____雰囲気_____、タダ者じゃないね。
　　　1 だの／だの 2 といい／といい

譯 1 だの／だの：「…だの…だの」…啦…啦
　　　2 といい／といい：「…といい…といい」…也好…也好

解答》請看右頁

6

休日_____平日_____、お客さんがいっぱいだ。
　　　1 といわず／といわず2 によらず／によらず

譯 1 といわず／といわず：「といわず…といわず」無論是…還是…
　　　2 によらず／によらず：沒有「によらず…によらず」這樣的句型。

解答》請看右頁

7

灯篭は浮き_____沈み_____流されていった。
　　　1 なり／なり 2 つ／つ

譯 1 なり／なり：「…なり…なり」…也好…也好
　　　2 つ／つ：「…つ…つ」時而…時而…

解答》請看右頁

なるほどの解説を確認して、次のページへ進もう！

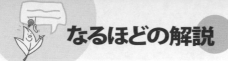 

1

體言

父が２メートルからあるクリスマスツリーを買ってきた。

→ 數量詞，而且是超乎常理的數量

父親買回來一株高達兩公尺的聖誕樹。

答案 1

2

動詞連用形

薬を飲んでまでして痩せたいのですか。

→ 極端的行動　　　　　　　→ 表示意志的句子，含批評的語氣

真的不惜吃藥也想要瘦下來嗎？

答案 1

3

用言終止形

あきらめないといったら、何が何でもあきらめません。

→ 堅決的意志　　　　　　　→ 無論如何都要進行的後
　　　　　　　　　　　　　　　 項動作，強調的説法

一旦決定不半途而廢，就無論如何也決不放棄。

答案 2

4

體言　　　　　　體言

コップであれ、グラスであれ、飲めればそれでいいよ。

→ 型態相對的兩個例子　　　　　　→ 常接事態沒有變化的內容

無論是一般杯子也好，或玻璃杯也罷，只要能作為飲用容器什麼都行喔！

答案 2

5

體言　　　　　　體言

話し方といい雰囲気といい、タダ者じゃないね。

→ 列舉兩個例子，含不只是所舉的例子，其他也如此之意　→ 對此做出的評價

無論是他的談吐或是氣質，在在顯示出絕非泛泛之輩。

答案 2

6

體言　　　　　　體言

休日といわず平日といわず、お客さんがいっぱいだ。

→ 兩個相對的例子　　　　　　　→ 強調不管何時，都不例外
　　　　　　　　　　　　　　　　 地發生後面的情況

無論是假日或平日，都擠滿了客人。

答案 1

7

動詞連用形，意思對立的動詞

灯篭は浮きつ沈みつ流されていった。

主體　　同一主體在進行前項時，同時交替進行後項

水燈在載浮載沉緩緩地流走了。

答案 2

副助詞（限定・非限定・附加）

1 ただ…のみ
只有…、只…、唯…

接續與說明 ［ただ＋V-る／A-い／Naである／N（である）＋のみ］。表示限定除此之外，沒有其他。「ただ」跟後面的「のみ」相呼應，有加強語氣的作用。「のみ」是嚴格地限定範圍、程度，是規定性的、具體的。「のみ」是書面用語，意思跟「だけ」相同。〈日文意思〉その一つに限定して。

例文

試験は終わった。あとはただ結果を待つのみ。
考試終於結束了，接下來只等結果揭曉而已。

比較

ただ…のみ

　　表示內容或事態，限定除此之外，沒有其他。也就是除了「等結果揭曉」這一事態以外，沒有其他的事了。

ならではだ

　　「正因為…才」之意。表示對「ならでは」前面的某人事物的讚嘆，正因為是這人事物才會這麼好。是一種高度評價的表現方式，所以在公司或商店的廣告詞上，常可以看到。後接名詞時則用「ならではの」的形式。

2 ならではの
正因為…才有（的）、只有…才有（的）、若不是…是不…（的）

接續與說明 [N＋ならではの]。表示對「ならではの」前面的某人事物的讚嘆，正因為是這人事物才會這麼好。是一種高度評價的表現方式，所以在公司或商店的廣告詞上，常可以看到。〈日文意思〉ただ～だけができる。

例文

これはおふくろの手作（てづく）りならではの味（あじ）だ。
這個味道只有媽媽才做得出來。

比較

ならではの
表示對「ならでは」前面的「おふくろの手作り」的讚嘆，給予高度的評價，正因為這是「母親手作的」才會這麼好。

ながらの
「一樣、…狀」之意。表示原來的樣子不變，從以前就是那樣。是一種固定的表達方式。

3 をおいて…ない
除了…之外

接續與說明 [N＋をおいて…ない]。表示沒有可以跟前項相比的事物，在某範圍內，這是最積極的選項。多用於給予很高評價的場合。〈日文意思〉～以外に～ない。

あなたをおいて、彼を説得できる人はいない。

除了你以外，沒有其他人能夠說服他。

をおいて

　　表示進行後項的「能夠說服他」這一動作，沒有可以跟前項「你」相比的人選了。在某些人選當中，這是最佳的選項。多用於給予很高評價的場合。

をもって

　　「以此⋯；至⋯為止」之意。表示行為的手段、方法、材料、根據、中介物等；另外，表示限度或界線。接在「以上、本日、今回」之後，用來宣布一直持續的事物，到那一期限結束了。

4　ただ…のみならず
不僅…而且、不只是…也

[ただ＋V-る／A-い／Naである／N（である）＋のみならず]。表示不僅只前項這樣，後接的涉及範圍還要更大、還要更廣，後常和「も」相呼應。是書面用語。〈日文意思〉「ただ〜だけでなく〜も〜」の書面語。

彼はただ勇敢であるのみならず、優しい心の持ち主でもある。

他不只勇敢，而且秉性善良。

ただ…のみならず

　　表示句中的「他」不僅只是限定副詞「のみ」前面的「勇敢である」，也是涉及的範圍還更大的「優しい心の持ち主でもある」，後面常和「も」相呼應。是書面用語。

は言うまでもなく

「不用說…（連）也」。表示前項很明顯沒有說明的必要，後項較極端的事例也不例外。是一種遞進、累加的表現。常和「も、さえも、まで」等相呼應。

5　…と…（と）が相まって
…加上…、與…相結合、與…相融合

接續與說明 ［N＋と＋N（と）が相まって］。表示某一事物，再加上前項這一特別的事物，產生了更加有力的效果之意，所以後面常接正面積極的結果。書面用語，也用「〜とあいまって」的形式。〈日文意思〉〜と〜が一つになって。

例文

父は才能と努力が相まって成功した。
父親是以其才華與努力相輔相成之下終獲成功的。

比較

と…（と）が相まって

句型「と…（と）が相まって」，表示某一事物「才華」，再加上前項這一特別的事物「努力」，產生了更加有力的效果之意「終獲成功」。前項是原因，後項是結果。這是正解。

とともに

「和…一起」之意。表示後項的動作或變化，跟著前項同時進行或發生。

6 にとどまらず
不僅…還…、不限於…、不僅僅…

接續與說明 [N（格助詞）＋にとどまらず]。表示不僅限於前面的範圍，更有後面廣大的範圍。前接一窄狹的範圍，後接一廣大的範圍。有時候「にとどまらず」前面會接格助詞「だけ、のみ」來表示強調，後面也常和「も、まで、さえ」等相呼應。〈日文意思〉～だけでなく、更に広い範囲／その範囲には収まらず

例文

テレビの悪影響は子供たちのみにとどまらず、大人にも及んでいる。
電視節目所造成的不良影響，不僅及於孩子們，甚至連大人亦難以倖免。

比較

にとどまらず

表示不僅限於某個範圍。前接一窄狹的範圍「孩子們」，後接一廣大的範圍「大人」。這裡前面接「のみ」來更進一步強調。後面和「も」相呼應。

はおろか

「不用說…就是…也」之意。表示前項的一般情況沒有說明的必要，以此來強調後項較極端的事態也不例外。含有說話人吃驚、不滿的情緒，是一種負面評價。後面多接否定詞。

はおろか
不用說…就是…也…

接續與說明 [N＋はおろか]。後面多接否定詞。表示前項的一般情況沒有說明的必要，以此來強調後項較極端的事例也不例外。含有說話人吃驚、不滿的情緒，是一種負面評價。後項常用強調助詞「も、さえ、すら、まで」。不能用來指使對方做某事，所以不接命令、禁止、要求、勸誘等句子。〈日文意思〉～はもちろん～も～（ない）。

例文

この国のトイレは、ドアはおろか、カベさえもない。
くに

這個國家的廁所，別說是門，就連牆壁也沒有。

比較

はおろか

後面多接否定詞。表示前項「廁所的門」這一般情況沒有說明的必要，以此來強調後項較極端的事例「就連牆壁也沒有」也不例外。含有說話人吃驚、不滿的情緒，是一種負面評價。後項可接強調助詞「さえ」。

を問わず
と

「無論…」之意。表示沒有把前接的詞當作問題、跟前接的詞沒有關係。多接在「男女」、「昼夜」這種對義的單字後面。中文意思是：「無論…」、「不管…，也不管…，都…」等。

は言うに及ばず、は言うまでもなく
い　　　およ　　　　　　　　　　い
不用說…（連）也、不必說…就連…

接續與說明 [N＋は言うに及ばず]；[N＋は言うまでもなく]。表示前項很明顯沒有說明的必要，後項較極端的事例也不例外。是一種遞進、累加的表現，正、反面評價皆可使用。常和「も、さえも、まで」等相呼應。古語是「は言わずもがな」。〈日文意思〉～はもちろん、～更に～も。

年始は言うに及ばず、年末も当然お休みです。

元旦時節自不在話下，歲末當然也都有休假。

は言うに及ばず

表示前項「元旦時節」很明顯沒有說明的必要，後項較極端的事例「歲末」也不例外都有休假。常和「も」相呼應。

のみならず

「不僅…，也…」之意。表示添加。用在不僅限於前接詞的範圍，還有後項進一層的情況。

---

9 もさることながら
不用說…、…（不）更是…

接續與說明 [N＋もさることながら]。前接基本的內容，後接強調的內容。含有雖然不能忽視前項，但是後項比之更進一步。一般用在積極的、正面的評價。另外，也可用「〜もさることながら、〜は〜でしょうか」的發問方式，提問前先承認前項，進而顯現後項的重要性，表示委婉間接肯定後項的語感。〈日文意思〉〜ももちろんだが、それだけでなく／〜も無視できないが、〜も〜。

例文

このドラマは、内容もさることながら、俳優の演技もすばらしいです。

這部連續劇不只內容精采，演員的演技也非常精湛。

もさることながら

前接基本的内容「連續劇的内容」，後接強調的内容「演員的演技」。含有雖然承認「連續劇的内容」好，但是後項「演員的演技」比之更進一步地好。一般用評價這件事是好的、正面的。

はさておき

「暫且不說…」之意。表示現在先不考慮前項，而先談論後項。

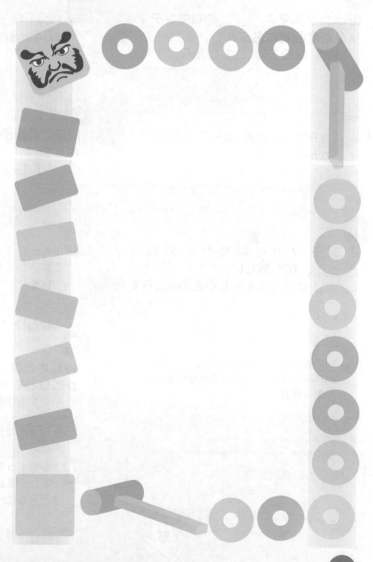

6 実力テスト

做對了，往走，做錯了往走。

次の文の_____にはどんな言葉を入れたらよいか。1・2から最も適当なものをひとつ選びなさい。

實力測驗

Q 哪一個是正確的？

答案>>在右頁

1

私の役割は、ただみなの意見を一つにまとめること_____です。

1 のみ　　　2 ならでは

譯 1のみ:「ただ…のみ」只有…
2ならでは: 正因為…才

解答》請看右頁

2

街はクリスマス_____のロマンティックな雰囲気にあふれている。

1 ならでは　　2 ながら

譯 1ならでは: 正因為…才…
2ながら: 邊…邊…

解答》請看右頁

3

同僚で英語ができる人といえば、鈴木さんを_____いない。

1 もって　　　2 おいて

譯 1もって:「をもって」以此…
2おいて:「をおいて…ない」除了…之外沒有

解答》請看右頁

4

キンモクセイはただその香り_____、花も美しい。

1 は言うまでもなく 2 のみならず

譯 1は言うまでもなく: 不用説…（連）也
2のみならず:「ただ…のみならず」不僅…而且…

解答》請看右頁

5

悔しさと情けなさ_____、自然に涙がこぼれてきました。

1 が相まって 2 とともに

譯 1が相まって:「…と…（と）が相まって」…加上…
2とともに: 和…一起…

解答》請看右頁

なるほどの解説を確認して、
次のページへ進もう！

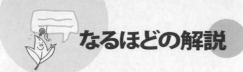 

なるほどの解説

1

私の役割は、ただみなの意見を一つにまとめる **こと** のみ

です。

> 限定的具體範圍，除此範圍外，都不列入考量，可接正、負面的內容

（體言）

我所扮演的角色只是將各位的意見綜合彙整起來而已。　　　　　　答案 1

2

（體言）

街は **クリスマス** ならではのロマンティックな雰囲気に

あふれている。　　對前面的主題，進行讚嘆　　　　高評價的內容

街上到處瀰漫著聖誕節特有的浪漫氛圍。　　　　　　　　　　　答案 1

3

（體言）

同僚で英語ができる人といえば、 **鈴木さん** をおいていない。

> 從某範圍中

> 挑選出第一優先的選項，給予高度的評價

在同事中能夠說英文的人，就只有鈴木小姐了。　　　　　　　　答案 2

4

（體言）

キンモクセイはただその **香り** のみならず、花も美しい。

> 主題所具備的好特質之一

> 還有其他的好特質，後常和「も」相呼應

丹桂的花朵不只是芬芳，而且也很美麗。　　　　　　　　　　答案 2

5

（體言）

悔しさと **情けなさ** が相まって、自然に涙がこぼれてきました。

> 兩個交互作用的事物

所產生的效果更強大的內容

心有不甘與感到窩囊之情兩相交織，眼淚不聽使喚地汩汩而下。

答案 1

實力測驗

Q 哪一個是正確的？

答案＞＞在右頁

6

彼女は雑誌の編集＿＿＿＿、表紙のデザインも手掛けています。

　　　1 はおろか　　2 にとどまらず

譯 1 はおろか: 不用説…就是…也…
　　2 にとどまらず: 不僅…還…

解答≫請看右頁

7

ハリケーンのせいで、財産＿＿＿＿家族をも失った。

　　　1 はおろか　　2 を問わず

譯 1 はおろか: 不用説…就是…也…
　　2 を問わず: 無論…

解答≫請看右頁

8

有名なレストラン＿＿＿＿、地元の人しか知らない穴場もご紹介します。

　　1 のみならず　2 は言うに及ばず

譯 1 のみならず: 不僅…也…
　　2 は言うに及ばず: 不用説…（連）也…

解答≫請看右頁

9

技術の高さ＿＿＿＿、その柔軟な発想力には頭が下がります。

　　1 もさることながら2 はさておき

譯 1 もさることながら: 不用説…更是…
　　2 はさておき: 暫且不說…

解答≫請看右頁

なるほどの解説を確認して、
次のページへ進もう！

6

體言

彼女は雑誌の編集にとどまらず、表紙のデザインも手掛けています。

→ 較窄狹的範圍

→ 較廣大的範圍，常和「も、まで、さえ」等相呼應

她不單負責雜誌的編輯工作，連封面設計亦不假他人之手。　　答案　2

7

體言

ハリケーンのせいで、財産はおろか家族をも失った。

→ 程度較輕不用説明的事項

→ 強調程度較重的事項，常跟「も、さえ」等相呼應

在颶風狂襲下，不只喪失了財產，也失去了家人。　　答案　1

8

很明顯沒有說明的必要

體言

有名なレストランは言うに及ばず、地元の人しか知らない穴場もご紹介します。

→ 較極端的事例也不例外，常和「も、さえも、まで」等相呼應

不只是著名的餐廳，也將介紹只有當地人才知道的私房景點。　　答案　2

9

體言

→ 基本的內容

技術の高さもさることながら、その柔軟な発想力には頭が下がります。

→ 強調的內容，多用在積極、正面的評價

他不只是技術高明，其巧妙的創意亦令人欽佩萬分。　　答案　1

副助詞 （比較・選擇・無關係・除外）

1 くらいなら、ぐらいなら	6 によらず、如何によらず
2 にひきかえ	7 はさておき、はさておいて
3 にもまして	8 をよそに
4 うが…まいが、うと…まいと	9 をものともせず（に）
5 …なり…なり	

1 くらいなら、ぐらいなら
與其…不如…（比較好）、與其忍受…還不如…

接續與說明 [V-る＋くらいなら]；[V-る＋ぐらいなら]。表示與其選擇前者，不如選擇後者。說話人對前者感到非常厭惡，認為與其選叫人厭惡的前者，不如後項的狀態好。常用「くらいなら～方がましだ、くらいなら～方がいい」的形式，為了表示強調，後也常和「むしろ（寧可）」相呼應。「ましだ」表示兩方都不理想，但比較起來還是後面一方好一些。〈日文意思〉～ことをがまんするより。

例文

浮気_{うわき}するぐらいなら分_わかれたほうがいい。

如果要移情別戀倒不如分手好。

比較

ぐらいなら

表示雖然兩者都不理想，但與其選擇前者「移情別戀」，不如選擇後者「分手」。表示說話人對前者「移情別戀」感到非常厭惡。

というより

「與其說…，還不如說…」之意。表示在比較過後，後項的說法比前項更恰當。後項是對前項的修正、補充或否定。常和「むしろ」相呼應。相當於「…ではなく」。

2 にひきかえ
和…比起來、相較起…、反而…

接續與說明 [V／A／Naな／Naである／Naだった／N（な）／Nである／Nだった＋（の）＋にひきかえ]。比較兩個相反或差異性很大的事物。含有說話人個人主觀的看法。跟「に対して」比起來，「に対して」是站在客觀的立場，冷靜地將前後兩個對比的事物進行比較。書面用語。〈日文意思〉～とは逆に。

例文

昨日にひきかえ、今日は朝からとんだ一日だった。
與昨天的順利相左，今天打從一大早就災厄連連。

比較

にひきかえ

例句中是把「昨天的順利」跟「今天災厄連連」兩個對照性的事物做對比，表示反差很大。含有說話人個人主觀的看法。

にもまして

「更加地…」之意。表示兩個事物相比較。比起前項，後項更為嚴重，更勝一籌。

3 にもまして
更加地…、加倍的…、比…更…、比…勝過…

接續與說明 [N＋にもまして]。表示兩個事物相比較。比起前項，後項更為嚴重，更勝一籌。〈日文意思〉～よりも、更に／～以上に。

例文

過去十年にもまして、今年はなだれが頻繁に発生した。
今年頻頻發生雪崩，比過去十年總和發生的次數還要多。

比較

にもまして

　　表示兩個事物相比較。比起雪崩程度本來就很高的前項「過去十年的總和」，後項「今年」更為嚴重，更勝一籌。

に加えて

　　「而且…」之意。表示在現有前項的事物上，再加上後項類似的別的事物。相當於「…だけでなく…も」。

4　うが…まいが、うと…まいと
不管是…不是…、不管…不…

接續與說明 [V-よ＋うが＋V-る／V-ない＋まいが]；[V-よ＋うと＋V-る／V-ない＋まいと]。表示逆接假定條件。這句型利用了同一動詞的肯定跟否定的意向形，表示無論前面的情況是不是這樣，後面都是會成立的，是不會受前面約束的。〈日文意思〉〜かどうかに関係なく。

例文

あなたが信じようが信じまいが、私の気持ちは変わらない。
你相信也好，不相信也罷，我的心意絕對不會改變。

比較

…うが…まいが

　　句型「うが…まいが」，表示逆接假定條件。表示無論前項「你相信也好，不相信也罷」，後項都不會受前項的約束而成立「我的心意絕對不會改變」。

かどうか

「是否…」的意思。表示從相反的兩種情況或事物之中選擇其一。「かどうか」前面接的是不知是否屬實的內容。

5 …なり…なり
或是…或是、…也好、…也好

接續與說明 [N＋なり＋N＋なり]；[V-る＋なり＋V-る＋なり]。表示從列舉的同類或相反的事物中，選擇其中一個。暗示在列舉之外，還可以其他更好的選擇。後項大多是表示命令、建議等句子。一般不用在過去的事物。由於語氣較為隨便，不用在對長輩跟上司。〈日文意思〉～でも～でも、好きな方を選んで。

例文

拭くなり、洗うなり、シートの汚れをきれいに取ってください。

不管是以擦拭的還是用刷洗的方式，總之請將座墊的髒污清除乾淨。

比較

…なり、…なり

例句中表示從列舉的同類「擦拭的還是用刷洗的」事物中，選擇其中一個。暗示除列舉之外，還可以其他更好的選擇，如搓洗等。後項是表示命令的句子「將座墊的髒污清除乾淨」。

…うと、…まいと

表示逆接假定條件。表示無論前面的情況是不是這樣，後面都是會成立的，是不會受前面約束的。

によらず、如何によらず
不管…如何、無論…為何、不按…

接續與說明 [N＋によらず]；[N（の）＋如何によらず]。表示不管前面
的理由、狀況如何，都跟後面的規定、決心或觀點沒有關係。也就是後
面的行為，不受前面條件的限制。這是「いかん」跟不受某方面限制的
「によらず」（不管…），兩個句型的結合。前也常和疑問詞「何、ど
こ」等相呼應。〈日文意思〉～に関係なく。

例文

わが社は学歴によらず、本人の実力で採用を決めている。
本公司並不重視學歷，而是根據應徵者的實力予以錄取。

比較

によらず

　　表示不管前面的「學歷」如何，都跟後面的規定「錄取資格」沒有關
係。也就是後面的行為，不受前面條件的限制。

にかかわらず

　　「不管…都…」之意。表示不拘泥於某事物。接兩個表示對立的事物，
表示跟這些無關，都不是問題。前接的詞多為意義相反的二字熟語，或同一
用言的肯定與否定形式。

はさておき、はさておいて
暫且不說…、姑且不提…

接續與說明 [N＋はさておき]；[N＋はさておいて]。表示現在先不考慮
前項，而先談論後項。〈日文意思〉～は一旦保留して／～は今は考え
の外に置いて。

仕事の話はさておいて、さあさあ先ず一杯。

別談那些公事了，來吧來吧，先乾一杯再說！

はさておいて

　　表示現在先不考慮前項「公事」，而先做後項的動作「乾一杯」。含有說話者認為後者比較優先的語意。

にもまして

　　「比…更…」之意。表示兩個事物相比較。比起前項，後項更為嚴重、更勝一籌。

---

8 **をよそに**
不管…、無視…

接續與說明　[N＋をよそに]。表示無視前面的狀況，進行後項的行為。意含把原本跟自己有關的事情，當作跟自己無關，多含責備的語氣。〈日文意思〉～を無視して。

例文

親の反対をよそに、二人は結婚した。

他們兩人不顧父母的反對而逕自結婚了。

をよそに

　　表示無視前面的狀況「父母的反對」，進行後項的行為「他們兩人就結婚了」。前面接父母給予的情感的名詞「反对」，表示不顧「父母的反對」這一事情。

によらず

　　「不管…如何」之意。表示不管前面的理由、狀況如何，都跟後面的規定、決心或觀點沒有關係。也就是後面的行為，不受前面條件的限制。

---

9 をものともせず（に）
不當…一回事、把…不放在眼裡、不顧…

接續與說明 [N＋をものともせず（に）]。表示面對嚴峻的條件，仍然毫不畏懼，含有不畏懼前項的困難或傷痛，仍勇敢地做後項。後項大多接改變現況、解決問題的正面評價的句子。不用在說話者自己，為書面用語。〈日文意思〉～を恐れないで。

例文

党内の分裂をものともせず、選挙で圧勝した。
居然不受黨內派系分裂的影響，仍能獲得壓倒性的勝選。

比較

をものともせず

　　表示面對嚴峻的條件「黨內派系分裂」，仍然毫不畏懼，含有不把前項的困難或傷痛當一回事，仍勇敢地做後項「選舉」。後項大多接改變現況、解決問題的正面評價的句子「仍能獲得壓倒性的勝選」。

如何によらず
<ruby>如何<rt>いかん</rt></ruby>によらず

「不管…如何」之意。表示不管前面的理由、狀況如何，都跟後面的規定、決心或觀點沒有關係。也就是後面的行為，不受前面條件的限制。

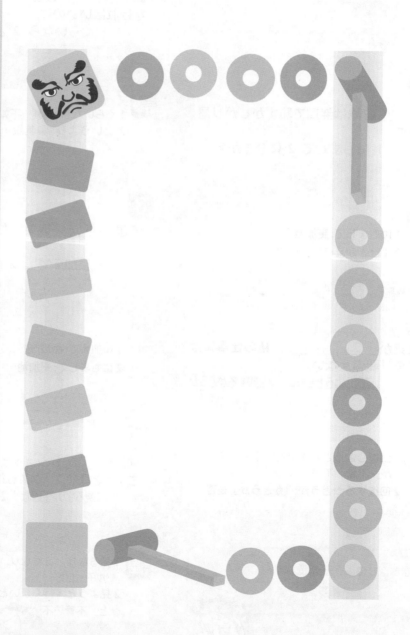

次の文の＿＿＿＿にはどんな言葉を入れたらよいか。1・2から最も適当なものをひとつ選びなさい。

實力測驗

Q 哪一個是正確的？
答案>>在右頁

1

謝る＿＿＿＿、最初からそんなことしなければいいのに。

1 ぐらいなら　2 というより

❌

譯 1 ぐらいなら: 與其…不如…（比較好）
2 というより: 與其說…，還不如說…姊

解答》請看右頁

2

＿＿＿＿、妹は無口で恥ずかしがり屋です。

1 にもまして　2 にひきかえ

❌

譯 1 にもまして: 更加地…
2 にひきかえ: 和…比起來…

解答》請看右頁

3

予想＿＿＿＿好調な出だしで、なによりです。

1 に加えて　　2 にもまして

❌

譯 1 に加えて: 而且…
2 にもまして: 更加地…

解答》請看右頁

4

景気が＿＿＿＿＿＿、私の仕事にはあまり関係がない。

1 回復しようとしまいと　2 回復するかどうか

❌

譯 1 回復しようとしまいと:「うが…まいが」不管…不…
2 回復するかどうか:「かどうか」是否…

解答》請看右頁

5

映画を＿＿＿＿、ショッピングに＿＿＿＿、ちょっとはリラックスしたらどうですか。

1 見るなり／行くなり　2 見ようと／行くまいと

❌

譯 1 見るなり／行くなり:「なり…なり」也好…也好…
2 見ようと／行くまいと:「うと…まいと」不管…不…

解答》請看右頁

なるほどの解説を確認して、
次のページへ進もう！

バンザーイ

1

用言連體形

謝るぐらいなら、最初からそんなことしなければいいのに。

└→ 與其選擇讓人厭惡的前者

└→ 兩方都不理想，但是比較起來，還不如選擇後者

早知道要道歉，不如當初別做那種事就好了嘛！　　　　　　　答案　1

2

體言

姉にひきかえ、妹は無口で恥ずかしがりやです。

↓ 兩個對比的事物，跟は相呼應表示強調

└→ 接積極、消極內容，含個人的主觀

妹妹與姊姊的個性迥異，話不多且很害羞。　　　　　　　　　答案　2

3

體言

予想にもまして好調な出だしで、なによりです。

└→ 程度很高的前項　　└→ 比前項程度更高的內容

狀況比原本預測的還要棒，真是太好了！　　　　　　　　　　答案　2

4

用言意向形　同一用言未然形（五段・カ變動詞終止形）

景気が回復しようとしまいと、私の仕事にはあまり関係

がない。

└→ 不會影響後面發展的事項　　└→ 不受前句約束的內容

無論景氣是否恢復，與我的工作沒有太大的相關。　　　　　　答案　1

5

列出相同或相反的事物，從中擇一

動詞終止形　　　　　　　　　　　動詞終止形

映画を見るなり、ショッピングに行くなり、ちょっとは

リラックスしたらどうですか。

└→ 常接命令、建議或希望的句子，一般不用在過去的事物

要不要去看看電影、逛逛街，稍微放鬆一下呢？　　　　　　　答案　1

實力測驗

Q 哪一個是正確的？

答案>>在右頁

6

彼女は見かけに_____、かなりしっかりしていますよ。

1 かかわらず　2 よらず

譯
1 かかわらず：「にかかわらず」不管…都…
2 よらず：「によらず」不管…如何

解答>>請看右頁

7

真偽のほど_____、これが報道されている内容です。

1 にもまして　2 はさておき

譯
1 にもまして：比…更…
2 はさておき：姑且不提…

解答>>請看右頁

8

医者の忠告_____、お酒を飲んでしまいました。

1 をよそに　　2 によらず

譯
1 をよそに：不管…
2 によらず：不管…如何…

解答>>請看右頁

9

けがを_____、最後まで走りぬいた。

1 ものともせず　2 いかんによらず

譯
1 ものともせず：「をものともせず」不當…一回事
2 いかんによらず：不管…如何…

解答>>請看右頁

なるほどの解説を確認して、次のページへ進もう！

6

體言

彼女は見かけによらず、かなりしっかりしていますよ。
かのじょ　み

→ 常接一般認為的常理或條件　→ 不受前項規範，且常是較
寬裕、較積極的內容

她與外表給人的印象不同，個性相當精明幹練喔。　　答案　2

7

體言

真偽のほどはさておき、これが報道されている内容です。
しんぎ　　　　　　　　　　　　　ほうどう　　　　　　ないよう

→ 現在先不考慮前項　　　　　　　→ 以後項為優先

先不論是真是假，這就是媒體報導的內容。　　答案　2

8

體言

医者の忠告をよそに、お酒を飲んでしまいました。
いしゃ　ちゅうこく　　　　　さけ　の

→ 跟自己有關，卻視而不見的情況　　→ 無視前面走向，所
做的行為或結果

他不顧醫師的忠告仍執意喝了酒。　　答案　1

9

體言

けがをものともせず、最後まで走りぬいた。
さいご　　はし

→ 嚴峻的條件　　　　　→ 不畏懼前項的困難，解決問題
的正面評價

儘管受了傷，還是堅持跑到了終點線。　　答案　1

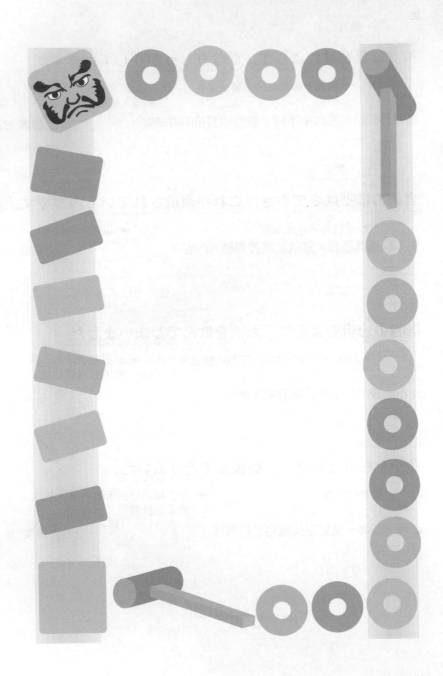

第二部
助詞文型（二）

接續助詞（時間）

1 折（り）、折から
2 ぎわに、ぎわのN
3 この…というもの、ここ…というもの
4 てからというもの
5 間際に、間際のN

6 を…に控えて

---

1 折、折から
…的時候、正值…之際

接續與說明 ［V／A／Naな／Nの＋おり（に）］；［A-＋おりから］；［V-る＋おりから］。表示時候，機會的意思。「折（り）」一般表示以前項的某件好事為契機，因此後項較少出現消極的事情；【動詞・形容詞連體形】＋折から。「折から」大多用在書信中，表示季節、時節的意思。先敘述值此天候、季節等之際，後面再接請對方多保重等關心話。兩者說法都很鄭重、客氣。〈日文意思〉～機会に／～の時ですから。

例文

残暑厳しき折から、皆様におかれましてはいかがお過ごしでしょうか。

時序進入溽暑，敬祝各位健康愉快。

比較

折から

表示「時候、機會」的意思。不同於「際（さい）」的是後面可接偶發事件或是自然現象等非意志表現。「折から」多用在書信中，先敘述值此天候不佳之際，後面再接請對方多保重等關心話。「厳しき」是「厳しい」的文言連用形的表現。

際

表示「趁…的時後」，含有機會、契機的意思。後面多接積極的意志，不接自然現象、偶發事件等表現。後面很少接否定形。

2 ぎわに、ぎわのN
臨到…、在即…、追近…

接續與說明 [R-＋ぎわに]；[R-＋ぎわのN]。表示事物臨近某狀態，或正當要做什麼的時候。常用「瀬戸際（せとぎわ）」（關鍵時刻），注意【Nの+際】時，此時的「際」讀作「きわ」如：「今わの際（いまわのきわ）」（臨終）。〈日文意思〉～する直前に、～する寸前。

例文

白鳥は、死にぎわに美しい声で鳴くといわれています。
據說天鵝瀕死之際會發出淒美的聲音。

比較

ぎわに

表示事物臨近某狀態「瀕死之際」，或正當要做什麼的時候。

がけ（に）

「臨…時…；…時順便…」之意。がけ（に）是接尾詞，表示在前一行為開始後又做其他事情。

3 この…というものだ、ここ…というものだ
整整…、整個…來

接續與說明 [この＋V-る／A-くない／N＋というものだ]；[ここ＋V-る／A-くない／N＋というものだ]。前接期間、時間的詞語，表示時間很長，「這段期間一直…」的意思。說話人對前接的時間，帶有感情地表示很長。「というもの」再接一個「は」，更有加深感嘆的語氣。〈日文意思〉～という長い間／～の間、ずっと。

例文

ここ数週間というもの、休日はひたすら仕事に追われていました。
最近連續幾星期的假日都在加班工作。

比較

この…というものだ

前接期間、時間的詞語「幾星期」，表示時間很長「最近連續幾星期的假日都在加班工作」。說話人對前接的時間，帶有感情地表示很長。

ということだ

「據說」之意。表示傳聞，直接引用的語感較強。用在具體表示說話、事情、知識等內容。

4 てからというもの
自從…以後一直、自從…以來

接續與說明 [V-て＋からというもの]。表示以前項行為或事件為契機，從此以後有了很大的變化。含有說話人自己內心的感受。用法、意義跟「てからは」大致相同。書面用語。〈日文意思〉～てから、ずっと～。

例文

結婚_{けっこん}してからというもの、ずっと家計_{かけい}を家内_{かない}に任_{まか}せている。

自從結婚以後，就將家裡的收支全交給妻子管理。

比較

てからというもの

表示以前項行為或事件「結婚」為契機，從此以後有了很大的變化「將家裡的收支全交給妻子管理」。含有說話人自己內心的感受、感慨。

てからでないと

「如果不…就不能…」之意。表示條件關係，如果不先做前項，就不能做後項。

5 間際_{まぎわ}に、間際_{まぎわ}のN
迫近…、…在即

接續與說明 [N／V-る＋間際に]；[N／V-る＋間際のN]。表示事物臨近某狀態，或正當要做什麼的時候。〈日文意思〉～する直前に／～する寸前に。

後ろに問題が続いていることに気づかず、試験 終 了 間際
に気づいて慌ててしまいました。

沒有發現考卷背後還有題目，直到接近考試時間即將截止時才赫然察覺，頓時驚慌失措了。

比較

間際に

表示事物臨近某狀態「考試時間即將結束時」。含有緊迫的語意。

に際して

「在…之際」之意。表示以某事為「契機」，進行後項的動作。也就是動作的時間或場合。

---

6 を…に控えて
臨進…、靠近…、面臨…

接續與說明　[N＋を＋N＋に控えて]。「に控えて」前接時間詞時，表示「を」前面的事情，時間上已經迫近了；前接場所時，表示空間上很靠近的意思，就好像背後有如山、海、高原那樣宏大的背景。也可以省略「【時間、場所】＋に」的部分，只用「N＋を控えて」。〈日文意思〉～を間近にして／～が～に近づいて。

例文

結婚式を明日に控えているため、大忙しだった。

明天即將舉行結婚典禮，所以忙得團團轉。

比較

を…に控えて

「に控えて」前接時間詞「明日」時，表示「を」前面的事情「結婚典禮」，時間上已經迫近了。

を…に当たって

「在…的時候」之意。表示某一行動，已經到了事情重要的階段。它有複合格助詞的作用。一般用在致詞或感謝致意的書信中。

10 実力テスト

做對了，往走，做錯了往走。

次の文の_____にはどんな言葉を入れたらよいか。1・2から最も適当なものをひとつ選びなさい。

實力測驗

Q 哪一個是正確的？

答案≫在右頁

1

寒さ厳しき_____から、お風邪など召しませぬよう、お気を付け下さい。
　　　1 折　　　　2 際

譯
1 折:…的時候
2 際: 趁…的時後

解答≫請看右頁

2

寝_____起こされると、もう眠れません。
　　　1 がけに　　　2 ぎわに

譯
1 がけに: 臨…時…
2 ぎわに: 迫近…

解答≫請看右頁

3

ここ1年_____、転職や大病などいろいろなことがありました。
　　　1 というもの　2 ということ

譯
1 というもの:「ここ…というもの」整整…
2 ということ: 表示内容。

解答≫請看右頁

4

息子は働き始め_____、ずいぶんしっかりしてきました。
　　　1 てからでないと 2 てからというもの

譯
1 てからでないと: 如果不…就不能…
2 てからというもの: 自從…以來

解答≫請看右頁

5

就寝する_____には、あまり食べない方がいいですよ。
　　　1 間際　　　2 に際して

譯
1 間際:「間際に」迫近…
2 に際して: 在…之際

解答≫請看右頁

6

大学の合格発表を明日に_____、緊張で食事もろくにのどを通りません。
　　　1 当たって　2 控えて

譯
1 当たって:「を…に当たって」在…的時候
2 控えて:「を…に控えて」靠近…

解答≫請看右頁

なるほどの解説を確認して、
次のページへ進もう！

646

なるほどの解説

1

敘述值此天候不佳之際

用言連體形

<ruby>寒<rt>さむ</rt></ruby>さ<ruby>厳<rt>きび</rt></ruby>しき<ruby>折<rt>おり</rt></ruby>から、お<ruby>風邪<rt>か ぜ</rt></ruby>など<ruby>召<rt>め</rt></ruby>しませぬよう、お<ruby>気<rt>き</rt></ruby>を
<ruby>付<rt>つ</rt></ruby>け<ruby>下<rt>くだ</rt></ruby>さい。

請對方多保重等關心話，
說法鄭重、客氣

時序進入嚴寒冬季，請格外留意勿受風寒。　　　　　　　　　　答案 1

2

動詞連用形

<ruby>寝<rt>ね</rt></ruby>ぎわに<ruby>起<rt>お</rt></ruby>こされると、もう<ruby>眠<rt>ねむ</rt></ruby>れません。

事物臨近　　　　　　在那一狀態下發生的事情
的狀態

正要入睡時一旦被喚醒，就再也睡不著了。　　　　　　　　　　答案 2

3

接時間

ここ<ruby>1年<rt>ねん</rt></ruby>というもの、<ruby>転職<rt>てんしょく</rt></ruby>や<ruby>大病<rt>たいびょう</rt></ruby>などいろいろなことが
ありました。　表示在這期間發生的後面的事，含有感嘆
　　　　　　　　這段時間很長的意思

回顧這一年來，經歷過換了工作與生了大病的重重波折。　　　　答案 1

4

動詞連用形

<ruby>息子<rt>むすこ</rt></ruby>は<ruby>働<rt>はたら</rt></ruby>き<ruby>始<rt>はじ</rt></ruby>めてからというもの、ずいぶんしっかり
してきました。　變化點、契機　　　　　從此以後有了很大的變化，含
　　　　　　　　　　　　　　　　　　説話人自己內心的感慨

兒子自從開始工作以後，個性就變得穩重多了。　　　　　　　　答案 2

5

動詞連體形

<ruby>就寝<rt>しゅしん</rt></ruby>する<ruby>間際<rt>まぎわ</rt></ruby>には、あまり<ruby>食<rt>た</rt></ruby>べない<ruby>方<rt>ほう</rt></ruby>がいいですよ。

事物臨近某狀態　　　　　　在那一狀態下發生的事情

即將入睡之際不要吃太多比較好喔。　　　　　　　　　　　　　答案 1

6

時間上即將迫近的事情

體言　　時間

<ruby>大学<rt>だいがく</rt></ruby>の<ruby>合格発表<rt>ごうかくはっぴょう</rt></ruby>を<ruby>明日<rt>あした</rt></ruby>に<ruby>控<rt>ひか</rt></ruby>えて、<ruby>緊張<rt>きんちょう</rt></ruby>で<ruby>食事<rt>しょくじ</rt></ruby>もろくに
のどを<ruby>通<rt>とお</rt></ruby>りません。　　　　　　　　進行、發生的動作

明天即將公布大學入學錄取榜單，緊張得不太吃得下東西。　　　答案 2

接續助詞（同時・並行）

1 かたがた
順便…、兼…、一面…一面…、邊…邊…

接續與說明 [N＋かたがた]。表示在進行前面主要動作時，兼做（順便做）後面的動作。也就是做一個行為，有兩個目的。前接動作性名詞，後接移動性動詞。前後的主語要一樣。跟「がてら」詞義基本相同，不同點是「かたがた」可以單獨做接續詞使用，而「がてら」不可以。〈日文意思〉「〜がてら」の丁寧な言い方。

例文

先日のお詫びかたがた、挨拶に行ってきます。

我要出門去為前陣子的事情致歉，並且順便拜會對方。

比較

かたがた

表示在進行前面主要動作時「為前陣子的事情致歉」，兼做（順便做）後面的動作「拜會對方」。也就是做一個行為，有兩個目的。前接動作性名詞「お詫び」。後接移動性動詞「行く」。前後句的主詞要一樣。

一方

「另一方面…」之意。前句說明在做某件事的同時，後句多敘述可以互相補充做另一件事。前後句的主詞可不同。

接續與說明 [Nの＋かたわら]；[V-る＋かたわら]。表示在做前項主要活動、工作以外，在空餘時間之中還做別的活動、工作。前項為主，後項為輔，且前後項事情大多互不影響。跟「ながら」相比，「かたわら」用在持續時間較長的事物上。用於書面。〈日文意思〉～する一方で。

例文

耳鼻科を開くかたわら、福祉活動をしている。

他一面開設耳鼻科診所，一面從事慈善活動。

比較

かたわら

　　是前後兩項動作的並存的句型。表示在做前項主要活動、工作「開設耳鼻科診所」以外，在空餘時間內還做別的活動、工作「從事慈善活動」。前項為主，後項為輔，且前後項事情大多互不影響。用在持續時間「較長」的事物上。

かたがた

　　「順便…」之意。可單獨當接續詞使用。表示在進行前面主要動作時，順便做後面的動作。也就是做一個行為，有兩個目的。前接動作性名詞。用在持續時間「較短」的事物上。

接續與說明 [N＋がてら]；[R-＋がてら]。表示在做前面的動作的同時，借機順便也做了後面的動作。也就是做一個行為，有兩個目的。一般多用在做前面的動作，其結果也可以完成後面動作的場合。前接動作性名詞，後面多接「行く、歩く」等移動性相關動詞。〈日文意思〉～しながら、そのついでに。

子供の登校を見送りがてら、お隣へ回覧板を届けてきます。

我去送小孩出門上學,順便把回覽通知送給隔壁鄰居。

比較

がてら

　　表示在做前面的動作「送小孩出門上學」的同時,借機順便也做了後面的動作「把回覽通知送給隔壁鄰居」。一般多用在做前面的動作,其結果也可以完成後面動作的場合。前接動作性名詞「見送り」,後面多接「来る」等移動性相關動詞。

ながら

　　「一邊…一邊…」之意。表示同一主體同時進行兩個動作,或者是後項在前項的狀態下進行。

4 が早いか
剛一…就…

接續與說明　[V-る＋が早いか]。表示剛一發生前面的情況,馬上出現後面的動作。前後兩動作連接十分緊密,前一個剛完,幾乎同時馬上出現後一個。由於是客觀描寫現實中發生的事物,所以後句不能用意志句、推量句等表現。〈日文意思〉～と、すぐ。

例文

横になるが早いか、いびきをかきはじめた。

一躺下來就立刻鼾聲大作。

比較

が早いか

　　表示前後動作連續發生。也就是剛一發生前面的情況「躺下來」,馬上出現後面的動作「鼾聲大作」。前後兩動作連接十分緊密,前一個剛完,幾乎同時馬上出現後一個。

とたんに

「剛…就…」之意。表示前項動作和變化完成的一瞬間，發生了後項的動作和變化。由於說話人當場看到後項的動作和變化，因此伴有意外的語感。這個句型要接動詞過去式。

---

5 **そばから**
才剛…就…、隨…隨…

接續與說明 [V-る／V-た＋そばから]。表示前項剛做完，其結果或效果馬上被後項抹殺或抵消。常用在反覆進行相同動作的場合。大多用在不喜歡的事情。〈日文意思〉～ても、すぐ。

例文

片付（かたづ）けるそばから、子供（こども）が散（ち）らかしていく。
才剛收拾完就被孩子弄得亂七八糟。

比較

そばから

表示前項「收拾」剛做完，其結果或效果馬上被後項抹殺或抵消「就被孩子弄得亂七八糟」。多用在反覆進行相同動作的場合。且大多用在不喜歡的事情。

とたんに

「剛…就…」之意。表示前項動作和變化完成的一瞬間，發生了後項的動作和變化。兩個行為間沒有間隔。因伴有意外的語感，要接動詞過去式，表示突然、立即的意思。

6　なり
…剛…立刻…、一…就馬上…

接續與說明　[V-る＋なり]。表示前項動作剛一完成，後項動作就緊接著發生。後項的動作一般是預料之外的、特殊的、突發性的。後項不能用命令、意志、推量、否定等動詞。也不用在描述自己的行為，並且前後句的動作主題必須相同。【動詞連體形過去式】＋なり。表示發生前項之後，就一直保持在此狀態下，進行後一動作。「一…就一直（沒）…」的意思。〈日文意思〉～その動作の直後に。

例文

「あっ、だれかおぼれてる」と言うなり、彼は川に飛び込んだ。

他剛大喊一聲：「啊！有人溺水了！」便立刻飛身跳進河裡。

比較

なり

　表示前項動作剛一完成「有人溺水了」，後項動作就緊接著發生「他便立刻飛身跳進河裡」。後項的動作一般是預料之外的、特殊的、突發性的。

次第

　「（一旦）…立刻…」之意。表示某動作剛一做完，就立即採取下一步的行動。或前項必須先完成，後項才能夠成立。後項多為說話人有意識行動的表達方式。這個句型要用動詞連用形。

7　や、や否や
剛…就…、一…馬上就…

接續與說明　[V-る＋や]；[V-る＋や否や]。表示前一個動作才剛做完，甚至還沒做完，就馬上引起後項的動作。兩動作時間相隔很短，幾乎同時發生。語含受前項的影響，而發生後項意外之事。多用在描寫現實事物。書面用語。前後動作主體可不同。〈日文意思〉～と、すぐ（人の行為・現象）。

授業が終わるや否や、教室を飛び出した。

一上完課就衝出教室。

や否や

　　表示前一個動作「上完課」才剛做完，甚至還沒做完，後一個動作就立刻湧現「衝出教室」。兩動作時間相隔很短，幾乎同時發生。語含受前項事物的影響，而發生後項意外之事的意思。

そばから

　　「才剛…就…」之意。表示前項剛做完，其結果或效果馬上被後項抹殺或抵消。多用在反覆進行相同動作的場合。且大多用在不喜歡的事情。

11 実力テスト

做對了，往 😊 走，做錯了往 ✕ 走。

次の文の＿＿＿＿＿にはどんな言葉を入れたらよいか。1・2から最も適当なものをひとつ選びなさい。

實力測驗

Q 哪一個是正確的？

答案＞＞在右頁

1

近日中に、お祝い＿＿＿＿＿伺いに参ります。

1 かたがた　　2 一方

譯 1 かたがた：順便…
2 一方：另一方面…

解答》請看右頁

2

祖母は農業の＿＿＿＿＿、書道や華道をたしなんでいる。

1 かたがた　　2 かたわら

譯 1 かたがた：順便…
2 かたわら：一邊…一邊…

解答》請看右頁

3

通勤＿＿＿＿＿、この手紙を出してくれませんか。

1 ついでに　　2 がてら

譯 1 ついでに：順便…
2 がてら：順便…

解答》請看右頁

4

ホテルに着く＿＿＿＿＿、さっそく街にくりだした。

1 がはやいか　2 や

譯 1 がはやいか：剛一…就…
2 や：一…馬上…

解答》請看右頁

5

注意する＿＿＿＿＿、転んでけがをした。

1 とたんに　　2 そばから

譯 1 とたんに：剛…就…
2 そばから：才剛…就…

解答》請看右頁

6

お菓子を口に入れる＿＿＿＿＿、噎せた。

1 次第　　　　2 なり

譯 1 次第：（一旦）…立刻…
2 なり：剛…立刻…

解答》請看右頁

7

大統領が姿を現す＿＿＿＿＿、大歓声が起こった。

1 や　　　　　2 そばから

譯 1 や：一…馬上就…
2 そばから：才剛…就…

解答》請看右頁

なるほどの解説を確認して、
次のページへ進もう！

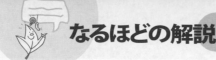 
1

體言（動作性名詞）

近日中に、お祝いかたがた伺いに参ります。

→ 主要動作事項

→ 進行前項時可順便完成的次要動作，後多接移動性動詞

近日將專程拜訪兼祝賀。

答案　1

2

體言＋の

祖母は農業のかたわら、書道や華道をたしなんでいる。

→ 主要的工作、活動，持續時間較長的事物

→ 在閒暇之餘，還做的其他活動、工作

祖母從事農作，並且嗜好書法與插花。

答案　2

3

體言（動作性名詞）

通勤がてら、この手紙を出してくれませんか。

→ 主要動作

→ 順道完成的事項

可以在上班途中順路幫我寄出這封信嗎？

答案　2

4

動詞連體形

ホテルに着くが早いか、さっそく街にくりだした。

→ 才剛做的某事

→ 十分緊密的動作，客觀描述，不用意志、推測等表現

才剛到達旅館就立刻出門逛街了。

答案　1

5

動詞連體形

注意するそばから、転んでけがをした。

→ 才剛做的某事

→ 馬上抹殺或抵銷前項的內容

才剛提醒要小心就立刻捧倒而受傷了。

答案　2

6

動詞連體形

お菓子を口に入れるなり、噎せた。

→ 才剛完成的某事

→ 預料之外的事情，不接命令、否定等，前後句動作主體相同

才將點心送進嘴裡就噎到了。

答案　2

7

動詞連體形

大統領が姿を現すや、大歓声が起こった。

→ 剛做完、甚至還沒做完的事

→ 幾乎同時發生，受前項影響而發生的意外，前後句動作主體可不同

總統一現身便掀起了熱烈歡呼聲。

答案　1

接續助詞（目的・理由）

1 べく
為了…而…、想要…、打算…

接續與說明 [V-る＋べく]。表示意志、目的。是「べし」的連用形。表示帶著某種目的，來做後項。語氣中帶有這樣做是理所當然、天經地義之意。雖然是較生硬的說法，但現代日語有使用。後項不接委託、命令、要求的句子。〈日文意思〉～するために。

例文

実情を明らかにすべく、アンケート調査を実施いたします。

我們為了追求真相而進行問卷調查。

比較

べく

表示意志、目的。是「べし」的連用形。表示帶著某種目的「追求真相」，來做後項「進行問卷調查」。語氣中帶有這樣做是理所當然、天經地義之意。

ように

「為了…而…，以便達到…」之意。表示為了實現前項，而做後項。是行為主體的希望。這個句型要接動詞連體形。

んがため（に）
為了…而…、因為要…所以…

接續與說明 [V-ない＋んがため（に）]。表示目的。用在積極地為了實現目標的說法，「んがため（に）」前面是想達到的目標，後面是不得不做的動作。含有無論如何都要實現某事，帶著積極的目的做某事的語意。書面用語，很少出現在對話中。要注意接「する」時為「せんがため」，接「来る」時為「来（こ）んがため」。〈日文意思〉～する目的をもって。

例文

みんなが平和に暮らさんがため、あらゆる手を尽くすつもりです。

為了能讓大家和平安穩地過日子，將不惜採取一切方法。

比較

んがため（に）

前接動詞未然形，表示目的。用在積極地為了實現目標的說法，前項是想達到的目標「大家和平安穩地過日子」，後面是不得不做的動作「將不惜採取一切方法」。含有無論如何都要實現某事，帶著積極的目的做某事的語意。

べく

「為了…而…」之意。表示意志、目的。是「べし」的連用形。表示帶著某種目的，來做後項。語氣中帶有這樣做是理所當然、天經地義之意。雖然是較生硬的說法。

3 （が）故（に）、（が）故のN
因為是…的關係；…才有的…

接續與說明 [V／A／Naな／Naである／Naだった／N（の）／Nである／Nだった（が）＋故（に）]；[V／A／Naな／Naである／Naだった／N（の）／Nである／Nだった（が）＋故のN]。表示原因、理由的文言說法。相當於「（の）ため（に）」。書面用語。〈日文意思〉～から。

提出期限が過ぎている故に、無効です。

由於已經超過了繳交截止期限因而導致無效了。

（が）故に

表示因果關係。後項是結果「導致無效了」，知道前項是理由「已經超過了繳交截止期限」。

べく

「為了…而…」之意。表示意志、目的。是「べし」的連用形。表示帶著某種目的，來做後項。語氣中帶有這樣做是理所當然、天經地義之意。

---

4 こととて
（總之）因為…

[V／A／Naな／Nの＋こととて]。表示順接的理由，原因。常用在表示道歉的理由，前面是理由，後面伴隨著表示道歉、請求原諒的內容，或消極性的結果。是一種正式且較為古老的表現方式。書面用語。〈日文意思〉ほかでもない～だから。

随分昔のこととて、じっくり考えないと思いだせない。

已經是很久以前的事了，得慢慢回憶才想得起來。

こととて

表示順接的理由，原因。常用在表示道歉的理由，前面是理由「很久以前的事了」，後面伴隨著消極性的結果「得慢慢回憶才想得起來」。

（が）故に

「因為是…的關係」之意。表示句子之間的因果關係。前項是理由，後項是結果。

5　ではあるまいし
又不是…、也並非…

接續與說明 [V-る／V-た／N＋ではあるまいし]。表示「因為不是前項的情況，後項當然就…」，後面多接說話人的判斷、意見跟勸告等。口語說成「じゃあるまいし」雖然是表達方式古老，但也常見於口語中。一般不用在正式的文章中。〈日文意思〉～ではないのだから。

例文

世界の終わりじゃあるまいし、そんなに悲観する必要はない。
又不是到了世界末日，不必那麼悲觀。

比較

じゃあるまいし

表示讓步原因。「因為又不是前項的情況，後項當然就…」，後面多接說話人的判斷、意見、命令跟勸告等。

じゃあるまいか

表示推測。「是不是…啊」之意。表示說話人的推測、想像。

6　とあって
由於…（的關係）、因為…（的關係）

接續與說明 [V／A／Na／N＋とあって]。由於前項特殊的原因，當然就會出現後項特殊的情況，或應該採取的行動。後項是說話人敘述自己對某種特殊情況的觀察。書面用語，常用在報紙、新聞報導中。〈日文意思〉～ので。

例文

桜が満開の時期とあって、街道は花見客でいっぱいだ。
正值櫻花盛開季節，街上到處都是賞花的遊客。

とあって

　　由於前項特殊的原因「正值櫻花盛開季節」，當然就會出現後項特殊的情況「街上到處都是賞花的遊客」。後項是說話人敘述自己對某種特殊情況的觀察。

とすると

　　「假如…的話…」。表示順接的假定條件。表示對當前不可能實現的事物的假設，含有「如果前項是事實，後項就會實現」之意。常伴隨「かりに（假如）、もし（如果）」等。

---

7 ## にかこつけて
以…為藉口、托故…

接續與說明　[N＋にかこつけて]。前接表示原因的名詞，表示為了讓自己的行為正當化，用無關的事做藉口。〈日文意思〉～を口実にして／～を言い訳にして。

例文

父の病気にかこつけて、会への出席を断った。
以父親生病作為藉口拒絕出席會議了。

比較

にかこつけて

　　前接表示原因的名詞，表示為了讓自己的行為「拒絕出席會議」正當化，用無關的事，不是事實的事「父親生病」做藉口。

にひきかえ

　　「和…比起來」之意。比較兩個相反或差異性很大的事物。含有說話人個人主觀的看法。

8 ばこそ
就是因為…、正因為…

接續與說明 [N／Naであれば＋こそ]；[A-ければ＋こそ]；[V-ば＋こそ]。強調原因。表示強調最根本的理由。正是這個原因，才有後項的結果。強調說話人以積極的態度說明理由。一般用在正面的評價。句尾多用「のだ」、「のです」加強肯定的語氣，書面用語。〈日文意思〉～からこそ。

例文

貴社の働きがあればこそ、計画が成功したのです。

正因為得到貴公司的大力鼎助，才能使這個企劃順利完成。

比較
_____

ばこそ

強調某種結果的原因。表示正是這個原因「貴公司的大力鼎助」，才有後項的結果「使這個企劃順利完成」。一般用在正面的評價。句尾用「のです」加強語氣。

ばすら

沒有這樣的用法。正確用法應為「就連…都」的意思。是舉出一個極端的例子，表示連他（它）都這樣了，別的就更不用提了。有導致消極結果的傾向。

12 実力テスト

做對了，往走，做錯了往✗走。

次の文の_____にはどんな言葉を入れたらよいか。1・2から最も適当なものをひとつ選びなさい。

實力測驗

 Q 哪一個是正確的？
答案>>在右頁

1

彼の本心を聞く_____、二人きりで話してみようと思う。
　　　　1 べく　　　　2 ように

2

この企画を_____、徹夜で頑張りました。
　　　　1 通さんべく　　2 通さんがために

 譯 1 べく: 為了…而…
2 ように: 為了…而…，以便達到…

解答》請看右頁

譯 1 通さんべく:「べく」為了…而…
2 通さんがために:「んがため（に）」
為了…而…

解答》請看右頁

3

あまりの寒さ_____、声が出ません。
　　　　1 ゆえに　　　2 べく

譯 1 ゆえに: 因為是…的關係
2 べく: 為了…而…

解答》請看右頁

4

不慣れな_____、多々失礼があるかと存じますが、どうぞ温かく見守ってください。
　　　　1 こととて　　2 ゆえに

譯 1 こととて:（總之）因為…
2 ゆえに: 因為是…的關係

解答》請看右頁

なるほどの解説を確認して、次のページへ進もう！

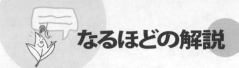

1

動詞終止形

彼の本心を聞くべく、二人きりで話してみようと思う。

→ 想要達成的目的

→ 為了達成目的，所該做的內容，不接委託、命令、要求的句子

我想要跟他單獨談一談，為了聽聽他真正的想法。 答案 1

2

動詞未然形

この企画を通さんがために、徹夜で頑張りました。

→ 想要達成的目的

→ 迫切想完成目的，所採取的行動

為了要讓這個企劃案通過，通宵達旦地趕工了。 答案 2

3

體言（の）

あまりの寒さゆえに、声が出ません。

→ 原因、理由

→ 導致的結果

由於太過寒冷而發不出聲音。 答案 1

4

理由 ↑

體言+の、用言連體形

不慣れなこととて、多々失礼があるかと存じますが、

どうぞ温かく見守ってください。

→ 因為前項理由，而產生的消極性結果，或是道歉等內容

由於還不熟悉工作，恐怕有諸多失禮之處，還望各位包容指導。 答案 1

13 実力テスト

做對了，往😊走，做錯了往❌走。

次の文の_____にはどんな言葉を入れたらよいか。1・2から最も適当なものをひとつ選びなさい。

實力測驗

Q 哪一個是正確的？

答案>>在右頁

5

神じゃ_____、完ぺきな人なんていませんよ。

　　　1 あるまいか　2 あるまいし

❌

譯 1 あるまいか:「じゃあるまいか」
　　　是不是…了
　　　2 あるまいし:「じゃあるまいし」又不是…

解答》請看右頁

6

大人気のお菓子_____、開店するや、瞬く間に売り切れた。

　　　1 とすると　　2 とあって

❌

譯 1 とすると: 假如…的話
　　　2 とあって: 由於…（的關係）

解答》請看右頁

7

何かと忙しいのに_____、ついついトレーニングをサボってしまいました。

　　　1 かこつけて　2 ひきかえ

❌

譯 1 かこつけて:「にかこつけて」以…為藉口
　　　2 ひきかえ:「にひきかえ」和…比起來

解答》請看右頁

8

彼女を思え_____、厳しいことを言ったのです。

　　　1 すら　　　　2 こそ

❌

譯 1 ばすら: 沒有這樣的用法。
　　　2 ばこそ: 正因為…

解答》請看右頁

なるほどの解説を確認して、
次のページへ進もう!

5

体言

神じゃあるまいし、完ぺきな人なんていませんよ。

→ 因為不是前項的情況

→ 後項當然就不必要…，常接說話人的判斷、意見

又不是神仙，不可能有完美無缺的人啦！

答案 2

6

体言

大人気のお菓子とあって、開店するや、瞬く間に売り切れた。

→ 特殊的原因

→ 因而引起的效應，說話人敘述自己對前面特殊情況的觀察

由於糕點廣受歡迎，才剛開店就立刻銷售一空。

答案 2

7

用無關的事做藉口，不是直接的原因
↑

体言（這裡的「の」，作用相當於「こと」）

何かと忙しいのにかこつけて、ついついトレーニングをサボってしまいました。

→ 前項的藉口，使後項行為正當化

以忙碌作為藉口，常常偷懶沒去參加訓練課程了。

答案 1

8

用言假定形

彼女を思えばこそ、厳しいことを言ったのです。

→ 最根本必備的理由

→ 因前項而有後項的結果，常和「のです」相呼應，以加強肯定語氣

就是為了她好才會嚴詞訓誡。

答案 2

接續助詞（逆接）

1 といえども
即使…也…、雖說…可是…

接續與說明 [V／A／Na／N＋といえども]。表示逆接轉折。先承認前項是事實，但後項並不因此而成立。也就是一般對於前項這人事物的評價應該是這樣，但其實並不然的意思（後項）。一般用在正式的場合，前面常和「たとえ、いくら」等相呼應。另外，也含有「…ても、例外なく全て…」的強烈語感。〈日文意思〉～けれども／～であっても。

例文

親といえども子供の手紙を無断で読むことは許されない。
即使是父母也不容許擅自讀閱孩子的私人信件。

比較

といえども

　　「即使…也…」之意。表示逆接轉折。先舉出具有某種資格或能力的人「父母」，但後項並不因此而成立「擅自讀閱孩子的私人信件」。

としたら

　　「如果…的話」之意。表示順接的假定條件。在認清現況或得來的信息的前提條件下，據此條件進行判斷。後項是說話人判斷的表達方式。

2 とはいえ
雖然…但是…

接續與說明 [N／Na（だ）＋とはいえ]；[A／V＋とはいえ]。表示逆接轉折。前後句是針對同一主詞所做的敘述，表示先肯定那事雖然是那樣，但是實際上卻是後項的結果。也就是後項的說明，是對前項既定事實的否定或是矛盾。後項一般為說話人的意見、判斷的內容。書面用語。〈日文意思〉～けれども。

例文

日曜日とはいえ、特にやることがない。
にちようび   とく
雖說是星期天，也沒有什麼特別的事要做。

比較

とはいえ

　　表示逆接轉折。表示結果與預想、期待不一致。先肯定那事雖然是那樣「星期天」，但是實際上卻是後項的結果「也沒有什麼特別的事要做」。

ともなると

　　「沒有…至少也…」之意。表示判斷。前接時間、年齡、職業、作用、事情等，表示如果發展到如此的情況下，理所當然後項就會有相應的變化。

3 ないまでも
沒有…至少也…、就是…也該…、即使不…也…

接續與說明 [V-ない＋までも]。前接程度高的，後接程度低的事物。表示雖然沒有做到前面的地步，但至少要做到後面的水準的意思。是一種從較高的程度，退一步考慮後項實現問題的辦法，帶有「せめて、少なくとも」等感情色彩。後項多為表示義務、命令、意志、希望等內容。〈日文意思〉～ないけれども、～なくても。

掃除しないまでも、使ったものぐらい片付けなさい。

即使不打掃，至少也得把用過的東西歸回原位！

ないまでも

　　「沒有…至少也…」的意思。表示雖然沒有做到前面程度高的地步「不打掃」，但至少要做到後面程度低的事物「把用過的東西歸回原位」。是一種從較高的程度，退一步考慮後項實現問題的辦法，後項為表示命令的內容。

までもない

　　「用不著…」的意思。表示事情尚未到達到某種程度，沒有必要做某事。

4 ながら（も）
雖然…、但是…

接續與說明 ［N＋ながら（に／にして／の）］；［N／Na＋ながら（も）］
［N／Naであり＋ながら（も）］；［A-い＋ながらも］；［R-＋ながらも］。表示逆接。表示後項實際情況，與前項所預料的不同。跟逆接的「ながら」意義、用法相同，但語氣比「ながら」生硬。〈日文意思〉～けれども。

彼は、不自由な体ながらも、一生懸命に生きている。

他雖身體有肢障，仍盡己所能活下去。

ながらも

　　表示逆接。表示雖然是前項「身體有肢障」的情形，但實際情況卻是後項的「盡己所能活下去」。

つつも

　　表示逆接。「儘管…」之意。表示連接前後兩個相反的或矛盾的事物。口語常用「ながらも」。但是接續要用動詞連用形。

5 ならいざ知らず、はいざ知らず
（關於）我不得而知…、姑且不論…、（關於）…還情有可原

接續與說明 [V（の）／A（の）／Na（の）／N（の）＋ならいざ知らず]；[N＋はいざ知らず]。表示不去談前項的可能性，而著重談後項中的實際問題。後項所提的情況要比前項嚴重或具特殊性。後項的句子多帶有驚訝或情況非常嚴重的內容。「昔はいざしらず」是「今非昔比的意思」。〈日文意思〉〜についてはよくわからないが／はともかくとして。

例文

昔はいざ知らず、今は会社を10も持つ大実業家だ。
不管他有什麼樣的過去，現在可是擁有十家公司的大企業家。

比較

はいざ知らず

「我不得而知…」之意。表示不去談前項的可能性「過去如何」，而著重談後項中的實際問題「現在可是擁有十家公司的大企業家」。後項的句子帶有驚訝的內容。

ならでは（の）

「正因為…才」之意。表示對「ならでは」前面的某人事物的讚嘆，正因為是這人事物才會這麼好。是一種高度評價的表現方式，所以在公司或商店的廣告詞上，常可以看到。

6 ならまだしも
若是…還說得過去、（可是）…、若是…還算可以…

接續與說明 [V（の）／A（の）／Na（の）／N（の）＋ならまだしも]。表示反正是不滿意，儘管如此但這個還算是好的，雖然不是很積極地肯定，但也還說得過去。〈日文意思〉〜ならまだいいが、しかし〜／〜ならまだ何とかなるが、しかし〜。

教室でお茶ぐらいならまだしも、授業中に食事をとるのはやめてほしいです。

倘若只是在教室喝茶那倒罷了，像這樣在上課的時候吃飯，真希望停止這樣的行為。

ならまだしも

表示對前項的「在教室喝茶」反正就是不滿意，儘管如此比起後項，這個還算是好的，雖然不是很積極地肯定，但也還說得過去。

ともなると

「要是…那就…」之意。表示如果發展到某程度，用常理來推斷，就會理所當然出現某種情況。後項多是與前項狀況變化相應的內容。

7 もさることながら
不用說…、…（不）更是…

接續與說明 [N＋もさることながら]。前接基本的內容，後接強調的內容。含有雖然不能忽視前項，但是後項比之更進一步。一般用在積極的、正面的評價。另外，也可用「～もさることながら、～は～でしょうか」的發問方式，先承認前項，再提問來顯現後項的重要性，表示委婉間接肯定後項的語感。〈日文意思〉～ももちろんだが、それだけでなく／～も無視できないが、～も～。

子供の頑張りもさることながら、お父さんの奮闘振りもすばらしい。

儘管孩子的努力值得讚許，但父親奮鬥的表現也很了不起。

もさることながら

　　前接基本的内容「孩子的努力」，後接強調的内容「父親的奮鬥」。含有雖然不能忽視孩子的努力，但是父親的奮鬥比之更了不起。用在積極的、正面的評價。

ならいざ知らず

　　「（關於）我不得而知…」之意。表示不去談前項的可能性，而著重談後項中的實際問題。後項所提的情況要比前項嚴重或具特殊性。後項的句子多帶有驚訝或情況非常嚴重的内容。

8 ものを
可是…、卻…、然而卻…

接續與說明　[V／A／Naな／Naだった＋ものを]。表示說話者以悔恨、不滿、責備的心情，來說明前項的事態沒有按照期待的方向發展。跟「のに」的用法相似，但說法古老。常跟「ば、ても」等一起使用。〈日文意思〉～のに（不満、非難の気持ちで）。

例文

正直に言えばよかったものを、隠すからこういう結果になる。
坦承說出就沒事了，就是隱匿不報才會造成這種下場。

比較

ものを

　　表示逆接條件。說明前項的事態「坦承說出」沒有按照期待的方向發展，才會有那樣不如人意的結果「隱匿不報才會造成這種下場」。常跟「ば、ても」等一起使用。

ところを

　　「正…之時」之意。表示雖然在前項的情況下，卻還是做了後項。這是日本人站在對方立場，表達給對方添麻煩的辦法，為寒暄時的慣用表現，多用在開場白。

9 ところを
正…之時、…之時、…之中

接續與說明 [V／A／Naな／Nの＋ところを]。表示雖然在前項的情況下，卻還是做了後項。這是日本人站在對方立場，表達給對方添麻煩的辦法，為寒暄時的慣用表現，多用在開場白。後項多為感謝、請求、道歉等內容。也可表現進行前項時，卻意外發生後項使前項內容中斷。〈日文意思〉～時・状況なのに。

例文

お忙しいところをわざわざお越しくださりありがとうございます。
非常感謝您在百忙之中勞駕到此。

比較

ところを

表示雖然在前項的情況下「很忙」，卻還是做了後項「特地蒞臨」。這是日本人站在對方立場，表達給對方添麻煩，讓對方為難了，是寒暄時的慣用表現。

ものを

「可是…」之意。表示逆接條件。說明前項的事態沒有按照期待的方向發展，才會有那樣不如人意的結果。常跟「ば」、「ても」等一起使用。

10 （か）と思いきや
原以為…、誰知道…

接續與說明 [V-た／Nの／引用文・句＋（か）と思いきや]。表示按照一般情況推測，應該是前項的結果，但是卻出乎意料地出現了後項相反的結果。含有說話人感到驚訝的語感。多用在輕鬆的對話中，不用在正式場合。〈日文意思〉～かと思ったら、意外にも。

例文

難しいかと思いきや、意外に簡単だった。
原本以為很困難，沒想到出乎意外的簡單。

と思いきや

「原以為…不料卻…」之意。表示按照一般情況推測，應該是前項「困難」，但是卻出乎意料地出現了後項相反的結果「出乎意外的簡單」。含有說話人感到驚訝的語感。

ときたら

表示提起話題，說話人帶著譴責和不滿的情緒，對話題中的人或事進行批評。批評對象一般是說話人身邊，關係較密切的人物或事。

11 た-ところが
…可是…、結果…

接續與說明 [V-た＋ところが]。表示順態或逆態接續，後項往往是出乎意料的客觀事實。因為是用來敘述已發生的事實，所以後面要接過去式的表現。也可做為接續詞使用。〈日文意思〉～したが、期待に反して。

例文

ソファーを購入したところが、ソファーベッドが送られてきました。
買了沙發，廠商卻送成了沙發床。

比較

たところが

表示順態或逆態接續。表示從前項的「買了沙發」這一狀況來看，送來的應該是沙發才是，卻發生了後項「廠商送成了沙發床」，這一出乎意料的客觀事實。

ところを

「正…時」之意。表示正當A的時候，發生了B的狀況。後項的B所發生的事，是對前項A的狀況有直接的影響或作用的行為。後面的動詞，常接跟視覺或是發現有關的「見る、見つける」等，或是跟逮捕、攻擊、救助有關的「捕まる、襲う」等詞。這個句型要接體言の、用言連體形。

14 実力テスト

做對了，往走，做錯了往走。

次の文の_____にはどんな言葉を入れたらよいか。1・2から最も適当なものをひとつ選びなさい。

實力測驗

Q 哪一個是正確的？

答案>>在右頁

1

いくら夫婦_____、最低のマナーは守るべきでしょう。

1 といえども　2 としたら

譯
1 といえども: 即使…也…
2 としたら: 要是…那就…

解答》請看右頁

2

暖かい_____、ジャケットが要らないというほどではないね。

1 とはいえ　　2 ともなると

譯
1 とはいえ: 雖然…但是…
2 ともなると: 要是…那就…

解答》請看右頁

3

あまり帰省し_____、よく電話はしていますよ。

1 までもなく　　2 ないまでも

譯
1 までもなく: 用不著…
2 ないまでも: 沒有…至少也…

解答》請看右頁

4

申し訳ないと思い_____、彼女にお願いするしかない。

1 つつも　　　2 ながらも

譯
1 つつも: 儘管…
2 ながらも: 雖然…、但是…

解答》請看右頁

5

子供_____、大の大人までが夢中になるなんてね。

1 ならいざ知らず　2 ならでは

譯
1 ならいざ知らず: 姑且不論…
2 ならでは: 正因為…才…

解答》請看右頁

なるほどの解説を確認して、
次のページへ進もう！

バンザーイ

 **なるほどの解説**

1

體言

いくら 夫婦（ふうふ）といえども、最低（さいてい）のマナーは守（まも）るべきでしょう。

→ 舉出有資格、有能力的人事物

→ 顛覆一般印象的事實

常和「いくら」相呼應

即使是夫妻也應當遵守最起碼的禮儀吧！

答案　1

2

用言終止形

暖（あたた）かいとはいえ、ジャケットが要（い）らないというほどでは

ないね。→ 先肯定事情雖然是這樣

→ 但實際上卻是後項的結果，常接說話人的意見、判斷

雖說天氣暖和，卻還沒有熱到不需穿外套的程度喔！

答案　1

3

動詞未然形

あまり帰省（きせい）しないまでも、よく電話（でんわ）はしていますよ。

→ 程度較高的事物

→ 至少要做到程度較低的內容，常接義務、命令、意志、希望等表現

即使很少回老家，但會常常打電話回去喔！

答案　2

4

動詞連用形

申（もう）し訳（わけ）ないと思（おも）いながらも、彼女（かのじょ）にお願（ねが）いするしかない。

→ 能夠預料的前項

→ 出乎意料的實際情況，「雖然…，但是…」的逆接表現

儘管覺得很不好意思，也只能請託她幫忙了。

答案　2

5

體言

子供（こども）ならいざ知（し）らず、大（だい）の大人（おとな）までが夢中（むちゅう）になるなんてね。

→ 不去談前項的可能性

→ 著重談後項中的實際問題，常是驚訝或情況嚴重的內容

如果是小孩倒還另當別論，已經是大人了竟然還沉迷其中！

答案　1

做對了，往 😊 走，做錯了往 ❌ 走。

次の文の_____にはどんな言葉を入れたらよいか。1・2から最も適当なものをひとつ選びなさい。

實力測驗

Q 哪一個是正確的？
答案>>在右頁

6

年配の人_____、若い人まで骨粗鬆症になるなんて、怖いね。
　　　　1 ともなると　2 ならまだしも

❌

譯 1 ともなると：要是…那就…
　　　2 ならまだしも：若是…還說得過去

解答>>請看右頁

7

この椅子は座り心地_____、デザインも最高です。
　　　　1 ならいざ知らず2 もさることながら

❌

譯 1 ならいざ知らず：（關於…）我不得而知
　　　2 もさることながら：不用說…更是…

解答>>請看右頁

8

もっと早くから始めればよかった_____、だらだらしているから、間に合わなくなる。
　　　1 ものを　　　　　2 ものの

❌

譯 1 ものを：「ば…ものを」可是…
　　　2 ものの：雖然…但是…

解答>>請看右頁

9

お休みの_____お邪魔して申し訳ありません。
　　　1 ものを　　　2 ところを

❌

譯 1 ものを：可是…
　　　2 ところを：正…之時

解答>>請看右頁

10

チョコレートか_____、なんとキャラメルでした。
　　　　1 ときたら　　　2 と思いきや

❌

譯 1 ときたら：提起…來
　　　2 と思いきや：「（か）と思いきや」
　　　原以為…、誰知道…

解答>>請看右頁

11

荷物を預けた_____、重量オーバーで追加料金の支払いを要求された。
　　　1 ところが　2 ところを

❌

譯 1 ところが：「たところが」…可是…
　　　2 ところを：正…之時

解答>>請看右頁

なるほどの解説を確認して、次のページへ進もう！

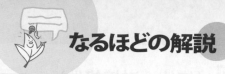

6

〔體言〕

年配の人ならまだしも、若い人まで骨粗鬆症になるなんて、怖いね。

→ 雖然不是很積極地肯定的前項

→ 相較於前項，更不能接受的行為

如果是年長者倒還好說，連年輕人也罹患骨質疏鬆症，真可怕呀！ 答案 2

7

〔體言〕

この椅子は座り心地もさることながら、デザインも最高です。

→ 基本的內容

→ 更進階的內容，常接積極的、正面的評價

這張椅子不僅坐起來舒適，整體設計也無懈可擊。 答案 2

8

沒有如期發展的事態，常跟「…ば…よかった」相呼應

〔用言連體形〕

もっと早くから始めればよかったものを、だらだらしているから、間に合わなくなる。

→ 悔恨、不滿、責備的內容

早點動手做就好了，就是這樣拖拖拉拉的，到最後才會來不及。 答案 1

9

〔體言+の〕

お休みのところをお邪魔して申し訳ありません。

→ 雖然在這種情況之下

→ 卻還是做了後項、多為感謝、請求、道歉等內容

在休息之時打擾您，真是萬分抱歉。 答案 2

10

〔體言〕

出乎意料相反的結果，常跟表驚訝的詞相呼應

チョコレートかと思いきや、なんとキャラメルでした。

→ 原先預料的結果

原本以為是巧克力，沒想到竟然是焦糖！ 答案 2

11

先舉一件事 〔動詞過去式〕

荷物を預けたところが、重量オーバーで追加料金の支払いを要求された。

→ 往往是出乎意料的客觀事實，「雖然…，但卻…」的表現

把行李送去託運，沒想到竟然被要求支付超重費。 答案 1

接續助詞（條件・逆接條件）

1 う-ものなら
如果要…的話，就…

接續與說明 [V-よう＋ものなら]。表示假設萬一發生那樣的事情的話，事態將會十分嚴重。後項一般是嚴重、不好的事態。是一種誇張的表現。〈日文意思〉もし～なら。

例文

昔は親に反抗しようものなら、すぐに叩かれたものだ。
以前要是敢反抗父母，一定會馬上挨揍。

比較

うものなら

　　表示萬一發生前項「敢反抗父母」那樣的事情的話，事態將會十分嚴重「一定會馬上挨揍」。後項一般是嚴重、不好的事態。注意前接動詞意向形。

ものだから

　　「就是因為…，所以…」之意。表示原因、理由。常用在因為前項的事態的程度很厲害，因此做了後項的某事。含有對事出意料之外、不是自己願意…等的理由，進行辯白。結果是消極的。

2　が最後、たら最後
（一旦…）就必須…、（一…）就非得…

接續與說明 [V-たが＋最後]；[V-たら＋最後]。「さいご」漢字是「最後」。表示一旦做了某事，就一定會產生後面的情況，或是無論如何都必須採取後面的行動。後面接說話人的意志或必然發生的狀況。後面多是消極的結果或行為。更口語的說法是「たらさいご」。〈日文意思〉もし～なら。

例文

これを逃したら最後、こんなチャンスは二度とない。
要是錯失了這次機會，就再也不會有下一回了。

比較

たら最後

表示一旦做了某事「錯失了這次機會」，就一定會產生後面的情況「就再也不會有下一回了」。後面接說話人的意志或必然發生的狀況。後面多是消極的結果或行為。

たところで…ない

「即使…也不…」之意。接在動詞過去形之後，句尾接否定的「ない」，表示即使前項成立，後項的結果也是與預期相反，無益的、沒有作用的，或只能達到程度較低的結果。後項多為說話人主觀的判斷。

3　てこそ
只有…才（能）…、正因為…才…

接續與說明 [V-て＋こそ]。由接續助詞「て」後接提示強調助詞「こそ」表示由於實現了前項，從而得出後項好的結果。「てこそ」後項一般接表示褒意或可能的內容。是強調正是這個理由的說法。可以跟[V-ば＋こそ]互換。〈日文意思〉～を実現することによってはじめて。

例文

人は助け合ってこそ、人間として生かされる。

人們必須互助合作才能存活下去。

比較

てこそ

　　表示由於實現了前項「人們互助合作」，從而得出後項好的結果「人們才能存活下去」。後項一般接表示褒意或可能的內容。是強調「正是這個理由」的說法。

ては

　　「要是…的話」。表示假定的條件。表示這樣的條件，不好辦、不應該這樣做。如果是前項的條件，那麼就會導致後項不良的、不如意的結果或結論。

4 とあれば
如果…那就…、假如…那就…

接續與說明　[V／A／Na／Nと＋あれば]。表示如果是為了前項所提的事物，是可以接受的，並採取後項的行動。後句不能出現表示請求或勸誘的句子。說法較為正式，口語中也使用。〈日文意思〉もし～なら。

例文

彼は、昇進のためとあれば、何でもする。

他只要事關升遷，什麼事都願意去做。

比較

とあれば

　　表示假定條件。表示如果是為了前項所提的事物「事關升遷」，那就採取後項的行動「什麼事都願意去做」。後句不能出現表示請求或勸誘的句子。

680

とあって

「由於…（的關係）」之意。表示原因和理由承接的因果關係。由於前項特殊的原因，當然就會出現後項特殊的情況，或應該採取的行動。

---

5 と（も）なると、と（も）なれば
要是…那就…、如果…那就…

接續與說明 [V-る／V-た／N＋と（も）なると]；[V-る／V-た／N＋と（も）なれば] 。前接時間、職業、年齡、作用、事情等名詞或動詞，表示如果發展到某程度，用常理來推斷，就會理所當然導向某種結論。後項多是與前項狀況變化相應的內容。也可以說「ともなれば」。〈日文意思〉もし～なら。

例文

一括払いとなると、さすがに負担が大きい。
採用一次付清的方式繳款，畢竟負擔重。

比較

と（も）なると

表示如果發展到某個一定的程度「一次付清」，用常理來推斷，就會理所當然出現某種情況「負擔重」。後項多是與前項狀況變化相應的內容。可以成述現實性狀況，也能陳述假定的狀況。

とあれば

「如果…那就…」之意。表示假定條件。表示如果是為了前項所提的事物，是可以接受的，並採取後項的行動。後句不能出現表示請求或勸誘的句子。

6 なくして（は）…ない
如果沒有…、沒有…

[V-る／N＋なくして（は）…ない]。表示假定的條件。表示如果沒有前項，後項的事情會很難實現。「なくして」前接一個備受盼望的名詞，後項使用否定意義的句子（消極的結果）。書面用語，口語用「なかったら」。〈日文意思〉～がなければ～ない。

例文

教授の助言なくして、この研究の成功はなかった。
假如沒有教授的提點，這個研究絕對無法成功。

比較

なくして（は）…ない

表示假定的條件。表示如果沒有前項「教授的提點」，後項的事情會很難實現「這個研究絕對無法成功」。「なくして」前接一個備受盼望的名詞，後項使用否定意義的句子（消極的結果）。

ないまでも

「沒有…至少也…」之意。前接程度高的，後接程度低的事物。表示雖然沒有做到前面的地步，但至少要做到後面的水準的意思。

7 う-が、う-と
不管是…、即使…也…

接續與說明 [V-よう／A-かろう／Naだろう／Nだろう＋が]；[V-よう／A-かろう／Naだろう／Nだろう＋と]。表示逆接假定。前常接疑問詞相呼應，表示不管前面的情況如何，後面的事情都不會改變。後面是不受前面約束的。後面要接想完成的某事，或表示決心、要求的表達方式。〈日文意思〉～ても（無関係に）。

誰がなんと言おうと、謝る気はない。

不管任何人說什麼，決不願意道歉。

うと

　　表示逆接假定。用言前接疑問詞「なんと」，表示不管前面的情況如何「任何人說什麼」，後面的事情都不會改變「絕不願意道歉」。後面是不受前面約束的，接表示決心的表達方式。

ものなら

　　句型「ものなら」，「如果要…的話，就…」之意。表示萬一發生那樣的事情的話，事態將會十分嚴重。後項一般是嚴重、不好的事態。是一種誇張的表現。

---

8 たりとも
哪怕…也不（可）…、就是…也不（可）…

接續與說明 [N＋たりとも]。前接「一…、小…」等表示最低數量的數量詞，或是「子供、女」程度較輕的詞，表示連最低數量也不能允許，或不允許有絲毫的例外。是一種強調性的全盤否定的說法。另外，後面也常跟表示禁止的「な」相呼應，表示呼籲、告誡的口吻。書面用語。也用在演講、會議等場合。〈日文意思〉～であっても～ない。

例文

一秒たりとも無駄にできない。

一分一秒也不容許浪費。

たりとも

　　前接表示最低數量的數量詞「一秒」，表示連最低數量也不能允許「不容許浪費」。是一種強調性的全盤否定的說法。

なりと（も）

　　「不管…、不論…」之意。表示無論什麼都可以按照自己喜歡的進行選擇。也就是表示全面的肯定。如果是[N＋なりと（も）]，表示從幾個事物中舉出一個做為例子。「之類」的意思。

9 た-ところで…ない
即使…也不…、雖然…但不、儘管…也不…

接續與說明 [V-た＋ところで…ない]。接在動詞・形容詞「た」形之後，表示即使前項成立，後項的結果也是與預期相反，無益的、沒有作用的，或只能達到程度較低的結果，所以句尾也常跟「無駄、無理」等否定意味的詞相呼應。另外句首也常與「いくら、たとえ」相呼應表示強調。後項多為說話人主觀的判斷。〈日文意思〉～ても～ない。

例文

いくら急いだところで8時には着きそうもない。
無論再怎麼趕路，都不太可能在八點到達吧！

比較

た-ところ…ない

　　表示即使前項成立「無論再怎麼趕路」，後項的結果也是與預期相反，無益的、沒有作用的「都不太可能在八點到達吧」，或只能達到程度較低的結果。後項多為說話人主觀的判斷。

が最後
「（一旦…）就必須…」之意。表示一旦做了某事，就一定會產生後面的情況，或是無論如何都必須採取後面的行動。後面接說話人的意志或必然發生的狀況。後面多是消極的結果或行為。

10 であれ、であろうと
即使是…也…、無論…都…

接續與說明 [N／疑問詞＋であれ]；[N＋であろうと]。表示不管前項是什麼情況，後項的事態都還是一樣。後項多為說話人主觀的判斷或推測的內容。前面有時接「たとえ」。另外，前面也可接雖處在某逆境，後接滿足的表現，表示雖然不盡完美卻甘之如飴的意思。〈日文意思〉～でも／であっても。

例文

たとえどんな理由であれ、家庭内暴力は絶対に許せません。
無論基於什麼理由，絕對不容許發生家庭暴力。

比較

であれ
表示不管前項是什麼情況「基於什麼理由」，後項的事態都還是一樣「絕對不容許發生家庭暴力」。後項多為說話人主觀的判斷或推測的內容。前面有時接「たとえ」。

にして
「直到…才…」之意。強調「階段」的概念。表示到了前項那一個階段，才產生後項。後面常接難得可貴的事項。又表示兼具兩種性質和屬性。可以是並列，也可以是逆接。

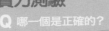

16 実力テスト

做對了,往走,做錯了往走。

次の文の_____にはどんな言葉を入れたらよいか。1・2から最も適当なものをひとつ選びなさい。

實力測驗

Q 哪一個是正確的?
答案>>在右頁

1
あの犬はちょっとでも近づこう_____、すぐ吠えます。
　　1 ものなら　2 ものだから

譯 1 ものなら:「うものなら」如果要…的話,就…
2 ものだから:就是因為…,所以…

解答》請看右頁

2
あのスナックは_____、もう止まりません。
　　1 食べたところで　2 食べたら最後

譯 1 食べたところで:「たところで」即使…也不…
2 食べたら最後:「たら最後」(一旦…)就必定…

解答》請看右頁

3
目標があっ_____、頑張れるというものです。
　　1 てこそ　　2 ては

譯 1 てこそ:只有…才(能)
2 ては:要是…的話

解答》請看右頁

4
大型の台風が来る_____、雨戸も閉めた方がいい。
　　1 とあって　2 とあれば

譯 1 とあって:由於…(的關係)
2 とあれば:如果…那就…

解答》請看右頁

5
東京都内の一軒家_____、とても手が出ません。
　　1 とあれば　2 となれば

譯 1 とあれば:要是…那就…
2 となれば:提起…

解答》請看右頁

なるほどの解説を確認して、
次のページへ進もう!

なるほどの解説

1

動詞推量形

あの犬はちょっとでも近づこうものなら、すぐ吠えます。

└→ 萬一發生像前項的事情的話

└→ 就會有嚴重、不好的事態，是比較誇張的表現

只要稍微靠近那隻狗就會被吠。

答案　1

2

動詞過去式

あのスナックは食べたら最後、もう止まりません。

└→ 某情況為開端

└→ 必然發生的狀況，常接消極的結果

那種零嘴會讓人吃了就還想再吃。

答案　2

3

動詞連用形

目標があってこそ、頑張れるというものです。

└→ 由於實現了前項

└→ 得出後項好的結果，一般接表示褒意或可能的內容

因為有了目標，才能夠堅持下去。

答案　1

4

用言終止形

大型の台風が来るとあれば、雨戸も閉めた方がいい。

└→ 接受、認可的事物

└→ 因前項而採取的行動、得到的結論

要是強烈颱風即將登陸，還是把木板套窗也關上比較好。

答案　2

5

體言

東京都内の一軒家となれば、とても手が出ません。

└→ 某發展設定為開端

└→ 理所當然的結論，多是和前項狀況變化相應的內容

要是是東京都内的獨棟房屋，實在是買不起。

答案　2

17 実力テスト

做對了，往😊走，做錯了往❌走。

次の文の_____にはどんな言葉を入れたらよいか。1・2から最も適当なものをひとつ選びなさい。

實力測驗

Q 哪一個是正確的？
答案》在右頁

6

あなた_____、生きていけません。
　　　　1 なくしては　2 ないまでも

譯 1 なくしては: 如果沒有…
　　　2 ないまでも: 沒有…至少也…

解答》請看右頁

7

残業_____、今日中に終わらせます。
　　　　1 言おうものなら　2 しようとも

譯 1 言おうものなら:「うものなら」如果要…的話，就…
　　　2 しようとも:「うと」不管是…

解答》請看右頁

8

一言一句_____漏らさず書きとりました。
　　　　1 たりとも　　2 なりと

譯 1 たりとも: 哪怕…也不（可）…
　　　2 なりと: 不管…

解答》請看右頁

9

私がいくら説得した_____、彼は聞く耳を持たない。
　　　　1 ところで　　2 が最後

譯 1 ところで:「たところで…ない」即使…也不…
　　　2 が最後:（一旦…）就必定…

解答》請看右頁

10

オーブンレンジであれば、どのメーカーのもの_____構いません。
　　　　1 にして　　　2 であろうと

譯 1 にして: 直到…才…
　　　2 であろうと: 無論…還是…

解答》請看右頁

なるほどの解説を確認して、
次のページへ進もう！

6

體言

あなたなくしては、生きていけません。

↳ 如果沒有前項備受盼望的事情　　　↳ 事情就會很難實現，後面要使用否定意義的句子

失去了你，我也活不下去。　　　　　　　　　　　　答案　1

7

用言意向形

残業しようとも、今日中に終わらせます。

↳ 某情形為開端　　　　　　↳ 想完成的事、決心，逆接，不受前面約束的內容

即使要加班，也要在今天之內做完。　　　　　　　　答案　2

8

體言

一言一句たりとも漏らさず書きとりました。

↳ 低數量的詞　　　↳ 後接否定，表示全盤否定

沒有疏漏任何一字一句地抄寫下來了。　　　　　　　答案　1

9

動詞過去式

私がいくら説得したところで、彼は聞く耳を持たない。

↳ 假設的動作、狀態

↳ 只能達到的低程度的結果，接否定，多為主觀判斷或推測，不接過去式、希望、要求等表現

無論我怎麼說服，他都充耳不聞。　　　　　　　　　答案　1

10

體言

オーブンレンジであれば、どのメーカーのものであろうと構いません。

↳ 某情況設定為開端　　↳ 不受前項影響、主觀或推測的內容

只要是微波烤箱，無論是哪家廠牌的都沒關係。　　　答案　2

6

★ ★ ★ ★ ★

接續助詞（狀態・樣子）

1 ずじまいで、ずじまいだ、ずじまいのN　　5 ながらに、ながらのN
2 っ放しで、っ放しだ、っ放しのN　　　　6 なしに、ことなしに
3 とばかりに、と言わんばかりに　　　　　7 に至って（は）、に至っても
4 ともなく、ともなしに

---

1 ずじまいで、ずじまいだ、ずじまいのN
（結果）沒…、沒能…、沒…成

接續與說明 [V-ない＋ずじまいで]；[V-ない＋ずじまいだ]；[V-ない＋ずじまいのN]。表示某一意圖，由於某些因素，沒能做成，而時間就這樣過去了。常含有相當惋惜、失望、後悔的語氣。多跟「結局、とうとう」一起使用。語感略帶口語。〈日文意思〉～しないままで終わる。

例文

いなくなったペットを懸命に探したが、結局、その行方はわからずじまいだった。

雖然拚命尋找失蹤的寵物，最後仍然不知牠的去向。

比較

ずじまいで

　　表示某一意圖「尋找失蹤的寵物」，由於某些因素，沒能做成，而時間就這樣過去了。常含有相當惋惜的語氣。多跟「結局、とうとう」一起使用。

ずに

　　「不知道…」之意。「ずに」是否定助動詞「ぬ」的連用形。後接「に」表示否定的狀態。「に」有時可以省略。

2 っ放しで、っ放しだ、っ放しのN
（放任）置之不理；（持續）一直…（不）…、總是

接續與說明 [R－＋っ放しで]；[R－＋っ放しだ]；[R－＋っ放しのN]。
「はなし」是「はなす」的名詞形。表示該做的事沒做，放任不管、置
之不理。大多含有負面的評價。另外，表示相同的事情或狀態，一直持
續著。前面不接否定形。〈日文意思〉～したまま放置する。

例文

今だに水道の水を出しっぱなしにしている人が大勢います。

迄今仍有非常多人沒有養成隨手關水龍頭的習慣。

比較

っぱなし

「はなし」是「はなす」的名詞形。表示該做的事沒做，放任不管、置
之不理「開著水」。大多含有負面的評價。

ながら

「一邊…一邊…」之意。表示同一主體同時進行兩個動作，或者是後項
在前項的狀態下進行。

3 とばかりに、と言わんばかりに
幾乎要說…、簡直就像…、顯出…的神色

接續與說明 [文／N＋とばかりに]；[文／N＋といわんばかりに]。表示
心中憋著一個念頭或一句話，雖然沒有說出來，但是從表情、動作上已
經表現出來了。含有幾乎要說出前項的樣子，來做後項的行為。後項多
為態勢強烈或動作猛烈的句子。常用來描述別人。書面用語。〈日文意
思〉いかにも～といった様子で。

例文

今がチャンスとばかりに持ち株を全て売った。

看準了現在正是獲利了結的好時機，而將手上的股票全部賣出。

とばかりに

　　表示雖然沒有說出來，但簡直就是那個樣子「看準了現在正是獲利了結的好時機」，來做後項動作猛烈的行為「將手上的股票全部賣出」。

ばかりに

　　「就因為…」之意。表示原因。就是因為某事的緣故，造成後項不良結果或發生不好的事情。說話人含有後悔或遺憾的心情。

---

4 ともなく、ともなしに
無意地、下意識的、不知…、無意中…

接續與說明 [V-る＋ともなく]；[疑問詞（+助詞）／V-る＋ともなしに]。表示並不是有心想做後項，卻發生了這種意外的情況。也就是無意識地做出某種動作或行為，含有動作、狀態不明確的意思。有時前後會使用意義相同或相關的動作性動詞，如「見る、言う、聴く、考える」。另外，前接疑問詞時則表示不明確的意思。〈日文意思〉～するつもりはなく／それが～かは不明だが～。

例文

見るともなく、ただテレビをつけている。
只是開著電視任其播放，根本沒在看。

比較

ともなく

　　表示並不是有心想做後項「只是開著電視任其播放」，卻發生了這種意外的情況。也就是無意識地做出某種動作或行為。

とばかりに

　　「幾乎要說…」之意。表示雖然沒有說出來，但簡直就是那個樣子，來做後項動作猛烈的行為。後續內容多為不良的結果或狀態。常用來描述別人。書面用語。

5 ながらに、ながらのN
邊…邊…、…狀（的）

接續與說明 [R－／N＋ながら（に／の）]。表示做某動作的狀態或情景。也就是「在A的狀況之下做B」的意思。〈日文意思〉～そのまま変化しないで続く状態・様子。

例文

彼女はため息ながらに一家の窮乏ぶりを訴えた。
她嘆著氣，陳述了全家人的貧窮窘境。

比較

ながらに
表示「陳述全家人的貧窮窘境」是在「嘆著氣」的狀態下進行的。

のままに
「仍舊、老樣子」之意。表示過去某一狀態，到現在仍然持續不變。

6 なしに、ことなしに
沒有…、不…而…

接續與說明 [N＋なしに]；[V-る＋ことなしに]。接在表示動作的詞語後面，表示沒有做前項應該先做的事，就做後項。意思跟「ないで、ずに」相近。書面用語，口語用「ないで」。〈日文意思〉～しないままで／～しないで。

例文

出版社が著者の了解なしに、勝手に本を出版した。
出版社沒有事先取得作者的同意便擅自出版了該書籍。

なしに

接在表示動作的詞語「了解」後面，表示沒有做前項應該先做的事「事先取得作者的同意」，就做後項「擅自出版了該書籍」。

ないで

「不…就…」之意。表示在沒有做前項的情況下，就做了後項的意思。書面語用「ずに」，不能用「なくて」。這個句型要接動詞未然形。

---

7 **に至って（は）、に至っても**
到…階段（才）；至於、談到；雖然到了…程度

接續與說明 [V-る／N＋に至って（は）]；[V-る／N＋に至っても]。「に至って（は）」表示到達某個極端的狀態，後面常接「初めて、やっと、ようやく」；也表示從幾個消極、不好的事物中，舉出一個極端的事例來。「に至っても」表示即使到了前項極端的階段的意思，屬於「即使…但也…」的逆接用法。後項常伴隨「なお、まだ、未だに」（尚、還、仍然）或表示狀態持續的「ている」等詞。〈日文意思〉～という状態になって／なっても。

例文

会議が深夜に至っても、結論は未だに出なかった。
會議討論至深夜仍然沒能做出結論。

比較

に至って（は）

「到…階段（才）」之意。「に至って（は）」表示從幾個消極、不好的事物中，舉出一個極端的事例來進行說明。

に至っても

　「雖然到了…程度」之意。「に至っても」表示事物即使到了前項極端的階段「會議討論至深夜」，後項還是一樣的狀態「仍然沒能做出結論」。後項常伴隨「未だに」（仍然）等詞。

實力測驗

Q 哪一個是正確的？

答案>>在右頁

1

結局、彼女の話は最後まで_____じまいだった。

　　　1 聞けずに　　2 聞けず

譯 1 聞けずに：「ずじまいで」（結果）沒…

　　2 聞けず：「ずに」沒…

解答》請看右頁

2

初めてのテレビ出演で、緊張し_____でした。

　　　1 ながら　　　2 っぱなし

譯 1 ながら：一邊…一邊…

　　2 っぱなし：（放任）置之不理

解答》請看右頁

3

彼はどうだ_____私たちを見た。

　　　1 と言わんばかりに　2 ばかりに

譯 1 と言わんばかりに：「とばかりに」幾乎要說…

　　2 ばかりに：就因為…

解答》請看右頁

4

試す_____やってみたら、案外うまくできただけのことです。

　　　1 ともなく　　2 とばかりに

譯 1 ともなく：無意中…

　　2 とばかりに：幾乎要…

解答》請看右頁

5

彼には生まれ_____、備わっている品格があった。

　　　1 のままに　　2 ながらに

譯 1 のままに：「まま」仍舊、老様子

　　2 ながらに：邊…邊…

解答》請看右頁

6

これは仕事とは関係_____、趣味でやっていることです。

　　　1 なしに　　2 ないで

譯 1 なしに：沒有…

　　2 ないで：不…就…

解答》請看右頁

7

現在に_____、10年前の交通事故の後遺症に悩まされている。

　　　1 至っても　　2 至っては

譯 1 に至っても：雖然到了…程度

　　2 に至っては：到…階段（才）

解答》請看右頁

なるほどの解説を確認して、次のページへ進もう！

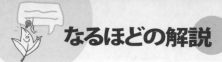

1

> 動詞未然形。這裡是能力動詞的「聞ける」

結局、彼女の話は最後まで聞けずじまいだった。

↳ 多跟「結局、とうとう」一起使用

↳ 沒能達成的目的，含惋惜的語氣

到最後，還是沒能聽完她的說法。

答案 2

2

> 動詞連用形

初めてのテレビ出演で、緊張しっぱなしでした。

↳ 放任不管的事物，常接負面評價，前不接否定形

第一次參加電視表演，緊張得不得了。

答案 2

3

> 簡體句

彼はどうだと言わんばかりに私たちを見た。

↳ 表情、動作上已表現出來的某種狀態

↳ 多接描述他人氣勢兇猛的表現

他露出一副「怎麼樣啊？」的趾高氣昂模樣瞧了我們。

答案 1

4

> 動詞終止形

試すともなくやってみたら、案外うまくできただけのことです。

↳ 某動作為開端

↳ 下意識的行為或動作

無意中嘗試看看，沒想到還做得挺順利的。

答案 1

5

> 體言

彼は生まれながらに、備わっている品格があった。

↳ 在某狀態之下

↳ 在前項狀態之下，所做的動作或狀態

他擁有與生俱備的一種品格特質。

答案 2

6

> 體言

これは仕事とは関係なしに、趣味でやっていることです。

↳ 跳過沒做的事項

↳ 跳過前項不做，而直接進行的事

這跟工作不相關，純粹是基於興趣而做的。

答案 1

7

> 體言

現在に至っても、１０年前の交通事故の後遺症に悩まされている。

↳ 極端的情形或階段

↳ 就算在前面事態下，也依然持續的狀態，常和表示狀態持續的「ている」相呼應

即使到了現在，仍為十年前的交通意外傷害所留下的後遺症所苦。

答案 1

接尾語・接頭語

1 あってのN
有了…之後…才能…、沒有…就不能（沒有）…

接續與說明 [N（が）＋あってのN]。表示因為有前面的事情，後面才能夠存在。含有後面能夠存在，是因為有前面的條件，如果沒有前面的條件，就沒有後面的結果了。〈日文意思〉～があって、はじめて成立する。

例文

しっぱい　　　　　　　せいこう　　　　　　　しっぱい　　は
失敗あっての成功ですから、失敗を恥じなくてもよい。
有失敗才會有成功，所以即使遭遇失敗亦無需感到羞愧。

比較

あっての

表示因為有前項的事情「有失敗」的成立，後項才能夠存在「有成功」。含有後面能夠存在，是因為有前面的條件，如果沒有前面的條件，就沒有後面的結果了。

からこそ

「正因為…才…」之意。表示特別強調其原因、理由。「から」是說話人主觀認定的原因，「こそ」有強調作用。

接續與說明 [R-＋がい]。表示做這一動作是值得、有意義的。也就是付出是有所回報，能得到期待的結果的。多接意志動詞。意志動詞跟「がい」在一起，就構成一個名詞。〈日文意思〉その行為をするだけの意義や価値がある。

例文

やりがいがあると仕事が楽しく進む。

只要是值得去做的工作，做起來便會得心應手。

比較

がい

表示做這一動作是值得的。付出是有所回報，能得到期待的結果的。接意志動詞「やる」。意志動詞跟「がい」在一起，成「やりがい」就構成一個名詞。

よう

「不管…」之意。表示不管前項如何，後項都是成立的。後項多使用意志、決心或跟評價有關的動詞「自由だ／勝手だ（自由的／任意的）」。

3 ずくめ
清一色、全都是；淨是…

接續與說明 [N＋ずくめ]。前接名詞，表示身邊全是這些東西、毫不例外的意思。可以用在顏色、物品、發生的事情等；另外，也表示事情接二連三的發生之意。〈日文意思〉すべて〜一色。

例文

最近はいいことずくめで、悩みなんか一つもない。
最近盡是遇到好事，沒有任何煩惱。

比較

ずくめ

強調「在…範圍中都是…」的概念。也就是「最近」這範圍內，清一色都是前項的「好事」。後面可接正、負面評價的名詞。

だらけ

「全是…」之意。強調「數量過多」的概念。也就是某範圍中，雖然不是全部，但絕大多數都是前項名詞的事物。常伴有「骯髒」、「不好」等貶意，是說話人給予負面的評價。所以後面不接正面、褒意的名詞。

4 なり（に）、なりのN
那般…、那樣…、這套…（表符合）

接續與說明 [V／A／Na／N＋なり（に／の）]。表示根據話題中人切身的經驗、個人的能力所及的範圍，含有承認前面的人事物有欠缺或不足的地方，在這基礎上，做後項與之相符的行為。多有有正面的評價的意思。「に」可以省略。要用種謙遜、禮貌的態度敘述某事時，多用「私なりに」。〈日文意思〉〜にふさわしい、〜に相応した。

私なりに最善を尽くすつもりです。

我自認為已經盡了全力去做。

なりに

　　表示根據話題中人「我」，切身的經驗、個人的能力所及的範圍，含有承認「我」有欠缺或不足的地方，在這基礎上，做後項與之相符的行為「盡全力去做」。多有有正面的評價的意思。

ならではの

　　「正因為…才」之意。表示對「ならでは」前面的某人事物的讚嘆，正因為是這人事物才會這麼好。是一種高度評價的表現方式。

5　ぶり、っぷり

…的樣子、…的狀態、…的情況

接續與說明　[N＋ぶり]；[R-／N＋ぶり（っぷり）]。前接表示動作的名詞或動詞的連用形，表示前接名詞或動詞的樣子、狀態或情況。而「飲みっぷり、食べっぷり」表示喝酒、吃東西的樣態，前接形容詞「豪快な」，表示看起來非常豪爽的樣子。〈日文意思〉～／～樣子・ありさま・姿。

あの人の豪快な飲みっぷりはかっこうよかった。

這個人喝起酒來十分豪爽，看起來非常有氣魄。

比較

ぷり

「飲みっぷり、食べっぷり」表示喝酒、吃東西的樣態，前接形容動詞「豪快な」，表示看起來非常豪爽的樣子。

ぽい

「看起來好像…」之意。接在名詞、動詞連用形後面作形容詞，表示有這種感覺或有這種傾向。語氣帶有些否定評價的意味。

6 まみれ
沾滿…、滿是…

接續與說明 [N＋まみれ]。表示物體表面沾滿了令人不快或骯髒的東西，非常骯髒的樣子。另外，也表示處在叫人很困擾的狀況。〈日文意思〉～が付着して汚れている状態。

例文

あの仏像は何年も放っておかれたので、埃まみれだ。

那尊佛像已經放置好多年了，沾滿了灰塵。

比較

まみれ

表示表面上沾滿了令人不快或骯髒的東西「埃」。

ぐるみ

「一起、連…」之意。前接名詞，表示連同該名詞都包括，全部都…的意思。如「家族ぐるみ」（全家）。是接尾詞。

次の文の_____にはどんな言葉を入れたらよいか。1・2から最も適当なものをひとつ選びなさい。

實力測驗

Q 哪一個是正確的？
答案＞＞在右頁

1

両親_____の私ですから、これからも親孝行していくつもりです。
1 あって　　2 からこそ

譯 1 あって：「あっての」有了…之後才能…
2 からこそ：正因為…才…

解答》請看右頁

2

子供たちが生き生きした顔で聞いてくれるので、話_____があります。
1 がい　　　2 よう

譯 1 がい：有意義的…
2 ようが：不管…

解答》請看右頁

3

彼女はいつも上から下までブランド_____です。
1 だらけ　　2 ずくめ

譯 1 だらけ：全是…
2 ずくめ：清一色

解答》請看右頁

4

不器用_____、頑張って作ってみたのですが、やっぱり駄目でした。
1 なりに　　2 ならでは

譯 1 なりに：那樣…
2 ならでは：正因為…才…

解答》請看右頁

5

お相撲さんの食べっ_____には、驚かされました。
1 ぽい　　　2 ぷり

譯 1 ぽい：看起來好像…
2 ぷり：「っぷり」…的樣子

解答》請看右頁

6

汗_____になって畑仕事をするのが好きです。
1 ぐるみ　　2 まみれ

譯 1 ぐるみ：一起、連…
2 まみれ：沾滿…

解答》請看右頁

なるほどの解説を確認して、次のページへ進もう！

704

1

以對後項而言，必然的存在為開端

體言　　　體言

両親あっての私ですから、これからも親孝行していくつもり

有前項才能成立的後項

です。

有父母才有我，所以往後也要孝順他們。　　　　　　　　答案　1

2

動詞連用形

子供たちが生き生きした顔で聞いてくれるので、話しがいが

あります。

跟「がい」在一起則構成名詞，表示
這動作是值得、有意義的

孩子們都滿臉興味盎然地聆聽著，不枉費花工夫說給他們聽。　　答案　1

3

體言

彼女はいつも上から下までブランドずくめです。

某範圍為開端

在限定的範圍中，淨是某事物，可
好可壞

她總是從頭到腳全身都是名牌裝扮。　　　　　　　　答案　2

4

某人事物作為基礎

體言

不器用なりに、頑張って作ってみたのですが、やっぱり

駄目でした。

以前項為基礎，做與前項
相符的後項行為

雖然手藝不太靈巧，還是努力試著做，結果仍舊沒有成功。　　答案　1

5

動詞連用形

お相撲さんの食べっぷりには、驚かされました。

接動詞的樣子　　　樣子看起來令人感覺…

相撲選手吃飯時的豪邁樣相，真是令人瞠目結舌。　　　　答案　2

6

體言

汗まみれになって畑仕事をするのが好きです。

常接骯髒、負面的事物，表示表面上沾滿…

很喜歡在田裡工作到大汗淋漓的感覺。　　　　　　　　答案　2

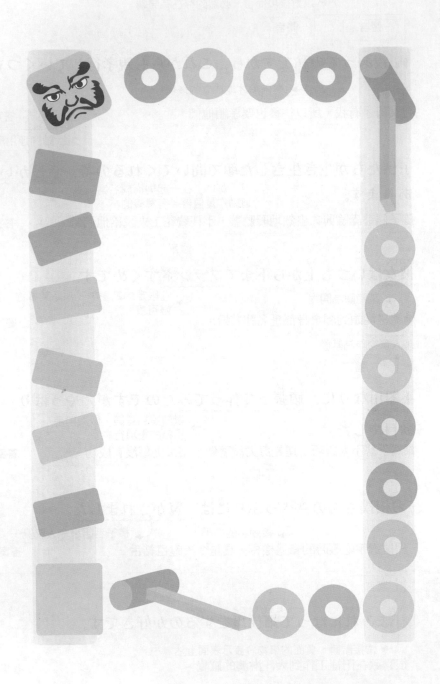

第三部
助動詞文型

助動詞（可能・難易・程度）

1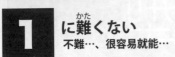

に<ruby>難<rt>かた</rt></ruby>くない

不難…、很容易就能…

接續與說明 [V-る／N＋にかたくない]。從某一狀況來看，不難想像，誰都能明白。前面多用「想像する、理解する」等理解、推測的詞，書面用語。〈日文意思〉～（状況から見て）簡単に～できる。

例文

<ruby>橋<rt>はし</rt></ruby><ruby>造<rt>づく</rt></ruby>りに、<ruby>大変<rt>たいへん</rt></ruby>な<ruby>労力<rt>ろうりょく</rt></ruby>と<ruby>時間<rt>じかん</rt></ruby>を<ruby>要<rt>よう</rt></ruby>することは<ruby>想像<rt>そうぞう</rt></ruby>に<ruby>難<rt>かた</rt></ruby>くない。

不難想像造橋工程必須耗費驚人的勞力與時間。

比較

に<ruby>難<rt>かた</rt></ruby>くない

「不難、很容易」之意。前面接「想像する」表示從「造橋工程」這一狀況來看，不難想像「必須耗費驚人的勞力與時間」。

に（は）あたらない

「不需要…」之意。表示沒有必要做某事，那樣的反應是不恰當的。用在說話人對於某事評價較低的時候。

2　べくもない
無法…、無從…、不可能…

接續與說明　[V-る＋べくもない]。表示希望的事情，由於差距太大了，當然是不可能發生的意思。也因此，一般只接在跟說話人希望有關的動詞後面，如「望む」「知る」。是生硬的表現方法。〈日文意思〉～当然ながら～できない／～はずがない／～することは、とてもできない。

例文

土地が高い都会では、家などそう簡単に手に入るべくもない。

在土地價格昂貴的城市裡，並非那麼容易可以買到房子的。

比較

べくもない

　　表示希望的事情「買房子」，由於跟「在土地價格昂貴的城市裡」這一現實的差距太大了，當然是不可能發生的意思。

べからず

　　「不得…、不能…」之意。是「べし」的否定形。表示禁止、命令。是一種強硬的禁止說法，多半出現在告示牌、公佈欄、演講標題上。

3　（よ）うにも…ない
即使想…也不能…

接續與說明　[V-（よ）う＋にも…ない]。表示因為某種客觀的原因，即使想做某事，也難以做到。是一種願望無法實現的說法。前面要接動詞的意向形，後面接否定的表達方式。〈日文意思〉～しようと努力してもできない。

彼のことは、忘れようにも忘れられない。

就算想忘也忘不了他。

ようにも…ない

　　表示因為某種客觀的原因，即使想做某事「忘記他」，也難以做到。是一種願望無法實現的說法。前面要接動詞的意向形，後面接否定的表達方式。

に…ない

　　「想…、卻不能…」之意。意思是想做某事也做不成。相當於「そうしたくてもできない」。如：「電車が止まって、帰るにも帰れない」（由於電車停駛，想回也會不去。）。

---

4 というところだ、といったところだ

可說…差不多、可說就是…；頂多…

接續與說明 [V-る／N／引用語・句＋というところだ]；[V-る／N／引用語・句＋といったところだ]。說明在某階段的大致情況或程度；也接在數量不多或程度較輕的詞後面，表示頂多也只有文中所提的數目而已，最多也不超過文中所提的數目。〈日文意思〉およそ～ぐらいだ／～と言える。

今年の売り上げは、まあまあといったところだ。

年營收額還算馬馬虎虎過得去。

といったところだ

　　接在數量不多或程度較輕的詞「馬馬虎虎」後面，表示頂多也只有文中所提的數目而已，最多也不超過文中所提的程度。

とのことだ

「據說…」之意。表示傳聞。敘述從外界聽到的傳聞。直接引用傳聞的語意很強，所以也可以接命令形。句尾不能變成否定形。

---

5 極まる、極まりない
極其…、非常…、…極了

接續與說明 [Na（なこと）＋極まりない]；[A-い＋こと極まりない]。形容某事物達到了極限，再也沒有比這個更為極致了。這是說話人帶有個人感情色彩的說法。說法鄭重，是書面用語。〈日文意思〉～非常に～だ。

例文

彼の発言は大胆極まりない。
他的言論實在狂妄至極。

比較

極まりない

形容某事物「他的言論」達到了極限「狂妄至極」，再也沒有比這個更為極致了。這是說話人帶有個人感情色彩的說法。

のきわみ

「Aのきわみ」表示A的程度高到極點，再沒有比A更高的了。「Aきわまりない」表示非常的A，強調A的表現。

6 の極み（だ）
真是…極了、十分地…、極其…

接續與說明 [N＋の極み（だ）]。形容事物達到了極高的程度。強調這程度已經超越一般，到達頂點了。大多用來表達說話人激動時的那種心情。前面可接正面或負面、或是感情以外的詞。「感激の極み」、「痛恨の極み」是慣用的形式。〈日文意思〉～非常に～だ。

例文

世界三大珍味をいただけるなんて、贅沢のきわみだ。
得以吃到世界三大珍品，實在極感奢侈之至。

比較

のきわみだ

形容事物達到了極高的程度「奢侈之至」。強調這程度已到達頂點了。大多用來表達說話人激動時的那種心情。前面可接正面或負面的詞。

ことだ

「就得…」之意。表示一種間接的忠告或命令。說話人忠告對方，某行為是正確的或應當的，或某情況下將更加理想。口語中多用在上司、長輩對部屬、晚輩。

7 の至り（だ）
真是…到了極點、真是…、極其…、無比…

接續與說明 [N＋の至り（だ）]。前接「光栄、感激」等特定的名詞，表示一種強烈的情感，達到最高的狀態。多用在講客套話的時候。通常用在好的一面。〈日文意思〉非常に～だ。

このようなすばらしい賞をいただき、とても光栄の至りです。

能得到如此好的賞狀，委實令人感到光榮不已。

の至り（だ）

前接「光栄」這一特定的名詞，表示一種強烈的情感，達到最高的狀態「感到光榮不已」。多用在講客套話的時候。通常用在好的一面。

の極み（だ）

「真是…極了」之意。形容事物達到了極高的程度。強調這程度已經超越一般，到達頂點了。大多用來表達說話人激動時的那種心情。前面可接正面或負面、或是感情以外的詞。

8 にたえない
不堪…、忍受不住…、不勝…

[N＋にたえない]；[V-る＋にたえない]。表示情況嚴重得不忍看下去，聽不下去了。這時候是帶著一種不愉快的心情。前面只能接「読む、聞く、見る」等為數不多的幾個動詞；又前接「感慨、感激」等詞，表示強調前面情感的意思。一般用在客套話上。〈日文意思〉～を抑えることができない～。

美しかった森林が、開発のためすべて切り倒され、見るにたえない。

原本美麗的森林，卻由於開發所需而將樹木盡數砍伐，景象不忍卒睹。

にたえない

前面接「見る」，表示「美麗的森林，因開發而砍掉所有的樹木」情況嚴重得不忍看下去，聽不下去了。這時候是帶著一種不愉快的心情。

に難くない

「不難…」之意。表示從某一狀況來看，不難想像，誰都能明白的意思。前面多用「想像する、理解する」等詞，書面用語。

---

9 に足る、に足りない
可以…、足以…、值得…

接續與說明 [V-る／N＋に足るN]；[V-る／N＋に足りない]。前接「信頼する、尊敬する」等詞，表示很有必要做前項的價值，那樣做很恰當。〈日文意思〉～に値する／～に値しない。

例文

友達は大勢いますが、頼るに足る人は彼しかいない。
雖然有很多朋友，可是值得信賴的卻只有他一人而已。

比較

に足る

表示客觀地從品質或是條件，來判斷很有必要做前項「頼る」的價值，那樣做很恰當。

にたえる

「值得…；禁得起…」之意。可表示有充分那麼做的價值，或表示不服輸、不屈服地忍耐下去。這是從主觀的心情、感情來評斷的。前面只能接「読む、聞く、見る」等為數不多的幾個動詞。

20 実力テスト

做對了，往走，做錯了往走。

次の文の_____にはどんな言葉を入れたらよいか。1・2から最も適当なものをひとつ選びなさい。

實力測驗

Q 哪一個是正確的？

答案＞＞往右頁

1

甚大な被害が出ていることは想像に_____。

1 あたらない 2 難くない

2

彼と同じポジションに就くなんて望む_____。

1 べからず 2 べくもない

譯 1 あたらない：「にあたらない」不需要…

2 難くない：「に難くない」不難…

解答＞請看右頁

譯 1 べからず：禁止…

2 べくもない：無法…

解答＞請看右頁

3

風邪をひいて声が出ないので、話_____話せない。

1 そうにも 2 に

譯 1 そうにも：「（よ）うにも…ない」即使想…，也不能…

2 に：「に…ない」想…，卻不能…

解答＞請看右頁

4

仕事場として用いられる北の部屋は狭小。せいぜい2畳_____だ。

1 というところ 2 とのこと

譯 1 というところ：「というところだ」可說…差不多

2 とのこと：「とのことだ」據說…

解答＞請看右頁

5

周囲への配慮を欠いた彼の行為は、不愉快_____。

1 きわめない 2 きわまりない

なるほどの解説を確認して、次のページへ進もう！

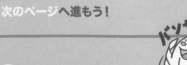

譯 1 きわめない：沒有這樣的表達方式。

2 きわまりない：極其…

解答＞請看右頁

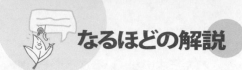

なるほどの解説

1

甚大な被害が出ていることは想像に難くない。

體言

→ 某狀況為開端

→ 多接表示思考的詞，如「想像、予想、推測、察する」等

不難想像災情非常慘重。

答案 2

2

彼と同じポジションに就くなんて望むべくもない。

動詞終止形

→ 希望的事情，但由於差距太大，當然不可能發生

→ 一般只接在跟説話人希望有關的動詞後面

不應妄想與他坐上同樣的職位。

答案 2

3

風邪をひいて声が出ないので、話そうにも話せない。

接續為【動詞意向形+うにも+同一可能動詞未然形+ない】

→ 可用某話題或原因為開端

→ 想達成卻達不到的目標

因為感冒而發不出聲音，即使想説話也説不出來。

答案 1

4

仕事場として用いられる北の部屋は狭小。せいぜい2畳というところだ。 → 説明主題的現階段大致情形，最多也不超過的範圍

體言

當作工作場所的北邊的房間很狹窄。頂多只有2坪。

答案 1

5

周囲への配慮を欠いた彼の行為は、不愉快きわまりない。

形容動詞語幹

→ 可用某事物為開端

→ 形容某事物達到了極限，帶有個人感情色彩的説法

他的舉止絲毫沒有考慮身邊人們的感受，委實令人極度不悅。

答案 2

21 実力テスト

做對了，往😄走，做錯了往❌走。

次の文の_____にはどんな言葉を入れたらよいか。1・2から最も適当なものをひとつ選びなさい。

實力測驗

Q 哪一個是正確的？
答案>>在右頁

6
高級ホテルに五つ星レストランとは、贅沢の_____。
1 きわみです 2 ことです

訳 1きわみです：真是…極了
2ことです：就得…
解答》請看右頁

7
このような事態になったのは、すべて私どもの不徳の_____です。
1 極み　　2 至り

訳 1極み：「の極みだ」真是…極了
2至り：「の至りだ」真是…到了極點
解答》請看右頁

8
彼の身勝手な言い訳は聞くに_____。
1 たえない　2 難くない

訳 1たえない：「にたえない」不堪…
2難くない：「に難くない」不難…
解答》請看右頁

9
法律の改正には、国民が納得するに_____説明が必要だ。
1 足る　　2 たえる

訳 1足る：「に足る」足以…
2たえる：「にたえる」値得…
解答》請看右頁

なるほどの解説を確認して、次のページへ進もう！

718

6

高級<ruby>ホテル<rt>こうきゅう</rt></ruby>に五つ星レストランとは、贅沢のきわみです。

↳ 可用某話題為開端

體言

接名詞表示程度極致，可用來表達好或壞兩方面

高級旅館加上五星級餐廳，可說真是極盡奢華享受。　　　　答案　1

7

このような事態になったのは、すべて私どもの不徳
の至りです。　　↳ 可由某話題事由為開端

體言

表達情感的詞

事態演變到這種地步，一切（實在是）都怪我們的督導不周。

答案　2

8

動詞連體形

彼の身勝手な言い訳は聞くにたえない。

↳ 接動詞時表示不堪，常接「見る、聞く」等
動詞，含有用感性角度去評斷事物的語氣

他的巧言辯解，實在讓人聽不下去。　　　　　　　　答案　1

9

動詞終止形

法律の改正には、国民が納得するに足る説明が必要だ。

値得做的行為

可接名詞，表示值得做前面
行為的內容，含以理性角度
去評斷事物的語氣

修訂法律必須事先充分說明，讓國民能夠理解同意。　　　答案　1

助動詞（斷定・婉曲・感情）

1 てしかるべきだ
應當…、理應…

接續與說明 [V-て＋しかるべきだ]。表示那樣做是恰當的、應當的。也就是用適當的方法來解決事情。〈日文意思〉～するのが当然である。

例文

しょとく ひく ひと ぜいきん ふ たん かる そ ち
所得が低い人には、税金の負担を軽くするなどの措置がとられてしかるべきだ。

應該實施減輕所得較低者之稅負的措施。

比較

てしかるべきだ

　　表示「應該減輕所得較低者之稅負」那樣做是恰當的、應當的。也就是用適當的方法來解決事情。

てやまない

　　「…不已」之意。接在感情動詞後面，表示發自內心的感情，且那種感情一直持續著。

2 でなくてなんだろう
難道不是…嗎、不是…又是什麼呢

接續與說明 [N＋でなくてなんだろう]。用一個抽象名詞，帶著感情色彩述說「這個就可以叫做…」的表達方式。常見於小說、隨筆之類的文章中。含有主觀的感受。〈日文意思〉正にこれこそ～だ。

例文

賞味期限を改ざんするなんて、悪徳商法でなくてなんだろう。

竟然擅改商品上標示的食用截止日期，這根本就是惡質廠商嘛！

比較

でなくてなんだろう

　　用一個抽象名詞「悪徳商法」，帶著感情色彩述強調「這個就可以叫做惡質廠商」的表達方式。常見於小說、隨筆之類的文章中。含有主觀的感受。

に過ぎない

　　「不過是…而已」之意。表示程度有限，有這並不重要的消極評價語氣。

3 ばそれまでだ、たらそれまでだ
…就完了、…就到此結束

接續與說明 [V-ば＋それまでだ]；[V-たら＋それまでだ]。表示一旦發生前項情況，那麼一切都只好到此結束，一切都是徒勞無功之意。前面多採用「も、ても」的形式。〈日文意思〉～たら、それで全てが終わりだ。

例文

立派な家も火事が起こればそれまでだ。
即使是蓋得美侖美奐的房屋，一旦發生火災也只能化為灰燼。

ばそれまでだ

　　表示一旦發生前項情況「美侖美奐的房屋發生火災」，那麼一切都只好到此結束，一切都是徒勞無功「只能化為灰燼」之意。前面多採用「も、ても」的形式。

だけだ

　　「只能…」之意。表示只有這唯一可行的，沒有別的選擇，或沒有其它的可能性。

4　までだ、（た）までのことだ
大不了…而已、也就是…、純粹是…

接續與說明　[V-る＋までだ]；[V-た＋までのことだ]。接動詞連體形時，表示現在的方法即使不行，也不沮喪，再採取別的方法。有時含有只有這樣做了，這是最後的手段的意思。表示講話人的決心、心理準備等。接過去式時，則強調某事情發生的理由、原因；「（た）までのことだ」表示理由限定的範圍。表示說話者單純的行為。含有「說話人所做的事，只是前項那點理由，沒有特別用意」。後接過去式時，則多用來強調原因或理由。〈日文意思〉ただ～だけだ／～すれば済むことだ。

例文

和解<ruby>和解<rt>わかい</rt></ruby>できないなら<ruby>訴訟<rt>そしょう</rt></ruby>を<ruby>起<rt>お</rt></ruby>こすまでだ。
如果沒辦法和解，大不了就告上法院啊！

までだ

　　表示現在的方法「和解」即使不行，也不沮喪，再採取別的方法「告上法院」。有時含有只有這樣做了，這是最後的手段的意思。表示講話人的決心、心理準備等。

ことだ

「就得…」之意。表示一種間接的忠告或命令。說話人忠告對方，某行為是正確的或應當的，或某情況下將更加理想。口語中多用在上司、長輩對部屬、晚輩。

---

5 ないとも限(かぎ)らない
不見得不…、未必不…、也許會…

接續與說明 [V-ない＋とも限らない]。表示某事並非百分之百確實會那樣。一般用在說話人擔心好像會發生什麼事，心裡覺得還是採取某些因應的對策好。看「ないとも限らない」知道「とも限らない」前面多為否定的表達方式。但也有例外，前面接肯定的表現如：「このまま明日死ぬとも限らない」（也許明天就這樣死了）。〈日文意思〉～かもしれない。

例文

習慣(しゅうかん)や考(かんが)え方(かた)は人(ひと)によって異(こと)なるので、自分(じぶん)にとっての常識(じょうしき)は他人(たにん)にとっての非常識(ひじょうしき)でないともかぎらない。

儘管習慣或想法因人而異，但最低限度是千萬不可因為自認為的理所當然，而造成了他人的極度困擾。

比較

ないともかぎらない

表示某事並非百分之百確實會那樣。一般用在說話人擔心好像會發生什麼事，心裡覺得還是採取某些因應的對策好。

ないかぎり

「只要不…就…」之意。表示後項的成立限定在某種條件的範圍之內。

6 ないものでもない、なくもない

也並非不…、不是不…、也許會…

接續與說明 [V-ない／A-くない／Naでない／Nでない＋ものでもない]；
[V／A-く＋なくもない]。表示依後續周圍的情勢發展，有可能會變成那
樣、可以那樣做的意思。用較委婉的口氣敘述不明確的可能性。是一種
消極肯定的表現方法。多用在表示個人的判斷、推測、好惡等。語氣較
為生硬。口語說成「ないもんでもない」。〈日文意思〉～ないことも
ない／～てもいい。

例文

この量なら夜を徹して行えば、終わらせられないものでも
ない。
如果是這樣的工作份量，只要通宵趕工應該可以完成。

比較

ないものでもない

例句中表示「以這樣的工作量」，再依後續情勢發展，有可能會變成
「通宵趕工」的意思。用較委婉的口氣敘述不明確的可能性。是一種消極肯
定的表現方法。

ないとも限らない

「不見得不…」之意。表示某事並非百分之百確實會那樣。一般用在說
話人擔心好像會發生什麼事，心裡覺得還是採取某些因應的對策好。

7 といったらありはしない

…之極、極其…、沒有比…更…的了

接續與說明 [A-い／N＋といったらありはしない]。強調某事物的程度
是極端的，極端到無法形容、無法描寫。跟「といったらない」意義相
同，但這句型用在正面時表示欽佩，用在負面時表示埋怨的語意。書面
用語。〈日文意思〉～非常に～だ。

倒れても倒れてもあきらめず、彼はしぶといといったらありはしない。

無論跌倒了多少次依舊堅強地不放棄，他的堅韌精神令人感佩。

比較

といったらありはしない

例句中強調「他的堅韌精神」的程度是極端的，極端到無法形容、無法描寫的「令人感佩」。這裡是正面表示欽佩的用法，書面用語。

ということだ

「據說…」之意。表示傳聞。從某特定的人或外界獲取的傳聞。比起「…そうだ」來，有很強的直接引用某特定人物的話之語感。又有明確地表示自己的意見、想法之意。

---

8 てやまない
…不已、一直…

接續與說明 [V-て＋やまない]。接在感情動詞後面，表示發自內心的感情，且那種感情一直持續著。接續也可以是「動詞連用形+たく（たい連用形）+てやまない」的形式。這個句型由古漢語「…不已」的訓讀發展而來。常見於小說或文章當中，會話中較少用。〈日文意思〉ずっと～し続けている。

例文

兵士が無事に帰国することを願ってやまない。

由衷祈求士兵們能夠平安歸國。

比較

てやまない

接在感情動詞「願う」的連用形後面，表示發自內心的感情，且那種感情一直持續著。常見於小說或文章當中，會話中較少用。

てたまらない

　意思是「…得不得了」。表示程度嚴重到使說話人無法忍受。是說話人強烈的感覺、感情及希求。一般前接感情、感覺、希求之類的詞。

9 を禁じえない
不禁…、禁不住就…、忍不住…

接續與說明 　[N＋を禁じえない]。前接帶有情感意義的名詞，表示面對某種情景，心中自然而然產生的，難以抑制的心情。這感情是越抑制感情越不可收拾的。屬於書面用語。口語中不用。〈日文意思〉～という感情が自然に湧き上がる。

例文

欲しいものを全て手にした彼に対し、嫉妬を禁じえない。
他要什麼就有什麼，不禁令人感到嫉妒。

比較

を禁じえない

　前接帶有情感意義的名詞「嫉妬」，表示面對「他要什麼就有什麼」這情景，心中自然而然產生、難以抑制的「嫉妬」心情。這感情是越抑制感情越不可收拾的。

を余儀なくされる

　「不得不…」之意。因為大自然或環境等，個人能力所不能及的強大力量，迫使其不得不採取某動作。而且此行動，往往不是自己願意的。表示情況已經到了沒有選擇的餘地，必須那麼做的地步。

10 てはかなわない、てはたまらない
…得受不了、…得要命、…得吃不消

接續與說明 [V-ては／A-いくては／Naでは／Nでは＋かなわない]；[V-ては／A-いくては／Naでは／Nでは＋たまらない]。表示負擔過重，無法應付。如果按照這樣的狀況下去不堪忍耐，不能忍受。是一種動作主體主觀上無法忍受的表現方法。用「かなわない」有讓人很苦惱的意思。前面常跟「こう、こんなに」一起使用。〈日文意思〉～たら、とてもがまんできない／～のはいやだ、困る。

例文

おもしろいと言われたからと言って、同じ冗談を何度も聞かされちゃかなわない。

雖說他說的笑話很有趣，可是重複聽了好幾次實在讓人受不了。

比較

てはかなわない

表示負擔過重，無法應付。如果「有趣的笑話」按照「重複聽了好幾次」的狀況下去，將叫人不能忍受。是一種動作主體主觀上無法忍受的表現方法。

てはたまらない

意思跟「てはかなわない」一樣，可以互相置換。表示照此狀態下去不堪忍耐，不能忍受。「（的話）可受不了」之意。

22 実力テスト

做對了，往走，做錯了往走。

次の文の_____にはどんな言葉を入れたらよいか。1・2から最も適当なものをひとつ選びなさい。

實力測驗

Q 哪一個是正確的？

答案>>在右頁

1

研究成果はもっと評価されて_____。
1 やまない　2 しかるべきだ

譯 1 やまない：「てやまない」…不已
2 しかるべきだ：「てしかるべきだ」應當…

解答》請看右頁

2

泥酔して会見に臨むなんて、失態_____。
1 に過ぎない 2 でなくてなんだろう

譯 1 に過ぎない：不過是…而已
2 でなくてなんだろう：難道不是…嗎

解答》請看右頁

3

せっかくの提案も、企画書がよくなければ、_____です。
1 それまで　　2 だけ

譯 1 それまで：「ばそれまでだ」…就完了
2 だけ：「だけだ」只能…

解答》請看右頁

4

失敗したとしても、もう一度一からやり直す_____のことだ。
1 まで　　　　2 こと

譯 1 まで：「までだ」大不了…而已
2 こと：「ことだ」就得…

解答》請看右頁

5

この状況なら、彼が当選し_____。
1 あるともかぎらない
2 ないともかぎらない

譯 1 あるともかぎらない：沒有這樣的表達方法。
2 ないともかぎらない：不見得不…

解答》請看右頁

なるほどの解説を確認して、次のページへ進もう！

なるほどの解説

1

> 動詞連用形，這裡的動詞原形是「評価される」

研究成果はもっと評価されてしかるべきだ。

→ 可用某話題為開端　　→ 那樣做是恰當的、應當的內容

此一研究成果理當獲得肯定。

答案 2

2

> 體言

泥酔して会見に臨むなんて、失態でなくてなんだろう。

→ 話題為開端　　→ 語含個人情感，強調「這不是…是什麼」的內容

喝得酩酊大醉後接受訪問，這不算失態又算是什麼呢？

答案 2

3

> 形容詞假定形

せっかくの提案も、企画書がよくなければ、それまでです。

→ 前常和「も、ても」相呼應，強調「就算如此」的語意　　→ 只要一發生，全部就徒勞無功

即使是很精采的提案，假如企劃書寫得不好也是枉然。

答案 1

4

> 動詞連體形

失敗したとしても、もう一度一からやり直すまでのことだ。

→ 可用某原因、前提為開端　　→ 含只有這樣做了，這是最後的手段之意

即使遭受失敗，只要再一次從頭再來就好了。

答案 1

5

> 動詞未然形

この状況なら、彼が当選しないともかぎらない。

→ 可用某事由為開端　　→ 表示某事並非百分之百確實會那樣

照這個狀況判斷，他未必會落選。

答案 2

實力測驗

Q 哪一個是正確的？

答案＞＞在右頁

6

日本語でコミュニケーションがとれない＿＿＿＿＿＿。
1 ものでもない 2 とも限らない

譯 1 ものでもない：「ないものでもない」
也並非不…
2 とも限らない：「ないとも限らない」
不見得不…

解答＞請看右頁

7

うちの父は頑固＿＿＿＿＿＿＿。
1 といったらありはしない
2 ということだ

譯 1 といったらありはしない：…之極
2 ということだ：據說…

解答＞請看右頁

8

事件の早期解決を心から祈って＿＿＿＿＿。
1 たまない　　2 やまない

譯 1 たまない：「てたまない」沒有這樣的
表達方式。
2 やまない：「てやまない」…不已

解答＞請看右頁

9

あまりに残酷な事件に、憤りを＿＿＿＿＿。
1 余儀なくされる 2 禁じえない

譯 1 余儀なくされる：「を余儀なくされる」
不得不…
2 禁じえない：「を禁じ得ない」不禁…

解答＞請看右頁

10

君にそう＿＿＿＿＿＿＿＿＿＿よ。
1 言われちゃかなわない
2 言われちゃしょうがない

譯 1 言われちゃかなわない：「てはかなわな
い」…得受不了
2 言われちゃしょうがない：「てはしょう
がない」沒有這樣的表達方式。有「てし
ょうがない」…得不得了

解答＞請看右頁

なるほどの解説を確認して、
次のページへ進もう！

6

（動詞未然形）

日本語でコミュニケーションがとれないものでもない。

→ 表示在前項的設定之下，
也有可能達成後項

→ 有可能達到的後項

也不是不能以日語溝通。

答案　1

7

（體言）

うちの父は頑固といったらありはしない。

→ 給予極端的評價。正面時表欽佩，負面時表
埋怨的語意

說到我爸爸，真是頑固至極。

答案　1

8

（動詞連用形）

事件の早期解決を心から祈ってやまない。

→ 話題為開端

→ 表示這樣的感情一直持續，
可接正、負面感情動詞

衷心期盼這起事件能夠早日解決。

答案　2

9

（體言）

あまりに残酷な事件に、憤りを禁じえない。

→ 無法壓抑情感的對象

→ 無法壓抑的情感的名詞，
可接正、反面的詞

這起慘絕人寰的事件令人不禁難忍悲憤。

答案　2

10

（用言連用形）

君にそう言われちゃかなわないよ。

→ 照這樣的狀況下去，是不能忍受的內容。
「ちゃ」是「ては」的口語形

被你這麼一說，讓我深感汗顏呀。

答案　1

助動詞（意志・義務・不必要）

1 て済む、ないで済む、ずに済む
…就行了、…就可以解決／不…也行、用不着…

接續與說明 [V-て／A-くて／Nで＋済む]；[V-ない＋で済む]；[V-ない＋ずに済む]。表示以某種方式，某種程度就可以，不需要很麻煩，就可以解決問題了；【動詞未然形】+ないで済む、ずに済む。表示不這樣做，也可以解決問題，或避免了原本預測會發生的不好的事情。〈日文意思〉～ばいい／～なくてもいい。

例文

友だちが、余っていたコンサートの券を１枚くれた。それで、私は券を買わずにすんだ。
朋友給了我一張多出來的演唱會的入場券，我才得以不用買入場券。

比較

ずに済む

表示不這樣做「買入場卷」，也能解決「要花錢買票」的問題。

てはいけない

「不准…」之意。（1）根據規則或一般的道德，不能做前項。常用在交通標誌、禁止標誌或衣服上洗滌表示等。是間接的表現。（2）根據某種理由、規則，直接跟聽話人表示不能做前項事情。

2 ないではおかない、ずにはおかない
不能不…、必須…、一定要…、勢必…

接續與說明 [V-ない＋ではおかない]；[V-ない＋ずにはおかない]。表示一種強烈的情緒、慾望。由於外部的強力，使得某種行為，沒辦法靠自己的意志控制，自然而然地就發生了。有主動、積極的「不做到某事絕不罷休」語感。是書面語。〈日文意思〉必ず～てやる／必ず～させてしまう。

例文

かれ うた き もの かんどう
彼の歌は聴く者を感動させずにはおかない。
沒有人在聽了他的歌以後不受到感動的。

比較

ずにはおかない

「一定會…、必然…」的意思。主語可以是「人或物」，表示一種強烈的情緒、慾望。由於外部的強力「聽了他的歌」，使得某種行為「感動」，沒辦法靠自己的意志控制，自然而然地就發生了。有主動、積極的語感。

ずにはいられない

「不得不…」之意。主詞是「人」，表示自己的意志無法克制，情不自禁地做某事。

3　ないでは済まない、ずには済まない、なしでは済まない
不能不…、非…不可

接續與說明 [V-ない＋では済まない]；[V-ない＋ずには済まない]；[N＋なしでは済まない]。表示考慮到當時的情況、社會的規則等等，不這麼做是解決不了問題的語感。主詞可以是「人或物」。另外，也用在自己覺得必須那樣做的時候。跟主動、積極的「ないではおかない」相比，這個句型屬於被動、消極的辦法。〈日文意思〉～なければ事態が解決（解消）しない。

例文

金を借りといて、返せないじゃ済まないよ。
向別人借了錢，怎能說還不出來呢？

比較

ないじゃ済まない

表示考慮到當時的情況、社會的規則等等，強調「不這麼做，是解決不了問題」的語感。另外，也用在自己覺得必須那樣做的時候。跟主動、積極的「ないではおかない」相比，這個句型屬於被動、消極的辦法。

ないじゃおかない

「不能不…」之意。表示一種強烈的情緒、慾望。由於外部的強力，使得某種行為，沒辦法靠自己的意志控制，自然而然地就發生了。有主動、積極「不做到某事絕不罷休」的語感。是書面語。

4　を余儀なくさせる
勢必…、必須…

接續與說明 [N＋を余儀なくさせる]。表示大自然或環境等，個人能力所不能及的強大力量，勢必造成某影響力。而且此影響力，往往不是自己願意的。表示情況已經到了沒有選擇的餘地，必須那麼做的地步。〈日文意思〉～するよりほかなくさせる。

商 品の汚染が明らかになれば、販売停止を余儀なくさせる。
倘若確定商品已受到污染，不容遲疑地必須立即停止販賣。

を余儀なくさせる

　　主詞是「造成影響的原因」時用。以造成影響力的原因為出發點的語感，所以會有強制對方進行的語意。

を余儀なくされる

　　主詞是「受影響物」時用。以受影響的事物為出發點的語感，所以會有被迫不得不採取某動作的語感。

---

5 べからず、べからざるN
不得…、禁止…、勿…、莫…

[V-る＋べからず]；[V-る＋べからざるN]。是「べし」的否定形。表示禁止、命令。是一種強硬的禁止說法，文言文式的說法，多半出現在告示牌、公佈欄、演講標題上。現在很少見。口語說「てはいけない」。〈日文意思〉～てはならない、～べきではない。

公園内の看板には「花を採るべからず」と書かれている。
公園裡的告示板上註明「禁止摘花」。

べからず

　　表示「禁止、命令」的意思。是一種強硬的禁止說法，文言文式的說法，多半出現在告示牌、公佈欄、演講標題上。只放在句尾。現在很少見。口語說「てはいけない」。

べきだ

　　「必須…、應當…」的意思。表示那樣做是應該的、正確的。常用在勸告、禁止及命令的場合。是一種客觀或原則的判斷。書面跟口語雙方都可以用。

6 べし
應該…、必須…、值得…

接續與說明 [V-る＋べし]。是一種義務、當然的表現方式，只放在句尾。表示說話人從道理上考慮，覺得那樣做是應該的，理所當然的。用在說話人對一般的事情發表意見的時候。文言的表達方式。〈日文意思〉～「べきだ」的書面語。

例文

親たる者、子どもの弁当ぐらい自分でつくるべし。
親自為孩子做便當是父母責無旁貸的義務。

比較

べし

是一種義務、當然的表現方式，只放在句尾。表示說話人從道理上考慮，覺得那樣做是應該的，理所當然的。用在說話人對一般的事情發表意見的時候。

べからざる

「禁止…」之意。表示禁止、命令。是一種強硬的禁止說法，文言文式的說法，多半出現在告示牌、公佈欄、演講標題上。現在很少見。

7 まじ、まじきN
不該有的…、不該出現的…

接續與說明 [V-る＋まじ]；[N＋にあるまじきNだ]。前接職業或地位的名詞，指責話題中人物的行為，不符其身份、資格或立場。後面接續「行為、発言、態度、こと」等名詞。「まじ」只放在句尾，是一種較為生硬的書面用語。〈日文意思〉～てはならない、～べきではない。

例文

加工日を改ざんするなんて、高級料亭としてあるまじきことだ。
高級日式餐廳竟然做出竄改食物加工製造日期的舉措，實在不可饒恕。

まじき

「不該有的…」之意。例句中前接職業或地位的名詞「高級料亭」，後面接續「こと」指責話題中人物的行為，不符其立場「高級日式餐廳」竟做出「竄改食物加工日期」的行為。

べし

「應該…，必須…」之意。只放在句尾，是一種義務、當然的表現方式。表示說話人從道理上考慮，覺得那樣做是應該的，理所當然的。用在說話人對一般的事情發表意見的時候。文言的表達方式。

8 に（は）当たらない
不需要…、不必…、用不著…；不相當於…

接續與說明 [V-る／Nに（は）＋当たらない]。接動詞終止形時，表示沒有必要做某事，那樣的反應是不恰當的。用在說話人對於某事評價較低的時候，多接「賞賛する、感心する、驚く、非難する」等詞之後；接名詞時，則表示「不相當於…」的意思。〈日文意思〉～必要はない／～には相当しない。

例文

その程度のことで驚くには当たらない。
區區這種程度的小事，沒什麼好大驚小怪的。

比較

に（は）当たらない

「不需要…」之意。句中前接「驚く」，表示沒有必要做某事「為區區小事大驚小怪的」，那樣的反應是不恰當。用在說話人對於某事評價較低的時候。

に足りない

「不足以…」之意。前接「信頼する、尊敬する」等詞，表示沒有必要做前項的價值，那樣做很不恰當。

9 には及ばない
およ

不必…、用不著…、不值得…

接續與說明 [V-る／N＋には及ばない]。表示沒有必要做某事，那樣做不恰當、不得要領，經常接表示心理活動或感情之類的動詞之後，如「驚く」（驚訝）、「責める」（責備）。常跟「からといって」（雖然…但…）一起使用。〈日文意思〉～なくてもいい／～必要はない。

例文

息子の怪我については、今のところご心配には及ばない。
むすこ　けが　　　　　　　　　いま　　　　　　　　しんぱい　　　およ

我兒子的傷勢目前暫時穩定下來了，請大家不用擔心。

比較

には及ばない
およ

前接表示心理活動「心配」的詞，表示「我兒子的傷勢目前暫時穩定下來了」，沒有必要做某事「擔心」，那樣做不恰當、不得要領。和「言うまでもない」意同。

まで（のこと）もない

「用不著…」之意。前接動作，表示事情尚未到某種程度，沒必要做到前項那種程度。含有事情已經很清楚了，再說或做也沒有意義。

10 まで（のこと）もない

用不著…、不必…、不必說…

接續與說明 [V-る＋まで（のこと）もない]。前接動作，表示沒必要做到前項那種程度。含有事情已經很清楚了，再說或做也沒有意義。〈日文意思〉～なくてもいい、～必要がない。

見れば分かりますから、わざわざ説明するまでもない。

看了就知道，用不著特意解釋。

まで（のこと）もない

　　前接動作「説明する」，表示沒必要做到前項那種程度。含有事情已經很清楚了，再說或做也沒有意義。

ものではない

　　「不要…」之意。表示勸阻、禁止，用在給對方忠告的時候。

24 実力テスト

做對了，往走，做錯了往走。

次の文の＿＿＿＿にはどんな言葉を入れたらよいか。1・2から最も適当なものをひとつ選びなさい。

實力測驗

Q 哪一個是正確的？

答案>>在右頁

1

謝って＿＿＿＿なら警察も裁判所もいらない。

　　　1　はいけない　　2　済む

譯

1 はいけない：「てはいけない」不准…

2 済む：「て済む」…就行了

解答》請看右頁

2

今度こそ、本当のことを言わせ＿＿＿ぞ。

　　　1　ないではおかない

　　　2　ないにはいられない

譯

1 ないではおかない：不能不…

2 ないにはいられない：不得不…

解答》請看右頁

3

君のせいでこんな状態になって、謝ら＿＿＿＿＿だろう。

　　　1　ないじゃおかない　2　ずにはすまない

譯

1 ないじゃおかない：不能不…

2 ずにはすまない：不能不…

解答》請看右頁

4

予算不足は、夏祭りの計画変更を＿＿＿＿＿。

　　　1　余儀なくさせた　2　余儀なくされた

譯

1 余儀なくさせた：「を余儀なくさせる」必須…

2 余儀なくされた：「を余儀なくされる」不得不…

解答》請看右頁

5

選手以外の者はキャンパスに入る＿＿＿＿＿！

　　　1　べきだ　　　　2　べからず

譯

1 べきだ：應當…

2 べからず：不得…

解答》請看右頁

なるほどの解説を確認して、次のページへ進もう！

なるほどの解説

1

動詞連用形

謝(あやま)って済(す)むなら警察(けいさつ)も裁判所(さいばんしょ)もいらない。

↳ 後接「なら」時，則表示不這樣做，就能解決問題的話

如果道歉就能解決事情，那就不需要警察跟法院了。　　　　　　　答案　2

2

動詞未然形

今度(こんど)こそ、本当(ほんとう)のことを言(い)わせ ないではおかないぞ。

前面常接使役動詞　　　　　↳ 藉由雙重否定，表達
　　　　　　　　　　　　　　　　必定成立的語感

這次一定要說出實情來。　　　　　　　　　　　　　　　　　　　答案　1

3

動詞未然形

君(きみ)のせいでこんな状態(じょうたい)になって、謝(あやま)らずにはすまない

だろう。　　　　　↳ 多為倫理認知、社會規範考量，語含自己認為不
　　　　　　　　　　　這麼做是過意不去的語感

都是因為你事情才會變成這樣，非道歉不可了。　　　　　　　　答案　2

4

體言

予算不足(よさんぶそく)は、夏祭(なつまつ)りの計画変更(けいかくへんこう)を余儀(よぎ)なくさせた。

↳ 以造成影響力的原因，　　　↳ 前接表示動作的名詞，使役形含被強
　　做為出發點的語感　　　　　　制進行的語意，是叫人不滿的事態

預算不夠，夏季慶典活動的計畫不得不變更了。　　　　　　　　答案　1

5

動詞終止形

選手以外(せんしゅいがい)の者(もの)はキャンパスに入(はい)る べからず！

↳ 從社會認知來看，是不可允許的內容　　↳ 只放於句尾，或「」裡
　　　　　　　　　　　　　　　　　　　　　作為標語或轉述

選手以外的人，不得進入校園。　　　　　　　　　　　　　　　答案　2

741

25 実力テスト

做對了，往😀走，做錯了往✖走。

次の文の_____にはどんな言葉を入れたらよいか。1・2から最も適当なものをひとつ選びなさい。

實力測驗

Q 哪一個是正確的？

答案>>在右頁

6

イライラしたときこそ努めて冷静に、客観的に自分を見つめる_____。

1 べし　　　2 べからざる

譯
1 べし：應該…
2 べからざる：禁止…

解答>>請看右頁

7

生徒を殴って大けがをさせるなんて、教師にある_____行為だ。

1 まじき　　2 べし

譯
1 まじき：不該有的…
2 べし：應該…

解答>>請看右頁

8

無視という行為はいじめ_____のでしょうか？

1 には当たらない　2 に足りない

譯
1 には当たらない：不需要…
2 に足りない：可以…

解答>>請看右頁

9

今すぐ返事する_____が、よく考えてから返事してください。

1 までもありません　2 には及びません

譯
1 までもありません：用不著…
2 には及びません：不必…

解答>>請看右頁

10

信号の色の基礎知識。ここでは、改めて_____。

1 ものではない　2 いうまでもない

譯
1 ものではない：不要…
2 いうまでもない：「まで（のこと）もない」用不著…

解答>>請看右頁

なるほどの解説を確認して、次のページへ進もう！

なるほどの解説

6

討論話題為開端 →

イライラしたときこそ努めて冷静に、客観的に自分を

見つめるべし。 只放句尾

動詞終止形

→ 從道理上考慮應要這樣，含有命令、主張或行動的目標的語意

情緒急躁時，更須盡可能冷靜、客觀地審視自己。 　　　答案 1

7

體言+にある

生徒を殴って大けがをさせるなんて、教師にあるまじき

行為だ。 → 以做為後項，不該有的言行為開端

前接指責的對象，多為職業或地位的名詞，後常接「行為、態度、こと」等名詞

竟然把學生打成重傷，真不是教師該有的行為。 　　　答案 1

8

體言

無視という行為はいじめには当たらないのでしょうか？

→ 可用某事由為開端　　　→ 接名詞時表示「不相當於…」的意思

無視於對方存在的這一行為，不就是欺凌嗎？ 　　　答案 1

9

動詞終止形

今すぐ返事するには及びませんが、よく考えてから返事

してください。 → 表示用不著做某動作，或是能力、地位不及水準

不需要現在馬上回答，請仔細考慮後再回答。 　　　答案 2

10

動詞終止形

信号の色は基礎知識。ここでは、改めていうまでもない。

→ 語含個人主觀，或是大眾所知的語氣

常和「言う、話す、語る、説明する」等詞共用

紅綠燈顏色的基礎知識，用不著再多說。 　　　答案 2

助動詞（狀態・傾向・其他）

---

1 嫌^{きら}いがある

有一點…、總愛…

```
接續與說明
```
[V-る／Nの＋嫌いがある]。表示有某種不好的傾向，容易成為那樣的意思。多用在對這不好的傾向，持批評的態度。而這種傾向從表面是看不出來的，它具有某種本質性的性質。書面用語。常用「どうも～きらいがある」。〈日文意思〉～（よくない）傾向がある。

```
例文
```
彼女^{かのじょ}は小^{ちい}さい時^{とき}から、何^{なん}でも悪^{わる}い方^{ほう}に考^{かんが}える嫌^{きら}いがある。

她從小就有對任何事情都採取負面思考的傾向。

```
比較
```

嫌^{きら}いがある

例句中表示「她從小就有對任何事情都採取負面思考」這不好的傾向。多用在對這不好的傾向，持批評的態度。

恐^{おそ}れがある

「恐怕會…」之意。表示有發生某種消極事件的可能性。只限於用在不利的事件。常用在新聞或報導中。

2 如し、如く、如きN
如…一般、同…一様

接續與說明 [V／A／Naである／Naな／Nの／Nである＋ごとし]；[V／A／Naである／Naな／Nの／Nである＋ごとく]；[V／A／Naである／Naな／Nの／Nである＋ごときN]。好像、宛如之意，表示事實雖然不是這樣，如果打個比方的話，看上去是這樣的。〈日文意思〉「～ようだ」（比況）の古い言い方。

例文

周知のごとく、家賃は毎年どんどん上がる一方だ。
眾所皆知，租金年年持續上漲。

比較

のごとく

表示比喻。「好像、宛如」之意，表示事實雖然不是這樣，如果打個比方的話，看上去是這樣的。

らしい

「好像…」之意。表示從眼前可觀察的事物等狀況，來進行判斷；又有充分反應出該事物的特徵或性質的意思。「像…樣子」、「有…風度」之意。

3 めく（傾向）
像…的樣子、有…的意味、有…的傾向

接續與說明 [N＋めく]。「めく」是接尾詞，接在名詞後面，表示具有該名詞的要素。表現出某種樣子。〈日文意思〉～の感じや雰囲気が満ちている。

例文

皮肉めいた言い方をすると嫌われる。
以帶有諷刺意味的方式說話會惹人討厭。

めく

「めく」是接尾詞，接在名詞「皮肉」後面，表示具有該事物的要素「帶有諷刺意味」，表現出某種樣子的意思。

ぶり

「假裝…、冒充…」之意。表示給予負面的評價，有意擺出某種態度的樣子，「明明…卻要擺出…的樣子」的意思。

4 んばかりに、んばかりだ、んばかりのN
幾乎要…、差點就…

接續與說明 [V-ない＋んばかりに]；[V-ない＋んばかりだ]；[V-ない＋んばかりのN]。表示事物幾乎要達到某狀態，或已經進入某狀態了。動詞後接「ぬ、ん」的用法是文言文的殘餘。口語少用，屬於書面用語。〈日文意思〉いかにも〜といった様子だ。

例文

袋は破裂せんばかりにパンパンだ。
袋子被塞得鼓鼓的，都快要被撐破了。

比較

んばかりに

例句中表示事物幾乎要達到某狀態，或已經進入某狀態了「都快要被撐破了」。

（か）と思いきや

「原以為…」之意。表示按照一般情況推測，應該是前項的結果，但是卻出乎意料地出現了後項相反的結果。含有說話人感到驚訝的語感。這個句型要接用言終止形。

5 しまつだ
（結果）竟然…、落到…的結果

接續與說明 [V-る（という）＋しまつだ]。表示經過一個壞的情況，最後落得一個更壞的結果。前句一般是敘述事情發生的情況，後句帶有譴責意味地，陳述結果竟然發展到這樣的地步。有時候不必翻譯。〈日文意思〉～という悪い結果になる。

例文

借金を重ねたあげく、夜逃げするしまつだ。
在欠下多筆債務後，落得躲債逃亡的下場。

比較

しまつだ

表示經過一個壞的情況「在欠下多筆債務後」，最後落得一個更壞的結果「落得躲債逃亡的下場」。前句一般是敘述事情發生的情況，後句帶有譴責意味地，陳述結果竟然發展到這樣的地步。

次第だ

「要看…而定」、「根據…的情況而變化」、「為其左右」之意。表示行為動作要實現，全憑「次第だ」前面的名詞的情況而定。

6 てはばからない
不怕…、毫無顧忌…

接續與說明 [V-て＋はばからない]。表示毫無顧忌地進行前項的意思。〈日文意思〉～少しの遠慮もなく～する。

例文

その新人候補は、今回の選挙に必ず当選してみせると断言してはばからない。
那位新的候選人毫無畏懼地信誓旦旦必將在此場選舉中勝選。

てはばからない

表示毫無顧忌地進行前項「信誓旦旦必將在此場選舉中勝選」的意思。

てかまわない

表示讓步關係。雖然不是最好的，或不是最滿意的，但妥協一下，這樣也可以。「即使…也沒關係」、「…也行」的意思。

7 にかかわる
和…相關；影響到…、涉及到…

接續與說明 [N＋にかかわる]。表示與某人或事物有關連，含有「對其產生重大影響」之意。前面多接「一生、名譽、生死、合否」等表示受影響的名詞。〈日文意思〉～に関係を持つ、～に影響が及ぶ。

例文

花粉症は、生死にかかわる病気ではありません。

花粉熱不屬於生死交關的疾病。

比較

にかかわる

前面接表示受影響的名詞「生死」，後面用否定的方式，表示花粉症與「生死」是沒有關連的，含有「對其產生重大影響」之意。

にかかっている

「取決於…」之意。表示事情能不能實現，由前接部分所表示的內容來決定。

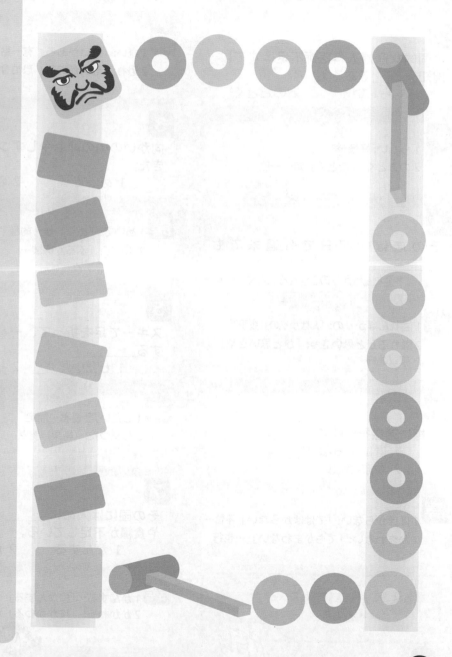

實力測驗
Q 哪一個是正確的？
答案>>在右頁

1
彼は思いこみが強く、独断専行の＿＿＿＿＿がある。
　　　　1 嫌い　　　　　2 恐れ

❌

譯 1 嫌い：「嫌いがある」有一點…
　　2 恐れ：「恐れがある」恐怕會…
解答》請看右頁

2
全国的な産婦人科医師不足はすでに周知＿＿＿＿＿である。
　　　1 らしい　　　　2 のごとく

❌

譯 1 らしい：好像…
　　2 のごとく：「ごとく」如…一般
解答》請看右頁

3
向かいの山の峠も少しずつ春＿＿＿＿＿きた。
　　　　1 めいて　　　　2 ぶって

❌

譯 1 めいて：「めく」像…的樣子
　　2 ぶって：「ぶる」假裝…
解答》請看右頁

4
その店は、平日でも週末でも＿＿＿＿＿人で賑わっていた。
　　1 溢れんばかりの　2 溢れるかと思いきゃ

❌

譯 1 溢れんばかりの：「んばかりの」幾乎要…
　　2 溢れるかと思いきゃ：「かと思いきや」原以為…
解答》請看右頁

5
スキーで足を折って、一ヶ月も入院する＿＿＿＿＿。
　　　1 しだいだ　　　2 しまつだ

❌

譯 1 しだいだ：要看…而定
　　2 しまつだ：（結果）竟然…
解答》請看右頁

6
人様に迷惑をかけて＿＿＿＿＿。
　　　1 はばからない
　　　2 かまわない

❌

譯 1 はばからない：「てはばからない」不怕…
　　2 かまわない：「てもかまわない」…也行
解答》請看右頁

7
その国には人命に＿＿＿＿＿水や医薬品や食糧が不足している。
　　　1 かんする　　　2 かかわる

❌

譯 1 かんする：「にかんする」…相關
　　2 かかわる：「にかかわる」和…相關
解答》請看右頁

なるほどの解説を確認して、
次のページへ進もう！

バンザーイ!!

1

體言+の

彼は思いこみが強く、独断専行の嫌いがある。

負面且含批評的語氣，表示從表面看不出來，但具有某種本質的傾向

他總是自以為是，獨斷專行。　　　　　　　　　　　　　答案 1

2

體言（の）

全国的な産婦人科医師不足はすでに周知のごとくである。

雙方皆知的實例、現象　　　　　表示從雙方皆知的點切入正題

全國婦產科醫師不足的現象，可說已是眾所周知了。　　　　答案 2

3

體言

向かいの山の峠も少しずつ春めいてきた。

前面的名詞具有後項的特質　　　　也常跟表示轉變的「くる」
　　　　　　　　　　　　　　　　連用，表示漸漸有的傾向

對面的山頂，已有些春意了。　　　　　　　　　　　　　　答案 1

4

動詞未然形

その店は、平日でも週末でも溢れんばかりの人で賑わっていた。

某話題為開端　　　　　　　　　形容事物的程度、狀態，含
　　　　　　　　　　　　　　　程度高、狀態嚴重的語意

不管是平日或週末，那家店都人潮（有如）滾滾般地熱鬧非凡。　答案 1

5

動詞連體形

スキーで足を折って、一ヶ月も入院するしまつだ。

可用某壞的原因為開端　　　　　因前項的不好的原因，而導致更
　　　　　　　　　　　　　　　壞的結果

腳因滑雪而骨折，竟住院住了一個月。　　　　　　　　　　答案 2

6

動詞連用形

人様に迷惑をかけてはばからない。

多半以人物或職稱做為主詞　　　含毫不客氣、毫無顧忌地進行

毫無忌憚地叨擾他人。　　　　　　　　　　　　　　　　　答案 1

7

體言

可接名詞，表示影響前項的事物

その国には人命にかかわる水や医薬品や食糧が不足している。

多接受後項影響的重大內容，常接「一
生、名譽、生死、合否、將來」等名詞

水、醫藥跟食糧等攸關人命的東西在那個國家都顯不足。　　答案 2

● 日檢大全

新版 新日檢 絕對合格
N1, N2, N3, N4, N5
文法比較大全

發行人 ●	林德勝
作者 ●	吉松由美・田中陽子
	西村惠子・大山和佳子 合著
出版發行 ●	山田社文化事業有限公司
	臺北市大安區安和路1段112巷17號7樓
	電話 02-2755-7622
	傳真 02-2700-1887
郵政劃撥 ●	19867160號 　大原文化事業有限公司
總經銷 ●	聯合發行股份有限公司
	新北市新店區寶橋路235巷6弄6號2樓
	電話 02-2917-8022
	傳真 02-2915-6275
印刷 ●	上鎰數位科技印刷有限公司
法律顧問 ●	林長振法律事務所　林長振律師
初版 ●	2015年8月
新版一刷 ●	2018年6月
單書定價 ●	新台幣499元
書+MP3定價 ●	新台幣520元

© 2018, Shan Tian She Culture Co., Ltd.